JN330300

The Duke
by Gaelen Foley

愛の旋律を聴かせて

ガーレン・フォリー
数佐尚美［訳］

ライムブックス

THE DUKE
by Gaelen Foley

This translation published by arrangement with
Ballantine Books, an imprint of Random House
Publishing Group, a division of Random House, Inc.
through The English Agency (Japan) Ltd.

愛の旋律を聴かせて

主要登場人物

ベリンダ（ベル）・ハミルトン……………………地方の良家の娘。のちに高級娼婦となる
ホークスクリフ（ロバート・ナイト）…………第九代ホークスクリフ公爵。トーリー党の若手議員
ハリエット・ウィルソン…………………………ロンドンでもっとも有名な高級娼婦
コールドフェル伯爵
ジェームズ・ブレッキンリッジ…………………トーリー党の有力議員
ルーシー・ブレッキンリッジ……………………故コールドフェル伯爵夫人
ドルフ・ブレッキンリッジ………………………コールドフェル伯爵の甥
ジュリエット・ブレッキンリッジ………………コールドフェル伯爵の娘
アレック・ナイト…………………………………ホークスクリフの弟の一人
ジャシンダ・ナイト………………………………ホークスクリフの妹
リジー・カーライル………………………………ジャシンダの親友
アルフレッド・ハミルトン………………………ベリンダの父
クライヴ・グリフォン……………………………政治家志望の若者。のちに庶民院議員
ヘンリー・ブローガム……………………………若手のホイッグ党員

1

ロンドン　一八一四年

その昔、柔らかな巻き毛の若者だったころ、ヨーロッパ大陸巡遊の旅に出た彼は、美に魅せられてフィレンツェにとどまり、生粋のイタリア人の師匠のもとでスケッチを学んだ。夢見る若者は気まぐれな芸術の女神を追って南へ下り、ソレント湾にたどりついて、その地でシチリアの古いことわざを初めて耳にした――「復讐という料理は、冷ましてから食べると最高にうまい」

今や年老いた彼に、若き日の幻想はもうない。冷徹な判断のもとに策略をめぐらす、したたかな人物になっていた。ただ奇妙なことに、美に裏切られて数十年経った今、英国らしい陰鬱な天気のこの日、あのシチリアのことわざが真実味を帯びて感じられるのだった。

骨細の体に一分のすきもない身なり。コールドフェル伯爵ジェームズ・ブレッキンリッジは、象牙の柄の杖を握りしめた。四月の雨の刺すような冷たさに節くれだった指がうずく。従僕の助けを借りて豪華な黒い四輪馬車から地面に降り立つあいだ、もう一人の従僕が横から傘を差しかける。

　降りしきる雨の音以外は何も聞こえない。あたりは眠気を誘うような、教会を思わせる静けさに包まれていた。コールドフェル伯爵はゆっくりと振り返った。視線は従僕たちの無表情な顔を通りすぎ、忍び返しのついた錬鉄製《れんてつせい》の柵の向こうへと移った。ここはアックスブリッジ通り、ハイドパークの真北に位置するセント・ジョージ墓地。三週間前、年の離れた妻を葬ったところだ。

　緑に彩られたなだらかな丘を、灰色の霧雨が冷たく濡らしている。どんよりと曇った空を突き刺すようにそびえる大理石造りの墓碑。コールドフェルが予想したとおり、そこにはがっしりとした長身で陰気な男の影があった。途方にくれたように広い肩を落とし、雨の中、黒い厚地のオーバーコートを風にはためかせて立っている。

　ホークスクリフだ。

　コールドフェルは口元を引きしめ、従僕の手から傘を取りあげた。「ここでいい。長くはかからんから」

「はい、旦那さま」

　コールドフェルは杖をつきつつ、砂利道をのろのろと上りはじめた。

　第九代ホークスクリフ公爵、ロバート・ナイトは三五歳になる。近づいてくるコールドフェルに気づくようすもない。うつろな表情で、石のごとく身じろぎもせずたたずんでいる。黒いゆるやかな巻き毛は雨に打たれて額に張りつき、うつむいた横顔のこわばった頬をしずくが冷たい筋となってしたたり落ちる。その視線は、亡き女性の墓石のまわりに植えられた黄色い水仙の花に注がれている。

コールドフェルはためらった。悲しみのさなかにある男の心に土足で踏みこむようで気がひけた。なんといってもホークスクリフは、青年貴族の中でコールドフェルが敬意を抱く唯一の男なのだ。トーリー党員の保守派の中には、ホークスクリフの政見がホイッグ党寄りで革新的すぎると警戒する者もいたが、この若き公爵が意志薄弱だった父親をはるかにしのぐ器《うつわ》であることは誰もが認めていた。

それも当然だ、とコールドフェルは坂をよろよろと上りながら思う。ロバート・ナイトは一七歳で公爵位を継ぎ、ほとんど一人で三カ所の広大な地所を管理し、やんちゃな弟四人と妹一人を育てあげたのだから。また最近貴族院でおこなった演説では、冷静かつ雄弁に自説を主張し、満場総立ちの喝采を浴びた。

ホークスクリフ公爵の高潔さには一点の曇りもなく、その名声は純銀の鐘の音のように響きわたっていた。より若い世代の、たとえばコールドフェルの跡継ぎで愚か者の甥、サー・ドルフ・ブレッキンリッジのような青年の多くは、貴族の鑑《かがみ》、紳士の模範であるホークスクリフを真面目一徹の堅苦しい人間としか見ていない。しかし物のわかった大人にとっては、まさに非の打ちどころのない人物だった。

ルーシーの死がいかにホークスクリフを打ちのめしたか。そのようすは見ていて痛々しかった。

まあ、しかたないだろう。男というのは、女性のこととなると、自分が見たいと思う幻想しか見ようとしない生き物だからな。

コールドフェルは咳払いをした。びくりとして振り返り、伯爵の姿を認めたとたん、ホークスクリフの黒い瞳には激しい動揺が走り、悲しみで呆然としていた表情に罪の意識があらわになった。古くからの友人の妻に恋いこがれるなど、ホークスクリフの道徳観からすれば許しがたいことだ。さぞかし苦しんでいたにちがいない。

わしは、そんな高潔な精神にはとんと縁がないがな。老人は「ホークスクリフ」と声をかけ、会釈した。

「伯爵閣下、大変失礼いたしました。ちょうど今、帰ろうとしていたところです」公爵は頭を下げ、口の中でもごもごとつぶやいた。

「いや、かまわんよ。どうぞ、いてくれたまえ」コールドフェルは気まずさを手で振り払うようなしぐさで応えた。「こんな日に一人では、わびしくてたまらん。年寄りにつき合ってくれればありがたい」

「はい、お望みとあらば」ホークスクリフは降りしきる雨に目を細め、きまり悪そうに視線をそらして、不ぞろいな高さの墓石が並んでいるさまを見わたした。

コールドフェルは痛む関節をいまいましく思いながら、おぼつかない足どりで妻の墓石の前に着いた。天候さえよければ、一日じゅう疲れ知らずで狩猟を楽しめるのに。だがそのわしも、ルーシーを満足させるほどの精力は持ち合わせていなかったな。

ともあれ、ルーシーの葬儀はここロンドンでとりおこなわれた。本人が望んだであろう、盛大な式だった。レスターシャーの屋敷で亡くなったあと、市内でも有数の高級墓地に葬られた。金に糸目をつけずに作らせた品位あふれる墓碑は、彫刻家ジョン・フラックスマンの手になるものだ。

ずいぶん高くついたが、こうして自らの過ちの代償を支払った。いい年をして、愚かなことをしたものだ――コールドフェルは苦々しく自嘲した。やはり、美には弱いのだ。燃えるように赤い豊かな髪と、キリスト教世界でもっとも官能的な太もものほかにとりえのないルーシー・オマーリーは、もともとシェフィールドで絵画モデルをしていた。この二六歳の娘はたちまちコールドフェルをとりこにし、二人目の伯爵夫人の地位を得たのだった。

コールドフェルはルーシーに、誰にも素性を明かさないと誓わせ、嘘の経歴をでっちあげてやった。上流社会の一員になりたいと強く願っていたからだろう、ルーシーはその誓いだけは守りぬいた。

最初の妻マーガレットのそばに二人目の妻を埋葬するはめにならずにすんだのがせめてもの幸いだった。マーガレットは、先祖代々の領地セヴンオークスの墓地に鄭重に葬られ、安らかに眠っている。コールドフェルの心の友ともいえる、賢い妻だった。落ち度といえば唯一、跡継ぎの息子を産めなかったことだけだ。

「閣下。このたびは――心より、お悔やみ申し上げます」ホークスクリフは堅苦しい口調で言った。目を合わせようとしない。

コールドフェルは、公爵のようすを盗み見してうなずき、ため息をついた。「信じられんよ、あれが本当に逝ってしまったとは。あの若さで、あんなにはつらつとしていたのに」

「これから、どうなさるのですか？」

「明日、レスターシャーに発つつもりだ。二、三カ月ほど田舎暮らしでもすれば、少しは慰めになるだろうさ」ついでに、セブンオークスへ墓参りに行っておこう。そうすればこの男がいざ例の計画を実行してくれたとき、わしに疑いがかかることはない。

「そうですね、きっとお心が休まるでしょう」ホークスクリフは礼儀正しく事務的に応じた。

二人ともしばらくのあいだ黙りこんでいた。ホークスクリフは物思いに沈んでいる。コールドフェルは、ふたたびサウス・ケンジントンの瀟洒な邸宅に戻って暮らすことを考えると心穏やかではいられなかった。あそこには四エーカーに及ぶ、美しくととのえられた庭園がある。ルーシーが死んだ場所だ。

「『彼女の体を土の中に横たえてくれ　その美しく清らかな肉体から　すみれの花よ　咲き出でよ』」ホークスクリフはようやく聞きとれるほどの小声でつぶやいた。

コールドフェルは哀れむような目で青年を見た。「『ハムレット』か。オフィーリアの兄レアティーズが妹の墓の前で言ったせりふだな」

ホークスクリフは応えない。ただ墓碑に刻まれた文字をじっと見つめている。ルーシーの名前、この世に生を受けた日、あの世へ旅立った日。

「わたしは……彼女には指一本触れていません」公爵は突然、喉から声をしぼり出すように叫ぶと、コールドフェルのほうを振り向いた。表情は激しい苦悩に満ちている。「奥さまは、一度たりともあなたを裏切りはしませんでした。紳士として、真実であることを誓います」

コールドフェルはホークスクリフの視線をまっすぐにとらえると、得心したかのようにうなずいた。もちろん、真実はすでに知っている。

長い沈黙のあと、コールドフェルは重々しい声で言った。「ロバート。死体が発見されたときの状況だが、どうにも不思議でならんのだ。ルーシーは白鳥を描くといって、毎日あの池のほとりへ通っていた。なのに足をすべらせて池に落ちるなんて、ありうるだろうか？悲しみで頭が混乱しているのかもしれんが、どう考えても納得がいかないのでな」

「確かに、うっかり足をすべらせるというのは、あの人らしくありません」ホークスクリフは断固として言った。「優雅な人だった……本当に、しとやかで」

その口調のあまりの激しさにコールドフェルは面食らった。そうか。だとすれば、思ったより簡単にことが運ぶかもしれない。

「教えてください。あの日起きたことについて、召使たちから聞いた話に何か怪しい点でも？」公爵は訊いてきた。

「いや、何も」

「何か目撃した者はいませんでしたか？　不審な物音や声を聞いたとか？　母屋にまで音が聞こえる場所だったはずです。助けを求める声を耳にした者はいなかったのでしょうか？」

「おそらく、助けを求めるまもなく、池に落ちてしまったのだろうな」

ホークスクリフはふたたび顔をそむけ、口元を固く引きむすんだ。「伯爵。これは大いに疑わしいと思います」

コールドフェルは一瞬黙って公爵を見守ってから、口を開いた。「きみを安心させてやりたいのだが、残念ながらわしも、ルーシーの死には深い疑いを抱いておった」

ホークスクリフは振り返り、コールドフェルを射るような目で見つめた。その黒々とした瞳には業火のごとく激しく燃えあがる炎がある。「詳しく聞かせてください」

「とにかく、つじつまが合わんのだ。ルーシーが頭を打ったといわれる岩には、血痕が残っていなかった。かといって、老人のわしに何ができる？　手足が痛くて、思うように動けない」ここぞとばかりに強調してゆっくりと言う。「夫としてなすべきことをなしとげる力も残っていないのだからな」

「わたしがやります」ホークスクリフはきっぱりと言った。

青年の燃える目に宿る決意に、コールドフェルは自らの渇ききった心が震えるのを感じた。

「伯爵が疑っておられるのは、誰です？」ホークスクリフは訊いた。残忍な心をやっと押しとどめているようすだ。

これほど激しい感情をむきだしにしたホークスクリフを見たことがない。コールドフェルは、ほくそ笑みそうになるのをようやく抑えた。あとは例の名前を口にして、渦巻く怒りを向ける標的を与えてやるだけでいい。そうすればホークスクリフは、わたしに盾ついたあの卑劣な男を決闘で倒してくれるだろう。

そう、ルーシーの崇拝者どうしを争わせることによって、自分と障害を抱える愛娘のジュリエットを守るのだ。ほかにどんなやり方があるというのか？　もうすぐ七〇歳になるコールドフェルは、日を重ねるごとに体力が落ちてきている。一方、ドルフは今が盛りで、わずか九歳のころに最初の雄ジカをしとめたという情け容赦ない狩人だ。

コールドフェルの手足に走った震えは芝居ではなかった。「神よ、赦したまえ」押し殺した息の下から声をもらし、苦悩の表情を浮かべる。

「いったい誰です？　伯爵、何かご存じなのですか？　検視官は事故だと断定しましたが、そうでないことぐらいわかっています。わたしたちの目は節穴ではありません」ホークスクリフは興奮を抑えきれずに言った。「奥さまは、四日間もあの池に放置されていたのですよ。殺される前にどんな危害を加えられたか、わかったものではないでしょう」

「ロバート、我々の懸念はどうやら同じところにあるようだ。ルーシーがもしや誰かに……乱暴されていたかもしれないと思うと……おお、神よ」コールドフェルはホークスクリフのほうに倒れかかった。その体は青年の手でしっかりと支えられた。「あれが死んだことそのものより、よほど恐ろしい」

ホークスクリフはとがったあごを引きしめた。「伯爵、お願いです。何か知っておられるのなら、教えてください」

「ロバート、確信しているわけではないのだよ。ただ、疑っているだけだ。いつだったか、ルーシーから聞いたのだが――」

「何です？」

コールドフェルはひと息ついた。誰かを罰したい、誰かを責めたいという強い思いにかられていた。伯爵はホークスクリフの顔をじろりと見やると、肖像を描こうとする画家のようにその顔立ちを観察した。険しさをたたえた、気高い戦士の顔だ。

黒々とした豊かな髪は、広い額から後ろに流れている。消し炭色の太くつり上がった眉の下の鋭い目には、鉄の意志が燃えている。ワシやタカを思わせるかぎ鼻。口元は固く引きしまっているが、唇には女性を惹きつけずにはおかない繊細な魅力があった。

「ルーシーは言っていた。ある男に……恐れを感じていると」

「それは誰です？」ホークスクリフは詰問した。

コールドフェルは息を吸いこみ、目をそらした。自分が死刑の宣告を下そうとしているのはわかっていた。それを心から喜んでいることも。

「わしの甥だよ」復讐について語ったイタリア人のように大胆に言い放つ。「このわしの跡継ぎの、ドルフ・ブレッキンリッジだ」

「オレンジはいかが！　はい、ひとつ一ペンス、毎度ありがとうございます。どうぞ、楽しい一日を！　さあ、お次はどなた？」

ロンドンの曇り空の下、フリート街とチャンセリー横丁の角。人々が行き交う喧騒の中、オレンジ売りの娘はきわだって美しかった。売り物の甘いオレンジの果実と同じく、場違いなほどに。

ここはウエストミンスターの官公庁街と、シティの金融街のあいだに位置している。それぞれの街から急ぎ足で出てくる黒っぽい服装の男たちに、娘は小さな太陽のように鮮やかな色のオレンジを次々と差し出す。銀行員、法廷弁護士、木っ端《こっぱ》役人、新聞記者、貸馬車屋、仕立屋、有名店の店主——セント・ポール教会へと急ぐ助祭さえも、思わず立ちどまって娘の姿に見惚れ、ほかの男たちと同様、心を動かさずにはいられない。

自分には男性の足を止めさせてしまう言い知れぬ魅力がある、とわかっているのか。たとえそうだとしてもそぶりには見せず、ベリンダ・ハミルトンはてきぱきと仕事をこなしていく。寒さにかじかんだ指を破れた手袋からのぞかせ、おつりを数える。そこには、落ちぶれた暮らしを不平ひとつ言わずに受け入れようと決意した、本物の貴婦人にふさわしい品格があった。

数カ月前、ベリンダはホール夫人の花嫁学校で、淑女たちに上流社会にデビューするための心得を教えていた。ところが今はこうして、自分を誇りに思う気持ちだけにしがみつき、ぎりぎり恥ずかしくないといえる生き方をしている。

客におつりを渡すとき、ベリンダは疲れを隠して明るくさわやかな笑顔を見せる。顔を上げるたび、茶色がかった金髪の巻き毛が薔薇色の頬にかかる。

「さあ、オレンジですよ！　お次はどなた？」

常連客の一人が前に進み出た。近くの法曹学院の恰幅《かっぷく》のよい法廷弁護士だ。黒い法服は風をはらんでふくれあがっている。大きな頭にかぶった法廷用のかつらを吹き飛ばされまいと必死で押さえつつ、照れ隠しの笑いを浮かべた。そしてベリンダの体の上から下まですばやく視線を走らせた。

ベリンダは視線を合わせないようにして、色づきのよい大きなオレンジを一個選んだ。エプロンの端でこすって磨くと、意志の力で自尊心を抑えこみ、いそいそと手を差し出した。「はい、一ペンスです」と小声で言う。

弁護士は一瞬ためらってから、ベリンダの手に銅貨でなく紙幣を置いた。風にあおられる一枚の紙幣。ベリンダは眉根を寄せ、額面を確かめた。**二〇ポンドですって！** 驚きで息をのみそうになるのをこらえ、弁護士の汗ばんだ手に紙幣を押しつけた。二〇ポンドといえばオレンジ売りで得られる収入の三カ月分にあたる。だが、ひどく不愉快だった。「困りますわ、お客さん。いただけません」

「なんだって？」弁護士は小さな目を輝かせて訊きかえした。「いいじゃないか、きみ。受け取ってくれたまえ」

「いけません。わたしを侮辱なさるおつもりですか」ベリンダは冷ややかに拒絶した。大都市の街頭で一人日銭を稼ぐしかない、一文無しに近い娘ではなく、邸宅の応接間でたしなめる男爵夫人のように。

「だったら二倍出すよ」弁護士は身を乗り出し、さらに近づいてささやいた。

ベリンダはあごをつんと上げた。「わたし、売り物じゃありませんから」

その威厳のある視線に射すくめられて、たっぷりとした二重あごの顔が赤カブのように真っ赤になった。すっかり恥じ入った弁護士は、かつらが斜めに傾いているのもかまわず逃げ出した。

ベリンダはかすかに身震いし、額を手でこすって落ち着きを取り戻すと、急いで接客に戻った。群がってくる客は皆が皆、オレンジが目当てというわけではない。その事実には早くから気づいていたが、あえて考えないようにしていた。

最後の客が去ったあと、ベリンダは楕円形の大きなかごの上にかがみこんで、残ったオレンジをきれいに並べはじめた。

「おおい、そこのねえちゃんよう！」品のない顔つきをした行商人の一人が通りの向こうから叫んだ。「ここらへんで商売すんのも、いい加減にしとけよ。こちとら、家族を養ってかなくちゃならねえんだぜ。あんたのおかげで、俺らの商売あがったりじゃねえか」

「どうせ金稼ぐんなら、寝ころがって稼いだらどうだ？」仲間の行商人が怒鳴る。「なんだってオレンジなんか売ってるんだい？　自分のきれいな桃のほうがよっぽどいい売り物になるってのによ」

内輪受けしたらしく、どっと笑い声が上がった。酔っ払った野蛮人のように騒がしい。

「お黙り、このろくでなし！」ベリンダはすかさずやり返した。ホール夫人の花嫁学校の教え子が聞いたらびっくりするような、はすっぱな口調だ。だが実のところ、こういう卑しい手合いには下品な言葉しか通じないのだ。礼儀正しい態度は、臆病さや弱さととられてしまう。今のベリンダの状況では、絶対に恐れを見せてはならない。

「気取り屋のねえちゃんよ、ここはあんたのいるところじゃねえ。どうせそのうち、どっかの金持ちの旦那の妾《めかけ》にでもなるんだろうけどよ」

「わたしは良家の子女ですから！」

「ああ、確かにれっきとしたお嬢さまに見えるさ、そんなぼろを着てててもな」

男たちはげらげらと笑った。ベリンダはようやく淑女らしい恥じらいを思い出したかのようにあたりを見まわした。ちょうどそのとき、幼い身で道路掃除の賃仕事をしているトミーの姿が目に入った。危ない、今にも辻馬車にひかれそうだ！　だが兄のアンドルーが、すんでのところで首すじをつかまえて引きもどした。危機一髪の場面にあっけにとられていたベリンダは乱暴な辻馬車への怒りを押し殺し、二人の名を呼んだ。

「アンディ！　トミー！」

「やあ、ミス・ベル！」いかにも栄養不良の二人のわんぱく小僧が手を振る。

ベリンダが手招きすると、みすぼらしいなりの少年たちはいきなり荷馬車の下に飛びこみ、無事通りのこちら側へやってきた。気をつけなくてはだめよ、と叱ったあと、ベリンダは二人にそれぞれ数ペンスとオレンジ一個をやった。兄弟が急いで持ち場に戻るのを不安げな表情で見守る。トミーはさっそく、もらったオレンジの皮をむきだした。アンドルーはシルクハットをかぶった紳士に、行く手にある交差路を掃除しますよと、精一杯の陽気さを発揮して売りこみ中だ。

この兄弟のような子たちに出会うまでのベリンダは、自分はなんと運が悪いのだろうと思っていた。だが彼らは最悪の境遇にあるにもかかわらず、けっしてくじけず楽天的で、見ていて励まされる。街にはそんな子どもたちがあふれていた――家も、靴もなく、ぼろをまとっただけの半裸で、いつも飢えている。

路上で暮らす子どもたちがいかに悲惨な状況にあるかをベリンダが初めて悟ったのは、冬の凍てつくように寒い夜のことだった。ロンドンは記録的な猛吹雪に見舞われた。富裕層の人々が凍ったテムズ川の上で祝祭を楽しんでいたころ、ベリンダはアンドルーとトミーを探し歩いていた。せめて屋根のあるところで眠らせてやりたくて、自分が間借りする今にも崩れ落ちそうな安い貸間に二人を連れ帰るつもりだった。

あちこち探しまわったあげく、無愛想な少女の案内で、使われなくなった倉庫のような陰気くさい建物にたどりついた。一歩足を踏み入れたベリンダがかかげたカンテラの光に照らされて浮かびあがったのは、震えながら身を寄せ合っている大勢の子どもたちだった。七〇人ぐらいはいただろう。

アンドルーもその中にいて、ベリンダに説明した。ここ、売春宿なんだよ。それ以上聞かなくても、大人の判断力を持ったベリンダには推察できた――この場所では、少年は泥棒、少女は売春婦となる運命にあるのだ。

二三年間生きてきて、もっとも衝撃的で恐ろしい事実を知らされた瞬間だった。オックスフォードシャーの上流婦人として苦労を知らずに育った身には、想像もできない悪夢だ。

助けてやりたくても自分の力ではどうにもならない。それが一番歯がゆかった。飢え死に寸前の子どもたちに、盗みをするなと言うのは酷すぎる。それよりも許せないのは、七歳以上であれば、たった五シリングの盗みを働いただけで絞首刑に処すという厳しい刑法だ。貧困救済協会の手伝いをするほかにベリンダにできることといえば、哀れな子どもたちに愛情を注ぎ、できるかぎり面倒をみてやり、教会へ行くよううながすことぐらいだった。

通りの向こうでは、トミーがオレンジを食べようとしている。ひと房を地面に落としたがすぐに拾いあげ、汚らしい指で埃を払って口に放りこんだ。ベリンダはため息をつき、目をほかへ向けた。ちょうど、二頭立ての馬車が角を曲がってこちらへ近づいてくるところだった。にぎにぎしく飾り立てたおなじみの四輪馬車だ。

ベリンダの顔が青ざめた。空っぽの胃がぎゅっと締めつけられる。急いでかがみこみ、オレンジの入ったかごを腕にかかえた。馬のひづめが猛々しく鳴る音が大きくなってくる。

ああ神さま、どうか気づかれませんように。

かごを抱きしめ一刻も早く立ち去ろうとあせっているあいだに、華やかな装飾の馬車は速度を落とし、引き綱の鈴を鳴らしてベリンダのすぐ横に止まった。ここで逃げ出したら、わたしをいじめて楽しむこの男を調子づかせるだけだわ。ベリンダは唇を嚙みしめた。たとえ長く醜い争いになっても、一歩も引かずに踏ん張るつもりだった。

ベリンダはゆっくりと向きを変え、戦意を固めて待った。サー・ドルフ・ブレッキンリッジが派手な服装を見せびらかすように馬車からひらりと降り立つ。いつもの葉巻が口の端で揺れていた。

目のまわりに青あざを作った馬丁に馬車をまかせると、ドルフは肩で風を切るようにしてやってきた。背が高く筋骨たくましく、肌は日に焼けて、短く刈りこんだ砂色の髪をしている。火のついた葉巻をくわえた口から残忍そうな白い歯を見せ、にやにや笑いを浮かべた姿は、警戒すべき対象としてベリンダが花嫁学校の生徒たちに教えていた「たちの悪い男」そのものだった。

「そんなものを口にしたまま近寄らないでちょうだい」

「はいお嬢さま、かしこまりました」ドルフは答えた。どうやら今日は、ベリンダの言うことに素直に従うのが楽しいらしい。

ドルフは葉巻を舗道へむぞうさに投げ捨て、シャンパンで磨きあげた高価なブーツで踏みつぶすと、大またでゆっくりと近づいてきた――ここ八カ月間ずっとそうしてきたように。

昨年の秋口あたりからドルフはベリンダにぞっこんで、徹底的につきまとっている。なぜこれほどしつこくからむのかはわからない。ひとたびねらいを定めたら、相手を手に入れるか、破滅させるまで追いつめないと気がすまないたちなのだろう。ひとつ確信を持って言えるのは、出会って以来、ベリンダの身に起きた災いはすべてドルフのせいだということだ。

ベリンダはそ知らぬ顔でそっぽを向き、オレンジの入ったかごを持って歩きつづけた。ドルフが後を追ってくる。いつものようにオーデコロンをたっぷりつけているので、匂いでわかるのだ。

「ねえきみ、どこへ行くんだい？」

ベリンダはドルフを威嚇するようににらみつけただけで、通行人のほうを向いて呼びかけた。「さあ、オレンジはいかが！」

ドルフの顔に不敵な笑いが広がり、欠けた歯が見えた。曲がった鼻柱と同様、幾度となく修羅場をくぐり抜けてきたあかしだ。

ドルフはけんかや乱闘で負った傷を自慢にしていた。少しでも人に挑発されると礼儀作法などおかまいなしにすぐ服を脱ぎ、輝かしい戦歴を示す傷あとを相手に見せつけて威圧するのが常だった。

特に自慢なのはたくましい胸を斜めに横切る傷で、アルプス山中へ狩猟の旅に出かけたとき、熊に襲われてできたものだという。ベリンダはこの傷あとを見たことがある。なんと、二人が初めて会った日の夜だった。キツネ狩りの愛好家が集まる舞踏会だったが、あんな場で臆面もなく肌を人前にさらすなど、あきれてものが言えない。熊が本気になってくれていたらよかったのにと思うばかりだ。

ドルフは両手をこすり合わせ、身震いするふりをした。「今日は冷えるね。お腹が空いてるんじゃないのかい？」

「オレンジはいかが、甘いオレンジ！　太陽がさんさんと照るイタリア産の、新鮮なオレンジですよ！」

「ねえきみ、やっぱり一緒にブライトンへ行くことにしないか。考えを変える最後のチャンスだよ、ぼくは明日発つつもりだから。ほかに何人も女性が集まるから、何も心配しなくていい」反応を待つドルフを、ベリンダは無視しつづけた。「摂政の愛人が海岸近くの農場主の家で大がかりな夜会をやるとかで、ぼくも友人たちも招かれていてね――」

「オレンジですよ！　ひとつ一ペンス！」

ドルフはいらだち、声を荒らげた。「世界じゅうにごまんといる女性の中からただ一人、ぼくに選ばれたというのに、きみは嬉しくもなんともないのか？」

「毎日やってきてわたしの邪魔をするつもりなら、オレンジのひとつぐらい買ってくださってもいいでしょう」

「一ペンスだろう？　悪いね、そんな小銭は持ち歩かないから」ドルフはからりと笑った。「オレンジを食べるとじんましんが出るしね。それに、なぜぼくがきみを助けてやらなくちゃならない？　いつも逃げてばかりのいけない娘《こ》じゃないか。いったいいつまでぼくを避けるつもりなんだ？」

「会わなくてすむようになるまでよ」ベリンダはつぶやき、かごをかかえて通りをずんずん歩いていく。

それでもドルフは追ってきた。嬉しそうに声を立てて笑っている。お付きの馬丁は馬たちに車を引かせ、しかるべき距離をおいてついてくる。

ベリンダはせっぱつまってあたりを見まわした。人ごみの中からひょっこり、戦地から帰還したミック・ブレーデンが真紅の軍服姿で現れて、こちらに向かって歩いてこないかしら。

　フランスの戦場で手柄を立てたいとしのミックは、今や昇進してブレーデン大尉となっている。それを思うたび、ベリンダの心に誇らしい気持ちが湧き上がる。この自信にあふれた若き将校とは同郷で、二人ともケルムスコットという小さな村で生まれた。一六歳のころから、結婚するならたぶんこの人だろうと思っていた相手だった。

「ベル、本当に一筋縄ではいかない人だなあ。だけど、そろそろ年貢のおさめどきだよ、あきらめたらどうだい。きみが機知に富んでいて、頑固で、美しくて、聡明なことはもう、わかりすぎるほどわかった。ぼくがどんな手を使っても、果敢に立ち向かってくるその心意気。拍手を贈るよ。だから、お願いだ。こんなくだらない商売なんかやめて、ぼくと一緒に家に帰ろう。いい恥さらしじゃないか」

「まっとうな仕事だわ」ベリンダは歯を食いしばって答えた。「さあ、おいしいオレンジはいかが！」

「ぼくの愛情を疑っているのかい？」

「愛情ですって？」ベリンダはくるりと振り返ってドルフに向き合い、かごをどすんと地面に置いた。その勢いでオレンジが転がり出る。「あなたがわたしと父に対してどんなしうちをしたか、考えてみてちょうだい。愛情があったら、相手の人生を台無しにするはずがないでしょう！」

「きみにもっとすばらしい人生を歩んでもらいたくてそうしたのさ。ぼくと結婚すれば伯爵夫人になれるんだぞ。ありがたく思ってもらいたいものだね」

「わたし、伯爵夫人になんかなりたくありません。ほうっておいてほしいだけ」

「まったく、いやになるよ。お高くとまって」ドルフはあざけるように笑い、ベリンダの腕をつかんだ。「きみは、ぼくのものになる。もう時間の問題さ」

「手を放してちょうだい、今すぐ」

腕をつかむ手に力が入り、容赦なく締めつける。「そのうちきっと、きみを手に入れてやる。わからないかな、ベル？　こういうぼくの行動こそ、愛のあかしなんだ」

「それどころか、あなたが想像を絶するほど自己中心的だということのあかしね」

ドルフの目が怒りで細められた。「おい、公平に見て――」

「公平ですって？」ベリンダは叫んだ。腕が自由になったので、すばやく身を引いて逃れる。「手を回して父を債務者監獄に入れさせたり、花嫁学校に勤めていたわたしを解雇させたりしたのはあなたじゃないの。わたしたち、住む家まで失ったのよ！」

「だが、それも全部、取り戻すことができる――こんなふうに、簡単にね！」ドルフは革手袋をはめた指をぱちんと鳴らし、ベリンダをなめまわすように見た。「降参すればいいのさ。ぼくの妻になる、と言えばすべてうまくいく。ベル、きみの負けだよ。非常識な申し出とは言えないだろう――今さら」最後は少しすねたようにつけ加えた。

「あなた、コールドフェル伯爵の令嬢と結婚することになっていたでしょう」

「耳も聞こえず、しゃべることもできない娘を妻にしろっていうのか？　ぼくはもっと価値のある男だと思うがね」

「ドルフ、思いやりがなさすぎるわ。わたしがブレーデン大尉と婚約していること、知っているでしょう」ベリンダは事実を少し誇張して言った。ミック・ブレーデンとのあいだには昔から暗黙の了解があったが、実際のところ正式な婚約はしていなかったのだ。

「ブレーデンだって！　名前も聞きたくないね。つまらんやつじゃないか。たぶんもう死んでるだろう」

「いいえ、生きてるわ。トゥールーズの戦いのあとで『タイムズ』紙に載った帰還兵の名簿で確認しましたもの」

「だったら、今どこにいるんだ？　きみの英雄は？　パリか？　フランスの売春婦と一緒にルイ一八世の帰還を祝ってでもいるのかね？　とにかく、今ここにいないじゃないか。きみを愛しているのなら、とっくに戻ってきていいはずだろう」

「戻ってくるわ」ベリンダは内心信じているより強い調子で断言した。

「そりゃよかった。ぼくも大尉に会って、打ち負かすのが楽しみだよ。やつとは結婚させないからな」

「でもわたし、あなたとは結婚しませんから。どんな人か、性格はよくわかってますもの」

ベリンダはかごを脇にかかえ、あごを高く上げて歩きつづけた。

「まったく、気位の高い娘だ」ドルフは嘲笑し、一瞬、険悪な表情になったが、気持ちを抑えたのか、すぐにすごみのある笑いを見せた。「そうか、ぼくの言うことに従わないつもりなんだな。今日のところはまだ、っていうことか。ま、すぐ気が変わるさ」

「絶対にありえないわ。時間の無駄よ」

「ミス・ハミルトン。気が優しくて、愚かで、美しい女《ひと》よ」ドルフは我がもの顔でベリンダの体を眺めまわした。「ぼくの性格はよくわかっていると言ったね。だったら、気づいてもいいころだろう？　きみが逃げようとすればするほど、追いかけたい気持ちが燃えあがるってことが」

ベリンダは一歩後ずさりし、ドルフを追い返そうと、オレンジを一個つかんで投げつけるかまえを見せた。

目をぎらつかせ、唇にうすら笑いを浮かべながら、ドルフは葉巻をもう一本取りだした。「ではまた今度にしよう。ブライトンには数週間滞在する予定だが、安心していいよ、かならず戻ってくるから」葉巻に火をつけ、ベリンダに向かって煙を吐きかけてからきびすを返し、ふたたび馬車の御者席によじ上る。かけ声とともにむちを入れられると、おびえた馬たちはいきなり猛烈な勢いで駆けだした。

革のむちの音にたじろいだベリンダは、馬車が走り去るまでその場に立ちつくしていた。道路の反対側にいた二人の行商人がはやし立てる声が聞こえ、侮辱的な言葉の意味をあらためて思い知らされた。ベリンダはその声を無視し、こみあげてくるものを抑えて道路に目を落とした。どうかミックにひと目でも会えますように、と祈る。だが、さっそうとした真紅の軍服姿の救世主はいっこうに現れない。

残りのオレンジを売りさばいたあとは、債務者監獄を訪れるのが毎日の日課だった。ベリンダの父親は三〇〇〇ポンド余りの借金が返済できず、昨年のクリスマス以来ここに収監されている。

寒々とした空気の中、ファーリングドン通りに立つ巨大な赤れんがの監獄まで歩いていく。長い道のりだった。一足ごとに、子ヤギ革の半長靴に開いた穴が気になってしようがない。歩きながらベリンダは、故郷の家をなつかしく思い出していた。オックスフォードから数キロ離れたテムズ河畔の古風な村ケルムスコットにあって、薔薇の花におおわれた、こぢんまりして居心地のよい家だった。

ベリンダの父親、アルフレッド・ハミルトンは有閑階級の素人学者で、誰もが認めるところだが、いささか変わり者だった。古い装飾写本に熱中していてこれを眺めたり、近くのオックスフォード大学にある荘厳なボドリーアン図書館に足しげく通ったりして時を過ごすのが何よりも好きなのだ。

ハミルトン父娘はテムズ川の流れのようにゆったりとした、穏やかで静謐《せいひつ》な日々を送っていたが、そこにドルフが現れた。債権者たちを脅し、債務不払いのかどで父親を告訴させたのだ。世事にはうとい父親だった。金銭の管理はベリンダがちゃんとしていたつもりだったものの、父親には装飾写本を見つけると買わずにいられなくなるという悪癖があり、家計を脅かすまでに借金がふくれあがっていたことは、悪さをした子どものように娘に隠していた。そしてそのために債務者監獄に収監されたのだった。

ベリンダは父親の近くにいたくて、急いでロンドンに引っ越し、ホール夫人が経営する上流階級向けの花嫁学校で職を得た。少しでも借金が返済できればと考えたからだ。だがドルフのたくらみにより、解雇されるはめに陥った。けっきょくドルフは、ベリンダの生活の手段を奪って無力にし、彼を頼るしかない状態に追いこもうとしたのだ。彼女は歩きながら頭を振った。ドルフに頼ることだけはしたくない。

高くそそり立つ壁を左右に従えた大きなアーチ門が見えてくると、ベリンダは落ち着かなくなった。父親が収容されている独房の使用料の支払いを二週間だけ待ってもらえないかと、監獄の所長に頼みこまなければならない。どう切り出すか、心の中でくり返し練習した。

大きな玄関扉へ向かう足どりが重い。不安でたまらなかった。現実的に考えれば、どんなに懇願しても、顔に傷あとのある鈍感そうな所長が支払いを猶予してくれる見込みは薄い。十字架に磔《はりつけ》になったキリストでも、あの男の心を動かすのは難しいだろう。聞くところによると、長年にわたりオーストラリアのニューサウスウェールズの刑務所で囚人を監督しつづけて、非情な人間になったのだという。女性刑務所の所長もつとめた経験があるらしいから、ベリンダが上流階級の女性だからといって特別の気づかいは期待できそうにない。

監獄の看守や守衛たちは皆、毎日父親に面会に来るベリンダを見知っている。今日も看守の一人が独房へ続く長い廊下を案内してくれた。執務室に近づくと、開かれた扉から野太い声が聞こえてきた。施設の規則を持ち出しては部下を容赦なく罵っている。まさに心の狭い専制君主のように。こんな人の情けにすがらなくてはならないなんて。考えただけでベリンダの体は震えた。

看守に案内されて執務室の前を通りかかると、感情をいっさい排した無表情な目が向けられた。机の向こうに立っている所長は筋骨隆々のいかつい大男で、風雪にさらされ日に焼けた皮膚はなめし皮のようだ。白っぽいピンク色の傷あとは、眉から頬、あごまで続いている。ベルトの拳銃とこん棒の隣には何本もの鍵をつけた重そうな輪を下げている。所長は軽く会釈した。目がこちらの動きを追っている気がする。

ベリンダは身震いし、看守のあとについて父親の独房に向かった。もっとも、行き方はもうとっくに憶えている。どっしりとした木製の扉の前まで来ると、しかたなく看守に硬貨を渡す。便宜を図ってもらうためには必要なのだ。看守は調子のよい笑みを浮かべて硬貨をポケットに入れ、鍵を開けてベリンダを入室させた。

中には父親がいた。バイオリンを弾くのが趣味の夢想家で、中世の装飾写本の研究家であるアルフレッド・ハミルトンは、いっしんに書物に見入っていた。まさにこのために借金をこしらえて監獄に入るはめになった、希少で高価な写本のうちの一冊だ。鼻には丸眼鏡をかけ、お気に入りのベルベットのトルコ帽の下からのぞく真っ白な髪はもじゃもじゃに乱れて、あちこち気ままな方向に突き出ている。

「ご機嫌いかが?」ベリンダは笑いながら声をかけた。

父親はびくりとして顔を上げた。中世から現在の世紀にいきなり引き戻されたといったようすだ。だが次の瞬間、血色のよい、しわの刻まれた顔に笑みが広がった。娘には昨日もおとといも会っているというのに、それを忘れたかのようだ。

「おや、あそこの窓から洩れいずるあの光は？　と思いきや、リンダ・ベルじゃないか！」

「まあ、お父さまったら」ベリンダは中に入っていって父親を抱きしめた。「リンダ・ベル」。アルフレッド・ハミルトンは、娘の身長が膝ぐらいまでしかなかった幼いころから逆さ読みで呼びならわしてきた。いかにも、何でも人とは逆のこの父親らしい。

父親がふたたび椅子に座ると、ベリンダはそのかたわらに立って、いとおしそうに肩を叩いた。「今日は、看守さんたちによくしてもらった？　夕食はもう召し上がったの？」

「ああ、マトンのシチューだった。マトンばかり食べさせられて、そのうちアイルランド人になってしまうんじゃないかと心配だよ」父親は言い、くっくっと笑いながら自分の太ももをはたいた。「イングランド風のうまいステーキが食べられたらどんなにいいだろうねえ。ああ、おまえがよく作ってくれたビーフシチューとロールパンがあれば――天国だな！」

「悩みの種といえば、せいぜいアイルランド人になるかもしれないってことぐらいなのね。だったら、よかったわ。元気そうだし」

「元気なのはいつものことだよ。ただ、ここの人たちの誰もがそうとは言えんようだがね。今日の午後なんか、中庭に出てみたら、あまりに鬱々とした顔ばかりだったものだから、バイオリンを取り出して、北部地方の曲を弾いてやったんだ。みんな盛り上がっていたなあ。中にはリールダンスを踊りだす人もいたぐらいだからね。やんやの喝采を浴びたと言っても過言ではないよ」

「さすがね」ベリンダは笑いながら言った。我が父アルフレッド・ハミルトンが、看守の大半とほかの囚人全員を魅了しているらしいことは知っていた。その陽気で優しい性格はもちろん、バイオリンの演奏や、竜や騎士やお姫さまが登場する中世の騎士道物語の語り聞かせが、ここに収監されている人たちにとって、いつ終わるとも知れない退屈な日々の慰めになっているのだろう。

今のところ、顔役的な存在の囚人と一部の親切な看守が父親のために気を配ってくれている。だが債務者監獄は会員制の紳士クラブとは違う。しかも、今までこんな場所で暮らした経験のない、育ちのいい父なのだ。それがベリンダの心に常に重くのしかかっていて、思い出すと笑い声がしぼんだように消えていく。

アルフレッドは鼻の上の眼鏡をずり下げ、娘の顔をのぞきこんだ。「ほらほら、またそんな顔をする。わしのことなど心配しなくていいんだよ、可愛いお嬢さん。たとえ今は雲が立ちこめていても、いつかかならず晴れるものさ。おまえは自分のことと、学校の生徒さんのことだけ気にかけていればいい。教育というのは、この文明社会においてもっとも尊い職業だよ。社交界デビュー前のできの悪い娘さんたちに正しい姿勢と歩き方を教えたら、言ってやりなさい。気分転換に頭にのせていた本を下ろして開いてみたからといって、それで死んだ娘はいないよ、とね。ちょうどわしがおまえに教えたようにね」

「ええ、お父さま」ベリンダは目をそらした。

父親は救いがたい楽観主義者だった。とはいえ、娘が隠している事実を知ったらこれほどのんきではいられないだろう。父親を心配させまいと、ベリンダは体裁を繕い、つとめて平静を装っている。ホール夫人の花嫁学校を不当に解雇されたことは黙ったままだ。

「ミルトンの『失楽園』にある言葉を忘れてはいけないよ。〝心はそれ自体ひとつの世界であり、地獄を天国に変えることも、天国を地獄に変えることもできる〟おまえの目に映っているのは四方を壁に囲まれた独房かもしれんが、わしの目には――そう、魔法使いの書斎に見える」父親は突然、にっこりと笑みを浮かべてきっぱりと言った。

「ああ、お父さま……いつになったらここから出してあげられるのかしら。借金の額があまりに大きすぎるんですもの。娘としてお父さまを責める立場にはないけれど、ときどき思わずにはいられないの。もし、あれだけの装飾写本をボドリーアン図書館に寄付したりせずに、売ってくださっていたら、って」

父親はぼさぼさの白い眉を寄せ、普段ほとんど見せたことのない険しい顔つきで反感をあらわにした。「売るだって？　何を言いだすやら！　考えてもみなさい。良心のかけらもない業者の手からわしが救い出した、値がつけられんほど貴重な芸術作品なんだぞ。美を売ることができるか？　真実を売ることができるっていうのか？　あれらの写本は、人類全体のためにあるんだ」

「でもお父さまは写本を買うために、家賃や馬車や食料の費用としてとっておいたお金を使ってしまったじゃないの」

「そうやって自分の信条を貫いた報いで、今ここで苦しんでいる、そうだろう？　考えてみれば、そういう意味では――聖パウロやガリレオといった、牢に入れられた人物の一人にわしもなるわけだ。それにおまえは、必要なものはすべて手に入れているんだろう？　花嫁学校のほうで寮費と食費は出してくれるし、話し相手になる娘さんたちもいるし」

「ええ、それはそうだけれど――」

「だったら、父親が幸せかどうかなど気に病むのはやめなさい。人間、生きているかぎり自分なりの選択をして、その代償を支払わなくてはならん。わしは、自分の行く末がどうなったとしても怖くはないよ」

「わかったわ、お父さま」ベリンダはつぶやき、うなだれた。父親のはぐらかすような説教にはいらだちをおぼえたが、「魔法使いの書斎」での快適な暮らしは、わたしの日頃の苦労と犠牲の上になりたっているのよ、などとは口が裂けても言えない。

しかたなく、今日はこれで帰ることにした。きっと父親は、朽ちかけた写本の研究に戻りたくてうずうずしているだろう。ベリンダは父親の頬に型どおりのキスをして明日も面会に来ると約束し、父親は愛情をこめて娘の頭を撫でた。ほどなく看守が迎えにきた。

看守のあとについて吹き抜けになった階段を降りながら、ベリンダは覚悟を決めた。所長に直談判しなくては。長い廊下の奥にある執務室の扉は開いていた。中庭に目をやると、足を引きずるようにして監房に戻りつつある囚人たちの姿が見えた。やんでいた雨がまた降りだしていた。穴の開いた半長靴と家までの長い道のりを思って、ベリンダはうんざりしたようなため息をついた。

看守の肩を叩いて尋ねる。「あの、少しだけ、所長と内々にお話しできますでしょうか？」

「もちろんですよ、お嬢さん。所長はあんたとなら、喜んでお会いするでしょうよ——内々にね」看守は何もかもお見通しだとばかりに流し目をくれて言った。

ベリンダは看守をにらみつけたが、すぐに執務室に通された。中へ入ると巨漢の所長は立ち上がったものの、笑顔は見せなかった。看守が立ち去り、扉が閉まった。

「お時間をとっていただいてありがとうございます」ベリンダはびくびくしながら言った。

「ハミルトンと申します。父のアルフレッド・ハミルトンが入所していまして、監房番号は一一二—Bです。あの、座ってもよろしいでしょうか？」

所長が軍隊調に短くうなずいたので、ベリンダは用心しいしい、所長の机の向かいの椅子に腰を下ろした。狭苦しく薄暗い部屋を見まわすと、壁に固定された銃架にライフル銃が立てかけてある。鍵つきの弾薬箱がひとつ。巻いたむちが釘にかかっている。

「で、何か問題でも？」所長はやや性急に、ぶっきらぼうな口調で尋ねた。その粗野な声には鼻にかかったオーストラリアなまりが少し感じられる。ベリンダはすっかり臆していた。

「あのう、実は、その——今月にかぎって、父の独房の使用料としてお支払いするお金が不足しているんですの。本当に、申し訳ありません、こんなことは二度とないようにしますから。それで、今回だけで結構なんですが、あと二週間、期限を延ばしていただくわけにはいかないでしょうか。そのときには全額、お支払いできると思いますので……」

硬そうな皮膚でおおわれた所長の顔が険しくなったのを見て、ベリンダは言いよどんだ。

あの疑り深そうな目は、使用料にあてるはずのお金をわたしがお酒か何か、よからぬことに使ったのではと怪しんでいるのではないかしら。

「ここは金貸し屋じゃありませんよ、お嬢さん」

「それはわかっています。でも……きっと、なんとかしていただけるのではないかと思ってお願いしているんです」ベリンダはつとめて愛想よく微笑んだ。「わたし、いくつかの仕事をかけもちして暮らしているんですが、年若い友だちのために冬用の靴を買ってやらなければならなくなって……」声がしだいに小さくなる。所長が言い訳など聞きたくないと思っているのは表情から明らかだった。「とにかく、今、生活が苦しくて困っているんです」

「誰か、助けてくれる男の人はいないんですか？　兄弟や、おじさんは？　ご主人もいない？」

「ええ、わたし一人です」

所長は視線を落とした。「それなら、ちょっと見てみましょう」腰の鍵束をじゃらじゃら鳴らしながら机の前に座り、台帳をめくって記録の欄を確かめた。「これによると、お宅は今まで一度も支払いが遅れたことはないようですね」

「今まで一所懸命やってきましたから」ベリンダは認めた。かすかな希望の光が見えはじめた気がした。

「ふうむ」所長の冷たいガラス玉のような目に光が宿った。見つめられて、ベリンダはわずかにたじろいだ。「さて、どうしようか」彼は傷あとを撫でた。「まあ、事情が事情だから、折り合えるかもしれない。お互い満足のいく取り決めができると思いますよ。ちょっと考えさせてください。おい、ジョーンズ！」いきなり大声で怒鳴るように助手を呼ぶ。「この娘さんに、馬車を用意してやってくれ」

「あの、所長？」ベリンダは目を丸くして訊いた。

助手が立ち去ると、所長はベリンダに目を向けて言った。「ミス・ハミルトン。あなたは毎日ここへ歩いてきているようだね。外は土砂降りだから、部下にお宅まで送らせますよ」

「ご親切にありがとうございます。でも、そんなにしていただかなくても――」

「いや、いいんですよ。じゃあ、これで」所長はそっけない態度で会話を打ち切り、仕事に戻った。

「失礼します」ベリンダはためらいがちに立ち上がった。不安に眉をひそめながら外へ出て、監獄の正門に向かう。家まで馬車で送ってもらうなど、度が過ぎている。こんな申し出は受けたくなかった。かといって、所長は父親の待遇を左右する力を持っているのだから、機嫌をそこねてもまずい。アーチ門の下で迷い、唇を噛む。冷たく陰鬱な雨が降り続いている。

だがベリンダは現実家だった。こんな雨の中、歩いて帰って体を壊したらどうなる？　一日だって仕事を休む余裕はない。別に所長と同じ馬車に乗るわけでもないんだし。

以前は辻馬車として使われていたのだろう、おんぼろの馬車が背骨の曲がった老いぼれ馬に引かれて門の前にやってきた。シルクハットをかぶった御者が手招きしている。一瞬だけ迷ったが、ベリンダは急いで舗道を渡り、馬車に乗りこんだ。

そして御者に自分の住所を告げた――何も疑わずに。

ロンドンに滞在するとき、ホークスクリフ公爵はグリーンパークが眺められる贅を尽くした館に住んでいた。鋳鉄製の忍び返しをとりつけたれんがの壁に囲まれたナイト館は堂々たるパラディオ様式で、暗い四月の夜の雨に打たれて真珠のように冷たく輝きながら、堅固で超然とした雰囲気をかもし出していた。

街灯から長い影が延び、建物の完璧な外観の優雅な均整美をきわだたせていた。巨大なニューファウンドランド犬とたくましいマスチフ犬が数頭、手入れの行きとどいた庭に放され、侵入者を警戒して歩きまわっている。

しかし広大な邸の周囲はひっそりとしていた。正面玄関から、シャンデリアの光に照らされたきらびやかな大広間、大理石を敷きつめた廊下にいたるまで、どこもかしこもうつろな静けさに包まれていた。召使たちは無言でてきぱきと食堂の片づけをしている。主人がいつもどおり一人で夕食をとったあとだ。

この館の主《あるじ》は今、薄暗い書斎の隅に置かれた立派なピアノの前に無気力なようすで座っていた。楽器の収集家にして音楽の愛好家なので、ピアノは数台所有している。舞踏場にはクレメンティ製のものが一台、応接間にはブロードウッド製のグランドピアノ、音楽室にはウォルター製が、古く貴重なハープシコードとともに置いてある。

だが書斎にあるこの一台は特別だ。ピアノの王様といわれるグラフ製で、ホークスクリフの誇りであり喜びだった。最高のピアノを、誰も招き入れない書斎に隠してあるというところがいかにも、かたくなで他人に心のうちを見せようとしない彼らしい。ピアノ一台にこれだけの大金をつぎこんだ人間なら誰でも、客をもてなす大広間に飾っておくだろうが、ホークスクリフにとって音楽はきわめて個人的な趣味だった。それに、どうせこのグラフ製のピアノの力強い音に耳を傾ける人はいないのだ。

ホークスクリフは片手で寂しそうに鍵盤に触れたものの、なんの慰めも得られないことはわかっていた。音楽を奏でたいという崇高な欲求はどこかに行ってしまった。今夜、貴族院では本会議が開かれる予定だが、とても出席する気になれない。

ベンチ式の椅子に前かがみに座り、白と黒の鍵盤に目を落とした。顔を照らす暖炉の揺らめく火も、ルーシーが行方不明になった数週間前から冷えたままの心を温めてはくれない。

ルーシーの小さな肖像画をおさめた銀のロケットを手にしたホークスクリフは、焦点の定まらない目を上げ、弾かれることのないピアノにもう片方の手を伸ばして、コースターの上のブランデーのグラスを取った。持ち上げたグラス越しに暖炉の火の色合いを確かめる。ルーシーの髪の色だ。いや、あの長く豊かな巻き毛はもっと赤かった。赤みがかった金髪というより、光沢のあるくるみ色だった。

自分の人生にルーシー・コールドフェルが入りこんで、行く末を完全に狂わせる前のことは忘れてしまった。彼女に出会う前の自分は誰で、どんな人間で、何をしていたのか。ああそうか、と苦々しい気持ちで思い出す。結婚相手を探していたのだった。

ブランデーのグラスを傾け、コールドフェル伯爵の年若い新妻を見初めたときのことを思い出す。伯爵の娘に同じ気持ちを抱くことができたらもっと都合がよかったのだろうが……

ああ、この女《ひと》こそ、わたしが妻にすべき女性だった。ルーシーに対してはそう感じたのだ。

だが、遅かった。望んでも実らぬ恋だった。もう、救いの手を差しのべることはできない。

ホークスクリフは突然立ち上がり、暖炉にグラスを力いっぱい投げつけた。グラスは砕けちり、残ったアルコールをのみこんだ炎が高く燃え上がって煙突に吸いこまれていく。

今日コールドフェル伯爵から聞いた疑惑の話を思い出すと、怒りに身が震えた。オービュッソン織の絨毯をブーツで踏みしめ、部屋の端から端まで大またで歩く。暖炉に近づき、彫刻をほどこした雪花石膏《アラバスター》製の炉棚《マントルピース》にもたれかかって、こぶしで口元をぬぐいながら考えをめぐらせた。

コールドフェル伯爵の甥で準男爵の、サー・ドルフ・ブレッキンリッジに紹介されたのはいつのことだったか。好色で、口を開けば自慢話しかしない粗野な男だった。もちろん、ドルフが名だたる狩人で、射撃の名手であるとの評判は聞いている。道楽者で、身分不相応な暮らしがしたいらしい。それだけに、コールドフェル伯爵の後継の座を強く望んでいたにちがいない。

コールドフェル伯爵にあの年で子どもをもうける能力があったかどうかはわからない――聖書には、年老いてから子を授かったアブラハムの話が出てくるが。ただ明らかなのは、ルーシーが伯爵の息子を産んでいたとしたら、伯爵位を継ぐのはドルフではなく、その子になるということだ。

伯爵の家屋敷に自由に出入りできるドルフには、夫のいないすきにルーシーと二人きりになる機会はいくらでもあったと見ていい。悪名高き狩人のこと、殺しの腕は確かなはずだ。ルーシーが妊娠していたとすれば、ドルフにとって脅威になっただろう。財産と爵位の相続の妨げとなる伯爵夫人を抹殺する——殺人の動機としては十分すぎるほどだ。

ボウ・ストリートの捕り手を雇ってこの件を調べさせようかとも考えたが、すぐに思いなおした。きわめて個人的な思い入れのある問題だ。見知らぬ人間には託したくない。

今日の午後、ルーシーの墓所を出たあと紳士クラブ〈ホワイツ〉に立ち寄り、客との何気ないやりとりから、摂政のジョージ皇太子がまたブライトンでパーティを催す予定との情報を得た。ロンドンのカールトンハウスに居を構える摂政皇太子には、どこへでもお供したがる遊び人の取り巻き連中がいるから、皆こぞってブライトンへ出かけるだろう。その中にはドルフとその仲間たちもいるはずだ。

今すぐにでもドルフを呼び出して問いつめてやりたい。しかしコールドフェル伯爵も言ったように、確信があるわけではなく、あくまでも疑惑でしかないのだ。ホークスクリフはその豊かな黒髪を手ですきあげた。

なんとしてでも真実をつきとめなくては気がすまなかった。だが、感情にまかせて突っ走ってはならない。確たる証拠もないのに責めるわけにはいかない——ましてや、人妻の死をめぐる疑惑なのだ。そんな軽はずみなふるまいに出たが最後、上流社会ではたちまち噂が乱れ飛んで醜聞を招くだろう。それだけは絶対に避けたい。

ホークスクリフは、常に家名を守り、自分と妹の評判が傷つかないよう気を配らねばならない立場にあった。あと一年もすれば社交界にデビューする妹のジャシンダには、醜聞とは無縁の生活を送らせたい。保護者であるホークスクリフは、妹の生来気まぐれでわがままな性格についてはひそかに案じていた。放縦さで知られた亡き母の血が妹に流れていることが不安だった。

政治家としての将来も危険にさらすわけにいかなかった。首相のリヴァプール卿には、今度内閣に欠員が生じた場合の入閣候補者とみなされているうえ、議会の多くの委員会に委員として名を連ねている。高潔さでは定評があり、おかげで提出した自分の法案を両院で通過させるだけの権力と影響力をそなえるようになった。私人としての信用を失えば、特に刑法改正の取り組みなど、これまでの努力が無駄になってしまう。もちろん、心ない噂によってルーシーの思い出が汚されるのも耐えがたかった。それに、機も熟さないうちに疑いをぶつければ、ドルフにうまくはぐらかされて、自分が笑いものになるだけだろう。

腕組みをして絨毯に目を落とし、思案する。理性的に考えても、ルーシーの死が事故であった可能性は低い。正義を奉ずる者として、この件にはしかるべき客観的判断をもって冷静に対応しなければならない。議会において正義のための闘いに明け暮れる一方で、怒りにまかせて無実かもしれない男に決闘を挑んで殺してしまうようなことがあってはいけない。

行動を起こす前に、事実関係をつかむ必要があった。しかしドルフがそう簡単に殺人を認めるとは考えにくい。策略が必要だった。ドルフという男をもっとよく知らなければ。崖っぷちに追いつめるすべを見いだすまでは、うわべだけでも親しくしておくのが得策かもしれない。どんな人間にも弱みはある。ドルフの弱みを見つけだしてうまく利用し、偽りの壁を崩す。なんとかして真実を白状させてやる。

それまでは、辛抱するしかない。

正義を求めるあまり憤りが全身を満たす。だがホークスクリフは頭の中で計画を練りながら怒りを抑えた。好機が訪れるのをじっくり待つには自制心を働かさなくてはならず、それには大変な努力が要りそうだが、もっと情報を集めていけば、より周到な……より決定的な行動に出られるだろう。

これから進むべき道について決意を固めると、ホークスクリフは書斎の扉に歩み寄り、廊下に控えていた従僕に御者を呼ぶよう言いつけた。

夜明けにはブライトンへ向けて出発するつもりだった。

ひと間きりの貸家。獣脂ろうそくの薄暗く揺らめく光のもと、ベリンダは出来高払いで引き受けたシャツの繕いものの仕事を終えた。

立ち上がり、痛む背中を伸ばすと、灰色の毛織のマントをはおった。洗濯屋のおかみには、頼まれたシャツを全部今晩じゅうに届けると約束している。そうすればすぐに糊づけし、こてを当てて、明朝、持ち主に返せるからだ。

ベリンダは仕上げたシャツを腕にかけてしわを伸ばした。部屋の鍵を閉めて外に出ると、赤い線の入ったフードをかぶり、暗い通りに向かう。フードの中に風が入り、大きくふくらんで後ろになびいた。

月のない四月の夜は漆黒の闇だった。昼間の気温に比べると一〇度以上は下がっているだろう。街角に一本ぽつんと立った街灯の光に照らされて、吐く息が白い霧のように広がった。交差点の周囲を見まわすと、夜警の姿がない。日中は、「オレンジを売るならどこかほかの場所へ行け」とうるさく追い立てる警備の者も、夜になるとありがたい存在だった。

ベリンダは襟元のひもを引いてマントの前をかきあわせ、道を急いだ。騒々しく下品な雰囲気の酒場に近づくと、わざわざ通りの反対側に渡り、薄暗い中を歩いた。しらふの男たちでさえいかがわしいふるまいに及びそうなのだ。酔っぱらいだったらどうなるか。

ようやく洗濯屋に着き、ベリンダはほっとひと息ついた。仕上がったシャツを届けると、おかみは繕いのできを確かめて満足げにうなずき、明日じゅうにお願いねと言ってさらに数枚のシャツを渡し、枚数分の手間賃を払ってくれた。ベリンダはもらった硬貨をマントの内側の腰まわりにつけた小さな革財布に入れた。深呼吸してふたたびフードをかぶる。おやすみを言って洗濯屋を出ると、自分を励ますようにして冷え冷えする闇の中へと足を踏み出した。

今の我が家であるみすぼらしい家までは、歩いてわずか一五分ほどの距離だ。脂っぽく黄ばんだ霧が濃く立ちこめ、後ろから重い足音が追いかけてくるように感じられる。自分の足音も、貧民街の細く曲がりくねった路地に立つれんが造りの家々に跳ね返って奇妙に響く。

ベリンダは肩越しに振り返り、足を速めた。

野良らしい虎猫が通りを横切った。建物の上方の明かりのついた窓から、かん高い笑い声が聞こえてくる。ベリンダは声のするほうを見上げ、角を曲がった。その瞬間、誰かにつかみかかられた。

たこのできたざらざらした手で口をふさがれて、悲鳴をあげようにも、うめき声がわずかにもれるばかりだ。すさまじい力で狭い路地に連れこもうとする男の手を振り切ろうと、必死で暴れた。

「黙って言うとおりにしろ」大男は彼女の体を引き寄せ、建物の壁に向かって突きとばした。

どうにか頭から地面に叩きつけられることは免れた、そう思い、おののきながら目を開くと、そこには債務者監獄の所長がいた。酒に酔っているのは明らかだった。

ベリンダは悟った。馬車で自宅まで送らせたのは……所長のたくらみだったのだ。みぞおちがつかえ、吐き気がした。体が麻痺したように動かない。

「よう、べっぴんさん」所長はろれつの回らない舌で言い、ベリンダの体を抱え上げて、路地の壁にぐいと押しつけた。まるで手に負えない囚人を扱うような手荒さだ。

落ち着かなくては。ベリンダはごくりとつばを飲みこんだ。震えが止まらず、恐怖のあえぎで胸は大きく上下している。壁にそって体をずらして逃げようとしたが、れんがの壁に突っ張ったがっしりした手が行く手を阻んでいる。所長はもう片方の手でベリンダの髪に触れ、にやりと笑った。ベリンダはすすり泣いた。

「だから、折り合えるかもしれない、と言ったじゃないか。大丈夫だよ、お嬢さん。何もかもうまくいくさ。俺の欲しいものをくれさえすれば、な」

「いや」ようやく声が出た。

「いや、ってことはないだろう」所長はしゃがれ声で言った。頭を下げ、キスしようと臭い口を近づけてくる。

ベリンダは顔をそむけ、金切り声をあげたが、すぐにまた手で口をふさがれた。男の圧倒的な力に懸命に抵抗したが、頭はこの現実を受け入れられなかった。熱く汚らしい手で喉を押さえられ、下半身をこすりつけられた。荒い息が耳元に吹きかかる。あまりの恐怖に顔はゆがみ、目には涙がにじんだ。

「さあ、いい子だからおとなしくするんだ。こうなることは承知の上だろう」所長は錆びた鉄を思わせる耳ざわりな声で言うと、ベリンダの手を頭の上で押さえつけ、動けなくさせた。

それからの数分間に何が起きたかはよく憶えていない。

目の前が暗くぼやけ、何もかもがゆっくりと動いているようだった。自分の心臓の鼓動だけが耳の奥で響いていた。ベリンダはすすり泣き、夜空を見上げて、点々とまたたく針の先ほどの冷たい光をひたすらに見つめた。

冷たいれんがに背中を押しつけられた。服を引き裂かれ、体をわしづかみにされ、痛めつけられた。絶望的な狂乱の中で、所長の腰につけた大きな鍵束が立てるじゃらじゃらという金属音だけが耳に強く響いた。恐怖を忘れるほどの痛み、今まで経験したことのない、ナイフで突き刺されたような鋭い痛みに襲われ、稲妻に打たれたかのごとく目がくらんだ。やがて所長はうめき声をあげると、突然ベリンダの上にぐったりとおおいかぶさった。息を切らし、手の力がゆるむ。

もがいたあげく、ようやく拘束から逃れたベリンダは、喉の奥に封じこめられていた叫びをしぼり出すと、必死の思いで逃げた。

「誰にも言うなよ。もしひと言でももらしたら、父親がどんな目にあうか、わかってるだろうな！」弱々しく叫ぶ所長の声がベリンダのあとを追いかけるように響く。

涙で前が見えなかった。ずたずたに破られた服と乱れた髪のまま、ベリンダは街灯に照らされた人通りの多い道路へ飛びこんでいった。夜警に呼びとめられ、泥酔して錯乱状態の売春婦と勘違いされたらしく、更生施設へ連れていかれた。夜警の顔ももう憶えていない。助けてくれた施設の女性たちも記憶にない。憶えているのは、その施設で三日近く過ごして、ベッドの上に座り、殺風景な壁にもたれかかって膝をかかえたまま、考えに考えつづけたことだけ。それしかできなかったのだ。

もう、人生が終わったも同然だった。育ちがよく、礼儀を重んじるミス・ベリンダ・ハミルトンは誰よりもよくわかっていた――品位ある身分と恥ずべき境遇とのあいだには、絶対に越えられない溝がある。

何代も続くケルムスコットの上流階級の家に生まれ育った彼女は、近隣の人々と会話を楽しんだり、日曜学校で礼拝のあとに農民の子どもたちを教えたり、ときおり町が主催する舞踏会に出たりして日々を過ごしていた。それが今や、まったく別の生き物になってしまった。食べるものと寒さをしのぐ場所を、あるいはおぞましい病の水銀治療を求めてこの施設を訪れる売春婦たちと変わらないほど、身も心もぼろぼろに傷つき、堕落している。

誰にも相談できなかった。父親に打ち明けるなどとうてい考えられない。所長に襲われたと、名指しで告発しても無駄だろう。相手はロンドンの主要な刑務所の長なのだ。ボウ・ストリートの治安判事裁判所内に友人がいるにきまっている。ふたたび蛮行に及ぶのを防ぐ手立てすらない。

施設に入って三日目のこと。ベリンダが体を丸めて横になり、壁を見つめていると、年のいった売春婦が無神経に話しかけてきた。話の内容はあらかた忘れてしまったが、身を乗り出してささやかれた鋭いひと言だけは印象に残った。

「あたしにあんたみたいな美貌と貴婦人顔負けの気品があったら、ハリエット・ウィルソンの家に行って、お金持ちの貴族の保護者《パトロン》を見つけるわ。そしたら、豪勢な暮らしができるもんね！」

それを聞いてベリンダは顔を上げた。目の表情が変わっていた。その名は耳にしたことがある。ただし、常に小声で語られる名前だ。美しきハリエット・ウィルソンはロンドンでもっとも名高い高級娼婦だった。

ハリエットを長女とするウィルソン三姉妹は、上流階級の男たちを楽しませるすべに長けた女たちだ。毎週土曜の夜、オペラの舞台がはねたあと、自宅でいかがわしいパーティを催している。ロンドンじゅうの財力と権力のある紳士が一堂に会するという意味では、ホワイツに次ぐ規模の集まりだという。噂では、摂政皇太子も、反逆の詩人バイロン卿も、そして英雄ウェリントン公さえも、この社交界で引っぱりだこの、みだらに輝くダイヤモンドたちと一緒にいるところを目撃されるほどだった。

ドルフもそういったパーティの常連だ。だとすると、わたしがドルフの最大の敵の愛人としてお目見えする可能性だってなきにしもあらずね。ベリンダは冷ややかな笑みを浮かべた。

あなたの妻になるぐらいならほかの男の愛人になったほうがましよ――そんな姿を見せつけてやったらどうだろう。きっとドルフも、わたしと同じような屈辱を味わうことになるだろう。自分の無力さを思い知らされて、憤慨するにちがいない。だがそれもけっきょく自業自得なのだ。

パトロン。守ってくれる人。魅力的な言葉だった。

援助によって不安をすべて取り除いてくれる人。わたしを傷つけたりしない心優しい人。そんな男性の愛人になる。大それた、自暴自棄にも思える考えだったが、それはベリンダの頭の中で熱く燃えつづけた。

悪くないかもしれない。どうせもう取り返しのつかない人生なのだ。ミック・ブレーデンだって、ここまで身を落とした自分と結婚してくれるはずがない。

どこにいるやらわからない幼なじみの恋人のことを思うと腹立たしくてたまらなかった。見捨てられたような気持ちだった。もしかしたらミックは今、ロンドンのどこかにいて、ケルムスコットへさっそうと帰る前に気ままな独身生活を満喫しようと、酒場の給仕女といちゃついているかもしれない。ベリンダが故郷の村で辛抱強く自分を待ちつづけているものと信じて疑わずに。

わたし、なんてばかだったの。ミックにかなわぬ夢を抱きさえしなければ、今ごろほかの人の妻となって、こんな目にあわずにすんでいたはずなのに。ベリンダはくやしかった。でもハリエット・ウィルソンなら、一人で生きていくすべを教えてくれるのではないだろうか。

胸の中でふつふつとたぎる怒りは容赦ないほど激しく、危険なまでに燃えあがった。悪名高き娼婦の情けにすがるのは自尊心が許さない。だが、職業婦人どうしとして近づくのはどうだろう。パトロンとなる男性から受け取る金の何割かを支払うと約束すれば、ハリエットは高級娼婦の技巧を教えることに同意するにちがいない。そうだわ、やってみよう。もうこれ以上、失うものは何もないのだから。

いくらもたたないうちにベリンダは出発の用意をしていた。自分の下した決断の大胆さに、手がかすかに震えていた。理性的な判断でないのはわかっていたが、冷たく激しい憤りのあまり、どうでもよくなっていた。三日間面倒をみてくれた親切な人たちに礼を言い、いかにも事情通らしい女性にハリエット・ウィルソンの自宅の場所を教えてもらった。

空に点々と浮かぶ雲のあいまから太陽が顔をのぞかせていた。ベリンダはマントの前をしっかりとかき合わせ、運命の一歩を踏み出した。シティの金融街から郊外の目的地までは長い道のりだ。目指す家はメイフェアの北にあたるメリルボーンにある。新しくなったリージエンツパークの中で、道路や豪華なテラスハウスが新たに建設されつつある清潔な高級住宅街だ。

心の中でひとつの塊となった怒りで体が火照る。二日以上まともに食べていなかったが、体の飢えは、復讐への激しい欲求にはとうてい及ばなかった。

パトロン。なんて甘い響きだろう。

容姿のすぐれた人でなくていい。若くなくてもかまわない。ベリンダは一度も後ろを振り返らず、腕で自分の胸を抱きしめて、考えをめぐらせつつ早足で通りを歩いた。そう、華美な服や宝石を山ほど贈ってくれる人でなくてもいい。

その人に求めるのは優しさだった。二人の関係が重荷にならないよう気づかってくれるだけでいい。父を債務者監獄から救い出す助けとなり、わたしがいざあの卑劣なけだものと対決するときに支えてくれる人であれば。

もし運命の女神がそんな人をつかわしてくださるなら、わたしはその恩に報います——ベリンダは歯を食いしばり、天に誓った。もうここまで堕ちたからには、愛人となる男性に誠心誠意尽くすつもりだった。

2

ブライトンの海岸。さわやかな海風の中、ホークスクリフはほっとひと息ついた。ロンドンの喧騒と、ルーシーを思い出させる多くの場所から離れたところに来たからか、それとも雄大で平穏な海の影響か、胸を締めつけていた悲しみがやわらぎ始めていた。

夜は聞きこみにあてていたが、日中はうららかな四月の空の下、ズボンのすそをまくり上げて砂浜をはだしで歩くなど、一人の時間を好きなように過ごした。遊歩道や移動更衣小屋から遠ざかれば、打ち寄せる波の音とカモメの鳴き声ぐらいしか聞こえない。心が癒され、気力が充実してくるのを感じていた。

朝はたいてい岸から小舟を漕ぎだして、イングランドの沿岸がほとんど見えなくなるまで沖へ遠出して釣りを楽しんだ。ある日のこと、春の暖かで高い日差しに誘われ、淡い翡翠《ひすい》色の穏やかな水面に魅せられて、ブーツも、上着とベストも脱いで、舟の舷側から海中に飛びこんだ。

一瞬、息が止まるかと思うほどの冷たさ。それでも揺れる波をかきわけ、弓から放たれた矢のごとくまっしぐらに海底に向かって突き進む。痛いほど冷たい水のおかげで頭が冴えわたり、事件を明快に分析することができた。水面下の青緑色の光とゆったりした静けさを味わいながら、さらに深くもぐっていく。池で溺れたルーシーの最期はどんなだったろう。

水中でゆらゆらとたゆたいつつ、胸が苦しくなるまで息をこらえていると、いつもの孤独感に襲われた。だが心は自由だった。ルーシーの呪縛から、自分が徐々に解き放たれていくのを感じていた。ついに息が続かなくなって海面に浮上し、空気を求めてあえぐ。海の底の真珠は採ってこられなかったが、あるぼんやりとした認識が生まれていた。もしかすると自分はルーシーという女性そのものよりも、頭の中の彼女に恋していただけなのかもしれない。そう考えると妙に楽になった。ホークスクリフは物事を頭で考えすぎるたちだ。それが美点であり、欠点でもあることは自覚していた。

数カ月ぶりにようやく自分らしさを取り戻せたように感じて、ホークスクリフは舳先《へさき》を岸に向けた。すがすがしい風を受けて、寒さに震えながらも大きく力強い動きで漕ぎつづけた。宿はスタイン川の西岸に立つ〈キャッスル・イン〉だ。部屋に戻ると入浴して服を着替え、食事をすませ、いつもの晩と同じように夜の集まりに出かけた。新たに親交を結んだドルフ・ブレッキンリッジ準男爵が摂政皇太子の別荘の庭で開かれる演奏会を聴きに行くというので、自分もそうするつもりだった。

ドルフをはじめとする不品行な準男爵たちと親交を深めるのは思ったより簡単だった。とはいえ、ルーシーの話題を持ち出すにはまだ早い。唐突に過ぎて、疑問を抱かれかねないからだ。放蕩者揃いの仲間と一緒にいると、ホークスクリフはその高い道徳心について冷やかされることが多い。しかしドルフたちにしてみれば、公爵との気楽なつき合いは自分たちの評判を上げることになるからありがたいのだ。ホークスクリフはじっと我慢して好機をうかがっていた。あと少しで目的を果たせるという直感があった。

摂政皇太子がブライトンで開くパーティは盛大なもので、目立たずに行動できるのを幸いに、ホークスクリフは屋敷の部屋から部屋へとわたり歩いた。緑の芝生の上では、ドイツから招かれた管弦楽団が演奏している。運よくドルフが一人でいるのを見つけた。テラスの隅に立ち、物思いに沈んだようすで海を眺めている。

ドルフに接近して一〇日、もしかすると今夜はついに謎を解く鍵を導き出せるかもしれない。ホークスクリフは手すりにもたれているドルフにゆったりと歩み寄った。煮えたぎる敵意を隠し、誠実で控えめな態度を完璧に装って声をかける。「ブレッキンリッジじゃないか」

「ホークスクリフか」ドルフはろれつの怪しい舌で言い、深いため息をつくと、手にした瓶から酒をぐいと飲んだ。

酔っているな。これは好都合だ。「何かあったのか?」

ドルフは横目でちらりとこちらを見た。まぶたの重そうな目は、いつもより生気がない。

「きみは恋をしたことがあるか?」

ホークスクリフはポケットに両手を突っこみ、じっと考えるように海を見つめた。「いや、ない」

「たぶん、ないだろうと思ったよ。きみみたいな冷淡な人はね」口をつつしむのも忘れるほど酔っているらしい。「生まれつき情熱に欠けた人間なんだな、きっと」

ホークスクリフは片方の眉を上げた。「で、きみはどうなんだ、恋しているのかい？」

「宝物を見つけたんだ」

「ああ、ゆうべ劇場の公演が終わったあと、きみが膝の上にのせていたあのこげ茶色の髪の子だろう？」

ドルフは手にした酒瓶をけだるげに揺らしながら首を振った。「あれはただのひまつぶしだよ。そうじゃなくて、とても美しくて可憐で、魅惑的で、聡明で、優しい娘なんだ。彼女を愛するぼくの気持ちがどんなに強いか」瓶を持った手を胸に当てる。「きみにはとうてい想像できないだろうな」

不意をつかれ、ホークスクリフはドルフを見つめた。今の今まで、この男が狩猟や馬、猟犬以外の話題についてこれほどの情熱をもって語るのを聞いたおぼえがなかったからだ。

「もっと聞かせてくれ」

「実際に会ってみればわかるさ。いや――だめだ、結婚するまで絶対、誰にも会わせるものか。きみらの目に触れないところに隠しておくよ。きみだってわかったものじゃない。公爵位と名声をひっさげて近づいて、彼女をさらおうとしかねないからな」ドルフはへらへら笑った。「きみ本人でなければ、あのいまいましい弟たちがさらいに来るだろう」

「それだけ価値のある女性ということだね」

「これ以上の女性には出会えないというぐらいさ」ドルフは傲慢に言い切り、酒をひと口飲んだ。

「その天使には名前があるのかな?」

「ベリンダだ」

「で、結婚式はいつだい?」

ドルフはふたたびため息をついた。「ぼくとは結婚したくないとさ、今はまだ」

「まさか、冗談だろう」ホークスクリフは穏やかに言った。

「時が来ればうんと言わせてみせるよ。ぼくがロンドンを留守にしているから、今ごろきっと寂しがっていると思う。向こうへ戻るころには考えなおして、求婚に応じてくれるはずだ」

「そうか。彼女の心を射止められるよう、祈っているよ」ホークスクリフは明るく言ってきびすを返した。その目は抜け目なく光っていた。

見つけたぞ。これがこの男の弱みだ。


ドルフ・ブレッキンリッジは、追跡が佳境に入った狩人さながらに意気揚々とロンドンへの帰途についた。獲物に十分な時間を与え、彼なしで過ごす人生がいかにみじめか、じっくり考えさせたつもりでいた。雌ギツネは追いつめられて、どこへも逃げられないはずだ。

ベリンダ。なんという極上の獲物だ! 馬たちにむちを当て、ストランド街を走らせながらドルフはほくそ笑んだ。最初、愉快な追跡劇の主導権を握ったのはベリンダだったが、ぼくと離れ離れになっていたおかげで、反抗的な態度は改め、素直になっているはずだ。そろそろこちらになびいてくるにちがいない。でなければ、ぼくに頼らずに生きていくという愚かな試みをやめさせるよう、また新たな手を考え出すまでのことだ。

四輪馬車を駆って通りを疾走するドルフは、ほかの馬車とあやうく衝突しかけても、勢いよく回る車輪で歩行者を轢きそうになっても、いっこうにかえりみなかった。一刻も早くベリンダを見つけだしたくて、行商人たちの顔をすばやく見わたしながら、交差点を猛烈な勢いで駆けぬける。前方を行く配達車の速度が遅すぎると罵声を浴びせ、大きく横にふくらんで追い越したあげく、反対側からやってくる郵便馬車と正面衝突しそうになった。

相手の御者を怒鳴りつけたドルフは、本当はその場で馬車を止めてけんかを吹っかけたいところだったが我慢した。それより大事な用があったからだ。不機嫌な顔のまま、ふたたび馬の背にむちをふるい、先を急ぐ。

いったいどこへ行ったんだ、あの小娘は？　いつもの丁々発止の口論が待ちきれなかった。ベリンダはドルフの意欲をかきたてる、まさに数少ない難題のひとつだからだ。

これまで、ドルフ・ブレッキンリッジの人生はやることなすことすべてうまくいって、順調そのものだった。おじのコールドフェル伯爵の爵位と財産の相続人になったのもその好例だ。子どものころから強い意志を持ち、両親の言いなりにはならなかった。イートン校でもオックスフォード大学でも苦労しなかった。学業優秀な下級生に命令して勉強を手伝わせていたからだ。すぐれた体格と恵まれた顔立ちのおかげで、女たちも彼の言うなりだった――

ただし、気難しく不屈の精神を持つミス・ベリンダ・ハミルトンをのぞいて。

屈服させたい。今まで、これほど熱い気持ちを抱かせた女性はいない。ベリンダを自分のものにできればどんなに誇らしいか！　夫につき従う、優美で見目うるわしい妻となれば、きっと友人のあいだで羨望の的となるだろう——その中には上流社会で大きな影響力を有するホークスクリフ公爵も含まれる。想像するだけで嬉しくなった。

「くそっ、いまいましい。どこにいるんだ？」ドルフは一人つぶやいた。その声に馬車を引く馬たちは緊張し、耳をくるりと回した。

ベリンダは、いつも見かけていた場所のどこにもいなかった。そこでドルフはいったん探すのをやめ、会員制の紳士クラブ〈ワティエ〉へ向かった。うまい食事と酒で、いらだちもおさまるだろう。それからまた捜索を再開すれば、誰はばかることなくかならず獲物を見つけだせるはずだ。

ほどなくドルフは乗馬用の分厚い革手袋を脱ぎ、肩で風を切るようにしてクラブに入っていった。明るく陽気な雰囲気の大広間では、客のにぎやかな談笑やざわめきがあちこちから聞こえるのもそう珍しくない。

新たに持ち上がった賭けについて、一〇人を超える会員が親しげな雰囲気で議論を戦わせていた。ドルフがその中に分け入って一部の友人と挨拶を交わしても、議論はまだ続いている。まあいい。牛肉パイを注文するほうが先だ。彼は聞くとはなしに聞いていた。

「第一条件——それは、何でも自由にさせてやれるだけの器量を持った男でなければ、あの女《ひと》には近づいてはいけないってことだ」

「だったら、ぼくは資格なしだな――少なくとも我が尊敬する父上が亡くなるまでは」

忍び笑いと、意味なくへらへらと笑う声。

「彼女、いったい誰を選ぶと思う？」

「アーガイル公だな。一〇ポンド賭けるよ」

「いや、アーガイル公はハリエットのものだろう」

「ウースター侯はどうなんだ？」

「彼女の好みじゃないさ」

「そう、ぼくが意中の人だからな！」

「おい、冗談もほどほどにしろよ」

「あなたって機知に富んでいるのね、って本人に言われたんだぞ」

「彼女は誰にもなびかない。そこが魅力なんだ。だけど、その心の氷を溶かす男になるのは……これが、なかなか難しい」

「彼女はおまえにも、我々の誰にも、目もくれないからな」

「じゃ、どんな男なら満足できるっていうんだ？　半神半人？　完璧な男？　聖人か？」

「ロシア皇帝アレクサンドル一世のロンドン訪問を待っているのさ。うん、それに二〇ギニー賭けるよ。世の中の女性という女性はみんな、皇帝にあこがれてるようなものだからね。『タイムズ』紙によると、まもなく訪英するそうだし――」

「いやいや、彼女はまともな英国人女性だからね！　外国人なんかとつき合うはずがない」もう一人があざけるように言った。「ぼくは、本命はウェリントン公だと思うね。この言葉、憶えておいてくれ。ウェリントン公に一〇ポンド賭けよう！　我々の誰よりも彼女にお似合いだからな」

「お言葉を返すようだが、ウェリントン公は彼女の父親でもおかしくない年だろう」誰かがつぶやいた。

「彼女に選ばれなかったら、首でもつってしまおうかなあ」もう一人が冗談めかして言う。

「まあまあ、そう熱くならず」ドルフは皆のほうを向き、腰に両手をあてて声高に言った。「聞かせてくれ。誰の話をしてるんだ？」

青年たちは急に黙り、顔を見合わせて、意味ありげな笑いを浮かべた。

「知らないのか？」ルットレルが何食わぬ顔で訊いた。

「いったいきみ、どこへ行ってたんだ？」もう一人が尋ねた。

「ブライトンだよ。摂政皇太子とご一緒していた」ドルフは横柄な口調で答えた。「で、誰の話だって？」

「新顔の高級娼婦で、我々全員をひざまずかせた美しい女性がいてね」ハンガー大佐が言った。「彼女が誰をパトロンに選ぶか、皆で賭けをしているんだ」

ドルフはあざけるようにからりと短く笑った。間抜けめ。美しい女性とはどんなものか、知りもしないくせに。

「ぼくらの言うことを疑うんですか？」気品のある青年が憤慨してつっかかってきた。

「どんな容姿だ？」ドルフは疑わしそうに訊いた。

一同がいっせいにため息をもらした。

「そのうるわしき髪は輝く陽の光をつむいだよう――」

「おい、アルヴァンリー。お願いだから、詩人ぶるのはやめてくれ」ブランメルがのんびりと諭した。「青い目で、金髪だよ。ひと言で言えば、はっとするほど美しい」

「ふーん」ドルフは鼻先で笑った。「いくらでもいそうだな」

急に、理由《わけ》のわからないかすかな不安が胸にきざしたものの、給仕が注文した牛肉パイをテーブルの上に置いたので、ドルフは皆に背を向けた。

「誰か、今夜ミス・ハミルトンがどこに現れるか知ってるか？」背後で一人が訊いた。

そのとたん牛肉の塊が喉につまり、ドルフはむせた。

「たぶん、ハリエットの夜会《ソワレ》に出るんじゃないかと思うよ」

ドルフはエールで食べ物を飲み下して咳が出るのを抑え、口元を服の袖でぐいとぬぐうと、椅子からがばっと立ち上がって皆のほうを振り返った。「名前はなんと言った？」

「誰の？」

「新顔の娼婦だ」ドルフは声を荒らげた。頭を低く下げ、今にも突進してきそうな闘牛さながらの勢いだ。

ハンガー大佐はにっこりと笑い、グラスを上げて乾杯した。「ミス・ベリンダ・ハミルトンだよ」

そんな、ばかな。ドルフはたじろいだ。

「ミス・ハミルトンに乾杯！」青年たちが威勢よくグラスを掲げているあいだに、ドルフはすでに店の外へ飛び出していた。

係を怒鳴りつけて自分の馬車を回させると、次の瞬間にはもう、メリルボーン方面に向かってセントジェームズ通りを突っ走っていた。ヨークプレイスにあるハリエット・ウィルソンの住まいは知っている。土曜の夜ごとに開かれるパーティに何度も出たことがあったからだ。

まさか、ありえない。娼婦だなんて、何かの間違いか、悪い冗談か、単なる偶然にちがいない。ベリンダにかぎってそんなこと——**絶対にあるわけがない！**　潔癖で、汚れを知らぬ乙女で、貴婦人のベリンダ。彼女はこのぼくのものだ。

いきりたって御者席に座ったドルフは馬をあやつることに集中できず、路上の交通を大いに混乱させた。地響きを立てながら、名だたる高級娼婦ハリエットの住む優雅だが控えめなタウンハウスへと向かう。

もし、クラブで聞いたことが真実だったら——ベリンダが本当にハリエットの家にいたら、扉を壊して、ベリンダの髪をつかんで引きずり出してやる。そして、駆け落ち結婚の名所グレトナ・グリーンまで連れていくのだ。

ドルフはハリエット・ウィルソンの家の前で、まだ完全に止まっていない馬車から飛び降り、正面玄関につかつかと歩み寄ると、こぶしで戸を叩きはじめた。

「開けてくれ！　開けるんだ、ハリエット！　くそっ、ベリンダ！　いることはわかってるんだ！　出てきてくれ！」

　こぶしを振り上げてさらに叩こうとすると、突然、扉が開いた。目の前に立っていたのはハリエットが雇った柄の悪い男だった。元は賞金稼ぎのボクサーか何かだったのか、背が高く肩幅も広い。反逆児が従僕のお仕着せを着ているようなごろつきだ。そういえばハリエットはこの手の男を二、三人、用心棒として雇っているのだった。

「何か、ご用でしょうか？」こわもての従僕はぶっきらぼうに訊いた。

「実は、その――」ドルフは落ち着こうとつとめた。汗がひとすじ頬を伝った。「ここに、ベリンダ・ハミルトンという名の娘《こ》はいるかね？」

「ミス・ハミルトンはただいま、接客中です」筋肉隆々の従僕は喉の奥でうなるような声を出した。「名刺を置いていかれますか」

　噂は本当だったのか。

　信じられなかった。ドルフは驚愕のまなざしで従僕を見た。従僕はふんと鼻を鳴らし、ドルフの目の前で扉をばたんと閉めた。中から鍵のかかる音。ドルフはふたたび戸を叩き、わめいた。だが誰も出てこない。よろめくように後ずさりしながら戸口を離れ、歩道を渡り、車道の真ん中に出た。激しい怒りに燃え、天を仰いで叫ぶ。

「ベリンダ！」

世界がぐるぐる回って、吐き気がするほどだった。そのとき、建物の上部で何か動くものが見えた。フランス窓にかかったカーテンだ。憤激のあまり息を荒らげ、それがひらひらと揺れるさまを白目をむいてにらみすえた。午後の日差しに照らされたガラスがきらきら輝いている。窓が内に向かって開き、ベリンダが現れた――といっても、ドルフの知っている以前の、すり切れた毛織のマントを着たみすぼらしい姿とはまるで違う。

まさか。これがベリンダであるはずがない。ドルフは初めて見るあでやかな娼婦の姿に圧倒され、ただ見つめるばかりだった。

抜けるように白い肌の、優美な女神。つやつやと輝く亜麻色の巻き毛をきれいに結い上げて、洗練されたまとめ髪にしている。耳元には宝石をあしらったイヤリング。昼用にしては襟ぐりが深く開いた贅沢なドレス。透ける布地を使った長い袖がそよ吹く風にふくらむと、しなやかそうな腕の形がくっきりと浮かび上がる。手入れの行きとどいた手を窓辺からのぞかせてドルフを見下ろすその顔には、とげだらけの薔薇を思わせるあざけりの笑みが浮かんでいる。

「何かご用でしょうか?」

「ベリンダ!」ドルフは信じられない思いで叫んだ。「い、いったい、どうしたんだ?」

ベリンダは冷ややかな表情で眉を上げた。「申し訳ありませんけれど、あなたのことよく存じ上げませんの。失礼いたしますわ《オー・ルヴォワール》」

言葉遣いこそ丁寧だったが、若い女にできるもっともあからさまで残酷なしうちを受けたことは明白だった。窓が閉まろうとしている。

「待ってくれ！」

ベリンダは屈託なく笑うと、肩越しに振り返って部屋の奥にいる人物に呼びかけた。「ちょっと、こちらへいらしてごらんになったらいかが。下の道路に、哀れな醜い野蛮人がいますわ」

男性の影がふたつ窓辺に現れて、ベリンダをはさんで両隣に陣取った。

なんということだ！　二人が誰かわかって、ドルフは仰天した。アーガイル公とハートフォード侯じゃないか！　この女たらしめ、ベリンダを口説こうっていうのか！　だがけんかを売ろうにも、相手はそれぞれ公爵と侯爵という、知性も名声もある有力者だ。ドルフは開きかけた口を閉じ、言葉に気をつけなくてはと、今にもほとばしり出そうな罵詈雑言を抑えこんだ。

その応接間からほかの人々の笑い声や話し声が聞こえてくる。もしかすると摂政皇太子や、ウェリントン公や、王室にゆかりの深い貴族も同席しているかもしれない。

「ベリンダ・ハミルトン」ドルフは歯を食いしばって言った。「自分が何をしているか、わかっているのか。今すぐ下りてきたほうが身のためだぞ」

ベリンダは両隣の紳士の肩に腕を回し、ドルフに挑むように微笑みかけた。「わたし、自分が何をしているかぐらいちゃんとわかっていてよ、ドルフ。召使から聞いたでしょう、お客さまをもてなしているんです。とてもすてきな方々をね」

「話があるんだ、聞いてくれ！」もう泣き叫んでいるに等しかった。

ベリンダは陽気に笑って腕を下ろした。アーガイル公爵とハートフォード侯爵はしかめっ面でドルフを見すえている。大切な人に悪さをしたら承知しないぞとでも言わんばかりの表情だ。ベリンダは窓枠にひじをつき、完璧なまでに美しいその顔を両手にのせて、憐れみとからかいの混じった笑みを見せた。「かわいそうなドルフ。だいぶ取り乱しているようね」

「ベリンダ、お願いだ、下りてきてくれ。話をしよう」

「不作法な人ね。話すことなんか何もないわ」

「くそっ、許せない！」ドルフはのけぞってわめいた。

周辺の建物のよろい戸や扉が開いて人々が顔を出した。いったいなんの騒ぎかとあたりを見回している。

「わかりました。今夜のパーティで、少しだけ話を聞いてさしあげてもいいわ。ただし、わたしが聞きたいのは」ベリンダはにこやかに言う。「謝罪の言葉だけよ。さあ、もう行ってちょうだい。警官が騒ぎを聞きつけてやってくる前にね」

それだけ言うとベリンダは中に消え、窓が閉まった。

ドルフは目に涙を浮かべ、ひと気のなくなった窓をにらみつけた。口をきっと結んで怒りをこらえていたが、今にも爆発しそうになり、ふたたび声を張り上げてベリンダの名を呼んだ。しかし窓ガラスには青い空がむなしく映っているだけだ。

まさか、こんな裏切りがあろうとは。ドルフはいまだ信じられないようすできびすを返し、自分の馬車に飛び乗ると、全速力で走らせた。動悸が激しくなっていた——今度こそ本当に、ベリンダにしてやられたのだ。

待ち望んでいた瞬間だった。恨み重なる敵への復讐の、最初の一撃。ベリンダは溜飲《りゅういん》が下がる思いだった。衝撃を受けたドルフのあの苦悩の表情は一生忘れないだろう。だがそれも、今夜のパーティで彼を待ちうける苦しみに比べれば、ものの数ではないはずだ。

客のところへ戻ると、ハートフォード侯爵が含み笑いをしながら話しかけてきた。「だから言ったでしょう、ミス・ハミルトン。そのうちあなたのせいで、路上で拳銃自殺するような連中が出てきますよ、と」

ハリエットと妹のファニー、そして優雅な雰囲気を持つ友人のジュリア・ジョンストンが、数人のお気に入りとともに紅茶を飲みながら、噂話に花を咲かせていた。

「あんな凶暴な男を今夜ここに来させるなんて。本当に大丈夫なんですか?」しかめっ面で窓のほうを見やり、アーガイル公爵が訊いた。

「来てもらったほうがいいんです。思い知らせてやれますから」ベリンダは軽い口調で言い、トレイから白くて丸いケーキをひとつ取った。

「まったく、残酷な美女だなあ」ケーキを食べるベリンダを見つめながらハートフォード侯爵がつぶやいた。

ベリンダは肩をすくめて平然と微笑み、ソファのもといた位置に戻ると、室内履きをはいた足を体の下に引き寄せた。

その隣に腰かけているのはハリエット・ウィルソンだ。小柄だが肉感的な三〇代半ばのとび色の髪の女性で、黒々とした目は機知にあふれ輝いている。「でも今夜は、気をつけたほうがいいわよ」

「ええ、気をつけます。心配しないで」

ドルフをパーティに呼んだのは軽はずみだったかもしれない。だがベリンダは、高級娼婦の世界の新星としてもてはやされている自分を見せつけてやりたかった。それほどドルフが憎かった。あんな男、息ができなくなるほど逆上すればいい。自業自得だわ。新たに手に入れた名声にもの言わせてやる。ここに集まるのはわたしを崇拝する男性ばかりだし、ハリエットに仕える頼もしい従僕が守ってくれる。ドルフだって何もできないはずだ。

ふたたび、皆がなごやかに談笑しはじめていた。だがベリンダは黙ったまま、ケーキを少しずつかじりながら、ここ数週間のできごとを思い出していた。

四月のあの日、ベリンダがウィルソン三姉妹の家を訪ねたとき、ハリエットはすぐに断ろうとした。明らかに育ちのよい若い娘が身を持ち崩すのに手を貸すなど、気が進まなかったのだろう。ただ幸いなことに、心優しい妹のファニーがたまたまそこにいて、ハリエットを説得してくれた。

心の狭い長女のエイミーは、ベリンダをひと目見るや嫉妬でいらだち、関わりたくないとはっきり拒絶した。姉に逆らう傾向のあるハリエットは、妹の説得もあって、ベリンダを真剣に品定めしてみる気になった――容姿、物腰、教養の程度を確かめ、悪くない素材であると判断したのだ。とはいえ、高級娼婦という商売もまともに始めるとなると大きな元手がかかる、とハリエットは説明した。裕福な相手とのつり合いを考えれば当然のことで、夜会服はひととおり、しかも最新流行のものを揃えておく必要がある。けっきょく、ベリンダがパトロンを見つけて手当を受け取るようになったあかつきにはその二割を支払うという条件で、ハリエットはベリンダがこの道に入るための支援を引き受けることにした。

ベリンダはすぐに、ウィルソン三姉妹の家の空いた寝室に腰を落ち着けた。最初の仕事は父親に手紙を書くことで、花嫁学校の生徒二人のお目付け役として旅行に同行するため、しばらくロンドンを離れる旨を知らせた。行き先は英国人観光客を受け入れるようになったフランスのパリにした。手紙は大男の従僕に託され、債務者監獄へ届けられた。

その瞬間から、かつて教師だったベリンダは、新しい世界について学ぶ生徒となった。教師のハリエットにとっては利益が期待できるうえ、教える楽しさもあった。また腹を立てている姉のエイミーへの反発も手伝って、ベリンダを完璧な高級娼婦に仕込むことに熱を入れはじめた。

ベリンダは、むごくも辱められ、傷つけられた自分を捨て、新しく生まれ変わることを何より望んでいた――美しく、大胆不敵で、強い自分に。

もう二度と飢えに悩まされることはない。大金を稼ぐことは安心感につながる。ハリエットぐらいになると、顧客の男性と数時間仲良く過ごすだけで一〇〇ギニーが手に入る。しかも、ベッドをともにするとはかぎらない。紳士たちは、夕食を一緒にとる話し相手としての女性を求めるときもあるのだ。

ハリエットが最初に教えてくれたのは、高級娼婦にとって一番大切な心構えだった。それは、「けっして相手を愛してはならない」という原則だ。

男性を愛すれば、その人の力に屈して言いなりになってしまう。娼婦にとっては力関係こそがすべてなのだ。

ベリンダが新たに学んだのは、高級娼婦とは単なるベッドでの相手や、男を巧みに誘惑する女ではなく、それをはるかに超える、機知と華やかさをそなえたまばゆいばかりの存在でなくてはならないということだ。男性の肉体、感情、知性のあらゆる感覚を満足させるために、快楽の世界を知りつくした女性であることが求められる。

美しさを最大限に活かすだけでなく、人を心ゆくまで楽しませるすべを身につけ、手際よくもてなし役をつとめる必要がある。人の話を親身になって聞き、口の堅い友人として信頼されなければならない。ハイドパークの南側を走るロットン通りを馬で闊歩して、上流階級の人々を振り向かせるだけの大胆さと気概のある女性であればなおいい。

男性が熱心に議論したがる政治情勢にも通じていなくてはならないから、『タイムズ』紙を毎朝読み、トーリー党の機関誌『クォータリー・レヴュー』にも目を通しておく必要がある。ホイッグ党の機関誌『エディンバラ・レヴュー』はたまに読めばいい。この雑誌の創刊者はハリエットの愛人の一人で、〝風雲児〟の異名をとる若く頭脳明晰なヘンリー・ブローガムだった。しかし読んでいていらいらするし、文章がわかりにくい、というのがハリエットの意見だ。いずれにせよ今のところ議会の過半数を占めているのはトーリー党だから、問題ない。

愛人の仕事はそういつまでも続けられるものではないため、稼いだお金を投資するすべについても学ぶ必要があった。ブレイズン・ベローナやホワイト・ドウといった、一世を風靡《ふうび》して引退した高級娼婦が何千ポンドという資産を手にしていると聞いたベリンダは、富を築く特別な方法でもあるのかと不思議な気がした。何ものにも縛られないそんな自立した暮らしができるなど、夢にも思わなかったからだ。これが正妻の立場だったらどうだろう。世間体はいいかもしれないが、自由に使える自分のお金を持つことはかなわない。

ベリンダにとってハリエットはあこがれの存在となった。女性の持てる力のすばらしさを知りつくすこの人についていきたい。そう思うようになっていた。

だが、恩師と仰ぐハリエットにも、あの暗い路地でのおぞましいできごとについては打ち明けていなかった。誰にも告げられない秘密だった。実のところ、過ぎ去ったこととしてほとんど忘れたつもりだったが、いまだに悪夢に苦しめられるときがあった。

五月も中ごろになると、世界は無限の可能性に満ちているように感じられた。パリが陥落してナポレオンが退位したあと、政府の要人や戦争の英雄が次々とロンドンに帰還し、街は「戦勝の夏」を祝う人であふれた。そしてベリンダはついに、高級娼婦としてのデビューを飾った。「三人の女神」として名高いハリエット、ファニー、ジュリアとともに行ったヘイマーケットのキングズ劇場でのオペラ公演の日だった。

演目はロッシーニの「セミラーミデ」。カタラーニ嬢がすれ違いの恋の悲しさを切々と歌いあげるあいだじゅう、あだっぽい四人の女性が陣取ったボックス席には男性がひしめいていた——老いも若きも、色男も醜男も、明敏な者も鈍い者も、外国人も英国人も、それぞれ立派な肩書や爵位を持つ男性が皆、四人の女性に見惚れ、褒めそやしていた。中には妻の目の前でそんなふるまいに及ぶ者さえいる。

貴族や役人だけでなく、外交官、詩人、芸術家、めかし屋、しゃれ者、伊達男《だて》など、あらゆる種類の男性がいた。ボンド通りをよくぶらついている趣味人が、王立アカデミーで高尚な学問を追究する科学者と並んで押し合いへし合いしている。彼らの共通点は、最高の娼婦によってのみ得られる、つややめいた恋の夢にあこがれてやまない心だった。

初めての経験に目を丸くしながら、ベリンダはハリエットたちがちやほやされるさまを見守った。まるで地上に舞い降りた恋の女神のように、正真正銘の偶像として崇められている。ただハリエットには、賛美を当然といった顔で受け流すよう注意された。高慢で無礼に思えるかもしれないが、そうした態度をとらなければ甘く見られるという。手に入れる価値のある女性だと思われたかったら、それにふさわしいふるまいをしなくてはいけないのだ。

すべては遊戯《ゲーム》であり、ベリンダはうまくこなすすべをすぐに身につけた。

恋愛に対する姿勢にはいくつかの選択肢がある。ファニーは、熟慮のすえ選んだパトロンのハートフォード侯爵一人に尽くすほうが楽だと考えた。しかしハリエットに言わせると、あまり賢いやり方ではない。全財産をひとつの事業に投資するようなものだからだ。自分自身、ポンソンビー卿の愛人だったとき痛い目にあっている。そのため男性を一人に絞らずに、アーガイル公爵、ウースター侯爵のほか、妻を毛嫌いしているヘンリー・ブローガムなど決まったお気に入りを数人確保し、その一方で、かつてウェリントン公爵が自分のとりこになっていたことをさりげなく自慢したりもした。

ベリンダは、ファニーのように、自分の好みに合ったパトロン一人とだけつき合うという控えめな考えのほうがよさそうな気がしていた。ただし、独占的な愛人関係を結んだ場合、正妻の嫉妬にはよくよく気をつけなくてはならない、とハリエットに忠告されていた。すべてを考慮に入れて、ベリンダは自分が守るべき原則を決めた。「けっして相手を愛してはならない」という高級娼婦の信条に加えて、「既婚男性をパトロンに持たない」という決まりを貫くことにしたのだ。

これによって選択の幅はかなり狭まるはずだが、不思議なことにハリエットは賢明な決断だと賛成してくれた。自分ももっと若いころにその道を選んでいればよかった、とも言った。パトロンの妻が家で嫉妬の炎を燃やしていると思うと、おちおち逢瀬を楽しめないからだろう。

ベリンダはよけいな敵を作りたくなかった。それにこの決まりは、愛人であろうがなかろうが、まだ善悪の判断はちゃんとつくのだとあらためて認識させてくれる、ささやかな手段でもあった。妻を亡くした裕福な男性もよし、未婚の青年が相手なら問題ない。だが美《ベル》しき・ハミルトンは、自ら不倫に手を染めることは絶対に許せなかった。

オペラ公演の日、数えきれないほど多くのパトロン候補との出会いがあった。その後、一部の男性とはハリエットの夜会や、野外遊園地のヴォクスホール・ガーデンで再会して、お互いをよりよく知るようになった。愛人にならないかという申し出がハリエットを通じて次々に舞いこんだ。だがベリンダは、ハリエットとファニーが説明してくれた衝撃的な行為をしてもいいと思える相手にまだ出会っていなかった。性愛に関する知識は今のところ耳学問にすぎない。実際、人ごみの中で男性とすれ違いざまに軽く触れただけでびくりとする癖を直すのも大変だったし、手を握られたときに嫌悪感をあらわにしないようにするのに必死だった。

それでもベリンダは、ロンドンの上流社会の周辺で生きるみだらで妖艶な美女として生まれ変わるべく、懸命の努力を重ねた。不安に襲われながらも、ひと財産築いて安心を手に入れることを夢見ていた。もう二度と、誰もわたしたち親子を傷つけることはなくなる。わたしは自由で、独立独歩の人生を歩めるんだわ。

高級娼婦の看板が偽りだと疑う者は誰もいないだろう。だがたとえ偽りでも、途中で投げ出すわけにはいかなかった。粋で明るく屈託のない、うわべだけは完璧な高級娼婦への変身を、ベリンダは一歩一歩着実に遂げていった。

えり好みが激しいのね、とジュリアには言われたが、ベリンダは運命の人との出会いをじっと待った。本当にそんな人にめぐり会えるのだろうかと危ぶみながらも、祈るような気持ちで、輝くよろいをまとった騎士のまぼろしにこだわりつづけた。

趣味のいい調度品をしつらえた応接間では話し声が響いていたが、ベリンダはそれさえも耳に入らないほど想像の世界に深く没入していた——この世のどこかできっと、理想の人がわたしを待っている。恐れを取り除き、新たな人生へと導いてくれる最高の恋人が。

心の底から信頼できる人。嫌悪を感じることなくキスできる人。優しく、気高く、心正しい人。いざ出会ったら、すぐにわかるはずだ。この人こそ、探し求めていた男性だと。

3

土曜の夜、オペラ公演のあとの夜会。高級娼婦の住む瀟洒でこぢんまりとしたタウンハウスは、もうこれ以上は入れないほどの客でごった返している。ホークスクリフは照れくささと場違いな感じをおぼえつつ、人波をかき分けて進んでいた。

きらびやかな色と騒々しい笑い声が万華鏡のように交錯して、パーティを彩っていた。人いきれでむっとした大広間を見わたし、ほろ酔い加減の男性客が大半を占める人ごみを押し分けながらドルフ・ブレッキンリッジの姿を探す。どこかの窓が開けられたのだろう、かすかな涼風が人の群れの中を吹きわたり、ホークスクリフの頰を撫でた。正気に返らせてくれるようなすがすがしさ。それこそまさに今、求めている感覚だった。

いったい、どうなっているのだろう。ドルフがつのる思いを語っていた恋人のベリンダ・ハミルトンという娘は、なんと娼婦だった。さらに驚いたことに、ブライトンからロンドンへ戻ってみると、市内の男性の半分がベリンダのパトロンに立候補したという噂が飛びかっていた。ホワイツの賭け金帳には、誰がこのたぐいまれな美女を愛人にするかをめぐる賭けの記録が、三ページにもわたってびっしり書きこまれているという。

一般的に道徳観に欠けているはずの娼婦には珍しく、ミス・ハミルトンはある種の「道徳的規範」を持っているらしい。ホワイツで聞いたところによると、既婚男性からの申し出はすべて断っているのだという。心の機微というものだな、とホークスクリフは皮肉な笑みを浮かべた。

ミス・ハミルトンを追いかけていったドルフが路上で恥をさらしたという噂は、またたくまに広まっていた。その話を耳にしたとたん、ホークスクリフは彼女こそ敵の首根っこを押さえる鍵だと直感した。

ただし、ひとつだけ問題があった。高級娼婦について何も知らないのだ。たとえば、どんなふうに求愛されるのを好むのかもわからない。いかにも堅物ホークスクリフとはいえ、心の底では真の愛を求める熱い思いがある。それだけに、性を売り物にするという考え方自体が受け入れがたかった。

今のところわかっているのは、高級娼婦は、分厚い財布をちらつかせれば言いなりになるほど単純な相手ではないということだ。街で見かける売春婦とは違い、彼女らには守るべき評判がそれなりにあるし、気まぐれにつき合ったり、虚栄心をくすぐってやったりする必要もある。男性はあくまで追いかける側であり、高級娼婦の心を射止めるためには、命令に唯々諾々《いいだくだく》と従う状況を楽しまなくてはならない。

つまりはすべてがゲームであり、ばかげたお遊びなのだ。考えただけでうんざりしたホークスクリフは、いらだちのため息をついた。たとえミス・ベリンダ・ハミルトンが皆の噂どおり魅惑的であっても、美化された娼婦でしかない女性はやはり尊敬できそうにない。ただし、娼婦と関わりを持つことで自分の品位が多少そこなわれるにしても、目的のためなら芝居もいとわないつもりだ。ホークスクリフはくつろいで見えるよう心がけたが、この家と住人の高級娼婦たちに対する軽蔑の念を隠せなかった。自分の母親ならこういう場がさぞかしお似合いだっただろうな、と苦々しい気持ちで思い出す。

ちょうどそのとき、三人の友人と行き会った。へえ、きみとこんな色っぽい場所で出くわすとはね、と陽気な口調で冷やかされ、背中をどんと叩かれた。手に酒のグラスを押しつけられ、きまり悪い思いをしながらも、一緒に飲むことにした。三人はかなり酔っており、ろれつの怪しい口調でとりとめのないことを口走っていたが、ホークスクリフはほとんど耳を貸さず、ひそかに室内全体を見まわした。すると視線は偶然、暖炉の上にかかった金縁の大きな鏡の中にコールドフェル伯爵の甥、ドルフ・ブレッキンリッジをとらえた。

ドルフは大広間の奥の壁のくぼみに立っていた。最初は気づかなかったが、どうやら一人の女性を問いつめているらしい。次の瞬間、ドルフが懇願するようにひざまずいたので、その女性の顔がかいま見えた。

ホークスクリフは動きをぴたりと止め、驚きに目を見開いた。鏡をじっとのぞきこんでいたが、急いで視線をそらす。誰かに怪しまれてはいけない。胸の鼓動が速まっていく。

なんという美しさ。まるで天使だ。

ホークスクリフは周囲の人々にこわばった笑みを浮かべてみせながら、ワイングラスの脚を折れそうなほど強く握りしめた。〈ジャックのボクシングジム〉での自らの活躍を白慢する友人の話に耳を傾けるどころではない。

背筋に戦慄が走った。もう一度鏡のほうをひそかに横目で見やると、輝くばかりにあでやかな若い娼婦がそこにいた。北の果ての国の処女王のごとく壁を背にして座る凛《りん》とした姿には、神々しさとなまめかしさが同居している。ミス・ベリンダ・ハミルトンはまっすぐ前を見つめ、ひざまずいて愛を誓うドルフを冷酷に無視しつづけた。無表情ではあったが繊細な顔のつくりで、アラバスターの彫刻を思わせる。きゃしゃな頬骨、貴族的な鼻、意志の強そうなあご。ホークスクリフの視線は、優美な曲線を描く首からほっそりとした肢体へと下りていった。

白い平織地《モスリン》のドレスは袖が長く透けており、胸元はすっきりした直線裁ちで、襟足はブラバント産レースのエリザベスカラーでおおわれている。上にあげてゆるやかにまとめた亜麻色の髪からはおくれ毛の束が何本も垂れ、耳元でささやかれる秘密のように揺れている。

ああ、あのたおやかな首筋に唇をあてて味わうことができたら。ホークスクリフは身震いし、無理やり目をそらした。動悸が激しくなっていた。あらゆる意味で男を悦ばせる方法を身につけた女性なのだと意識しただけで、うつろだった胸の奥がざわつき、波紋が広がっていった。**もうずいぶん長いこと、女性に触れていない。**

ルーシーに心を捧げたはずじゃなかったのか。裏切り者め。ホークスクリフは心の中で自分を責めた。

友人の一人に何か質問されたが、聞いている余裕などなかった。ふたたび鏡に目を向けたとき、ドルフとミス・ハミルトンが口論を始めたのに気づいたからだ。ドルフはすっくと立ち上がり、威圧的な姿勢で何か怒鳴った。それでもミス・ハミルトンはクッション付きのベンチに腰かけたまま無言で、あざけるような目で見上げるばかりだ。

そのうち、ドルフは両手を激しく動かして訴えかけはじめた。口角を上げてかすかに冷笑するミス・ハミルトン。それを見たドルフはポケットに手を突っこみ、数枚の硬貨をつかみだすと、彼女の顔に投げつけた。

ホークスクリフはあっと息をのんだ。なんということを。燃えるような怒りが血管を駆けめぐる。硬貨の一枚があごに当たり、ミス・ハミルトンはびくりと体を震わせた。投げつけられた硬貨は膝の上に散らばり、床に転がり落ちた。

ホークスクリフはくるりと向きを変えた。理由も告げずに友人たちをほったらかし、美女を窮地から救おうと、大広間の人ごみをかき分けて壁のほうに向かう。ルーシーを陵辱して死にいたらしめたかもしれない男が、娼婦だろうとなんだろうと、無防備な女性にあんなしうちをしている。ただ手をこまぬいて見ているなど、良心が許さなかった。それにしてもドルフがまさか、ミス・ハミルトンの崇拝者であふれる部屋でいきなり暴力をふるおうとは予想もしなかった。目立たない壁のくぼみで起きたできごとだからか、ほかに誰も気づいたようすはない。もし気づいていたらたちまち大騒ぎになり、あのならず者を皆で寄ってたかって袋叩きにしていただろう。

人が多すぎてなかなか前に進めない。ホークスクリフはもう一度振り返って、鏡に映る像を確かめた。ハリエットの従僕が二人、姿を現した。ロンドンの下町なまり丸出しの、腕っぷしの強い大男たちだ。二人はたちまちドルフを囲み、手荒に引きずり出そうとしている。

早く行かなければ。ホークスクリフは客の群れを押しのけながらひたすら前を目指した。つい周囲に気がいかなくなって人とぶつかり、自分の正装用白手袋にワインの残りをこぼしてしまった。ワイングラスを手に持っていたことすら忘れていたのだ。小声で悪態をつきながら、お仕着せをまとった給仕に空になったグラスを渡し、すばやく手袋を脱ぐと、それも給仕のトレイの上に置き捨てる。わき目もふらずにさらに前進し、ついにドルフと向かい合った。両側にはハリエットの従僕二人が控えている。

若き準男爵は、ひと目でわかるほど酔っていた。

「ホークスクリフ！」ドルフは必死の形相でホークスクリフの上着の襟をつかんだ。「こいつらに追い出されそうなんだ！　ベリンダめ！　あの娘《こ》のせいで頭がおかしくなりそうだ！　お願いだから助けてくれよ」

ホークスクリフは歯を食いしばり、こみあげてくる嫌悪感を抑えた。「何をすればいいんだい？」外に引きずり出して叩きのめしてやりたかったが、それぐらいではとても足りない。

「ベリンダと話してくれないか？」ドルフはろれつの回らぬ舌で言った。「よく言って聞かせてほしい。これだけぼくを懲らしめたんだからもう十分だろうと。ぼくはただ、彼女の世話をしたいだけなんだと。それから――」酒で赤みを帯びた顔が険しくなった。「もしほかの男を選んだら、きっと後悔することになるぞ、と伝えてくれ」

脅しの言葉を耳にしてうなり声をあげた用心棒たちが、ドルフを引きずるようにして連れていく。ホークスクリフの襟をつかんだ手の力がゆるんだ。

憤りを抑えようと、ホークスクリフは脇に垂らした両手を何度もこぶしに握った。きびすを返し、ふたたびぐいぐいと人を押しのけるようにして歩きはじめる。その鬼気迫る形相に、男たちは後ずさりして道を空けた。彼がようやく目指す壁際にたどりついたとき、ミス・ハミルトンは床に散らばった硬貨の最後の残りを拾い集めて、召使の持つトレイの上に置いているところだった。小刻みに震えるその手が痛ましかった。

「全部、持っていってちょうだい。一枚残らず。ほら、これも。早くしないと！　あの人、もう連れ出されてしまうわよ」ミス・ハミルトンはいらだちをあらわにして手を振り、ドルフに硬貨を返すよう召使に言いつけた。

どんなふうに話しかければいいのだろう。迷いながらホークスクリフは近づいた。するとミス・ハミルトンは眉をひそめて胴着の中に手を入れた。嫌悪感をあらわにして半クラウン銀貨を一枚取り出す。ドレスの中に入りこんだ虫を扱うような手つきだ。そして突然、期待に満ちたまなざしでホークスクリフに銀貨を差し出すと、「これ、お友だちに返してくださいな」と命令するように言った。高飛車な口調とはうらはらに、その目には傷つきやすい一面がにじみ出ていた。

二人の視線が合うと、ホークスクリフは圧倒された。ミス・ハミルトンの目の色は野生のラン、いや、もっと濃い青だ。草地に生えるゼラニウムのように柔らかく深みのある青紫色だった。こげ茶色の長いまつ毛が影を落としたその瞳は、謎めいていて用心深く、そして……純真だった。

「あの、お願いできますわね?」いらだたしそうな声。

あわてて差し出した手のひらに半クラウンが落とされた。体のぬくもりがまだほんのり残っているように感じられ、ホークスクリフはたじろいだ。ほんの少し前まで、銀貨はあの胸に押しつけられていたのだ。そう思っただけで目の前がぼうっとかすんだ。

「渡していただけるでしょ?」ミス・ハミルトンは重ねて言った。「今すぐ行かないと、間に合いませんわ」

ホークスクリフははっと我に返った。「もちろんです、あとで返しておきますから。おけがはありませんでしたか、ミス、えー、ハミルトン、でしたね?」

「まあ、役に立たない人ね」ミス・ハミルトンは銀貨を奪いとると、取り巻きの貴族の一人、清潔感漂うおもざしのレインスター公爵を呼んだ。銀貨を託し、公爵のなめらかな頰をそっと撫でて笑顔を見せた。ギリシャ神話に出てくる幸福の島に吹くそよ風のように甘い微笑み。

「ありがとう、レインスター公」口の中でつぶやく。茶目っ気たっぷりで快活なその声の調子には、男性をとりこにする魔力があるにちがいない。若くりりしいアイルランドの公爵は言いつけを守るべく、歩くというより空中を漂うような足どりで出ていった。

ホークスクリフは魅了されていた。戸惑いながら、ふたたびミス・ハミルトンと向かい合う。だが、さっそうとした若者二人に目の前に立たれ、話しかける機会を失ってしまった。

二人はたった今何が起きたかもつゆ知らず、美女にうやうやしく挨拶している。

ミス・ハミルトンの顔から不快そうな表情は消えていた。完璧な微笑みで二人の若者とたわむれの言葉を交わしている。ついさっきドルフから受けたしうちなどみじんも感じさせない。誰も気づいていないのだ。ホークスクリフは感心してただ見つめるばかりだ。

見事な演技力だった。まあ、それも当然だろう。ホークスクリフは間抜けみたいに壁際につっ立って、自分はもう深みにはまっているのではと半ば恐れながら眉をひそめた。二三歳やそこらの娼婦の関心を引こうと競い合う男たちの列に加わるはめになるなど、考えてもみなかった。彼女はいったい何様のつもりなのか？　こうしてホークスクリフ公爵が、わざわざ助けに駆けつけたというのに、気にもとめないとは。

クッション付きのベンチから立ち上がったミス・ハミルトンは、両脇にいる洒落者二人にいとまを告げて歩きだした。あごをつんと上げてホークスクリフの横を通りすぎ、人だかりに向かって進むと、男性たちが振り向いて彼女の名前を呼び、褒めそやした。

ミス・ハミルトンは明るく笑い、手を差しのべて紳士たちの賛美をことものなげに受け入れた。その両脇にラットランド公爵とベドフォード公爵が飛んできて、満面の笑みを浮かべて緑のフェルト張りのゲームテーブルのほうへいざなった。驚いたことにそこには、ホークスクリフの一番の政敵、エルドン大法官がいた。普段は無愛想なエルドン卿が、新たに注いだワインのグラスをミス・ハミルトンのきゃしゃな手に渡している。このぶんだと、議員の半分が彼女に熱を上げていることだろう。

ホークスクリフはにやけた二人の青年と同様、置きざりにされた格好で、混乱させられ打ちのめされ、ただただあっけにとられてその場に立ちつくしていた。今まで生きてきて、娼婦が彼の存在を無視して目の前を通りすぎていったことなど一度もない。

どうせ、わたしの名声や影響力を知らないからだろうが――いや、何を言っているんだ。うぬぼれるんじゃない。ホークスクリフは内心一人ごちた。するとなぜか急におかしくなり、笑いながらミス・ハミルトンのあとを追った。


ドルフをパーティに誘ったのは間違いだった――ベリンダは今になって思う。してやったり、といい気になっている場合ではなかった。つまらないことを考えた代償だ。あんなに脅され、恥をかかされるなんて。思い出すだけで身震いがした。ちょっと判断を誤っただけなのだから、もう忘れよう。彼女はパーティの場に戻ることにした。

それでも、ドルフをうまくあしらえるだろうと過信した自分を責めずにはいられなかった。ここに着いたときドルフは、お願いだから話を聞いてくれと、ほとんど涙ながらに訴えていた。あれはそら涙だったんだわ。騒ぎになってはまずいからと大広間の奥で二人きりで話すことに同意したら、責めたてられて、たちまち醜い言い争いに発展してしまった。幸いにもあの屈辱的な瞬間を目撃したのは、ドルフの友人の、あの背の高いしかめっ面の男性だけだったけれど。

それにしても、ドルフが突然あれほど怒り狂うとは。動揺はまだおさまらなかったが、ベリンダは無理やり笑顔をつくって、ドルフとその友人である長身で黒髪の男性の残像を心から追い出し、お気に入りのカードゲーム〈ブラックジャック〉の仲間に加わった。

本物の賭け事師とは言えないものの、ベリンダはこの単純なゲームで常に勝ちをおさめていた。今日も有利な展開だ。幸運の女神が味方してくれれば、今対戦している裕福で洒落者の貴族に勝って、宝石をあしらった五〇ギニー相当のタイピンを手に入れることができる。たとえ負けても、一回キスしてやるだけでいい――だがベリンダは負け知らずだった。おそらく、相手の紳士たちが酔っているのに対して彼女がしらふだというだけの理由で。

三回勝負のうち最初の一回はベリンダの勝ちだった。テーブルのまわりに集まった何十人という男性が声をあげて応援している。相手の青年貴族は割れ目のあるあごを撫で、手持ちのカードを見て眉根を寄せた。

対戦相手に目を向けてはいたが、ベリンダは背が高く陰気な感じの男性が近づいてきたのを十分意識していた。ドルフの友人だ。ゲームを見物しようとぶらぶら近づいてくる。自分の手を確かめるふりをして横目で観察した。いかめしくて、威圧感のある人だわ。実を言うと彼の存在に少しおびえていた。洗練された雰囲気を持つ印象的な人物で、三〇代半ばから後半といったところか。鍛えぬかれた体つき、野外でいることを物語る日焼けした顔。漆黒の髪は夜会向けに後ろに撫でつけてあり、そのため険しいがととのった顔立ちがきわだって見えた。

彼はあごを高く上げ、広い肩を怒らせて立っていた。横柄で冷ややかな態度を保ちつつ、にこりともせずに人の群れを鋭い目で見わたす。襟元のクラヴァットはぱりっと糊がきいて非の打ちどころがなく、夜会服の色は飾り気のない黒と白の組み合わせだった。わたしを取り囲むおしゃれ上手たちの色とりどりの服に目もくれないなんて、きっと世界も白黒にしか見えないんだわ。ベリンダは軽侮の気持ちを抱いた。

それでもこらえきれずにちらりと見ると、ちょうど彼もこちらに目を向けたところだった。視線をまっすぐにとらえ、かすかに意味ありげな笑みを投げかけてくる。深みのある黒い瞳に、ベリンダはほんの一瞬、うっとりとした。ひと目見て、生まれてこのかたずっと彼を知っているような気になったのだ。

「あなたの番ですよ、ミス・ハミルトン」

「あ、そうでしたわね」ベリンダはびくりとして姿勢を正し、青年貴族に向き合うと、魅惑的な笑みを向けた。胸の鼓動が速くなっていた。尊大でいやな男！　頭の中は謎の男性のことでいっぱいだった。あんなふうにじろじろ見て、あつかましい人。すてきかもしれないけれど、関わり合いたくない。何しろドルフの友人なのだ。暴力的なふるまいに及んだあとのドルフと言葉を交わしていたのだから。

それに、あんないい男が独身であるはずがない。人生はそう甘くない。

「もう一枚くださいな」ベリンダは甘えるように言った。

そして持ち札を場に出し、明るく笑った。輝く宝石つきのタイピンの新たな持ち主が誰になるか明らかになったのだ。若いめかし屋は、明日、質屋に行けばタイピンを買い戻せるとわかっているからか、にやりと笑って負けに甘んじた。

ベリンダが手を差し出すと、青年貴族は上体をかがめ、彼女の指の背に礼儀正しいキスをし、一礼して後ろに下がった。すると突然、抗議の声をあげる間もなく、空いた椅子に黒髪のあの男性がすべりこむように座った。テーブルの上で指を組み、挑戦的ながら穏やかにベリンダを見つめる。

ベリンダは目を細め、指の背に優雅にあごをのせ、冷ややかな軽蔑の笑みを浮かべた。

「また、あなたなの」

「ミス・ハミルトン、今おやりのゲームは？」彼は愛想よく訊いた。

「ブラックジャックですわ」

「賞品はあなたのキスだそうですね」

「あなたが勝ったら、の話よ——まず見込みはないでしょうけれどね」

魅力的な唇の片端だけが上がる笑み。彼は小指にしていた幅広の金の指輪をはずし、ベリンダの目の前に置いた。「賭けるものはこれでいいですか？」

ベリンダは椅子に深く座った姿勢から体を起こし、取り上げた指輪を疑わしそうにあらためた。縞瑪瑙《オニキス》の彫刻をあしらった指輪で、彫刻の中心には金文字のHが彫られている。

彼のほうに抜け目なく視線を走らせながら、ベリンダはいぶかった。いったいこの人は何者だろう。Hという頭文字は何を表しているのかしら。でも、わざわざ意味を訊いて彼の虚栄心をくすぐることはしたくない。ドルフと親しいのなら、わたしの味方であるはずがない もの。

「なかなか見事な指輪ですわね。でもあいにく、似たようなものを一〇以上も持っていますの」ベリンダは指輪を彼に返した。「あなたとゲームするつもりはありませんわ」

「おやおや、わたしがトランプ詐欺師に見えますか？」教養がうかがえる落ち着いたバリトンが訊く。

「あなたがおつき合いなさっているお仲間がいやなんです」

「たぶん、勘違いしてらっしゃるんでしょう――それとも、ただの口実なのかな？」彼はふたたび意味ありげな微笑みを浮かべて言った。「もしや、不屈のミス・ハミルトンともあろうものが、逃げるおつもりですか？」

ベリンダは淑女らしく彼をにらみつけた。

「結構ですわ」激しい口調で受けて立つ。「三回勝負よ。絵札は一〇点、エースは一点か一一点。きっと後悔なさるわよ」

「いいや、しませんよ」彼は二人のあいだに指輪を置きなおすと、ごく冷静に椅子の背に片手をかけてもたれかかり、左の足首を右膝にのせた。テーブルの上に置かれた一組のトランプをあごで示す。「ミス・ハミルトン、カードを配って」

「命令なさるおつもり？」

「あなたの出方に応じてふるまっているだけですよ」

あざけるような彼の視線を受け止めたベリンダは、さっき銀貨をドルフに返すよう命令したことを言われているのだ、と気づき、負けずに冷笑を返した。「おおせのままに。わたし、閣下のしもべでございますから」

「それも面白いな」彼はつぶやいた。

射るような鋭い視線を浴びて、ベリンダはがらにもなく動揺した。カードを切る手がわずかに震えてぎこちなくなった。だが、ようやく一人二枚ずつ、それぞれ一枚は伏せて、もう一枚は表にしてテーブルの上に置く。残りの山を置き、目の前に伏せられたカードを確認する。ダイヤのキングだ。表向きにしたカードは六だから、三枚目を引くことに決めたが、その前にまず相手の顔を見て出方をうかがう。

彼は手を左右に振って品よく断った。ベリンダが引いた三枚目は三。これで合計一九点、と満足の笑みを押し隠す。

「どんな手か、見せてくださる?」ベリンダは媚を売るように問いかけた。なぜか気を引きたくなってしまう。彼にはそうさせる何かがあった。

したり顔でかすかに笑みを浮かべ、彼は伏せたカードを表にした。クイーンと一〇。「二〇です」

ベリンダは顔をしかめ、一点及ばなかった手持ちの札を脇へよけた。

そしてふたたびカードを配る。高慢な態度のこの悪党を打ち負かしてやろうと心に決めていた。勝った場合に彼の立派な指輪を質に入れて得られる小金はどうでもよく、あまりにもうぬぼれた支配的な態度が許せなかったのだ。

今回、ベリンダの持ち札はジャックが二枚。二〇点だ。すごくいいわ。これなら勝てる。

「もう一枚お引きになる？」

「お願いします」

「興味をそそるわね」ベリンダはつぶやき、山の一番上をめくる。彼のカードは八。

「だめだ」彼は持ち札を投げ出した。「二一超《バースト》えだ」

「あいにくだったわね」慰めの言葉をかけるベリンダの目は輝いていた。

彼は尊大さといらだちをあらわにした苦い顔でカードを脇に押しやった。ベリンダは指輪を取り上げて指にはめ、見惚れるふりをした。それを見て彼は片方の眉をつり上げたが、ベリンダは大きすぎる指輪をぶらぶらさせながら、最後の勝負に向けてカードを配った。

敵の表向きの札はクラブの二。ということは当然、もう一枚引いてくるはず。ベリンダは自分の手を見て作戦を練った。伏せたカードが四、表のカードが九だから、合計一三。合計が二一を超えないよう慎重に判断しなくてはならない。

テーブルの向こうに座る謎の対戦相手に目をやると、手招きしてカードを求めている。引いた札は五だった。

「もう一枚」彼はつぶやいた。

「スペードの四」

「スタンド」

　ベリンダは相手の無表情な顔を読み解こうと、細かく観察した。けっきょく引くことにした三枚目のカードで五が出た。これで一八点になる。あと一枚引けば、二一を超えてしまう確率が高い。安全策をとるほうがよさそうだ。

「手を見せてくださいな」ベリンダは茶目っ気たっぷりにうながした。

「どうぞ、お先に」彼は陰のある微笑みを見せて切り返した。その微笑みがベリンダの不安を誘う。

「一八よ」最後のカードを表に返した。

　彼は身を乗り出して手を確かめると、うなずいた。「なかなかいい手ですね」

「それで？」ベリンダはせっついた。この男性にいらだっているのか、それとも楽しませてもらっているのかわからなくなっていた。「手を見せてくださるの、くださらないの？」

「見せろ！　見せろ！」やじ馬たちが叫んだ。

　彼はまわりの人々を一瞥し、目を落とすと、自分のカードを一枚ずつテーブルの上に並べていった。二、五、四、合計一一点。

　まさか。ベリンダは目を大きく見開いた。

　最後に一〇のカードを見せて、彼は酷薄な笑みを浮かべた。「二一」

「キスだ！　キスだ！」男たちは歓声をあげてやかましく騒ぎ立て、酒をもっと持ってこいとわめいた。

　ベリンダは椅子にもたれかかり、胸の前で腕組みをして、一瞬すねた表情を見せた。だがはめていた指輪を抜きとると、テーブルの上を転がして持ち主に返した。そのしかめっ面に、彼は無邪気な笑みで応えた。

二人の周囲では、男たちが叫び、ばか笑いをし、やじを飛ばし、酒をあおっていた。

傲慢な対戦相手は平然とやじ馬を無視し、その長身を乗り出してテーブルにひじをついた。いかにも自慢げな勝者の態度だ。広げた指の先を打ち合わせ、期待をこめて愉快そうにベリンダを見つめている。「わたしは息をひそめて賞品を待っているんですがね、ミス・ハミルトン」

「ああ、そうでしたわね」ベリンダは赤くなってつぶやいた。「それでは、さっさとすませてしまいましょう」

「ほら、負けっぷりは潔く」彼はやんわりと忠告した。

ベリンダは立ち上がって緑のフェルト地張りのテーブルに両手をつき、彼のほうに上体を傾けた。やんやとはやし立てる声が割れんばかりに大きくなるのを意識していた。心臓が激しく高鳴っている。なのに彼のほうは、まったく動じているようすがない。

ベリンダは勇気を出してさらに身を乗り出したが、唇が触れ合うまであと数センチというところまで近づいたとき、ためらうように動きを止めて、それとなく言った。「協力してくださってもいいんじゃないかしら」

「なぜそんなことを？　あなたがうろたえるのを見ているほうがずっと面白いのに」

ベリンダは目を細めた。耳ざわりなやじ馬の声を意志の力で無視すると、二人のあいだの距離をさらに縮め、思いきって彼の唇にキスをした。次の瞬間、身を引いたベリンダの頬はうす赤く染まっていた。無事やりとげたという思いに瞳が輝くのを隠しようがない。

彼はベリンダを疑わしそうな目で眺めていた。今度は手をテーブルの上に這わせ、うんざりしたように指先でこつこつと叩きはじめる。「確か、キスしてくださるとおっしゃっていたように思うんですが」

「い――今、しましたわ！」

「いや」

「どういう意味ですの？　ちゃんとキスしたじゃありませんか！」ベリンダの顔はほんのり赤い色から真っ赤に変わった。彼の淡々とした非難の言葉にまわりの男たちはどっとわき、大声で笑いだした。

彼はふたたび、テーブルの上の指輪をベリンダのほうへすべらせた。「この指輪をごらんなさい。さっき手に入れたタイピンの一〇倍の値打ちですよ。それを賭けて勝負にのぞんだんです。今みたいなキスでは、とうてい公平とは言えませんね。取り決めは取り決めとして守っていただきましょう、ミス・ハミルトン。本物のキスでなくては納得できません。ずるい手を使うご婦人だという評判が立ってもいいのなら話は別ですが」

憤りのあまり、開いた口がふさがらなかった。「わたしがあなたにしてあげられるのはあいうキスだけですわ」

彼は冷笑して目をそらし、頬のあたりを掻いた。「その程度で、高級娼婦と名乗っているわけですか？」

「いったいどういう意味です？」ベリンダは詰問した。

彼は椅子にゆったりと座ったまま肩をすくめた。「乳しぼりの娘にだって、もっとましなキスをしてもらったことがありますよ」

「おお！」二人の闘いをはらはらしながら見守っていた男たちが色めき立った。

ベリンダは胸の前で腕を組み、彼をにらみつけて威嚇した。もし彼の目にいたずらっぽい光がなかったら、思い上がったその顔めがけて指輪を投げつけていただろう。いずれにしてもこのまま許してもらえそうにない、と観念した。

「実際、ここで熱心に応援してくれている紳士たちに、専門家としての技量を披露する義務があると思いませんか、ミス・ハミルトン？」彼は指輪を親指と人差し指のあいだで転がしながら、ゆっくりとした口調で言った。

ベリンダはおぼつかない気持ちで崇拝者たちを見まわしたあと、彼に刺すような視線を向けた。この悪党ときたらよくもまあぬけぬけとわたしの技量を疑って生計を脅かすようなまねができたものだわ。人の神経を逆撫でしておいて気づきもしない。けっきょくベリンダの心配は、パトロンとなるため大金を積むと申し出た候補者たちに、彼女が本当は男とベッドをともにするのを恐れている、と悟られることにあった。もし今ここで実力を証明できなかったら、候補者たちが疑いだすかもしれないのだ。

彼の挑発に、男性客のほとんどは喝采をおくっていた。とはいえ、より熱狂的な崇拝者はベリンダのために本当に腹を立てているようだった。そのうち誰かがこの気取り屋に決闘を申し込みかねない勢いだ。いいえ、そんなこと、あるわけがない。瞬時にベリンダは思い出した。男性というのは、貴婦人ならともかく、娼婦をめぐって決闘したりしない。わたしたち娼婦には、守るべき名誉などないのだから。

次の出方を決めたベリンダは、高慢で無頓着な女性を演じてつんとあごを上げ、腰に両手をあてた。「実のところわたし、名前も知らない男性に真剣なキスをするつもりはありませんの」

「それなら簡単に解決しますよ」彼はベリンダに微笑みかけた。「ホークスクリフと申します」

「ホークスクリフ？」ベリンダはおうむ返しに言い、彼をまじまじと見つめた。衝撃の色を隠せなかった。

ホークスクリフ公爵なら噂には聞いている――名前はロバート・ナイト。トーリー党所属の新進気鋭の若手指導者で、その勇気と高潔な人柄、揺るぎない正義感で政界でも名高い人物だ。独身であるうえ、年収は一〇万ポンドにも上る。結婚相手としてこれ以上の条件をそなえた男性はまずいないだろう。だが今のところ、公爵の厳しい眼鏡にかなった若い女性はいないらしい。

ベリンダは、ホークスクリフ公爵の家系についてひととおりの知識はあったし、公爵のほかに彼が持っている、モーリー伯爵、ベニングブルック子爵という称号についても知っていた。なぜそこまで知っているかというと、ホール夫人の花嫁学校では、貴族社会の複雑なしくみを学ぶことが主な学習課程のひとつだったからだ。しかもまずいことに、その花嫁学校でベリンダは、ホークスクリフ公爵のおてんばな妹、レディ・ジャシンダ・ナイトを教えたことがあった。

どうしよう。ベリンダは、テーブルのまわりに集まった騒々しく無作法な貴族たちを不安げに見やり、次にふたたびホークスクリフに目を向けた。どんな地位にあろうと、この人がドルフ・ブレッキンリッジの友人であるはずがない。その確信と、妹との縁のせいか、確固たる名声のせいか、今までより多少、安心感をおぼえた。さらに、『クォータリー・レヴュー』にホークスクリフが寄稿した、人道的精神を擁護する論説があった。そのすばらしさに、ベリンダは心から喝采をおくったものだ。

小娘なら考えが顔に出てしまったかもしれない。だがベリンダは、にわかに興味を抱きはじめたことを悟られないよう用心しつつ、腕組みをした高飛車な態度のまま、どこか愉快そうにホークスクリフを見つめた。「教えてくださいな、道徳の鑑と言われるあなたがこんなところで何をしていらっしゃるのかしら？　賭け事に打ち興じたあげく、娼婦をうまく丸めこんでご褒美のキスをしてもらおうと？」

二人を取り巻いている男たちは冷やかすように笑ったが、悪意は感じられなかった。

「楽しんでいるんです」したたかな笑みを見せてホークスクリフは答えた。「わたしにはまともなキスをしていただける正当な権利があると、あなたもよくおわかりでしょう」

「まともなキスね」ベリンダはいたずらっぽく応じた。「あなたには間違いなく必要だわ」

ベリンダの辛辣な受け答えに、二人の周囲で笑い声がさざ波のように広がった。だが大半の貴族や洒落男たちは静かになり、固唾をのんでことの成り行きを見守っていた。はたしてベリンダがホークスクリフにキスするかどうか、目が離せないのだ。

相手が何者かわかった今、もうおめおめと引き下がるわけにはいかなかった。堅物で知られる一人よがりの公爵におじけづいてなるものですか。この人も、まともなキスに関してはわたしと同じ程度しか知らないかもしれない。

ベリンダはテーブルに両手をつき、ふたたび上体を傾けてホークスクリフに接近した。期待と好奇心、そして彼に惹かれる否定しようのない感情で、胸の鼓動はますます速くなっていた。ハリエットの教えがいくらかでも身についているかどうか、試される瞬間がやってきたのだ。

ベリンダは、きれいにひげを剃ったホークスクリフの頬を片手で優しく包み、感情を押し殺した彼の目をかいま見てから、自分の目を閉じた。そして彼の唇を、自らの唇でゆっくりと愛撫しはじめた。それは、騒然としているほかの客も、ロンドンの街も、世界もどこかへ追いやってしまうようなキスの贈り物だった。

ホークスクリフの唇は温かく柔らかかった。手に触れているなめらかな肌は熱かった。ベリンダは彼の黒髪を撫で、テーブルの上に大きく身を乗り出して、さらに深くキスをした。今度は彼のほうが引き寄せようとしている。ベリンダが口を開け、舌が入りこむのを許すと、彼の温かい手がうなじをとらえた。しっかりと、それでいて優しく支えている。熱く応えながらも自制が感じられるキス。ベリンダはうっとりと酔いしれ、喜びに震えんばかりだった。

ホークスクリフはようやく、ゆっくりと穏やかにキスを終わらせ、手を離した。

騒がしい歓声の中、ベリンダははっと我に返った。半ば放心状態だった。唇は腫れたようになり、頬はうす紅色に染まり、息づかいは荒くなっていた。ホークスクリフはというと、きれいに撫でつけられていた髪は乱れ、糊のきいたクラヴァットはくしゃくしゃになり、今この瞬間においては、模範的な紳士にはほど遠かった。

ホークスクリフが送ってくる強い視線には欲望が宿っていて、ベリンダはぞくぞくした。こんな感情は初めてだ。堅物の愚かな娘が装っているのではなく、本物の高級娼婦になった気分だった。うつむき、恥ずかしげに唇を嚙むと、ふたたびホークスクリフに目を向けた。

情熱の名残を残した笑みを浮かべた公爵は、高価な指輪をベリンダのほうに押しやって、「お取りなさい。どうぞ」とつぶやくように言った。

つまりこの申し出は、指輪を勝ちとったのはあなただ、キスのお礼だ、と言っているわけね。ベリンダは心得顔で笑みをたたえ、指輪をすべらせてホークスクリフに返した。

「お持ちになっていてくださいな。こちらこそ、楽しませていただきましたから」

周囲の男たちは大声で笑い出したが、ホークスクリフは心の底から微笑み、かならずまた会いに来ると目で誓ってから、ベリンダが立ち去るのを見送った。

ベリンダが部屋を出るか出ないかのうちに、ホークスクリフが室内の男性全員から大喝采を浴びているのが聞こえてきた。

　肩越しにちらりとのぞくと、彼は太鼓腹のアルヴァンリー卿に勢いよく背中を叩かれて、屈託のない、温厚な笑顔を見せていた。ベリンダはどの崇拝者にもあんな特別待遇をしたことはないよ、などと誰かに言われでもしたのか、日に焼けた男らしい頬がかすかに赤らんでいた。

　そのようすに魅力を感じて一人微笑みながら、ベリンダはその場を離れた。すでに遅い時間になっていたので、大広間からこっそり出て寝室へ向かう。誰かほかの崇拝者がキスを求めて追いかけてくる前に寝てしまおう。もう、自分の探していた男性は見つかったのだから。

　枕に頭をあずけても、ベリンダはまだ微笑みつづけていた。新たな希望に胸が弾んで興奮してはいたが、階下のパーティの喧騒を無理やり頭から追い出し、目を閉じて眠りにつこうとつとめた。

　もう夜も更けた。パトロンとなるべき男性が訪ねてきたとき、疲れきった顔を見せるわけにはいかないのだ。

4

ホークスクリフはその夜、彫刻をほどこした広いベッドで一人、繻子《サテン》のシーツの上でしきりに寝返りを打ったり、ビロード張りの天蓋《キャノピー》をじっと見上げたりして過ごした。胸躍らせ、気持ちを乱され、好奇心をかきたてられ、不安でならなかった。

高級娼婦か。

今日までそのたぐいの女性にキスしたことはなかったし、体に触れたことも、また触れさせたこともなかった。確かに娼婦というものに対して先入観も持ってはいたし、用心していた。彼の地位にある者としては、当然の注意と言える。でも……もし彼女が今、この部屋にいたとしたらどうだろう？

ホークスクリフは目を閉じて、ろうそくの光に照らされたベリンダ・ハミルトンの、神秘的で美しいまぼろしを追った。そうして、絶望的なまでの孤独を慰めた。そのあいだずっと、高慢でしゃくにさわる彼女の笑い声が耳の中であざけるようにこだましていた。

もっと欲しい。一度のキスだけでは足りなかった。ベリンダの体のあらゆる曲線を探り、その肌を唇で味わってみたい……ホークスクリフは声にならないうめきをあげ、自らの欲求に対する罪の意識にさいなまれながら、壁のほうに顔を向けた。妄想はとどまるところを知らなかった。

ベリンダの細くなめらかな髪をほどき、それが金色の滝のように肩のまわりに流れおちるさまを見つめる自分を夢想する。その心の眼に見えるのは、二人がお互いの服を脱がせ、自分がベッドに彼女を横たえている場面だ。彼女はその若くみずみずしい肢体をあますところなく使って、愛の夢へといざなってくれる。喜びを与える女《フイーユ・ド・ジョワ》。その手に触れられたくて、体がうずいた。対価を払いさえすれば夢がかなうことはわかっていた。

自分の財力なら十分に支払える金額にはちがいない。だが、そこまでする気はなかった。ああいう女性は男を食い物にして、何もかも巻き上げたあげく笑って去っていく。下手をすると非嫡出子ができて、一生つきまとわれるはめになりかねない。危険すぎる。

だが、まばゆいほどに魅惑的だった。

目覚めると朝になっていた。いつのまにか寝入ってしまったらしい。日曜のミサの始まりを告げる教会の鐘の音でそれとわかる。頭がすっきりと冴え、体力もよみがえっていた。どうしてもベリンダ・ハミルトンのもとを訪れなくては、という思いがあった。ドルフ・ブレッキンリッジが二日酔いから醒めて二人のキスの噂を耳にする前に行動するのだ。

噂を聞いたドルフはどう反応するだろう。昨夜のようすから見て、心穏やかでいられるはずがない。ホークスクリフは、いざ準男爵が現れたときミス・ハミルトンを守ってやれるよう、そばにいるつもりだった。

すでに打つ手は決めていた。ミス・ハミルトンは明らかに、ドルフに決定的な影響力を及ぼす秘密の鍵となりうる人物だ。手始めに、心のありようを探ってみる必要があるだろう。もしミス・ハミルトンが見かけどおりドルフを毛嫌いしているのであれば、自分がパトロンになって守ってやると持ちかければいい。

頭の中で形になりつつある計画では、これからの数週間、ミス・ハミルトンと親しく交際しなくてはならない。だが、こうして朝の光のもとで冷静に考えてみると、謹厳実直な公爵という世間の評判にたがわず、自分には厳しい自制心がそなわっていると言える。どんな誘惑も容易にしりぞけられるはずだ。美しきミス・ハミルトンに礼儀を尽くして接し、割いてもらった時間に対する報酬を支払う。だが絶対に惚れてはいけない、と肝に銘じていた。

訪問は午後になるまで待つことにしよう。ホークスクリフはすぐにでも出かけたい気持ちを意志の力で抑えた。

四時一五分過ぎ。彼は二頭立ての二輪馬車から急いで降りた。赤毛で背がひょろりと高く、まだ一九歳だが有能な馬丁のウィリアムにあとをまかせると、ハリエット・ウィルソンの家の玄関に大またで歩み寄って扉を叩き、中から人が現れるのを待った。

五月のまぶしい陽射しに目を細める。強い風が髪をなびかせ、柔らかいこげ茶色の燕尾服のすそが揺れている。ホークスクリフはほんのひととき、真っ青な空を見上げて新鮮な空気を吸い、気まぐれに浮かぶ白くふわふわした雲を眺め、輝くような夏の訪れを予感させる天気を楽しんだ。

戸を開けた小間使いに名刺を渡し、ミス・ハミルトンに会いたい旨を告げた。小間使いは膝を曲げてお辞儀をすると、狭い木製の階段を駆け上がり、女主人が来客を迎える用意ができているか確かめに行った。

ホークスクリフが狭い玄関ホールを歩きまわっていると、足音が妙にうつろに反響した。昨夜、あれほど多くの人でごった返していたのが嘘のようだ。美しく、生意気で、心をそそるミス・ハミルトンにまた会える。そう思うと胸が高鳴り、自分はルーシーの死の謎を解くために来たはずなのに、という後ろめたさも薄れがちになる。

小間使いが戻ってきて、今しばらくお待ちいただけますかと訊いた。ホークスクリフは肩をすくめ、また歩きまわりはじめた。シルクハットを所在なげに太ももに打ちつけながら、階段の下に立てかけられた箱椅子を観察したりした。

ホークスクリフ公爵ともあろうものがたっぷり一五分待たされたあと、恐れ多くもミス・ハミルトンの客人として招き入れられる光栄をたまわった。こんなに待たせる理由はひとつしかない。身の程を知れ、つまり彼女の可愛らしい足元にひれ伏しなさい、と思い知らせているのだ。こちらとしてはため息をつき、受け入れる以外にないではないか。自分だけの愛人にするまでは、この小娘がすべての切り札を握っているのだから。不思議なことに、ミス・ハミルトンの見えすいたたくらみも、ホークスクリフの高揚した気分をそこなったりはしなかった。まあ、しかたがないな。面白い娘だ。

ようやくミス・ハミルトンがよこした小間使いのあとについて階段を上っていくうちに、

ホークスクリフの鼓動は驚くほど速くなっていった。案内されるままに、今はがらんとした大広間を横切る。緑のフェルト張りのゲームテーブルの横を通りすぎ、二階の奥にある応接間の前に着いた。小間使いは膝を曲げてお辞儀をし、部屋の入口にホークスクリフを残して立ち去った。

中へ入ると、優美なエジプト風のソファにミス・ハミルトンが完璧なまでにつつしみ深く座っていた。ソファの横の円テーブルに置かれた花瓶には、切ったばかりのアジサイが花を咲かせている。ミス・ハミルトンは膝の上に新聞をのせていた。室内履きをはいたそのきゃしゃな足は、ホークスクリフに見せるために、刺繍をほどこした足乗せ台の上に伸ばしている。淡い金髪は、窓から降りそそぐ午後の陽射しさえも作り物に思えてしまうほど美しい。肩にかかって波打つ髪は亜麻色、小さく巻かれた毛先はつややかなシャンパン色に輝いている。なまめかしくうねる髪をとめているのは、象牙の櫛二本だけだ。

ホークスクリフは微笑んだ。この魅力的な女性は、わたしの存在に気づかないふりをして、自分の姿を十分に見せつけている。大きく開いた丸い襟ぐりのドレスは、落ち着いた色合いの黄色のモスリンに小枝模様をあしらったもので、短いパフスリーブはすんなりとした腕を鑑賞させてくれる。

柔らかそうで、思わず抱きしめたくなる。まるで天使のようだ、とホークスクリフは愚かな感傷に浸っていた。目の前の光景がすべて、男を征服するために欲得ずくで計算した結果だと知りながら、すっかり心を奪われていた。

「ごきげんよう、ミス・ハミルトン」

ミス・ハミルトンは即座に目を上げ、温かみのこもった笑顔を見せた。その目は生き生きと輝いている。「あら、公爵閣下！」

「お邪魔でないといいのですが」ホークスクリフはやや皮肉な口調で言った。

「いいえ、少しも」彼女は喜びをあらわにして言い、歓迎の意を示す王女のように片手を差しのべた。

ホークスクリフはうやうやしく前に進み出るとその手をとり、指先にお決まりのキスをした。挨拶をするミス・ハミルトンの大きな瞳は、青みがかったすみれ色に輝いている。そして見間違いでなければ、この若き麗人はほんのりと頬を赤らめていた。しかも指先にキスしたとき、軽く握られた手を振りほどこうとするどころか、指を丸めて彼の指を包みこむようにしてソファのほうへといざない、自分のすぐ隣に座らせると、おおらかな笑みを投げかけた。ホークスクリフの視線は彼女の顔から離れず、その美しさに見とれた。

「今日いらしてくださるかもしれない、と思っていましたの」ミス・ハミルトンは恥ずかしそうに言った。

ホークスクリフは優しく笑った。「来ないのではと疑っていたんですか？」

ミス・ハミルトンは微笑み、ますます顔を赤くした。二人は心地よい沈黙を噛みしめながら見つめ合った。ホークスクリフの心臓がドクン、と大きく打った。

「何を読んでいるんです？」訊いてから、彼女を腕に抱き上げ、ソファの上で意識を失うまでキスしたい誘惑にかられた。

「『クォータリー・レヴュー』ですわ」

「本当に?」くだらないゴシック小説の連載か何かだと思っていたのに。驚いたホークスクリフはミス・ハミルトンの後ろのソファの背に腕をかけ、どんな記事か確かめようと身を乗り出した。彼女の髪から清潔で優しい香りが漂ってくる。薔薇のつぼみとスイートアーモンド、カモミールの混ざった香りに、早くも酔いしれた。

「ちょうど、『世界における奴隷制の完全廃止に向けて』と題する興味深い論説を読みおえたところですの。筆者はホークスクリフ公爵とおっしゃる方。ご存じかしら?」

ホークスクリフはびくりとし、頬が熱くなるのを感じた。自分の書いた論説に関心を寄せてくれていたとは。照れくささが体じゅうに広がった。「退屈な男らしいですね」

「いいえ、その反対。本当にすばらしい内容だと思いましたわ。主張は論理的だし、文体も力強いし、それに……情熱を持って自説を主張してらっしゃいますもの。ただ、トーリー党内の同僚の方々がこれを読んで、愕然となさらないかしらと思って」

「なぜそんなことをおっしゃるんです?」ホークスクリフは驚いて訊いた。

「あなたのご意見の一部に、ホイッグ党員の見解とよく似たところがあるからですわ」

ホークスクリフはミス・ハミルトンをまじまじと見た。面白い。いや、ここは腹を立てるべきだろうか。しょせん、女性なのだ。政治のことなどわかるものか。「ほう、そうですか?」ゆっくりと母音を伸ばして鷹揚《おうよう》に言う。

「ええ」ミス・ハミルトンはそばのテーブルの上に折りたたんで置かれた『エディンバラ・レヴュー』を取り上げた。「ハリエットの友人、ヘンリー・ブローガムにお会いになったら意気投合するかもしれませんね。わたし、トーリー党とホイッグ党の機関誌をいつも読んでいるんですが、お二人の意見はいろいろな点で驚くほど似通っていますから」

ホークスクリフは左の眉をつり上げた。政界における競争相手であり、宿敵でもある男と、こうも簡単に比較されるとは。侮辱されたと衝撃を受けるべきか、それとも単に愉快に感じるべきなのか、わからなかった。

ミス・ハミルトンは無邪気に訊いた。「あら、ブローガム氏はもうご存じでした?」

「え、ああ、会ったことはあります」

彼女はきわめて事務的に『エディンバラ・レヴュー』を脇によけ、ふたたび『クォータリー・レヴュー』のページをぱらぱらとめくりはじめた。「『罪に応じた刑罰を』というあなたの論説も読みましたが、刑法改革のお考えがすばらしいですわね。わたし、法的な微妙な意味合いまで理解できるわけではありませんけれど、善悪の判断力がそなわっている方は尊敬します。政治家にはそういう方、ほとんどいませんもの」高慢につけ加える。

ホークスクリフは褒め言葉にどきまぎし、照れ笑いしそうになって、ミス・ハミルトンの手から機関誌を取り上げた。「さあいらっしゃい。外はいいお天気ですよ。部屋にこもってつまらない政治論文なんか読んでいるなんて、もったいない」

「そんな、謙虚なことばかりおっしゃって」文句を言いながらも、目は誘われた喜びに輝いている。ミス・ハミルトンはすっくと立ち上がり、肩掛けと帽子、日傘を取りに行った。応接間に一人取り残されたホークスクリフは笑みが止まらなかった。頭を下げ、ため息をついて手で髪をかきあげると、心の平静を取り戻そうとした。まったく、なんということだ。きれいなだけでなく、これほど頭の回転の速い女性だとは予想だにしなかった。

ミス・ハミルトンは外出の用意をして数分後に戻ってきた。二人は元気いっぱいの子どもさながらに階段をきしませながら軽快な足どりで下り、輝く太陽のもとへ飛び出していった。

ホークスクリフはミス・ハミルトンを抱え上げるようにして二輪馬車に乗せ、自分は御者席に回って、ウィリアムを後ろの定位置につかせた。手綱をとり、ぴしりとすばやく鳴らして血統のよい鹿毛《かげ》の馬たちの背にむちをくれた。

馬たちは脚を高く上げて闊歩した。玉石を敷きつめた通りを馬車が進むと、整然と立ち並ぶ家々の壁にひづめの音が反響する。道でボール蹴りをしてにぎやかに遊んでいた子どもたちは、馬車が近づくと散り散りになって逃げた。道が空いたのを確認して、ホークスクリフは馬を駆け足で走らせた。その速度にはしゃいで笑い声をあげるベリンダ・ハミルトン。髪は後ろになびき、帽子の横でも大きく揺れている。美しい娘に手綱さばきをひけらかすというめったにない幸運に恵まれたホークスクリフは、満面の笑みを浮かべた。

ハイドパークまでの道のりはそう長くなかった。公園を取り巻く環状道路は、乗馬の人々や幌なしの馬車で混んでいた。社交シーズンのまっただなか、皆こぞって日曜の遠乗りに出かけているのだ。泥でぬかるんだ園内の道を馬は速歩で進んでいく。

すぐにホークスクリフは、自分たちが皆の注目を集めているのに気づいた。若者はぼうっとしてミス・ハミルトンに見とれ、既婚婦人はあきれ顔でホークスクリフをにらみつけている。だが作戦は始まったばかりだ。噂はまたたくまに広まり、まもなく誰もが――ドルフも含めて――ホークスクリフが今話題の高級娼婦を連れて市内に出没している、という風評を耳にするだろう。

その一方でホークスクリフは、ミス・ハミルトンはどんな気持ちでいるだろう、と案じずにはいられなかった。上流の貴婦人たちには完全に無視されている。さらにひどいのは、昨夜彼女に惜しみなく賞賛の言葉を浴びせていた男性たちで、今日は妻と子どもを乗せた馬車の中で知らんぷりを決めこんでいる。まるで、彼女など気づきもしないかのように。なんという欺瞞だ。ホークスクリフは怒りをおぼえたが、同時に保護欲にもかられた。

そっと盗み見ると、ミス・ハミルトンの動揺が伝わってきた。まっすぐ前を向き、空《くう》を見つめている。その顔は無表情に変わっている。昨日、ドルフがまくしたてていたときと同じだ。ホークスクリフの顔が険しくなった。娼婦だろうとなんだろうと、こんな目にあわせていいわけがない。

ホークスクリフはなんの断りもなしに行き先を変更し、ウエストキャリッジ通りから分かれた道へと馬車を乗り入れた。ハイドパークの環状道路を越えてケンジントン庭園に入ると、日曜日なので開園していた。敵意と嫉妬の混じった視線にさらされない場所を探す。

ロングウォーター池に近づいたところで馬車を止めた。振り向くと、ミス・ハミルトンがもの問いたげにこちらを見ている。

「水辺を散歩するのもいいんじゃないかと思って」ホークスクリフは言った。

ミス・ハミルトンはうなずいた。上流階級の人々の容赦ないせんさくから逃れることができてほっとしているようだ。ホークスクリフはブレーキを引いて御者席から降り、反対側に回って彼女に手を貸した。ウィリアムがあとを引きつぎ、前へ行って馬の頭を押さえた。

ウィリアムに馬車をまかせ、二人は池のほとりの砂利道を散策しはじめた。カモの群れがパンくずを求めてか、うるさく鳴いてあとをついてくる。二人とも黙ったままだ。

腰の後ろに回した手を軽く組んでゆっくり歩きながら、ホークスクリフはちらりと横を見た。きゃしゃな肩を薄青の絹のショールで包んだミス・ハミルトンは胸の前で腕を組み、歩調を合わせている。

サテンのリボンは首のところで結んだまま、帽子を肩の後ろに押しやっている。物思いに沈んだ繊細な横顔。その目はきらきらと輝く水面を見つめている。

「お宅の馬丁はまだ若いのに、頼りになりますわね」気づまりな沈黙を破ろうと、取ってつけたように言う。

「以前はなんと、煙突掃除人をやっていたんですよ」ホークスクリフはかすかに微笑んで応じた。話すきっかけを作ってくれるとはありがたい。「何年か前、前の雇い主が、ナイト館の暖炉の清掃にウィリアムをよこしたときのことです。うちの料理人が、調理場の床に倒れているあの子を見つけましてね。ひどく飢えて弱っていたので、料理人と家政婦のラヴァティ夫人が引きとって、回復するまで看病したのです。元気になってから調理場の手伝いとして雇ったのですが、そのうち馬の世話に長けているのがわかって、厩舎で働かせることにしました。一〇年もすれば、御者を束ねるようになるかもしれませんね」

「なかなかできることじゃありませんわ」ミス・ハミルトンは優しく言った。

褒め言葉が気恥ずかしく、ホークスクリフはうつむいた。「いや、すべてラヴァティ夫人のおかげですよ。あの、よかったらロバートと呼んでください」

ミス・ハミルトンは微笑んだ。「ええ、そうお望みなら」

二人は地面を見つめながら歩いた。手袋をはめた手が軽くかすめるようにぶつかり合う。そのわずかな触れ合いがどこかたわむれているようで、ホークスクリフは認めたくないほどの興奮を覚えていた。

木々の陰になった茂みの前で立ちどまると、ミス・ハミルトンはためらいがちな笑みを浮かべてホークスクリフを見た。「せっかくの社交の場を急いで通りすぎてしまって、大丈夫かしら。これからオールマックス社交場に行きにくくなったりしたら申し訳ないわ」

「オールマックスねえ」ホークスクリフは鼻で笑った。相手は皆、議員仲間の愛娘たちとうやうやしく踊る、退屈なカドリールを思うとうんざりした。適齢期の令嬢だ。自分はそのうちの一人と一年以内に結婚するのだろうな。考えただけで気が重かった。

どうやら、コールドフェル伯爵の娘で耳の聞こえないレディ・ジュリエットを妻に迎えることになりそうだった。ただしそれは、彼女に対する憐れみと思いやりからにほかならない。

レディ・ジュリエットには二、三回会っただけだが、気立てがよくおとなしい娘に見えた。耳の聞こえないあの娘をめとる男はほかにいないだろうから、自分がその役目を引き受けるべきなのだろう。

「わたし、一七歳のとき、もう少しでオールマックスの舞踏会に出られるところだったんです」ミス・ハミルトンはそう言ってため息をつくと、ホークスクリフの曲げたひじの内側に手をそえて、ふたたび前に進むよううながした。

「けっきょく行かなかった？　何かあったんですか？」

「ずっと楽しみにしていたんですけれど、舞踏会の二週間ほど前に母が亡くなって――」

「それはお気の毒に」

「ありがとうございます。でも、いいんですの」ミス・ハミルトンは寂しげに微笑んだ。「喪に服していたわけですから、どこへも出かけられないのは当然ですもの」

「しかし、舞踏会で元気が出るのなら、行ったほうがよかったかもしれないですね」

「今のわたしでは、あそこに入場させてもらえないでしょう？」ミス・ハミルトンは皮肉な笑みをたたえて訊いた。

「何を言ってるんです」ホークスクリフはくすりと笑い、自分の腕にそえられた彼女の手を軽く叩いた。「行ったって、たいしたことはありませんよ。食事はまずいし、パンチは気が抜けているし、一緒にいてもつまらない客ばかり。舞踏会場は床が波打っていて、建物を全部取り壊したほうがいいぐらいです。そのうえあそこじゃ、キスを賭けてブラックジャックをするなんてことは許されませんからね」

「でしたらわたし、出入り禁止でもくやしがる必要はないんですね」ミス・ハミルトンはいたずらっぽく笑いながら、ホークスクリフの腕をぎゅっと握り、打ちとけた雰囲気で寄りかかった。「ではロバート、教えてくださいな。あなたのように道徳の鑑とも言われるお方が、あんなキスをどこで覚えたのかしら？」

彼が両方の眉をつり上げると、ミス・ハミルトンは腕にかけていた手を離して笑った。

「ね、おっしゃって」

「まあ、それなりに経験がありますからね」ホークスクリフはおどけて言い、先へ進んだ。

「あらいやだ、そんなに経験がおありなの？」ミス・ハミルトンは軽く跳ぶようにしてついていく。「公爵ったら、白状なさいな！」

ホークスクリフは笑い声をあげた。「今まで人に打ち明けたことがない秘密ですからね」

「もったいぶらないで、教えてくださってもいいじゃないの！」

「そうだなあ」ホークスクリフはつぶやき、声を低くして秘密めいた口調になった。「どうしても知りたいなら教えてあげましょう。昔、ある女性と出会いましてね。未亡人です」

「オペレッタの『陽気な未亡人』に出てくるような？」

「とても陽気な人でしたね」ホークスクリフはにやりと笑って小声になった。「わたしは今のあなたより若かった。そう、二、三年は恋の病に苦しんだかな」少し自嘲ぎみに言う。

「結婚まで申し込みましたからね」

「聖人もわなにかかったというわけね、ロバート？　困った人！」

「確かに今考えると変だが、あのころは本気だったんですよ」ホークスクリフは肩をすくめた。「ただいちゃつくだけのだらしない関係は信じないんです」

ミス・ハミルトンは、どこかで聞いたようなせりふね、とでも言いたげに笑った。「あら、そう？　じゃあ、何だったら信じられるんですの？」

ホークスクリフは輝く水面を見やった。答えないでおきたいという誘惑にかられていた。だが、うかつにも唇からふっと言葉が転がり出た。「献身的な愛情です」

ミス・ハミルトンはしばらくホークスクリフを見つめていた。本気なのか、冗談で言っているのか、判断がつきかねているらしい。そして急に明るい笑顔を作ったかと思うと、何ごともなかったかのように歩きつづけた。

混乱させてしまったかな。少し前を行くミス・ハミルトンを見て、ホークスクリフは片眉を上げた。

「公爵の求愛を拒むなんて！　なんて変わった方！　それで、未亡人はなぜ結婚の申し出を拒んだんです？」

いらついたようなミス・ハミルトンの反応に興味をそそられて、ホークスクリフはその後ろ姿を目で追いつつ、さりげない口調で言った。

「もうすでに跡継ぎを産んで、自分の義務を果たした人ですからね。財産もあるし、再婚など考えられなかった。わたしとだからではなく、誰ともね。わたしは真剣だったんです。でも彼女は、一人で自由気ままに、自立して暮らしたかったようです」

「女性が独り立ちできるって、悪いことじゃありませんわね」

「でもこの女《ひと》の場合は、自分の選んだ道を後悔していましたよ、間違いなく」

ミス・ハミルトンはようやく振り向いてホークスクリフと目を合わせた。「あとで、あなたのもとへ戻ってきたんですね？『陽気な未亡人』は一人で楽しく暮らしたあと、寂しくなったのかしら？」

「ええ、まあ」

「それであなたは、彼女を見捨てたのですね。にべもなく」

ホークスクリフは行く手の道を見つめながら苦笑いした。筋金入りの紳士だけに自ら認めはしなかったが、喜んでベッドをともにしてくれる女性に不自由したことはない。ただ、自分としては良識ある相手一人に決めて落ち着いた関係を築きたいと思っているのだが、愛人になった女性は皆、やがて感情をむきだしにして金切り声をあげ、思いやりが足りないだの、政治家としての将来ばかり考えているだのと、わけのわからないことを言って責めるようになる。別れてやるとほのめかされても、ホークスクリフはめったに逆らわなかった。経験上、女性とは喜ばせるのが難しく、理解しがたい生き物であると知っていたからだ。

ホークスクリフはミス・ハミルトンの期待に満ちた顔に視線を戻した。「あえて言うなら、わたしとつき合う人は一度しかチャンスを与えられないということです。他人の欠点に寛容になれない、まあ、愚かな行為が許せないんですね。それが短所であるとはわかっていますが、自分にはもっと厳しい基準を課して苦しんでいますから、情け深い心の欠如に対する報いは受けていることになります。わたしについてはもうこれぐらいでいいでしょう」そう言うと、ミス・ハミルトンの手をとって優しく導き、砂利道をそれて水辺へといざなった。

「それより、あなたのことが知りたいですね」

「知りたいって、何を?」

　ホークスクリフが手で支えると、灰色の大きな岩の上に乗ったミス・ハミルトンは、淡い黄色のスカートに泥がつかないようすそをからげて、優雅に次の岩へと移っていく。「何もかも、です」

「たいして話すこともありませんけど。生まれはオックスフォードのケルムスコット、誕生日は一七九一年九月三日。外国語はフランス語と、あとラテン語を少々。特技としては、ほどほどにピアノが弾けること。絵を描くのは苦手。歴史と、猫が好きです」

「猫ですか? 犬はどうです?」

「実を言うと、犬はちょっと怖いんですの。大きい犬は特に」

「ふむ、うちには大きいのが六頭いますよ。マスチフとニューファウンドランドです。どの犬もあなたより重い」

　ミス・ハミルトンは身震いした。「犬屋敷にお住まいなんですね」

「いや、犬は屋敷内には入れていません。もっと聞かせてください、ほかのことを」

「たとえばどんな?」

ホークスクリフはミス・ハミルトンの顔をまっすぐに見た。「ドルフ・ブレッキンリッジとのあいだはどうなっているのです？」

ミス・ハミルトンの体がこわばった。警戒したようすでホークスクリフの目を長いことじっと見つめていたが、ついに口を開いた。

「ドルフ・ブレッキンリッジは最低の男ですわ。この件について言いたいことはそれだけ」目をそらし、水面を見つめるふりをする。

「別れたということですか？」

「ご冗談を」

「どういうことです？」

ミス・ハミルトンは上品に鼻を鳴らして軽蔑をあらわにした。「ドルフはもう半年以上、わたしを破滅に導く元凶だったんです。昨夜のあのふるまいでわかりますよね。見てらしたでしょう」

「ええ、でも、恋人どうしのけんかなのか、なんなのか、確信が持てなくて」

「恋人どうしのけんかですって？」ミス・ハミルトンは不快げに鼻にしわを寄せた。「いやだ、ヒキガエルにキスしたほうがましなぐらいだわ。この話、どうしてもしなければいけません？　あの人のことを考えただけで一日が台無しになりそうで——」

「ミス・ハミルトン。おわかりでしょう、わたしがあなたにキスしたと知ったが最後、ドルフが怒り狂ってわたしのところへ来るだろうということぐらい」

ミス・ハミルトンは指を一本立てた。「あの、キスしたのはわたしのほうですよ」

「いずれにしても、わたしとしては自分が対峙する相手について知る権利があります」

「ご自分のせいですわ。二回目のキスを要求なさったのはあなたですもの」思い出させるようにホークスクリフの胸を指でつつく。

「おや、あのキスは気に入ってもらえなかったかな？」ホークスクリフは愉快そうに訊いた。

ミス・ハミルトンはいたずらっぽい目つきをすると、さっと向きを変え、気取った歩き方で先へ進んだ。

その甘美な後ろ姿に魅了されて、にわかにおかしな欲望が高まるのをおぼえながら、ホークスクリフは思わずあとを追った。実に心をそそる生意気な娘だ。「わたしは、あなたを口説くつもりなんです。だから、すべてを話してくれてもいいでしょう」あえて快活に、それでいて強引な態度で言った。

「あら、本当？」ミス・ハミルトンは驚いた顔で振り向き、用心深く見つめてくる。「ハリエットから聞いたところでは、あなたはわたしたちのような女を見下してらっしゃるそうですけれど」

ホークスクリフはミス・ハミルトンの手を持ち上げ、その指の背に礼儀正しいキスをした。

「美しくて魅力的な女性に弱いのは、ほかの男と同じですよ」巧みなお世辞だ。

「どう言えば相手が喜ぶか、いつもわかってらっしゃるのね？」

「たいていはね」

ミス・ハミルトンはため息をついた。「まあいいわ、お話しします。でも、秘密は守ってくださるわよね」

「打ち明けられたことは絶対に口外しませんから」

「ドルフとは去年の秋、狩猟家の舞踏会で会ったんです。近づくつもりなどありませんでした。だって、ひと晩じゅう壁際に立って、わたしたち地方出身者をからかっていたんですもの。でもあの人、わたしをダンスに誘ってみる価値があると思ったらしくて、うちのご近所の方と知り合いなのをいいことに、その方に正式に紹介を頼んだんです。ですから、こちらも避けようがありませんでした。でも紹介されて三秒でわかりましたわ、サー・ドルフがいかに鼻持ちならない不快な人か。ところが運悪く彼はわたしに恋心を抱いて、翌日からつきまといはじめたんです。そのうち、わたしに求愛を受け入れる気がまったくないことがわかってきたんですね。それで、やっかいな事態になりました」

「やっかいな事態とは、どんな？」ホークスクリフは眉根を寄せた。

「ドルフは、わたしの父を債務者監獄送りにしました。それがそもそもの始まりですわ」

ホークスクリフは立ちどまり、ミス・ハミルトンをまじまじと見つめた。「そんなこと、どうやって？」

ミス・ハミルトンはわずかにたじろいだ。「父は、装飾写本の収集にとりつかれているんです。実際に会ってみればわかると思いますけれど、会う人は皆、父のことが大好きになります。借金の取立人でさえ、父に対しては厳しくなれなかったほどですわ。取立人が来るとお金を返すどころか自分の書斎に連れこんで、最近買った写本を見せるんです。取立人は父の熱意に圧倒されてしまい、来月はかならず払ってくださいよと注意するだけで解放してくれたものです。それなのに父は一度も支払いませんでした。そこへドルフが出てきて、父に貸しのある店主たちを脅したんです。借金の返済を強く迫るだけで、ロンドンの友人との商談を取り持ってやると約束して。そんなわけで父はあっというまに監獄に入れられてしまい、今もそこにいます――だからわたしがこうなったんですわ」

「こうなった？　どういう意味です？」

ミス・ハミルトンはうろたえたような笑みをかすかに浮かべた。「ロバート。どういう意味か、おわかりのくせに」

「ミス・ハミルトン、あなたのお父上はいったいどういう人ですか？」

「紳士ですわ――」

「紳士ですって？　古本を買いまくったあげく、娘が体を売らなければ飢え死にするところまで追いこむ男が、紳士と言えるんですか？」

「父を侮辱しないでいただきたいわ。わたしにとってはたった一人の身内なんです」ミス・ハミルトンは激しい口調で言った。

ホークスクリフは口を閉じたが、納得がいかなかった。どうやら弱みをついてしまったらしい。ミス・ハミルトンはどうにも怒りがおさまらないといったようすだ。

「わたしがこの道を選んだのは父のせいではありませんわ。わたしたちが持っていたものを何もかも取り上げたドルフが悪いんです。あなたに偉そうな口をきかれる筋合いはないでしょう？　わたしとしては、こうするよりほかになかったんですから」

「では、お父上はなんと言っておられるんです、自分の不始末の尻拭いのために娘に体を売らせていることに対して？」

「父は何も知りませんわ」

「あなたのように有名になれば、いつか噂がお父上の耳に入るのではないですか？」

「父は、今が何世紀かさえわかっていない人なんです！」ミス・ハミルトンはお手上げといったふうに両腕を広げて叫ぶと、いらだたしげにため息をついてそっぽを向いた。

ホークスクリフは不快の色を隠せなかった。「つまり、お父上を説得して愛蔵の本を手放させるのは無理だ、ということですか？　自分たち父娘が窮地から脱するためでも？」

「装飾写本はもう、父の手元にはないんです。ボドリーアン図書館に寄贈したので」

「まさか、そんなばかげた話は聞いたことがない」ホークスクリフはつぶやいた。腹立たしくて、どうしても黙っていられない。「失礼ですが、お父上は愚か者ですよ。それこそわたしが軽蔑する、思慮に欠けた、無責任きわまりない愚行だと――」

ミス・ハミルトンは憤りのあまり口を大きく開けたままだ。目はぎらぎら光っている。

「わたし、これで失礼します」くるりと向きを変え、脱いだままの帽子を揺らしながら、ホークスクリフから離れ、馬車と反対方向にずんずん歩いていく。

「どこへ行くんです？」

「家へ帰ります」振り向きもせず答える。

「馬車に乗せていってさしあげましょうか？」

「あなたに何かしてもらおうとは思いません！」

「つまり、歩いて帰ろうというんですね？」ホークスクリフはゆっくりとした口調で訊いた。

「ええ、そのとおりよ！」ミス・ハミルトンはさっと振り返った。頬は怒りで真っ赤に染まっている。「立派な馬車のない人は皆、歩くのです。あなたはあのいまいましい乗り物でロングウォーター池に突っこむなりなんなり、お好きにどうぞ。わたしの知ったことじゃないわ」そう叫ぶとふたたび背を向け、すたすたと歩きつづけた。

ホークスクリフは驚いて目を見張っていたが、すぐに大またであとを追った。「ミス・ハミルトン。ミス・ハミルトン！」

超然とした態度で振り向いたミス・ハミルトンは、何かご用、とでもいうような視線を投げかけた。ふたたび高飛車で人を寄せつけない雰囲気になっている。しゃくにさわることをするじゃないか。「ミス・ハミルトン、申し訳ありません。わたしがとやかく言う筋合いはないのに、失礼しました。つい自分の考えにこだわってしまうたちなものですから」

ミス・ハミルトンはとりすました顔であごをつんと上げ、ふっと息を吐いた。

いろいろと探ってみて、ミス・ハミルトンにも自分と同じぐらいドルフを軽蔑する理由があることがわかった。いよいよ獲物をしとめるときが来たとホークスクリフは感じた。今だ。やるべき仕事に取りかかろう。

「実は、折り入ってお話があるのです。内密の話です」

ミス・ハミルトンは胸の前で腕を組み、疑わしそうな目を向けた。話があるなんて本当かしら、と怪しんでいるようだ。「何についてですの？」

「ちゃんと説明します。でもここではだめだ」

「あら閣下、まさか、わたしに白紙の小切手をくださるというお話じゃないでしょうね？」

その大胆さがなんとも腹立たしかった。

「ミス・ハミルトン」ホークスクリフはできるだけ堅苦しい口調で応えた。「見目うるわしい女性を愛人にしたいからといって、白紙の小切手を進呈しようなどという考え方には、納得しかねます。そこまで愚か者ではないつもりです。たとえあなたがロンドンに現れた中でもたぐいまれな、絶世の美女だったとしても」

「うまいお世辞で点数を稼ぎましたわね。でも、白紙の小切手という条件でなければ、話し合う意味がありませんわ――内密にでも、公にでも。では、ごきげんよう」

「ベリンダ！」

「どうか、もうこれ以上わたしの時間を無駄にさせないでください。わたしだって生計を立てていかなくてはならないんです、おわかりでしょ」

「そんなつれないことを言わずに、話を聞いてほしい」ミス・ハミルトンのあとを追いながらホークスクリフはつぶやいた。「わたしは一家の財産管理について責任を負う身です。そんな状況で、自分の口座の金を自由に使う権利を他人に渡すわけにはいかない。もしかしたらあなたは賭け事好きかもしれないし、泥棒かもしれない。そのうえ――」ミス・ハミルトンの手をつかみ、引きとめた。

手を引っぱられて、ミス・ハミルトンは振り返り、ホークスクリフをにらんだ。「そのうえ、なんです、鼻持ちならない堅物の閣下？」

「堅物だって？　堅物かどうか、もう一度キスして思い出させてあげる必要があるのかな？」

彼は知らず知らずのうちにいたずらっぽく微笑みながら、ミス・ハミルトンの手を優しく引いた。

「やめてください」

「じゃあ、わたしの悪口はやめるんですね」

「あなたが始めたんじゃありませんか」

目に挑むような光をたたえつつも、ミス・ハミルトンはホークスクリフのほうへたぐり寄せられた。胸と胸が触れ合わんばかりに近づき、目と目が合った。たちまち二人のあいだに強く引き合う力が生まれた。意見を戦わせているにもかかわらず、お互いの飢えた体に触れてみたい誘惑にかられていた。

「白紙の小切手よりすてきなものをさしあげられます」ホークスクリフはミス・ハミルトンのほっそりとした腰に手を回しながら小声で言った。薄いモスリンを通して、しなやかで優美な体の感触を十分に味わう。とはいえ、触れられて抵抗こそしないものの挑戦的な態度を変えない彼女は、あごをつんと高く上げた姿勢を保っていた。

「白紙の小切手よりすてきなものって、なんでしょう？」

ホークスクリフは頭を下げ、一瞬ためらったあと、ミス・ハミルトンの耳たぶに唇を這わせた。裏切り者め、と自らを罵りながらも誘惑に勝てなくなっていた。そして、彼女が欲望に身を震わせるまで待ってからささやいた。「**復讐です**」

ミス・ハミルトンの動きがぴたりと止まった——身構えるようにホークスクリフを見上げる。「ドルフに対する復讐？」

「興味はおありですか？」

「たぶん」

「では、場所を変えてお話ししませんか、ミス・ハミルトン？」

ミス・ハミルトンは用心深くホークスクリフを見やりつつ、手を引かれるままに馬車へ戻った。ハリエットの家へ向かう道すがら彼が願っていたのは、二人の共通の敵がすでにそこで待ち構えていないことだけだった。

5

二人が着くと、ハリエットの家は静かだった。ベリンダは、自分と父親に対するホークスクリフ公爵の独断的な考えにまだ腹を立てていて、いらだちを隠すことなく、冷ややかに無言のまま、応接間に彼を招き入れた。長身で肩幅の広いホークスクリフの体には活力がみなぎり、威圧感をかもし出していて、優雅な雰囲気の部屋が小さく見える。

そんな姿を横目でそっとうかがいながらベリンダは、どうにも気がおさまらなかった。体を売っていると言われただけでも不愉快なのに、父親を無責任な愚か者呼ばわりされた。この人にそんな権利はないはずよ、と憤慨しつつ、勢いにまかせて手袋を脱ぐ。最悪なのは、鼻持ちならないあの男の指摘が両方とも的を射ていたことだ。ベリンダは手袋を脇に寄せ、帽子とショールを取った。

ホークスクリフはシルクハットを置いた円テーブルの上に御者用の手袋も脱いでぽんとほうり投げると、部屋の中を行ったり来たりしはじめた。堂々とした体格のわりに、高価な服を身にまとったその身のこなしは優雅だ。ベリンダは歩きまわる公爵をソファに座って見守り、話をきちんと聞くつもりで待った。

物思いにふけるホークスクリフは、話を切り出す前に言葉をひとつひとつ吟味しているかのような表情だ。その広い肩にかかる緊張を解き放つためか、見事な仕立ての燕尾服を脱いで椅子の上にかけた。

ベリンダは顔をしかめた。もし自分が貴婦人だったら、ホークスクリフは目の前で手袋を取ったり、ましてや燕尾服を脱いだりという、驚くほど礼儀をわきまえないふるまいをすることは考えもしないだろう。その一方で、ヘラクレスを思わせる、完璧ともいえる上半身には感嘆せずにはいられなかった。まるで大英博物館にある「エルギン・マーブル」の彫刻のモデルのようだ。ホークスクリフの力強い背中のしなやかな曲線を目でたどる。体にぴったり合ったベストは、大きな曲線を描いて広がる肩、引きしまったウエストと腰をきわだたせている。ゆったりとした白い袖を通して、腕の筋肉の盛り上がりがうかがえる。ああ、触れてみたい。

自らの衝動にうろたえて、ベリンダは公爵のたくましい体から角ばって力強い顔へと視線を移し、ひそかに観察した。張り出し窓に近づいていくそのくっきりした横顔を、険しい中に憂いをたたえたわし鼻を、午後の穏やかな陽射しが照らし出す。確固たる意志といかめしさを感じさせる唇。ベリンダは、昨夜のキスを思い出していた――なめらかで柔らかく、温かい感触。くやしいけれど、ホークスクリフは見事なまでに美しい男だった。漆黒の髪とつやのある肌を持つ、タカのようにしなやかで荒々しい姿。

献身的な愛情ですって。ベリンダは内心、さげすむ気持ちを抱いていた。

ホークスクリフは腰に手を当て、窓の外を落ち着かなげに見やっている。誰かの到着を待っているかのように。「ミス・ハミルトン、あなたの知性を侮辱したくないのであえて言わせてください。あなたのお仕事を好ましく思っているふりをするつもりはありません。ただわたしは、人を見る目は十分にあると自負していて、あなたが聡明で意志が強く、思慮深さを持った人であると判断しました。めったに人に弱みを見せないわたしですが、今はあなたに本当のところを打ち明けて、助けていただけるよう願うしかない状態です。これからお話しすることは、どうか内密にお願いします」張りつめたおももちで窓から離れ、ベリンダの横に座る。「ドルフ・ブレッキンリッジが、ルーシーという名の女性について口にしたことはありますか?」

ベリンダは記憶を探って、首を振った。「いいえ」

「レディ・コールドフェルという名前はどうです?」

「ドルフのおじさまがコールドフェル伯爵であることは知っていますけれど、伯爵夫人について彼の口から聞いたことはないですね」

「では、ドルフに暴力で脅されたことはありますか? 暴力をふるわれるのではないかと、身の危険を感じたことは?」

「昨夜までは、ありませんでした」ベリンダはためらった。「ドルフに言われたんです。パトロン探しをやめなければ後悔することになるぞ、って。それにしても、コールドフェル伯爵と夫人についてお訊きになったのはなぜ?」

ホークスクリフの黒々とした目に、苦痛の色が稲妻のようによぎった。「どうやらドルフは以前、レディ・コールドフェルにあなたに対するのと似たような執着を抱いていたらしい。ミス・ハミルトン、レディ・コールドフェルは亡くなりました。わたしもコードフェル伯爵も、ドルフが殺したのではないかと疑っています」

衝撃のあまり、ベリンダは目を大きく見開いてホークスクリフを見つめた。

「そのためにわたしはここへ来たのです。一緒にひと芝居打ってもらうために、あなたを雇いたい。レディ・コールドフェルの死の真実をつきとめたいのです。ミス・ハミルトン、あなたはドルフをあやつる鍵となる人です。あなたがそばにいてくだされば、わたしはドルフを極限まで追いつめて、レディ・コールドフェルに何をしたか白状させることができます」

「そして、そのあとは?」ベリンダは弱々しい声で訊いた。

ホークスクリフのまなざしには激しい怒りがたぎっていた。「ドルフと決闘して、殺してやります」

ドルフを殺す、ですって? 驚愕の表情でホークスクリフを見つめるベリンダの頭に真っ先に浮かんだのは、レディ・コールドフェルは彼にとってよほど大切な人だったのだろうという推測だった。恋人。きっと、そうよ。ホークスクリフのわたしへの求愛の動機は、愛する人の死の謎を解きたいから、ただそれだけだったのだ。

落胆のあまり息苦しくなった。ベリンダは頭を垂れ、深く傷ついた気持ちが顔に出ないようつとめながらかすかに苦笑した。当然だわ。わたしをどう見ているか、彼ははっきりと口にしたじゃないの。

ベリンダはホークスクリフの視線を避けながら脚を組み、スカートの膝のあたりのしわを伸ばした。「ちゃんと理解できているか、確認させてくださいな。つまり、わたしにおとりになってほしいということかしら、ドルフの犯行を証明して、愛人の恨みを晴らすために？」

「いいえ、レディ・コールドフェルはわたしの愛人ではありませんでした——気持ちの上ではそうだったかもしれませんが」

「ロバート、秘密はなしにしましょうよ。本当のことをおっしゃって。伯爵夫人はあなたの愛人だったんでしょう」

「いいえ、違います、ミス・ハミルトン。レディ・コールドフェルはつつしみ深い、貞淑な女性でした。わたしたちの関係は、あなたとわたしの間柄と違って、もっと徳の高い、誠実なものだったんです。彼女は——清らかな人でした」

わたしと違って、でしょう。ベリンダはやっとのことでこわばった微笑みを保ちながらうつむき、握りしめた手に目を落とした。心の中で恥辱の嵐が渦巻いていた。

「あなたって、本当に道徳心の塊のような方ね」

「いいえ、母がひどい浮気性だったために、父が男としての面目を失うのを見て育ったからにすぎませんよ。ほかの人にそんな思いをさせたくない。とりわけ、昔から家族ぐるみでつき合いのあるコールドフェル伯爵のような方にはね」

「ご立派ね」ベリンダは胸の前で腕を組んでソファにもたれかかった。亡くなった伯爵夫人に対する献身ぶりは見上げたものだ。でも、わたしを侮辱していることに気づいていないのかしら？　それとも、娼婦など侮辱してもかまわないということだろうか？

「あなたの企てについて打ち明けるのなら、まずわたしをものにしてからのほうがよかったんじゃないかしら」

「どんな危険が伴うか十分に説明しないまま、あなたを危ない状況に引きずりこんだりはしませんよ」

「残念ながら、ドルフはやっていませんわ」

「なんですって？」

「ドルフのしわざではありません」

「そんなはずはない」

ベリンダはあきれたように目をまわした。この人ときたら、自分の考え以外は絶対に受け入れようとしないのね。

「ドルフには動機がある。それに、コールドフェル伯爵の使用人以外で屋敷と地所に自由に出入りできる人間はやつだけですよ」

「わたし、ドルフのことならよくわかっているつもりです」ベリンダは感情を押し殺して説明した。「彼を憎んではいるけれど、勇敢な人だということは認めざるをえません。並外れて勇気があって、それを誇りにしているんです。ですから、かよわくて無防備な女性を殺すなんて、あの人の流儀に反しますわ。そんなことをしたって、名誉になりませんもの。ドルフは、熊やオオカミなど、立ち向かってくるもの、闘いがいのある相手を好むんです」

「だが、身分不相応な暮らしも好んでいるじゃありませんか。もしルーシーが妊娠していて、コールドフェル伯爵家の跡継ぎを産んだら、ドルフとしては喉から手が出るほど欲しい爵位も財産も手に入らないんですよ」

その点は反論できなかった。確かにドルフは、莫大な財産を相続するのを待ち望んでいた。

「あるいは、ルーシーの死が偶発的なものだった可能性もある」ホークスクリフは続けた。

「ドルフはルーシーを思いどおりにしようとして抵抗され、暴行に及んだかもしれません」

「それなら、おっしゃることはわかりますわ」ベリンダは静かに言った。目をそむけ、ぴたりと動きを止める。何度も苦しめられてきた悪夢。その記憶に触れただけで、いつものように胃がぎゅっと締めつけられ、気分が悪くなる。

ホークスクリフは立ち上がって窓のところへ行き、外に目を向けた。

ベリンダは組んだ腕を手のひらでせわしなくこすった。室内は暖かいはずなのに、急に冷え冷えと湿って感じられたのだ。依頼を引き受けるべきかどうか悩むばかりで、公爵の姿をまともに見ることができない。もしレディ・コールドフェルがわたしと同じように陵辱されて――さらに不幸なことに命を奪われたのだとしたら、自分と同じ犠牲者である彼女のためにも、そして自分自身のためにも、正義を行う義務があるのではないかしら？　しかしベリンダは、この件に関わるべきか否か迷っていた。あの夜の路地で起きたことは思い出したくもない。記憶の一片を呼びさまされるだけで、自分が虐げられ、辱められ、けがれてしまったと感じるのだ。いやな過去は忘れてしまうにかぎる。

「もし、わたしが断ったら？」

「断るですって？　ミス・ハミルトン、もしドルフがルーシーに暴行を加えたのだとしたら、どうです。彼の執着心の強さからすれば、次の標的があなたになったとしてもおかしくないと思いませんか？」

ベリンダは床に目を落としたまま、ぎくりとした。ホークスクリフの鋭い視線を痛いほど感じていた。

「わたしなら、守ってあげられます。ドルフは、わたしを介してでなければあなたに近づけないからです。やつがどんなことをしでかすかも想像できない、ほかの男に身をゆだねるほうが安全だと思われますか？」

「閣下、それはつまり、どういう提案でしょう？」ベリンダは冷静を装って訊いた。

「わたしをパトロンに選んでください。一緒にナイト館に住むことにすれば、ドルフからどんな脅しを受けようと安全です」

「でも、それは非常識じゃないかしら。お屋敷に同居するわけにはいきませんわ。きっと噂になって――」

「醜聞になろうがなるまいが、もうどうでもいいんです！」ホークスクリフは叫び、手で髪をかきあげた。「人に何か言われたって、気にする必要はないでしょう？　わたしのやることについてとやかく言う資格は誰にもありませんよ。口さがない人たちの横暴にはもう、うんざりなんだ。自分のご立派な評判に傷をつけたくないがためにまた一人、女性を死なせるようなことは、絶対にしないつもりです」

「どういう意味ですの？」

せめぎ合う感情に耐えきれないのか、ホークスクリフは頭を垂れた。「わたしは、ルーシーと自分の関係について世間の人たちの噂になるのではないかと恐れていました。雰囲気だけで察する人がいますからね。それに……ルーシーのほうも、わたしに関心がないわけではないようでしたから」

女性なら誰でも無関心ではいられないはずだわ、とベリンダは思った。

「わたしはできるかぎりルーシーを避けるようにしていました。人として正しいふるまいをしたかったのです。でも今になってみると、正しかったかどうかわかりません……もし二人きりで話す機会を設けていたら、ルーシーは何か打ち明けてくれたかもしれない……それによって彼女を救えたかもしれないのです」ベリンダを見る彼の黒い瞳は、何かにとりつかれたようだった。「彼女はドルフが警戒すべき存在だとわかっていたのか？　自分が危険にさらされているのに気づいていたのか？　わたしは毎晩、自問自答しつづけました。でも、答は永遠に謎のままでしょう」

「そんなにご自分を責めてはだめよ、ロバート」ベリンダは優しく言った。「起きてしまったことはあなたのせいじゃありません。その時点で正しいと思う行動をなさったんですもの。

それ以上のことは誰も求めませんわ」

ホークスクリフは考えていたが、慰めの言葉を受け入れようとはしなかった。

「たぶん、わたしが潔くなかったせいです。臆病だったのかもしれません」

ベリンダは思いやりのこもった目で見つめていたが、彼は顔をそむけ、あごを掻いた。

「ミス・ハミルトン。あなたなら、ロンドンじゅうの男性の中からよりどりみどりといったところでしょう。それに、お願いする仕事は、危険が伴わないとは言いきれない。ですからお礼はさせていただきます。今回の協力に対して、一〇〇〇ポンドではいかがでしょう？ 長くても二カ月以上はかからないと思いますが、ほかに馬車一台と乗用馬を一頭、必要な数の召使、劇場のボックス席を用意し、服飾などにかかる手当をお支払いします。それから——」ホークスクリフは後ろに回した手を組み、窓の外の通りを眺めていたが、その姿勢はわずかにこわばっていた。「わたしとベッドをともにする必要はありません」

ベリンダは息をのみ、ホークスクリフを見つめた。「まさか、ご冗談でしょう」

公爵はうなだれた。「わたしの愛していた女性はもう、この世にいないのです。ほかの人とは——この気持ち、わかっていただければ」

「もちろんですわ」ベリンダは息をついた。このわたしに気持ちをわかってほしいですって？ 考えが頭の中をめまぐるしく駆けめぐった。二カ月間一緒に過ごすだけで一〇〇〇ポンド？ お父さまの借金の三分の一にもあたる相当な金額だわ——しかも、ベッドをともにしなくてもかまわないですって！

そう、わたしがもっとも恐れていたことから逃れられる。そのうえ、ドルフに天罰を受けさせてやれるなんて！

だがそのときベリンダは突然、ホークスクリフの日に焼けた彫りの深い顔にはっきりと表れた悲しみに気づいた。高揚した気持ちはたちまち消えうせ、心が彼に寄りそった。ベリンダは立ち上がり、ホークスクリフのそばへ行った。その手をとって両手で包み、心からの同情をこめて見上げる。「ロバート、さぞかしおつらいでしょう。でもレディ・コールドフェルは今、神のみもとで安らかに眠っていらっしゃいますわ」

ホークスクリフは暗い顔でうなずき、重ね合わせられた二人の手を見下ろした。日に焼けた自分の大きな手と、ベリンダの色白で小さな手。悲しみにあふれた黒い目を上げ、彼は低い声で訊いた。「ミス・ハミルトン。ルーシーのために、真実をつきとめるのを手伝ってくれますか？　お願いです。わたしを助けられるのはあなたしかいない」

ベリンダはホークスクリフを見上げた。心はすっかりとろけていた。

ああ、こんな人に愛されたら。もう亡くなってしまった女性を、いまだに思いつづけている。この世にそんな男性がいようとは考えてもみなかった。

その人の頼みを断れるはずがない。たとえ、レディ・コールドフェルの思い出が聖なるものとして崇められる一方で、わたしがおとりとして使い捨てられるだけであっても。ベリンダの心は、ホークスクリフをなんとかして慰めたいという思いでいっぱいだったが、彼は悲しみの淵に沈んだままでいたいようだった。

「二カ月ですね？」

「念のために、契約はこの日まで、というふうに書面にしてお渡ししますよ――そうだな、八月一日まででどうでしょう？」

「結構ですわ。それから……ベッドをともにしないという条件で、本当によろしいんですね？」思いきって訊いてみる。

「お約束します。ただしそのことは二人だけの秘密にしておかなくてはなりません。ドルフであれ誰であれ、わたしたちの取り決めの真の意図について疑いを抱かれたら、この作戦は失敗してしまいますから。関係が本物に見えるだけの説得力がなくてはいけないんです」

「わかりました。そういうことなら」ベリンダはホークスクリフに近づくと、ベストの襟を軽くつかみ、皮肉たっぷりの笑みを浮かべて首をぐっとそらした。元気づけてあげたかった。

「公爵、これであなたは愛人を手に入れられましたわ」

ホークスクリフの顔に、寂しそうな、はにかんでいると言ってもいいほどの微笑みが広がった。「わたしはロンドンじゅうの羨望の的になるだろうな」

いいえ、羨望の的になるのはわたしよ。ベリンダは思い、軽く笑った。胸の鼓動が速くなっていた。

「それから、ロバート。あとひとつだけ」

「なんでしょう？」

「確か、まだ社交界にデビューしていない妹さんがいらっしゃいましたよね」

「わたしがナイト館にいるあいだは、妹さんを来させないようにしていただきたいの」

「ええ、それが何か？」

「ああ、そうですね。お気づかい、ありがとう」

「わたしたち、気づかいすることでお金をいただいているんですもの」ベリンダはこわばった笑みを浮かべて言った。ぎこちない沈黙が流れた。

「では、取り決めた内容を書面にしておきましょうか」

「ペンと紙なら、ハリエットの机にありますわ」ベリンダは書き物机をあごで示した。

ホークスクリフは机に向かった。ほどなく二人の合意の内容が文章に記され、署名され、公爵の印章によって法的な拘束力を持つことになった。ホークスクリフはインクの上に細かい吸い取り砂を吹きかけて乾かした。

「ご自分が何をしようとしているか、おわかりですよね」ベリンダは上体をかがめてホークスクリフの名前の横に自分の署名を書き入れながら、頭の中の考えをそのまま口にした。

「自分が何をしているかは、常にわかっていますよ、ミス・ハミルトン。あいにくそれがわたしの悲しき性《さが》なんです」ホークスクリフは皮肉めいた口調で言って息をついた。

そのとき突如として大きな物音が聞こえてきた。二人はびくりとして、応接間の閉まった扉のほうを見た。階下が騒がしい。怒りにまかせた怒鳴り声と、正面玄関の扉をどんどんと叩く音が家じゅうに響く。

「ドルフだわ」ベリンダは不安に震えながら、本能的にホークスクリフに身を寄せた。

「大丈夫です。中にいてください」ホークスクリフはつぶやいた。

ベリンダはうなずき、扉のほうへ向かうホークスクリフの背中を目で追った。

わたしを守ってくれる人。心の中の声がささやいた。

「気をつけて」ベリンダは不安そうに呼びかけ、そのとき初めてホークスクリフのようすに気づいた。その大柄で引きしまった体全体から、恐ろしいほどの熱気が立ち上っている。

ホークスクリフは戸口で立ちどまり、謎めいた微笑みを投げかけた。

「心配しないでください、ミス・ハミルトン。ときには熊が狩人に勝つこともありますから」

ホークスクリフは大広間を大またで突っ切った。逆上したドルフ・ブレッキンリッジをもてあそんでやれるというひねくれた期待があった。階段の最上段に近づくにつれ、下から響いてくるドルフの声が大きくなった。

「彼女はどこにいる？　あのこしゃくな売春婦は？」

ホークスクリフは口笛を吹きつつ、ゆうゆうと階段を駆け下りて玄関ホールへ向かった。途中でハリエット・ウィルソンに遭遇した。赤毛の小柄な姿で女らしい怒りに燃え、ドルフに向かって「今すぐ出ていってちょうだい！　さもないと警官を呼ぶわよ！」と叫んでいる。

ドルフも負けじと毒づき、中に入れまいとする従僕の大男二人を押しのけて前に進もうともがいている。戸枠にかけた片手を引きはがされそうになりながらも抵抗するその顔は真っ赤に染まり、短く刈った砂色の髪はくしゃくしゃに乱れている。

「ミス・ウィルソン、わたしが引き受けましょう」ホークスクリフは小声で言い、気位の高い娼婦の女王ハリエットの体をそっと脇に寄せた。

「ああ、公爵、なんとかしてくださいな！　この人が騒ぐものだから、ご近所の手前、恥ずかしいったらありませんわ」

「ご心配なく、すぐに引き取ってもらいますから。ところで、ミス・ハミルトンがあなたにお話があるようですよ」

「まあ！」ハリエットは声をあげて振り向き、遠慮がちに訊いた。「もしかしてお二人のあいだで、嬉しいお約束ができたということかしら？」

ホークスクリフはうっすらと笑みを浮かべた。「彼女が説明してくれると思います」

「よかったわ！　おめでとうございます、公爵。あの娘《こ》がなかなか心を決めないので、どうしようかと思っていたんですの」ハリエットはそそくさと場を離れ、ベリンダと話をしに行った。

「きさま！」近づいてくるホークスクリフに気づいたドルフはわめいた。「卑怯なまねをしやがって、この裏切り者め！　悪党！　ならず者！　陰険なやつめ！　こっちへ来い、相手になってやる！」

「おいきみ、いったい何があったんだね？」

ホークスクリフは玄関扉の手前まで来ると、険しい顔つきの従僕たちに向かってうなずいた。二人は慎重にドルフの体を放し、後ろに下がった。ドルフはすぐさま戸口から突進し、両のこぶしを突き出して飛びかかってきた。だがホークスクリフは、だてに十代の乱暴者の弟四人を育て、厳しくしつけてきたわけではなかった。特に自分より体の大きいジャックとしょっちゅう兄弟げんかをしていたおかげで、殴り合いにおけるありとあらゆる動きを予測できる力を身につけていた。

ホークスクリフはドルフの攻撃を平然とかわすと、相手の右腕をつかんで背中に回し、高いところで強くねじり上げた。ドルフがうめき声をあげるかあげないうちに、左腕を彼の首に巻きつけて喉元をぐいぐい絞めつける。

「この問題、紳士らしく解決できないかね?」

ドルフは体をよじり、手足をばたばたさせてもがいたが、無駄だった。「裏切り者め!やっぱり思ったとおりだ! 代わりにベリンダに話をしてくれると言ったくせに、抜け駆けして口説くなんて! 今朝聞いたところじゃおまえ、ベリンダにキスしたっていうじゃないか! ひと晩じゅうここにいたってことか?」

「わたしは、ミス・ハミルトンのパトロンになりたいと申し出て、承諾をもらった。それだけ言えば十分だろう。きみの入りこむ余地はもうないよ」

ドルフはわめき声をあげ、ホークスクリフの肋骨をねらってひじ鉄をくらわせようとしたが、かわされた。

「おまえなんかにベリンダを渡すものか!」

「渡すも何も、彼女はきみのものじゃないだろう」

「いや、ぼくの——ものだ！」ドルフは体を締めつけていた腕を振りほどいた。

「殺してやる」あえぎながらホークスクリフのまわりを回りはじめる。

ホークスクリフはそのようすを面白がって見守った。「いや、殺せるわけがない。それにしてもきみは、激情を抑えるすべを学ばなくてはいけないね。このままだと、いつか困ったことになるよ」

「だましたな！　自分がちょっと頭が切れるからって、人をばかにしやがって。だけど、ぼくは少なくともおまえみたいに聖人のふりはしないからな」

「おやおや、ずいぶんと毒のある物言いだなあ。そんなことを言っていると消化に悪いぞ」

「ベリンダ・ハミルトンはぼくのものだ！　ベリンダ！」ドルフは階段のほうに向かって叫んだ。「下りてこい！　ぼくと一緒にここを出るんだ！」

「ミス・ハミルトンがきみのものだと、どうして言いきれるんだね？」

「ぼくが最初に目をつけたんだぞ」

「きみには理解できないのか？　ミス・ハミルトンが感情のある一人の人間で、自分なりの希望や意思を持っているということが？　彼女はきみなんか求めていない。下りてくるはずがないよ」

「ベリンダ！　今すぐ来るんだ、汚らわしい売女《ばいた》め！」

「おや、その言葉遣いは感心しないな」ホークスクリフはドルフをたしなめ、威嚇するように一歩、また一歩と歩み寄った。「外へ出ようか？」

「望むところだ」ドルフはうなった。家から追い出すための策略だということに気づかないらしい。ホークスクリフをにらみつけながら、いつでも飛びかかれるよう構えをくずさず、警戒しつつ後ろに下がった。

ドルフが外へ出ると、ホークスクリフは従僕の一人に向かってうなずいた。お仕着せを着た筋骨たくましい大男は玄関の扉を引いて閉め、鍵をかけた。

これで、ベリンダは家の中にいるかぎり安全だ。ホークスクリフはそのとき初めてほっとひと息つき、ぎらぎら輝く午後の光に慣れない目を細めた。丸石を敷きつめた通りにドルフの二輪馬車が停まっているのが見えた。おじけづいたおももちの馬丁は、哀れにも目のまわりに青あざをつくっている。ドルフめ、本当にどうしようもないやつだ。

「確かにわたしは、きみに代わってミス・ハミルトンに近づいたよ、ドルフ」軽い口調で事実を少し曲げて言う。「だが彼女は、まったくきみを受け入れるつもりがないと断言した。それで、わたしが口説いてみてもいいかなと思ったんだ。きれいな女《ひと》だし、魅力を感じてもいたしね。わたしぐらいの地位になると、もてなし役の女性が必要だ――わかるだろう、政治がらみの接待などがあるからね」

「もてなし役だって？」ドルフは怒りの混じった笑い声をあげた。「そんなふうにしか見られないのか？　冷たいやつめ。まあ、意外でもなんでもないさ。おまえには、ぼくのようにベリンダを愛することは絶対にできないだろうからな。ぼくの愛は、誰も真似できない」

「愛だって？　ミス・ハミルトンに対するきみの行動は、愛とはほど遠いじゃないか。あれだけひどいことをしておいて、彼女がきみを忌み嫌うことぐらい想像できないのか？　お父上を債務者監獄に入れるなんて、いったいどういうつもりだ？」

「あれはぼくのせいじゃない！　あの愚か者のじいさんが勝手に借金をつくっただけだ。自業自得だ」ドルフは言い返したが、きまり悪さのあまり顔に血が上っている。

「きみも、今回は自業自得だな。まだ青二才で短気なたちなんだろうから、かんしゃくを爆発させたのも、ばかばかしい脅しをかけたのも、大目に見てやることにするよ。だが、憶えておいてくれ。ベリンダ・ハミルトンはもう、わたしが面倒をみることになったんだ。いいか、わかったか？」

　ドルフの目に悲壮感が漂った。「とにかく、ベリンダと話をさせてくれ――」扉に向かって一歩踏みだしたが、胸をホークスクリフの手でがっちりと押さえられ、行く手を阻まれた。

「その手を離せ、さもないとへし折るぞ」ドルフは怒鳴った。

「どうやら、わたしの警告が聞こえなかったようだな」ホークスクリフは鋭い目で見すえた。

「いいか、よく聞くんだ、ドルフ。わたしの愛人に近づくんじゃない。ホワイツやワティエなど、セントジェームズ・パーク周辺の紳士クラブに出没する男たちはどう思うだろうね、自分たちのあこがれの女性にきみがひどい嫌がらせをしたと知ったら？　考えてみたまえ。そんな噂が流れてもいいのか？」

「誰がどう思ったってかまうものか！　それに、娼婦の名誉のために決闘を申し込むようなやつがいるわけがない」ドルフは激しい口調で言い返した。「確かに決闘騒ぎにはならないかもしれない。だが、きみはのけ者にされるぞ。無視されて、仲間はずれにされるのは間違いない。今度ミス・ハミルトンに迷惑をかけたり、彼女の気分を害したりしたら、社交界にいづらくなるだろう。忘れるな」

ドルフのはしばみ色の目に、脅しを感じとった色がはっきりと表れた。興奮がいちどきに冷めたといった表情だ。それでも今一度、ハリエットの家のかんぬきのかけられた扉をじっとにらみつける。まるで、どうやって入ろうかと思案しているかのようだ。

そのようすを見たホークスクリフは、心の底から喜びをおぼえた。ナイト館なら、要塞のように堅牢にできている。ベリンダの身を守れる場所としてあそこ以外考えられなかった。

「さて、きみが名誉挽回したいと本気で思っているなら、全力を尽くしてベリンダのお父上を監獄から救い出すところから始めるんだな」ホークスクリフは穏やかにすすめた。「お父上を投獄させた張本人はきみだろう。なんとかしたまえ。わたしだったら、借金を全額返済してあげるがね」

「借金を返すだって？　頭がどうかしてるんじゃないのか？」ドルフは叫んだ。「あのじいさんの借金は三〇〇〇ポンド近くにもなるんだぞ。仮に肩代わりしたいと思っても、そんな大金、あるわけがない。ぼく自身借金取りに苦しめられていて、遺産を相続するまでは余裕がないんだから」

「そうか、それは残念だなあ。しかし——たった三〇〇〇ポンドが出せないのなら、どっちみちきみはミス・ハミルトンのパトロンにはなれなかったわけだ。ということで失礼するよ、ブレッキンリッジ」

そう言うとホークスクリフは、憤慨するドルフをその場に残して家の中へ入っていった。従僕は玄関の鍵を開け、ホークスクリフを中に招き入れてから、ふたたびしっかりと鍵をかけた。ドルフは急いで玄関の前に駆けつけ、怒りも新たに扉を激しく叩きはじめた。

ホークスクリフは手についた埃をはらい、がたがたと蝶番《ちょうつがい》を揺らしている扉に冷ややかな視線を投げると、二人の従僕のほうを向いた。

「どうやらあの男、頭がおかしくなったらしい。二人ともよくやってくれた。ゆうべも今日も、すばやく対応してくれてありがとう」それぞれの手に一〇ポンド札を握らせる。「五分たってもやつがまだうろうろしているようならわたしを呼んでくれ」

「はい閣下、かしこまりました。ありがとうございます」

ホークスクリフはうなずき、新たな愛人を迎えに行くために二階へ上がった。

まさか、廊下で宿敵ヘンリー・ブローガムに出くわそうとは思いもよらなかった。シャツ一枚で胸をぼりぼり掻いて、たった今ベッドから抜け出してきたばかりといった姿だ。ハリエットとよろしくやっていたにちがいない。ホークスクリフは口をきっと結び、嫌悪感が表情に出るのを抑えた。

「いったいなんの騒ぎだい？」ホイッグ党の期待の星は訊いた。

ヘンリー・ブローガムはホークスクリフと同い年。生まれはウエストモアランドで、ホークスクリフの故郷カンバーランドの隣の郡だ。ロンドンでも異彩を放つ法律家で、急進的な改革派のブローガムは、トーリー党政権の関係者全員に恐れられ、嫌われていた。おそらくナポレオンその人の次に。トーリー党が恐れるのももっともで、ブローガムはどんな難題にもひるまない真の勇気の持ち主として知られていた。とはいえ、普通の男と同じく、高級娼婦の誘惑には勝てないらしい。

廊下を歩いてくるブローガムのととのった顔に、ほう、これは面白い、とでも言わんばかりの皮肉な笑みが浮かんだ。

「おやおや、どなたかと思えば、閣下。こんにちは。こんなところでお会いするとは、珍しいこともあるものですな」

「ブローガム」ホークスクリフはうなるような声で言った。

「ひどく騒がしかったが、何かあったのか？」

「苦情を訴える客がいてね」

「何か手伝おうか？」

ホークスクリフはそっけなく口元を引きしめた。「いや、結構だ」

「そうか。それなら失礼して、ベッドに戻ることにするよ」ブローガムはきびすを返し、ハリエットの部屋へ向かいながら、「そういえば党首の奥方レディ・ホランドは、今でもきみに一度夜会に来てほしいと言っておられるぞ」と肩越しに言った。「我々としてはきみをなんとしてもホイッグ党に引っぱりたいと考えているからね」

　ホークスクリフは言い返さずにはいられなかった。「ただ何もせずに批判ばかりしている連中のいる側のことか？」

「いや、違う。博愛と改革を支持する者のいる側さ」

「せっかくのお誘いだが、レディ・ホランドにお気持ちだけはありがたくちょうだいいたします、と伝えてくれたまえ」

「好きなようにするがいい。だが、憶えておいてくれよ――」ブローガムは足を止めて振り返った。「古臭く、腐敗して、衰退したものは消え去らなくてはならない。変化はかならずやってくるぞ、ホークスクリフ。わたしのこの言葉を忘れるな。変化がいつ来るかは、時間の問題だ。そのときまでにどちら側につくか、きみが心を決めておいてくれるよう願うよ」

「見事なお説教だな、ブローガム。しかしいくら世界のために善をなそうと思っても、議席を獲得しないかぎりなんにもならん。そのぐらいわかっているだろう」

「別に心配はしてないさ。正義はかならず勝つ」

「後ろからひと押しすれば、の話だよ。わたしの経験ではそうだ」

　ブローガムは苦笑いして頭を振った。「じゃあ、これからもせいぜい押しつづけることだな、リヴァプール公だの、シドマス子爵だの、エルドン卿といった暴君たちとつるんで。そのうちいつか、反発した国民から逆に押し返されるかもしれないぞ。きみらトーリー党がその原因を作っているんだ。特に最近出た摂政の経費報告書なんか、その最たるものだよ。まさか、という顔をしてるな。だがどうなるか、わからんぞ。フランスで起きたことなら、英国でだって起こりうるさ」

「きみは革命賛成派なんだな？　混乱、扇動、暴動が起きないかと期待してるんだろう？」

「あなたたち」そのとき廊下に出てきたハリエットが二人に呼びかけると、急ぎ足でホークスクリフの前を通りすぎ、ブローガムのそばへ行った。彼の腰に腕を回して「ここは議会じゃありませんわよ。うちの廊下で口論はやめてください」と叱るように言う。「ホークスクリフ公爵、ベリンダが大広間で待っていますわ。それにわたし、ブローガム氏と個人的にお話ししたいことがあるので、失礼させていただいてよろしいかしら？」

「ええ、どうぞ」ホークスクリフは冷ややかに言った。

ハリエットはブローガムを連れて自分の部屋に入っていった。

ホークスクリフはしばらく廊下に残っていらだちを抑えた。しきりに誘いをかけてくるホイッグ党のしつこさにはあきれる。だがホークスクリフの一族は代々トーリー党員であって、離党など問題外だ。

確かにトーリー党の政権運営は完璧にはほど遠く、摂政皇太子のジョージ四世は政府にとって頭痛の種だった。とはいえ、無秩序の状態よりはましなはずだ。ヘンリー・ブローガムはこれまで、奴隷貿易の廃止や貧困層の教育の必要性を訴えてきた。そういった理念がすべて正しく的を射ているのではないか、という直感的な考えが頭から離れなかったが、ホークスクリフはあえて無視した。それでも、ブローガムの大胆で自由な発想には腹立たしさを感じずにはいられなかった。ずうずうしい。庶民階級のくせに、いったい自分を何様だと思っているんだ。ブローガムの一族がのんびりと牧羊で暮らしを立てていたころ、わたしの一族は北の国境地帯でスコットランドの脅威からお国を守っていたんだぞ。

不快感を振り払って気持ちを鎮めると、廊下を歩いて大広間へ向かった。ベリンダが張り出し窓のそばで待っていた。つとめて平静を装っているようだが、部屋に入ったホークスクリフを不安そうな目で見た。日の光に照らされた繊細な横顔。心細かったにちがいない。すぐにそう察した彼は安心させようとくつろいだ笑みを見せた。

「ブレッキンリッジはじきにいなくなりますよ。今はまだかんしゃくがおさまらないようだが、ことを分けて話して、なんとか説得できたと思います」

ベリンダの反応は予想外だった。淡い黄色のモスリンをひるがえしながら駆けよってくると、ホークスクリフの腰に両腕を回し、胸に頰を寄せて抱きついたのだ。目を固く閉じて、必死にしがみついてくる。ホークスクリフはあっけにとられ、どうしていいかわからなくなった。

ためらいがちに両の肩に手を置くと、ベリンダは顔を上げてじっと見つめてきた。哀れなほどに深い感謝の色がにじみ出た目。英雄に対するあこがれにも近いものが感じられ、ホークスクリフは戸惑った。まだ知り合って一日も経たないが、手の届かないところで冷たく輝く星のような娼婦の仮面の下の本当の姿を見た気がした。仕事に徹した、情のかけらもない態度は見せかけにすぎなかったのだ。

妙に心を動かされて、ホークスクリフはベリンダの体に腕を回し、髪に唇を押しつけた。

やいた。

「落ち着いて。大丈夫、すべてうまくいったよ。もうドルフがきみを傷つけることはない」

「本当にありがとう、ロバート」ベリンダはようやく聞きとれるほどのくぐもった声でつぶやいた。

「いいんだよ、お礼なんて。たいしたことをしたわけじゃない」ホークスクリフは眉を寄せた。指先でベリンダのあごを持ち上げ、目の色をうかがう。青い中に濃いすみれ色を帯びた瞳。まるで、激しい破壊と生命の喪失の痕跡を隠して静まりかえった戦場にかかる煙雲のようだ。彼女の心に何が起きたのだろう？　ホークスクリフは流れおちそうなベリンダの涙を指先で止め、拭いとった。深い感情のこもったまなざしが返ってくる。まるで声を失ったかのようだ。

「さあ、行こう」ホークスクリフは静かにうながした。「一緒に家へ帰るんだ」

ベリンダはすすり泣きとともにうなずくと、ホークスクリフに寄りかかりながらゆっくりと歩いて、大広間から階段へ向かった。

「でもロバート、お宅には犬が何頭もいるんでしょ？　わたし、犬が怖いんです。というより、何もかもが怖いの」憂鬱そうな声。

ホークスクリフはベリンダのきゃしゃな肩をつかんで自分のほうを向かせ、優しく微笑みかけた。「何もかもが怖いなんてことがあるものか。きみのようにきれいで、それでいて芯の強い女性はなかなかいないよ。うちの犬なら、ちゃんときみの言うことを聞くから大丈夫。保証するよ」

ベリンダは目の縁が赤くなった顔をそむけた。「献身的な愛情、でしょう？」ほとんど聞きとれないほどの声。

「えっ、なんだい？」

ベリンダは弱々しく微笑んだ。「なんでもないわ」気を静めるかのように小さくうなずくと、荷物をまとめるために一人で階段を上っていった。

ホークスクリフは戸惑いながららせん階段の柱にもたれ、心のうちを明かさない美女が上っていくのを見守った。守ってやりたい、という本能が沸きおこり、自然と身が引きしまる思いがした。ルーシーを救うことはできなかったが、今度は違う。ドルフなどに指一本触れさせるものか。

どこか神秘的で、かよわくて、傷つきやすいベリンダ――ホークスクリフは一瞬、深入りしないとあれほど固く心に誓ったことを忘れそうになった。

これまで自分を必要とする人がいたときは、常に全力を尽くして守ってきたホークスクリフだった。

6

その夜、ベリンダは新しく保護者となった人の屋敷で、樫の羽目板張りのだだっ広い書斎にいた。

夜が更けるほどに、ますます落ち着かない気分になる。ホークスクリフ公爵は本当に約束を守ってくれるだろうか。今になって条件を変えられたら、自分はこの贅を尽くした気品あふれるバロック建築の広大な屋敷にとらわれの身も同然となってしまう。血管の中を静かに流れるとらえどころのない不安を隠そうと、のんびりした態度を装い、書棚を眺めていた。公爵はろうそくの明かりの下で机に向かい、仕事を続けていた。

美食三昧の夕食のあと、差しわたし六メートル以上もある光沢仕上げのテーブルの向こうで椅子にもたれ、ポートワインを飲みながらこちらを見るホークスクリフの目には、情欲がくすぶっていたのではなかったか。ベリンダにはそう思えてならなかった。

これからどうなるのか、見通しが立たないことが重く心にのしかかっていた。そのうえベリンダは、ホークスクリフと家政婦のラヴァティ夫人の言い争いを耳にしていた。娼婦を連れこむなどもってのほかだと叱りつけられ、辛抱強く言い返すホークスクリフの口調から、ラヴァティ夫人がナイト家に仕えて、代々とまでは言わないまでも、何十年にもなるらしいことがうかがえた。雇い主に遠慮なく差し出がましい口をきくところをみると、屋敷の家事を切り盛りする権力を握っているのは自分だという絶対的な自負があるのだろう。だが、以前は良家の子女として使用人の扱い方をよく知るベリンダだけに、主人にえんえんと説教しつづけるラヴァティ夫人の態度にはあきれる思いだった。

「以前はここも、誰にも恥じることのない立派なお屋敷でしたわ！　アレックやジャックならともかく、ロビー、あなたがこんなまねをするなんて、いったいどういうことです？　お父さまが生きてらしたら、なんとおっしゃるでしょう？」

「ミス・ハミルトンはわたしの友人だよ。身に危険が迫っているんだ」

「だったら、あの女をどこかほかのところへ連れていってください。でなければわたし、辞めさせていただきます！」

　それ以上は聞くに堪えなくなり、ベリンダはその場から逃げ出した。好奇とあざけりの入り交じった視線を投げかける小間使いたちと、いやらしい目つきで見ている従僕たちの前を通りすぎる。ベリンダもけっきょく、特定の目的で雇われた使用人にすぎないし、彼らの無遠慮な態度をとがめる主人はそばにいないのだ。

　ベリンダが屋敷にやってきただけで召使たちが大騒ぎする中、夕食がちゃんと出されたのには驚いた。幸い、獰猛そうに見えた犬たちには好かれたようだ。今、犬たちは任務についている。高くそびえる忍び返しのついたナイト館の塀の内側で、手入れの行き届いた緑の芝生を歩きまわって見張りをしているのだ。

学者肌の父親なら恍惚としてでしまいそうな年代ものの歴史書に指先をすべらせながら、ベリンダは思いをめぐらせた。ドルフの脅威からは逃れた。だがこの屋敷の主人を信用できるかどうかは確信が持てなかった。書斎の静けさの中、自分の体に注がれる視線を感じて振り向くと、ホークスクリフが見つめている。ベリンダは憤然としてあごを高く上げた。

「いい加減にしてくださる？」高慢さを装って冷ややかに尋ねる。

現場を押さえられたホークスクリフは微笑み、ポートワインをひと口飲むと形のいい唇をなめた。「一〇〇〇ポンド出したからには、わたしにだってきみの姿を眺める権利はあるだろう。実は、画家を呼んできみの肖像画を描かせてはどうかと考えていたんだよ。神話にふさわしい古典的な容姿だからね。トーマス・ローレンスが描くならモデルを引き受けてくれるかな、その美しさを永遠に絵にとどめておくために？」ホークスクリフはにやりとした。

「できれば裸婦像《ヌード》で」

「まあ、ヌードをお望みなのね」

「そうだね、それが望ましい」

「神話とおっしゃったけれど、どんな？」

ホークスクリフは所在なげに口元を撫でながら、ベリンダに視線を走らせた。「美の女神アフロディーテはどうだろう。それともペルセポネかな」ぱちんと指を鳴らす。「ゼウスが黄金の雨になって、眠っている女性に降り注いだ、あの女性の名前はなんといったかな？」

「ダナエでしょう」ベリンダは答えた。憤慨しているはずなのに笑いがこぼれる。道徳の鑑たる紳士と娼婦。なんとも奇妙な取り合わせの二人だ。「邪悪な聖人君子さん、またわたしを侮辱なさるおつもり？」

「からかっているだけだよ」ホークスクリフは優しい口調で言った。人を惑わすような目の輝きが戻っていた。もしかするとポートワインのせいでそう見えるだけなのかもしれない。とはいえ部屋にも、二人のあいだにも、どこか張りつめた空気がみなぎっていた。

ベリンダは気まずそうに目をそらし、部屋の角に設けられた窓のほうへ歩いていった。大型のピアノが置いてある。

「ピアノをお弾きになるの？」

「今はもう、弾かなくなった。きみは？」

「少しなら」

「じゃあ、何か一曲弾いてくれ」ホークスクリフはつぶやくように言った。

「おおせのままに、閣下」皮肉をこめて答えると、ベリンダは椅子に腰かけた。ピアノに彫られた金文字に目をとめてはっと息をのみ、「グラフ製なのね」と驚きの声をもらす。持つ者の誇りである格調高いピアノは、触れるのが恐れ多いほどに美しい。「ロバート、もったいなくて、弾けないわ」

「大丈夫だよ」ホークスクリフは笑顔でベリンダを見守りながら言った。

「グラフ氏は、巨匠ベートーベンのためにピアノを製作した人よ」ベリンダは畏敬の念をあらわにして言った。「わたしの凡庸な腕前では、とても弾きこなせないわ」

「いいんだ、わたしのために弾いてくれ。さあ」

「ロバート。このお屋敷にはどの部屋にもピアノがあるのに、どうしてこれほどの芸術品を書斎に置いておくの？　不思議だわ」

「音楽はわたしにとってごく個人的なものなんだ。で、ミス・ハミルトン、弾いてくれるんだろう？」

「ええ……どうしてもとおっしゃるのなら」ベリンダは指を軽く鍵盤にのせ、手慣らしに音階を弾きはじめたが、突如、手を止めてホークスクリフに顔を向けた。「音が狂ってる！」

公爵はうなずき、ポートワインをもうひと口飲んだ。「知っているよ」

「まあ、あなたってわからない人！」ベリンダは叫んだ。「かえって興味をそそられてしまうわ。いったいなぜ？　こんなすばらしいピアノを書斎に置いて一人で楽しんでいるかと思いきや、調律もしないでほうっておくなんて。大法官のエルドン卿なら、犯罪だとおっしゃるでしょうね」

ホークスクリフは微笑んだ。

「いずれにせよ、この、見事だけれど哀れなピアノが調律されるまで、演奏をお聞かせするのはお断りよ。セレナーデを弾いても、猫のけんかにしか聞こえませんものね。もともとたいした腕でもないのに、それ以上に下手だと思われるのはまっぴらですから」

「まあ、高級娼婦として鳴らしているきみのことだ。いろいろな特技があるんだろうね。ほかには何ができる？」

「ご披露できませんわ、お支払いになった金額では」ベリンダはピアノの上にひじをつき、手のひらに頬をのせて生意気な笑みを見せた。

「情け容赦のない人だ」ホークスクリフは穏やかに笑ったが、その目には欲望の光が宿っているように見えた。どうも信用がならない。

何か気をそらすものがないかと、ベリンダは風通しのいい書斎を見まわした。「レディ・コールドフェルの肖像画はお持ち？」

物憂げだったホークスクリフの表情が反射的にこわばったが、体は動かない。「なぜそんなことを？」

「どんな人の遺恨を晴らすことになるのか、顔を見ておきたくて」

ホークスクリフは黒く長いまつ毛を伏せ、机の引き出しに手を伸ばした。立ち上がって近づいてきたベリンダに、黙ったまま、中に絵が入っているらしい金の留め金がついた銀製の小さなロケットを渡した。

開けてみると、澄みきった美しさをたたえた女性の肖像が現れた。赤毛に緑の目、磁器を思わせる肌。こんな生き生きとした若さの持ち主が突然、命を絶たれてしまった。そう思うと心が痛んだ。「これは、レディ・コールドフェルがくださったもの？」

「そうだ」ホークスクリフはそそくさとロケットを取り返し、ふたたび留め金をかけた。目を合わせようとしない。角ばった、たくましい顔はこわばったままだ。何も言わずにしばらくロケットを指でいじっている。「実は自画像なんだ。ルーシーは画才に恵まれていてね」

ベリンダは机の横に浅く腰かけてホークスクリフを観察した。「あなたに愛されていたことはご存じだったの？」

「どうだろう、わからない」

「告白しなかったの？」

「もちろん」

「無念でしょうね」

ホークスクリフは肩をすくめた。既婚婦人の肖像画をもらったことに対してかすかに罪の意識を感じているようだ。もしレディ・コールドフェルが本当につつしみ深く、聖女のような人だったとしたら、なぜ夫でも親戚でもない男性に自画像を渡したりしたのか？　良識あるふるまいとは言えない。ホークスクリフが自分に恋しているとわかって、若き伯爵夫人の虚栄心は満たされただろうか？　たわむれに、彼の道徳規範を超えたところまで誘惑しようとしたのか？

「彼女のどこに惹かれたのかしら？」日に焼けた彫りの深いホークスクリフの顔に浮かぶ、張りつめた表情を注意深く見守りながら、ベリンダは小声で訊いた。

ホークスクリフは目をそらしたまま、蓋を閉じたロケットを持ってじっと考えこんでいる。

「素朴さ。優しさかな。いや、よくわからない。ただの夢にすぎなかったんだろうな。頭の中で愛していたようなものだからね。頭で考えすぎてしまう、それがわたしの欠点なんだ。

頭の外では……何も起こらなかった。まったく、何も」

「それについて後悔している？」

「行動を起こしたところで、何もよい結果を生まなかっただろう。ルーシーと自分の不名誉になるうえ、友人を傷つけるだけだ」

あなたって、いつも規範に従って行動しているの？　ベリンダはそう訊いてみたかった。身を守るための戦術は功を奏したようだ。ホークスクリフはベリンダへの性的衝動を見せるどころか、レディ・コールドフェルの追憶に浸っている。

なんともいえない寂しげな目。わたしが悲しい思い出をよみがえらせてしまったんだわ。ベリンダは後悔の念にかられ、手を伸ばした。ホークスクリフの髪を撫でて慰めてあげたかった。つややかな黒髪の巻き毛の先は、真っ白なクラヴァットの襟足の部分にかかっている。ホークスクリフは頭を撫でられるにまかせているが、ベリンダを見ようとはしない。

ベリンダは感慨深げなため息をもらした。「騎士道的な愛ね。とても美しい愛の形だと思うわ、ロバート。たとえ夢にすぎなくてもね」

「夢があれば、何もないよりましだからね」ホークスクリフは銀のロケットを目の前の机の上に置き、じっと見入った。

「なぜ、望めば手に入る女性に対して夢を抱かなかったの？」

かすかな苦笑いで唇が持ち上がった。目はそらしたままだ。「たぶん、手が届きそうな女性は欲しくなかったからだろうな」

「どうして？」

「どうしてって、欲しくなかった。それだけさ」ホークスクリフはそっけなく言い、警告するような鋭い視線をベリンダにぶつけた。

　自分に主導権があるうちにやめておいたほうが無難だろうと判断して、ベリンダは髪に触れていた手を引っこめた。ホークスクリフは視線を落とし、がんとして心を開こうとしない。だがベリンダは、非の打ちどころのない公爵の中に、苦しむ男の姿をかいま見た。

　いつくしみ深いといってもいいほどの優しげな笑みを見せながら、ベリンダは腰を下ろしていた机から離れた。「それでは閣下、そろそろ失礼しますわ」

　ホークスクリフは反射的に立ち上がり、堂々としたお辞儀をしたが、すぐに両手を背中に回すと、背筋を伸ばして堅苦しい姿勢に戻った。ベリンダは会釈をし、向きを変えた。

「どんな馬車が好みに合うか、考えておくように」扉へ向かって歩いていくベリンダに、ホークスクリフは命令口調で言った。「明日、タッターソールの馬市へ連れていってあげよう」

　ベリンダは驚いて振り向いた。机の上のろうそくランプの光が揺れて、公爵の日焼けしたいかつい顔と、迫力のある体つきを照らし出した。

　ベリンダはしばらく、ホークスクリフをただじっと見つめていた。

　ああ、そうなんだわ。心の深い部分にゆっくりと沁みていったのは、この館でホークスクリフの庇護のもと、自分の身の安全は守られるという思いだった。たとえたわむれに軽い言葉をかけたとしても、公爵は約束を破って無理やり関係を迫ることはない。それが初めて実感できた。

新たな発見の驚きに続いて、安堵の気持ちが波のように広がった——そして、良心の呵責も。この人はわたしに危害を加えるつもりなどなかったのだ。なのにわたしは、彼を寄せつけまいとして心をあやつるようなことを言い、胸の痛む体験を思い起こさせてしまった。

「レディ・コールドフェルのことを持ち出したりしてごめんなさい」ベリンダは声をしぼり出した。だが、それが計画的な作戦だったと認める勇気はない。娼婦であるうえに、卑怯者だと思われたくなかったのだ。

「いや、いいんだ」ホークスクリフは疲れたように言った。「こちらこそ、ぶっきらぼうな物言いをしてすまなかった」

その控えめで良識ある態度に、ベリンダは胸にこみあげてくるもので喉がつまった。傷つけたのはわたしなのに、彼のほうから謝るなんて。なんてすばらしい人だろう。もっと尽くしてあげなくてはいけない。ホークスクリフのためにいい愛人になろう。職業上の主な役割は果たさないにしても、高級娼婦とは単なるベッドの相手を超えた存在であるべきで、彼の人生をもっと幸せに、もっと楽しくしてあげる方法がほかにあるはずだ。この広壮な屋敷は孤独感で満ち満ちている。助けてあげよう。わたしなら、きっとできる。本人は気づいていないだろうが、わたしたちは似た者どうしだ——二人とも、自分の心にとらわれて抜け出せないでいる。

「どうかしたか？」ホークスクリフが訊いた。

目を上げたときには涙は消えていた。ベリンダはいたずらっぽい笑顔をつくってみせた。

「まあ、珍しい。約束を守る男性がこの世にいたとはね。驚いたわ」

ホークスクリフはあごを引き、寂しげな微笑みを見せた。「まだ若いきみが、そんなに皮肉なものの見方をしてはいけないな。そろそろ休みたまえ、ミス・ハミルトン」

「おやすみなさいませ、閣下」ベリンダはすばやく膝を曲げてお辞儀をした。見かけよりずっと心のこもった敬意のしるしだ。それから静かに書斎を出て、階段に続く回廊へ向かった。心は激しく揺れていた。

広大な屋敷の中で迷子になりたくなくて、自分の部屋への行き方は頭に入れておいた。ナイト館の見事な意匠は、訪れる者に畏敬の念を抱かせずにはおかない。大理石を敷きつめた回廊からの眺めはどこをとっても、主人《あるじ》の高貴な血筋にふさわしい壮麗さと歴史の重みを感じさせる。すべてのものが整然と、完璧な調和をもって並べられていた。どことなく陰鬱な雰囲気が漂って、家というより壮大な霊廟《れいびょう》を思わせる――まるでホークスクリフ公爵が、レディ・コールドフェルとともに葬られているかのように。

階段を上がりきったところで、ベリンダは壁に取りつけられた照明から枝付き燭台をひとつはずし、その明かりを頼りに暗く長い廊下を進んで、自分に割り当てられた優雅な居室に着いた。

中へ入り後ろ手に鍵をかけると、足がフランドル製の贅沢な絨毯に沈みこむ。手に持った燭台の光が揺れて、凝った装飾をほどこした天井と、淡い色の絹のタペストリーのかかった壁を照らし出した。インドシュスボクを使った化粧台の上に燭台を置き、続きの間になっている化粧室に入ってナイトガウンに着替えた。娼婦がよく着ているありきたりの白い綿のシュミーズとは違って、真珠のような光沢を持つ絹の、体の線にぴったり沿うものだ。

ベリンダは蜜蠟のろうそくを吹き消した。見事なダマスク織のカーテンがかかった四柱式の大きなベッドによじ登り、しばらく横になったまま、なじみのない匂いを嗅ぎ、音を聞いていた。生まれてこのかた、これほど豪華な部屋で過ごしたことはない。今回の契約が終われば、もう二度と泊まる機会には恵まれないだろう。ナイト館とその主人ホークスクリフ公爵、使用人たちの存在にはまだ気おされていたものの、ここでなら身の安全は一応守られそうだという安心感から、自分を取り巻く新しい環境への恐れも薄らいだようだ。

もしかしたら、何もかもうまくいくかもしれない。ずっと凝り固まっていた手足や肩の緊張が徐々にほぐれていくにつれて、ベリンダはここ数週間で初めて、胸が張り裂けそうな悪夢を見ることなく眠ることができた。

ミス・ベリンダ・ハミルトンがやってきたことで、ホークスクリフの日常に変化が訪れた。これは新たな発見だった。彼女がそばにいると、嬉しくなるような戸惑いが絶えない。翌朝、彼女は明るくはつらつとして、淡い青の色調でまとめられた朝食用の食堂でホークスクリフの隣に座っていた。東側の壁に設けられたアーチ形の高窓から、朝のすがすがしい光が亜麻色の髪に織りこまれるように射しこみ、なめらかな薔薇色の肌を輝かせる。

執事のウォルシュが朝食をワゴンにのせて運んでくると、ベリンダは振り返って好奇心にかられて見守っている。ホークスクリフは『タイムズ』紙越しにベリンダのようすをこっそりうかがった。長いまつ毛の動きやすんなりと通った鼻筋を目にするだけで胸がざわつくのだった。

「あら、何がいただけるのかしら？　オムレツ？　嬉しいわ」ベリンダは声を弾ませた。

「ニラネギと網笠茸《モレル》入りのオムレツでございます、ミス・ハミルトン」謹厳な執事は娘に対する拒否感を表すかのように抑揚をつけて言った。

「モレル、ですって？」陽気な笑い声をあげ、ベリンダはホークスクリフに微笑みかけた。

「わたしのオムレツには、道徳観《モラル》は要らないわ——でもそんなこと、もうとっくにおわかりよね」

ウォルシュはベリンダの皿を下げようとした。「申し訳ございません。調理場のほうで作りなおさせますので——」

「しゃれを言ったんだよ、ミス・ハミルトンは」ホークスクリフはおかしくて笑みをこらえながら口をはさんだ。紅茶のカップを取り上げてひと口飲むと、顔を上げてベリンダを見、『タイムズ』紙を脇に置く。

「上品なオムレツね。料理人にそう伝えてくださいな」ベリンダはフォークでモレルの小さなひと切れを突き刺し、ホークスクリフに見えるように持ち上げた。「あなたのお好みは、モラルがふんだんに入ったオムレツでしょ？」

「いつもそうとはかぎらないさ」ホークスクリフはつぶやくように言った。目の前にオムレツの皿が置かれ、銀色の丸蓋が取られた。

執事は、ほかに何かご入り用なものはないかと二人に訊いてから、お辞儀をして退室した。

「今日は元気そうだね」ホークスクリフは言い、トーストに手を伸ばした。

「赤ちゃんみたいにぐっすり眠ったからだわ。とっても快適なお部屋なんですもの。ありがとう」

「どういたしまして。さあ、今日は忙しくなるぞ。全部食べてしまいなさい」

「ええ！」

ホークスクリフにとっては毎朝お決まりの朝食が、今日はなぜか特別のご馳走のように思えた。たぶん、ひと口味わうごとにおいしいと声を上げる相手がそばにいるからだろう。実際、料理の味も新鮮に感じられた。ここ数週間、食べることに興味を失っていたのだが、今日はまるでスコットランド高地人のように食欲旺盛だった。卵をふわりと泡立てて焼いた琥珀色のオムレツのほかに、桜色をしたうまみたっぷりの分厚いベーコン、風味豊かなバターとラズベリージャムをつけた白パンのトーストやサフランの香り漂う温かいロールパン、そして梨まで平らげた。

「ロバート、ここの料理人の腕はすばらしいわね」

ホークスクリフはうなずき、食べおえたあとで紅茶をひと口飲んだ。「料理人だけでもまだいてくれるのはありがたいな。これから数日間、屋敷内の仕事は円滑には進まないだろうから、申し訳ないが不便をかけることになりそうだ。わたしたちはどうやら、ラヴァティ夫人に見限られたらしいのでね」

ベリンダは目を大きく見開き、フォークをテーブルの上に置いた。「お辞めになったの？」

「いいや、辞めたというわけではない。夫人自身が勤務場所をホークスクリフ・ホールに変えたんだ」ホークスクリフはいらだたしげに頭を振った。「まったく、気難しいばあさんだ。だが、仕事はよくやってくれる。それに、わたしが幼かったころからこの家に仕えている者をくびにすることはできないからね」

「わかりました！」ベリンダは怒ったように言い、淑女らしく口元をナプキンでぬぐって断固とした態度で続けた。「心配なさらないで。ラヴァティ夫人が不在のあいだ、わたしがこのナイト館を立派に切り盛りしてみせますから」

「へえ、どんなふうにやるつもりだい？　使用人たちはきみのことを、わたしを魔法にかけた可愛い魔女だと思いこんでいるよ。それに、きみみたいな高級娼婦が家事について詳しいはずがないだろう」

「大丈夫よ」ベリンダは自信満々で言った。「ウォルシュに伝えてください、ラヴァティ夫人の権限をわたしに引きつがせる、と。今後はわたしが切り盛りします。家事はお手のものだし、あなたを――ええと、満足させるためにしてさしあげられることはそのぐらいしかありませんから、ね？」さらりとした口ぶりだ。

ホークスクリフは横目で疑わしそうにベリンダを見た。満足、という言葉を聞いて、彼女にベッドの相手をさせないと約束したことを心の底から後悔したが、それは表情に出さずにおいた。「自信満々だね。本当にできるのかい？　家じゅうが混乱に陥るのはごめんだよ」

ベリンダは得意そうな笑みを見せ、上品ぶったしぐさでオムレツをひと口食べた。

その隠れた才能がどんなものか興味をかきたてられたホークスクリフは申し出を断るわけにはいかず、ウォルシュを呼んだ。そしてうむを言わせぬ厳しい口調で、今後は家事の指揮をミス・ハミルトンにとらせる、と言いわたした。

ベリンダは黙ったまま、高慢な態度を崩さずにまっすぐ前を見つめ、紅茶を口に運んでいる。執事は主人の命令にぎょっとしながらも沈黙を守り、体をしゃちこばらせて聞いていたが、やがてお辞儀をして出ていった。この恐るべき知らせを他の使用人に伝えるという、気の進まない任務を帯びて。

平然として座っているベリンダはまるで、手に負えない召使の相手なら毎日しているといった風情だ。その気になれば、本物の公爵夫人と同じようにふるまえるだろう。この可愛らしいトランプ詐欺師はもしかしたら、切り札を隠し持っているのかもしれない。彼女をじっと観察しながらホークスクリフは思った。

朝食のあと、ホークスクリフに連れられて黒い大型馬車に乗りこんだベリンダは、これ以上優雅で贅沢な乗り物はないわ、と歓声をあげた。御者も馬丁も渋い濃紺の制服を身につけ、髪粉をふりかけたかつらと三角帽子をかぶっている。四頭の黒毛の去勢馬が引くこの馬車の扉にはホークスクリフ公爵の紋章が飾られ、車内の座席は柔らかい象牙色の革張りだった。

　二人が最初に立ち寄ったのはスレッドニードル通りにあるイングランド銀行の本店だった。ホークスクリフはベリンダに片腕を貸し、もう片方の手には象牙の杖先のステッキをぶらぶらさせて銀行に入っていった。たちまち行員たちがまわりを取り囲み、媚びへつらうような態度で口々にお世辞を言いはじめた。招き入れられた副支配人の執務室で、ホークスクリフはベリンダ・ハミルトン名義で口座を開設し、二人のあいだの取り決めどおり、最初の報酬として五〇〇ポンドを自分の口座から振り替えるよう指示した。

　書類にいっしんに署名するベリンダの姿に、ホークスクリフはひそかに微笑まずにはいられない。預金伝票に書かれた金額の数字が煙のように消えはしないかと疑ってでもいるのか、食い入るように見つめるベリンダ。しばらくしてようやく、白紙の小切手の入った札入れを小さな手提げバッグに大事そうにしまった。

　貧しい暮らしを経験したのだな、と思ったとたん、ホークスクリフの胸に熱く激しいものがこみあげてきた。思わず顔をそむける。そうしなければ、彼女を強く抱きしめてしまいそうだったからだ。銀行でこんな気持ちを抱いたがために、ホークスクリフは次の目的地であるタッターソールの馬市で、ベリンダの馬と馬車にばかばかしいとしか言いようのない大金をつぎこむことになった。

　馬も馬車も、極上のものでなくてはならなかった。前日、ハイドパークの乗馬道でベリンダが浴びた容赦のない視線を思い出し、最高級のものを揃えてやると心に決めていた。なぜなら、周囲の人々の無礼に対抗するには優雅な暮らしぶりを見せつけるのが一番だからだ。

それだけは、醜聞の多かった母親から学んでいた。

二人で馬市の通路をわたり歩き、いくつもの馬小屋を訪れるうちに、ホークスクリフの知人が何人も、ベリンダの取り巻きのようにぞろぞろとついてきた。馬の競《せ》り市《いち》として名高いタッターソールは男性中心の社交場で、妻を連れてくる場所でもないし、礼儀作法にうるさくもないからだ。

皆の注目を集める美女。そのパトロンとなったホークスクリフは、腹を立てていいのやら喜んでいいのやらわからなかった。また同時に、自らの心の動きに気づいて愕然とした。もしかしたら、ベリンダに自分のほうだけを向いていてほしいのか。だが礼儀正しいベリンダは、いそいそとあとをついてくる男たちを無視できないらしい――乗馬好きの年老いた地主、引退した騎馬兵、馬好きな若者たち、それに小柄な騎手といった奇妙な取り合わせの一団が、ベリンダの馬車にどんな馬がふさわしいかについて、もっともらしい講釈をして回っている。

ホークスクリフはベリンダのそばから離れなかった。彼女はいかにも本物の愛人といった雰囲気で、誰の目にもパトロンを意のままにあやつって金を使わせていると映っただろう。だが実際には、ホークスクリフが選んだ気取った黒馬二頭と優雅な馬車の値段に抵抗を示したのはベリンダのほうだった。馬車は対面座席式で、ベリンダが褒めそやした公爵家の馬車の小型版といったところだ。

「ロバート、だめよ、高価すぎるわ」ベリンダはホークスクリフを脇に連れていって、小声で抗議した。

「気に入らないのかい？」

「気に入らないも何も、こんなにすばらしいもの、見たことがないわ。でも――」

ホークスクリフは商人に手ぶりで買う意思を示し、ベリンダは専用の馬車を手に入れた。

おいおい、今度は財力を見せびらかそうというのか――ホークスクリフは自らをたしなめながらポケットに両手を突っこみ、うつむいたまま微笑んだ。ベリンダは自分のものになった馬たちを撫でて、子どものようにはしゃいでいる。

四頭立ての馬車に戻る道すがら、彼女は夢うつつといった感じだった。そのようすにホークスクリフは一人悦に入っていた。ふと気づくとベリンダがこちらをじっと見ている。どうかしたのか、とでも問うようにホークスクリフは片眉を上げた。

「もしこれが、わたしに恩義を感じさせるつもりでなさったことなら、大成功よ」

「とんでもない。取り決めの条件どおり実行しようとしているだけだよ。わたしが信じられないっていうのか？」

「じゃあ、せめてあなたのために何か買わせて。贈り物を」

「贈り物を買ってくれるって？」ホークスクリフは驚いて訊いた。

ベリンダは力強くうなずいた。優しさの表れにせよ、ホークスクリフには衝動的な行動にしか思えなかった。ただ、ベリンダの目に宿る何かに打たれて、断ってはいけない、自尊心を傷つけてはならないと感じた。

「そうか」ホークスクリフは用心深く言って、有名なタバコ店〈フリブール&トレイヤー〉

で愛用の嗅ぎタバコ〈コング〉を数オンス買ってもらうことにした。

お返しをすることがなぜそんなに重要なのか、理解しがたかった。それより、嗅ぎタバコをちょっと試してみないか、とけしかけてベリンダを笑わせることができて、我ながら上出来だと内心思っていた。なんといっても嗅ぎタバコは、シャーロット女王でさえ愛用しているものだし、上流社会の貴婦人たちの多くが、紳士だけでなく淑女もたしなむ上品な習慣とみなしているのだから。

二人はフリブール&トレイヤーにぶらりと入っていった。ホークスクリフが上品な手つきで、不品行もやり方しだいで上品に見えることを示し、二人ともそれがおかしくて大声で笑った。ベリンダは笑いながら教えられたとおりに真似てみたが、指先でつまんだタバコをひと嗅ぎしたとたん、激しくくしゃみをしはじめた。

「ひどいわ！　最低！　気持ち悪い！」涙目になってむせている。

ホークスクリフは柔和な、いかにも申し訳なさそうな目で店員たちを見やり、自分の頭文字を刺繡した絹のハンカチをベリンダに渡した。くしゃみが長く続いて、ベリンダはしばらく息もつけないほどだったが、ようやくおさまると店を出た。二人とも上機嫌で、お互いに絆を感じていた。ホークスクリフは一〇年分の強固な自制心がいちどきに解き放たれたような気がした。

周囲の人々から向けられる非難の視線もなんのその、二人は腕を組んでペルメル街を歩いていった。ヘイマーケット通りと交差する角を曲がったとき、赤い軍服を着た三人の若い将校とあやうくぶつかりそうになった。将校たちはすぐに謝り、ホークスクリフも不機嫌そうに「失礼」と口の中でつぶやいた。そのときふと、ベリンダが真ん中の将校をまじまじと見つめているのに気づいた。その顔から血の気が引いていた。

軍人らしい威勢のよさが魅力的な、ウェーブのかかった茶色い髪の青年将校は、そのととのった顔に驚愕の表情を浮かべている。「ベル?」

「ミック」ベリンダは弱々しい声で言った。

青年のいたずらっぽい顔がぱっと輝いた。

「ベル! ぼくの可愛い人!」人出の多い通りに喜びの声が響きわたった。青年はベリンダのウエストに両手をかけて、体をぐるぐる回した。「信じられないよ、きみに会えるなんて! ロンドンになんの用だい? この娘だよ、ほら、話したことがあるだろう」ほかの二人に向かって大声で言う。

「下ろして!」ベリンダは苦しそうにもがき、青年が手を離した瞬間にホークスクリフのほうに後ずさりした。

黙って片手を差しのべ、ベリンダの背中を支えたホークスクリフは、体の中に熱く嫉妬心が湧きあがってくるのを意識した。青年将校を射すくめるようににらみつけると、頭をかがめてベリンダの耳元に「ねえきみ、馬車を呼ぼうか?」とささやいた——恋敵《こいがたき》に十分聞こえる声で。

ミックと呼ばれた青年は面食らい、怒気を含んだ目でホークスクリフを見た。ベリンダに触れるな、とでも言いたげに口を開いたが、すぐにまた閉じた。彼女が沈黙のうちに感謝のまなざしでホークスクリフを見上げ、「ええ、閣下、お願い」と言ったからだ。

ホークスクリフは安心させるようにうなずいて、従僕のほうを振り返り、小声で指示した。馬車はそう遠くないところに待たせてある。気迷いつつもベリンダをちらりと見て、たぶんこのミックという友人――友人であればの話だが――と二人きりで話させてやったほうがいいだろうと判断した。少し歩いて距離をおくのは不愉快だったが、やはり紳士らしくふるまうべきだ。

「閣下？」腹立たしそうなミックの声が聞こえる。「いったい誰のことだ？」

ポケットに手を突っこんだまま、ホークスクリフは険悪な表情でにらんだ。すると、青年将校の目に理解の兆しが見えはじめた。ベリンダの華やかで高級そうなドレスに視線を走らせた瞬間、若々しい顔から血の気が引いていく。

「何があったんだ、ベル？」ミックは狼狽して訊いた。

ベリンダはあごをつんと上げて、ふたたびアフロディーテの大理石像のごとく、美しく何ものにも動じない態度を見せた。「今までどこへ行っていたの、ミック？」

「あちこちさ――それよりベル、あの人は誰だい？」

「ホークスクリフ公爵とおっしゃって、わたしのパトロンですわ。ではブレーデン大尉、ごきげんよう」ベリンダは冷淡に別れを告げた。

ホークスクリフはきびすを返し、ベリンダのそばへつかつかと歩み寄った。もめごとになってはいないかと心配だった。しかしミックは唖然として突っ立っているだけで、争うどころではない。ホークスクリフ公爵の名を聞いたとたん、ミックの連れの二人はそそくさとその場を離れ、近くの店の陳列窓を眺めはじめた。

そのとき、馬車がじゃらじゃらという馬具の音を響かせて彼らの横に止まった。馬丁が飛び降りて、入口の扉を開けた。ホークスクリフが手を差し出すと、ベリンダはその上に自分の手を重ねたが、顔をそむけたままで乗りこんだ。

「ベル、待ってくれ――」ミックはあとを追って一歩足を踏み出したが、ホークスクリフは行く手をさえぎった。鋼《はがね》のように硬い表情を浮かべ、目で静かに警告を放つ。

ミックが途方にくれて抗議すらできずに後ずさりしたのを見て、ホークスクリフは馬車に乗りこみ、ベリンダの隣に腰かけた。馬車はすぐに動きだした。

ベリンダは窓から外を凝視していた。移り変わる景色を見ているわけではない。無表情な仮面をかぶり、心を閉ざしている――締め出されたホークスクリフは、どうしてよいやらわからず、居心地悪そうに隣に座っているしかない。

ナイト館に着くやいなや、ベリンダは急いで馬車を降り、失礼しますと口の中でつぶやくと、逃げるように自分の部屋へ向かった。重い足どりでらせん階段を上っていくようすを見て、ホークスクリフはがくりと肩を落とした。

気持ちが落ち着くまで、一人にしておいたほうがいいだろうか？

二人の仲をうらやむ熱烈な崇拝者から守る程度ならともかく、この種の問題に立ち入って、肩を貸して泣かせてやるほど深入りするのはどうだろう。感情を爆発させる相手と向き合うのには慣れていない。だが、気づかないふりをして放っておくのはいかにも冷たすぎるように思われた。一応、声ぐらいかけてみるのが礼儀というものだろう。礼を欠いたふるまいはしたくなかった。

階段を上り、音を立てないように廊下を歩く。ベリンダの部屋まで行くにはちょっとした勇気が要った。扉の前で中のようすをうかがうと、小さくすすり泣く声が聞こえてホークスクリフはたじろいだ。顔をしかめ、心の中で葛藤した。そしてようやく、下手な考えと知りつつも、戸を叩いた。

「ベリンダ?」

少し待ってみたが、なんの反応もない。心配に眉をひそめながら取っ手を回して扉を三〇センチばかり開け、部屋の中をのぞきこんだ。

ベリンダはベッドの上で丸くなっていた。長い金髪が肩に流れ落ちるようにかかっている。入る許可はもらっていないが、入らないでとも言われていない。ホークスクリフは迷ったあげく、騎士道精神にのっとって慰めるべきだと判断し、部屋に入って静かに扉を閉めた。

ベッドの端に腰かけ、背を向けて横になっているベリンダの絹のようになめらかな髪に、ためらいがちに手を触れてつぶやく。「かわいそうに。でも、そんなにつらいことなのかな」

すすり泣きは続いている。

ホークスクリフはベリンダの肩を撫でながら、できるかぎり優しい口調で訊いた。「あの青年は誰なのか、教えてくれるかな?」

ベリンダは長いあいだ黙っていた。

「わたしが結婚することになっていた人よ」

その静かな答え方に心の痛みが感じられ、ホークスクリフは殴られたような衝撃を受けた。

目を閉じて頭を左右に振る。ベリンダはふたたび泣きだした。

「誰だってときには、胸が張り裂けそうになることもあるよ。きみはまだ若い。きっと乗り越えられるさ」ベッドの頭板《ヘッドボード》にもたれかかり、ベリンダの髪を耳の後ろに撫でつける。優しくゆっくりと髪を撫でつづけていると、すすり泣きが少しずつおさまってきた。「理想の人とめぐり会ったら、その人を愛するようになるさ」

「わたし、もう誰も愛さない」ベリンダは背中を向けたまま、低く寂しげな声で言った。

「なぜ、そんなことがわかる?」ホークスクリフはつぶやいた。悲しみのうちに若いベリンダが立てた誓いには、ルーシーが死んだあとの自分の思いと共通するものがある。

「なぜって、娼婦が誰かを愛したらおしまいですもの」

ベリンダはあお向けになり、ホークスクリフを見上げた。こげ茶色の長いまつ毛に涙がたまっている。それまで見たことがないほど美しい姿だった。

こみあげてくる感情に揺さぶられ、ホークスクリフの声はかすれた。「ベリンダ、せっかく人を愛する心を持っているのに、それを捨ててはいけないよ」

「ロバート。わたし、皆に裏切られてきたのよ」ベリンダはささやき声で言い、ホークスクリフを見つめた——夢も希望も捨てた娘がそこにいた。

「わたしは裏切ったりしない」ホークスクリフは一瞬もためらうことなく言いきった——自分の言葉に我ながら驚いていた。

そのあと、沈黙が訪れた。ホークスクリフはベリンダの視線を受けとめながら考えていた。自分はたった今、理由もわからぬままに自らの力でかなえられる以上の大それた約束をしてしまったのではないか。

だがこの世をすねた若き美女は、かすかな笑みで善意に対する感謝を表してはいるものの、わたしの言葉を信じてはいないだろう。

ベリンダはため息をつき、目を閉じて、ホークスクリフの膝に頭をもたせかけた。「あなたって、優しい人ね」

ホークスクリフはそっと手を伸ばし、ベリンダの涙を指先でとらえてぬぐった。声が妙にしゃがれていた。「ミス・ハミルトン、あんな思いやりのない男はきみにふさわしくない」

ベリンダのととのった唇がわずかに持ち上がって微笑みの形になったが、目は閉じられたままだ。

「ロバート？」ほとんど聞きとれないほどの小声。

「なんだい？」

「実は、お願いがあって——わたしにとって、大事なことなの。助けてくださる？」ためらいがちに言う。

「どんなことかな？」

ベリンダは目を開けた。瞳には夜の色をした影がかかっている。「わたし、債務者監獄にいる父に面会に行かなくてはならないんです。でも、一人で行くのが怖くて。一緒に行ってくださらない？　明日、連れていっていただけるかしら」

「もちろん、喜んで」

「本当に？」ベリンダは息をひそめるようにして訊いた。

「いつでも、好きなときに出かけられるよ」

安堵のため息をゆっくりと吐き出す音が聞こえた。ベリンダはホークスクリフの手をとり、指をからめた。

二人はしばらく黙っていた。ただ一緒にいるだけでよかった。ホークスクリフは空いているほうの手でベリンダの髪を撫でつづけ、その柔らかい手触りに驚いていた。

「ロバート」今度はより性急なささやき。

ホークスクリフはわずかに微笑んだ。「なんだい、ベリンダ？」

髪がマットレスの上に扇形に広がっている。じっとしたまま彼女は目を閉じた。「あの……キスしてほしいの」

「キス？」

「優しくね」ベリンダはゆっくりと目を開け、ホークスクリフを見つめた。

ホークスクリフも見つめ返した。黙って上体をかがめ、ベリンダの唇を軽く愛撫するようなキスをした。彼女の頭を両手で包みこんだまま、ほとんど動かなかった。

ベリンダは絹のように柔らかな吐息をついた。

二人はそのままじっとしていた。気が遠くなるほど長い時間が流れたように感じられ、やがてホークスクリフのほうから自然に身を引いた。頭がくらくらした。

「これで落ち着いた?」彼はささやいたが、自分自身はすっかり落ち着きを失っていた。

「ええ」と答え、ベリンダは目を開けた。夢見るような瞳に、長いまつ毛。「ありがとう、ロバート」

ベリンダの美しさに見とれ、ホークスクリフは目が離せなかった。そんな自分の愚かさに苦笑し、彼女のあごの下を軽くくすぐった。「きみを励ますにはどうすればいいかわかってる。ヴォクスホール・ガーデンで夜のひとときを過ごすというのはどうだい?」

ベリンダの顔にちょっと無邪気な笑みが広がった。くすくす笑ったかと思うと、ホークスクリフにくるりと背を向けた。

7

ヴォクスホール・ガーデンは、まったくいかがわしいとまではいかないものの、品のよい場所とはとても言いがたい遊興施設だ。一年を通じて派手な祝祭行事が行われ、面白いものを見る楽しみと、自分が見られる楽しみを味わえる、ほかに類を見ない社交場となっていた。ここでは誰もがお祭り騒ぎで盛り上がり、風紀は乱れ、高級娼婦は女王として崇められる。

その場の空気そのものが興奮できらめいているようで、ベリンダは心の底から陶酔感に浸っていた。貴族社会でも引く手あまたの花婿候補、ホークスクリフ公爵と、たとえ愛人としてでも腕を組んで入場し、グランド・ウォークを闊歩する気分はなんとも言えない。

黒と白でまとめた夜会服に長身を包んだホークスクリフは物慣れていながらも上品な雰囲気を漂わせている。あごを高く上げ、さりげなく気取った足どりで、人工のゴシック建築の廃墟や滝を案内しながら歩いていく。ベリンダは息をのむ思いでちらちらと盗み見せずにはいられなかった。

二人は行く先々で振り返られ、じろじろ見られた。ささやく者、じっと見守る者。ああ、わたしと一緒にいることを誇りに思ってもらえたらいいのに。お似合いの二人なのはわかっ

淡く輝く金髪のベリンダに、黒髪で気品のあるホークスクリフ——とはいえ、この人と一緒にいれば、どんな女性も自分が輝いていると思えるだろう。

今日のベリンダはホークスクリフの好みに合わせて、すっきりとした都会的な装いを選んでいた。かすみのように軽い白い薄手のモスリンのドレスは、一歩進むたびに脚のまわりでふわりと揺れた。肩にはおった透ける深紅色のスカーフは、高く結った巻き髪に挿した小さな赤い薔薇の色とよく合っている。ドレスの下には、人を食った悪ふざけのつもりで、娼婦のしるしである白い絹のストッキングを履いていた。足首には金の糸をあしらった菱形の赤い縫い取り飾りがついている。機会があればお堅い公爵にこれをちらりと見せてやろうというたくらみだ。いい考えじゃないの。この人の人生には、ぴりっとした刺激が必要よ。

ちょうどそのときホークスクリフが、腕にそえられたベリンダの手に触れて注意をうながした。「見てごらん」

あごで示されて上を向くと、幅の広い通りに並ぶ木々の後ろから、明るい色の風船が次々と空高く上がっていくのが見えた。仮設の建物からは管弦楽団《オーケストラ》の奏でる音楽が流れ、芝生にまで聞こえてくる。紙製のランタンが大通りを照らしている。

ベリンダはホークスクリフを見上げ、輝くばかりの微笑みを見せた。見つめ合う二人は、ほかの誰も――ドルフさえも――存在しない世界にいるかのようだった。それからホークスクリフはベリンダを明るくにぎやかな主会場へと案内した。中では手を引き、人ごみをかきわけて進んでいく。

最初に出会ったのは大法官のエルドン卿だった。〝ジョーディなまり〟で知られるニューカッスルアポンタイン出身の強健そうな老人で、貴族出身ではなく、石炭問屋の息子にすぎないが、その知性と剛腕ぶりで準男爵位を得て閣僚にまで上りつめた。若かりしころ、醜聞のひとつやふたつは経験があるうえ、権力者だけに、ベリンダと会うことで上流社会の貴婦人たちの怒りを買おうと買うまいと、まったく気にならないらしい。

この大法官が軽犯罪者の死刑を維持すべきだという情け容赦ない見解の持ち主であることを知るベリンダは、ハリエットの紹介で初めて会ったとき、関わり合いになりたくないと思った。だがけっきょくエルドン卿の、気に入った者に対する驚くほど温かく情け深い態度には勝てなかった。実際、ベリンダはいたく好かれていた。

驚きあきれる既婚婦人たちを尻目に、エルドン卿はがさつに喜びを表して、ベリンダに挨拶した。ホークスクリフのことなどおかまいなしだ。ベリンダが心をこめて握手をして初めて、二人の男性は用心深い視線を交わした。

「閣下」ホークスクリフは呼びかけ、会釈をした。

「公爵」エルドン卿はやや不満げに応えると、「ミス・ハミルトンのこと、くれぐれもよろしく頼むよ」と忠告した。

「はい、もちろんです」

「ではミス・ハミルトン、のちほどダンスをご一緒できるかな？」

ベリンダは微笑みそうになるのをこらえて優雅にうなずいた。「閣下、喜んで」

エルドン卿はベリンダの頰をつねりたい誘惑にかられたようで、含み笑いをして言った。「実に美しい。さあきみたち、行った、行った」

人ごみの中を進むうち、ホークスクリフはベリンダのほうに身を寄せ、「これで、きみは悪魔と取引したことになるな、間違いなく」とちゃかした。

ベリンダは笑った。「あら、エルドン卿とはそんな関係じゃないわ。奥さまを心から愛してらっしゃるんですもの。わたしたち、ただのお友だちなのよ」

「本当か？　そのお友だちに刑法改正法案を支持してもらおうと、わたしもここ六カ月ばかり努力しているんだが、あの人は軽犯罪者でも絞首刑にしていっこうにかまわない、という考えでね」

「それならロバート、晩餐会を開く必要があるわね。お招きして、説得できるかどうかやってみましょうよ」

ホークスクリフは低い声で笑うと、ベリンダの体に手を回して自分のほうに引き寄せ、こめかみにキスした。「知らなかったな。きみがいつのまにか、わたしの政治活動の秘密兵器になっていたとはね」楽しそうにつぶやく。「まだ言ってなかったね。今日のきみは本当にすてきだ。そそられるよ」

ベリンダは目をいたずらっぽく輝かせた。「あなただって、なかなかのものよ。誰かに盗られてしまわないよう、気をつけなくちゃ」

「そうだろうな」ホークスクリフはオスバルデストンのクラヴァットを気取った動作で引っ

ぱってととのえた。「洒落者《ボー》・ブランメルはどこにいる？　この装いをどう思うか、紳士の身だしなみの権威の意見を聞いてみないとね」

　ベリンダは声をあげて笑ったが、ホークスクリフが室内に目を走らせたのに気づいた。軽く腰に回されていた彼の手にわずかに力がこもったが、優雅で鷹揚な話しぶりは変わらなかった。

「わたしたちの共通の友人が来ているな」

　ベリンダの心は沈んだ。それでも、態度には表さない。「予想していたんでしょ？」

「たぶん来るだろうとは思っていた」

　ベリンダは扇をぱっと開いて顔を隠した。「じゃあロバート、どんな筋書きのお芝居にするつもり？」

「やつのことならきみのほうが詳しいだろう。どうすればいいと思う？」

「ドルフの気を散らすにはどうすればいいか？」ベリンダは頭の中の考えを口にした。答はすぐに出た。「わたしが、あなたにすっかり夢中になっているふりをしなければいけないわね」

「ふりだって？」ホークスクリフは傷ついたふうを装って叫んだが、その目はきらめいていた。

　ベリンダは彼に気のない視線を向けた。「けっきょく、ドルフが求めているのは愛されることですもの」

「よし、思いのほか面白くなりそうだぞ」

「できるかぎり楽しむことね、公爵。しょせん策略なんですから」ベリンダはつぶやき、ホークスクリフの手をつかむと、薄暗い隅に設けられた食事用のボックス席へといざなった。高級娼婦たちがゆったりと座り、パトロンとにぎやかに会話しながら飲食を楽しんでいる。どの女性も肌もあらわな衣装に身を包み、華麗そのものだ。

活気に満ちた集団の中心にいるのは三人の女王――ハリエット、ファニー、ジュリアだった。同席しているのはおなじみの紳士たちだ。アーガイル公爵、ハートフォード侯爵、パーカー大佐、ブランメル、アルヴァンリー卿。レインスター公爵と、その若きいとこで、ハリエットにどうしようもなくのぼせあがっている情熱家、ウースター侯爵もいる。

ベリンダとホークスクリフは歓声で迎えられた。二人が愛人関係にあることはロンドンじゅうの噂になっていた。ハリエットが二人のために場所を空けるよう指示すると、皆は少しずつ詰めて二人を座らせ、食事とワインを注文した。ホークスクリフはベリンダを守るように座席の背もたれに片腕を回している。そんな演技をベリンダは一人ひそかに楽しみ、微笑んでいた。

そのとき、親しげな挨拶の声がいっせいにあがった。見知らぬ男性が仲間に加わろうとしている。女性なら誰でも目を見張らずにいられない、まばゆいほどの美青年だった。貴婦人の波をかきわけて進んでくると、口々にからかいや誘いの言葉が投げかけられる。ちゃっかり体に触れて気を引こうとする女性もいる。皆の声に応える青年のいたずらっぽい笑いで、会場がぱっと明るくなった。年のころは二〇代後半、一陣の風に乗って地上に降り立った陽気でやんちゃな大天使のように見える。

黄褐色がかった金髪を長く伸ばして後ろで束ね、藤紫色《ロイヤルブルー》のベルベットの上着と、男らしい脚の線にぴったり張りついた白いズボンという贅沢な服装。力強く肩幅の広い体格と日焼けした肌を持ち、情熱的な洒落者の悪党のようにさっそうと、肩をそびやかして歩いている。

ハリエットでさえ、挨拶代わりに頰をつねられ、顔を赤らめているほどだ。

「やれやれ、来たか」青年の存在に気づいたホークスクリフはつぶやいた。

「ご存じなの？」

ホークスクリフは顔をしかめたまま答えない。問題の美青年が、同じテーブルについた人たちの頭越しにホークスクリフを見るやいなや、心底おかしそうに大笑いし、近づいてきたからだ。

「へえ！　どういう風の吹き回しだろう？　とんでもないことになってるぞ！　空が落っこちてきたか、地獄が凍りついたか？　完全無欠のぼくの兄が、罪深い人たちとご一緒とは？　自分の目が信じられないよ」

「黙れ、アレック」

ベリンダの眉がつり上がった。弟なの？　二人は少しも似ていない。一人は黒髪に黒い目の厳格な堅物、もう一人は金髪に青い目のひょうきん者と、夜と昼のように対照的だった。アレックと呼ばれた青年はまだ笑いながら大またで歩み寄り、ホークスクリフの背中を勢いよく叩いた。

「さあ皆さん、権力者の堕落ぶりを、どうぞごらんください」まるで生まれながらの芸人のように、周囲にいる者すべてに呼びかける。

皆笑いだしたが、ホークスクリフは何が面白いのか、とでも言いたげな渋い顔をしてうなっている。いたずら者の弟は、兄を揶揄するのはまだこれからだとばかりに、ベリンダの座席の背に両腕をのせてもたれかかった。

「ごきげんようー」母音を長く伸ばして言うと、男としての関心をあからさまに示して、ベリンダを間近で観察しはじめた。

ベリンダは片方の眉を上げてみせ、けだるげな視線を送った。

アレックは片眼鏡をはずし、兄のほうを向いてにっこり笑った。「なるほど、この娘のために、ぼくたちの領地収入を浪費していたのか。公爵閣下、かなり趣味がよくなられたようですな。そしてマドモアゼル」礼儀正しいお辞儀をひとつ。「あなたに敬意を表しますよ。兄のこと、修道僧なんじゃないかと心配していたくらいなんですから」

ベリンダは笑みがこぼれそうになるのを抑えた。このおしゃれな気取り屋は、わたしのパトロンをいじめたがっているわけね。そうくるなら、こちらも負けていないわよ。ホークスクリフの首に腕を巻きつけ、あいまいに微笑む。「あらこの人、けっして修道僧なんかじゃありませんわ。本当よ」

ベリンダがホークスクリフの頬にキスし、まるで彼がこの世界でただ一人の男性であるかのようにしがみつくと、アレックは金茶色の眉をつり上げた。そしていきなり笑いだした。

公爵は座席で体をもぞもぞさせ、「えへん」と堅苦しく咳払いした。ホークスクリフの男らしい頬にかすかに血が上っているのに気づき、ベリンダは愛しげに微笑んだ。

「ミス・ハミルトン、弟のアレック・ナイト卿を紹介しよう。我が家の可愛い末弟だ」ホークスクリフは低くうなるような声で、やや皮肉ぎみに言った。

「はじめまして」ベリンダは相手に目もくれず、心ここにあらずといった感じで挨拶した。アレック卿が生まれながらの浮気者で、自分のまわりの男性から女性の関心を奪うのが得意であることがすぐに察知できたのだ。

兄弟が話しているあいだ、ベリンダはホークスクリフだけをじっと見つめ、彼の頬や首、耳に物憂げにキスしつづけた。演技に熱中するあまり、自分でも彼に対する愛情表現が本物か、それとも芝居なのかがわからなくなっていた。首に唇をあてると、脈が速くなっているのがわかる。ベリンダは目を閉じて官能的な笑みを浮かべ、ホークスクリフの耳たぶを軽く噛むようにキスした。

もしこれが現実だったらどうかしら？　もしわたしが、ロバートの本当の愛人だったら？

ベリンダはハリエットを——常に実利的で金儲けが得意な高級娼婦を——ちらりと見やり、こんな好機を逃すのは愚か者だけだと悟った。せっかくホークスクリフのようなパトロンに出会ったのだから、つかまえておいたほうがいい。そうよ、二人は意気投合しているし、愛人になればわたしは彼の役に立つことができる。一方、彼にはわたしを養うだけの財力がある。それに、二人がなるようになったところで、傷つく妻はいない。考えてみれば、この芝居の幕が下りたあと、また新たなパトロンを探すのも気が進まない。さて、この人をうまく説得できるだろうか？

ホークスクリフを我がものにできる可能性に胸を躍らせながら、ベリンダはクラヴァットをもてあそび、ほとんど彼の膝に乗らんばかりの勢いで寄りそった。

アレック卿は含み笑いをした。「どうやら、二人きりにしてあげたほうがよさそうだね。ではミス・ハミルトン、失礼しますよ」ベリンダに会釈をし、兄には輝くような笑みを見せてから、ほかの人たちと話をしに行ってしまった。

「ちょっと、やりすぎじゃないのか」ホークスクリフは小声で言った。

「堅苦しいこと言わないで、ロバート。いかにも、っていう説得力がなくちゃだめでしょ」ベリンダは甘えた声を出し、ホークスクリフの胸を愛撫しながらくすくす笑った。

「説得力はすごくあるよ、ベリンダ。間違いなく」

「すごくって、どの程度？」ベリンダはささやいた。

ホークスクリフは飢えたまなざしを向けた。「こっちが知りたいね」

「あら、それってお誘いみたい」快活に言うと、ベリンダは大胆にもテーブルの下に手を伸ばし、ホークスクリフの体の脈打つ部分を手のひらで撫でて、自分のふるまいに反応したことを確かめた。触れられた瞬間、彼は息を吸いこんだが、手の動きを阻もうとはしなかった。

「まあロバート、嬉しいわ」ホークスクリフの顔を眺めながら、ベリンダは主導権を握る満足感に浸っていた。「でも残念ながら二人の取り決めでは、わたしがあなたのこの……大きくて硬い、困った問題を解決するお手伝いができないことになっているのよね」狡猾そうな笑みを浮かべて手を引っこめる。

「こら、残酷ないじめっ子め。お行儀よくしなさい」ホークスクリフは乱れたかすれ声で警告を発した。

「言うことを聞かなかったら?」

「さあ。だが、頭がすっきりしたらすぐにでも、お仕置きを考えてやるからな。その手で来るならこっちだって」ホークスクリフはテーブルの下の、ベリンダの膝から太ももに向かってゆっくりと手をすべらせて愛撫した。

抑えきれない興奮に震えが全身に走ったが、ベリンダはそれを隠して挑戦的な態度を見せることにした。「まあ、なんのつもり?」

ホークスクリフは二人だけにわかる意味深長な微笑みを見せた。すっかり魅了されたベリンダは彼の頬を両手ではさんで引き寄せ、時間をかけて濃密なキスをした。どうしてそんな気持ちになったのか自分でもわからない。この人がもっと欲しい、と思えたのだ。ホークスクリフの誠実さのせいか、彼に対する信頼感がそうさせたのか、大胆にも自分の力を試してみたくなったのだ。ドルフがこのようすを見たら脳卒中を起こすだろう、と目を閉じたまま想像する。だがそんな思いもたちまちどこかへ吹っ飛んでしまった。ホークスクリフの甘い唇のなめらかで律動的な動きに酔いしれ、渦巻く快感に頭がくらくらする。

「部屋を取ってやれ！」誰かが叫び、笑い声と喝采の中、ようやく二人は体を離した。顔は上気し、息は荒く、気恥ずかしくて目を合わせるのを避けている。ホークスクリフは決然として自分のグラスに手を伸ばし、ワインをごくごくと飲んだ。ベリンダは頬を火照らせながら髪を耳の後ろにかきあげ、できるかぎり超然として見える笑みを浮かべた。

しばらくするとエルドン卿がやってきて、ダンスを申し込んだ。ベリンダはためらった。広い会場のどこかにドルフがいるかもしれないのに、パトロンのそばを離れるのはどうかと迷ったからだ。だがホークスクリフは大丈夫、というようにうなずいた。確かに、ドルフが大法官であるエルドン卿の前で大恥をさらす危険を冒すとは考えにくい。

「ちゃんと気をつけて見ているから」ベリンダが目の前を通ってボックス席を出ていくとき、ホークスクリフは小声で言った。

「わかってるわ」ベリンダはホークスクリフに微笑みかけ、その頬を優しく撫でると、エルドン卿に手をあずけた。

ゆったりとしたカドリールを踊るために位置につくと、多くの女性からにらまれているのにいやでも気づかされた。上流社会の厳しい非難の目。負けるものですか。ベリンダの中にむくむくと反骨心が湧き上がってきた。

ドルフがわたしを自分のものだと思いこんでいるのと同様、上流階級の母親たちもまた、ホークスクリフ公爵を所有物とみなし、娘の婿にと考えているらしい。そういう母親なら、ホール夫人の花嫁学校で教えていたときに出会ったことがある。そのころも、押しの強いのぼせあがった態度がどうしても好きになれなかったが、今は全員に向かってあざけりを示してやりたい気持ちだった。だがベリンダはあえて高級娼婦らしい大胆な微笑みをたたえ、音楽が始まるのを待つあいだにホークスクリフに投げキスをした。

　ダンスの最中もベリンダは、皮肉っぽい笑みを浮かべて見守るホークスクリフの視線をずっと意識していた。エルドン卿とともに人々のあいだを縫うように踊りながらちらりと盗み見ると、ホークスクリフのそばにアレック卿がやってきていた。ナイト家の長兄と末弟が並んで、たくましい腕を胸の前で組むという同じ姿勢で座り、頭を寄せ合って話しこんでいる。二人とも平静を装い、視線だけは踊る人々に向けながら内密の話をしているようだ。たぶんアレック卿は兄がベリンダをものにしたと思いこんで追及しているのだろう。

　やがてカドリールの曲が終わり、ベリンダはエルドン卿の会釈に応え、膝を曲げてお辞儀をした。もとの席に戻るために大法官が腕を差し出したとき、彼女は思わず息をのんだ。ダンスをしているあいだにホークスクリフとドルフが対峙し、激しい火花を散らしていたのだ。

　そうなることぐらい気づくべきだった。

　ドルフはダンスフロアから戻ってくるベリンダをつかまえようとして、ホークスクリフとアレックによって阻止されたようだ。相手が二人と見たドルフの友人が次々と応援に駆けつけたため、双方がいきり立って、ダンスフロアの端で向かい合う形となった。ドルフがホークスクリフに向かって何か言っている。ホークスクリフの威圧的な構えと、怒りのこもった険しい目を見れば、一触即発の状態であることは明らかだった。

口ごもりながらエルドン卿に詫びの言葉を述べると、ベリンダは人の群れを押し分けるようにしてホークスクリフのもとへ急いだ。どうか間に合いますように、恐ろしいことが起きませんようにと、祈るような気持ちだった。わたしなら、ドルフを落ち着かせることができるかもしれない。

現場に到着すると、ちょうどアーガイル公爵とパーカー大佐も来たところだった。

ドルフは欲望と憎しみの入り混じった表情でベリンダを見たが、何も言わなかった。ただまずいことに、後ろに立っていた友人のほうがよけいな口をきいてしまった。

「おやみんな、見てみろよ。ホークスクリフの新しい売女《ばいた》だ」

「今なんと言った？」ホークスクリフは歯を食いしばってうなった。

アレックが一歩前に進み出る。

ホークスクリフのそばに駆け寄ろうとしたベリンダはパーカー大佐に引き戻された。きっとなって振り向き、その端整な顔を見たとき、とどめの言葉が聞こえてきた。

「誰だって知ってる話さ、ナイト家の息子たちはどこの馬の骨ともわからない私生児ぞろいだってね」

音楽が止まった。あたりにいた者は皆凍りつき、酔っぱらって暴言を吐いた面長の洒落者に目を向けた。

ホークスクリフはドルフの顔を見た。

ドルフは両手を上げ、小ばかにしたように笑った。「言ったのはぼくじゃないからな」

そのとき、アレックが行動を起こした。若いライオンのように飛びかかり、ドルフを脇に押しやると、洒落者の襟をつかんで空中に引き上げ、横っ面を張りとばした。洒落者は大砲の弾のように後ろに吹っ飛び、寄木張りの床に長々とのびた。

ダンスフロアはたちまち修羅場と化した。

「外へ出るんだ！」アーガイル公爵が叫んだ。

「パーカー！　ベリンダを頼む！」ホークスクリフは振り返って怒鳴り、人の群れの中にいるベリンダを見つけた。「パーカー大佐と一緒に行くんだ、いいね」右往左往する人々のあいだをぬって厳しい視線を送った。

ベリンダは抗議しようとしたが、ホークスクリフはすでに弟のあとを追って駆け出していた。それでも、弟が倒れた相手を引き起こしてふたたび殴りつけるのは止められなかった。

「外でやれ、アレック」ホークスクリフは恐ろしい形相で叫んだが、大混乱の中、ベリンダにはかろうじて聞きとれるだけだ。

「こちらへ、ミス・ハミルトン」パーカー大佐がベリンダを無理やり引っぱって安全なボックス席へ連れもどした。そこではハリエット、ファニー、ジュリアがあっけにとられて騒ぎを眺めていた。

「いったいどうしたの？」ファニーが大声で問いかけ、ベリンダを守るように抱きかかえた。

「ドルフの友だちがわたしのことを〝ホークスクリフの新しい売女〟って呼んで、それがきっかけでけんかになったの」ベリンダは答えた。今や大きくふくれあがった男たちの集団は出口に向かってゆっくりと移動しつつある。

「ホークスクリフの売女ですって？」ジュリアが面白がって訊いた。

乱闘騒ぎにいささかも動揺していないらしいハリエットが、ベリンダをちらりと見て言う。

「あら、その言葉どおりなら安心していいわよ。あなたのことを言ったんじゃないから」

「えっ？」平然とかまえる三人の美女を前にして一人うろたえているようで、ベリンダは自分が未熟者に思えてならない。「だったら、誰のこと？」

「ホークスクリフの売女という言葉を聞いたことがないのね？」

「ないわ！　誰なの？」

ハリエットはロバートとアレックのほうをあごで示した。「あの二人の母親よ」

「あの二人の……」愕然としてただくり返すベリンダ。

「そのとおり」ジュリアが認めた。「ジョージアナ・ナイト——第八代ホークスクリフ公爵夫人よ。恋多き女性でね。若かりしころは、わたしたちのような女でさえ修道女みたいに思えるほどだったらしいわ」

「なんですって」ベリンダの声が高くなった。

「気まぐれで情熱的で、誰も独占できない美女と言われていたそうよ。当時の名だたる男性すべてと浮名を流したとか」

「詩人から、プロボクサーまで」ファニーが口をはさんだ。

「そんな……」ベリンダはあえぐように言った。

騒ぎに加わった男たちは戸口から外へ出てしまい、場内は不安そうなざわめきに包まれた。

「〝ナイト家の寄せ集め〟の話を聞いたことはない？」ハリエットはいたずらっぽいしぐさでベリンダのひじをつかんで引き寄せ、誘うように訊いた。金持ちの男より好きなものといえばただひとつ、面白い醜聞だけなのだ。

「ないわ！　教えて！」

「ロバートの父親、第八代ホークスクリフ公爵は紳士として、妻が産んだ子どもたちを全員自分の子として育てるしかなかったの。でも、血を分けた息子はあなたのパトロンだけで、残る四人の息子の父親はそれぞれ違うのよ――末の妹も公爵の本当の子どもだと言われているけれどね。公爵が亡くなる直前に妻と和解した結果、末娘が生まれたというわけ」

「なんてことかしら」ベリンダはただ驚くばかりだ。噂話や陰口など無視すべきとわかっていても、興味を抑えられなかった。「アレック卿の本当のお父さまはどなたなの？」

ハリエットは身をぐっと前に乗り出した。おいしい噂話ができる喜びで瞳が輝いている。

「アレックの父親はどうやら、ドルリー・レーンあたりの劇場に出ていたシェークスピア劇の俳優で、悪評高かった人物らしいの」

ベリンダは目を見張った。

ハリエットは唇に人差し指をあてた。「わたしから聞いたなんて言わないでよ」

「もう、びっくりするばかりだわ」ベリンダは頭の中を整理したかった。「二人は、自分たちが異父兄弟だと知ってるの？」

「ええ、もちろん知ってるでしょ。でも二人にとってはそんなこと、別にどうでもいいのよ。同じ両親から生まれた兄弟だってあんなに信頼しあっている人たちはいないわ。華やかなごろつき集団よね」

「ロバートはごろつきなんかじゃないわ。道徳心の塊みたいな人ですもの」ベリンダはため息をついた。

「そんなことはないわ」ハリエットは鼻先であしらうように言った。「お上品にふるまったり形式ばったりはいくらでもできるでしょうけれど、内面は――いい、憶えておいてよ――やっぱりジョージアナの息子。母親と同じ情熱的な血が流れているのよ」

ホークスクリフとその弟たちにとって、母親の名誉を守るために闘うのは今に始まったことではない。少年のころからずっとそうしてきた。殴る蹴るの兄弟げんかはしょっちゅうだったが、一家の名誉がかかると、必要とあらば五人全員が頼りになる身内として一致団結し、世間に立ち向かうのが常だった。

外では星空と紙製のランタンの明かりのもと、騒ぎが大きくなって続いていた。二、三〇人の男たちがグランド・ウォークとサウス・ウォークのあいだの芝生に集まって見物している。ほとんどの者は乱闘に加わらずに声援を送ったり、賭けをしたりするだけだったが、ナイト兄弟を知っていて、彼らが負けるほうに賭ける勇気のある者はいなかった。

アレックのきらびやかな服装は乱れ、長い髪はほどけている。それでも彼は母親を侮辱した身の程知らずの愚か者を殴りつづけていた。ホークスクリフは弟を背後から守りながら争いを鎮めようとしたが、なかなかうまくいかない。

　幸いにも、ヴォクスホール・ガーデン全体に鐘の音が鳴り響き、人工の滝に水が流される時間を告げた。ホークスクリフはそのすきに、意識を失いかけている青年からアレックを引き離すことに成功した。

　驚異と言われる人工の滝をひと目見ようと、人々が三々五々その場を離れる中、ヴォクスホール・ガーデンの小柄な支配人がやってきてアレックに退去を命じた。かんかんに怒っていて、乱闘に加わった者は皆出ていくようにと命じている。

　ホークスクリフの見立てでは、弟は争いの後でもそれほど疲れていないようで、口の端からひとすじ血が流れ出ているだけだった。筋金入りの洒落者らしくハンカチを取り出し、この期に及んでも優雅に落ち着きはらって血を拭き取った。「今夜はこの程度にしておこう」軽やかな調子で言い放つ。「さて、低俗な賭博場にでも出かけて、人の財産を巻き上げてくるかな」

「わたしはここに残るよ。ちびの支配人がなんと言おうとかまうものか。ベリンダがまだまだ遊び足りないだろうし、まだ九時だからな」

「あんな支配人ふぜいが、公爵閣下に出ていけと指図できるはずがないだろう。新しいおもちゃを手に入れたんだ、思いきり楽しむことだな。彼女、ルーシー・コールドフェルよりずっといい。かなりの進歩だね」

「口をつつしめ！」ホークスクリフはうなった。アレックは怖いもの知らずの目つきで兄を見返すと、悪そうな友人たち数人とともに立ち去った。

ちょうどそのときホークスクリフは、ドルフが出て行こうとしているのに気づいた。まだ用はすんでいない。支配人に手際よく賄賂を握らせ、園内にとどまる許可を得ると、敵のあとを追って歩きだした。「ブレッキンリッジ！」

ドルフは振り向き、仲間たちも振り向いた。

「話があるんだが。二人きりで、お願いしたい」

ドルフが手を振ってうながすと、友人たちは離れていった。うち二人は、けんかのきっかけを作った張本人で今や意識朦朧《もうろう》としている青年を抱えて運んでいった。ドルフは疑わしげな表情で近づいてきて、角ばったあごを横柄に上げて尋ねた。「なんの用だ？」

「言ったろう、ベリンダに近づくなと」

ドルフは歯がみをして言った。「だから、おまえの女の三メートル以内には近づいてないじゃないか」

「わたしを怒らせるなよ、ブレッキンリッジ。もう二度と忠告しないぞ。さっさと用件を片づけようじゃないか。わたしはどうやら、きみが欲しがっているものを手に入れたらしいな」

ドルフは敵意のこもった目を遠くに見える建物のほうに向けた。その視線の先にはベリンダがいた。紙製ランタンの光に照らされて、入口のそばに立っている。幸いこちらに近づいてくるようすはなく、心配そうに見守りながら待っている。

「きれいだな」ホークスクリフはつぶやいた。

「こんなもんじゃない、本当はもっときれいさ」

そのぶっきらぼうな物言いに、ホークスクリフは穏やかに笑った。「そういえばブレッキンリッジ、きみのほうもわたしの欲しいものを持っているんだったな」

「なんの話だ？　ぼくが何を持ってるって？」

「わかっているだろう」

「いったいなんのことを言ってるのか、さっぱりわからないね」

「きみとちょっとした取引をしてもいいかなと思っているのさ」ホークスクリフは、芝居とはいえ冷酷な提案をする後ろめたさに身震いしそうになるのを抑えて言った。

「どんな取引だ？」

「わたしの欲しいものをくれれば、ミス・ハミルトンを譲ろう」

ドルフはベリンダが立っているほうに目をやり、不安げにホークスクリフを見た。

「おまえが何を欲しがってるかはわからないが、ぼくはベリンダにはもう関心がない。人のお古だからな」

「そうかもしれないし、そうでないかもしれない」

ドルフは鼻孔をふくらませた。「どういう意味だ？」

「わたしがミス・ハミルトンを手に入れたのは、快楽のためではなくて、ほかの理由があったからかもしれない、ということだよ。きみに個人的に関わりのある理由がね」

「この冷血漢め、まだベリンダと寝てないってことか？」

「紳士はそういう質問には答えない——だが、快楽主義者の言葉にもあるじゃないか。最高に美味なものは先にがつがつ食べてしまわずに、最後までとっておいて、じっくり味わうべきだとね。わかるかな、ドルフ？　きみにはわずかながら希望が残されているわけだよ。素直に取引に応じれば、ミス・ハミルトンを自分のものにできるかもしれない。だが、せっかくの話をぶち壊して、逆らうようなまねをすれば、わたしはかならずミス・ハミルトンとベッドをともにして、彼女の技巧を存分に堪能させてもらうつもりだ」

「で、何が欲しいんだ？」

「情報だ」

「何についての？」

「それはご承知だろう」

「知るものか！　わかりやすく説明できないのか？　くそっ、おまえってやつは、あのいまいましい陰険なおじよりたちが悪いな」

「その短気なところ、気をつけろよ、ドルフ。いつか報いを受けるぞ」

「何が欲しいのか、さっさと言えよ！　ベリンダと引き換えに何が欲しい？　あの娘を返してくれ」

「そもそも初めからきみのものじゃなかった人を返すというのは難しいね」

「ホークスクリフ！」

「どうやら、機が熟していなかったようだな。きみはまだ白状する気にはなれないらしい」

「何をだよ？」ドルフはわめいた。

ホークスクリフはポケットに両手を突っこみ、気楽そうな調子で建物に戻るべく歩きだした。

「ホークスクリフ！」

「また近いうちにな、ブレッキンリッジ。わたしのほうから連絡するよ」

ベリンダは、ホークスクリフが大またで戻ってくるのを見ていた。ポケットに手を突っこみ、勝ち誇った雰囲気を漂わせている。最高級の仕立ての黒い燕尾服の埃をさっと払い、真珠のような白さのベストとクラヴァットを軽く引っぱっただけで、身だしなみは完璧だった。黒い目に優しげな、独占欲を感じさせる光をたたえながら、腕を差し出す。二人は連れ立って建物の中へ戻った。

芝居の主な標的であるドルフはもう行ってしまったが、二人ともなぜか、自分たちの演じた役の仮面をはずしたくなかった。お互い惹かれあっているふりは迫真の演技だった。ベリンダはホークスクリフを誘って、ワルツを踊りさえした。

ヴォクスホール・ガーデンはオールマックス社交場とは比べものにはならないが、それでもホークスクリフとワルツを踊れたことで、誇らしい気持ちでいっぱいだった。寄木張りの床の上、いとも簡単に優雅な動きで導かれ、夢心地で舞うベリンダの頰は輝き、めまいをおぼえるほどだった。

いとおしげにホークスクリフを見上げ、その腕に抱かれてくるくると回り、踊りつづけた。二人を取り巻く非難がましい世間の目も、最後にはぼんやりとして意味のない色のしみとしか思えなくなった。目に入るのはホークスクリフだけ。彼の微笑みと瞳しか見えなかった。

真夜中になると、二人は手に手をとって川のほとりへ行き、ヴォクスホール・ガーデン名物の花火がよく見える場所を見つけた。ホークスクリフはベリンダの腰に後ろから腕を回し、暖かく包みこんだ。テムズ川を吹き渡る寒風から守るためだ。ベリンダは彼の胸に頭をもたせかけ、夜空に次々と咲く中国式の花火を眺め、満足げなため息をもらした。見上げると、ホークスクリフのいかつい顔だちを、赤や銀や青など、花火の明るい色が照らし出している。まつ毛には星の光がきらめいているように見える。

帰路の馬車の中でも、二人は演技をやめるのが惜しいといった雰囲気だった。何もかもが心地よかった。もう夜も遅いからと、ホークスクリフは力強く温かい腕の中にベリンダを抱きかかえ、広い肩に頭をもたれさせてまどろめるようにした。かけがえのない沈黙を二人とも破りたがらない。まるで不用意なひと言が、金の糸のようにもろい二人の新たな絆を壊してしまうのを恐れるかのように。

ナイト館に着き、二人は大理石の大きな階段の一番上にしばらくとどまっていた。もうおやすみを言う時間だった。切望のまなざしでお互いを見つめていた二人は、やがて目をそらした。

張りつめたような沈黙を先に破ったのはベリンダだった。「なかなか――うまくいったんじゃないかしら」真剣な表情。

ホークスクリフは堅苦しい動作でうなずいた。「ああ、そうだね」

「ロバート?」

ホークスクリフはベリンダをじっと見つめた。目には欲望の光が稲妻のごとくよぎったが、身動きひとつしない。息を殺しているかのようだ。「なんだい?」

ベリンダの胸の鼓動は激しくなっていた。だが、おじけづいてしまって何も言えない。

「わ、わたし――とても楽しかったわ」

「そうか、よかった。もともと、楽しむのが目的だったんだからね。わたしも楽しく過ごせたよ」ホークスクリフは唇を湿し、視線を落とした。玄関ホールに飾られたよろいの騎士のようにしゃちこばって立っている。「では、おやすみ」

「おやすみなさい、ロバート」

ホークスクリフはお辞儀をした。ベリンダは背を向けて歩きだしたが途中で足を止め、ふたたび振り返った。彼はポケットに両手を入れたまま、まだそこに立って、ベリンダを見送っていた。寂しそうで、せつなそうで、少しわびしげに見えた。壁にかかった枝つき燭台のろうそくの淡い光に照らされて高い頬骨がきわだつ。

「なんだい？」ホークスクリフは穏やかに訊いた。

「明日、債務者監獄に連れていってくださる？　約束、憶えてらっしゃるかしら――」

「わたしが約束を忘れることは絶対にないよ、ミス・ハミルトン。じゃあ、ゆっくりおやすみ」

ベリンダはあいまいな微笑みを見せるとさっときびすを返し、軽はずみなことをしでかす前にと、自室へ急いだ。

8

その朝、なじみのクラブで男どうしの気楽なひとときを持てたことで、欲しがるつもりはなかった女性にはからずも思いを寄せてしまったホークスクリフの心は一時的にせよ癒された。

ただ、ふたたび悶々として眠れぬ夜を過ごしたあとだけに、少しばかりいらついた気分だった。芝居の中で、さらに芝居をしなくてはならない。ホークスクリフは、誘惑に負けない聖人君子を演じきる決意を固めていた。きびきびと事務的に仕事をこなし、午後一時には帰宅した。約束どおりベリンダを債務者監獄へ連れていくためだ。自分に関わりのないことではあったが、父親のハミルトン氏に、彼がどれほど愚かなことをしているか、はっきり伝えたい気もあった。

ベリンダは午前中買い物に出かけて、父親が少しでも快適に過ごせるようにと差し入れの品をいろいろ買っていた。その中には『タイム』紙が含まれていた。二人を乗せた馬車がファーリングドン通りを走って広大な監獄へ向かうあいだに、ベリンダは『タイム』を広げた。

「ちょっと確認しておきたくて」彼女はつぶやき、社交欄にざっと目を通した。

車中、真向かいに座ったベリンダがずっと緊張しているのにホークスクリフは気づいていた。胸のすぐ下に切り替えのある青いドレスの上に淡い色の短か丈の上着をはおり、白い手袋をはめた彼女は、うららかな春の日を思い起こさせる美しさだ。だが突然、青ざめた顔で読んでいたページを閉じると、険しい表情で新聞を脇に投げ捨てた。

「何か悪い報《しら》せでも？」ホークスクリフは訊いた。

「わたしたちのことが載ってるわ」

ホークスクリフは鼻を鳴らし、頭を振った。誰が誰に求愛しているかなどが、なぜ取り沙汰されなければならないのか。私生活を尊重するという考え方はないのだろうか。監獄に着くと、ベリンダは『タイム』を車内に置いたまま地面に降り立った。アーチ門に向かって、ホークスクリフのひじの内側に手をかけ、のろのろとした足取りで歩きだした。

血の気の引いた顔は、まるで処刑場に引き出される囚人のように見えた。その視線は威容を誇る石積みの壁を上に向かってたどり、手はハンドバッグのリボンをねじり上げ、今にも切れそうなほど強く引っぱっている。右手に、監獄の中庭を囲む要塞のような壁が見えてきた。上部には脱獄を防ぐための忍び返しがつけられているが、これにもベリンダはおびえ、震えながら目を凝らしていた。

「さあ、ベリンダ。何も怖がることはないよ」ホークスクリフはいささか我慢できなくなって励ました。こんなところには必要以上に長くとどまりたくない。見るからに不快な場所だし、二時には貴族院に出ていなければならなかった。

ベリンダはホークスクリフをちらりと見た。背後に控えた従僕は無表情で前を見つめたまま、父親への差し入れの山を抱えて立っている。

「いやなら中に入らなくてもいいじゃないか」ホークスクリフはさっきより優しい口調で言った。「代わりに召使を行かせて――」

「いいえ、自分で会いに行かなくちゃ。父の身寄りはわたしだけなんですから」ベリンダは言葉をしぼり出した。

身内の不名誉をさらすことがどれほどの屈辱か理解しているホークスクリフは、ベリンダのあごの下に触れた。「お父上に尽くしたいというきみの気持ちはすばらしいよ。ただ、お父上はそれに値するだろうか」

「もちろんよ。父親ですもの。ロバート、一緒に来てくださるっておっしゃったわよね。ここまで来てわたしを見捨てないで」

「いや、つき合うよ」ホークスクリフは穏やかに言った。ひどくうろたえたベリンダの表情に戸惑ったが、次の瞬間に気づいた。そうか、自分は試されているのだ。どう応えればいいのだろう。彼はベリンダを見つめた。

「わたしはちゃんときみのそばについているよ。心の準備はできた?」

「ええ――できてるわ。本当に感謝します」どう見てもそれとわかる作り笑いを浮かべると、ベリンダは日よけつきの帽子《ポークボンネット》を引っぱり上げてふたたびホークスクリフの腕をとった。「憶えておいてね、父は知らないのよ……今のわたしのこと」

「わかっているさ」ホークスクリフはそっけなく答えた。いったいなんだって、こんなことに関わってしまったんだ？　愛人の父親に無理やり対面させられるはめに陥るとは夢にも思わなかった。やはりやめておけばよかった。先に立って歩きながら、ホークスクリフは心の中でぼやいた。高級娼婦であれなんであれ、ベリンダはもともと良家の子女で、こんな場所に足を踏み入れるべきではない。そう思いつつも、娘としてのつとめを果たそうというベリンダの決意に感じ入らずにはいられなかった。

ベリンダの体がかすかに震えている。歩きはじめるとホークスクリフにぴたりと寄りそってきたが、所長の執務室を通りすぎるときにはまさにしがみつく格好になった。扉がわずかに開いている。ベリンダは執務室から遠いほうを、帽子で顔を隠すようにして歩いていく。ホークスクリフは中から聞こえてくる怒鳴り声に興味をおぼえて、そっとのぞいてみた。

顔に傷あとのある残忍そうな男が所長らしい。部下の一人を叱りつけて縮み上がらせている。なんと恐ろしい場所だ、とホークスクリフは頭を振った。

看守に案内されていくつもの廊下を通っていく。牢はどこも満員で、すえた臭いが漂い、混沌として騒がしかった。鉄格子の中から二人に哀れみを乞う者、罵りの言葉を吐く者。ホークスクリフは顔をゆがめて歯を食いしばり、ベリンダの肩に手を回して引き寄せた。汚らしいものから守ってやりたかった。

廊下の突き当たりに少しましな監房棟があり、ホークスクリフは多少ながら警戒心を解いた。階段を上ったところは上流階級の債務者が収監される区画で、独房が並んでいた。

一行はそのひとつの前で止まった。頑丈な木製の扉の前でベリンダは帽子を脱いで後ろに押しやった。顔はすっかり色を失い、病人のようだ。ホークスクリフは唇を固く結び、一緒に中に入るべきか戸口で待つべきかためらっていた。彼女はまっすぐ前を見つめていたかと思うと、あごをぐっと上げ、笑みを顔に張りつけた。細い肩を怒らせたその姿に、ホークスクリフは胸の奥が締めつけられる思いがした。

看守が扉を開けると、ベリンダの顔が急にぱっと輝いた。

「お父さま！」

ベリンダは腕を広げて独房の中へ駆けこみ、どこかもろさの感じられる笑い声をあげた。ホークスクリフは戸口で立ち止まり、ベリンダが眼鏡をかけた白髪の男性の胸に飛びこむのを見た。

「リンダ・ベル！　いやあ、よく来てくれたね！　このあいだより元気そうじゃないか。フランスの食べ物が体に合ったんだろう？　話を聞かせておくれ――パリは楽しかったかね？」

するとベリンダはなぜか突然、わっと泣きだした。老人は眼鏡を鼻の上に押し上げ、娘の顔をのぞきこんだ。「いったいどうしたんだね、ばかみたいに泣いて？　泣き虫だな」

激しく泣きじゃくるベリンダは答えることもできない。今こそ出番だと思ったホークスクリフは咳払いをして自分の存在を知らせ、独房の中へ足を踏み入れた。シルクハットをさっと脱いで従僕に合図をし、差し入れの品を持ってこさせた。

「ハミルトン氏でいらっしゃいますね？」年老いた学者に向かって手を差し出す。「ロバート・ナイトと申します。はじめまして」

アルフレッド・ハミルトンはホークスクリフを見上げ、ためらいがちに握手した。「ナイトさんですか、こちらこそ。ベリンダのお友だちとお見受けしますが、この娘がどうして泣いているのか、わけを教えてくださらんか？」

ベリンダは父親の首にしがみついた。「久しぶりに会えて、嬉しくてたまらなかったの。お父さまのことを思って、寂しかったのよ」懇願するような目をホークスクリフに向ける。「パリにいるあいだ、ずっと」

ホークスクリフは眉をひそめ、ベリンダをじっと見ていたが、どういうことなのか問いただすのはやめた。「ハミルトンさん。お嬢さんは、お父さまの慰めになればと、お土産を持っていらしたんですよ」

「お父さま、この方をナイトさんとお呼びしてはだめよ。ホークスクリフ公爵でいらっしゃるの。でも、謙虚すぎるほどに謙虚な方だから」ベリンダはすすり泣きながらささやいた。

「ああ、そうでしたか！」アルフレッド・ハミルトンは自分の無礼を楽しそうに笑った。「大変失礼いたしました、閣下」

「いえ、どうでもいいことですから」自分が無愛想で傲慢な態度になっているのはわかっていた。だがホークスクリフは、ベリンダの美しい顔を曇らせる原因を作った、学者気取りの老人をにらみつけずにはいられなかった。この男はいったい何を考えているんだ？　装飾写本が、かけがえのない一人娘より大事だというのか？

「ごめんなさい」ベリンダは鼻をぐすぐすいわせた。「お父さまの言うとおりよ――わたしったら、ばかみたい。大好きなお父さまが恋しかっただけなの。さあ、持ってきたものを見てちょうだい」すばやく涙をぬぐうと、従僕が品物を置いた寝台のところへ行った。「ほら、ごらんなさいな。新しい枕と毛布、ブランデーと嗅ぎタバコ――」

「嗅ぎタバコがわしの好物だって？　はてさて、好きだったおぼえはないが」父親は、自分の空っぽの頭が世界で一番面白いとでもいうように大声で笑った。

ホークスクリフは顔をしかめ、そっぽを向いた。

「まあね。でも嗅ぎタバコなら、看守への賄賂にだって使えるでしょう」

「おお、そうか。さすが、よく考えたものだね。ところで、あの……本は持ってきてくれたかな？」ハミルトンはクリスマスの朝を迎えた子どものようにそわそわして訊いた。

「もちろん、持ってきたわ」

父と娘は、三冊の新しい本を取り上げてひそひそと小声で話し合っている。中世と、古代ギリシャ・ローマの歴史に関する退屈きわまりない専門書で、ホークスクリフと従僕はやれやれとばかりに視線を交わした。

老人はようやくホークスクリフのほうを向いた。「閣下、娘が持ってきたブランデーを開けて、一杯やるのはいかがです？」

くつろいだ紳士らしい物腰を見ていると、ここが監房でなくハミルトン氏の書斎だと勘違いしてしまいそうだった。

ホークスクリフはそっけなく微笑んだ。「いいえ、結構です。お気づかい、ありがとうございます」

「それはそうと、娘とはどういういきさつで知り合われたんですかな？」ハミルトンはおそるおそる尋ねた。

ようやく訊いてきたか。この老人にも常識のかけらぐらいはあるらしい。

普通、自分の娘が贅沢なドレスを身にまとって見知らぬ男とともに現れたら、開口一番、この質問が出てくるはずだ。しかもその前に相手の男を殴りたおしてから。ホークスクリフは息を吸いこみ、質問に答えようとしたが、ベリンダにその機会を奪われた。

「公爵は本当にご親切な方なの。わたしがパリ旅行にお供をした生徒さんの一人が、公爵の妹さんのレディ・ジャシンダ・ナイトさまでいらして」

「ああ、なるほど。それはよかった」老人はにこやかな顔でホークスクリフに微笑みかけた。

ホークスクリフは眉根を寄せた。なぜだ。ベリンダに妹の名前を教えたおぼえはないが。

アルフレッド・ハミルトンは訊いた。「ベル、来年もまた、ホール夫人の学校で教えることになるのかい？」

ホークスクリフの左の眉がつり上がった。**教える、だって？**

ベリンダは独房の中をせわしなく歩き回り、視線を合わせるのを極力避けている。

「必要があればね。わたし、仕事は嫌いではないの。でも来年はきっと、お父さまも一緒にケルムスコットに帰れるわ。ここから出るためのお金はもうすぐ貯まると思うから」

「おお、そうか！　それはよかった。よくやったな。本当に賢い娘だと思いませんか、ナイトさ――いや、公爵？」

ホークスクリフはベリンダをまじまじと見つめた。まるで初めて会ったばかりの女性のように思える。

彼女は警告と懇願が入り混じった視線を返してきた。この無意味な会話の意味を深く分析されたら、隠しごとを探られてしまうとでも思っているかのようだ。

「公爵がお嬢さんがたをパリへ連れていかれたんですか？」アルフレッド・ハミルトンはためらいがちに訊いた。

「お父さまったら。そんなこと、ありえないでしょ」ベリンダは笑みを浮かべながら説教口調で言い、父親の腕を軽くはたいた。「公爵のように立派な方が、社交界にデビューする娘さんたちに付き添ってヨーロッパ大陸までお出かけになるはずがないわ」

神経をぴりぴり尖らせているのが笑い方でわかる。めったなことでは動じない、お高くとまった高級娼婦の新星とは思えない。ベリンダはふたたび背を向けて、父親の寝台をととのえはじめた。真新しいシーツの上に真新しいキルトを広げ、ガチョウの羽根を使った高価な枕をふっくらさせて寝台に置く。どれも買ってきたばかりの品だ。

ホークスクリフは胸痛む思いでベリンダを見ていた。治安判事のところへ行ってこの娘の父親を監獄から救い出すなど、その気になればたやすいことだ。だがそうするつもりはなかった。

借金自体は、ホークスクリフほどの財力のある男にとっては些少な額にすぎない。だが、娘を窮地に追いこんだこの軽薄な愚か者は、罰として監獄に閉じこめておくべきだ。それに、もしアルフレッド・ハミルトンを自由の身にすれば、ベリンダはホークスクリフのもとにいる必要がなくなり、去ってしまうだろう。それはなんとしても避けたい。ルーシーの死の謎を解くためには、ベリンダの助けがどうしても必要なのだ。ナイト館にいて、調子の狂ったピアノの前に座っていてもらわなくてはならない。

看守が戻ってきて面会時間の終わりを告げたので、ベリンダは父親を抱きしめて別れの挨拶をし、二、三日後にまた来ると約束した。何か必要なものはないかと娘が訊くと、年老いた父親は紙とインクをもっと持ってきてくれれば嬉しいと答え、今度はホークスクリフに邪気のない目を向けた。

「この鉄格子の向こうの広い世界にも、我が娘の友人で信頼のおける方がいてくださるとわかって、ひと安心ですよ。公爵、ご恩は忘れません」あまりに飾り気のないその感謝の言に、ホークスクリフは思わずうなずき、差し出された手を握った。

戸口に向かいながら、ベリンダは父親からホークスクリフにちらりと視線を移して前を通りすぎた。その目には心の底からの深い感謝がこめられていた。よかった。これで一緒に来たかいがあった――ホークスクリフは自分の愚かさにいらだちながらきびすを返し、ベリンダのあとについて独房を出た。一行は看守を先頭に、荷物を下ろして手の空いた従僕が最後に続いて、もと来た道を戻っていった。

アルフレッド・ハミルトンと会って、なぜベリンダがより清潔で暖かく健全な上階の独房に父親を入れるようわざわざ手配したか、理由が納得できた。受刑者がひしめき合い、暴力が横行する雑居房であの老人が生き延びるのは無理だろう。

それでも疑問が残っていた。ベリンダと二人きりになったときに確かめたいが、なんと言って切り出そうか。**ホール夫人の学校の教師だって？**　これまでの情報から類推できるのは、ベリンダがホール夫人主宰の花嫁学校で教師をしながら、出征した恋人の帰郷を待って結婚するつもりだったこと、けっきょく教職と結婚の両方をあきらめて、父親と自分自身を救うためにより儲かる仕事を選ぶ決断をしたことぐらいだ。妹のジャシンダがベリンダとどんな関係にあるかについては、今は考えたくもなかった。

急に前方から、人が争うような音と怒声が聞こえた。角を曲がり、音がこだまする薄暗い廊下に出ると、残酷な光景が目に飛びこんできた。白髪交じりの堂々たる体格の男が、反抗する若い囚人を壁に叩きつけているところだった。傷あとのある顔、腰に下げた大きな輪に何本もの鍵を下げてじゃらじゃらいわせている。さっき階下で見かけた所長だ。手に握ったこん棒で、情け容赦なく囚人に懲罰を与えている。

所長は仕事として囚人を打擲《ちょうちゃく》しているだけなのだろうが、ホークスクリフは片手を伸ばしてベリンダを押しとどめた。こんな暴力行為を見せてはいけない。

「ちょっと待っていなさい」すばやくあたりを見まわし、「ほかに出口はないのか？」と看守のほうを振り返って訊いた。だが看守はすでに走りだし、所長の援護に回ろうとしていた。

そのときホークスクリフは、ベリンダのようすに気づいた。

彼女は異様なほど落ち着いて立っていた。顔は青ざめ、無表情で、囚人が懲らしめを受ける生々しい光景を見つめている。薄暗い廊下で言葉もなく、蒼白になったその姿はまるで亡霊か空中に浮かぶ天使のようで、悲しみに包まれながらもどこか超然としていた。淡い金色に輝く髪の束が、廊下を吹き過ぎるすきま風にかすかに揺れている。

ホークスクリフは歯を食いしばった。一刻も早くベリンダをここから連れ出そう。出口につながる別の道を探さなくては。

「さあ、おいで」ホークスクリフはベリンダの手を握ってささやいた。だが彼女は動こうとしない。

「あの人から逃げるつもりはないわ」ベリンダは言った。その声はまるで薔薇の花びらのごとくふわりと、囚人の苦しげな叫び声に重なった。

子どものようにホークスクリフの手を握ったまま、彼の抗議には耳も貸さず、ベリンダは前に向かって歩きだした。

それはベリンダにとって心の闘いだった。大砲が発射されることも、弾丸が炸裂することもないが、自分の中で軍勢が激しくぶつかり合い、魂を引き裂かんばかりの熾烈な闘いを繰り広げている。だがベリンダは逃げるのを拒んだ。強力な庇護者の陰に縮こまるようにして隠れるのでなく、あのけだものの目をしっかりと見すえて通りすぎるつもりだった。そして、わたしはもうおまえなど恐れていない、と知らしめる。その意味は、所長には理解することすらできないかもしれない。でも、ちゃんとやりとげたという感覚を自分で味わえれば、それだけで十分だった。

わたしは逃げない。逃げも隠れもしない。絶対に、逃げるものか。ベリンダは一歩踏み出すごとに心の中でくり返した。しかし、所長の鍵束のじゃらじゃらいう音が、砕けたガラスの破片のように意識の中に鋭く突き刺さる。

あの夜の悪夢。あのときも、ずっと鳴り響いていた音。

怖かった。恐怖に震えていた。体じゅうが冷たく、指先まで凍りつきそうだ。でもわたしは、けだものに傷つけられはしたが立ち直ったのだ。今は頼れる人がそばにいて、手を握ってくれている。

「ベリンダ――」

「大丈夫よ」自分の声が遠くで響いた。耳の中を血がどくどくと駆けめぐっている。ロバート、本当にありがとう。あなたには何のことかわからないだろうけれど、そばにいてくれるだけでいいの。

哀れな囚人が抵抗をやめたからか、ゆっくり近づいてくる二人に気づいたからか、所長はのっそりと体を起こした。手にした硬く非情なこん棒は血にまみれている。

所長は振り向き、ベリンダをまっすぐに見た。

ベリンダは恐怖のあまり、喉がふさがって息ができなくなった。まわりの何もかもがゆっくりと動いていた。あの晩の裏通りと同じだ。時がほとんど止まったかに思える。逃げたい。雷雨に驚いて小屋を目指す馬のように、一目散に逃げ出したかった。しかしベリンダは断固として一歩も引かなかった——吐き気に苦しみ、おののき、凍えながらも。憎しみで体が震えていた。歯を強く食いしばりすぎて、あごが痛くなった。

所長の唇が横に広がり、野獣を思わせる薄笑いになった。ベリンダがたじろぐか、でなければあの夜のできごとについて口走るのを待っているにちがいない。だがベリンダはそのどちらもしなかった。胃がねじれるように痛んだが、顔は冷静さを保っていた。苦痛とともに生きることを学んでいく中で、自らに命じて、鋼《はがね》のごとく強靭な不屈の精神を身につけていたのだ。ロバートが言っていたわ、わたしは芯の強い女だと。

ベリンダは歩を進めた。

所長が驚いたのがわかる。その卑しい目はホークスクリフのほうに向けられた。もしやこの人が危険な目にあうのでは、とベリンダは急に心配になり、かたわらのホークスクリフを見上げた。だが彼は威厳ある態度で、嫌悪をこめた視線を所長に投げかけていた。今やこの娘には強力な味方がついている。そう所長は悟ったらしい。ベリンダは冷ややかな満足感とともにかすかに笑みを浮かべた。わたしの庇護者。戦士の血を受け継ぎ、騎士《ナイト》の名を持つ、ホークスクリフ公爵。彼に勝てる者がいようはずはない。

所長は探るような目でふたたびちらりとベリンダを見た。どうやら利害をはかりにかけているらしい——自分の犯した悪行を黙っていてもらう代わりに、ベリンダの父親の身の安全を保証するしかない、と。ただ、所長は気づいていないだろうが、ベリンダの口から秘密がもれる恐れはなかった。あの怪物に純潔を奪われたとホークスクリフやほかの崇拝者たちに知られるなど、考えるだに恐ろしい屈辱だった。男性はベリンダの洗練されたドレスやお高くとまった態度に惑わされ、高嶺の花としてあこがれているのだ。

そう、わたしは皆を見事にだましている——実態は、男と寝ることが怖い高級娼婦。ふしだらな女以下の、汚れた存在。ホークスクリフにとっても、わたしは単なる「おとり」でしかないのだもの。

ベリンダとそのパトロン、そして従僕は、ひと言も言葉を交わすことなく、床に倒れた囚人、所長、看守の横を通りすぎた。

闘いに勝った。ベリンダはそう思った。しかし所長は、廊下を背後から追ってくる忍び笑いという形で最後の攻撃をしかけてきた。悠然として何気なく、鍵の束をじゃらっと鳴らす。その音にベリンダの心はもう少しで壊れそうになった。

ホークスクリフの手を放し、何にもかまわず先に立って歩きつづけ、監獄の出入口のアーチ門にようやくあと数歩というところまで近づいた。空気を求めてあえぎながら門をくぐり抜け、くらくらするような空を見上げる。頭がぼうっとしていた。いくつもの黒い輪が視界全体に広がって、次々と爆発している気がする。ホークスクリフの両手が倒れないよう体をつかんでくれた。その腕にしがみつき、気を失いそうになるのをこらえていると、腰のまわりに片腕が回され、しっかりと支えられた。

「ベリンダ、気分がひどく悪そうだが、大丈夫か?」教養を感じさせるバリトンの声。それは、ベリンダの心の分厚いガラスの壁を突き抜けて奥まで届くかに思える。

痛みが波のように押し寄せ全身を満たした。ああ、ロバート。できるものなら、このガラスの箱を破って、閉じこめられているわたしを連れ出してほしい——そして隠しごとも何もなしに、裸の胸と胸を合わせて抱きしめてもらえたら、どんなに嬉しいか。でもそれはありえない。わたしには愛することも、愛されることも許されないのだから。

「ええ——大丈夫よ。ありがとう」ベリンダは言葉をしぼり出し、ホークスクリフから離れた。しだいに自分を取り戻しつつあった。

馬車を回すよう従僕に小声で指示すると、ホークスクリフは歩道を行きつ戻りつしながら待った。ベリンダは押し黙ったまま、身動きひとつしない。

「ベリンダ。こんな恐ろしい場所にきみを来させたくなかった」彼は険しい顔つきできっぱりと言った。

ベリンダはゆっくりとうつむいた。「わたしが来たがっていると思う?」

「いやなら、来なければいい」

ベリンダにはもう議論するだけの気力が残っていなかった。だがもちろん、父親がここにいるかぎり、また面会に来なくてはならない。このさいホークスクリフに素直に頼んでしまおうか。父を牢から出すためのお金を貸してください、と。ほんの一瞬、その言葉が口をついて出そうになった。しかしすでにずたずたに傷ついた彼女の自尊心は、これ以上の打撃に耐えられそうになかった。子どもが情けをかけてもらうのとはわけが違う。ただでさえ春をひさぐ女としてさげすまれているのに、物乞いまでするとは思われたくなかった。

ポケットに手を入れたまま歩いていたホークスクリフが近寄ってきて、あと五、六〇センチのところで立ち止まった。ベリンダはありったけの勇気をふりしぼってあごを上げ、落ち着きはらった態度で視線を合わせた。彼の鋭く射抜くような黒い目がじっと見つめている。ベリンダの心の奥底の泥沼にまで達しそうだ。

声が出なかった。目をそらすこともできなかった。

ホークスクリフはいらだったようすで首を左右に振った。だが、声は優しかった。「あそこではなく、別の出口を探そうと思っていたんだ。そうすれば、あんな暴力行為を目にしなくてすんだのに」

ベリンダはもう少しで笑いだすところだった。何も知らないのよね。本当のことを話せたらいいのに。ホークスクリフの素朴で思いやりのある善良さに思わず涙があふれ、「いとしの道徳の鑑」とつぶやいた。

「なぜそんな呼び方を？　面白くもない」ホークスクリフは顔をしかめ、一歩後ろに下がった。そのようすがあまりに仰々しかったので、ベリンダは力を得て微笑むことができた。やがて四輪馬車が近づいてきて目の前に止まった。

二人は馬車に乗りこみ、並んで座った。ベリンダはホークスクリフの広い肩に頭をもたせかけた。いらだってはいたようだが、公爵は抗議もせず体をずらし、腕を回してゆったりと抱きかかえてくれた。自分だけが知る心の勝利に疲れ果て、ベリンダは目を閉じた。ホークスクリフの体の匂いが心地よかった。その腕は硬く力強く、筋肉が盛り上がったたくましい肩はベリンダの頭をしっかり支える枕となった。

助けてくれて、ありがとう。自分では気づいていないでしょうけれど、あなたに支えられて、わたしはあの闘いを乗り切ることができた。

「次からは、わたしの言うことも聞いてくれなくては困るよ」ホークスクリフは不機嫌を装って文句を言った。

「ええ、そうするわ。おおせのままに」

この人でよかった。ベリンダは神に感謝しながら、かすかな笑みを浮かべて心の中でつぶやいた。

ロバート。あなたのそばにいられるだけでいいの。

9

気まぐれな英国の天候が季節はずれの寒さをもたらし、どしゃ降りの雨まで降りだしていた。その夜ホークスクリフが上院を出たのは一〇時半ごろ。空腹で、疲れきって、最悪の気分だった。さらに悪いことにはひどい頭痛がする。夕食どきにエルドン卿やシドマス卿など、トーリー党員の保守派と激論を戦わせたせいだ。彼らの冷酷な考え方にうんざりして食べる気がしなかった。

その間《かん》ずっと、頭の中ではベリンダをめぐるさまざまな考えが渦巻いて彼を悩ませ、混乱させ、性の渇望とからみ合って脳がひとつの大きな塊になった気がしていた。

ウエストミンスターからザ・マルを通って自宅に向かう馬車に揺られながら、窓から外を眺める。激しい風雨にさらされるプラタナスの木。鋳鉄製の街灯の何本かは、かすかな炎が吹き消されてランプの列に空きができ、まるでホークスクリフの悩める心のように暗くなっていた。

妹のジャシンダとの関係、パリへの旅、ホール夫人の花嫁学校——あれは本当なのか、それとも作り話か？　どちらにせよ、自分には関係ないことと切り捨てられるだろうか？

すでに勝手気ままな小娘に育っているジャシンダに高級娼婦がどんな考えを植えつけたかと考えると、そら恐ろしかった。ジャシンダの幸せのために、事実を確認しなければなるまい。ただ、ミス・ベリンダ・ハミルトンについては、今まで知りえた以上のことを知りたいかどうか、どうも確信が持てなかった。

ベリンダとは距離をおいて礼儀正しく接し、関わり合いにならないよう懸命につとめてきた。しかしいくら抵抗しても磁石に吸い寄せられるかのごとく惹かれてしまう。あの手の女性は彼のように裕福で地位のある男をとりこにする手管に長けているのだから、勝てるわけがない。顔をしかめて馬車の窓から外を見ると、横なぐりの雨がガラスに叩きつけるように降っている。ホークスクリフはずきずきと痛むこめかみをもみ、ミス・ベリンダ・ハミルトンに関して自分が知っていることをおさらいしてみた。

情報としては穴だらけだった。たとえば、どうして高級娼婦になったのか、そのいきさつからしてわからない。本人に訊くなどという無神経なこともできないから、ベリンダが教えてくれないかぎり知りようがないが、それも期待できそうにない。知り合いのおしゃべりな女性たちと違って、ベリンダは自分のこととなると極端に秘密主義で、何ひとつ語りたがらないし、こちらも訊こうとしない。そもそも、なぜわたしがベリンダの過去について質問しなければならないのか？　そう思うと腹立たしかった。二人のあいだには、双方に利益をもたらす実務的な取り決めがあるだけではないか。

それでも、馬車の屋根を激しく打ちつづける雨音を聞いているうちに、にわかに気になりだしたことがあった。自分の知人やホワイツのクラブ仲間のうち、いったい誰がベリンダの純潔を買ったのだろう、という疑問だ。ハートフォード侯か？　あの放蕩者ならありうる。それともあの思いやりのない青年将校か。いつか結婚するからというあてにならない約束を信じて、惜しみなく処女を捧げたのだろうか？　考えているあいだに馬車はナイト館の門をくぐった。**そんなこと、おまえには関係ないだろう。気にしてもしようがない、どうでもいいことだ。ほうっておけ**――ホークスクリフは自分に言いきかせた。

いらだちと抑圧した情欲のためにうなり声を発しながら馬車を降り、正面扉までの道の水たまりをばしゃばしゃと渡る。こうこうと明かりのついた玄関ホールへ着くまでに、体はびしょ濡れに近い状態になっていた。戸口を入るか入らないかのうちに、廊下からベリンダが現れた。その物腰は優美で落ち着いている。

「まあ、こんなに濡れて、かわいそうに」

なんと美しいのだろう。ホークスクリフは息をのんだ。ベリンダの装いは控えめで優雅だった。淡い黄褐色の絹のドレス、首もとには乳白色の肌に映える真珠のチョーカー。亜麻色の髪は上げて束髪《シニヨン》にしている。すうっと近づいてきてサファイアを思わせる暗く煙った青色の目をなまめかしく輝かせた。ホークスクリフのようすから、疲れきっていることをひと目で見抜いた。

「お帰りなさい」ベリンダは革の書類入れをホークスクリフの手から取り、玄関の扉を閉めにきた執事に渡すと、「これを旦那さまの書斎に置いてきてちょうだい」と静かな声で指示した。

ウォルシュは礼をして「はい、かしこまりました」と答え、言いつけに従った。

なんだ、この素直な態度は。ホークスクリフは驚いて執事の後ろ姿を目で追い、それから用心深くベリンダを見た。ははあ、何かしたのだな、とすぐに察しがついた。だが彼女を観察していると胸が高鳴って、馬車の中で湧いてきた疑問の数々など、たちまち砂のごとくどこかへ吹っ飛んでしまった。

感覚に訴えかける圧倒的な存在感を前にして、単なる理性の力が勝てるはずがない――しなやかな歩き方、真珠のような光沢を放つ肌、クチナシの花の香り、シャンデリアのろうそくの光を受けて輝くうるおいのある唇。今まで出会った中でもっとも謎めいていて、もっとも魅惑的な女性だ。悲しいかな、ホークスクリフはその魅力に抗うだけで精一杯だった。

ベリンダはなだめるような微笑みを見せるとホークスクリフの背後に回り、濡れた上着を優しく脱がせた。「上着、お預かりするわね。お食事は？」

「飢え死にしそうだよ」うなるように答える。

「よかったわ。夕食は温めてありますから、こちらへいらして」彼女は向きを変え、落ち着いた態度で廊下の奥の晩餐室へ向かった。長い脚のまわりでドレスのすそがささやくように衣擦《きぬず》れの音を立てた。

ベリンダの心のこもった采配ぶりと、屋敷全体に感じられる変化。ホークスクリフはいささか戸惑ったが、あまりの空腹に深く考える余裕もなく、濡れた髪をかきあげて、とにかくあとについていった。マホガニーのテーブルの上座についたときには、よだれが出そうなほどだった。

ベリンダが指示すると、小間使いの一人が膝を曲げてお辞儀をし、支度をととのえるために足早に出ていった。サイドテーブルの上には氷を入れた容器が置かれ、白ワインが冷やしてある。ベリンダはそれをグラスについでいる。不思議だ。家を空けているあいだに、この屋敷で何が起きたのか？

いったいぜんたい、この娘は召使たちに何をしたのだろう？　今朝の時点では召使は皆、ベリンダのことを正真正銘のふしだらな女としか見ていなかったはずだ。なのに夜になったとたん、彼女の命令にきびきびと従うようになっているではないか。

ワインを持ってきたとき、ベリンダはホークスクリフの困惑した表情に気づき、苦笑した。

「あなたがお留守のあいだに、召使の主だった人たちを集めて話をしたの」

「教えてくれ。魔法か何かを使ったのか、それとも単なる賄賂か？」

「どちらでもないわ。ただ、ナイト館で働けることがどれだけ名誉なことかを言いきかせて、自分たちが旦那さまの行動について善悪を判断する立場にないことを気づかせたの。それから――まあ、何を言ったかはどうでもいいわ。要するに、わたしを侮ってはいけないと、召使たちにわかってもらえたというわけですわ……閣下」つつしみ深くお辞儀をすると、ベリンダは自分のためにワインをつぎに行った。

「それは、わたしに対する忠告でもあるのかな？」

穏やかな笑い声をあげると、ベリンダはテーブルに戻り、ホークスクリフの右隣の椅子に静かに腰を下ろした。「貴族院での会議はいかがでした?」

「頭がおかしくなりそうだったよ」ホークスクリフはパンをひと切れちぎってうなるように言った。

「あら? 何があったの?」

ホークスクリフはエルドン卿やシドマス卿と交わした議論について思いつくまま詳しく話し、さらに頭痛がいかにひどいかを訴えた。ベリンダは片手に頰をのせ、黙ってうなずきながら耳を傾けている。従僕が食事を運んでくるまでに、ホークスクリフは胸に鬱積していた不満のほとんどをぶちまけてすっきりし、食べる気になっていた。

銀の丸蓋がはずされると、皿の上には大好物がのっていた――子羊の骨なし肉の炭火焼にバターをたっぷり使った柔らかいアスパラガスのソテーをそえたものだ。肉料理に合わせて赤ワインがつがれると、ホークスクリフはさっそく食べはじめた。

ベリンダはワインを飲み、ろうそくの炎の先をじっと見つめている。「ロバート、議員をお招きする晩餐会の予定を立てなくてはならないわね」

「ん?」子羊の肉をむさぼるように食べながらホークスクリフは訊いた。

「招待客のリストを用意していただきたいの。早ければ早いほどいいわ。わたしだって、いつまでもここにいるわけじゃありませんから」ベリンダはあいまいな笑みを浮かべ、ワインをひと口飲んだ。

「本当にあの頑固なじいさんたちが、きみがその可愛いまつ毛をはためかせただけで、政見を変えると思うかい？」

「考えを変えさせるのはあなたの仕事よ、ロバート。わたしにできることは、議員の方々にあなたの話に耳を傾けさせるぐらい。殿方だけの晩餐会にしなくてはならないわね。わたしが女主人役をつとめるとなると、奥さまがたは当然、出席なさらないでしょうから。あなたの評判を守るために、ハリエットやその友人たちを招いて男性の相手をさせるのはやめにしましょう。でないと、ナイト館が売春宿になったなんて噂が立ちかねないわ」

「本当に、それでうまくいくかな？」

「まかせてちょうだい。招待客のリストを作ってくだされぱいいの。そこから先は、わたしが引き受けますから」

「なんだか怖くなってきたな」ホークスクリフはつぶやいた。

ベリンダはくすりと笑い、愛情を示すように腕に触れてきた。ホークスクリフは思わず微笑んだ。

デザートはアーモンドクリームをそえたキイチゴのタルトで、グラス一杯のブランデーとともに供された。極上の食事のおかげで、ホークスクリフは生き返った思いがした。両腕を頭の上にかかげて満足げに伸びをすると、大あくびをしそうになるのをあわてて抑える。

ベリンダは優しくホークスクリフの手をとった。「いらっしゃいな。あなたを驚かせようと思って、用意したものがあるの」

好奇心にかられて彼女を見る。「驚かせるものって、どんな？」

「今教えてしまったら意味がないでしょ、ロバート？　さ、おとなしくついてらっしゃい」

ホークスクリフはブランデーのグラスを取り上げ、手を引かれ、導かれるままに書斎へ入っていった。暖炉には小さな火がぱちぱちと音を立てて燃え、その晩の季節はずれの寒さを忘れさせた。部屋に足を踏み入れ、あたりを見まわす。また贈り物だろうか？　気分はかなりよくなっていたが、頭痛はまだ続いている。

「火を入れたんだけれど、かまわないわよね。こんな陰鬱な天気じゃ、きっと――」

「ああ、いいよ」ホークスクリフはつぶやいた。

「椅子にお座りになって」手を後ろで組んだベリンダは命令口調で言う。

ホークスクリフは喜々として従い、暖炉のそばに置かれた大きな革製のひじ掛け椅子に腰かけて待った。

「頭を後ろにもたせかけて、目を閉じて」

そのとおりにした。

ベリンダが室内を移動する音が聞こえる。それから静かになった。やがて、はじめはゆっくりとした優しいピアノの調べが流れてきた。ホークスクリフは目を開けて、演奏するベリンダの姿を見た。グラフのピアノを、主人の留守に調律させたらしい。

なんだ、人の私生活に干渉するつもりか。ほんの一瞬、彼女の差し出がましさにむかついたが、その怒りは続かなかった。流れてくる曲の出だしを聴いて、喜びが胸にこみあげてきたからだ。オペラ『フィガロの結婚』の中で恋に悩むケルビーノが甘く歌う小アリア〈恋とはどんなものかしら〉だった。
花嫁学校の生徒がかならず習う曲だな。楽譜をいっしんに見ながら真剣な顔で弾いているベリンダのようすが微笑ましかった。歌ってはもらえなかったが、ホークスクリフは歌詞を知っていた。

恋とはどんなものか　よくご存じのあなたがた
ぼくのこの胸にあるものが何か　教えてください……
不思議な胸のときめき　震えるほどにせつない願い
このうえなく幸せな気持ち　燃えるように熱い炎
凍てつく寒さにとらわれ　次には焼けつくような苦しみ
そして一瞬にして　ふたたび凍る思い
うっとりするような　幸せを探し求めるぼく
でもどこにも見つからない　それがなんなのかもわからない
思わずため息をもらし　嘆いてしまう
逃げたくなり　それでも追い求める
昼も夜もつきまとい　心安らかではいられない
ぼくを困らせ　悩ませるもの

恋とはどんなものか　よくご存じのあなたがた
ぼくのこの胸にあるものが何か　教えてください

ホークスクリフはひじ掛けにひじをつき、軽く握ったこぶしにあごをのせて、愛人がピアノを弾くのを眺め、純粋に楽しんだ。ベリンダの腕前がどうのこうのよりも、弾いてあげようという思いやりが嬉しかったのだ。

すばらしい贈り物だった。ホークスクリフは言われたとおり目を閉じ、頭を後ろに倒してゆったりとした姿勢になった。何もかもが心地よかった。

演奏が終わっても、目をつむったままでいた。ようやく完全にくつろぐことができた。暖炉のそばの大きな椅子にだらりと体をもたせかけていると、後ろに広がる書斎は音がこだまする黒々とした空洞にしか思えない。ホークスクリフは手に持った丸いブランデーグラスの脚を指ではさんで揺らした。

揺れる炎が、影に包まれていたホークスクリフの顔にオレンジ色の光を投げかけた。ベストのボタンははずしてある。髪に指を差し入れて、ずきずきする頭の痛みをやわらげようともみほぐしたので、髪がわずかに乱れた。まぶたが重くて目が開かない。そのとき、絹のドレスがさらさらいう音が聞こえ、ベリンダの香りがふわりと漂った。近づいてきたようだ。

「頭痛の具合はいかが？」うつろで暗い書斎の空間に、親密な気分を感じさせる穏やかな声が響いた。

「あいかわらずだ」ホークスクリフは目を閉じてじっとしたまま答えた。「なかなか上手に弾くね、ミス・ハミルトン」

「あなたには及ばないでしょう、すごくお上手と聞いたわ」

「もう腕がなまっているさ」

「どうしてお弾きにならないの？」

「時間がないからね」

柔らかなため息が聞こえた。「ロバート、人の心には音楽が必要よ。体に触れ合いが必要なのと同じようにね」手に持ったブランデーグラスをそっと取られたが、抗いはしなかった。ベリンダはホークスクリフの両脚をさらに開かせ、そのあいだに体を入れてしゃがみこむと、クラヴァットをほどきにかかった。だるそうに目を開けた彼は、ベリンダを見つめた。

どうしよう。抵抗すべきだろうか。「何をしているんだい、ミス・ハミルトン？」何が起こるのか、軽い好奇心をおぼえて訊いた。

「もっと心地よくさせてあげようと思って」

「なるほど」ホークスクリフはふたたび目を閉じ、糊のきいたクラヴァットの念入りに作られた結び目を女らしい指がほぐしていく独特の感覚を味わった。やがてクラヴァットが引っぱられ、首からするりと抜けた。

首を軽く愛撫され、糊づけされてぱりっとした白いシャツの一番上のボタンがはずされた。

「楽になった？」ベリンダはつぶやき、ホークスクリフの胸に置いた手をゆっくりと下に向かってすべらせた。

同意のうなり声とも、欲求のうめき声ともつかない声が出た。心臓の鼓動が激しくなっていたが、目は閉じていた。

ホークスクリフの肩に片手をおいたまま、ベリンダは椅子のまわりをさりげなく回り後ろに立った。その存在を強く意識せずにはいられなかった。髪を指ですかれたときには、全身が震えた。

「ミス・ハミルトン。今度は何をしようというんだい？」ホークスクリフは体を緊張させて訊いた。

「頭痛をやわらげてさしあげるわ。力を抜いて」

高まる欲望にいらだちながら言われたとおり力を抜こうとしていると、髪を優しく撫でられた。それでこちらがどんなにそそられるか、この娘はわかっていないのだろうか？

「どこが痛むの？　ここ？」ベリンダはささやいた。

「うむ」親指でうなじの左右のくぼみをぐっと押さえられた。まさにずきずき痛んでいるところだ。その親指は優しく辛抱強く円を描いて、首すじの凝った筋肉をもみほぐしていく。少しずつ、凝りがほぐれてきた。

時が過ぎた。

「ベリンダ」ついにホークスクリフはおそるおそる声をかけた。ひと言でも言葉を誤れば、この天にも昇る喜びを与えてもらえなくなるかもしれない。それが怖くて、礼儀正しい口調を心がけた。「今日、監獄で言っていたパリ行きの話、それから花嫁学校の先生だったという話だが――あれは本当なんだね？」

　首をさする手が止まった。「ロバートったら、困った人」穏やかにたしなめつつも、おどけた調子も感じられる声。「どうしてそんなことを？　二人の取り決めでは、わたしの過去についてあなたが根掘り葉掘り訊く権利はなかったはずでしょ」

「きみの過去といっても、妹に関わる話なら、わたしにも知る権利があるよ」

「ああ、それなら心配なさらないで。堕落させるようなことは吹きこんでいないから。その点、レディ・ジャシンダは無事よ。といっても、衝動的なところがあるのは確かね。それも、お母さまがいらっしゃらなくて、ご指導いただけないからなんでしょうけれど」

「わたしはわたしなりに、一所懸命やってきたつもりだが」ホークスクリフは言い訳がましく言った。

　ベリンダは静かに笑い、ホークスクリフの髪を指ですいた。「もちろん、一所懸命にやってこられたのはわかっているわ。すべての面でね。でもなんといっても、男性ですもの」意味ありげにささやく。

「質問をはぐらかしているだろう」

「そうね、どうしても知りたいとおっしゃるのなら。わたしはホール夫人の花嫁学校で一時、フランス語、音楽、歴史、立ち居ふるまいを教えていました。この……道に入る前の最後のまともな仕事だったわ」

ホークスクリフは目を閉じ、眉毛を掻いて、いらだちを抑えようとした。高級娼婦に肩をもんでもらうのはいいとして、花嫁学校の教師となると話は違う。

「ドルフのたくらみのせいで解雇されたの」ベリンダは続ける。「あの人、一カ月のあいだ毎日学校にやってきて、わたしに会わせてくれと言いつづけたわ。そしてついに、女性校長に、二人が愛人関係にあると信じこませたの——わたしが立派な女性でもなければ貞淑でもなく、生徒たちに悪い影響を与えるとね。けっきょくホール夫人は、わたしが生徒たちの品位にとって脅威で、〝素行〟が教え子たちの道徳観を低下させかねないという判断を下した。それで解雇になったの」

「ドルフが嘘をついていると、ホール夫人に訴えなかったのか？」

「もちろん訴えたわ。でも、レディ・ジャシンダを通じてホール夫人とおつき合いがおありならご存じでしょうけれど、融通のきかないところもある方ですから。学校の名声を保てるかどうか心配だったのね。でもわたしは、教え子の評判が、社交界にデビューする前から傷つくようなことがあってはならないと考えた。それで、あの子たちのために、あまりことを荒立てずに辞めたのよ」

「そのあと、どうしたんだね？」

「ハリエットの世話になって、それからあなたのところへ来たというわけ」

「なるほど」そう言いながらホークスクリフは、危険な領域に踏みこんでしまったことを警告するような微妙な雰囲気をベリンダの口調から感じとっていた。

「さて、旦那さま。そろそろ口を閉じて、このひとときを楽しんでくださいな。それともやめたほうがいいかしら？」

ホークスクリフは頭を後ろに傾け、恨めしそうな笑みを投げかけた。「もうひと言も言わないよ」

それに応えるような控えめな笑みを浮かべて、ベリンダは朝剃ったひげが伸びてざらざらになったホークスクリフの頬を優しく撫でた。「あなたって、りりしくてすてきよ、ロバート。しかめっ面をしていないときはね。さあ、頭を後ろに倒して」

言われたとおりにすると、ベリンダは黙ってホークスクリフの首と肩を撫でさすり、もみほぐしはじめた。驚いたことにこれがよく効いた。

「気持ちいい？」

「うむ」

ホークスクリフはしだいに、触れられる喜びにはまっていった。緊張が少しずつほぐれて楽になるのがわかる。

「そう、その調子よ」ベリンダはささやくと、温かい手を首すじにあて、長時間歯を食いしばって疲れたあごの下にかけて、巧みな手つきでゆっくりと撫でつづけた。

いいしれぬ快感に酔い、身も心もゆるんでいた。体をすべてベリンダにゆだねて、手の中でこねられる粘土になったかのようだ。閉じたまぶたの裏で、ホークスクリフは喜びを与える女《フィーユ・ド・ジョワ》とたわむれる自分を想像していた。その間《かん》、ベリンダはホークスクリフのこめかみを丁寧にさすり、指先で軽く額をなぞって、眉骨の下の小さなくぼみを押さえた。そこはもう鈍い痛みを感じるだけになっていた。

ベリンダの手が一瞬止まった――これで終わりか、という失望感がホークスクリフの全身に広がったが、勘違いだった。今度は指の関節を使って顔の両側から首へと軽く押しながら下がっていき、肩に到達するとシャツのボタンをさらに数個はずした。そしてシャツの中に両手を入れ、裸の胸を探検するように愛撫した。

欲望をかきたてられたホークスクリフは緊張し、胸を高鳴らせた。夢ではないだろうな。ああ、終わらないでくれ。そう思うと怖くて目が開けられなかった。残りのボタンがはずされ、柔らかな手がシャツの前を開いて両脇に押しやった。ひんやりとした空気が素肌に当たる。暖炉の熱が腹部に伝わり、股間を熱くした。

手がホークスクリフの肩に伸び、頬と頬が触れ合った。柔らかい肌。その手は胸から腹へ下りていく。優しくさぐるように触れられて、ホークスクリフの肌は身もだえするほどの渇望に燃え上がった。期待感が全身を熱く駆けめぐり、過去のどの愛人にも感じなかった欲求がみなぎってきた。**触れてくれ。そう、お願いだ。触れて、助けてくれ。**息を深く吸いこむ。椅子のひじ掛けを握りしめて次の動きを待った。

耳にキスされ、耳たぶを軽く舌でつつかれた。もうすっかりベリンダの魔力に魅入られていた。次の瞬間、黒いズボンの上から硬くなったものに手をあてがわれ、撫でられると、ホークスクリフは太ももを大きく広げた。心の底からの感謝のうめきを小さくもらす。

もしかするとベリンダは、やめてくれと言われるのを待っていたのかもしれない。だがホークスクリフは抗議するどころか、完全にとらわれの身になっていた。

胸が大きく上下していた。ますます激しくなる脈動。待ち構えていると、ズボンの前が開けられ、中まで手がすべりこんできた。

硬くそそり立ってすべすべしたものを握ったベリンダは「まあ、ロバート」と感激したようにささやき、根元から先端まで、くり返し愛撫した。

ホークスクリフはうめき、腰を上げた。もっと触れられたかった。ベリンダはそれに応えて彼のものをズボンから出し、撫でさすった。最初は軽く、しだいに強く。ホークスクリフの指は関節が白くなるほど握ったひじ掛けに食いこんだ。

ベリンダはこちらの表情を観察しているにちがいない。手の微妙な動きのひとつひとつにどんな反応を示すか確かめて、快感の度合いをはかっているのだな。娼婦の真骨頂というところか。舌の先で耳の曲線をなぞられると、気が変になりそうだった。

ホークスクリフは顔を傾けてベリンダの唇を求め、身震いしながらむさぼった。股間をさする手の動きはいつまでも続くかに思われた。だがその手が急に止まり、唇も離れた。ホークスクリフは目を開けた。まぶしくて目がかすむ。乱れた髪のあいだから、失望をあらわにしてベリンダを見上げる。まさか、これで終わりだなんて言わないでくれ。金ならいくらでも出す。

しかし、ベリンダは立ち去ろうとしたわけではなかった。椅子の前に回ってくるその姿を見て、ホークスクリフは浅ましくも安堵した。自分はこうなることを夢見ていたのだと気づいて驚きつつも、激しく求める思いでじっと見つめると、ベリンダも見つめ返してきた。美しいその顔は冷ややかに誘い、蘭の花を思わせる暗い青色の瞳には欲望が揺らめいていた。

ベリンダはホークスクリフのたくましい太ももに手をそえ、脚のあいだにゆっくりと膝をついた。ホークスクリフは恍惚となり、息をひそめて待った。これほど強い欲情をおぼえたことはかつてなかった。ベリンダは礼拝を捧げるうるわしい異教徒のように、ホークスクリフの裸の胸に手をすべらせ、そのあとを追うようにキスした。硬い胸毛に指を入れ、舌で乳首をかすめるように触れてくる。下のほうではいきり立ったものを握り、もてあそんでいる。

自分の幸運が信じられなかった。こちらから頼んでもいないし、金を払ってもいない。ベリンダはしなくてもいいことをしてくれている――つまりそれは、彼女が今欲しがっているのはホークスクリフの金ではなく、彼自身だということだ。

その驚きも、腹部へのキスが始まると消えうせ、恍惚感が押し寄せた。ベリンダはからかうように軽く、へそのまわりに舌を這わせたかと思うと、みずみずしいその唇を開いて、ゆっくりとためらいがちに、股間に屹立しているものの先端をくわえた。温かく、湿った感触。ホークスクリフはのけぞり、椅子に頭をあずけて歓喜のうめき声をあげ、ベリンダの髪に触れた。ベリンダは彼のものをいとおしそうに口に含み、その温かい手を根元まで勢いよく往復させながら、あちこちを優しく愛撫した。

高まる欲求にホークスクリフは激しくあえぎ、ベリンダの髪に指を入れてかきむしった。

あごを引き、彼女の頰を指の関節でそっと撫でながら見守る。欲望が嵐のごとく吹き荒れていた。なぜ――どうして――なんのために、長いあいだ、この喜びを拒みつづけてきたのか。自分でもわからなかった。

至福のときが数分間続いた。ベリンダは男子学生の夢に出てくる小悪魔を思わせるみだらな笑みを浮かべてホークスクリフを見上げ、屹立したものの上から下まで舌先を這わせた。なまめかしい、意味深長な目つき。そしてふたたび頭を下げて極度に敏感な先端に触れ、舌で何度も円を描くように愛撫した。

その動きも、まつ毛を上げて見つめる愛情のこもったつぶらな瞳も、どこか天真爛漫さを感じさせたが、思いがけないその未熟さによってホークスクリフの喜びはそこなわれるどころか、かえって増すばかりだった。手慣れた印象だったら興ざめだったかもしれない。実のところ、ベリンダにどうしようもなく惹かれていた。

どのぐらいの時間が経っただろう。ベリンダは体を引き、うるんだ目で誘いかけるように見つめてきた。ホークスクリフは狂おしいばかりの欲望をあらわにして見返した。今すぐスカートを持ち上げ、腰にまたがらせて抱きたいと思ったが、彼女には別の考えがあるらしく、膝をついたままホークスクリフの腰を抱え、その肌を爪で軽くなぞった。突然、ホークスクリフはベリンダの首すじをつかんで引き寄せると、荒々しく濃厚なキスを浴びせた。ベリンダは唇をむさぼられながら喜びの小さなうめき声をあげた。

ああ、こんなふうに彼女に口づけしたいと思っていた。最初に出会った夜から、ずっと。

誰の言いなりにもならず、何ものにも抑圧されずに、すべてを忘れて愛したかった。その高慢な外見を形づくる氷の結晶をすべて溶かすまで。火のような激しさで愛したかった。彼女の中の天使を解き放つことができるまで。

やがて椅子に押し戻されるようにしてキスを中断されたホークスクリフは、ベリンダの手をとり、お互いの指をからみ合わせ、「きみを抱きたい」とささやいた。

ベリンダは謎めいた冷ややかな微笑をかすかに浮かべて首を横に振った。「あなたが楽しんでくれればいいの」

ホークスクリフは抗うすべを知らなかった。ベリンダはふたたび頭を下げ、可憐な唇をさらに大きく開けて、今度は彼のものを喉の奥まで、その大きさにむせそうになりながら受け入れた。そして少しあごを引くと、いっしんに、明らかに新たな目的をもってしゃぶりはじめた。ホークスクリフは目を閉じてされるがままにまかせた。

長いこと女性と接していなかっただけに、そう長くはかからなかった。恍惚のうめきが部屋に響きはじめると、若く美しい娼婦は口を離し、熱く柔らかい手を使ってホークスクリフを絶頂に導いた。高く放たれた精が彼の胸と腹にかかる。

「ああ、ベリンダ」最後にホークスクリフはあえぎ声を発し、ぐったりと椅子にくずれ落ちた。

時間の経過も、ベリンダが立ち上がる動きもほとんど意識になかった。ふと気づくと、彼女がさっきほどいたモスリンのクラヴァットを取り上げ、意味ありげな目で妖艶に微笑みながらホークスクリフの腹の上にほうり投げた。

「すっきりされたかしら、公爵？」

ホークスクリフはひと声、憔悴した笑いをもらした。ベリンダは彼のグラスに残ったブランデーを優雅に飲みほすと、濡れたクラヴァットを平然とつまみ上げ、暖炉の火の中にぽいと投げ捨てた。

衝撃を受けながらも感嘆して、ホークスクリフはベリンダを見つめていた。満たされて、指ひとつ動かす気になれない。

なんという女性だろう。

ベリンダは無言でホークスクリフのもとへ戻り、ズボンの前をふたたびとめた。そして彼の胸と肩を指先でけだるげに撫でつつ、そばについていてくれた。目は伏せたままだ。

「ここでおやすみになる？　毛布を持ってきましょうか？」

ホークスクリフはベリンダの手首をそっとつかんで体を引き寄せ、膝の上にのせた。ウエストに片腕を回して逃げられないようにする。乱れた髪を耳の後ろにかきあげたとき、ベリンダの目に不安が見え隠れしているのに気づいた。

「どうしてあんなことを？」優しく訊く。

「あなたに必要だと思ったからよ。気に入っていただけなかった？」ベリンダは急に身構えるような態度になって訊いた。

「いや、とてもよかったよ」ホークスクリフはかすれ声で笑い、はっきりと答えた。「いやじゃなかったのかい？」

「ばかをおっしゃい。最初に会った夜からずっと、娼婦としてのわたしの技量を疑っていたじゃないの。だからあなたに思い知らせてやろうと思って」ベリンダはホークスクリフの腕の中で緊張しながらも、高飛車な口調で言った。

ホークスクリフは穏やかに笑い、ベリンダの頰に軽くキスした。「確かに、疑いは晴れたよ、ミス・ハミルトン。わたしに思い知らせたいと思ったら、いつでも好きなときにそうしてくれてかまわないからね」

ベリンダはまつ毛を伏せて微笑んだ。体が硬くなり、警戒している。ホークスクリフは彼女の頰や首のくびれに鼻をすり寄せ、緊張をやわらげようとした。温かく、抱き心地のよい体だ。二人はしばらくそのままでいた。

「わたし、うまくできたかしら、ロバート？」やがてベリンダが恥ずかしそうに訊いた。

「正直に答えてね。本当のことを言ってかまわないから」

その質問のばかばかしさに笑いだしそうになったホークスクリフだが、次の言葉を聞いて体の動きをぴたりと止めた。「だって、ほら、わたし――今まで一度も――」

なんだって。愕然として目を見張る。

「よくなかったのね？」顔色を読んでベリンダは体をこわばらせた。

「いや、すばらしかったよ。こっちへおいで、可愛い人」ホークスクリフはささやいてベリンダの顔を両手で優しくはさみ、軽いキスで心配そうな表情を封じた。キスはしだいに深くなっていき、ベリンダは唇を開け、舌の感触を味わわせてくれるようになった。あろうことか、ホークスクリフは彼女の言葉を信じた。だが、初めての贈り物を捧げる相手としてなぜ自分が選ばれたのか？　キスしながら彼は震えていた。なめらかでふっくらしたベリンダの唇に自分の唇を重ね、その息を自分の肺に吸いこみ、かすかなため息を舌でとらえる。その瞬間、彼女がこの世のすべてだった。崇拝し、酔いしれて我を失い、無我夢中で口づけを味わった。

甘美で濃密なひととき。ホークスクリフはその唇によって、言葉にならないあらゆる思いを伝えていた。ベリンダは抱擁の中に溶けこみ、彼の髪を指ですきながら性急にキスを返しはじめた。欲望が芽生えてきたらしい。まるで薔薇の固いつぼみが太陽のふんだんな熱によって徐々にほころびていくかのようだ。

手でベリンダの首すじをたどったホークスクリフは、そこにキスしたくてたまらなくなったが、彼女の甘い唇から逃れることができない。執拗にではあるが優しく唇を求め、淡い金髪を愛撫する――ああ、きみはわたしに何をしようとしているんだ？

唇が離れたのは数分後だった。ベリンダの息が荒くなっていた。体を引き、ホークスクリフを見つめる。青いすみれ色の瞳は傷つきやすく、何かにとりつかれているかのようだ。ホークスクリフは柔らかな頬の曲線を指でなぞった。「わたしと寝てくれ。お返しがしたいんだ――」

「いいえ。おやすみなさい、ロバート。失礼するわ」ベリンダはホークスクリフの腕の中で身をよじったが、強く抱きすくめられた。中途半端にもがくようすを、彼はうっとり見つめて微笑んでいる。

「ここにいなさい。わたしの腕の中で眠ればいい」ホークスクリフはベリンダの顔を両手ではさみ、上体を傾けてふたたびキスした。だがベリンダはするりと逃げ、衣擦れの音を立てながら足早に書斎を出ていった。

扉が閉まった。ホークスクリフは眉をひそめ、あとを追うべきかどうか迷ったが、けっきょくやめた。どんな理由があるにせよ、ベリンダは今、これ以上体に触れられたくないのだろう。だとしたら、下手にことを進めて失敗するのはごめんだ。今までに出会ったどの女性よりも、男性を寄せつけないすべを知っているベリンダ。彼女が周囲にめぐらせた壁をよじ登り、築き上げた要塞を攻略し、心の中にそびえる象牙の塔を占領するのに、騎士は何をすればいい？　ホークスクリフは物思いにふけった。寂しさがつのる。とりとめもなく書斎の中を見まわしていると、調律したピアノに目がとまった。そうだ。ベリンダの感覚に訴えかけ、喜ばせることができる方法がほかにある。

「人の心には音楽が必要よ。体に触れ合いが必要なのと同じようにね」花嫁学校の教師までつとめた聡明な高級娼婦か。ホークスクリフは悲しげに微笑んだ。

革製のひじ掛け椅子から立ち上がるのはひと苦労だった。シャツもベストもはだけ、裸の胸をさらしたまま、指をぽきぽき鳴らしつつピアノのほうへ歩いていく。

長椅子にぐったりと腰を下ろし、ピアノの蓋を開けた。心のどこかでずっと忘れていた奇妙な懐古のうずきをおぼえたが、ためらいがちに一鍵の鍵盤に触れてみる。その寂しげな音色が心の奥にある井戸の底まで響きわたったように感じられた。ベリンダがわたしに触れられたくないのなら、代わりに音楽の贈り物をあげよう。

指先に触れる象牙の鍵盤はなめらかだった。ホークスクリフはいったん手を止め、目を閉じると、自分がもっとも愛する曲を記憶の中から呼び起こした。そして二人のために願った

——ピアノを弾く手を通じて自分の心を伝えるすべをまだ憶えていますようにと。

衝撃だった。混乱のあまり涙が出そうになるのをこらえながら、ベリンダはガウンに着替え、インドシュスボクで作られた洗面台に駆け寄った。

あんなキスをしてしまうなんて。どうしよう。

水差しから洗面器に水を注ぐ手が震えていた。水差しを脇に置き、前かがみになって寝る前の洗顔を始め、顔を少し強すぎるぐらいにごしごしこすった。見えない敵と戦う者が抱くえたいの知れない絶望で、心はひどく動揺していた。

自分の行為が信じられなかった。まるで本物の、根っからの売春婦のように、ホークスクリフ公爵にあんなことをしてしまった。でも彼はとても……美しかった。されるがままになっている姿が、精を放ったときのようすが、そして終わったあと、黒々とした目に宿った明るいかすみのような満足感まで、何もかも美しかった。あんな行為に及んだ理由がなんだったのか、自分でもよくわからない。でも、自分の力を見せつけたいという欲求があったのか

もしれない。わたしを娼婦として見下げているあの人に思い知らせてやりたい気持ちがあったのかもしれない――気づかなかったでしょうけれど、わたしは、あなたの聖人君子ぶった仮面を剝がすすべをちゃんと知っているのよ、と。

自分がホークスクリフにどこまでしてあげられるか味わわせて、単なるおとりとしてでなく、一個の人間として見てもらいたかった。あるいは少なくとも、本当の愛人になる価値がある女性と認めさせたかった。そして彼が自分で思うほど清く正しくもなく、ベリンダと比べて特に高潔な人間というわけでもないと悟らせてやる必要があった。だから彼を誘惑するしかなかったのだ。

だったら、何を恐れることがあるの？　公爵にちやほやされる、高価な愛人としてのわたしの地位はもう揺るがない。お金もたくさんもらえるだろう。すっかり気に入られて、ドルフの一件が片づいたあとも愛人としてそばにいてほしいと言われるかもしれない。でもホークスクリフは、もう二度とわたしを尊敬することはない。あんなことをしたあとでは。

わたしも自分自身を尊敬できない。もう、骨の髄まで本物の娼婦になってしまったにちがいない。だって、なぜか少しも後悔していないもの。自分の手の中の彼のものの感触。その力強さ、熱っぽさ、なめらかさ、味わい。キスをしたとき、触れたときの反応。

最初、相手を征服しようと思って始めたことだった。しかし無防備なまでに渇望をあらわにするホークスクリフの姿に触れて、自分自身の心の恐ろしいほどの孤独に気づいた――彼の力強さと優しさを求めて泣き叫ぶ、心の空洞を思い知らされただけだった。そして最後には、自分の力を見せつけるという目的はすっかり忘れてしまった。キスして、奉仕して、喜びを与えるだけで満足をおぼえた。危険な兆候だった。

ロバート。ベリンダは身震いをし、目を固くつぶった。愛をつかまえておけないのと同じように、水は指のすきまを伝ってしたたり落ちた。洗面台から離れると、黙ったまま身をよじって胃を押さえ、巨大な波となって体の痛みのように押し寄せる、彼を求めてやまない孤独と闘った。

ホークスクリフに知られてはいけない。こんな思いを抱いてはいけない。高級娼婦が人を愛してしまったら、破滅するしかないのだから。

ベリンダはベッドにたどりつき、体を横たえた。目の上に腕を押しあて、あふれそうになる涙をとどめようとする。

そのとき、最初の旋律が階下から流れてきた。頼りなげな、探りを入れるような調べ。ハリエットの家であの夜、二人が最初に交わしたキスを思わせる。ベリンダは息をつめて耳を傾けた。ホークスクリフの奏でるピアノだ。その魅惑的な調べはたちまち部屋を満たし、ベリンダを包みこんだ。彼女はひとつひとつの音にしがみつくように聞き入った。まるで自分の人生がそれにかかっているかのように。

なんと見事な演奏だろう。ベリンダがとうてい弾きこなせないほど高度な技巧を要するソナタで、優しく、悲しみに沈んで、ゆっくりとした旋律が続いたかと思うと、突如として壮大で複雑な音の連なりに変わる。ベートーベンならではの音楽だった。そうだわ。これは、ホークスクリフが語りかけているのだ。わたしだけに――思わず喜びの笑い声が唇からもれた。それとは別に、涙がせきを切ったように流れ出した。

予期せぬできごとだった。ついに、冷淡な高級娼婦の星ベリンダは、一人の男性に初めて、離れた部屋にいながら触れることを許したのだった。

10

二週間あまりが経った。その日、ベリンダはボンド通りの仕立屋で鏡の前に立っていた。きびきびと立ち働くフランス人の裁縫師は、美しきハミルトン嬢のために仕立てた新しい夜会服の仮縫いをしていた。まばゆいばかりに華麗な淡青色《アイスブルー》の絹のドレスで、ハート形に深くくられた襟ぐりからは胸の谷間がのぞいている。まぎれもなく、男を喜ばせるみだらな女のための服だった。

ウエストの位置は高めですっきりした輪郭に仕上がっている。スカートの腰の部分をととのえる裁縫師の手を目で追いながら、ベリンダは考えこまずにはいられなかった。あくまで仮の姿のつもりだったけれど、外見はすっかり本物の高級娼婦になっている。それでもこの役割を演じる中で、それまで経験したことのない豊かな喜びを発見していた。

頭の中はホークスクリフへの思いでいっぱいだった。

「これ、公爵はきっとお気に召しますわよ、マドモワゼル」フランス人の裁縫師はつぶやいた。その黒い目は自らの作品に対する静かな誇りで輝いていた。

「ええ、そうね」ベリンダは裁縫師の腕に感嘆して認めた。大胆に開いた胸元を見せたときのホークスクリフの表情を早く目にしたくてたまらなかった。

「特別な催しですか？」

「リージェント通りのアーガイル・ルームでね」

「晩餐会用ですね？」

「晩餐会用はピンクのドレス。これは『快楽主義者の舞踏会』のときに着るの」

ともに過ごした書斎でのひとときは以来、ホークスクリフとのあいだには名も知らぬ花の柔らかい緑の新芽のごとく、新たに小さな奇跡が生まれていた。ベリンダは、安心できる暮しとはどんなものか、幸せとはどんなものか、忘れていたのだ。

二人の芝居は続いていた――社交行事、演奏会、夜会、ヴォクスホール・ガーデン、ピカデリー・サロン、演劇、オペラ、公園。ホークスクリフはもう、ドルフやレディ・コールドフェルについて話さなくなった。ベリンダもその話題を避けていた。二人の契約の期限である八月一日がもうすぐやってくると知っていたからで、その日が来る前に、愛人としていつまでも残ってほしいと言われることを望んでいた。

ベリンダの住むきわめて不完全な世界にとって、それは完璧な解決策――というより、おそらく唯一の解決策だったろう。もう二度と良家の子女には戻れないし、かといって二人の計画が完了したあと、別のパトロンを探す気にはとうていなれない。誠実が身上の堅苦しい公爵。あの人の半分でも信頼できる庇護者が新たに見つかる可能性がどれだけあるというのか？　それに、わたしはホークスクリフを幸せにするすべを身につけつつある気がする。

新聞によると、ホークスクリフは先日、貴族院での本会議中、特にこれといった理由もないのに声をあげて笑ったらしい。また、決議のさいに投票場所を間違えて、ほかの議員の笑いを誘った。けっきょく、議長席の前で賛否を再投票することになったという。

先週、ミック・ブレーデンがベリンダに会いたいと言って訪れたが、ホークスクリフは面会を許さなかった――だがこのできごとも、不当な扱いをされたというより、彼に守られていると感じた。自分でも驚きだった。

書斎で分かち合った親密な経験の再現はなかったが、二人の関係の何もかもが変わった。ゆっくりとではあるが確実に、お互いの仮面をはずし、偽りの演技をやめて、確固たる友情を育みつつあるように思われた。

加えて、ベリンダの銀行口座には、父親を債務者監獄から出すために必要な三〇〇〇ポンドに対して、七五〇ポンドという金額が貯まっていた。

パリっ子の裁縫師に質問されて、ベリンダははっと我に返った。「マダム・ジュリアはいかがお過ごしです？　おきれいな方ですよね。最近、お見かけしませんけど」

「また妊娠したんですって」ベリンダは秘密めいた口調でつぶやくように言った。

裁縫師は手をとめて上を向いた。口をあんぐり開けている。「あらまあ！　確か、お子さんはこれで五人目？」

「六人よ――今度はネイピア大佐とのあいだにできた子なの」

裁縫師はくぐもった小声でつぶやいた。うつむいて待ち針をくわえているのだ。「マドモワゼル、あなた、お気をつけなさいよ」

「ええ、もちろん。大丈夫よ」ベルはきっぱりと言った。避妊については、ハリエットから徹底的に教えこまれていた。糸巻きの糸をつけた小さな海綿《スポンジ》を挿入するもので、月経周期の知識と組み合わせて用いるのが妊娠を防ぐ唯一の方法だった。

これは男女双方の快感をそこなわない避妊法としてヨーロッパ大陸で考案され、英国では経験豊富な産科医が、妊娠すると危険とされる病弱な女性向けにすすめていたほどだ。ほかに、ヤギの腸で作られた男性が装着する避妊具も手に入れようと思えばできたが、ハリエットによると、自尊心のある高級娼婦は使いたがらないという。ベリンダは、その手の避妊具そのものが気持ち悪かったので、かえって幸いだった。一方、避妊に失敗してしまった場合は民間療法があり、麦角《ばっかく》、アロエ、鉛を調合した薬で堕ろすことができると教わっていた。「子どもが六人！《レ・シ・ザンファン》」裁縫師は口の中でつぶやいた。「そんなに産んで、どうしてあの体形を保てるのか、わからないわ《ジュ・ヌ・セ・パ》」

裁縫師が数カ所に待ち針を打ち終えたあと、ベリンダは更衣室へ戻って注意深くドレスを脱ぎ、軍服風のさっそうとした昼用の服に着替えた。ドレスは白いモスリンで、その上に濃紺のブロード生地で作った、ぴったりとした袖の短か丈の上着をはおる。上着には真鍮のボタンと金色の肩章があしらわれている。

恐ろしく高価な舞踏会用ドレスのため、ベリンダは銀行小切手を慎重に書いた。ホークスクリフが銀行口座に、新たに二五〇ポンドを振り込んでくれていると思うと嬉しかった——

彼にしてあげたことの報酬としてではなく、衣装代は二人の取り決めの一部なのだ。

仕立屋を出て、自分用の黒い優雅な二頭立ての馬車へ向かって歩く。自分が一〇〇ポンドを国債に投資したことを誇らしく思っていた。金利は年五分で、増えていく速度はゆっくりだが、貯蓄を始めただけでもよしとしなければならない。ベリンダは、パトロンに対する感謝のしるしとしてときおり、ささやかではあるが、心のこもった贈り物をするのを忘れなかった。今日も仕立屋へ行く前に、携帯用の銀製フラスコを受け取ってきた。フラスコの表面には、銀細工師に頼んで皮肉できわどい献辞を彫ってもらってある。

ロバートへ、キスとともに
閣下は今後　ブラックジャックのゲームに
唇を湿してとりかかられますよう
征服されて幸せな　あなたのベリンダより
一八一四年　六月

この心ばかりの品に酒をそえればすてきな贈り物になる。ちょうど、ホークスクリフの弟で私掠船《しりゃくせん》（戦時に敵船捕獲免許を得た民有武装船）の船長であるジャック卿が、フランスの闇市で手に入れて送ってよこした上等なブランデーが一ケースある。馬車の扉を開けた馬丁のウィリアムに、ベリンダは今日買い求めたさまざまな品が入った包みを渡し、荷物入れに入れておくよう指示した。

混雑した通りの向こう側にふと目をやると、四輪馬車の中に座っているドルフ・ブレッキンリッジの姿が見えた。両切りの葉巻を吸いながらこちらをじっと見ている。目を合わせて帽子を傾けることも、薄気味悪い笑みを見せることもせず、ただ凝視しているだけで、近づいてくる気配もない。ずっとあそこにいて、仕立屋の窓越しにわたしと裁縫師のようすを見ていたのだろうか――つけねらわれる獲物の本能のように、ベリンダの背すじに冷たいものが走った。

「さあ、家にお送りしましょう」ウィリアムもドルフに気づいて、神経を尖らせてうながした。しかしベリンダは首を横に振り、気持ちを引きしめた。監獄の所長から逃げなかったわたしですもの。ドルフ・ブレッキンリッジからも絶対に逃げたりはしない。あわててナイト館に逃げ帰るのはいやだった。用事はまだすんでいないのだ。

「いいえ、ウィリアム。ハリエット・ウィルソンのところに連れていってちょうだい」ホークスクリフから入金があったからには、ハリエットにその二割を支払いに行かなければならない。どうか接客中でありませんように。最後にゆっくり話をしてから、ずいぶんになる。

馬車が動きだしても、ドルフは依然として同じ場所に座ったままあとを追いかけようともせず、ただ見守っていた。ベリンダはひとまず安堵のため息をつき、ふたたび前に目を向けた。度重なる夜の外出でいささか疲れていた。めまぐるしい社交生活から解放されてひと休みしたかったが、今夜はワーテルローの戦いにおけるプロイセン王国の英雄、ブリュッヘル将軍の訪英を祝う野外演奏会を聴きに行く予定で、そのあとパーティに出席することになっている。でも、疲れたなどと言ってはいられない。ホークスクリフと一緒に出かけられると考えただけでわくわくし、幸せな気分になるのだった。

二頭の黒馬は意気揚々と馬車を引き、こみ合った道路を進んでいく。ベリンダは窓から外を眺め、道行く人々の視線に無表情を保っていた。人々は馬車を目で追う。まるで彼女が誰であるかわかっているかのようだ。

たぶん、わかっているのだろう。

おそるおそる後方を見ると、ドルフが四輪馬車でつけてきている。といっても、配達用の荷馬車とバルーシュ型馬車をあいだにはさんではいたが。ベリンダはぞっとして、また前を向いた。ようやくウィリアムがハリエットの家の前にゆっくりと馬車を停めた。ドルフは少し離れた場所に自分の馬車を停め、ベリンダを見張りつづけた。ウィリアムが御者席から飛び降り、玄関へ行ってベリンダの来訪を告げ、ハリエットが時間をとれるかどうか確かめた。下っ端の大柄な従僕の一人が出てきたのを見て、ドルフがそう遠くないところにいるものの、馬車の外に出ても安全だとベリンダは判断した。馬車を降り、急いで玄関へ向かって歩きだすと、ハリエットが戸口に姿を現した。

情緒不安定な男にしつこくつきまとわれているのが恥ずかしく、ベリンダはドルフの存在を知らせることはせず、快活な笑顔を作ってハリエットに挨拶した。小柄な高級娼婦の女王は息をのみ、いつものおどけたようすはどこへやら、ベリンダの馬車と馬に対するあからさまな羨望をあらわにして声をあげた。

「馬車をお目にかけるのは初めてでしたっけ？」ベリンダは微笑みながら訊いて歩道を渡った。「もうとっくにお見せしたと思っていたわ。ね、元気そうでしょ、わたし？」

「さすが一流の娼婦《ラ・グランド・クルティザンヌ》ね！」ハリエットは鈴を転がすような声で笑い、愛情をこめてベリンダを抱擁した。「あなたもこの馬車もあまりにすてきで、うらやましいったらないわ！　さあ、中に入ってお茶でも飲みましょう」

その誘いにベリンダは喜んで応じた。

ほどなく二人はソファに向かい合わせに座り、膝の上の受け皿にティーカップを器用にのせてくつろいでいた。「可愛いベル。あなたって娘は、ロンドンじゅうの注目の的ね」ハリエットは言った。数週間前、ホークスクリフが大胆な提案をした応接間だった。「あの公爵をものにするとはね！　わたしがもし同じぐらいの歳だったら、あなたを憎んだことでしょうね。でも今だからこそ、あなたの成功が、母親みたいに誇らしい気持ちよ。ホークスクリフ公爵と美しきミス・ハミルトン！　世間は二人の噂で持ちきりだわ。で、教えてちょうだい。どうなの、公爵は？」ハリエットはベリンダにちらりと鋭い一瞥をくれて訊いた。

「お元気ですわ。最初のころよりずいぶん生き生きしているみたいで――」

「違うわよ、おばかさん。ベッドではどうなの、って訊いてるの」

「ハリエットったら！」ベリンダは顔を真っ赤にして笑いだした。二人の関係が実際どうなのか、ハリエットでさえ知らないのだ。

「あれだけお堅そうに見える人だから、ベッドのお相手としては退屈そのものか、でなければおかしな趣味の持ち主かね。それで、どっちなの？」

あきれ返ったベリンダは何か言おうと口を開いたが、言葉が出てこない。

「ほら、白状しちゃいなさいよ、ベル！　誰にも言わないから」

「いいえ、言うにきまってます。まずアーガイル公爵やハートフォード侯爵に伝わるでしょうし、気がつけば議会の貴族院でも庶民院でも、ホークスクリフのすぐれた……能力について議論が戦わされているにちがいないわ」

ハリエットは楽しげに笑い、ソファにもたれかかった。「まあ、もしかしたら正真正銘の聖人君子なのかもしれないわね」ため息をつき、考えこむように視線を落とした。「ベル。さぞかし居心地がいいでしょうね。公爵はお金持ちだし、権力もあるし、顔立ちもすごくすてきだし、寛大で、それに加えてベッドでも巧みというんだから。でも正直言って、あなたのことが心配なの」

「なぜ？　わたしが理想的な状況にあるってことはおわかりでしょ」

「理想的すぎるのよ」ハリエットは頭を振った。「公爵を見るときのあなたの目つきが気になるの。自分のパトロンに魅力を感じるのは結構だし、愛着を抱いたって不思議じゃない。だけど、あなたのために言っておくわ。一番大事な原則を、どうか忘れないでちょうだい」

二人はじっと見つめ合った。

ベリンダはもちろん、その原則を憶えていた――**けっして人を愛してはいけない。**

ベリンダは自分の紅茶に目を落とした。「もちろん忘れないわ、ハリエット」

「ベル？　わたしを見てちょうだい、ベル。すねてるの？」

「いいえ、ただ――」ほとばしるように言葉が出た。「どうしてそんな原則ができてしまったんでしょう？　なぜわたしたち、人を愛してはいけないの？」

「なぜって、駆け引きに負けることになるからよ！　最初に告白した側が負けなの、わかるでしょ。わたしの身に起きたことがそのいい例よ」

「何が起きたんですか？　だって、英国で一番もてはやされている女《ひと》なのに――」

「わたしは、麗しきポンソンビー卿に何もかも捧げていたのに、その心を見事に打ち砕かれた。あの人、けっきょく奥さんのもとへ戻ってわたしを裏切ったの。それ以来、どんな愛人とつき合っても嫌悪感しか湧かなくなったわ。それでも相手を楽しませつづけなくてはならない。そういう生き方しか知らないんですもの。考えてみれば、みじめよね」ハリエットは暖炉に目をやり、芝居がかったため息をついた。「あなたに同じ思いを味わわせたくないのよ、ベル。きれいで、陽気で、残酷な女でいればいいの。絶対に愛しちゃだめ」

「でも、ハリエット」ベリンダは言い返した。「ブレッシントン卿はマルグリットと結婚なさったじゃない――」

「そんな話、聞きたくない」ハリエットは不機嫌そうにぴしゃりと言った。「マルグリットのような高級娼婦一人に対して、一〇〇〇人もの仲間が最後は無一文になって、どん底の生活をしているのよ」

「どん底ですって！」

「わたしだって、そうなるかもしれない。こんなに借金取りに追い回されているようではね」

「まさか。ハリエットったら、ウースター侯爵とすぐにでも結婚できるでしょうに」

「あの人は優しいおばかさんなのよ」ハリエットは残念そうなため息をもらした。「あの人が好きだからこそ、求婚されても応じられないわ。身分違いの結婚は、侯爵のためにも、わたしのためにもならないってわかっているからよ」

「侯爵のほうが年下とはいえ、あなたを愛してらっしゃることは周知の事実でしょう」

「愛ですって？」ハリエットは悲しげな表情で、その手をベリンダの頬に置いた。「愛だのなんだの、たわごとはもうたくさん。あなたを呪われた人生に引きずりこんでしまったことで心が揺れてるんだから。そのせいであなたが破滅するのを見たくない。わたしが一五歳で、この世界に入りたてのころに犯したのと同じ間違いをしてほしくないのよ。ホークスクリフ公爵は確かにすてきな方。でもいつかは去っていくでしょうね。ブレッシントン卿の場合はマルグリットと結婚したころ、議会で力を発揮していたわけではないから」

反発する気持ちでいらだちながらも、ベリンダは黙って床を眺めていた。

「ベル？」ハリエットがうながすように訊いた。「結婚してレディ・ブレッシントンとなったマルグリットの人生が、それほど幸せだと思ってるの？　だとしたら大間違いよ。上流社会の貴婦人たちは誰もマルグリットを受け入れようとしない――言葉ひとつかけないの、彼女が申し分のないふるまいをしていてもね。もしホークスクリフ公爵に結婚を申し込ませるところまでもっていけたとしても、その醜聞によって、政治家としての彼の前途は台無し。あなたが公爵から政治家人生を奪って、職務より恋愛を優先させる道を選ばせたら、彼はきっとひどく後悔する。そして最後にはあなたを軽蔑するようになるでしょうね。そうしたら、あなたはどうなると思う？」

「おっしゃるとおりだと思うわ。でも、ホークスクリフはほかの人とは違うんです。心がまっすぐで思いやりがあって、本当に気高い――」

「もうたくさん！」ハリエットはかんしゃくを起こして叫んだ。ソファから跳び上がって両手で耳をふさぐ。「あなた、自分で自分を破滅させようとしてるわ。ホークスクリフに執着するのはおやめなさい。もらえるものはもらっておいて、あなたに飽きてきた兆候が見えたらすぐにでも別れられるよう、心構えをしておきなさい」

「でも、そんな冷たい――」

「それが現実なのよ。生き残るにはどうしたらいいかを、教えてあげてるの」

ベリンダは失望のため息をつき、ハリエットの手をとった。「どうか怒らないで、ハリエット。わたし、できるだけやってみます。いつもあなたの助言のとおりにしてるんですから」議論を終わらせるためだけについた嘘だった。

ハリエットだって、すべてがわかっているわけじゃない。ベリンダは反発をおぼえていた。普通の状況なら、あの原則は正しいかもしれない。でもホークスクリフとわたしの関係は普通とは違う。

ベリンダがハンドバッグを開け、ホークスクリフからの振り込み額の二割である五〇ポンドの小切手を書くまで、ハリエットはむっとしていたが、小切手を見て気持ちがやわらいだようだ。二人はほかの話をして残りの時間を過ごした。ベリンダがいとまを告げて馬車に戻ってみると、ドルフはいなくなっていた。ウィリアムによるとなんの問題も起こさなかったという。

馬車はナイト館へ向かって走りだした。ベリンダは何度か後ろの窓を振り返って道路の周辺を探し、ドルフが近くで待ち伏せしていないかを確かめて、今のところ大丈夫だとわかってようやく安心できた。あごをこぶしの上にのせて窓から外を眺めつつ、ハリエットにはわかるはずがない、と自分に言いきかせる。ホークスクリフは、ウィルソン姉妹のまわりに群がる怠惰で自己中心的な紳士たちとは違うのだ。

リージェント通りとビーク通りの辻にさしかかったとき、雑踏の中、突然目に飛びこんできたのは、よく見知ったふたつの小さな顔だった。オレンジ売りをしていた日々がよみがえった。八歳のいたずら坊主トミーは愛嬌をふりまきながら、シルクハットをかぶった紳士が渡る道路を掃き掃除している。そしてその一歩後ろで九歳の兄アンドルーが、なんと、紳士に対してすりを働いている！

ベリンダが合図用のひもを力いっぱい引いたので、ウィリアムはすぐさま馬車を止めた。扉を開けてもらうのも待たずに馬車から飛び降りると、ベリンダは二人の少年のいる角につかつかと歩み寄り、それぞれの片耳をつかんだ。ぐいぐい引っぱって、二人を馬車まで連れていこうとする。

「ちょっと、お姉さん！　放してよ！」

「わたしよ、おばかさん！　見てわからないの？」

「ミス・ベル？」トミーが叫んだ。口をぽかんと開けて呆然としている。

「何してるの？　絞首刑にされたい？　馬車の中に入りなさい！　今すぐよ！」

「はい、わかりました」

「はい、ミス・ベル」

真っ青になり、急にしゅんとした二人はあわてて馬車の中に転がりこんだ。

目は怒りに燃えながらも、ベリンダの心臓は恐怖で激しく打っていた。アンドルーがすりを働いたのを誰かに見られなかっただろうか。馬車に乗りこみ、少年たちの向かいに座る。

車内には垢にまみれた体のむっとするような臭いが充満している。座席は一人掛けなのに、栄養不良でやせっぽちの二人の体はそこにすっぽりおさまっていた。

ベリンダは胸の前で腕を組み、二人をにらみつけると、「あなたたちにはあきれて、ものも言えないわ。さ、よこしなさい」と言って片手を突き出した。

アンドルーは座席の上で体をくねらせ、金色の懐中時計を取り出した。

「信じられない。なんて悪い子なの。これを盗んだのを誰かに見られたらどうなるか、わからない？」

二人は不安そうな顔を見合わせた。

「そのとおり」ベリンダは厳しい調子で言った。「監獄へ行くことになるのよ」

「ミス・ベル、監獄じゃ、ご飯を食べさせてくれる？」アンドルーが訊いた。

「見当違いのことを言うものじゃないわ」ベリンダは声を荒らげた。少年の質問に胸が痛み、憐憫の情を隠しきれなかった。抱きしめてやりたい衝動にかられたが、心を鬼にして叱らなくてはならない。悪の道に走る言い訳を与えてしまったらおしまいだからだ。二人をまた路上に追いやるなど、とてもできない。

アンドルーはうなだれた。「ごめんなさい、ミス・ベル」

「反省していることはわかりました」ベリンダは厳しい声音を変えない。「もう二度と盗みはしないわね。でも、二度と飢えることはないわ。トミー、アンドルー、あなたたちの面倒をちゃんとみてくれるところに連れていってあげる」

「どんなところ？」アンドルーがたちまち警戒心をあらわにして訊いた。

「学校よ」

トミーは眉をつり上げた。「学校？」

ベリンダは力強くうなずいてみせた。決心はついていた。次に作らせる予定だった夜会服の注文を取り消せばいい。二人の少年に住む場所と清潔な服、そして食べ物を与えてやるつもりだった。そのために国債に投資した金を引き出さなくてはならないとしても。

「学校なんて、行きたくねえよ」アンドルーは少し間をおいてから、しかめっ面で言った。

「それでもかまわないわ」ベリンダは応えた。

「なんでもうオレンジ売り、やらなくなったの？」トミーがかん高い声で訊く。

「ミス・ベルのきれいな服を見ればわかるだろ。いかがわしい仕事をしてるからさ」ずっと苦労してきた兄らしくアンドルーが答えた。

ベリンダは不意をつかれ、あっけにとられてアンドルーを見た。そして屈辱のあまり死にたくなり、口をきっと結んで顔をそむけた。そうだ。売春宿でしばらく過ごしたこの子たちは、すべてを見て知っているんだわ。それでも、ベリンダが売春をするのはよくて、自分たちが盗みをするのがだめなのはなぜか、と二人が訊いてこなかったのは心底ありがたかった。どう答えていいかわからなかったからだ。自分の問題にかまけて、この哀れな少年たちを一カ月以上もほうっておいたことで、罪悪感にさいなまれた。

ベリンダは身を乗り出し、エッジウェア通りからパディントンへ回るよう御者のウィリアムに指示した。ホール夫人の花嫁学校で教えていたころ知ったことだが、そこには王立慈善協会が出資した慈善学校があるという。校長を説得すればきっと、帰るべき家のないこの浮浪児たちを受け入れてもらえるだろう。

目指す学校に着いた。ベリンダは二人が逃げないよう、それぞれの手をしっかり握り、決然とした態度で、れんが造りの低層の校舎へと連れていった。

彼女たちが入っていくと、秘書はあわてふためいた。ベリンダは校長との面会を申し込み、応接室でかしこまって座っている少年たちから目を離さないよう秘書に頼んだ。校長室に案内されたベリンダは、そわそわしながら数分待った。だが、校長が入ってくると、姿勢を正し、落ち着きはらって超然とした態度で顔を上げた。校長はやせこけた顔にかぎ鼻の小柄な男性だった。おせっかい焼きといった印象だ。

「お待たせして申し訳ありませんでした、お嬢さん。わたくし、ウェブと申します。どんなご用件ですかな？」鼻にかかった仰々しい声で節をつけて言う。

「ウェブさん、お時間をいただきありがとうございます。こちらの学校に入学させていただきたい男の子が二人いるのですが、その件でまいりました」

ウェブ校長は口をへの字に結んだ。「あいにく、ほぼ定員いっぱいになっておりまして。お子さんがたは、この教区の生まれですか？」

ベリンダはためらった。

「お子さんがたの出生証明書はお持ちになっておられますよね、ミス――」

「ハミルトンです。ベリンダ・ハミルトンと申します」

校長は左眉をつり上げた。

しまった。姓名を名乗った瞬間、ベリンダは心の中で自分を罵った。

自分がロンドンでは有名な、または悪名高き存在であることは知っていた。だが、慈善学校の校長にまで名前を知られているなどと誰が想像するだろう？

ウェブ校長は首をかしげ、不機嫌な小鳥を思わせる目つきでベリンダをじろじろ見ながら、「あなたはそのお子さんがたとどういうご関係です？」と疑わしそうに訊いた。

「友だちです。ウェブさん、あの子たちには住む家が必要なんです。路上で生活してきて、食べるものもなく――」

「ちょっと待ってください」校長はさえぎった。「路上で生活していたですと？　そんな子は、わたくしどもの学校にふさわしいとはとうてい思えませんな、ミス・ハミルトン。ほかの生徒に悪影響を及ぼす子どもたちに、入学を許可するわけにはいきません」

「校長先生！」ベリンダは動揺して叫んだ。「あの子たちは誰にも悪影響を及ぼしたりなどしませんわ」

「この学校には孤児も在籍しています。しかしどの生徒も、貧しくともちゃんとした家庭の出身ですよ。今日お連れになった子どもたちはきっと不幸な境遇なのでしょうが、出生証明書をご提出いただけないのなら、こちらとしては受け入れる義務はありませんな」

「最初にはっきりご説明しなかったのがいけなかったんですね」ベリンダはとっておきの笑顔を作った。「入学金と生活費はわたしが負担します。本当に可愛くていい子たちなんです。のちに仕事につけるよう教育を受けさせて、少ししつけてやる必要があるだけで――」

「ミス・ハミルトン」校長はまた話の腰を折った。「あのたぐいの子たちはこの学校では歓迎されないのです。あなたのような女性もです」

ベリンダは一瞬あっけにとられた。「わたしのような？　わたしと関係があるからといって、子どもたちが非難されなければならないいわれはありませんわ」

「ここは立派なキリスト教系の学校ですぞ、ミス・ハミルトン。そう言えばおわかりいただけるでしょう」

「そうですか。キリスト教の精神に反しているように思えますけれど。イエス・キリストは、売春婦の友人をお持ちでしたよね？」

「おひきとりください」校長は冷たく言い放った。

「ウェブさん、あの子たちを絞首台送りにしてもいいのですか？」

「子どもを道徳的に正しく導くのは両親の役目です」

「あの子たちに両親はいないんです。知り合いの大人はわたしだけで」

「メリルボーン救貧院が受け入れてくれるでしょう」

　ベリンダは罵倒の言葉をかみ殺した。「家のない子たちを救貧院に入れるにしのびないのです。費用を余分にお支払いしますから――」

「ミス・ハミルトン。わたくしどもは、あなたからのお金は、出所を考えると受け取るわけにはいきません」

「ウェブさん、じゃあいったいどうすればいいとおっしゃるんです？　あの子たちをほうり出してまた路上で生活させることなどできませんわ」

「なら、ご自分でお世話なさったらどうです」校長はベリンダの高価なドレスに独善的な目を走らせ、それから窓の外の贅沢な馬車を見やった。「そのぐらいの余裕はおありになるでしょう」

　ベリンダは憤慨して立ち上がった。あまりの屈辱に言葉も出ない。ドレスをひるがえして向きを変え、狭い校長室を飛び出した。

「アンドルー、トミー、行きましょう」二人の手を引き、あごをつんと高く上げて歩きだしたが、屈辱ではらわたが煮えくり返る思いだった。背後から校長の非難がましい視線が注がれるのを感じていた。ベリンダは少年たちを馬車に乗せ、ナイト館に戻るよう、燃える怒りを押し隠した冷たい口調でウィリアムに命じた。胸の前で腕を組み、窓の外を眺めていると、その無言の怒りにおびえた少年たちから心配そうに顔を見られた。

「ぼくたちのこと、学校に入れたくないって言われたの、ミス・ベル？」トミーがおそるおそる訊いた。

「そうじゃないのよ、トミー。空きがなかっただけ」落ち着いた口調を心がける。「心配しなくていいのよ。何もかもうまくいくから」

実はあなたたちのこと、どうしていいかわからないの。

少年たちをナイト館に連れていったりしたら、ホークスクリフは脳卒中を起こしかねない。だが、ほかに何ができるというのか？　ただ考えてみると、二人が館にいることをホークスクリフに知らせる必要はないのではないか。二人にそれぞれ仕事を与えて、食い扶持を稼がせる。アンドルーには犬の世話を、トミーには調理場で下働きをさせればいい。それ以外にうまくいきそうな手だてはなかった。

ナイト館に着いてから、ベリンダはウィリアムに少年たちの世話に協力してくれるよう頼みこんだ。自分自身、幼いころ煙突掃除人をする貧しい生活を経験しただけに、ウィリアムは喜んで引き受けた。陽気でおおらかな女性料理人も、二人をすぐに受け入れた。どうやら優しい祖母のように、二人の食事の面倒をみて可愛がることに幸せを感じるらしかった。

汚れ放題で血の気がなく、目ばかりが目立つ二人の顔を代わる代わる見ながら、ベリンダは新たに始まる暮らしについて説明し、きっぱりと言いわたした――たとえ砂糖ひとかけらでも盗んだら、このわたしがお尻を引っぱたきますからね。二人にとってはニューゲート監獄に入れられたあげく絞首刑になるより、ベリンダに叩かれるほうがましだ。悪習は断ち切らねばならない。

使用人寮には空いている場所がたっぷりあった。暖炉のそばに簡易寝台が二台、あっというまにととのえられた。格式ばった屋敷に足を踏み入れたその瞬間から、元気のいい二人の少年は召使たちを魅了した。小間使いの一人が満面に笑みをたたえ、少年たちのための清潔な服を急いで探しにいった。五人の息子だけでなく、数えきれないほどの男性使用人を育ててきたナイト館のこと、屋根裏部屋の衣装箱には不要になった服がたくさんしまわれており、一部はまだ十分に着られる状態だった。

執事のウォルシュによると、ホークスクリフ公爵はこの間《かん》ずっと、人との打ち合わせで書斎にこもっていたという。ウォルシュは恐怖におびえ、苦りきった表情だ。とはいえ、愛人が浮浪児を連れ帰ったことに対して主人がなんと言うかについては意見をさしひかえた。一方、料理人はみすぼらしい二人のために昨日のシチューの残りを温めていた。戸惑いながらもようやく食事にありつけて嬉しさいっぱいの二人ががつがつと食べはじめたとき、ベリンダは大柄で有能な料理人に心からの感謝をこめた笑顔を向けた。料理人も青い目を輝かせて微笑み返した。

ひと安心したベリンダは自分の部屋に戻った。いつまでも怒りを引きずるのはよくないとわかっていたが、慈善学校の校長の無礼に対する腹立ちがおさまらなかった。一日じゅうロンドン市内を歩きまわって疲れてもいたし、少々埃をかぶった気がして、扉のそばに取りつけられた呼び鈴のひもを引くと、さっそくやってきた小間使いに風呂の支度を言いつけた。

入浴と休息こそ、今夜のパーティにそなえて必要なものだった。まずは更衣室に入って増えつつある手持ちのドレスを見まわし、何を着ていこうかと考える。

三〇分もしないうちに、ベリンダは薔薇の樹液で香りをつけた熱い風呂につかっていた。組んだ足首を浴槽のふちにかけてくつろげば、天国にいる気分だ。湯気が色濃く立ちのぼり、まとめて上げた髪から顔にこぼれた巻き毛を濡らした。貴重なメッカバルサムの透明なクリームを顔と首にすりこむと、顔色がふたたび生気を取り戻した。ワインをひと口すすってため息をつき、浴槽に頭をもたせかけて、心配事を忘れようとつとめた。どのぐらい時間が経っただろう。扉をコツコツと勢いよく叩く音がして、深いくつろぎの中にいたベリンダを現実に引きもどした。

「ベリンダ、ホークスクリフだ」

ベリンダははっと息をのんで目を見開き、浴槽の中で身を起こしたが、公爵はごく事務的に、さっさと中に入ってきた。

「晩餐会のことなんだが――」ホークスクリフは口をつぐんだ。ベリンダは息もつけずに、ただ彼を見つめている。

意味ありげで官能的な笑みがゆっくりとホークスクリフの顔全体に広がった。「おや、これはこれは」扉を後ろ手に閉め、鍵をかけると、魅力的な微笑みを投げかける。「わたしという男は、絶好の機会にめぐり会える能力にかけては天才的だな」

ベリンダは頬を鮮やかな薔薇色に染め、神経質そうな笑顔を見せた。少年たちを屋敷から追い出せと言いに来たのではないかと心配でたまらない。だがホークスクリフは今のところ、こちらの体を鑑賞することにしか興味がないようだ。その好奇の視線を避けようと、ベリンダは浴槽に沈みこみ、石鹸の泡を集めて体を隠した。世慣れた高級娼婦ということになっているから、恥ずかしがっているのを悟られてはまずい。だが、実のところ男性と二人きりでひとつ部屋の中、裸でいた経験は一度もなかった。

「あの、何かご用でしたかしら、旦那さま?」

「たった今、用ができた」ホークスクリフはいたずらっぽい笑みを浮かべて言った。

ベリンダは淑女らしく顔をしかめてみせた。ホークスクリフは悦に入ったようすでのんびりと近づいてきた。おそらく書斎で仕事に没頭していたのだろう。ベストのボタンをはずし、白いシャツの袖はまくり上げている。

浴槽の近くまで来ると彼は前かがみになり、ベリンダのあごをとらえて唇に軽いキスをしてからつぶやいた。「可愛いお嬢さん、しゃれたフラスコをありがとう。大切にするよ」べリンダの鼻の先をつつく。「これからも、ずっとね」

ベリンダは身を引いて微笑んだ。安堵の気持ちが全身に広がる。ホークスクリフがここへ来た目的のひとつが贈り物の礼を言うためだったとしたら、少年たちのことはまだ知らないのかもしれない。

「どうしていつも、わたしにいろいろなものを買ってくれるんだい？」すぐ横のベッドの端に腰かけると、ホークスクリフは訊いた。

「そうするのが嬉しいからよ」

ホークスクリフは不思議そうに頭を振った。「そういえば、晩餐会のことだ。招待客リストにもう一名加えなくてはならなくなった」

「摂政皇太子じゃないわよね？」ベリンダは目を丸くし、恐ろしげにささやいた。すでに晩餐会の席順を決めるのにひと苦労していたからだ。招待客には公爵や子爵などに混じって、生まれこそ卑しいが政府の要人に出世した人物もいるため、地位も爵位も考慮に入れる必要がある。誰の自尊心も傷つけないよう気をつかって、うまく配置しなくてはならなかった。

「いや、コールドフェル伯爵だ」とホークスクリフ。

「えっ？」ベリンダは驚いて、浴槽の横の小さなテーブルにワイングラスを置いた。

「ああ、お招きするのはちょっとどうかと思うかもしれないが、我が家とのつき合いは長い方だからね。コールドフェル伯爵は、わたしが伯爵夫人に抱いていた思いを絶対に行動に移さないとわかっておられたんだ。それに、ドルフに対する疑惑を最初に持ち出して、調べるための手がかりを教えてくれたのは伯爵だよ」

ベリンダは厳粛な表情でうなずいた。「伯爵はわたしたちのお芝居についてご存じなの?」

「いや。芝居は二人だけの小さな秘密だよ」ホークスクリフは小声で言い、魅力的な笑みを見せた。ベリンダも微笑み返した。

「さっきまで書斎でお話しされていた方がコールドフェル伯爵だったのね」

湯に浮かんで光っている石鹸の泡に目をやりながら、ホークスクリフは手を振って否定した。「いや、クライヴ・グリフォンだ。またわたしを悩ませにやってきたのさ」

「どういう方?」

「夢見がちな若き理想主義者で、庶民院議員になりたいから便宜をはかってくれとわたしに頼みこんでいるんだ」

「あら、そうなの?」

「わたしが管轄している選挙区で、議席がひとつ空いているところがあるのさ。グリフォンはそれをねらっているんだ」

ベリンダは片方の眉をつり上げた。「〝懐中選挙区〟のこと?」

「まあ、俗にはそう言うようだな」ホークスクリフは尊大な口調で言った。

「なるほどね」当たりさわりのない話題になったので、ベリンダは足首を組みかえ、満足げに足先を伸ばした。「では閣下、その種の選挙区をいくつお持ちなの?」

ホークスクリフは面白がってベリンダの足を見ている。「紳士はそういうことは語らないものだよ」

「ばかな！」

「六つだ」

　ベリンダはびっくりして公爵を見上げた。「六つですって！」

「まあ確かに、多いね」彼はきまり悪そうに言ったが、その目は輝いている。「といっても、デヴォンシャー公爵は七つ持っているよ」

「あなたたち公爵は、なんにでも首を突っこまないと気がすまないの？　活動の場はホワイツと貴族院だけにとどめておけないのかしら？　庶民院議員は選挙で選ばれることになっているはずよ」

　ホークスクリフは肩をすくめた。「わたしが獲得した選挙区じゃない。相続しただけだ」ベリンダの脚を見つめながら背を後ろにそらし、両手で体を支えた。ベリンダはもう、ゆっくり鑑賞されてもかまわないという気持ちになっていた。「実はね」ホークスクリフはぼんやりとした口調でふたたび話しだした。「アレックを議員として押しこもうとしているんだが、承知してくれないんだ。賭けごとと女にしか関心がないから」

「アレック卿は政治家向きという感じじゃないわね」

「しかし、あのグリフォンという青年は逆に……熱心すぎる」

「政治家って、そういうものでしょ」

「やつは大それた考えを持っていてね」

「急進党員じゃないといいけれど」

「政党には属していないんだ」

「興味を引かれているようね」

ホークスクリフはまた肩をすくめて、「刑法を改革せよ――この主張はわかる。だが、議会の改革となると？」と言い、首を振った。「改革はけっして起こらないだろう……起こったほうがいいのかもしれないがね」

「いつかあなたも、ホイッグ党に鞍替えする気になるかもしれないわね」眉根を寄せて悩んでいるホークスクリフの表情が面白い。「グリフォンさんに機会を与えてさしあげたらどう？」

「経歴から言えば議員にふさわしいことは認めるよ。判事の息子で、法律に関する知識はあるんだ。だが、若すぎる」

「アレック卿だってそうよ。若いという意味では、あなたもそう――」

「べリンダ」ホークスクリフは低く親しげな声でさえぎった。

「なあに？」けだるげに腕を洗いながらべリンダは訊いた。

「裸の女性が目の前で風呂に入っているというのに、政治の話はもうこれ以上、一秒だって続けるつもりはないよ。どんな男だって、そんな自制心はない」

べリンダは浴槽のふちに両ひじを垂らし、茶目っ気たっぷりに微笑んだ。「誘惑しようとしているの、ホークスクリフ？」

「その努力はしているよ」

「わたしがお風呂に入っているあいだじゅう、そこに座ってぽかんと眺めているつもり？」

「かまわないかな？」

「それより、少しは役に立ってほしいわ。こちらへ来て背中を洗ってちょうだい」

　ホークスクリフは上体を起こし、眉をつり上げた。「それはご招待かね？」

「というより、命令かしらね」

「なるほど」ホークスクリフはベッドから下り、浴槽をゆっくり回ってベリンダの後ろにやってきた。その姿を横目で追うベリンダの心臓は激しく高鳴りはじめた。「きみは……じらすのがお得意なんだな」ホークスクリフはつぶやいた。

「じらすですって？　まさか、あなたに惹かれているのに」

「わたしも同じ気持ちだよ、ミス・ハミルトン。喜んで、背中を流させていただこう」ホークスクリフはそばにあるひじ掛け椅子の足置き台を引き出して座った。

　彼は浴槽に手を入れて湯に浮かんだ石鹸を追いまわし、ようやくつかんだ。そのとき、脇腹に触れられてベリンダは身震いしたが、背中を丸めて彼のほうに向けた。

　耳元で動くホークスクリフの口。「まるでいたずらっ子だな」

「話していいという許可は与えたかしら？」ベリンダは喉の奥からあだっぽい声を出した。

「奴隷よ、背中を洗いなさい、今すぐ」

　肌に当たった唇が微笑むのがわかった。肩にキスされたのだ。

「これは新たな発見だ」ホークスクリフはベリンダの背中に石鹸をこすりつけながらつぶやいた。「ぼくのほうがきみをおもちゃにできると思っていたのにな」

「こする向きが反対よ、おばかさん」

「もうおしゃべりはやめなさい、優秀な愛の奴隷に逃げられたくないのなら」

ベリンダは微笑み、背中を洗いやすいように前かがみになった。ゆっくりと肌の上をすべるホークスクリフの手の動きは巧みで繊細だ。

「とっても上手よ、ロバート」背骨の上から下へと指先でなぞられて、ベリンダは心地よげな声を出した。

「恐れ入ります、マダム」ホークスクリフはベリンダの脇腹を愛撫し、自分の指のあいだから石鹸の泡をしぼり出しながら肩を優しくもみ、うっとりするようなひとときをもたらした。触れられて、すべての緊張がほぐれていくのがベリンダにもわかった。「腕も洗ってさしあげましょうか、ミス・ハミルトン？」耳元でささやく声。

ベリンダはホークスクリフの広い肩に頭をゆらりともたせかけた。けだるげに微笑み、彼の腕の中でとろけるような快感を味わいつつ、体をずらす。「洗わせてください、っておっしゃい」

「洗わせてください」ホークスクリフはかすれ声でくり返した。

「いいわよ」

ホークスクリフは浴槽の脇にしゃがみこみ、いっしんに腕を洗いはじめた。黒々と光るその髪は、立ちのぼる湯気にあたって小さい巻き毛の束になっている。

ベリンダは腕に石鹸が塗りつけられていくのを感じながら肩越しに手を伸ばし、ホークスクリフのクラヴァットをほどき、首のまわりにかけたままにした。シャツのボタンを数個はずし、肌つやのよい胸に触れて感嘆する。手を上げて彼の頬にあて、熱っぽいまなざしで見つめて引き寄せ、キスを求めた。

硬い感触の唇がなめらかで温かいベリンダの唇と重ね合わされた。ベリンダは優しく撫でる舌使いでホークスクリフの唇を押し開け、飢えたようにむさぼった。ホークスクリフは喉の奥からくぐもった声をもらし、彼女の腕の下に手を伸ばして乳房を包んだ。ベリンダはうめいて、彼に体をあずけた。肌に触れる手の感触がなんともいえない興奮を呼ぶ。重みのある乳房をもむ手はこのうえなく優しい。石鹸だらけの指が乳首のまわりをゆっくりと、なめらかに何度もなぞり、めまいをもたらした。

快感のあまり陶然としたベリンダはキスしていたことも忘れ、ただ目を閉じてその感覚を楽しんだ。全身に広がる熱のせいで手足がとろけてしまう。ホークスクリフは手でベリンダの体のあちこちを探検しながら、唇を味わいつづけた。ベリンダは体を弓なりにそらし、手のひらで乳房をもみしだかれるにまかせた。なんの恐れもなかった。信頼とあふれんばかりの喜びがあるだけだ。なぜなら、ロバート、相手があなただからよ。わたしを守ってくれるあなただから。

ホークスクリフは浴槽の外、ベリンダの横で膝をつき、ひじより上の部分まで湯につけた。

まくり上げたシャツの袖を濡らしつつ、彼女の腰と太ももの形にそって大きく優しい手をすべらせる。

「信じられない。こんなに完璧な体があるなんて」ホークスクリフが耳元でささやく。「きみに触れることを夢見ていたんだ。だけど、想像していたよりもっとすてきだ……この肌は……極上の絹のようだ」

「ああ、ロバート。お願い」ベリンダは息もつけないほどの欲求にもだえ、うめき声をもらすと、目を閉じて頭を彼の胸にもたせかけた。

「どうしてほしいんだい？　教えてくれ」

ベリンダは恥知らずな女になって、湯の中でホークスクリフの手をつかみ、脚のあいだに導いた。自分のみだらなふるまいに、胸の鼓動が激しくなった。

「うむ、そうだろうね」ホークスクリフはつぶやき、そこに軽い愛撫を加えた。弾ける快感に火がつき、喜びが虹のように全身に広がった。「だが、まずお嬢さんのお風呂をすませなくてはね」

ベリンダはじれったそうにうめいたが、されるがままにまかせた。ホークスクリフは左腕にそってのんびりと洗っていき、手に到達した。頭を下げ、手の甲にキスする。ベリンダが手を返すと、ホークスクリフは手のひらにキスし、手首にも唇を軽く触れて、渇望もあらわに彼女の目を見つめた。

「そのきれいな脚を洗ってもよろしいでしょうか、ミス・ハミルトン？」

「あなたが……シャツを脱いでくれればね」ベリンダは息を殺して大胆に言い返した。

ホークスクリフはうっすらと笑みを浮かべた。「ああ、そうしよう」目を合わせたまま、ベストを脱ぎ、ほどけたクラヴァットを首からはずした。

ベリンダは唇を噛んで見守った。ホークスクリフが白いローン地のシャツを頭から脱ぐと、まず引きしまった腹部が、次に筋肉質の広い胸が現れた。シャツを後ろに投げた勢いで、腕全体の筋肉が波打った。

触れてみたいという欲求に勝てず、ベリンダはホークスクリフの温かい肩に手をあて、鋼《はがね》のような筋肉と光沢のある肌の、男らしい魅力を味わった。うすく毛が生えている胸の真ん中から下向きに指を走らせ、輪郭のはっきりした腹部のくぼみを指先でたどり、ズボンのウエストベルトに行きつく。前の部分に指を引っかけると、いたずらっぽい目つきでホークスクリフを見上げた。

ホークスクリフはベリンダを見つめた。黒い瞳には嵐が吹き荒れている。

胸を高鳴らせ、微笑みを浮かべながら、ベリンダは浴槽のふちにもたれかかった。「とってもすてきよ」

ホークスクリフはにっこり笑ったかと思うと湯の中に手を突っこんでベリンダのふくらはぎをつかみ、腹の底から低いうなり声を出した。触れられたことで手足に戦慄が走り、欲望をかきたてられたベリンダは、息を弾ませて笑った。ホークスクリフに石鹸を渡して、ふくらはぎに泡がこすりつけられるさまを見守る。次に、曲げた膝頭へのキス。

「きみの脚は本当にすばらしいよ、ミス・ハミルトン」

ベリンダは微笑んだ。片手に頬をのせて見つめていると、ホークスクリフは左脚を念入りに洗ったあと、足を手の上にのせて優しく握ったり、こすったりしてもみほぐしはじめた。土踏まずを親指で押されると、痛みを伴う心地よい刺激が頭のてっぺんにまで達した。ホークスクリフは右足も同じようにもんだあと足裏にとりかかり、ベリンダがくすぐったさのあまり体をくねらせて笑いだし、身もだえするまで撫でつづけた。それから右足をすすいで湯から出し、足の甲にキスをした。

ベリンダは目を大きく見開いた。「ロバート、なんてこと」

ホークスクリフは物憂げでいたずらっぽい微笑みを見せた。その口から発せられる穏やかでゆったりした言葉は心を落ち着かせてくれた。「望んでいるんじゃないのか、足にキスしてくれる男を？　きみの歩く地面を賛美してくれる男を？　そんな男が自分にふさわしいと信じて求めているんだろう、ベリンダ？」

ベリンダはすっかり魅了されて、ただ見つめることしかできない。ホークスクリフは欲望のくすぶるまなざしを注ぎ、足首の内側を舌でなぞると、頭をかがめていとおしそうに足に口づけを浴びせた。ベリンダはうっとりとして、脚を愛撫するホークスクリフの肩や腕、胸の筋肉のしなやかな動きを眺めた。

唇が太ももまで上ってきた。ふたたび顔を上げたホークスクリフと目が合ったときには、ベリンダの胸は欲望で大きく上下していた。「立ってくれ、ベリンダ」ホークスクリフのかすれた声。

その言葉に従う以外、考えられなかった。水滴をしたたらせながらふらつく脚で立ち上がると、うずくような興奮が体のすみずみにまで伝わった。浴槽のそばにしゃがんだホークスクリフは、火明かりの中で薔薇色に輝くベリンダの体を見上げた。肌寒い空気にさらされてすっかり興奮した乳房がつんと立ち、乳輪はふくらんで色濃くなっている。乳首は触れてもらいたくてうずいていた。

心奪われ、畏敬の念を抱いた男の目をしてホークスクリフはささやいた。「一人の男がどんなに金を積んでも、これほど美しいものを手に入れることはできない」

ロバート、とうめくような声で呼んだベリンダは、彼の肩に手を伸ばして体を支えた。腰をそっとつかまれ、お腹に口づけされた。黒髪に指を差し入れながら、ベリンダは自分が恐れていないことに驚いていた。彼の手がお尻にあてられ、顔が下腹部に近づいた。茂みは高級娼婦のたしなみとして、きれいに切りそろえられている。その上のほうを唇がかすめた。

ホークスクリフの温かい息がかかり、もっとも敏感な中心の部分に心地よく浸透してゆく。ベリンダは背中を弓なりにそらした。入浴後の肌はすでに乾きはじめていたが、太ももの奥は濡れていた。無駄な努力とわかってはいたが、冷静にものを考えようとあがく。

「こんなこと、取り決めにはなかったわ」弱々しい声で言う。

「ああ、わかってる。わかってるよ」ホークスクリフは下腹に唇をすり寄せた。「きみを味わいたい」許しを待たずに頭をかがめ、ヴィーナスの丘に大胆なキスをした。

ベリンダはうめいた。親指で軽く触れられたあと、やや強く撫でられた。快感に耐えきれなくなったところで舌による愛撫が始まる。言いしれない恍惚感に彼女は酔い、叫んだ。

キスはさらに濃厚になっていった。硬くなった小さなつぼみを舌でそっとなぞられて、欲望がいっきにほとばしった。ベリンダはホークスクリフの濃い黒髪に指を差し入れてかき乱し、蒸気で光るたくましい肩に手をついて倒れそうな体を支えた。

ハリエットとファニーからこの行為について聞いてはいたが、まさか――まさか、こんな喜びをもたらすものだとは。今まで味わったどんな快楽もはるかに及ばなかった。

やがてホークスクリフは、ベリンダに右足を上げて浴槽のふちにのせるよううながし、広げられた脚のあいだで移動しながら、舌を激しく動かした。敏感な部分を片手で愛撫したあと、指を彼女の中に入れる。下腹につけた唇からうなり声がもれた。

「なんてきついんだ。まるで処女みたいだ」

その言葉にベリンダは苦笑しそうになったが、次の瞬間、花芯を荒々しく吸われ、頭の中の何かがふわっと浮き上がり、驚きやすい鳥の群れのようにどこかへ飛び去ってしまった。女体の入口に入っていく二本の指。しだいに高まる喜びに、うめき声が激しい叫びに変わる。ベリンダは頭を後ろに倒し、ホークスクリフの肩を必死につかみ、彼に合わせて動いた。体内で熱い嵐がうねり、芯まで揺さぶられる。とどろきわたる歓喜が腕を伝わり、頭まで突き抜ける。絶頂に震え、翻弄された。稲妻に切り裂かれたかのような、めくるめく快感に全身を貫かれた。雨のごとくしたたる蜜を残らずすすられて、ベリンダは叫び、あえぎ、朦朧とする意識の中で、彼の肩にしなだれかかった。体じゅうの力が抜けきっていた。

ベリンダはホークスクリフにしがみついた。「ああ、ロバート」

絶頂の波がしだいに引いていく。ホークスクリフは立ち上がり、ベリンダを腕に抱きかかえてベッドまで運ぶと、上掛けを引きはがして体を横たえた。今度は自分の快楽を追求するつもりだろうと緊張して、ベリンダは顔を上げた。しかしそうではなく、毛布をかけてくれただけだった。

ホークスクリフはベッドの端に腰かけ、両手をついて体をかがめ、ベリンダにそっとキスをした。そして目を閉じ、自分の額を彼女の額に重ねた。そのたくましい体の中で燃える欲望を抑えこむために葛藤しているにちがいない。

「ああ。わたしたちはいったい、何をしてるんだ?」彼はかすれ声でささやくように訊いた。

「わからないわ」ベリンダは彼の体に腕を回した。

ホークスクリフの唇はベリンダの名を欲求のうめきとともにつぶやくと、頭を下げて彼女の首に口づけた。喉のまわりに唇を這わせ、キスでおおう。「いつかわたしがこうなるとわかっていたんだろう? きみの魅力には抗えないはずだから、ただ待っていればいい、と」

ベリンダはホークスクリフの髪をすくように指を動かし、熱い喜びに身をゆだねて目を閉じた。「それでよかったの、ロバート? 幸せな気分になれた?」

「幸せすぎて、怖いぐらいだよ」彼は急に目を開け、ベリンダの目をじっと見つめた。「わたしはずっと一人ぼっちだった。でも、ベリンダ。きみと一緒にいると、大地が歌い、星が踊っているように感じられる。そして、退屈な自分もそれほど嫌じゃなくなるんだ」

驚きだった。ベリンダはいとしいホークスクリフの顔を両手ではさみ、あふれそうになる涙をこらえながら微笑んだ。「まあ、ロバート。あなたに退屈するなんて、ありえないわ。何度言えばわかるのかしら？」

寂しげな笑みをわずかに浮かべて、ホークスクリフは身を引いた。その黒い目は長いまつ毛の下で夕焼けのように輝いている。

愛しているわ――ベリンダは言葉に出して伝えたかった――**わたしの人生を変えてくれたあなた。**だが、勇気がなかった。

ホークスクリフは最後にため息をついてしぶしぶ体を起こし、立ち上がってベッドを離れた。

ベリンダはひじをついて、暖炉の火明かりがホークスクリフのなめらかで力強い背中を照らすのを眺めて楽しんだ。「どこへ行くの、あなた？」

「ブリュッヘル将軍のパーティに出席するのに着替えないと。そばにいないと寂しいかい？」

「すごくね」

ホークスクリフはかすかな微笑みを投げかけると、脱ぎ捨てたシャツとベスト、そしてクラヴァットを裸の肩に引っかけ、扉に向かって歩きだした。

「ロバート」

取っ手をつかもうとしていたホークスクリフは振り向き、もの問いたげな表情をした。深まる影と揺らめく炎によって魅惑的な顔立ちがくっきりと浮かび上がった。

ありがとう。ベリンダは唇だけで感謝を表すと、投げキスをした。

ホークスクリフは皮肉な笑みを浮かべ、お辞儀をした。「どうぞなんなりとお申しつけください、ミス・ハミルトン。こちらこそ、光栄でした」

11

しばらくたって、ホークスクリフは、近侍のノウルズがクラヴァットの結び目に最後の仕上げをするのをいらいらしながら待っていた。そのあいだじゅう、アルフレッド・ハミルトンの残債を肩代わりして老人を監獄から出してやるべきか否か、自分の良心と議論を戦わせていた。ベリンダのことが気になればなるほど、あらゆる面で助けてやりたいと思うようになっていたからだ。

父親の借金を完済してやれば、ベリンダはホークスクリフをいつまでも慕ってくれるだろう。だがこれには深刻な危険がひそんでいる。二人で取り決めた契約に署名して協力を約束したベリンダだが、父親を釈放するのに必要な金が手に入ったとたん、ドルフをわなにかける計画を放棄して、この屋敷からいなくなってしまうかもしれない。そうならない保証はどこにある？　自分がベリンダに強く惹かれるようになったと認めるそぶりを見せるのは賢明だろうか？　それに、もし父親の借金を返済したら、悪しき前例になりかねない。窮地に陥っても大丈夫、いざとなればホークスクリフが豊富な財力で助け出してくれる、と思いこまれても困る。

最後に、これがもっとも怖いのだが、老ハミルトンが娘の仕事について本当のことを知ったら、正気を取り戻して怒れる父親となり、ベリンダを連れ戻してしまうかもしれない。そのことに思いいたって、ホークスクリフはアルフレッド・ハミルトンを監獄から救い出す考えを無理やり頭から追い出した。あの娘《こ》は誰にも渡さない。

「これでようございましょう、旦那さま」白い絹の結び目に最後の微調整を加えたあと、ノウルズは茶目っ気たっぷりに言った。「このお姿なら、あの方の目を釘づけにできますよ」

ホークスクリフは片方の眉をつり上げた。

ノウルズは礼儀正しく、笑いだしそうになるのをこらえてお辞儀をした。「今夜は楽しくお過ごしになられますよう」

「ありがとう、ノウルズ。この格好、かなり粋に見えると思っていいね?」にっこり笑ってつけ加えると、ホークスクリフは大またで部屋を出て、軽い駆け足で階下へ向かった。ベリンダを待つためだ。

らせん階段を下りていく途中、奇妙な音が聞こえてきた。なじみのある音だが、何十年も耳にしていない。子どもたちの笑い声だった。そう、いたずらっ子特有の雰囲気が感じられる笑い声。**いったいどういうことだ?**

大理石敷きの玄関ホールが目に入った瞬間、ホークスクリフは立ち止まって目を細めた。これはきっとまぼろしにちがいない。シャンデリアの下で、二人の少年が飾り物のついた中世の儀式用甲冑《かっちゅう》をいじっている。ナイト家の先祖がヘンリー八世から拝領したものだ。二人は装身具をつかんで引っぱったり、輝く幅広の剣の、なまくらにしてある刃の部分を汚れた指でさわったりしている。

「わあ、すごい……」

「見てみろよ、これなら人が殺せるぜ！」

「えへん」ホークスクリフは咳払いした。

子どもたちはきゃっと叫んですばやく振り向き、身を寄せ合った。ホークスクリフはあごを高く上げ、両手を後ろで軽く組んで、二人を不機嫌そうに見ながら残りの階段を下りていった。たぶん、召使の誰かの身内だろう。

「ちょっときみたち。それにさわっちゃいけないよ、とても古いものだから。使用人部屋から出てきたんだろうが、ここで何をやってるんだね？」

二人は答えない。大きな目をぎょろつかせて、近づいてくる彼を恐ろしげに見上げるばかりだ。

ホークスクリフは腕組みをして二人の前に立ちはだかった。よろいを一瞥し、眉をひそめる。「こんなに汚れをつけてしまったわけか。磨きなおさなくてはいけないな」

「ごめんなさい」背の高いほうの子が言った。急に勇気を見せる気になったのだろう。

「きみたち、どこの子だね？」

どう答えようか、二人はひそひそ声で相談している。そのようすはホークスクリフの真ん中の弟、双子のルシアンとダミアンを思い起こさせた。幼いころは、二人だけにしかわからない言葉でよく話し合っていたものだ。二人は今でも、お互いの考えていることがほとんどわかるらしい。

「紳士諸君、わたしは質問をしたんだが」ホークスクリフは二人の目の高さに合わせてゆっくりとしゃがんだ。

「ええと、なんだっけ？　もう一度言ってください」背の高いほうが頭を掻きながら訊いた。

「お母さんは誰で、どこにいるんだね？」

二人は肩をすくめた。ホークスクリフは顔をしかめた。

どうやら落ち着きを取り戻したらしい背の高い子は肩を怒らせ、「あれ、おじさんの？」とよろい一式をあごで示した。

「そうだよ」

「着ることある？」

不意をつかれて、ホークスクリフは笑いだした。「いいや」

「どうして？」

「あまりそういう機会がないからね。それにわたしは背が高すぎるし」

「ぼく、着てみてもいい？」

「だめだ。背が小さすぎる。きみたち、この家にどうやって入ったんだい？」

「ミス・ベルに連れてきてもらった」小さいほうの子がきいきい声で言った。

「ミス・ハミルトンに？」

背の高いほうの子はホークスクリフに抜け目のない視線を走らせた。

「じゃ、おじさんが愛人なの？」

ホークスクリフはぽかんとして少年を見つめた。「ミス・ハミルトンとどうやって知り合ったんだね？」

「オエンジを、くれたから」

「なんだって？」

「オレンジだよ」兄らしい背の高いほうが言った。弟の舌足らずの発音に目をぐるりと回してあきれ顔だ。「ミス・ベルは、オレンジをかごに入れて売り歩いてたとき、分けてくれたんだ」

「もう、オエンジもらえないんだよ」弟がしょんぼりして言った。


ブリュッヘル将軍の訪英祝賀パーティのための豪華な装いで、ベリンダは大理石製のらせん階段を下りていた。半透明のチュニックドレスは、磁器を思わせる光沢のある真珠色。頭には派手な羽根のついたターバン型の帽子をかぶり、手袋をはめた腕に小粒の真珠を使った刺繍バッグをかけてハミングしている。階段の途中で、ホークスクリフと子どもたちが話している声が聞こえてきた。

ベリンダは凍りついた。

トミーが、あの恥ずかしい過去をしゃべっている。何があってもロバートに知られたくなかったことを。ベリンダは愕然として、片手で手すりを握り、もう片方の手で締めつけられる胃のあたりを押さえた。

ホークスクリフはベリンダに背中を向けて子どもたちの前にしゃがんでいた。「ミス・ハミルトンが、オレンジを売っていたって?」驚きのあまり訊き返したのも無理はない。上流社会の人間から見れば、行商人というのは高級娼婦よりずっと卑しい職業なのだから。

くやしさに固く目をつぶったが、すぐにまたぱっと開けて、思いもよらない組み合わせの三人を見下ろした。追いつめられた気分だった。だが逃げ出そうとする前に、アンドルーに見つかった。少年の目が輝いた。

「ミス・ベル!」

二人はホークスクリフをほったらかしにして階段を駆け上がってきた。トミーはベリンダの腰に腕を回してすがりつき、アンドルーは手をつかんでよろいを見せようと階下へ引っぱっていこうとした。二人とも興奮してぺちゃくちゃ話しかけてくる。

ホークスクリフはゆっくりと立ち上がり、腕組みをしてベリンダを見ている。何を考えているか読みとりにくい表情だ。

それを見たベリンダは絶望のあまり両手を上げそうになった。なぜ? 何もかもが順調に行きはじめたと思えたときに——ホークスクリフがようやく、わたしのことを自分にふさわしい女性として見るようになりつつあるというときに——優美であるはずの愛人が、オレンジ売りだったことを知られなくてはならないの? もう、いや! なんて不公平なんだろう！

一方、子どもたちはベリンダを思い思いの方向に引っぱっている。

「トミー、そんなにしがみついたら階段から落っこちちゃうじゃないの。放してよ！」ベリンダはいらいらして、抱きつくトミーを振り切ろうとしたが、ふと見ると真珠色に輝くドレスに汚い指のあとがついている。ついに堪忍袋の緒が切れた。

「いい加減にしなさい！　やめて！」けらけらと笑う子どもたちの頭上から大声で怒鳴りつけた。「このドレスがいったい、いくらしたと思ってるの？　それを台無しにしちゃって！　これから二階へ戻って着替えなくちゃならない！　このままだとパーティに遅れてしまうし、行く気にもなれないじゃない！」

「きみたち」ホークスクリフが近づいてきて、鋭い声で命令した。「ここに座りなさい」指をぱちんと鳴らし、階段の一番下の段を指し示した。

二人はベリンダからそっと離れ、言いつけに従うと、ホークスクリフを見上げた。ベリンダを心配そうにちらりと見る。「わざとやったんじゃないんだよ、ミス・ベル」

「わかってるわよ」ベリンダはさっきより優しい口調で言った。すでに、怒りを爆発させたことを悔やむ気持ちに襲われていた。「いいのよ、トミー。怒鳴るつもりはなかったの」ああ、このままどこかへ消えてしまいたい。

まだ顔を紅潮させたまま、自分にむち打ってホークスクリフと目を合わせた。きっと、軽蔑のこもったまなざしでわたしを見下しているにちがいない。しかし、その目には寛容さが感じられただけだった。

「パーティなら行かなくてもいいんだよ。うちにいたいのか？」

うちですって。その言葉をみじめな気持ちで噛みしめる。ここはわたしにとって、「うち」と呼べるのだろうか。

ホークスクリフは事態を的確に処理した。お目付け役となる料理人のところへ戻るよう指示された子どもたちに、逆らう勇気はなかった。

彼はゆったり歩いてベリンダのそばまで来ると、ドレスについた小さな指紋を調べた。

「この程度なら、召使が白ワインを使って落としてくれるだろう。落ちなければ、新しいのを買ってあげる」

その口調の優しさに、ベリンダは全身の力が抜けた。両手で顔をおおい、立っていた段の上に座りこんだ。

ホークスクリフは一段下に腰を下ろし、ベリンダの膝をそっと撫でた。「どうして言ってくれなかったんだい？」

「言えるわけがないでしょう？　そこまで落ちぶれたことをあなたに知られたくなかったの。わたしにだって自尊心があるわ、ロバート。今の生活ができるようになるまでには何だってしたわ。信じてほしいの——」

「オレンジ売りのことを言っているんじゃないんだよ。そんなのは気にしていない。あの子たちをここへ連れてきたことを、どうして言わなかったんだ？」

その問いかけにベリンダはびくりとした。両手にうずめていた顔を上げ、おぼつかなげな表情でホークスクリフを見た。

「あの子たちのことはわたしが責任を持つわ、ロバート。絶対に、問題を起こさせません。よろいはわたしが磨くから――」

「それより、あの子たちはどこの生まれだね？」

「誰も知らないの。出会ったのはわたしがハリエットの世話になる決心をする前に、オレンジ売りをしていたとき。今日あの子たちを見つけて、慈善学校に入学させようとしたんだけれど、校長が許可してくれなかったの。ロバート、約束するわ。自分たちの生活費は稼がせるようにします。知り合いの大人といえば、わたししかいないの。少しやんちゃかもしれないけれど、二人ともいい子よ。どこへも行くあてがないから、わたしが面倒をみる義務があると感じて――」

「今のところ、きみの面倒をみる義務があるのはわたしだからね」ホークスクリフはベリンダの手を両手で優しく包んで言った。

ベリンダは目を見張った。「あの子たちを追い出せっておっしゃらないの？」

「もちろん、言わないさ。どうしてそんなに気に病むんだ、ベリンダ？」低く、心を落ち着かせる口調だった。「きみにはほかに何か悩みごとがあるように思えるんだが。どうして話してくれないのかな？」

ベリンダはせつなそうにホークスクリフを見た。「わたしの過去のせいでわたしたちの関係にひびが入るのがいやなの」

「ミス・ハミルトン」ホークスクリフは穏やかにたしなめた。「オレンジはわたしの好物なんだよ」

「本当？」

ホークスクリフはベリンダの頬を両手ではさんだ。「いったい、どうしたんだい？　話してくれ」

まさか、そんなことできるわけないわ。ベリンダの心がねじれるように痛んだ。

「以前、わたしは裏切ったりしない、と約束したじゃないか？　初めてハリエットの家で会った日、きみはドルフについて何も明かしたがらなかった。それでもわたしはドルフからきみを守ってきた。ミック・ブレーデンについて語ろうとしないときもそばにいた。お父上が監獄にいることも、ホール夫人の花嫁学校で教えていたことも隠そうとしていたね。だがわたしは、頼ってくれたときはいつでもきみの支えになってきたつもりだ。失望させたことがあったかい？」

「いいえ」ベリンダはつぶやいた。

「きみを怖がらせたことがあるか？　裏切ったことは？　怒らせたことは？」

「ないわ」

「わたしはきみの味方だよ、ベリンダ。もう、秘密はなしにできないかな？」

そんなに優しい目で見つめないで、穏やかに訊かないで。これ以上続けられたら、わたし、ぼろぼろになってしまう。

「ただ、力になりたいと思っているだけなんだ」

「ええ。ちゃんと力になってくれているわ、ロバート。あなたが自分で思うよりずっと」

ホークスクリフはベリンダの膝を軽く撫でながら、自分の手の動きをじっと見ている。

「教えてくれ。どうしてきみの目にはそれほどの悲しみが宿っているのか。いくらその悲しみを追い払おうとしてもだめなんだ。追い払ったと思ってもかならず戻ってくる」

ベリンダはうなだれ、落ち着きを保とうと必死だった。ホークスクリフの寛容さ、優しさにどこまで耐えきれるかわからない。このままいけば心が折れてしまいそうだ。

「たぶん、いろいろな不幸を見てきたからよ」体をこわばらせて、言葉をしぼり出す。

「たとえば、どんな？」

「そうね――」喉がつまって、うまくしゃべれない。なんとか言い逃れる方法を見つけようと頭の中をさぐる。「たとえば、あの子たちよ。同じように路上で極貧生活をしている少年少女が何千人といるの」

ベリンダはふとホークスクリフを見た。英国議会でもっとも有力な議員の一人だ。権力も資力もあり、人脈も豊富で、わたしのようなただの一般人の力の及ばないところで、変化を起こすことのできる人。ベリンダには、自分の問題より子どもたちの問題について考えるほうがずっと楽だった。

「それで？」話の続きをうながす声。

ベリンダは、それまで軽くホークスクリフの手に重ねていただけの手で彼の指を包みこみ、つややかな黒い目をのぞきこんだ。「もしブリュッヘル将軍の歓迎パーティを欠席してもいいとおっしゃるなら、今夜、代わりに行きたいところがあるんだけれど——あなたにお見せしたいものがあるの。ただ、あなたにとっては受け入れがたいかもしれない」

「どんなものだい？」

「たぶんあなたが今まで見たことのない人生の側面。子どもたちが——」

「ベリンダ、今はきみのことを話しているんだよ」

「ええ——わかってます」ベリンダは視線を落とした。「わたしのことを気にかけて、支えになってくださって、感謝しているわ。あなたは、これまで出会った中で一番の、本当の友人よ、ロバート。でもわたしの問題なんて、あの子たちの問題に比べればささいなことよ。お願い、わがままを言わせてください」

ホークスクリフはベリンダをじっと観察していたが、やがてけむに巻かれたような顔をしながらもうなずいた。「いいよ、それがきみの望みなら」

ベリンダはホークスクリフに身を寄せ、頬に長いキスをした。

「ありがとう。じゃあ、その立派な服でなく、普段着に着替えたほうがよさそうね。これから行くところには、アンドルーぐらいの年ごろで、懐中時計の鎖を盗むためにあなたの喉をかき切るような子がいるから」

「なんだって？」ホークスクリフは叫んだ。

「一〇分後にここで待っていてね」ベリンダは言い、これ以上つらい質問を投げかけるひまも与えず、階段を駆け上がった。

数分後。ホークスクリフは心の中で、ベリンダにつき合う気になった自分を罵っていた。二人はそれぞれ馬に乗り、セント・ジャイルズの貧民窟を形づくる、ごみや汚物でいっぱいの迷路のような裏通りを通っていた。上品な紳士淑女なら絶対に足を踏み入れない場所だ。ホークスクリフはそわそわと落ち着かない背の高い牡馬にまたがり、ベリンダの乗るおとなしい灰毛の去勢馬の横を並足で進ませていた。拳銃の台尻に片手をかけ、道路の周辺や今にも崩れ落ちそうな建物に目を配る。ウィリアムが使用人用の馬に乗ってあとに続いた。

引き潮のときに川から立ちのぼる、じゃこうに似た湿った悪臭が狭い路地を満たしていた。街灯は一本もなく、あたりは真っ暗だった。窓に格子をつけた商店の壊れた看板が生暖かい風を受けてきしむような音をたてている。老朽化した道路のあちこちに空いた大きな穴は、馬も脚を折りそうなほど深い。

「わざわざ連れてきたからには、ちゃんとした理由があるんだろうね」ホークスクリフはつぶやいた。

乗馬用の薄いベールの下、ベリンダの顔にはふたたび静謐《せいひつ》さが漂っている。優雅な横乗り姿で手綱を軽く引き、馬を止めた。

「あそこよ」と小声で言い、手袋をはめた手で大きな倉庫らしい建物を指さす。

ホークスクリフは建物をじっと見た。「ひと気がないようだが」

「そう見えるわね」ベリンダは馬を進ませた。

こんなところで勇気を出してもしようがないだろうに、と頭を振りながら、ホークスクリフは足首を軽く馬の腹にあて、あとに続いた。

道路をへだてて荒れ果てた倉庫の向かい側まで来たベリンダはふたたび馬を止め、地面に降り立った。

「何をしようというんだい、ベリンダ？」

「中へ入るのよ」

「そんな、やめたほうが――」

「わたしの馬をお願いね、ウィリアム」ベリンダは馬丁のほうを振り向いた。

「はい、かしこまりました」青年は険しい表情で馬から飛び降り、ベリンダの去勢馬の手綱を握った。

「ベリンダ！」

「ここが目的の場所よ、ロバート。わたしが先に入るわ」

「まさか、本気じゃないだろうな」

「子どもたちとは知り合いなの。あなたが危険な存在じゃないと言いきかせたら呼ぶから、来てちょうだい」

「ベリンダ・ハミルトン、行っちゃいけない。馬のところに戻りなさい」ホークスクリフは

渡っていった。

命じたが、無視された。ベリンダはつばの硬い乗馬用の帽子をさっと脱ぐと、急いで道路をとを追っていた。

罵りの言葉をつぶやきながらも、ホークスクリフはすでに馬から飛び降り、ベリンダのあそのとき倉庫の入口近くの暗がりで動くものが見えた。はっと息をのみ、拳銃を取り出したが、闇の中から姿を現したのはいくつもの小さな人影で、ベリンダのまわりに集まりはじめた。

ホークスクリフは立ち止まり、目を見張った。

子どもたちだ。

ここは売春宿なのか。そういったおぞましくも恐ろしい施設が存在することはもちろん知っていたが、自分の目で見たのは初めてだった。

ベリンダがしゃがみこんで、小さくみすぼらしい子どもたちに挨拶をする影が壁に映っている。何人かに抱きつかれながら、ハンドバッグから金を出して子どもたちに渡している。

それを見たホークスクリフは、この野卑で不潔な下層社会にベリンダが果敢にも届けようとしている善意と情け深さに胸打たれ、身が引きしまる思いだった。

波のようにひたひたと押し寄せる悲哀を味わいながら、ベリンダを取り囲む、警戒心の強いやせこけた子どもたちを見つめた。いずれは泥棒か売春婦か、エルドン卿の信奉する厳罰主義によって絞首台の餌食となることが目に見えている。残酷な現実をあらためて認識するとともに、ホークスクリフはベリンダの身の安全がますます心配になった。近くにはポン引きとその仲間が隠れているはずだ。もちろん大人で、危険きわまりない極悪人にちがいない。この幽鬼のような子どもたちが稼いだ金をかすめ取られているのは明らかだからだ。どんな凶悪なやつらがこの貧民窟をうろついているか、わかったものではない。拳銃を持ってきてよかった。ウィリアムも武装させてあるから、明日の朝、三人の死体がテムズ川に浮かぶようなことにはならないだろう。

そのとき、ベリンダが手招きした。ホークスクリフは拳銃をケースにおさめ、肩越しにウィリアムを見て、気難しい牡馬の扱いにてこずっていないことを確かめてから歩み寄った。うつろな目をした子どもたちが無言で後ずさりし、道を空ける。まるで小人の国、リリパット王国を訪れた巨人ガリバーのような気分だった。

ベリンダにうながされて、傾いた扉のすきまから倉庫の中をのぞきこんだホークスクリフが見たものは、少年少女の群れだった。衝撃が静かに全身を貫き、次に恐怖が襲ってきた。

ベリンダを引き立てるようにして連れ出したときには、ホークスクリフは呆然として声もなく、ただ考えこむばかりだった。

「大丈夫？」馬のいるところに戻りながら、ベリンダが訊いた。

ホークスクリフはうなずいた。「きみは？」

「わたしは慣れているから」ベリンダはしばらくのあいだ、近くの路地をじっと見つめていた。その向こうは真っ暗闇で、まるで地獄への通り道のようだ。彼女は心ここにあらずといった感じで体を震わせた。「あの子たちがわたしのこういう姿を見ないですめばよかったのに、って思うだけ。悪い手本を示しているようなものだから」乗馬用の帽子をふたたびかぶり、歩きだした。

ホークスクリフは後ろからついていき、ウィリアムが神経質な牡馬をなだめているあいだにベリンダが馬に乗るのを手伝った。数分後、三人はセント・ジャイルズの迷路から抜け出すべく馬を進めていた。

「あの子たちのために、なんとかしなくては」ホークスクリフは静かに言った。

ベリンダはホークスクリフを見た——心の底まで見通すかのような視線だ。「あなたならきっと、わたしと同じように感じるだろうと思っていたわ。慈善協会や貧困救済協会のように、ああいう子どもたちを支援する慈善団体がいくつかはあるけれど、わたしの見たところでは、瓶のコルクで洪水を止めようとするようなものね」

ホークスクリフは手を伸ばし、ベリンダの手をとった。ベールの陰に見える彼女の目が、何かしら、と警戒している。

「今ほどきみが美しく見えたことはないよ」ホークスクリフはつぶやいた。「わたしは、あの子たちを助けるためにできるかぎりのことをするつもりだ」

「やっぱり、あなたって頼れる人ね」ベリンダは彼の手をぎゅっと握り、それから手を離して自分の馬をしっかりと押さえた。

ナイト館に着くと、ベリンダはホークスクリフの頬にキスをし、すっかり疲れたわ、とつぶやいて寝室へ下がった。

現実の世界の醜さに気持ちが沈んでいたホークスクリフは、なんとなく書斎へ行った。机に向かう途中でピアノに軽く触れて通る。机の前に座ると、今後の調査にあたって必要な考えや疑問などを書きとめた。調査の対象は売春宿、少年犯罪、そしてカールトンハウスやバッキンガム宮殿、ナイト家のような貴族の名家から目と鼻の先のロンドン市内で人目につかずに蔓延している病などだった。

ふと気がつくと、ぼんやりと空《くう》を見つめていることが何度もあった。思いは常にベリンダに戻ってしまう。言葉に出して伝えるつもりはないが、ベリンダの娼婦への転身のきっかけについてわかってきたことがあった。初対面のときは当然のように金銭欲や虚栄心から高級娼婦になる決断をしたのだと思いこんでいたが、実はそうではないようだ。上品な生まれ育ちのミス・ハミルトンは、自分は何も悪くないのに、無能な父親とドルフのたくらみのせいで徐々に追いつめられ、行商人にまで成り下がったのだろう。さぞかしひどい屈辱だったにちがいない。それなのにわたしは、彼女の選んだ仕事について何度もつまらない皮肉を言ってしまった。記憶をたどって、身が縮む思いだった。

それまでのホークスクリフは、ベリンダの選択が生きのびるためだったことに気づかなかった。だが今夜、その意味するところを少し理解できた気がした。度重なる不幸に見舞われても、ベリンダは他人を気にかけ、思いやる能力を失っていなかったのだ。

ホークスクリフは羽根ペンを置き、両手の上にあごをのせた。自分が偽善者のような気がした。ベリンダをさげすみ、春をひさぐ女と非難していたというのに、彼女の心は他人への愛であふれ、静かな、輝かしい、報われない美徳を保っていたのだから。

何をやってるんだ。ばかばかしい考えはやめろ。突如として、頭の中で理性の命じる声が響いた。亡き父、第八代ホークスクリフ公爵の、歯切れがよく冷淡な口調にそっくりだった。実のところ、目の前に立ってにらみつけている公爵の亡霊が目に見えるようだ。**ばかばかしい。ホークスクリフ公爵家の人間が、たかが娼婦にのぼせあがって愚かなふるまいに走るのか。そんな女を理想と崇めるのはやめろ。自分を苦しめるのはやめろ。理性を取り戻すんだ、女に完全にばかにされないうちに。これ以上深入りしたら、かならずそうなるぞ。**

そのとき振り子時計がボーンとひとつ鳴って、罪の意識をかきたてる怒れる父親の幻は消えた。ホークスクリフの心に残ったのは、ベリンダのせいで自分が抱くようになった感情への恐れだった。

何も解決していなかった。理性と感情のせめぎ合いがふたたび始まった。しかも、前よりさらに激しくなっている。今この瞬間も、ベリンダのもとへ飛んで行きたかった。ホークスクリフはろうそくの炎が燃え上がるのを見つめ、物思いにふけった。

ベリンダをおとりに使うのはしのびなかった。だが、使わなくてはならない。そうするだろうとは自分でもわかっている。ホークスクリフの唇は苦々しげにゆがんだ。どのみち、彼の選択肢はただひとつ——高級娼婦の星ベリンダの足元にひざまずいて、彼女のとりこになったと告白するしかないのだ。

12

なだらかな起伏が続くレスターシャー州の田園地帯。郵便馬車は毎日、古風な趣のある市場町、メルトン・モウブレーに止まる。一〇歳だががっちりした体格の少年は、日課となっている重要な仕事を始めた。まず、いつも悠然とかまえている御者に挨拶する。そして自分の仕える主人宛に無料配達された公文書と、その日の『ロンドン・タイムズ』を受け取る。

次に、緑豊かですがすがしい田舎道を歩きはじめた。一時間ほどの距離で、強い陽射しが暑く感じられる今日は、日陰が多いのがありがたかった。上り坂の向こうにやっと、堂々たる荘園領主邸の寄せ棟造りのスレート屋根が見えてきた。少年は坂のてっぺんに着いたところで立ち止まり、ひと息ついた。

ゆるやかな起伏のある丘のはざまに立つ、赤みを帯びたれんが造りの領主邸を見やる。夏の青空のもと、池の表面にその姿が反射している。少年の乱れた髪がそよ風で波打った。だが少年はあまり長く休まずに先を急いだ。コールドフェル伯爵が『タイムズ』紙をお待ちかねだからだ。

郵便物と新聞の入った革袋を高く振り上げて肩にかつぎなおした少年は、太陽の光に目を細めた。はるか向こうで石工と大工が足場に上がって作業をしているのが見える。それは屋敷の東棟で、美しい伯爵夫人が哀れにも溺死する前に起きた火事で焼けた部分の修復がまだ終わっていないのだった。

かわいそうな旦那さま――杖をついた伯爵が工事の進みぐあいを確かめによろよろと出てきたのを見て少年は思った。

大事な荷物をかついで、少年は老人のいるところまで軽い駆け足で向かった。年老いた伯爵は少年の髪をくしゃくしゃにかき乱して優しく微笑み、『タイムズ』を受け取った。

コールドフェル伯爵は新聞を小脇に抱えて中に戻った。書斎へ入り、後ろ手に扉を閉め、杖を壁に立てかける。しわの寄った口元を引きしめ、片眼鏡を取り上げて新聞に目を通しはじめた。いかめしい表情で熱心にドルフの死を伝える記事を探す。数分後、その目つきが険しくなった。

何も載っていない。

伯爵は顔をしかめて立ち上がった。片眼鏡がぽろりと落ちる。「ええい、ホークスクリフめ。いったい何をぐずぐずしておる?」小さくつぶやいた。

ホークスクリフ公爵はルーシーの恨みを晴らす、ドルフを破滅させると誓った。それにもかかわらず、わしがこの別荘に来て以来、若くて派手な愛人と腕を組んでロンドンじゅうに出没する以外、何もしていないではないか。男ざかりではあるし、ルーシーの死後、女性の慰めが必要になることもあるだろうが、それでも気に入らなかった。依頼した探索のことを思い出させてやらなくては。コールドフェルは二、三日後にはロンドンへ帰って、ホークスクリフの愛人がパトロンのためにトーリー党員を招いて開く晩餐会に出席するつもりだった。そのときになれば、内心ゆくゆくは娘婿にと考えている男と高級娼婦のあいだにいったい何が起こっているか、明らかになるだろう。

夏らしい季節を迎え、ドルフ・ブレッキンリッジは落胆と自己憐憫にどっぷり浸かっていた。こんな感情が存在するとは思いもよらなかった。

社交クラブの張出し窓に座って、凱旋行進を苦々しげに眺める。**まるでぼくの敗北をあざ笑っているみたいじゃないか。ベリンダを妻に迎える望みは絶たれた。**

ホップをきかせたビールをがぶ飲みしてから席を立ち、胸の痛みをまぎらすために馬車で出かけた。以前、ベリンダがきれいなドレスを試着していた仕立屋の近くに来ると、速度を落として店の窓の中をのぞいてみる。**ベリンダが憎い。ベリンダが欲しい。どうしても。**くそっ。ヴォクスホール・ガーデンでホークスクリフに会ったとき、やつは取引をしてもいいと言っていた。いったいどういう意味だったのだろう？

両切り葉巻の吸いさしを道路に投げ捨てると、ドルフは冷笑を浮かべてふたたび手綱を鳴らした。自らの執着心を振り切ろうとするかのように、ロンドンじゅうの通りという通りを疾走する。なぜベリンダのことが忘れられないのだろう？　彼女の存在がどうして自分をこれほど苦しめ、怒らせるのか、自分でもわからなかった。宿命だからか、それとも（考えたくもないことだが）、自分の頭がおかしくなってしまったのか。

ドルフは市内のあちこちに馬車を走らせた。ベリンダがオレンジを売っていた街角。部屋を借りていたぼろぼろの建物。

郊外に出ると北に向かい、イズリントンを目指した。美しい並木道の突き当たりに、以前ベリンダが勤務していたホール夫人の花嫁学校がある。ここを訪れたのは、度胸は要るが、ホークスクリフに仕返しする方法を思いついたからだ。

花嫁学校は、趣のある小さな村を連想させる一方で、お茶の時間の女相続人のようによそよそしくお高くとまった雰囲気をかもし出していた。一時はひと月にもわたって毎日、ベリンダ会いたさにここを訪れていたドルフは、学校の日々の活動予定や、施設の配置を知っていた。

風格のあるれんが造りの校舎と店や居酒屋の集まった地区を隔てているのは緑地だ。昔は花が植えられた広場だったが、のちに小さな公園に造りかえられた。緑の芝生の真ん中には手入れの行きとどいた池があり、そこにはガンやアヒルの群れに加えて、美しい白鳥が一羽いた。泳ぎながら、水面に映った自分の姿をぼんやり眺めている。学校の生徒たちは水鳥にえさをやるのを楽しみにしていた。

ドルフは道端に馬車を止めて御者席から飛び降り、臆病者の馬丁に馬車をまかせた。懐中時計で時刻を確かめてから、玉石を敷きつめた村道をぶらぶら歩き、パン屋に入った。パンをひとかたまり買って、まぶしい太陽の光を浴びながら池へ歩いていく。自分のことにしか興味がないふうを装って、アヒルにえさをやるためだ。

身をかがめて、細かく砕いたパンを鳥に向かってまいていると、予想どおりの時刻に学校の鐘が鳴りはじめた。ドルフの唇にうす笑いが広がった。今日は、獲物を近くまでおびき出し、会話を始めるきっかけをつくる日だ。そうなる予感がした。

背後では、校舎から出てきた美しい生徒たちの笑いさざめく声が聞こえる。二人ずつ組になっているのは、富裕層向けのこの学校で健康維持のための日課となっている散歩の時間だからだ。ドルフは肩越しにゆっくりと振り返り、生徒たちを見た。

乙女らしい白い制服に身を包んだ生徒たちは、礼儀正しく気取って歩きながら、ドルフのいる公園につながる道に入った。全部で三〇人ほどはいるだろう。物慣れたようすで集団を見わたすドルフの視線は、アヒルの中の白鳥のごとくきわだつ美人に注がれた。

レディ・ジャシンダ・ナイト——ホークスクリフ公爵が可愛がっている末の妹だ。

この娘こそ、ホークスクリフにドルフ・ブレッキンリッジをあなどるなと教えてやるのに最適な手段になるだろう。

ほかの娘たちは帽子《ボンネット》をかぶったり、髪を三つ編みにしたり巻いたりしているのに、ジャシンダだけはりんごのように赤い頬のまわりに、蜂蜜色に輝く豊かな金髪の巻き毛をふわりと垂らしていた。頬骨が高く、茶色に輝くアーモンド形の目が官能的な、はつらつとして早熟なおてんば娘だった。ほかのどの娘よりもさかんに大きな声をあげて笑う姿が目立つ。じっとしていることがなく、歩く姿は踊っているかのようだ。歳はせいぜい一六か一七だろうが、体つきはしなやかで妖精《ニンフ》を思わせる優美さをそなえており、それが活発でいたずらっぽい雰囲気によく合っていた。

あの娘が欲しい。ドルフは思った。

単なる欲情を超えた本能をかきたてられたドルフは、すぐれた狩人ならではの忍耐強さでジャシンダが近づくのを待った。興奮が高まってきた。落ち着きのない、くすくす笑いの混じった小声がそよ風に乗って聞こえてくる。自分に目をとめてわざわざ引き返してきたのだと気づいたジャシンダが興奮しているのが感じとれた。しかし、どうすれば会話のきっかけがつかめるだろう？

年若いこの娘の初心《うぶ》な心を利用してやりたいとは思ったが、正式な紹介なしに男性と言葉を交わすことは許されないとわきまえているだろうし、ドルフのほうから礼儀作法を無視して話しかけることもできない。

歩道に出たレディ・ジャシンダは、同級生と一緒に近づいてきた。くすんだ茶色の髪を頭の後ろでおだんごにまとめた同級生の娘は、もうすでに結婚をあきらめているかに見える。ひだ飾り《フリル》のついた日傘をさしたジャシンダは、練兵場で牡馬がそばにいるときの虚栄心の強い雌の子馬のようにしとやかに歩き、不器量な同級生に本を読んでもらっている。

芝生の向こうからジャシンダがちらちらとドルフに送ってくる視線には気のあるそぶりが感じられ、誘惑されたがっているように思えた。この娘が同じ年ごろの少年を悩ませていることは容易に想像がつく。しかし、一〇代の甘美な肉体に新たに芽生えつつある欲求を満たすすべを知る大人の男から、ここまであからさまな関心を示されたことはないにちがいない。上流社会の人々はすでに、ジャシンダがそのうち好色な本性を表すだろうと予想していた。なんといっても、元祖「ホークスクリフの売女」の一人娘なのだから。

ふたたびジャシンダがこっそり目を向けてきたとき、ドルフは唇をなめ、微笑みを投げかけた。

ジャシンダは巻き毛を揺らし、赤らんだ顔をそむけた。行き遅れになりそうな同級生が彼女の視線を追うと、すぐに顔をしかめた。口やかましい女家庭教師のようだ。二人はささやき声で話し合っている。ドルフは一人悦に入っていた。二人きりになれたら、ジャシンダにぼくの自慢の傷あとを見せてやろう。女はああいうものが好きだからな。

ドルフはパンを小さくちぎり、アヒルに投げた。ジャシンダの視線を感じていた。次の瞬間ジャシンダは、男女のたわむれにかけては母親譲りの才能を持つことをまたたくまに証明してみせた。女性ならではの策略か、それとも、もっと純情な母なる自然のいたずらか、軽い絹でできた日傘が手袋をはめたジャシンダの手を離れ、まるで凧のように強風にあおられて高く飛び、池の真ん中に落ちた。

アヒルがガーガーわめく中、ドルフが振り返ると同時にジャシンダは池のほとりに突進してきた。足をすべらせ、ドルフのすぐそばで踏みとどまる。

「まあ、どうしましょう!」ジャシンダはコヴェント・ガーデン王立歌劇場で演じるサラ・シドンズを思わせるしぐさで、両頰に手をあてて叫んだ。

そのようすに、ドルフはもう少しでジャシンダに恋してしまいそうになった。「お嬢さん」ドルフは笑いを嚙み殺しながら、謙虚にお辞儀をして言った。「ぼくが拾ってきます」

「まあ、でもそんなご親切に甘えるわけには――」

しかしドルフは伊達男らしい笑みをかすかに浮かべて上着を脱ぎ、飾りにすぎない高価な日傘を拾うために池の中へざぶざぶと入っていった。冷たい水にたくましい太ももまで浸かって進み、七〇ギニーもしたブーツを台無しにしてしまった腹立たしさを隠して日傘をつかむ。ホークスクリフに仕返しできるならこのぐらいの犠牲はしかたない、と自分に言いきかせた。振り返ると、小さな獲物は顔を赤らめ、にこにこ笑っている。風が吹きつけてきて、明るい金髪の巻き毛をかき乱す。

「ちょっと汚れてしまったなあ、ぼくと同じで」泥水をしたたらせて上がってきたドルフは言い、ジャシンダに日傘を手渡した。

息を殺した笑い声が彼女の唇からこぼれ出た。「ありがとうございます。お名前は――」

「サー・ドルフ・ブレッキンリッジと申します。よろしくお願いいたします、マドモワゼル」

「はじめまして。わたし、ジャシンダと言います」ちらりと横目で見ながら小声で言う。

すぐ横にいた同級生が顔をしかめた。エプロン姿の女性教師がこちらに向かっていた。

「きれいな人だなあ」ドルフはささやいた。「手紙を書いてもいいですか？」

ジャシンダは目を大きく見開いた。瞳が興奮で輝いている。「そんなこと、礼儀にかなっていませんわ！」

「若い淑女が池に日傘を投げこむのだって、礼儀にかなっていませんよね」ドルフは穏やかな口調でからかった。「礼儀作法がそんなに大切なんですか？」

「ジャシンダ」同級生が息をひそめて呼びかけた。「ミス・アルヴァーストンがいらっしゃるわよ！」

「引き止めておいてちょうだい、リジー」ジャシンダは肩越しに言い返した。

「馬車に乗るのは好きかな？　一緒に遠出しませんか」

「サー・ドルフ」ジャシンダは叫んだ。憤慨していると同時に、行きたくてたまらないようにも見える。

「四輪馬車のあやつり方を教えてあげましょう。面白いと思いませんか？　ぼくが教えてあげますよ、なんでも」ドルフはジャシンダの薔薇色の唇に視線を注ぎながらささやいた。

「レディ・ジャシンダ！　その方の邪魔をするのはおやめなさい、今すぐ！」その場に到着した女性教師が大声で叫んだ。

「日傘を池に落としてしまったんです、ミス・アルヴァーストン」同級生が事情を説明しようとした。

ジャシンダは二人の言うことには耳を貸さず、ドルフをじっと見つめていた。そのまろやかな茶色の目は、彼の誘惑の言葉に衝撃を受けながらも好奇心をかきたてられて、大きく見開かれたままだ。

女性教師はつかつかと歩み寄って、ジャシンダの手首を握った。「失礼させていただきますわ。ここは私有地ですの。新聞をお読みになるなら、どこかほかの場所でお願いします」

「おや、気がつきませんで、大変失礼しました」ドルフは女性教師にさげすんだ視線を注ぎつつ、物柔らかな口調で言った。

「日傘を拾ってくださって、ありがとうございます」ジャシンダは手首を引っぱられながらドルフに呼びかけた。そしてくるりと向きを変え、軽く跳ぶような足どりで女性教師についていった。

だが、もっと思慮分別のありそうな同級生（リジーと呼ばれていた）は立ち止まり、腰に両手をあててドルフをにらみつけ、「あなたね。憶えてるわ」と警告するように言った。「わたしたちが大好きだった先生をくびにさせた、意地の悪い男ね。ここには近寄らないほうがいいわよ！」

「何をしようっていうんだい？」

「あなたのこと、言いつけてやるわ」

「おやおや、そうなると、校長先生のお叱りを受けそうだなあ」

「なんて無礼な人。校長先生にじゃないわ、ジャシンダのお兄さまたちに言いつける、っていうこと——五人、全員によ！　きっとこてんぱんにのされちゃうわ！」

「リジー」誰かが呼んだ。

「今行くわ！」

「口を閉じておいたほうが身のためだよ」ドルフはうなるように言った。

「あなたこそ、わたしの親友に近づかないほうが身のためよ」リジーは語気荒く言い放つと、きびすを返し、校舎のほうへ戻っていった。

ドルフは冷笑してリジーのようすを見守った――この企てはどうやら失敗だな。うまく仕返しできたらさぞかし痛快だろうが、ジャシンダ・ナイトをねらうなど、自殺行為に等しい。ホークスクリフ一人だけでも敵に回すとやっかいなことになるのに、無頼者のジャックや、まもなくイベリア半島から凱旋するはずの英雄ダミアンの逆鱗に触れたらどうなるか、考えるのもいやだった。

青々とした芝生につばを吐き、大またで自分の馬車に引き返した。

ホークスクリフは考えこんでいた。どうやら自分は偏った見方をしていたようだ。「快楽主義者の舞踏会」の夜、管弦楽団の演奏がアーガイル・ルームに流れる中、自分の愛人はここに集まった女性の中でも飛び抜けて美しい、と自慢したい気持ちだった。ベリンダはすらりとした曲線的な体をきらめく淡青色《アイスブルー》のドレスに包んでいた。深くくられた襟元からのぞく胸の谷間を見ると、生唾を飲みこまずにはいられない。きめ細かな首元を飾るのは、輝くダイヤモンドに瑠璃《ラピスラズリ》をあしらったネックレス。これだけを一糸まとわぬ裸につけてくれたらどんなにいいだろう。

この舞踏会の直前にホークスクリフは、ふたたび贅を尽くした贈り物をしてベリンダを驚かせていた。自分はなんと愚かなことをしているのだ。そう悟って悲しげなため息をついたが、実は気にしていなかった。ベリンダを見ているだけで、気持ちが高揚する。

面白いことにベリンダは、この場を利用してトーリー党幹部の「たぐいまれな四人」のうちの三人と会話をしたうえ、行き会う人を一人残らず魅了していた。黄金に輝く光をまとっているかのようだった。人はベリンダに引きつけられ、微笑みとともに去っていく――特に男性であればなおさらだ。そのせいかホークスクリフは、ベリンダの社交家ぶりに少しいらだちを感じはじめていた。早く戻ってきてくれ。ここがきみのいるべき場所なのだから。哀れにもすっかりのぼせあがっているホークスクリフだった。

苦い顔でシェリー酒をぐいとあおり、その小さなグラスをカウンターに置いた。自分はドルフと同じく、あの娘に執着することになってしまうのだろうか？　視線をベリンダに注いだまま、知人の挨拶に通りいっぺんの返礼をしながら、人ごみの中をずんずん進んだ。まわりのばか騒ぎなど気にならない。ベリンダにだけ意識を集中させていた。卑猥な話、騒々しい笑い声、はしゃぐ声。キスを交わしている者もいれば、恥知らずにも人前でおさわりを楽しんでいる者もいる。高級娼婦たちは男性陣に思いきりはめをはずさせてやっていた。

近づいてくるホークスクリフを見て、ベリンダの瞳がぱっと明るくなった。宝石のきらめきもかすんでしまうほどの輝き。魅惑的な笑みがかすかに唇に宿ると、ホークスクリフは釘づけになった。

まわりを取り囲む男性たちを押しのけて近づくホークスクリフを、ベリンダが見つめ返す。その体に手を触れた瞬間、ホークスクリフの気持ちはいっきに燃え上がった。うっとりと見ほれながら手をとり、それまで話し相手だった青年たちの抗議の声にも耳を貸さずにダンスフロアへと導くと、二人だけにわかるかすかな笑みでメヌエットに誘う。二人は挑むように見つめ合ったままで踊った。ホークスクリフはベリンダの優雅な動きのひとつひとつに酔いしれ、体を回すたびに漂う香水の香りを吸いこんだ。ホークスクリフの前に来たとき、ベリンダはあごを引いて誘惑の視線を肩越しに送った。ウエストに手を回して体を支えてやると、彼女はもの問いたげな目で見上げた。

メヌエットの曲はまだ続いていたが、二人は踊るのをやめた。一〇センチほどの距離をおいて身じろぎもせず、キスもせずに、まるで磁器製の恋人たちの彫像のようにただ見つめ合う。ホークスクリフは耳の奥で心拍音がとどろくのを感じた。そのとき、管弦楽団の奏でる陽気で律動的な音楽と重なるようにして、胸の中で別の旋律が響きはじめた。ただ一羽のナイチンゲールが歌うかん高い声のように、自由で激しく、それでいて甘美な調べ。

ベリンダは唇をわずかに開いてホークスクリフを見つめていた。今の旋律が聞こえたかのように目は驚きできらめいている。

そのとき、彼は悟った。恐れおののき、畏敬の念に打たれて心を震わせ、ベリンダの手をとる。もうどうしようもない。ありえないことが起こっていた——ベリンダ・ハミルトンに恋してしまったのだ。

どうしたのかしら、この人。まるで炎に包まれて空から落ちてきた彗星にあたったみたいな表情で、わたしを見つめて立ちすくんでいる。具合でも悪くなったのだろうか。ベリンダはホークスクリフに尋ねようかと思った。そのときハリエットがすっと寄ってきて上機嫌なようすで、ベリンダの腕に自分の腕をからませた。

「公爵。大変申し訳ないんですが、少しのあいだだけベリンダをお借りできますか。すぐにお返ししますから。ベリンダ、わたしと一緒に来てちょうだい。あなたに会いたいという方がいらっしゃって――」

「だめだ」ホークスクリフは荒々しく言い、ベリンダの手首を握った手に力をこめた。

ハリエットもベリンダも驚いて振り返った。そのとき初めて、ホークスクリフは自分が恐ろしく失礼な言葉を口走ってしまったのに気づいたらしい。

ハリエットは声をあげて笑い、手に持った扇でホークスクリフの腕を軽く叩いた。「まあ公爵、そんな大人げないことをおっしゃらないで。ベリンダはお客さまのおもてなしのためにここにいるんですから」

ホークスクリフはつかんでいた手を放し、懇願するような目でベリンダを見た。「それはもちろん、好きなようにすればいいが」

ベリンダは眉根を寄せた。「あなた、ご気分はどう？」

「大丈夫だ」ホークスクリフはつぶやいた。

「早くいらっしゃい。急ぎの用事なんですから」ハリエットはベリンダの手を引いて歩きはじめた。

ベリンダはつまずきながらついていった。肩越しに振り返ると、ホークスクリフが激しく燃える黒い瞳でこちらを見つめている。

「ほら、早く！　あなたに会いたいと言っているのが誰だと思う？　うらやましいったらないわ」

「どなたなの？」

「ロシア皇帝のアレクサンドル一世よ！」

ベリンダは息をのんで立ち止まり、握られていた手を振り払った。「冗談でしょう」

「まだ目を向けちゃだめよ、今、側近と一緒に回廊にいらっしゃるわ。お客さまの中にいたあなたがお目にとまったんですって」喜びのあまりハリエットの声はうわずっている。

思わず回廊を見上げると、人の動きがあった。手すりのところに群れていた客が少しずつ離れていくところだった。「な、何がお望みなのかしら？」

「何って？　お眼鏡にかなったのよ。お相手してくれるわよね」

「だめですわ！」

「だめ？」ハリエットはベリンダを脇へ引っぱっていき、向かい合わせになると、両手をウエストにあててけんか腰で訊いた。「〝だめ〟って、どういう意味？」

「わたし、ホークスクリフ公爵と一緒に来ているんですもの」

「あなた、どうかしてるんじゃないの？」

「どうもしてませんわ。ただ――」

「ベル、なんておばかさんなの。何度注意すればわかるのよ？」

「なんのことだか、全然わからないわ」

「あなた、ホークスクリフを愛してしまったのね」

「いいえ、愛してなんかいません！」ベリンダは言い返したが、頬が熱くなり、赤らむのを感じていた。

「嘘よ。勝負は終わり。あなたの負けね」

「そんなことありません！」

「あら、本当？　だとしたら嬉しいわ。他でもないロシア皇帝があなたとベッドをともにしたいといってお待ちかねなんだから。さ、来てちょうだい。でないと皇帝がお怒りになるし、わたしの面目も丸つぶれよ」ハリエットはベリンダの手首をつかみ、階段のほうに連れて行こうとしたが、ベリンダは舞踏用の上靴をはいた足を踏ん張って微動だにしない。

「いやです！」

「いやだなんて言えるはずがないでしょ！　娼婦なんだから」ハリエットは叫んだ。

「愛人は自分で選びます。その方とはおつき合いしたくありません」

「ばかなことを言わないでちょうだい！　アレクサンドル帝なのよ！　いやな感じの方じゃないわ。端整な顔立ちをしてらっしゃるし。お顔を見なかった？」

「ええ、お見かけしましたわ。でもわたしは、ロバートをひと晩じゅうほったらかしにするわけにはいきませんから」

「誰かほかの娘に言いつけておくわ、公爵のおもてなしをするようにって――」

「やめてください」ベリンダは警告するように言った。

「ベリンダ・ハミルトン、ロシア皇帝のお誘いを拒めるはずがないでしょう。英国のためだと思って言うことを聞きなさい」

「お断りします！　アレクサンドル帝が評判どおりの紳士だったら、きっとおわかりいただけるわ」

「信じられない。一生に一度の機会を逃してしまうわよ！　精一杯おもてなしをすればいいことでしょ。あとは成り行きしだい。相手はロシア皇帝なのよ。つべこべ言わずに素直に言うことを聞きなさい！」

「そんなにすばらしい方とお考えなら、ハリエット、あなたがベッドにお誘いすればいいでしょう！」ベリンダはつかまれていた手を振りほどき、くるりと向きを変えると、震える脚で足早に立ち去ろうとした。

「なんて恩知らずで、生意気な小娘なの！　何から何まで面倒をみてやったわたしに、こんな形で恥をかかせるって、どういうこと？」

「お世話になったお礼として、収入の二割をさしあげていますよね。そこまでしてもまだ足りないのなら、お許しくださいと言うしかありません」

「皇帝にどう申し開きすればいいの？」

「お誘いを受けて光栄です、でもホークスクリフ公爵にお仕えする身ですのであしからず、とお伝えください。わたし、うちへ帰りますわ」

「おばかさん、ナイト館はあなたの〝うち〟じゃないでしょ。今にいやというほど思い知らされるにきまってるわ。どうせ、ただの使用人なんだから」

ベリンダは急いで人ごみの中に逃げこんだ。ハリエットの警告が耳について離れない。ホークスクリフの顔が見たくてたまらなかった。一人取り残されて、怒っていませんように。ハリエットに連れ去られるわたしをじっと見ていたけれど、あれはどういう意味だったの？

会話を楽しむ人々のあいだを通り抜けると、目の前にホークスクリフがいた。その黒い瞳は怒りと苦痛に燃えていた。ベリンダが近づいて胸に手を触れ、黙って訴えかけると、ホークスクリフは彼女のあごを親指と人差し指のあいだにはさみ、ぐいと上げて目をのぞきこんだ。

「どうしたんだ、気が変わったのか？」うなるような声。

ベリンダは震えながら、答える代わりに彼の首に腕を回して引き寄せ、唇を重ねた。ホークスクリフはベリンダのウエストに手を回し、熱く官能をそそるキスを交わした。舞踏場の真ん中で、ほとばしる情熱に身をまかせたまま荒々しく唇を求め、この女は自分のものだと宣言していた。

周囲の人々の騒がしい声や口笛も、二人の耳には入らなかった。皆、面白がって見物しているだけで、激しく求め合う二人の感情の奔流に気づく者はいない。だがベリンダは、胸が苦しくなるほどにホークスクリフがいとおしかった。黒髪に指を差し入れ、口を大きく開けて、怒りと独占欲に満ちたキスを受け入れ、彼の意図を思い知らされた――きみはわたしだけのものだ。その強い思いに喜んで屈服した。

アレクサンドル帝と側近、そしてハリエットたち皆に、この光景を見せつけてやりたい。彼女は挑むような気持ちだった。キスを終えても、震える両手でホークスクリフの顔をはさんだまま、自分の額を彼の額に押しつけていた。

「家へ連れて帰って」ベリンダはつぶやくように言った。

強くうながす必要はなかった。ホークスクリフはベリンダを腕に抱きかかえ、アーガイル・ルームを出て馬車まで運んだ。

ベリンダは、御者と馬丁がすばやく定位置についたのにも気づかなかった。二人は馬車に乗りこむと日よけを下ろし、お互いの腕の中になだれこむようにして抱き合った。バネ付きの馬車はなめらかに動きだし、暗い街中を通ってグリーンパークへ向かった。

ホークスクリフは象牙色の革張りの座席にベリンダの背をもたせかけた。二人はお互いの体をまさぐり、服をいじり、愛撫し合い、いくら味わっても足りないというように口づけを交わしつづけた。あえぎ声と座席のきしむ音が車内を満たした。ホークスクリフは体を起こし、熱く、震える手でベリンダを自分の膝の上にまたがらせた。

「ずっと、こうしたかったんだ。今夜こそ、きみのこの官能的な――」ホークスクリフは胴着《ボディス》の前をびりっと裂いて大きく開き、両の乳房をむきだしにすると、その谷間に顔をうずめた。「うーん。思いきり、味わってやる」熱く濡れた唇で乳首をとらえ、うめき声をあげる。

ベリンダははっと息をのんだかと思うと、熱に浮かされたように喜びの吐息をもらした。それは声にならない笑いだった。

乳首を吸いながら、ホークスクリフはドレスの破れた襟ぐりをさらに下げ、ベリンダの体のあちこちを愛撫した。もう片方の乳房を味わわれはじめると、彼女は大きくのけぞり、彼の漆黒の髪を指ですいてかき乱した。スカートの下では、彼の膝の上でみだらに広げられた脚が誘っている。ホークスクリフの手は太ももの上のほうに向かってそろそろと這い上がっていった。

「うむ、ペチコートをつけてないな」息が荒くなる。

脚のあいだに指を差し入れられて、ベリンダは酔いしれたように目を閉じ、微笑んだ。首にキスを浴びせられ、快感のあまり神経が耐えきれなくなりそうになる。だがその限界ぎりぎりのところで動きが止まった。ゆっくり目を開けると、抱き上げられ、反対側の座席に横たえられた。ホークスクリフは秘密めいた、陰のある笑みをかすかに浮かべながら、贅沢な革にベリンダの背中をそっと押しつけて、膝をついた。

「ロバート――」

「いいから、楽しんで」ホークスクリフはささやいた。「わたしも楽しむから」

小さなうめき声とともにベリンダは目を閉じ、指をつやつやした黒髪にからめて、官能の贈り物に身をゆだねた。

やがてベリンダは伸ばした足を突っぱらせ、反対側の座席の端にかけてかろうじて支えた。ドレスを腰のあたりまでたくし上げられ、指と舌で攻められて、つり革につかまって耐えるしかない。いつしか腰を上げ、ホークスクリフの動きに合わせていた。夏の夜のむっとする暑さの中、ありとあらゆる抑制が溶けて消えてゆく。ベリンダの欲求の高まりに応えるように舌のリズムが速くなり、不道徳な至福の新たな高みへと連れてゆく。

ホークスクリフは愛撫をやめた。顔にかかる自分の髪に伸ばした手が震えている。薄暗がりの中、月明かりに照らされて、ひげをきれいに剃ったあごが光っている。「きみを抱きたい。今すぐに」

たちまち、ベリンダの血管を恐怖の戦慄が走った。それは、だめ。まだ心の準備ができていない。ベリンダはホークスクリフの胸に片手をおいて押しとどめた。今さら拒むのはためらいを感じるが、どうか怒らないで、と祈るしかなかった。「ロバート、馬車の中ではいや。二人の初めてのときなんですもの。ね、お願い」

ホークスクリフはのけぞってうめき、満たされない苦しさをあらわにした。

「ああ、いとしい人」ベリンダはささやいた。ホークスクリフの体を両脚ではさんだまま、その体に手を這わせ、ぴっちりした絹の膝丈ズボンを突き上げるように硬くふくれあがったものを優しく包んだ。「ね、いいかしら?」恥じらいをこめた目で訊くと、欲求を抑えきれずにうなり声をあげるホークスクリフを座席に押しやり、主導権を握った。

馬車がナイト館に着くと、二人は自らの尊厳を取り戻そうとつとめながら馬車を降りた。

従僕が扉を開けると、車内から情熱の名残を漂わせた空気があふれ出た。二人とも激しい歓びに酔い、ホークスクリフはほとばしる絶頂を迎えたのだった。

引きつった笑いをこらえるベリンダの頰は、真っ赤に染まって火照っていた。歩いて玄関へ向かうあいだ、御者や馬丁、召使の顔をまともに見ることができない。帰りの馬車の中で二人が何をしていたか、馬丁はもちろん、馬までが知っているように思えてならなかった。

靴を片手に、もう片方の手にハンドバッグを持ち、ベリンダはなんとかあごを高く上げ、まっすぐ前を見つめて屋敷の中へ入っていった。自分があられもない格好をしていることは十分承知していた。もともと深くくられていた襟ぐりの真ん中が破れたドレス。紅潮した頰。それでも全身に充足感がみなぎり、すぐにも眠りをむさぼりたい気分になっていた。

身なりの乱れではホークスクリフのほうが上だった。クラヴァットはほどけ、シャツの前は胸の中ほどまで開いてだらりと垂れている。少々自堕落でひどくみだらで、髪を乱しながらも満足しきった感じに見えた。二人は無言のまま、らせん階段を並んで上った。靴下だけのベリンダの足に、大理石の踏み面がひんやりと感じられる。

一番上の段で二人は足を止め、おぼつかなげなようすでお互いを見た。

ベリンダが微笑みかけると、ホークスクリフもやりきれなさそうな含み笑いを返し、手で乱れた髪をかきあげた。視線を落とすホークスクリフ。一瞬、渇望とためらいをはらんだ沈黙が訪れた。

「『快楽主義者の舞踏会』に行ったのは初めてだ」ホークスクリフが言う。

「わたしもよ」

ふたたび、ぎこちない沈黙。

「楽しかったよ」ホークスクリフはもの問いたげな視線を投げかけた。

ベリンダの顔に笑みが広がった。「それが目的だったんですものね」一歩前に進んでつま先立ち、ホークスクリフの頬にそっとキスをする。「おやすみなさい、ロバート」

ベリンダが体を引くと、ホークスクリフは情欲にけぶるまなざしで彼女の目を探るように見つめ、「いつだったらいいんだい、ベリンダ？」とささやいた。

ベリンダは燕尾服の黒いサテンの襟を撫でていた。「もうすぐよ」言ったとたん急に落ち着きをなくした。さりげない微笑みを装ってすばやく向きを変え、スカーフを肩からはおると、悩みごとなどひとつもないかのようにすたすたと歩いて自室へ向かった。

「おやすみ、ミス・ハミルトン」別れを告げると、ホークスクリフはポケットに両手を突っこんでその場にたたずみ、ベリンダが立ち去るのを見守った。うっすらと苦笑を浮かべた顔を、ランプの光が照らし出していた。

13

コールドフェル伯爵はトーリー党のほかの指導者たちとともにナイト館の客間に座り、ポートワインを飲んでいた。待ちに待ったミス・ハミルトンの晩餐会の日がようやくやってきたのだ。しわにおおわれた顔にこわばった笑みを浮かべてはいたが、内心は不満たらたらの人形使いさながらだった。あやつり人形たちがなかなか思いどおりに踊ってくれない。だがまもなく、こちらの意のままに踊るだろう。そうしてもらわなくてはならない。

今夜はホークスクリフ公爵とその愛人の関係がどんなものか、観察することだけを目的にやってきた。自分がホークスクリフの本性を見抜けなかったとは、まったくの誤算だった。復讐心に燃えた若き公爵は今ごろはもうとっくにドルフを殺しているはずだった。だが現実には、金髪の美女を従えてすっかりくつろいでいる。自分の行いが上流社会に巻き起こした衝撃や、自分の名について回る醜聞に、いっこうに恥じ入るようすもない。

ドルフに罪をつぐなわせるという約束はいったいどうなったのか。元凶はこの金髪の魅力的な愛人にちがいない。騎士はこの無慈悲な美女《ベル・ダム・サン・メルシ》に骨抜きにされて、ルーシーの恨みを晴らすという誓いをすっかり忘れてしまったらしい。ホークスクリフは明らかに、ベリンダ・ハミルトンのとりこになっていた。

自分自身、もともと美しいものに弱いコールドフェルだけに、美しきミス・ハミルトンの求心力を否定はしない。しかしどうにも認めがたいのは、彼女がナイト館をすべて取りしきっているらしいことだ。召使ばかりかホークスクリフまで、ほぼ意のままに動かしている。愛人どころか、まるで公爵夫人気取りではないか。自分の娘をなんとしても第九代ホークスクリフ公爵夫人の座にすえてやるつもりのコールドフェルとしては、心穏やかでいられなかった。

ロバートとジュリエットなら、お似合いの夫婦になるはずだ。

自分という人間にいろいろ欠点があるのは承知している。だがひとつ美点があるとすれば、我が子を深く愛し、守ろうとする気持ちの強さだろう。この世を去る前に、なんとしても一人娘をしかるべき夫に嫁がせておきたかった。心優しく、聾唖《ろうあ》で病弱なジュリエット。世間知らずの箱入り娘だが、知能が低いわけではなく、子どものころに患った黄熱病がもとで聴力を失ったというだけだ。夫となる人はその事情を理解して面倒をみてくれる、思いやり深い男性でなくてはならない。ホークスクリフ以外にこの役目をまかせられる男がいるだろうか？

公爵とベッドをともにしているあの世慣れた高級娼婦とは違い、ジュリエットはきわめて世事にうとい。社交シーズンを普通に楽しむこともかなわないだろう。名家の娘なら当たり前の華々しい社交界入りを運命が奪ってしまった。音楽が聞こえないし、踊れないからだ。

父親と看護婦の言うことなら容易に唇の動きを読みとって理解できるが、見知らぬ人との会話は不可能に近い。小鹿のように恥ずかしがりやで愛らしい娘だった。

騎士道精神にあふれるホークスクリフが断れるはずがない。ジュリエットの純真無垢で生き生きとした青い瞳とチョコレート色の巻き毛を目にすれば、なおさらだろう。コールドフェルは期待していた。二人のあいだに生まれる長男、つまり自分の孫に、伯爵位を継がせよう。娘と資産を信頼できる男にまかせてこそ、心残りなく死ねるというものだ。

ホークスクリフには結婚後も愛人を持たせておこう。そうすれば、妻としてのジュリエットの負担を少なくしてやれる。

そのとき、客間から大食堂に続く両開きの扉が開いて、白い手袋をはめた風格のある執事が現れ、深々とお辞儀をした。

「皆さま、お食事のご用意ができましたのでご案内いたします」執事は厳粛な一本調子の声で宣言した。

「ウェリントン将軍、エスコートをお願いできますか？」

ホークスクリフは「鉄の公爵」ウェリントンに優雅なしぐさで愛人をゆだねた。

威風堂々たる長身で、常に感情を表さない将軍が、かすかににこりとしてうなずき、ベリンダに腕を差し出した。「ミス・ハミルトン、光栄です」

ベリンダはしとやかなしぐさでその申し出を受けた。

まるでワーテルローの戦いでナポレオン軍を撃破したウェリントン将軍と同じく、征服者の趣ではないか。大食堂へ入っていく二人の姿を冷めた目で観察しつつ、コールドフェルは思った。

ミス・ハミルトンが見る者をうっとりさせる美女であることは間違いない。どんなに年老いた男でも、その魅力に無関心ではいられないだろう。静穏で謎めいた微笑に誰もが引きつけられているのがよくわかった。特に、客間のソファで彼女のすぐ隣に座っていた大法官のエルドン卿は大のお気に入りらしい。もしホークスクリフがいなければ、自分の骨ばった膝の上に座りなさいとミス・ハミルトンをそそのかしていたにちがいない。そして彼女も誘いに乗っていただろう――料金は請求するにしても。

ベリンダ・ハミルトンにはどことなく気品があり、身のこなしもしなやかで洗練されていた。淡いピンクがかった真珠色のモスリンのドレスが体にまとわりつき、見事な輪郭をきわだたせている。愛と情熱に生きた赤毛のルーシーが火だとするなら、ベリンダの冴え冴えとした美しさは氷だ、とコールドフェルは思う。傷ひとつないダイヤモンドのように輝く多数の面を持ち、冷たい光を放つ。だがその氷も、ホークスクリフの前では溶けるのだろう。

陰のある端整な顔立ちの若き公爵は、心のこもった控えめで温かな微笑みをたたえてしんがりを務め、「皆さん、どうぞお先に」と手ぶりで大食堂へと客たちを案内している。

コールドフェルは杖をつき、愛想よく会釈をしながらホークスクリフの前を通って大食堂に入り、自分の席についた――ふん、やるじゃないか。テーブルのしつらえは見事だった。高級娼婦は女主人としての有能さをいかんなく発揮していた。細かいところまでよく目配りしてある。磨き上げられた彫刻入りのマホガニーのテーブルも、ロココ調の銀食器も、中央に重ねられた立派な飾り皿も、蜜蠟のろうそくの光に照らされて輝きを放っていた。しみひとつない真っ白な麻のテーブルクロスの上にはオレンジの花を浮かべた小さめで上品なフィンガーボウル。かつらをかぶり、お仕着せを着た従僕が部屋のいたるところに控えている。

ホークスクリフは上座につくと、末席に座る愛人に視線を向け、二人だけにわかるかすかな笑みを浮かべた。お互いの気持ちがしっかり通じ合っている視線が交わされるのを、コールドフェルは見逃さなかった。二人の協力のもと、晩餐会は滞りなく順調に進んでいく。その段取りのよさは、流れるように優雅なダンスを思わせた。

コールドフェルは二人をこっそりと観察した。

ミス・ハミルトンがホークスクリフにお似合いの相手であるのは誰の目にも明らかだろう。彼は今までにないほどくつろぎ、落ち着いたようすだ。黒い目に苦悩の色は見えない。またミス・ハミルトンは、公爵の扱い方をよく心得ていた。先ほど客間で公爵がシドマス卿に挑発されて興奮しかけたときも、うまく口をはさんでその場の雰囲気をやわらげていた。

そんなミス・ハミルトンもやはり、招待客が到着しはじめた最初のころは目に見えて緊張していた。だがホークスクリフが陰で支えてくれているとわかって落ち着いたようだ。公爵は彼女のひじに軽く触れただけだったが、そこには愛情と信頼を感じさせる何かがあった。ほとんど気づかれないほどの視線を交わす二人を見て、コールドフェルは合点がいった。

二人は愛し合っている。

ホークスクリフの黒々とした目の輝きと、ミス・ハミルトンのうす赤く染まった頰が、お互いの気持ちを物語っていた。そして二人が発する愛の魔法はトーリー党の重鎮たちに対しても効果を発揮していた。そう感じたコールドフェルは口をきっと結んだ。招待客は皆、楽しげでなごやかな雰囲気になっていた。ミス・ハミルトンが発泡性のワインに人を酔わせる粉薬でも入れておいたかのように。

手をかけた最初の料理が大食堂に運ばれてきた。立派な大皿に盛られた鴨、マス、鹿肉、柔らかい仔牛肉に、赤キャベツの煮込み、キクイモといった数々の副菜。コールドフェルは視線を落とし、真っ白なナプキンを膝の上に広げると、オレンジの花の香りが漂う水で指先を洗った。

よし。コールドフェルは即断した。思いきった手を打つ必要があるかもしれない。

すべては順調に進んでいるように思われた。だがベリンダは緊張のあまり、ふた皿目の七面鳥の丸焼きをほんの少しかじり、三皿目に出たロブスターの蒸し煮をつついただけだった。客間でのベリンダの使命はホークスクリフのためにトーリー党の有力議員との会話をとりもつことだったが、皆が大食堂に入った今、彼女の関心は作家たちに移っていた。なんといってもこういう席には詩人が必要だ。食事のときに政治を語るのはホイッグ党員だけだろう。

ウォルター・スコットに話しかけて、今とりかかっている作品について聞き出すつもりだったが、話に出たのは勇猛果敢な騎士の物語ではなく、スコットランドとの国境に建設中の、中世の荘厳な城を模したアボッツフォード・ハウスのことばかりだった。領主邸を建てる際に必要な木材、増築部分、土台、小塔など、現実的な事柄について、えんえんと話しつづけた。人柄はよさそうだが、熱い息を勢いよく噴き出すようなその話しぶりは、スコットランドの大型バグパイプを思わせた。

ベリンダは礼儀正しく微笑みながら、小説家というのは語りたがりの人種であると心に留めておくことにした。そして、ロバート・サウジーはどうだろうと目を向ける。気のきいた話が聞けるかしらと期待したが、この柔和な物腰の桂冠詩人はけっきょく、ロマン主義者から転向した保守主義の塊であることがわかった。酒が進むと、芸術の女神について語るどころか、口をついて出てくるのはバイロン卿の悪口ばかり。無神論者で邪道の駄文作家だと言って何よりも軽蔑しているのだった。

ベリンダはテーブルの向こう側にいるホークスクリフと目を合わせ、お互い笑いだしそうになるのをこらえた。同業者に対する意地の悪い嫉妬心がおかしくてたまらなかった。ホークスクリフは、もう詩の話はたくさんと思ったのだろう、さりげなくサウジーの話題作『ネルソン提督伝』のことを持ち出した。するとたちまち話に花が咲き、寡黙なウェリントン公まで加わって乾杯の音頭をとり、英雄ネルソン提督に杯を捧げた。

「カースルレー卿」ベリンダはアイルランド生まれの上品で端整な容貌の外務大臣に話しかけた。「ホークスクリフ公から聞きましたわ。ネルソン提督記念碑の建立を議会で提案なさったんですって？」

「トラファルガーの海戦で勝利して戦死した英雄ですよ。これ以上ふさわしい人物がいますかね？」カースルレー卿は答えた。その目に宿る憂鬱が少しはやわらいだようだ。不幸せな人だという噂は聞いている。頭脳明晰すぎて、それがかえってあだとなっているのだろう。

「ネルソン提督がまだ生きていたら、どんなに喜んだだろうな。旧友のウェリントンがついに、ナポレオンをやっつけてくれたんだから――これは失礼、公爵閣下」カースルレー卿は、ウェリントン公爵に叙されてまだ一カ月にもならない将軍をからかった。

低い声で含み笑いをしているウェリントン公に、ベリンダは微笑みかけた。周囲の人々は「いいぞ、いいぞ」と声をかける。

「それで記念碑は、どんな様式をお考えですの？」ベリンダは訊いた。

「大きな柱のてっぺんにネルソン提督の像を置くという案が建築家から出ていますがね」

「まあ、きっと立派な記念碑になるでしょうね」ベリンダは温かみのこもった笑顔で言った。

「ミスター・サウジーが伝記で提督の名を不朽のものにしたように、大理石の像でしのぶというわけですね」

「ネルソン提督の偉業あっての永遠の名声ですよ。わたしはただ記録しただけです」サウジーは謙虚に言った。「ところでミス・ハミルトン、このごろはどんなものを読んでおられますか？」

「訊いてくださって嬉しいわ。実は最近、驚くべき小説にめぐり合ったんですの。書店で時間を過ごすことが多いものですから」父親の趣味の写本を探すためにどれだけ書店めぐりをしたことか、と思いながらベリンダは言った。「ハチャード書店で偶然見つけた小説で、作者の名を伏せて昨年出版された作品なんです。冒頭の一文でもう引きこまれて、いっきに読んでしまいましたわ」

「作者名が伏せてあるって？　もしや、フランスの官能小説ですかな？」エルドン卿がちゃかした。

「まあ、とんでもない」ベリンダが叱るような口調で言うと、皆が笑った。

「題名はなんというんです？」

「『高慢と偏見』ですわ」

「ふむ、政治を扱っているのかな」

ベリンダはくすりと笑った。「ちょっと違いますね」

そのときベリンダは、ホークスクリフの視線に気づいた。妙に愛情のこもった笑みをかすかに浮かべている。ベリンダはうろたえ、頬を赤らめて目をそらすと、話題を変えた。「皆さま、ワインのお代わりはいかがです？」

デザートが運ばれ、テーブルに並べられた。あんずパイ、レモントルテ、ブラマンジェ、モレロチェリーのタルト、砕いたナポリ風ビスケットを使った珍しいトライフルを本物の花で飾ったもの。

またコールドフェル伯爵がこちらを見つめている、とベリンダは気になった。老人の顔色は青白かった。くすんだ青色の冷ややかな目、切り立ったような高い頬骨。

ホークスクリフのロケットの肖像画に描かれた赤毛の美女に同情し、ベリンダは内心、身がすくむ思いで顔をそむけた。レディ・コールドフェルは夫婦生活を十分に楽しむことはできなかっただろう。ホークスクリフのような男盛りで魅力的な人に恋心を抱かれていると知りながら、誘惑に負けなかったなんて、ありうるかしら？

でも考えてみれば、誘惑に抗ったのはホークスクリフのほうだった。レディ・コールドフェルは浮気心を抑える必要もなかったはずだ。

そろそろ引き揚げどきだった。あとは男性陣にまかせて、ポートワインを飲みながら本題に入ってもらおう。ベリンダが膝を曲げてお辞儀をし、今夜はおいでいただきありがとうございました、と感謝の言葉で締めくくった。男性たちは皆立ってお辞儀を返し、すばらしい晩餐をご馳走になった礼を述べた。

テーブルの上座にいたホークスクリフも、軽く会釈して敬意を表した。その黒い瞳は期待に輝いている。

大食堂から一歩外に出たベリンダは閉じた扉にもたれかかり、ふうっと長い息を吐き出した。達成感に顔面を紅潮させながら、廊下で待機していたウォルシュと無言で視線を交わす。白い手袋をはめた手を背中で組んでいた執事のいかめしい顔に、引きつった笑みが浮かんだ。そのあとベリンダは急いで調理場に行き、今回の晩餐会のために雇った、フランス仕込みの料理長と菓子職人、助手たちにお祝いの言葉を述べた。

調理場はナイト家の料理人があわただしく仕切って、後片づけにおおわらわだった。銅の深鍋、鋳鉄製の平鍋、銀や鋼の器具の洗い物が山のようにあった。ベリンダは、大車輪で働いて晩餐会を成功に導いた使用人たちの労をねぎらうため、明日は皆お休みにしていいわ、と言った。

気前よくひまを出したあとになって、ベリンダは自分にその権限がないのに気づいた――この家の女主人でもないのに、なんということを。だがもう遅かった。召使たちは彼女の言葉を信じて歓声をあげ、すぐさま外出の計画を練りはじめた。戦勝の祝祭に沸くハイドパークへ行って屋台を冷やかし、摂政皇太子の命令で八月一日から始まる盛大な凱旋行事のために作られた、東洋風の寺院や仏塔、橋といった大金をかけた飾りつけを見ようというのだ。グリーンパークからさほど遠くないところにも、ローマのコンコルディア神殿を模したやたらに派手な建物が建てられ、花火の打ち上げ会場として使われることになっていた。

喜びにはしゃぐ使用人たちを目にして、前言を撤回する勇気はなかった。どうしよう。出すぎたまねをしてしまった。でも、みんな本当に一所懸命働いたのだ。いつも使用人に優しいホークスクリフのことだから、きっと許してくれるだろう。

中央の調理台の下では、トミーとアンドルーの兄弟が静かに遊んでいた。真夜中近かったので、もう寝かせなくてはならない。ベリンダは二人をせっついて顔を洗わせ、歯を磨かせた。新しい習慣は二人には歓迎されなかったが、衛生のためだ。二人は長めの綿のナイトシャツに着替えて、簡易寝台を揺らしながら横になった。ベリンダは書斎から借りてきた子ども向けの物語を読みきかせてやりながら、ホークスクリフがトーリー党の大物議員たちとの話を終えるのを待った。少年たちの世話をしていると心安らかになり、ホークスクリフを受け入れる決断をして震えおののく心を鎮めることができた。

今夜こそ、ホークスクリフにすべてを捧げる覚悟だった。

ベリンダがろうそくを吹き消し、三階にある使用人部屋を出て、期待に四肢を震わせながら階下へ下りるころには、招待客の男性たちは全員玄関ホールに集まって、別れの挨拶を交わしていた。

ホークスクリフは最後に残ったコールドフェル伯爵を扉のところまで送っていった。「では、明日正午にうかがいます」

「結構だ、待っているよ。今夜はご馳走になったね、ロバート。ミス・ハミルトンは実に魅力的な人だな」

ホークスクリフの顔に笑みが広がった。「おやすみなさい、伯爵」

コールドフェルは従僕に助けられながらよたよたと馬車に向かった。

手を振って見送ったホークスクリフは、馬車が見えなくなってから静かに扉を閉めた。向きを変えて扉にもたれかかると、らせん階段の途中に立って見下ろすベリンダの姿に目をとめた。彼は何かをたくらんでいるような笑みを浮かべ、扉から離れて階段の下に歩み寄った。

「おや、そこにいるのはわたしの秘密兵器か。きみの魔力はたいしたものだな。カースルレー卿とウェリントン公の支持は取りつけた。エルドン卿とリヴァプール卿は、わたしの提案書を再検討することに同意してくれたよ。シドマス卿は、ご両人が賛成なら自分は足を引っぱるつもりはない、と言っている」

ベリンダはかん高い歓声を響かせ、長いスカートのすそをつまんで階段を駆け下りると、待ち受けるホークスクリフの胸に飛びこみ、首に腕を巻きつけた。ホークスクリフは腹の底から笑いながら、ベリンダの腰に手をそえてその体をぐるぐる回した。

「ミス・ハミルトン、きみって人は、なんてすごいんだ！　我々が組めば向かうところ敵なしだな」ホークスクリフはつぶやいた。「どうだい、二人で世界を支配するっていうのは？　やってみないか？」

「それより、一緒にやってみたいことがあるの」ベリンダはじゃれるような笑顔で答えた。

「ひと晩じゅう、あなたと離れたくない気持ちでいっぱいだから」

「わたしも同じだよ、ミス・ハミルトン」ホークスクリフはベリンダを抱きかかえ、廊下を歩きはじめた。「きみには脱帽だ」

「だから大丈夫だって言ったでしょう……ロバート、大食堂へ行くの？」左に曲がって食堂へ向かうホークスクリフにいぶかしそうに訊く。「まあ、あきれた紳士の鑑ね」

「きみは、晩餐会でほとんど何も食べなかったじゃないか」ホークスクリフはたしなめるように言った。「そういうことに気がつくたちなものでね。面倒をみてやらなければと思って、特別のご馳走を取っておいたんだ」

「ご馳走って？」

「モレロチェリーのタルトさ……泡立てた生クリームをそえてある」ホークスクリフはベリ

ンダの体をテーブルに下ろした。その上はきれいに片づいて、タルトを盛りつけた銀の菓子皿と、生クリームを入れた小さなボウル以外は、反対側の端に使わなかった銀食器がまとめて積み重ねられているだけだ。あとでウォルシュが取りに来るのだろう。

雪のように白い麻のクロスを敷いたテーブルはことさらに広く見える。四方の壁に取りつけられた大きな鏡が、抱き合う二人の姿を映し出している。ようやく誰にも邪魔されないひとときを過ごせるのだ。

「ロバート、まさか手を使って食べろというんじゃないでしょうね？　向こうの端にフォークが置いてあるから、取ってきてちょうだい」

「想像力が乏しいなあ、ミス・ハミルトン」ホークスクリフはつぶやき、生クリームの中に指を入れてすくい取ると、淫靡《いんび》な笑みを浮かべてそれを差し出した。

ベリンダはいたずらっぽく小さく笑い、飢えたように指を口に含んで生クリームをきれいにしゃぶり取った。

ホークスクリフがもっと近寄れるように、ベリンダは脚を広げた。顔を両手ではさまれ、ゆっくりと深いキス。湧き上がる欲望で彼にしがみついている手から力が抜けそうになる。ホークスクリフの存在をかつてないほど身近に感じ、二人で手にした勝利に酔ってまだ顔が紅潮している。

ホークスクリフが姿勢を低くしてあごや首にキスしはじめると、ベリンダは快感のため息をもらした。背中をゆっくりと上下に撫でさする手。軽く引っぱられるような感じがして横目で見ると、ドレスのホックがはずされていた。

「あら旦那さま、いったい何をなさるおつもり？」ベリンダは高飛車な態度を装って訊いた。

「デザートを食べようと思ってね」ホークスクリフはささやき、ボディスをウエストまで引き下げて上半身をあらわにした。

ベリンダは今やダイヤモンドのネックレスをつけただけの姿で、テーブルの端に座っていた。両手を後ろについてじっと見つめながら待っていると、ホークスクリフは、ボウルから取った生クリームを乳房に塗りつけ、それを舌でなめ取りはじめた。ベリンダは思わず笑い声をあげたが、その声も、ホークスクリフの飢えた唇で乳首を強く吸われて呼びさまされた興奮と深い欲求の波に翻弄され、しだいに消えていった。

ベリンダは彼の広い肩に腕を回し、つやつやとした黒髪を指ですき上げた。ホークスクリフは乳房を撫でながら片手でベリンダの頭を支え、その体をテーブルの上にゆっくりと押し倒した。

愛撫で髪を乱されたホークスクリフは、うぬぼれたような笑みをかすかに浮かべてベリンダをちらりと見た。生クリームがついた唇がみだらに濡れている。

「あなたの唇って、本当にすてき」ベリンダはささやくと体を起こして、ホークスクリフの唇をなめてきれいにした。そして震える手で彼の服を脱がせはじめた。

やがてホークスクリフも上半身裸になり、二人の肌が触れ合った。なめらかな胸の筋肉のぬくもりと親密さが甘い刺激を呼び、ベリンダは小さくあえいだ。力強い肩からたくましい腕へ手をすべらせ、彼の体の線のひとつひとつに見とれた。

ホークスクリフは唇をベリンダの眉から頬、そして首へとはわせた。「今夜は抱かせてくれるんだね？」

「たぶんね」ベリンダは息もつけないほどの興奮に目を閉じ、消え入りそうな声でつぶやいた。

「おや、だとすると、ご期待にそえるようがんばらなくてはならないね、たぶん」ホークスクリフは冷笑ぎみに言い返した。

「どうぞ、がんばってみてちょうだい」

「その言い方は……」ホークスクリフはベリンダの髪をとめたピンをはずしながらキスを続けた。「明らかに、挑発しているじゃないか、ミス・ハミルトン」

ベリンダは彼の引きしまった腹部の隆起を指でなぞっている。「あら、そう？」

「挑戦状を叩きつけられたということだよ。こうなったらわたしも、本気できみを誘惑しなくてはならない」

ベリンダは声をあげて笑い、両腕を広げてテーブルの上にあお向けになった。「やれるものならやってみなさい」

「そうしよう」ホークスクリフはベリンダの腰の曲線を手でなぞり、「なんてきれいなんだ」とささやいた。

「ああ、ロバート。お願い」ベリンダは胸を上下させてあえいだ。スカートの下に伸びた手に触れられる期待で、脚の奥はすでに潤っている。太ももを大きく広げ、そろそろと前進する指をおとなしく受け入れる。温かい指先がしとどに濡れた道に入りこんだ。恥丘にあてがわれた親指はそっと円を描いている。ベリンダは屈服のうめき声をあげた。

ホークスクリフは乳房へのキスをゆっくりと楽しんでいた。そのまぶたはしだいに重くなり、かすみがかかった黒い瞳に映るベリンダは彼の魔術でとろけてゆく。ホークスクリフはベリンダが快感で身もだえし、硬いテーブルの上で指の動きに合わせるようになるまで愛撫を続けた。そして上体を起こし、ベリンダをじっと見つめながら黒いズボンの前をはずした。期待に震えて待ちうけるあふれんばかりの蜜壺の入口に大きく屹立したものをあてがう。

ホークスクリフは欲情をあらわにした邪悪な笑みを浮かべると、濡れた女体に自分のものを巧みにこすりつけて、ベリンダをもてあそんだ。懇願されて初めて、先端を少しだけ挿入してそこで止め、じらして苦しめる。

「なんて意地悪な人なの」ベリンダはあえいだ。

「そのとおりさ」ホークスクリフはささやいた。「でも、それは我々だけのささやかな秘密にしておこう。どう、もういいかい？　そろそろ、奥まで深く入れてほしいかい？」

「ああ、もうだめ。お願い、ロバート」ベリンダは彼の体の下でもだえながらうめいた。

ホークスクリフはベリンダの手をとって指をからませ、少しずつ腰を前に進めた。おののく彼女の吐息が重ねた唇から吹きこまれ、舌にあたるのを感じながら、少しずつ熱いものを根元まで埋めこんだ。

ホークスクリフはベリンダの髪に指を這わせ、感謝と喜びの言葉を脈絡なくつぶやいている。ベリンダは息もつけなかったが、不思議な興奮を味わってもいた。押し広げられ、彼のものを受け入れている自分の体。どうして痛みを感じないのかはわからない。むしろ快い刺激だった。だがあまりに大きいので、一歩間違えたら自分の体がまっぷたつに裂けてしまうと思えるほどだ。

「ああ、ベリンダ、可愛い人」ホークスクリフは小さくうめいた。「ずっと、きみが欲しくてたまらなかったんだ」そして心憎いほどの激しいリズムで腰を揺らしはじめた。ベリンダは純粋な本能に翻弄され、愛される喜びに酔い、自分が女として彼の欲求を満たしている一瞬一瞬をいとおしく思った。

しかし同時に、心の奥底でひそかに抱いている恐れの存在も意識していた。はるか遠くから聞こえる恐怖のささやき。負けるものですか――ベリンダはホークスクリフの体をさらに強く抱きしめた。

ホークスクリフはベリンダのお尻の下に両手を入れて引き寄せ、こねくり回すように腰を動かしはじめた。体が熱っぽく震えている。ろうそくの光に照らされたその肌にはうっすらと汗が光っている。女体をむさぼることしか頭にないようだ。

ちょっと荒々しすぎるんじゃない？　心の中の悪魔がささやいた。

ベリンダはひそかにその声と闘った。必死だった。**こんなに大きくて力の強い人ですもの、やめてと頼んでも、聞いてくれないかもしれないわよ。**

ベリンダはホークスクリフの髪にそっと触れ、熱情をなだめようとした。だが内心では、自分の本当の姿を知られてしまうかもしれないという恐れに身がすくんだ。ホークスクリフは、経験豊富な世慣れた高級娼婦と愛を交わしていると思っている。ことが終わるまでわたしが演技を続けていれば、うまくいくはずよ。そうして心を悩ませているうちに、快感が遠のいていく。ベリンダは雑念を追い払おうとした。目を固く閉じ、彼に喜びを与えることに集中しようとつとめた。しかしそのとき、運命的な瞬間が訪れた。

ホークスクリフはベリンダの両手を頭の上に上げさせ、唇をふさぎながら行為を続けた。舌の動きが、大きくて硬いものを槌を打ちこむように突き入れるリズムと重なった。テーブルが揺れ、積み重ねられた銀食器が小さくガチャガチャと音を立てはじめた。

悪夢の再現だった。

ベリンダの目が大きく見開かれた。**あの音だわ**。鍵束がじゃらじゃらという音。頭の上で押さえつけられた両手。テーブルの硬い表面が、まるで石壁のように感じられる。

あの夜の記憶がいっきによみがえった。

わけのわからない恐れにつき動かされて、ベリンダは叫び声をあげ、顔をそむけてホークスクリフの唇から逃れた。そのまま起き上がろうとするが、彼の体が重すぎて無理だった。そのことが恐怖感を増幅させた。ホークスクリフの肩を手で力いっぱい押して叩き、すすり泣きながらやめてと訴えた。

「なんなんだ？」ホークスクリフがあえぎながら言う。「どうしたんだ、ベル？」

「どいてちょうだい！」金切り声が出た。

ホークスクリフはすぐに従ったが、目には不安の影がよぎった。「どうかしたのか？　大丈夫？　痛かったか？」

ベリンダはすでに扉に向かって歩きはじめていた。泣きながらドレスを引き上げている。

「ベル！　待ってくれ！」

ベリンダはかまわずに進んだ。

ホークスクリフはあっというまに追いつき、行く手をふさいだ。「いったいぜんたい、どうしたんだ？」ズボンを上げつつ強い口調で訊く。

「邪魔しないで」

「邪魔しないで？　だって、今の今まで――わたしと――」

「もう、終わりよ。おやすみなさい、閣下」ベリンダは歯を食いしばって言った。

「終わりだって？」ホークスクリフは面食らって、どうしていいかわからないというふうに手で髪をかきあげた。「いったいなんのまねだ？　何かのゲームのつもりか？」

「ええ、ゲームよ。それだけのこと。ロバート、そこをどいてちょうだい。本気で言ってるのよ」全身を震わせて言う。

「絶対に、どかない」ホークスクリフは片手を扉についた。「わたしをばかにしているのか？」

ベリンダは彼のたくましい腕や肩の筋肉の隆起を見つめたまま、ごくりとつばを飲みこみ、一歩後ろに下がった。

「ゲームだって？」ホークスクリフの声は恐ろしいほどに穏やかで、危険をはらんでいた。

「こうしてきみのことを大事に思うわたしを、もてあそんでもいいと思っているのか？」

「わたしは、自分のしたいようにするだけよ」ベリンダはこわばった声で言い張った。心は乱れ、壊れそうだった。だが自らを守る壁は、たとえ崩したくても崩すわけにはいかない。

「この体はあなたのものじゃありませんから」

「なるほど、わかった。わたしからもっと金を引き出したいんだろう？　つまりはそういうことか。この欲深な、血も涙もない売春婦め」

ベリンダは押し殺したような叫び声をあげ、ありったけの力で彼の頬を打った。

頬に手をやったホークスクリフの激しい憎しみのこもった目を、ベリンダは体を震わせながら見返した。なんてことをしてしまったの。自分の行為に衝撃を受け、恐れおののいていた。だがすでに遅かった。もうどうしようもない。

「売り物でないものに金を払うつもりはない」ホークスクリフはがなるように言った。「そこまで飢えていないからな」

そして部屋を出ていった。ベリンダの目の前で扉がぴしゃりと閉まった。

14

穏やかで気持ちのよい朝だった。しかし傷ついた心、怒り、不信感は少しも癒されなかった。何も起こらなければ愛人のベッドで目覚めていたはずのホークスクリフは、七時前だというのにすでに身支度をすっかり終えていた。

紳士らしい茶色の乗馬用上着ともみ革の膝丈ズボン、黒光りするブーツ。いつにも増してぱりっと糊づけされたクラヴァット。一分のすきもない服装で、階段を下っていく。その動きは機械のように正確で冷ややかだ。愛馬に鞍をつけさせてまたがると、グリーンパークをしばし無謀なほどの全速力で駆けさせた。

自業自得だぞ、ホークスクリフ。心の中の分別くさい声がいやにとりすまして言う。**気をつけろと警告してやったのに、それでもあの女が欲しかったんだな。愚か者め。娼婦に惚れるなんて。**

たちまち公園の反対側の端に着いてしまったが、不快感はいっこうにおさまらない。ホークスクリフは戦勝記念の見苦しい装飾を軽蔑するように顔をしかめた。以前は緑豊かで静かだった場所を汚している。馬を急がせてハイドパーク・コーナーの交差点を渡り、サーペンタイン通りに出た。直線道路をまっしぐらにつき進むと、左側に見える池の水面が朝日を反射してきらきらと輝いている。

ベリンダが金に執着する女だということぐらい、初めからわかっていたはずじゃないか？金融に関する論説や株式相場表、証券取引所の報告書などをいつも熟読していたのだから。愚かなことに自分は、それを鋭い知性のしるしと勘違いし、なんと才覚のある魅力的な女性かと感心し、誇らしく思っていた。それが金銭欲の裏返しである可能性にまで考えが及ばなかったのだ。

いきなり平手打ちされたことも信じられなかった。とはいえ、売春婦呼ばわりをしたのだから殴られるのも当然で、あんな程度の低い言動はすべきでなかった。だがあのとき自分は、ベリンダの甘美な体に包まれて、もう少しで絶頂を迎えるところまで高まっていたのだ。なのに急に押しのけられ、はねつけられた。まるで愛の行為に嫌悪感を抱いたかのような態度で。今まで生きてきて、これほど利用され、拒絶されたと感じたことはなかった。苦々しい思いを抱いたまま、ホークスクリフはあぶみに足をかけ、馬の背に体を低くそわせて、ハイドパークの環状道路を、埃を巻き上げながら猛烈な勢いで走りすぎた。

自分はベリンダのためによかれと思ったことだけをしてきたつもりだ。わたしは、ベリンダ・ハミルトンであれ誰であれ、金で女性の体を買うなどという考えは絶対に抱かない人間だ。くそっ。二人の関係はそんなものを超えていると思っていたのに。

たぶん、別れるのが一番いいだろう。なんといっても相手は高級娼婦だ。これ以上深入りする前に距離をおくいい機会と思って喜ぶべきではないか。そう、今はこんなに心が痛むが、長い目で見れば、ベリンダにはわたしの人生から去ってもらったほうが安心だ。昨夜、はっきりしたじゃないか、彼女にはわたしの気持ちに応えるつもりがないことが。

馬が息切れしてきたのに気づいて、ホークスクリフは速度を落とさせ、速歩で歩かせた。

ロングウォーター池のほとりの砂利道が目に入った。ベリンダと初めて散歩をしたときのことが思い出されて、みじめな気分になった。ベリンダがわたしを求めていないというなら、それで結構だ。あの娘が自分の過去について何かを隠しているのはなんとなくわかる。だが、こちらを信頼してくれないのだから、力になりようがないではないか？　打ち明けたくないのなら、わたしの知ったことではない。

ひとつ、明らかなことがある。ドルフ・ブレッキンリッジと対決して、きっぱりとこの件に終止符を打つときが来たのだ。お高くとまったミス・ハミルトンがナイト館から、そしてわたしの人生から姿を消すのが早ければ早いほどいい。

しかしそう考えると、なぜかますますむかつくのだった。

ホークスクリフは人馬の行き来もほとんど意識せず、馬をゆっくりとした駆け足で走らせ、ナイト館へ戻った。汗で光る愛馬の首をぱんと叩いてから、玄関まで歩いていって乗馬用手袋を脱いだ。空腹で腹が鳴っていた。しかしいつもの時間きっかりに朝食室に入っていくと、オムレツやトーストやジュースばかりか、紅茶一杯さえ用意されている気配がない。召使の姿も見えない。

驚いて調理場まで行って探してみたが、人っ子一人いない。最後に勝手口を開けると、ベリンダが連れてきた二人の浮浪児が、石畳を敷いた搬入場所で犬と遊んでいた。

犬たちは主人を見て飛びついてきたが、ホークスクリフは押しのけた。嬉しそうにしっぽを振る元気いっぱいの犬たちがいらだたしかった。

ホークスクリフが出てきたのに気づいた二人の少年はぱっと立ち上がり、木製の兵士の人形のように「気をつけ」の姿勢になった。

「どこへ行ったんだ、みんなは？」強い口調で訊かれると、二人は顔を見合わせ、目をまん丸にしてホークスクリフを見上げた。

「早く答えなさい」

「船遊び」背の低いほうが先に口走った。

ホークスクリフは面食らって目をしばたたいた。「なんだって？」

二人はひそひそ声で話し合っている。

「料理人はどこにいる？」ホークスクリフは詰問した。「わたしの朝食はどうした？」

「料理人のおばさんと助手の人たちも、船遊びに出かけました」

「それにしても――どうしてそんなことに？」

「ミス・ベルがみんなに休みをあげたんです」

「そうだったのか。ははは、なるほどね！」ホークスクリフはいきりたって短く吠えるように笑った。

犬が一四、クーンと鳴いて主人の足元で丸くなった。小さいほうの子は背の高い子の後ろに隠れた。

ホークスクリフはうなり声をあげてきびすを返し、家の中へと引き返した。ミス・ハミルトンが召使たちに休みをやった張本人なら、さっさと起きてわたしに朝食を作ってくれるべきじゃないか。後ろからようすをうかがいつつこっそりついてくる二人の子どもにはかまわずに、階段を駆け上がり、足を踏み鳴らして廊下を歩く。ベリンダの部屋に着くと扉をどんどん叩いた。

「起きろよ、この怠け者」ホークスクリフはつぶやいた。「ミス・ハミルトン！　開けなさい！　聞こえないふりをしても無駄だよ」扉のすきまに向かって皮肉たっぷりに言う。

「ミス・ベルはいませんよ、旦那」

急いで振り向くと、すぐそこに少年たちが立っていた。小さいほうの子は親指をしゃぶっている。ホークスクリフはその子をにらみつけた。

「もう指しゃぶりをする年でもないだろう？　ミス・ハミルトンはどこにいる？」

「出ていきました」

「〝出ていきました〟って、どういう意味だ？」ホークスクリフはうろたえた。取っ手を回すと扉が開いた。寝室に足を踏み入れて、少年の言葉が正しかったことがわかった。化粧室をのぞき、カーテンの陰に隠れていやしないかと窓のあたりまで探した。

ホークスクリフは少年たちのほうを振り向いた。「ミス・ベルはどこへ行ったんだ？」

「教会です」

「そりゃ、行ったほうがいいだろうな！」ホークスクリフは憤然として大声をあげた。よかった。安堵の気持ちが全身に広がり、膝から力が抜けた。

彼は眉をひそめて子どもたちのようすを確かめた。「ミス・ベルはきみたちに朝ごはんを作ってくれたか？」

二人は首を振った。

ホークスクリフは口をきっと結んだ。子どもたちの世話を忘れるぐらいだから、よっぽどのことがあったのだろう。腹立たしそうにため息をつくと、面倒をみてやるつもりで子どもたちのところへ歩み寄った。「じゃあ、ついてきなさい。男だけでこの場を乗り切ろう。なんとかやれるよな？」

決然として調理場へ向かったホークスクリフ公爵は乗馬用の上着を脱いでシャツを腕まくりし、六個の卵を焼きはじめた。幼い仲間は不安そうに見守っている。

「料理人のおばさんは、いつもフライパンにバターを先に入れてたよ」トミーが言った。ただし、オムレツになっていたはずの真っ黒の燃えがらを長いこと思慮深げに見つめたあとのことだ。

ホークスクリフはフライ返しを投げ捨てた。「今さら教えてくれても遅いよ」

「忘れてたんだもの」

「それ、犬にやれ」

アンドルーは鼻にしわを寄せた。「犬だって食べませんよ」

けっきょく、ホークスクリフは地下貯蔵庫で昨夜の晩餐の残りを見つけた。三人の朝食は七面鳥の丸焼きの冷たい薄切り肉に、崩れたレモントルテをそえたご馳走になった。

サウス・ケンジントンにあるコールドフェル伯爵の屋敷へ行く時間が迫っていたので、子どもたちの世話はウィリアムにまかせた。きっとベリンダも、昼までには帰ってきて子どもたちの食事を用意してくれるだろう。自分自身はホワイツで食事をとるつもりだった。もうベリンダには会いたくないからだ。会ったところで、言うべきことは何もないじゃないか。

コールドフェル邸へ出かける前に書斎に立ち寄った。ひざまずいた美しき愛人の記憶を頭から追い出そうとつとめながら、机に向かってドルフ・ブレッキンリッジあてに短い手紙を走り書きした。

こちらは、例の取引をする用意ができている。
明日の晩一一時に、ベッドフォード通りの先のニューロー街にある宿屋〈ホワイト・スワン〉で待つ。
一人で来られたし。

ドルフへの手紙を書き終えたホークスクリフは、ふたたび馬に乗るために険しい表情で外へ出た。コールドフェル伯爵との約束があった。いろいろと説明しておかなければならないことがある。楽しみな面会ではないが、少なくとも頼まれた件はもうすぐ決着がつくと言って安心させてやれるだろう。

ナイト館の鋳鉄製の門をくぐったとき、馬に乗って近づいてきたのはなんと、うんざりするぐらい陽気な若き理想主義者クライヴ・グリフォンだった。またわたしを悩ませにやってきたのか。グリフォンは二一歳。ギニー金貨のように輝く金髪の巻き毛とすべすべした血色のよい頬を持ち、いまだ少年の面影を残す甘い顔立ちの若者だ。

「公爵閣下、ちょうどよかった！　お訪ねしようと思っていたところです」

「なんと運のいい日だ」ホークスクリフはぼやいた。この若者はいつも、人生に対して熱い思いを抱いている。

「すばらしい天気ですねえ！」グリフォンは言うと、脚の長い純血種の白馬の向きを変え、ホークスクリフと並んで進みはじめた。

「そのうち、雨が降ってくるさ」

グリフォンは高らかに笑い、コールドフェル邸までの道を案内する役を買って出た。屋敷は上流階級が住むサウス・ケンジントンの、緑豊かで閑静な地区にある。生い茂る木々に囲まれて広々としており、街中の喧騒や人ごみを嫌う人々や、同じ造りの家が軒を連ねる街路や連棟式の住宅では息がつまるという人々のあいだで、洗練された場所として人気が高まっていた。林のあいだにひっそりと点在する屋敷は外観こそ控えめだがどれも数エーカーの敷地に立ち、ウエストミンスターの国会議事堂にほど近い場所にあった。

ブロンプトン通りを行くあいだ、グリフォンはずっとしゃべりつづけていた。今日のホークスクリフは若者の熱意あふれる理想論に素直に耳を傾けた。理由はただひとつ、ベリンダのことを考えるよりましだからだ。

「女性の問題についてはどう思う、グリフォン?」ホークスクリフは、穀物法に反対するグリフォンの熱弁の途中でいきなり訊いた。

「女性ですか?」若者はグロスター通りを渡りながら、すっとんきょうな声をあげた。

「そうだ、女性だよ、女のことだ。いまいましいほどずるい人種さ」

「あの、閣下、失礼ですが、女性が今の話といったいどういう関係があるんでしょうか。国の財政について議論していたはずですが」

「まさにそこだよ! 女の関心事といえば財政、つまり金のことだけだ——我々のふところをねらうことしか頭にない」

「ええまあ、そうですね」グリフォンはためらいがちに答え、いぶかしそうにホークスクリフを見やった。

その瞬間から、ホークスクリフはこの若者に対して優しい気持ちになった。美しく狡猾な女がひしめくこの世界、いいように利用されてきた我々男たちは、ここで一致団結すべきだ。

二人は馬を速歩に保ち、ジョージ・キャニング元外相が新たに建てた威風堂々たる屋敷の前を通りすぎた。

「いいかグリフォン、聞きなさい」ホークスクリフは厳しい口調で言った。「きみの意見をコールドフェル伯爵の前で述べる機会を与えよう。それで伯爵が認めてくださったら、議席を与えるということで、いいかな？」

「閣下！」若者は感激のあまり目を大きく見開いた。「もちろんです！」感謝の言葉が次から次へとあふれ出た。影響力のある伯爵の前で私見を披露できるとは、願ってもない機会だった。

「ふむ」ホークスクリフは鼻先で笑い、グリフォンの馬をあごで示した。「見事な馬に乗っているじゃないか」

グリフォンはにやりとして、白馬の首をぱしっと叩いた。「実を言うと、伝説の名馬エクリプスの血をひく馬なんですよ。こいつがどれだけ走れるか、お見せしましょうか？」

「いいや、別にいいよ」

グリフォンは声をあげて笑い、馬を後ろ脚で立たせた。頭を高くかかげた白馬は、空を翔《か》けたくてうずうずしている翼のないペガサスのようだ。蹴り上げた前脚を地面に下ろした白馬を見て、ホークスクリフが思わず微笑むと、グリフォンはいきなり芝生を蹴ちらしながら全速力で疾走させた。若いなあ。ホークスクリフは顔をゆがめて、愛馬に舌打ちで合図すると、ゆっくりと走らせてあとを追った。

まもなく二人は、コールドフェル伯爵の私有地の入口となる背の高い門をくぐった。ルーシーはここで暮らし、そして亡くなったのだ。どこまでも広がる青空の下、灰色の領主邸は風格のある姿を見せている。二人は手入れの行きとどいた敷地を通り、長くまっすぐ続く私道を登っていった。あたりを見まわし、ホークスクリフは感心した。草木一本たりとも乱れがない。やはりコールドフェル伯爵とわたしは同類だ。同じ価値観を持ち、不運にも同じ女性を愛してしまった。

　ホークスクリフの頭の中を一人の女性の面影がよぎった。緑色の瞳を持つ赤毛の女性ではなく、亜麻色の髪の、優しい釣鐘水仙《ブルーベル》色の夢見がちな瞳の女性だ。

　二人は屋敷の前で馬を降りた。ホークスクリフはグリフォンのほうを振り向いて念を押した。「待っていろと言われた場所から動かないように。うろうろしたり、面倒を起こしたりしてはいけないよ」

「承知しました、閣下！」グリフォンは息をひそめ、喜びを顔いっぱいに表して答えた。

　ホークスクリフは軽くうなずき、玄関へ向かった。扉を開けて出迎えた執事に日当たりのよい応接間へ通されると、コールドフェル伯爵が待っていた。窓からは庭を一望でき、ルーシーが溺死した池も見える。暖炉のマントルピースの上にはルーシーの大きな肖像画がかかっている。その絵をちらりと見たホークスクリフの胸に、痛みが波のように押し寄せた。

　今日はなんと喪失の悲しみが重なった日であることか。ベリンダはルーシーのようにこの世を去ったわけではないが、失ったという意味では同じだった。というより、傷はもっと深いかもしれない。なぜなら手の届かない存在だったルーシーと違ってベリンダは、ほんのいっときではあるにしても、自分のものだと感じた女性だからだ。自分が心を奪われているうちにベリンダが金を稼いでいたことなど、想像すらしなかった。

ベリンダは、わたしがどうせ降伏するだろうから、欲しいだけの金を自由に使える愛人としてとどまれると期待していたにちがいない。だが、そうはいかない。どんな女性であれ、人をばかにしたふるまいを許すつもりはなかった。それは、母親が新しい愛人を作るたびに情けない男になりさがっていった父親を見てきて学んだ、ひとつの教訓だった。

「ホークスクリフ公爵、わざわざ足を運んでくれてありがとう」室内履きの足を引きずりながらコールドフェルが歩み寄った。きちんとした茶色のベストとズボンの上に、絹のゆったりしたガウンをはおった姿だ。

「伯爵閣下」ホークスクリフは張りつめた笑みを無理やり浮かべて挨拶を返した。二人は握手をし、向かい合わせに腰かけた。

コールドフェルは脚を組んで座り、両手の指を組み合わせて膝の上にのせている。「ロバート。わたしはお父上とは生前おつき合いがあったし、きみのことも少年のころから知っている。さて今日、ここに来てもらったのは、ひとつ簡単な質問をしたかったからだ。いったいどういうわけで、あの女性を家に入れているのかね？」

ホークスクリフはふうっと息を吐き、椅子の背に頭をもたせかけた。

「きみぐらいの年ごろの男性なら、愛人の一人ぐらい持つのは自然なことだ。実際、きみの趣味がいいのには感心したよ。しかしだな——」

「わかっています」

「わかっているって？　醜聞が立っていることも知っているのか？　きみの評判があやうく

なっているんだぞ」

ホークスクリフは顔を上げ、ぼんやりと伯爵を見つめた。「二人の関係は、見かけとは違うのです。ミス・ハミルトンに対するドルフの執着心につけこむつもりで、その立場を利用させてもらおうと思っただけです、単なる芝居にすぎません」

「そうかな、わたしにはまさに本物の恋人どうしのように見えたがね」コールドフェルは不機嫌そうに息を吐いた。「彼女には気をつけたまえ、ロバート。どんな女性かわかっているだろう」

その点については意見を述べたいとも思わなかった。「ご安心ください、伯爵。まもなくすべてが終わります。お約束どおり、一両日中に甥御さんと会って片をつけますから」

「結構だ」コールドフェルは声を落として言った。「そのときが来たら、立ち会わせてもらいたいんだが。知らせてくれるだろうね？」

ホークスクリフはうなずいた。

コールドフェルは満足げな表情になり、ふたたび椅子に深くもたれかかった。「さてと。無理を言うようで申し訳ないが、うちのジュリエットに会ってやってくれないか。社交の機会がない娘だし、訪問客も少ないものでね」ぎこちない動きで椅子から立ち上がる。

ホークスクリフはただ習慣として染みついた礼儀正しさから、柔和な表情を見せて誠意を示した。「無理だなんて、とんでもない」もう女はこりごりだ、と思ったばかりだったが、ここは潔くあきらめて、愛想よくしておこう。

「そうか、それはありがたい」コールドフェルは顔を輝かせて言った。

老人は公爵を広々とした庭に案内した。ジュリエットと再会させるのがねらいにきまっているが、ホークスクリフは抵抗すらできないほど陰鬱な気分になっていた。高貴な血筋のレディ・ジュリエットは、温室育ちでおとなしく、気立てもよくて、夫となる男は醜聞の心配はない。そのうえ生まれながらの聾唖ではなく、黄熱病でそうなったにすぎないため、障害が子どもに遺伝する恐れもない。ホークスクリフは以前に会ったことがあり、なかなか可愛らしい娘だったので同情心をかきたてられてはいた。かよわい娘を大切にし、守ってくれる思いやりあふれる夫を探してやらなければというコールドフェルの親心もよく理解できた。

しかし今日のホークスクリフは、ベリンダの父アルフレッド・ハミルトンが、コールドフェル伯爵のような父親らしい溺愛ぶりをほんの少しでも見せてくれたら、とむなしく願うばかりだった。

ホークスクリフは帽子を片手に持ち、太陽に照らされた見事な庭園を見わたした。人工の池や泉、装飾刈り込み《トピアリー》が美しく配置されている。穏やかな緑の水をたたえた池が目に入り、ルーシーが溺れ死んだことを思い出して体がこわばったが、決然として目をそらした。

「それはそうと、伯爵にお目にかかりたいという知人を連れてきているんですが——有望な青年で、下院議員になりたいと熱望しています。伯爵のご判断を仰ぎたいと思いまして」

「トーリー党員にふさわしいかどうか判断するためなら、喜んで会わせてもらうよ」コールドフェルは承知し、先に立って一歩おきに杖にすがって歩いた。

「ありがとうございます」ホークスクリフは、グリフォンが確固たる無党派で、どの党にも所属するつもりがないことには触れないほうが賢明だろうと判断した。

「名前は？」

「クライヴ・グリフォンです」

「ダービーシャー州のグリフォンかね？　由緒ある家柄で、昔からの大地主だろう」

「ええ、そうです」

「遺産相続人ではないのか？」

「いえ、実はそうなのです。非常に見込みのある若者です」

「ふむ」

二人は低めの垣根仕立てにした桜の木立が尽きるところまでやってきた。青々と茂る葉のあいだから、まさに無垢で可愛らしい乙女の姿が見えた。

昔風の趣がある、凝った造りのハト小屋の前にひざまずいたレディ・ジュリエットは、白いハトを指先に止まらせて優しく撫でていた。濃い茶色の巻き毛と薔薇色の頬、乳白色の肌が魅力的な一七歳の愛らしい乙女は、二人の存在には気づかず、穏やかな声でハトに語りかけている。

ホークスクリフは横目でコールドフェルを見て微笑んだ。気持ちが沈んでいるにもかかわらず、心の琴線に触れるものがあった。「今、邪魔をするのはどうかと思いますよ。ハトに夢中なようだから」

伯爵は子煩悩な父親らしい誇りで顔を輝かせた。「とんでもない、きみに会えれば喜ぶにきまっているよ。孤独なあの子だが、これを機にもっとよく知ってほしいんだ。きみについてはいろいろと教えてあるからね」ホークスクリフは横にいる伯爵をちらりと見た。わたしのことをどんなふうに話したのだろう。たとえば——いいかい、ジュリエット。この人が、**おまえのお継母《かあ》さんと寝たがっていた立派な人だよ。**

「憶えておいてほしいんだが、あの子に話しかけるときはゆっくりとな。そうすれば唇の動きを読めるから」コールドフェルは杖をついて木立の中へ入っていった。

ホークスクリフはあとを追ったが、二人がハト小屋のところへ行く前に、突然ジュリエットの笑い声が響いてきた。

「おい、どうしたんだ？」コールドフェルは叫んで立ち止まり、木立の中をのぞきこんだ。

その光景にホークスクリフは左眉をつり上げて顔をしかめた。ジュリエットはすでに、ハトのほかにも話し相手を見つけていた。さっきは桜の木立に隠れて見えなかったが、なんとクライヴ・グリフォンがそこにいたのだ。乙女を楽しませようと、逆立ちをして脚をばたばたさせている。

「うわあぁ！」グリフォンは脳天から芝生に落ちかけて大声をあげたが、道化師さながらの宙返りをしてジュリエットの前にすとんと着地した。綿毛になったタンポポを捧げるように差し出す。

「願いごとをしてごらん」グリフォンは言った。この半時間ずっとジュリエットと一緒にいたのか、やけに親しげな口調だ。

ジュリエットは熱っぽいまなざしでグリフォンを見つめていたかと思うと、白い球のようなタンポポの綿毛にふっと息を吹きかけた。綿毛はふわふわと風に舞い、飛んでいった。次のひと息を吹こうとすぼめられたままのジュリエットの唇に、グリフォンは大胆にも体をかがめてキスした。だが、コールドフェル伯爵が大声で怒鳴りつけたのに反応してぴたりと動きを止めた。なんてことだ。ホークスクリフはがっくりきた。

「そこまでだ！」コールドフェルは怒鳴り、すさまじい勢いで杖をついて若い二人に歩み寄った。「娘から離れるんだ、今すぐ！」

面会は台無しになった。

しばらくしてホークスクリフは、失敗にもくじけないグリフォンと連れ立って庭園を出、馬をつないだ場所へ向かっていた。

「ジュリエットが好きになってしまったんです」

「ただでさえばかなのに、このうえまたばかなことを言うんじゃない。キスするなんて、グリフォン、いったい何を考えているんだ？　父親の目の前でだぞ！」

「だって、そうしたかったんです。心の命じるままに行動しただけですよ！　それに、ジュリエットだって喜んでいましたから」

「どうしてわかる？　あの子と話ができるっていうのか？」

「目で多くのことを語ってくれましたから。大好きないとこに耳の聞こえない子がいるので、慣れているんです。言葉なんかなくても気持ちは伝わりますよ。本当にきれいな娘だなあ!」馬のもとへ向かうグリフォンは帽子を胸にあて、屋敷を見つめながら後ろ向きに歩いている。

ホークスクリフがその視線の先をたどると、しょんぼりしていたはずのジュリエットが建物の二階の窓からグリフォンに投げキスをしているのが見えた。グリフォンはそれを歓喜の叫びをあげて受け止め、大声で笑いだした。ホークスクリフは顔をしかめた。自分の花嫁候補をめぐる嫉妬というより、いらだちのためだ。こうなったら一生独身のままでかまわない、と思いながら、ビーバーハットをぐいとかぶり、鞍にまたがった。

「公爵。ぼく、あの子と結婚しようと思います。そう、あの子がいい」

「やれやれ。きみというやつは、今まで出会った中で一番おかしな男だよ」ホークスクリフはつぶやいた。二頭の馬は公道に出て、速歩でナイツブリッジへ向かっていた。

「誰かがジュリエットと結婚しなければいけないでしょう? 耳が聞こえなくても、ぼくはかまわない。すてきな娘なんだもの……」

グリフォンはジュリエットを褒めちぎり、それはホークスクリフがもう耐えられない、と思うまでえんえんと続いた。

「グリフォン」ホークスクリフはいらいらしてさえぎった。「きみに議席をやることに決めたよ」

若者ははっと息をのんだ。「公爵?」

「きみに機会を与えてあげるべきだとミス・ハミルトンが言うものでね。さあ、とにかくその口を閉じてくれたまえ。でないとわたしの気が変わってしまうかもしれないぞ」

ドルフ・ブレッキンリッジが行きつけのクラブからカーゾン通りにある独身者向けの下宿に帰ってみると、短い手紙が届いていた。封蠟《ふうろう》にホークスクリフ公爵家の紋章があるのを見て、すぐに封筒を破って開ける。それは高姿勢の呼び出し状だった。ドルフは冷笑した。いよいよ来たか。

それでもドルフは、ホークスクリフの言いなりになるつもりはなかった。ペンと紙を取り出し、急いで返事を書いた。

〈ホワイト・スワン〉は都合が悪い。顔を知られているし、この件に関わりがあるのは我々と彼女だけだ。ハムステッド・ヒースへ行き、チョーク・ファーム通りからヘイヴァーストック・ヒルへ向かってくれ。アデレード通りと交差する角から二キロほど行くと、右手にわらぶき屋根の家が見える。道路から少し奥まったところだ。そこで待っている。遠い場所なので、明日の夜九時ということにしたい。ミス・ハミルトンを連れてくること。

ベリンダはその晩、輝く宝石を身につけ、崇拝者たちに囲まれて、ヘイマーケット王立劇場の一シーズン二五〇ポンドというボックス席に座っていた。オペラの舞台を見つめるその目は悲しみに打ちひしがれていた。

ホークスクリフとの仲を決裂させたうえ、高級娼婦の第一原則を破ってしまった。新たなパトロンを探したほうがよさそうだった。ハリエットによると、次に誘惑すべき金持ちの愛人候補を見つけるべく、常に目を光らせておけという。先輩の助言を受け入れるべきときが来たのかもしれなかった。

ホークスクリフを平手打ちしたことが、自分でも信じられなかった。でも、わたしがお金だけが目当ての女だと、彼は本気で思っていたのだろうか？　二人の関係に生じた亀裂を修復する方法はただひとつ、真実を打ち明けるしかない――それを思うと絶望感に襲われた。

昨夜のベリンダは、愛の行為で最高の喜びを味わい、今思い出しても顔が赤らむほど積極的に楽しんでいた。でも、銀食器が触れ合うガチャガチャという音が引き金となって噴き出した、心の奥底にひそんでいた恐怖感をどう説明すればいいのだろう？　納得してもらうためには、監獄の所長に襲われたことを話さなければならない。自分の恥ずべき過去を知られるなど耐えられない。ホークスクリフはあの汚らわしい所長を実際に見ている。もし、すべてはわたしが招いたことだと思われたらどうする？　収監されている父親を特別扱いしてもらうために所長を誘惑する計略だったと勘ぐられたら？　自分の苦しみをわかってもらおうと彼を信じて秘密を打ち明けたあげく、事実とは違う解釈をされ、今よりもっと辱められたりしたら、もう生きていけない。

いずれにしてもホークスクリフはわたしを売春婦としか見ていない。体を売り物にして欲しいものを手に入れる女。確かに今はそうだ。でもあのときは汚れを知らぬ乙女だったのだ。何を言っても、けっしてわかってはもらえないだろう。

ボックス席の暗がりの中、周囲の男性たちをこっそり見ながら、ベリンダは思った。いとしい人とでさえ愛を交わすことを拒否してしまう自分が、ほかの男性と関係を持てるわけがない。わたしは一生、愛の営みや女の喜びとは無縁なのだ。

オペラの舞台がはねたあとナイト館に帰ったベリンダは、ウィリアムの助けを借りて馬車から降り、覚悟を決めて玄関まで歩いていった。夜一人で出歩いたことをホークスクリフはどう思っているだろうか。いや、わたしがいないことに気づいてさえいないかもしれない。

重いため息をついて、スカートを片手で持ち上げ、ハンドバッグをぶらさげたもう片方の手をなめらかな手すりにすべらせて、長いらせん階段を上りはじめた。今日一日、ホークスクリフの顔を一度も見ずに寝室へ引き上げることになるが、しかたがない。半分ほど上ったところで、コツ、コツというゆっくりとした重い音が下のほうから響いてきた。磨き上げられた大理石の床を歩くホークスクリフの、ブーツのかかとがたてる音だ。次に、落ち着いて深みのあるバリトンが聞こえた。

「ちょっと待ってくれ、ミス・ハミルトン」

ベリンダは息を吸いこみ、振り返って見下ろした。ホークスクリフは玄関脇の広間にいた。長身を黒一色で包んだ、洗練された姿。扉のほうを向いている。尊大で厳格な雰囲気で肩をそびやかし、気品漂う手を後ろに組んでいる。

「なんでしょう？」ベリンダはわずかに息をひそめて訊いた。

ホークスクリフは目の前の扉を凝視している。「明晩九時にドルフ・ブレッキンリッジと会うことになった。きみの役割を果たしてもらいたい」

彼のよそよそしい口調に寒気をおぼえたベリンダは、「そうですか」と弱々しく答えた。

「それが終われば、支度がととのいしだい、どこへ行こうときみの自由だ」

その言葉の意味するところは明らかだった。ベリンダの心の中の何かが壊れた。

ホークスクリフは一刻も早くわたしを追い出したいのだ。それがわかって、なぜ今さら衝撃を受けているの？　陰鬱な彼の姿が遠くに見える。天井が高く広々とした空間が揺れ、心のかけらがさらに細かく砕けちった。泣き叫んで抗議したいのをこらえ、張りつめた声で「わかりました」という言葉をしぼり出した。

「おやすみ……ミス・ハミルトン」ホークスクリフは大理石の床を見つめたままで言った。ろうそくの光が黒く波打つ髪をぼんやりと照らしている。

ベリンダは喉がつまって答えられなかった。自分という人間が崩壊するのを感じていた。だが何をしても、何を言っても無駄だ。ベリンダは気を落ち着けて、あごをむやみに高く上げて平静を装い、こわばった無表情を保ちつつ自室へ引き上げていった。

15

翌日の夜はすぐにやってきた。

ホークスクリフとベリンダは馬に乗り、薄暗いチョーク・ファーム通りを駆け足で北上し、ハムステッド・ヒースに向かっていた。あの憎き敵、好色なドルフが、自分を我がものにできると期待して待ち受けている。それを思うとベリンダは、今すぐにでも灰色の去勢馬の向きを変えてロンドンへ引き返したい気持ちにかられた。だが、ホークスクリフを裏切るわけにはいかない。今夜、勇気をふるって自分の役割を果たすしかない。愛するレディ・コールドフェルのためにホークスクリフが復讐する手助けをすることが、彼の目に映る自分の名誉を挽回する唯一の方法なのだ。

それでもやはり、ホークスクリフはわたしのことを、ドルフにくれてやってもかまわないほどに軽蔑したままだろう。

二人はアデレード通りを過ぎ、ヘイヴァーストック・ヒルに入った。ホークスクリフは右手を何度も確認している。道路から少し奥まったところにわらぶき屋根の別荘が見えてくるはずだ。

ようやく馬の速度を落とし、ベリンダに合図を送る。目指す家が見つかった。

石造りの建物の上の低い夜空に満月が出て、わらぶき屋根に枝を伸ばした大きなニレの木の葉を銀色に輝かせている。家の窓には明かりがついておらず、玄関のあたりも暗い影におおわれている。二人が低い石垣に向かって進んでいくと、家のそばで草をはんでいたドルフの純血種の馬が頭を上げ、耳をぴんと立てた。

ベリンダは不安そうにホークスクリフを見た。タカを思わせるその顔は無表情で、かつて見たことがないほどによそよそしい。だが、黒い瞳は冷たい不信で光っていた。全身黒ずくめの服装で、引きしまった腰には二発の弾をこめた拳銃と剣を帯びている。

戸口の薄暗がりでわずかな動きがあり、人影となって現れたのはドルフだった。「あいかわらず時間に正確だな、ホークスクリフ。ご褒美を連れてきたようだな」

ベリンダはごくりとつばを飲みこんだ。

「今夜、ミス・ハミルトンはきみのものになる。きみが協力してくれたらの話だが」

「彼女は同意してるのか？　引っかけはなしだぜ」

「同意しています」ベリンダは震える声をしぼり出すように言った。

「では、入るぞ」ホークスクリフはすばやく馬から降り、横鞍に乗っていたベリンダのウエストに手を回して持ち上げた。ほんの一瞬の触れ合い。その感触にベリンダはみじめな気持ちになった。ホークスクリフを抱きしめて、どうかわたしを行かせないで、と懇願したかったが、何も言わないまま地面に下ろされた。

ベリンダは乗馬服のスカートの乱れを直し、胸を張った。二人は並んで腰までの高さしかない小さな門を抜け、ひっそりと立つ家へ向かって歩いていった。

前庭は草木が生い茂り、つるが育ちすぎてからまり合った薔薇がたわんだ格子垣《トレリス》を伝って上に伸び、甘ったるい香りを夏の夜気に漂わせている。

ホークスクリフが近づいていくとドルフは後ずさりした。ホークスクリフはその長身にうむをいわせぬ威厳をまとって大またで敷居をまたぎ、ベリンダは二歩下がってあとに続いた。ドルフはサテュロスのようないやらしい目つきをしながら、玄関に歩み寄るベリンダにささやいた。「きみが欲しくて、ぼくはもう硬くなっているよ」

ベリンダはつばを飲みこみ、ためらった。だが果たすべき役割はよく承知していたので、なんとか自分を励ましてドルフに触れた。かすめるように前を通りすぎ、片手を彼の平らな腹にはわせ、けだるげな視線を投げかけながら中へ入る。「いらっしゃい」

ホークスクリフの脇を通るとき、その射るような視線に目を合わせることができなかった。ベリンダは玄関に隣接する小さな応接間に入り、暗がりの中で振り向いた。ドルフは用心深くついてきた。

計画どおり、ホークスクリフは応接間には入らず隣の部屋に残った。

ベリンダはドルフを見つめながら、ぴったりとした乗馬服の上着を脱いだ。その下の麻のシャツを、ドルフの熱い視線が突き通すように感じられる。ドルフが近づいてきた。その表情は警戒を解いていない。「きみは変わったな」

「ええ」

「ついに、ぼくを受け入れる覚悟ができたというわけか」

「そうよ」

すぐにでもベリンダをむさぼりたがっているかに見えるドルフだったが、その目はそわそわとして疑いに満ちている。「今になって、なぜ?」

「なぜって、わたしのことを本当に気にかけてくれるのはあなただけだって、ようやくわかったからよ」ベリンダは静かに言った。皮肉なことに、ある意味それは事実だ。

「ベル」ドルフは苦悩の表情でつぶやいた。「一生、わかってくれないと思っていた」あと一〇センチほどの距離まで近づいて立ち止まったドルフは、筋骨たくましい体でおおいかぶさるようにベリンダを見下ろした。息が荒くなっているのがわかる。ベリンダは足の先まで震え上がるほど怖くてたまらなかったが、恐れを見せずに持ちこたえた。シャツの上から片方の乳房をつかまれたときも、口から抗議の声が出そうになるのをこらえた。

ドルフは手をゆるめない。ベリンダの反応を観察しながら、ひるむのを期待しているかのようだ。ベリンダは感情を押し殺した挑戦的な態度で、ただじっとドルフを見上げていた。するとドルフはかすかに微笑み、手に力をこめた――そしてさらに強く握りしめた。

家の中に入って、やつをじらしてやれ。ホークスクリフは事前に指示していた。そして、それこそきみのお得意だろう、と小声でつけ加えた。

ベリンダは背伸びして腕をドルフの首に回すことで、乳房をつかむ力をゆるめさせた。

ドルフの目には熱い欲望の光がよぎり、すぐにベリンダのウエストに手を回してぐいと抱き寄せると、小さなうめき声をあげ、彼女の首のくぼみに顔を埋めた。

「ベル」ドルフはささやいた。「ああ、ベル、なんて悪い女なんだ。ぼくはきみのためならどんなことでもする覚悟だったのに、逃げてしまって、今じゃ――」ウエストに回された手に急に力がこもる。あまりに強く締めつけられて、ベリンダは息ができない。

ドルフはもう片方の手でベリンダの髪をつかみ、ぐいと後ろに引っぱった。

恐ろしさに動けなくなったベリンダは、ただドルフを見つめるだけだ。

「きみがぼくのものになったからには、二度と逃げないようにしておかなくてはね」ドルフはささやいた。

体をいきなり空中に持ち上げられた。そのまま数歩運ばれたベリンダは、空気を求めてあえいだ。あっというまに背中を壁に押しつけられ、すばやく、荒々しく、ぬるりとしたキスで唇をふさがれた。抵抗するどころか、息をする余裕もない。恐怖で目を大きく見開いたベリンダは、必死でドルフの肩を押しのけようとしたが無駄だった。歯がぶつかって唇が切れた。太ももにあざができるほどの激しさで腰を打ちつけられた。ドルフはベリンダのシャツのボタンを、手荒く、だが驚くほど手際よく迅速にはずし始めた。そのとき、はっきりとわかった。

犯される。

ベリンダの足は宙に浮いていた。何よりも恐ろしいのは、愛する男性が隣の部屋にいるということだ――何の手出しもせずに。

やけに静かだが、どうしたのだろう。ホークスクリフは胸騒ぎをおぼえながら台所の中を歩きまわっていた。

ベリンダがドルフを懐柔して、素直にしゃべる気にさせるまである程度の時間が必要なことはわかっていた。だが隣の部屋が静まりかえっているのが気になる。いやな予感がつのり、ついには耐えきれなくなった。

心臓の鼓動が速くなっている。応接間に足を踏み入れたとたん、ドルフがベリンダを壁に押しつけている光景が目に飛びこんできた。頭に血が上った。それまでに感じたことのない、心の底からの激しい怒りと、吐き気がするような罪悪感だった。

低い罵り声をあげながら突進し、ドルフの腕を荒々しくつかんだ。「やめろ！」

「うるさい、出て行け」ドルフはがなった。

ホークスクリフはベリンダの目をまともに見られなかった。どんなに恐ろしい思いをしたことだろう。意志の力を総動員して憤激を抑えこんだ。「本題に入ろうじゃないか」

「出て行けと言ったろう！」ドルフは怒鳴り、ベリンダの体を放してホークスクリフと向き合った。「おまえにはもううんざりだ。いったい何が望みなんだ?」

ホークスクリフは拳銃を取り出してドルフのあごの下に突きつけ、にらみつけた。

ドルフは凍りついた。

解放されたベリンダは、泣きながら逃げるように部屋を出ていった。ホークスクリフはあとを追って支えてやりたい衝動を抑えた。

「わたしの望みを教えてやろう。いいか、ドルフ、お遊びはやめだ」ホークスクリフはドルフの喉にさらに強く拳銃を押しつけた。「なぜルーシーを殺した？　答えろ！」

ドルフは目を見張った。明らかに動転していた。「ルーシーだって？　ぼくがルーシーを殺したと思ってるのか？」

「この引き金を引けば、一発であの世行きだ。本当のことを言ったほうが身のためだぞ」

「頭がおかしくなったんじゃないのか？　ルーシーは溺れ死んだんだぞ。誰もが知ってる事実だ！」ドルフは落ち着かないようすで拳銃を見下ろした。「こいつをまず下ろしてくれよ、ホークスクリフ。どうかしてるぞ」

「おまえがルーシーを溺れ死にさせたんだろう。正直に言え」

「彼女の死に、ぼくはなんの関わりも――」

「認めろ。一生に一度ぐらい、男らしくするんだな。ルーシーの子どもが生まれたら遺産を自分のものにできなくなる。それで殺したんだろう」

ドルフは小ばかにしたようにせせら笑った。「その、生まれるはずだった子が誰の子だと思ってるんだ？　ばかなことを言うなよ。なんでぼくがルーシーを殺さなきゃならない？　愛人だったのに」

まさか。ホークスクリフはドルフをまじまじと見た。足下の地面が崩れ落ちたような衝撃で、しばらくは口がきけなかった。ようやくうなり声をしぼり出した。「今、なんと言った？」

「だから言っただろう、ベッドをともにする愛人だったって。それに、がきが生まれて困るのはぼくだけじゃない、ルーシーも同じだったよ」

燃えるような怒りにとらわれたホークスクリフは、握りしめた銃の台尻を振り上げて、ドルフの目に強烈な一撃をくらわせた。ドルフは罵りの言葉を吐いてのけぞると、小さな足置き台につまずいて倒れ、床に長々とのびた。

ホークスクリフは両手で拳銃をかまえ、ドルフにねらいを定めた。「今すぐ本当のことを言うんだ、ドルフ。さもないと頭を吹っ飛ばす。本気だぞ」

「落ち着け、ホークスクリフ！　くそっ！　何を言おうとしたかというと――」

「ルーシーはおまえの愛人なんかじゃなかった。絶対に、ありえない。彼女は――穢《けが》れのない女《ひと》だった」ホークスクリフは怒りに震えていた。

それは今までに経験したことのない、恐ろしい知覚だった。熔けた金属が冷えて固まるように、心の淵を埋めていく。

「穢れがないだと？　ルーシーが？　冗談だろう」

「冗談なんかじゃない」ホークスクリフはつぶやいた。「おまえはルーシーに乱暴を働いただろう。今さっき、わたしが止めなければベリンダにしようとしていたのと同じようにな」

「確かに寝たさ。だがね、言っておくが、誘惑したのはルーシーのほうだよ」

「ありえない。彼女は――ルーシーは――貞淑な女性だ」

「そう思うのなら、ルーシーって人間をちっとも知らないということだな。でもまあ、彼女も、本当の自分をおまえに知られたくはなかっただろうよ。もし知られたら、男の中の男、ホークスクリフに愛想を尽かされてしまうからね。おまえは彼女に手玉にとられてたんだよ、閣下。ロンドンじゅうの青年の半分と寝ていながら、公爵夫人の地位をねらっていたわけだ。そうだ、だまされやすい高貴なカモの公爵さんにもうひとつ言っておこう」ドルフは悪意に満ちた笑いを浮かべて言った。「優しいルーシーが、どれほど穢れのない女だったか教えてやるよ。彼女はよく寝室の窓のまん前で服を脱いでいたものさ。御者や馬丁を苦しめるだけのためにね」

「殺してやる」ホークスクリフはつぶやいた。汗が玉となってこめかみを伝った。「ルーシーが愛人だったなんて、嘘にきまってる。おまえはベリンダに恋して、何カ月も口説こうとしていたんだから」

「恋だって？」ドルフはあざ笑った。「恋していないかぎりベッドへの誘いに乗っちゃいけないなんて、いつ決まったんだ？　やれやれ、おまえは堅物もいいところだな」

それが何を意味するかを悟って、ホークスクリフは愕然とした。「ルーシーはおまえのおじ上の妻だった人だぞ」

ドルフは肩をすくめた。「ああ、そうだな、少し不道徳だったかもしれないがね。だが誘ってきたのはルーシーのほうだよ。ぼくはただその気持ちを受け止めただけで」

「このろくでなしめ、そんなのは嘘だ！」ホークスクリフはわめき、銃の撃鉄を起こした。本気で発砲するつもりだった。今、この場でドルフ・ブレッキンリッジを平然と撃ち殺してやる。指が引き金にかかった瞬間、穏やかではあるが毅然とした声が聞こえた。

「ロバート、やめて」

いったんは逃げたベリンダだったが、気持ちを落ち着かせて戻ってきたのだ。隣の部屋で二人の会話の大部分を聞いていた。そして今、ホークスクリフが思い描く騎士道的愛の夢が砕けちるのを目の当たりにしていた。月光に照らされたホークスクリフの顔は険しく、出陣化粧をした先住民のような陰影が見える。緊張した手で拳銃を握り、ドルフの心臓にねらいを定めている。

ベリンダはさらに一歩近づいた。「そんなことしないで、ロバート」

「ドルフが心配なのか」

「わたしが心配なのはあなたよ。それに、あなたらしくないわ」

「やつは嘘つきだ」

「相手は丸腰よ、ロバート。お願い。撃ったら絞首刑になるかもしれない。この人にそれだけの価値はないわ。それに、本当のことを言っているかもしれないでしょう」

「ぼくの言ったことは本当だ」ドルフはゆっくりと起き上がりながらつぶやいた。

「証明できるのか？」ホークスクリフは歯がみをして言った。

「この家はルーシーのもので、ぼくに遺してくれたんだ。ここで逢引をしていた。おそらくほかの男との情事にも使っていただろうが、秘密にしておいてときつく言われたよ。おじに絶対に知られないようにとね」

ホークスクリフのようすを見ると、ひどい衝撃を受けたせいか唇は青ざめ、目はどんよりとして生気がない。ベリンダはドルフのほうに向きなおった。「あなたの言っていることが真実だという証拠を見せてちょうだい。話はそれからよ」

「そうだな――そこの机の中を調べてみたらどうだ」ドルフは拳銃から視線をそらさずに、左のほうをあごで示した。「ひょっとするとルーシーの私物で、証拠になりそうなものが入っているかもしれない」

「調べてくれ」ホークスクリフはベリンダに指示した。

机の上に小さな石油ランプが置いてあった。暗がりの中、火口箱《ほくちばこ》を手さぐりしてようやく火をつけた。小さな炎が上がると、ベリンダは書き物机の傾斜のついた蓋を開けてのぞきこみ、中身を調べた。

「手紙のようなものを探したほうがいいかしら？　あ、写生帳があったわ。絵が描いてある」

「持ってきてくれ」

ベリンダは木炭で描いた素描を集めた写生帳を取り出し、ホークスクリフのところへ持っていくと、最初のページを開いた。

「白鳥。美しい絵ね」ベリンダは乾いた声で言い、ページをめくった。「水仙の花。少女が描かれているわ」

絵をちらりと見たホークスクリフの目には苦悩がにじみ、唇には色がない。「それはコールドフェル伯爵のお嬢さんだ」

次のページをめくりかけたベリンダは、一瞬見ただけで動揺して手を止めた。まあ、なんてこと。

「ロバート」おそるおそる話しかける。「この写生帳の絵、レディ・コールドフェルが描いたものだと思う？」

「ルーシーの描いた絵なら見ればすぐわかる。だが、写生帳があるからといって彼女がここを逢引の場所に使っていた証拠にはならない」

「だったらこの絵を見てみて」ベリンダは嫌悪感のあまりたじろぎ、ためらいがちにそのページを開いて見せた。ドルフ・ブレッキンリッジが裸でベッドに横たわり、満足げに眠っている姿を描いたスケッチだった。

ホークスクリフは一瞥し、驚愕に目を見開いて悪態をついた。「これを持っていてくれ」うなるように言うと拳銃をベリンダの手に押しつけた。「やつが少しでも動いたら、引き金を引け」

ベリンダはうろたえながら銃を受け取った。ホークスクリフは写生帳を持って歩いていき、ランプに近いソファにもたれて座った。

ドルフが起き上がろうとしている。

「おかしなことを考えるんじゃないわよ、この野蛮人」ベリンダは警告し、ドルフの目と目のあいだに銃でねらいをつけた。

ドルフは鼻であしらった。「まさかぼくを撃ったりしないだろう、ベル。きみのことを本当に気にかけているのはぼくだけだって、言ったよな?」

「お黙りなさい!」

「ブレッキンリッジ」ホークスクリフが脅すような低い声で言った。

ドルフはまるで主人に叱られて不服そうに従う雑種犬のように、ふたたび床に寝そべった。

ホークスクリフは写生帳を開いた。次々とページをめくっていくうちに、顔に激しい動揺が表れるのが見てとれる。白黒の見事なスケッチの数々は、ドルフだけでなく、上流階級の中でも厳選された青年たちの裸体や半裸の姿を、それぞれ異なる状況で描いたものだった。

「信じられない」ホークスクリフはうつろな声で言った。

黒い瞳には嵐が吹き荒れていた。あるページまで来たとき、その目は釘づけになり、悲しみに打ちひしがれた――それは、短縮遠近法でホークスクリフを斜めからとらえた顔だった。

ベリンダはその瞬間、彼の狼狽と苦悩を肌で感じた。

次のページも、そしてその次のページも。さまざまな姿勢のホークスクリフを描いた絵は一〇枚以上あった。ホークスクリフの心をもてあそんでいたにしても、ルーシーが彼を求めていたことは明らかだった。木炭による柔らかい線の一本一本に、ホークスクリフへの思慕が感じられた。伯爵夫人はこっそりとではあるが、彼の姿をつぶさに観察していたのだろう。記憶だけで、これほど魂のこもった絵が描けるはずはない。ホークスクリフの内面の不安や、堅苦しさの裏に隠された情熱、そして高潔さと誇り高さがあますところなくとらえられていた。

ホークスクリフは顔を上げ、焦点の定まらない、頼りなげな目をベリンダに向けた。

「レディ・コールドフェルはあなたの気持ちを自分になびかせようとしていたのね。あなたはそれに気づきもしなかった」ベリンダは穏やかに言った。

「そのとおりだ」ドルフがつぶやいた。「だから言ったじゃないか、手玉にとられていると」

「彼女が求めていたのがホークスクリフだったとしたら、なぜあなたを誘惑したのかしら?」ベリンダはドルフに訊いた。

「なぜだと思う? おじがものの役に立たなかったからだよ。ルーシーが必要としていたのは股のあいだに入ってくれる男だった。男を寄せつけない誰かさんとは大違いだな、きみのような――」

「わたしを侮辱する前に、拳銃を突きつけられているのを忘れないでほしいわ」ベリンダが厳しい口調で言うと、ドルフの目に罪悪感がよぎった。このようすを見るかぎり、幸いレディ・コールドフェルを殺してはいないらしい。だが、きっと何かを隠している。ベリンダはそんな気がしはじめていた。

ホークスクリフはソファから立ち上がった。「ブレッキンリッジ、もういい。どこへ行こうときみの勝手だ。みっともないまねをしてすまなかった、謝るよ。どうやらわたしの誤解だったようだ」

　ベリンダは疑いを口にしてよいかどうかわからず、おぼつかなげに二人の男を交互に見た。

「ふん、そういうことなら」ドルフは鼻先でせせら笑った。用心しいしい体を起こすと、ご自慢の派手な服の埃を払った。「これだけの目にあわされたからには決闘を申し込みたいところだが、運がいいな、ホークスクリフ。ぼくも模範的な紳士を演じることにして、おまえを赦してやる」嫌みたっぷりに鼻息荒く言い放った。

「ロバート、ドルフは何か隠していると思う。わたし、この人をよく知ってるから――」

「やつはルーシーを殺していない」ホークスクリフは鋭い声でさえぎった。黒い目に嫌悪感がよぎる。「それ以外は、どうでもいいことだ」

「さすが、公爵閣下。賢明な判断だ。さて、おまえは必要な情報を手に入れたわけだし、茶番劇も終わり。ということで、ベリンダとぼくは帰らせていただくよ」

「いやよ！」ベリンダはドルフを寄せつけないよう銃を構えて叫んだ。

「取引は取引だろう、可愛い人」ドルフはいやらしい笑いを浮かべて言った。

「ロバート！」

　ホークスクリフはベリンダのそばに戻り、慎重に拳銃を取り返すと「外へ出て、馬に乗りなさい」とささやいた。

「わたし、ドルフと一緒には行かないわ！」ベリンダはぞっとした表情で叫んだ。

「いや、来るんだ」とドルフ。

「いや、行かせない」

ドルフは目を線のように細めた。銃を突きつけられているのもかまわず、ホークスクリフに詰めよった。「ベリンダはぼくと一緒に来てもらう。それが取引の条件だったはずだ。最初に約束しただろう。情報と引きかえにベリンダはぼくのものだって」

「あれは嘘だった」ホークスクリフは言った。

呆然とした表情のドルフは訊いた。「嘘をついたのか？」

「そうだ」

「信じられない。事実を教えたのに、その礼がこれか？　策略だったのか？」

ホークスクリフは目をそらさず、身動きひとつしない。

ベリンダは後ずさりしたが、外に出る勇気がなかった——何か恐ろしいことが起こる予感がしてならなかった。

ドルフは激怒してホークスクリフをにらみつけた。「おまえみたいに礼儀作法にうるさいやつが？　なんと、ただの嘘つきか！　詐欺師め！」

ベリンダは手を伸ばしてホークスクリフの手に触れようとした。これから何が起こるかを確信したからだ。男が相手を嘘つき呼ばわりしたとき、とるべき道はひとつしかない——決闘だ。名誉を守るためには代償が必要なのだ。「一緒に帰りましょう、お願い。ドルフを相手にしても、意味がないわ」ベリンダはささやいた。

「あの世に送ってやる」ドルフが言った。

「お願い、ロバート。行きましょう」ドルフは射撃の名手として知られている。

「そうだ、行け、ホークスクリフ」ドルフは軽蔑するようにつばを吐いた。「屋敷に帰ればいいさ、売春婦を連れてな。この汚い偽善者め！　すぐに決闘の介添人を使いにやるからな。男らしく決着をつけようじゃないか」

「やめて！」ベリンダは叫んだ。しかしホークスクリフは抗議の声もあげず、あごを高く上げて承諾した。

ドルフは二人のあいだをすたすたと歩いて玄関に向かい、扉を勢いよく閉めて出ていった。

16

馬に乗ってナイト館への帰途についた二人は、陰鬱な雰囲気の中、終始無言だった。ホークスクリフが物思いにふける一方で、ベリンダは恐怖と闘っていた。夜明けには愛する人の体に、あの粗暴で我慢ならない、いやらしい男の手で銃弾が撃ちこまれる。手綱を握りしめ、並んで馬を進めるホークスクリフを何度も不安げにちらちらと見やった。月光が広い肩の輪郭を描き、彫りの深い顔立ちを浮かび上がらせている。その黒くうつろな目は前方の埃っぽい道に注がれたままだ。月明かりの下、二人は田園地帯の道路を一時間ほど南下してロンドン市内に入り、リージェント通りを下り、右折してピカデリーに出た。

グリーンパークに近づくにつれ人通りが多くなった。突然、大きな爆発音が連続してあたりにとどろき、馬たちが脅えた。ホークスクリフはまず愛馬の動きを制してから、ベリンダの馬の手綱を取ってなだめた。馬たちが落ち着いたあと、それぞれの思いに沈んでいた二人が空を見上げると、グリーンパークの上に広がる暗い夜空に花火が打ち上げられていた。摂政皇太子主催の戦勝記念祭の始まりだった。

八月一日。二人の契約の期限が切れる日が、とうとうやってきたのだ。

色とりどりの光が炸裂し、次々と花開いていく。花火の競演はナイト館の屋根の真上で繰り広げられていた。

喪失感が震えとなって、ベリンダの全身にじわじわと広がった。ホークスクリフはと見ると、険しい顔に赤い光を浴びている。どちらもひと言も発しなかった。ヴォクスホール・ガーデンで二人一緒に花火を見た、このうえなく幻想的な夜が思い出されて、ベリンダはこみあげてくる感情を必死でこらえた。ホークスクリフは彼女の視線を避け、馬に合図を送った。ナイト館の門をくぐり、馬から降りて馬丁たちにあとをまかせると、ベリンダは乗馬用の帽子を脱ぎ、額の汗をぬぐって、疲れきったようすで玄関へ歩いていくホークスクリフを見守った。玄関脇に取りつけられたランプの光が、波打つ黒髪の上に赤みがかった光の輪を投げかけている。

玄関を入っていくホークスクリフを見ていると胸が痛んだ。常に名誉を重んじ、礼節を守ってきた彼にとっての輝く理想の貴婦人が、まったくの虚像であったことが判明したのだ。

しかし、ベリンダの哀れみの心には罪悪感も混じっていた。人を欺いているという意味では、自分もレディ・コールドフェルと同じなのだ。あの晩ホークスクリフを拒んだのは金を引き出すための策略だったと、誤解されたままでいいのだろうか？　ただ、レディ・コールドフェルとは違ってベリンダには、真実を告白できる可能性が残されている——その勇気さえあれば。これが二人の関係を修復する最後の機会になるかもしれなかった。

凝った装飾がほどこされたナイト館の荘厳な建物を見上げる。完璧な外観が崩れ落ちてしまえばいいのに、と半分期待していた。今夜ほかのみんなの外観が、仮面が崩れ落ちたように。

ふたたび全身に冷たい恐怖の戦慄が走った。だがベリンダは姿勢を正した。やるべきことはわかっていた。たとえどんなに屈辱的な思いをしたとしても、自分を守ってくれる人に、真実を告げなければならない。

ホークスクリフは書斎で、二人の召使を使いに出す指示を与えていた。一人は弟、アレック卿のもとへ。決闘の介添を依頼するためだ。もう一人はコールドフェル伯爵の屋敷へ。待ちに待ったドルフとの対決が夜明けに予定されていると知らせるためだった。

召使たちが行ってしまうと、ホークスクリフは机の前に座って、手のひらのつけ根で両目を押さえ、そのまましばらくじっとしていた。敗北感に打ちのめされ、孤独感にさいなまれていた。

信じられなかった。何ということだ、ルーシーに完全にだまされていた。正義のために復讐するのだと思いこんでいた自分は、とんでもない間抜けを演じただけじゃないか。

ドルフ・ブレッキンリッジが決闘を申し込んできたのは理不尽でもなんでもない。誰でもあれほど凶悪な犯罪の濡れ衣を着せられればそうするだろう。ホークスクリフは自分が間違っていたことを十分承知していた。だから名誉を重んじる者としての選択肢は、わざと的をはずすこと、それだけしかない。

「ロバート？」

優しい声で呼びかけられて顔を上げると、薄明かりの中、ベリンダが戸口に立っていた。緊張したようすで、顔は青ざめている。その美しさに、思いがけず胸を強く突かれた気がして、ホークスクリフは取り上げた羽根ペンをじっと見ているふりをした。

「何か用かな、ミス・ハミルトン？　申し訳ないが、ちょっと急いで片づけておかなければならないことがあるんだ。どうやら、意外に早くこの世を去ることになりそうだからね」

その言葉にベリンダはたじろぎ、うなだれた。ホークスクリフは彼女をじっと見つめた。

「なぜ黙ってる？　そうだな、当ててみようか。〝だから言ったでしょう〟と言いに来たんだろう。確かにそのとおり。きみは最初から、ドルフはルーシーを殺していないと主張していたのに、わたしは耳を傾けなかった。今は納得して、きみの慧眼には感服しているさ。そして最後の最後まで、ルーシーと――きみにもてあそばれる運命なのさ」

「人を傷つけるのが上手なのね」ベリンダはつぶやき、顔を上げて悲痛なまなざしで見つめ返した。「でも、彼女と一緒にしないで。わたしは少なくとも、自分が娼婦だという事実を隠そうとはしていないわ」

ホークスクリフは机の上に羽根ペンを投げ出し、手で口を押さえた。

「あなたに、お話ししたいことがあるの」ベリンダは凛として落ち着いた声で言った。

やはりそうか。この調子だとどんなにひどくなじられるかわかったものではない。ホークスクリフは気を引きしめた。

ベリンダが扉を閉め、そろそろと移動するさまをぼんやりと見守る。この書斎は二人が親密なひとときを過ごした場所だ。彼女が愛情を示したかに見えたのは、ほかと同じように妄想だったのだろうか？　どれが本当のことなのか、ホークスクリフにはわからなくなっていた。はっきり言って、それをつきとめるだけの気力も残っていなかった。

ベリンダはピアノのそばまで来て立ち止まると、つややかなその蓋に片手を置き、火の入っていない暖炉のほうを見ながら口を切った。「わたし――この二カ月間、あなたが少しでも楽しく過ごせるように、自分なりに努力してきたつもりよ。くつろげるように、そして――喜びを与えられるように」

その点、きみは大成功をおさめたよ。そう言いたくなる衝動をホークスクリフは抑えた。この関係はもう終わり――それだけの話だ。自分はけっきょく、ドルフにベリンダを渡すのを拒否したために死のうとしている。それで十分じゃないか？　だが心のうちには頭とは裏腹に、ベリンダをこの腕に抱きしめて、慰めたい、慰められたいという衝動がある。

彼は押し黙ったまま机の前に座って待った。ベリンダの話を最後まで聞いて、その繊細な顔に表れる感情の複雑な動きを見守るつもりでいた。

「ロバート。晩餐会の夜、大食堂でのことだけれど。あなたを押しのけて拒否したのは、欲深な心からではなかったの」静かに話し出す。「本当は――ああ、ロバート」

「なんなんだ？」ホークスクリフは感情をこめずに訊いた。

ベリンダの優雅な姿勢がこわばり、ピアノの上にのせられた小さくきゃしゃな手に緊張が走った。目を閉じ、わずかに顔をそむけている。「あなたが高級娼婦を見下していることは知っているわ。ただ、理解してほしいの。わたしにとってあなたは最初のパトロンなのよ。それで、途中で拒否した理由は……」

言葉が途切れたまま、それ以上出てこない。

ホークスクリフは身じろぎもせず待っていた。「理由は？」口調は柔らかいが超然としている。

「愛の行為にはなじめないの」ベリンダは小声で言った。

ホークスクリフは目を見張った。「ぶしつけで申し訳ないが、ベリンダ。わけのわからないことを言われても困るよ。愛の行為をするのがきみの仕事じゃないか。まさか、あのときが初めてだったわけじゃないだろう？」

「ええ」苦痛に満ちた低い声で訴えかける。「それについてはお話ししなければならないことがあるの——誰にも話したことがない、わたしの身に起きたことよ」ベリンダはあごを上げ、ついにホークスクリフと目を合わせた。瞳には激しいが疲れきった感情があふれていた。「ロバート。わたしは、貧乏にうんざりして、ある日突然高級娼婦になる決心をしたわけではないの。その前は何ひとつ恥じるところのない生活をしていたわ。ドルフのせいで花嫁学校を解雇されてから、日中はオレンジを売り歩いて、夜はシャツの繕い仕事をして、かろうじて生計を立てていた。それは子どもたちが話したとおり。いくら働いても暮らしは楽にならなかったけれど、それでも胸を張って生きていけたわ。ある日、あの子たち——トミーとアンドルーに会ったの。冬のことで、はだしの足に血がにじんでいたのよ」言葉があふれ出て、どんどん早口になる。ホークスクリフの胸の中で、悪い予感がしはじめていた。「それでわたし、父の独房の使用料にあてるお金を使って、あの子たちに長靴を買ってやったの」ベリンダは続けた。淑女らしい落ち着きがみるみるうちに失われていく。「それから監獄の所長のところへ行って、支払いができないので二週間待ってくれるよう頼んだら、所長は考えておくと答えた。雨が降っていたわ」

「座りなさい、ベリンダ」ホークスクリフはささやくように言って立ち上がり、視線を彼女にすえたまま机を回ってゆっくり近づいた。ベリンダの顔はひどく青ざめている。

「いいの。話を聞いて」ベリンダはきっぱりと言った。赤くなった目は熱に浮かされたようで、口調には断固たる厳しさがあった。後ずさりしながらも次々と言葉がこぼれる。「所長は雨が降っているのに気づいて、御者に命じてわたしを家まで送らせた。親切心からしてくれたことだと思っていたけれど、じ、実は――わたしの住んでいるところをつきとめたかっただけだったの。力になってくれる兄弟や夫はいないのか、と訊かれたわ。わたしはばかだった。いないと答えてしまったの」

「もういい、やめてくれ、お願いだ」ホークスクリフはほとんど聞きとれないほどの声で懇願した。話の先は想像がついていた。見たくないものがだんだんはっきり見えてきて、目には涙があふれた。

「いいえ、話すわ。所長は夜、路地で待ち伏せしていた。そして、無理やりに――わたし、処女だったのよ。ああ、なぜあんなことをされなければいけないの？」ベリンダは通夜の席で嘆き悲しむ人のように身をよじって泣き叫んだ。

　ホークスクリフがすばやく歩み寄って抱き寄せると、しがみついてきた。苦しみのあまりほとんど息をつまらせながら泣きじゃくっている。「どうして？　わたしは誰も傷つけたりしていないのに。所長は、どうしてあんなひどいことを？」

　ホークスクリフには、腕の中の彼女を優しく前後に揺すりながら「もういい、もういいんだよ」とささやくことしかできなかった。憎悪と怒りで目がくらんだ。まるで頭を鉄槌で打たれたかのような衝撃。**やつを殺してやる。**

「それがきっかけで高級娼婦になったの。今日、レディ・コールドフェルが人を欺いていたことがわかった。ドルフはあなたを嘘つき呼ばわりした……でもわたしも同類だわ」ベリンダはすすり泣いた。「愛の営みがどういうものかもわからずに――ただあの晩は、愛しているあなたとだったら、きっとうまくいくと思った。でも、銀食器がガチャガチャと鳴る音がして――ばかみたいだけれど、所長が身につけている鍵の音そっくりに聞こえたの」

　そういえばやつは、ベルトに鍵の束がぶらさがった大きな輪をつけていた。ホークスクリフは思い出した。

「その音で、恐ろしい記憶がいっきによみがえったの」ベリンダはうめくように言い、体の力が抜けきったかのごとくホークスクリフにもたれかかった。「あなたを拒んだのはお金のためじゃなかったのよ。ロバート、助けて。とてもつらいの」

「ここにいるよ」ホークスクリフは声をつまらせた。足がふらついているベリンダをソファに座らせ、膝の上に引き寄せて、嘆き悲しむ彼女を強く抱きしめる。憤怒と苦悩の涙が固くつぶったまぶたの裏を刺すようににじみ出た。

なんということだ。知っていれば絶対に、今夜あの家の暗い部屋でベリンダをドルフと二人きりにさせはしなかった。ちくしょう。債務者監獄の所長め。傷あとのあるけだもののような男。やつに比べれば、ドルフなどただの青二才にしか見えない。ああ、何も知らなかった。深入りしないよう用心していたからだ。ルーシーについても、ドルフについても、わたしは判断を誤っていた。だがベリンダについては、意識的に目をつぶってきたために誤解していた。初めて出会ったときから心清らかな女性だと感じていたのに、見かけにだまされて、自分の直感を信じられなかったのだ。

「本当に、すまなかった」ホークスクリフは何度もささやき、涙に濡れたベリンダの顔に口づけをした。どんなに謝っても足りなかったが、謝罪の言葉が唇からあふれ出るのを止めることができない。ベリンダは彼にしがみつき、腕の中で震えている。

「あなたを失いたくないの、ロバート。決闘はとりやめにして。紳士は、高級娼婦をめぐって決闘したりしないものでしょ」

ホークスクリフはベリンダの顔を手ではさんでまっすぐのぞきこんだ。黒い目には涙があふれている。「きみはわたしにとって、もっと価値のある存在だ。それを証明してやる」

「命を危険にさらしてまで？　いや、あなたを失いたくない！」ベリンダは涙にむせび、情熱をこめて彼にキスをした。「どうか離れないで。わたしを愛して、ロバート。生きていてよかったとまた思わせて」

ホークスクリフは目を閉じ、渦巻く怒りと闘いながら額をベリンダの額につけた。「ああ、かならず」落ち着いた声で言う。「だが、今夜はだめだ。こんな状況では」

「決闘するのなら、わたしたちに残された時間は今夜しかないのよ！」ベリンダは腹立たしげに抱擁を振りほどいた。「お願い、行かないで、ロバート」

苦悩に満ち、涙のあとが残るベリンダの顔。その頬をホークスクリフは包み、このうえなく優しい目で見つめた。「わたしを信じてくれ。まだきみにふさわしい男ではないが、きみを傷つけた男たちと片をつけたら、その贈り物をもらえる資格ができるだろう」苦悶の表情で彼女の顔に触れた。「ああ、可愛い人。きみを傷つけるなんて、許せない」

ベリンダの目に新たな涙があふれた。ホークスクリフは彼女をふたたび抱き寄せ、苦痛をやわらげるかのように髪と背中をそっと撫でつづけた。そうしているうちに、ベリンダの動揺もおさまり、呼吸がととのってきた。

「わたしがきみの体に触れる前に、告白してくれたらよかったのに」

「そんなこと、言えるはずがないでしょう？　出会って以来ずっとわたしが求めていたのは、あなたに尊敬してもらうことだけだったんですもの」

勇気をふりしぼってのベリンダの告白は、どんな叱責の言葉よりもこたえた。ホークスクリフはうなだれ、目を閉じて、自分のとんでもない傲慢さを心の底から罵った。何度、非難

えたのだろう？　無益な謝罪の言葉をふたたびつぶやきながら、ベリンダの頭をあごの下にはさみ、その体が繊細な磁器でできているかのようにそっと抱き寄せた。二人は長いことそうしていた。そのうちベリンダの震えがおさまり、呼吸もゆっくりと穏やかになってきた。

「ワインでもどうだい？　気が安まるよ」ホークスクリフが優しく尋ねると、ベリンダはうなずいた。

　ホークスクリフはベリンダの額にキスし、彼女を脇に座らせて立ち上がった。酒類を入れる飾り戸棚のところへ行き、グラスにワインをつぐと、肩越しに鋭い視線を送った——今夜、わたしがしようとしていることを知ったら、ベリンダは止めるだろう。

　夜明け前に罰を受けなくてはならないのはドルフだけではない。熱くたぎるような怒りが血管をすばやく、激しく駆けめぐっていた。だがホークスクリフは平静を装った。

　ワインにこっそり一滴入れたのはアヘンチンキだった。眠れない夜のために戸棚に入れておいたものだ。これを飲めばベリンダも落ち着いてよく眠れるだろう。

　自分用には銀製のフラスコを戸棚から取り出した。数週間前、二人が楽しい日々を過ごしていたときにベリンダから贈られたものだ。弟のジャックが送ってくれたフランス産のブランデーをいっぱいにつぐ。これから取りかかる凶悪な仕事には、燃える炎のような決意が必要だった。

　蓋を閉めた優美なフラスコを、あとで飲むためにベストのポケットにすべりこませた。

ワインのグラスを持っていくと、ベリンダは不明瞭に礼を言った。それからホークスクリフは、ベリンダのお守り役として愛犬ハイペリオンを書斎に入れた。黄金色の毛並みのニューファウンドランド犬は、泣き疲れたベリンダが横たわっているソファのそばの敷物の上で丸くなった。

ホークスクリフがかがんでベリンダの濡れた額に優しくキスすると、ベリンダは彼の手に指をからませた。「どこにも行かないで、ロバート」

「ちゃんとここにいるよ」ホークスクリフはソファの端に腰かけ、しばらくのあいだ、ベリンダがワインを少しずつ飲むのを見守った。髪を愛撫し、手を握って、乗馬用の白いシャツのきつい襟元をゆるめるときだけ、グラスを代わりに持ってやる。

「ありがとう」

無意識に礼を言うベリンダがいじらしくて胸が痛む。ホークスクリフは微笑んだ。「きみは今夜、とても勇敢だったよ」とつぶやき、彼女の髪を撫でた。「もし事情を知っていたら、きみをあんな目にあわせることは絶対にしなかっただろう」

「わかってるわ」震える唇に臆病な笑みが浮かんだ。

「ドルフをおびき寄せる餌としてきみを使うという計画そのものが間違っていた。どうして止めてくれなかったんだい？」

「約束を守らなくてはいけないと思ったから。自分の勇気をあなたに見せたかったの」

「いつも見せてもらっているよ、ベリンダ。度胸のあるところをね」

それを聞いてベリンダは物憂げに微笑み、ソファに置かれたクッションに体を深く沈めた。

ホークスクリフはピアノにちらりと目をやった。「子守唄でも弾いてあげようか?」

「いいえ、そばにいてちょうだい」彼女は不安そうに手を伸ばして懇願した。

「大丈夫、ここにいるよ。かわいそうに。ずっと一人でこんな重荷を背負って生きてきたんだね」ホークスクリフは優しく抱きながら、指の背で彼女の柔らかい髪をこめかみから耳に流すように撫でつづけた。顔に傷あとのある監獄の所長。あのけだものが、こんな無垢な育ちのよい娘に乱暴を働いたと思うと、こみあげてくる怒りで我を忘れそうになった。ベリンダの気持ちを落ち着かせるため、あと十数分はここで静かに座っていることになりそうだ。そのためにありったけの自制心を働かせなくてはならなかった。

以前債務者監獄へ行ったときに見たところでは、看守たちには賄賂がきく。所長が部下の一人をひどく叱責し、暴言を吐いていた現場も目撃した。金さえ払えば、監獄の塀の中で働く者の誰かが必要な情報をくれるだろう。

一刻も早くここを出たい。はやる心を抑えながら、ホークスクリフはマントルピースの上の時計にちらっと目をやった。「休んだほうがいいよ。眠りなさい。わたしはすぐに戻ってくるから」

「どうして、どこかへ行くの? ここにいて」ベリンダはくぐもった声で言った。アヘンチンキが効いてきたのだろう、目を開けていられないようだ。

「ゆっくり休みなさい、可愛い人」ホークスクリフは身をかがめ、ベリンダの眉にささやくように軽いキスをした。「わたしがいつもきみを守っていることを忘れないで。もう二度と、誰にもきみを傷つけさせはしないから」

「ええ」ベリンダはつぶやき、ゆっくり眠りの中に引きこまれていった。ホークスクリフは静かに立ち上がり、最後の準備をととのえると書斎を出た。マントン製の拳銃を二挺たずさえ、地味な黒の上着をはおる。あとから思いついて、ナイト家の紋章が彫られた指輪をはずした。身元がわかってはまずい。

らせん階段を駆け下りて、砂利を敷きつめた裏庭を渡り、馬車置き場へ行った。

そこにはぴかぴかに磨き上げられた馬車が並んでいた。ベリンダの馬車、ホークスクリフの大型四輪馬車、旅行用馬車、無蓋の二頭立て二輪馬車。その奥に、何年も前に使用人用に取っておいた旧式の黒い馬車が置いてある。頑丈で目立たず、今夜の目的にぴったりだった。

ウィリアムに命じて四頭の馬に引き具をつけさせ、自ら御者席に乗りこんで手綱を握る。

ウィリアムは主人の険しい表情に気づき、心配して付き添いを申し出たが、ホークスクリフはこれから行う復讐にほかの誰も巻きこむつもりはなかった。帽子を目深にかぶって馬車を発進させ、混雑した通りに出る。花火見物の群集が散りはじめていた。

いかにも辻馬車らしく見えたのか、祝祭帰りの酔っ払った若者が数人、勘違いしてホークスクリフを呼びとめようとした。止まらないとわかると若者たちは悪態をつき、こぶしを振り上げた。

最初の目的地はファーリングドン通りにある債務者監獄だった。ホークスクリフは敷地の外で馬車を降り、一人の少年をつかまえて、一五分後に戻ってくるから馬を見ていろとぶっきらぼうに頼んだ。

アルフレッド・ハミルトンに面会を申し込み、入所を許された。看守について歩きながら、ロビーを見わたす。

所長の執務室の扉が閉まっているのに気づいた。「所長は今晩、お休みですか？」ホークスクリフはつとめてさりげなく聞こえるように尋ねた。

「勤務は昼間だけなんですよ」

「なるほど」うなずいて言い、看守を品定めする。「息抜きになるでしょうね。厳しい人のようだから」

「ええまったく、そのとおりですよ。人使いの荒い上司でね」若い看守は不平がましく言った。

アルフレッド・ハミルトンの独房の扉の前まで来たとき、看守は期待をこめた表情でホークスクリフのほうを向いた。鍵を開ける礼金を待っているのだ。

ホークスクリフはソブリン金貨を一〇枚、看守の手に握らせた。おそらくこの若者のひと月分の給料より多いだろう。「どこへ行けば会えるか、わかりますか？」穏やかに訊く。

「所長ですか？」

「直接、お話ししたいと思いましてね」

看守は手のひらの上の金貨をまじまじと見つめたあと、指を曲げて握りこむと、そわそわしてつばを飲みこんだ。「〈コック・ピット・タヴァーン〉にいると思います、まず間違いなく」

「その居酒屋はどこにあるんです？」優しい声で訊く。

「プディング・レーン。ビリングズゲート魚市場からは目と鼻の先です」

「そこにいるのは確かかな？」

看守は肩越しにあたりのようすをこっそりうかがった。「ええ、確かです。給料が出たばかりのときは、所長はその酒場へ行って闘鶏賭博で遊ぶんです。それにあそこは魚の荷運び人も利用する店なので、時間外でも酒を出してくれます。所長は早い時間から夜更けまで、酒を飲むのが好きだから」

ホークスクリフは満足げにうなずいた。「わたしが今夜ここを訪問したことは、記録に残さないでおいてくれると助かるんだが、どうだろう？」

「やれると思います」

「気がきくね」ホークスクリフは微笑み、さらに数枚の金貨を看守に渡して、アルフレッド・ハミルトンの独房へ入った。残酷な事実を知らしめるためだ。

ホークスクリフは情け容赦なく事実を告げた。老人の苦悶の叫びは監獄を出るときも耳について離れず、胃が締めつけられた。以前、ハミルトンの釈放のために借金を肩代わりしてやろうかという考えが頭をかすめたこともあったが、この無責任な父親のせいでベリンダがどれほどつらい目にあったかを知ってからは、その気がうせていた。老人は自らの行いの報いを受けて、監獄で老いさらばえればいい。

ホークスクリフは馬を見ていた少年に約束の硬貨を渡し、御者席に戻って馬車を東に走らせた。シティの金融街を抜け、ロウアー・テムズ通りへ向かう。テムズ川の川面から霧が立ちのぼっていた。川沿いに広がるビリングズゲート市場から魚の臭いが漂ってきた。もうすぐだ。

はるか遠くにロンドン塔が、霧に包まれた不吉な姿でそびえたっている。

通りを左に入った狭い脇道がプディング・レーンで、コック・ピット・タヴァーンはすぐに見つかった。にぎやかな声や物音が聞こえてくるところをみると、かなり繁盛しているらしい。ホークスクリフは奥の路地の暗がりに馬車を停め、客でごった返す居酒屋に足を踏み入れた。壁際の位置を保ちながら、騒々しい店内に目を走らせて所長の姿を探す。闘鶏の賭け金の額を忙しく書きとめるいかさま師のまわりでわめいている男たち。その中に所長はいた。

ホークスクリフは目立たないように外へ出て馬車に戻った。御者席によじのぼって背もたれに寄りかかり、陰に隠れてじっと押し黙ったまま腕組みをして待った。ときおり銀製のフラスコを取り出しては、ブランデーをひと口飲む。強い酒のおかげで、降ったりやんだりする小雨の中、体温を保つことができた。

居酒屋の扉が開き、濡れた丸石舗装の道に暖かい光がもれるたびに身構えるが、所長はなかなか出てこない。

一時間が経った。ホークスクリフは馬車から降り、あたりを歩きまわって脚をほぐした。建物の壁が一部崩れて、がれきの小さな山になっている。ふと見ると、その上に何か光るものがある。近づいてかがみこみ、拾い上げてみると一本の長い鉛管だった。その重さをはかったホークスクリフは、うっすらと笑いを浮かべ、馬車に戻って機会を待ちつづけた。さらに一時間が過ぎた。懐中時計を確かめると二時一五分。ドルフ・ブレッキンリッジとの決闘まであと二時間しかない。夏の日の夜明けは四時ごろだからだ。

雨の勢いが増してきた。帽子のつばから雨水がしたたり落ちる。ホークスクリフはいらだたしげに夜空を見上げた。そのとき突然、居酒屋の扉が開いたかと思うと、男がよろめくように出てきた。所長だ。

ホークスクリフの体に緊張が走り、胸の鼓動が速くなった。御者席の上でゆっくりと身を乗り出す。遠くで雷が鳴っている。

所長は二人の男と一緒だった。しかし角まで来たところで別れの挨拶をし、二人は川に向かって千鳥足で歩いていった。所長は反対方向にどすどすと歩きはじめた。ホークスクリフは暗闇にひそむ猛獣のごとく待っている。

音をたてないようにして御者席から降りた。所長が近づいてくるのを見定めて暗がりから姿を現し、そちらに向かって歩きだした。所長はホークスクリフに気づき、それから目を細めて雨にけぶる馬車を見た。

「辻馬車屋か！　チープサイドまでやってくれ」所長はろれつの回らぬ野太い声で言った。

その呼びかけに不意をつかれたが、ホークスクリフは次の瞬間にやりと笑った。「へえ、こっちです」

しばらくたって、所長は猿ぐつわをかまされ、ホークスクリフの膝で背中を押さえつけられて、馬車の床に転がっていた。馬車の中で、野獣と化した男どうしの壮絶な闘いが繰り広げられたのだ。とてつもないばか力の所長も、激怒のあまりいくら殴られても何の痛みも感じない男の敵ではなかった。ホークスクリフはついに押さえこんだ所長の手首を後ろに回して縛り上げてから御者席に戻った。

馬たちにむちをくれ、貧民街の狭く曲がりくねった道を走らせるホークスクリフの胸は、とどろき始めた雷鳴に合わせるように高鳴っていた。疾走する馬車はロンドン塔を通りすぎ、気風の荒い土地柄で知られるシャドウェルの波止場近くまで来た。放置されたふたつの倉庫。ホークスクリフはそのあいだに馬車を停めた。

降りしきる雨が地面を叩きつづけている。まわりには人っ子一人いない。

ホークスクリフは御者席から飛び降り、馬車の扉を開けた。猿ぐつわを嚙まされて縛られている所長を引きずり出し、路地に放りこむ。用意しておいた身の丈ほどの鉛管を取り上げ、ゆっくりと歩み寄った。この闘いにおいては、公平かどうかはまったくどうでもいいことだ。この飲んだくれの大男が無防備な娘を襲ったときだって、公平も何もあったものではなかったじゃないか。

鉛管にちらりと目をやった所長は、慄然としてホークスクリフを見上げた。

「わたしの顔に見覚えがあるか?」

所長は首を振った。

ホークスクリフは男の前にしゃがみこんだ。「おまえに聞かせてやりたいのは――ベリンダ・ハミルトン。このふたつの単語だけだ」

所長は恐怖のあまり猿ぐつわの下でもごもご言いながら起き上がろうとしたが、胸にひと蹴り入れられて、濡れた玉石舗装の道路にふたたび倒れこんだ。ホークスクリフは鉛管を振り上げ、所長の上に打ち下ろした。まるで、自分のすることを体の外から見守っているかのように感じられた。

ふたたび鉛管を打ち下ろす。金属が骨に当たる音はホークスクリフの心の奥にまで響いた。

ベリンダ。

激しく降る雨の中、血が流れた。

建物の軒先から雨水が滝のように流れ落ちている。

愛する女性を犯した男に対する復讐心が解き放たれた。暗がりの中で雨に濡れた髪を振り乱し、口からはうなり声をもらして、自分自身も知らなかった人間に変身していた。その姿は恐ろしく、また輝かしくもあった。鉛管で殴りつけるたびに男に毒づき、獲物をもてあそぶ猛獣のようにまわりを回った。所長はひざまずいておいおい泣いている。その肋骨に、顔に、ホークスクリフはまた蹴りを入れ、罵りの言葉を浴びせた。しかし突然、凶器を振り回すのをやめた。

今やめなければ殺してしまうとわかったからだ。

体を震わせ、鉛管をかたわらに投げ捨てて、ホークスクリフは胸を大きく上下させせつつ立っていた。雨で濡れそぼった黒髪は顔に張りつき、血が飛び散ったシャツは体にまとわりついている。自分自身の残酷さに衝撃を受けてはいたが、冷静な足どりで波止場の端まで歩いた。所長はうめき声をあげながら地面をのたうちまわっている。

ホークスクリフは黒く光るテムズ川を見わたした。最後の検問所のそばに、どっしりとした囚人船が係留してある。流刑植民地オーストラリアに向かう船だ。見張りに賄賂をつかませて所長を船に乗せ、囚人の中に放りこんでやるのはどうだろう。乗船している囚人たちの多くが所長を見知っているはずだから、監獄内で残忍なしうちを受けた仕返しをするにちがいない。この男にいかにもふさわしい報いだ。ホークスクリフの目は満足そうに輝いた。

波止場の階段を下りたところに、漁師の乗る小さなボートが浮かんでいた。ふたたび囚人船に目を戻す。川に生きる下層社会のならず者に頼みごとをする場合、ホークスクリフ公爵の名ではうまくいかないのに、私掠船の船長である弟のジャック・ナイト卿の名前を出せば簡単に話が通る。いろいろ手をつくしてもだめなら、所長の体をボートからテムズ川に投げこんでしまえばいいだけの話だ。

所長のいるところに戻ると、その体を波止場まで引きずっていってボートに乗せ、係留柱に結びつけてあるもやい綱をほどいた。そして潮の流れにさからってボートを力いっぱい漕ぎだした。

岸に戻るころには、玉石舗装の道路の血は雨ですでに洗い流されていた。

血管の中に残るささくれだった野性の本能にまだ酔いしれつつ、ホークスクリフは天を仰ぎ、目を閉じて、雨が顔に流れ落ちるにまかせた。


「紳士諸君、あと二分です」ドルフの介添人が懐中時計に目をやり、単調な声で宣言した。

ホークスクリフがアレック卿と話し合うのを、ベリンダは少し離れたところで見ていた。ハイドパークの奥深くにある林の中、夜明け前の灰色の霧に包まれて、二人の男が決闘にのぞもうとしていた。

ドルフは馬車の脇を行ったり来たりしている。アレック卿が手配した立会いの内科医と外科医は自分たちの馬車にもたれて、無表情で待っている。コールドフェル伯爵も到着していたが、豪華な黒塗りの馬車の中に座り、骨ばった指先で杖の先端をゆっくりと叩きながら、何ひとつ見逃すまいと油断なく見守っている。

アレック卿はホークスクリフに向かってうなずくと、ドルフの介添人のところへ行って、闘う二人の拳銃に同じ量の火薬が詰められているかどうかを確認した。

近づいてくるホークスクリフを見つめるベリンダは取り乱していた。決闘という試練に対して嫌悪感しか湧かなかったが、こんなときだからこそ、愛しい人のそばについていてあげたかった。もっとも、高級娼婦という身分にもそれなりの利点はあった。貴婦人であれば、決闘の場にいることは許されないからだ。また、決闘者の双方が同時に拳銃を発射するという取り決めに介添人が合意してくれたことも、いくぶん慰めになった。ホークスクリフがあとで撃つとしたら、ただ突っ立って、なすすべもなくドルフの標的になるしかない。そんな光景を見守るなど、とうてい耐えられそうにないからだ。

　自分が眠っているあいだにホークスクリフはどこへ行っていたのか。ベリンダには訊く勇気がなかった。ただ、心のどこかではわかっていた。ナイト館に帰ってきたとき、服に血のしみがついていたからだ。今、ホークスクリフは歩いてくる途中で、ベリンダにもらったフラスコをベストのポケットから取り出し、またひと口飲んだ。からかうような笑みをかすかに浮かべて、ひと口どうだいとすすめる。緊張をほぐして笑顔を引き出すためだろうが、ベリンダは首を振った。

　ホークスクリフはフラスコをベストに戻し、ベリンダの手をとって大きな樫の木の下へ連れていくと、その両手を自分の手で包んで見下ろした。目と目が合った。

「ロバート」ベリンダは言った。もう泣いたり、やめてと訴えたりしてはいけないと、自分を抑えていた。ほかにとるべき道がないとわかっているからだ。

　彼はベリンダの両手を唇までもっていき、片方ずつキスした。「泣いてはだめだよ、美しい人。幸運を祈ってキスしておくれ」

　ベリンダはホークスクリフの首に腕を回して引き寄せ、思いのたけをこめて口づけし、体をかき抱いた。アレック卿が来て、時間だと告げた。たちまち涙があふれ、頬を熱く流れた。ブランデーの香りのする舌を味わう。なめらかな漆黒の髪と、ちくちくと頬を刺す伸びたひげの感触を、記憶に焼きつけておくつもりでしがみつく。

キスを終えると、ホークスクリフはベリンダの頰を両手ではさみ、燃える目でじっと見つめた。「わたしの愛する貴婦人。きみのために、わたしは闘う」彼女の体をやや乱暴につき放すと、身を引いた。

泣き叫びたいのをこらえ、体を震わせながら、ベリンダはホークスクリフが立ち去るのを見守った。貴婦人――このひと言が、わたしにとってどれだけ大きな意味があるかわかっていてほしかった。東の空が白みはじめ、木々の上では明けの明星が青白く輝いている。

ホークスクリフはドルフが待つ木立の真ん中に進み出た。アレック卿がやってきてベリンダに腕を貸し、馬車まで付き添った。この金髪の大天使のような青年が、こんなときにどうして平静を保っていられるのか、ベリンダは不思議だった。

「ミス・ハミルトン、兄なら絶対に大丈夫です。ここで自分が消えたらジャックに公爵位を取られてしまう。そうはさせじと、がんばりますよ」

ドルフとホークスクリフは拳銃を手にし、決められた場所で背中合わせに立った。赤々と輝く太陽の上端が黒い木々の向こうに顔をのぞかせた。

朝の訪れを告げる鳥の軽快なさえずりが森に響きわたった。ベリンダは吐き気をこらえながら、心の中でいっしんに祈りつづけた。

杖をついたコールドフェル伯爵がのろのろと前に進み出た。白いハンカチを地面に落として決闘の開始を知らせる役に選ばれたのだ。木立の端に立った伯爵は、骨ばった手でハンカチを握って待機した。

次にドルフの介添人が合図を送ると、ホークスクリフとドルフは背を向けたまま、一二歩ずつという決められた距離を歩きはじめた。

立ち止まり、振り向いた。的を小さくするため横向きに立つ。拳銃をかかげてねらいを定める二人は、残酷にも鏡に映ったお互いの姿のようだ。

コールドフェル伯爵が手に持った絹のハンカチを放した。ベリンダは固唾をのんで見つめた。耳の奥でどくどく鳴る脈動の音。白い布が空中に舞う時間が永遠にも感じられた。ハンカチが露に濡れた草の上にふわりと落ちた瞬間、銃声がとどろいた。ベリンダは恐怖に目を見開き、口を押さえてただ見守っている。いっせいに走りだした医師たちにぶつかられ、押しのけられて、動けない。

ロバートが撃たれた。

名誉を賭けた闘いの場は混乱した。医師たちの叫びに混じって、痛みのあまり毒づくドルフの声が聞こえてくる。二人とも地面に倒れていた。突如として動けるようになったベリンダは、息をつまらせながらホークスクリフに向かって走りだし、叫んだ。

「ロバート！」

「ベリンダ！」ホークスクリフの声。意識ははっきりしている。まわりを取り囲む医師たちのあいだからベリンダを探している。

ベリンダは人々の中に飛びこみ、倒れているホークスクリフのそばにひざまずいた。外科医が彼の上着を脱がせて、傷をあらためている。何もかもがぼんやりして見えた。彼女は無我夢中でホークスクリフに向かって「大丈夫?」と何度も呼びかけ、彼は「大丈夫だ」と言いつづけている。ドルフがうめきながら自分の名前を呼んでいるのにも気づかない。そのとき突然、外科医が叫んだ。

「これは!」

外科医はホークスクリフのベストから、銀のフラスコを取り出した。それは醜く曲がっていた。ここに銃弾が命中したのだ。ベリンダとホークスクリフは、驚愕のおももちでフラスコを見つめた。

ホークスクリフは信じられないといったようすでベリンダを見た。「道理で、おかしな音がしたと思った……」

「フラスコが台無しになった。ベストのボタンがひとつ吹っ飛んだ。それだけです、閣下」外科医は感嘆の笑顔で言った。「守り神がいたんですすな」

「見せてください」ベリンダはホークスクリフの服をめくって自分の目で胸のけがの有無を確認するまでは納得しなかった。ほぼ無傷だった。せいぜい、フラスコに銃弾が当たったときの衝撃で肋骨部分に青あざができる程度だろう。

ベリンダは動揺のあまり、うつろな目でふたたびホークスクリフを見つめていたが、ようやく安心できたのか、きゃーっという金切り声をあげ、彼の首に腕をかけて湿った草の上に押し倒した。

ホークスクリフは上にのったベリンダのウエストに手を回して引き寄せ、唇を重ねた。昇る太陽の光が木立のあいだから射しこみはじめた。二人は外科医などまわりの人々には目もくれず、礼儀作法もかなぐり捨てて、思うさま喜びのキスを交わした。やがてベリンダは、重ね合った体の下のホークスクリフの下腹部が目覚めてきたのに気づき、悲鳴のような笑い声をあげた。

「あなたったら、そうとうに模範的な紳士ね」ベリンダはホークスクリフの髪を手ですきながらささやいた。「決闘はするわ、高級娼婦は囲うわ、闇取引のブランデーは飲むわ。社交界のお目付け役の貴婦人たちが知ったら、なんて言うかしら?」

「お目付け役なんて、くそくらえだ。さ、家へ帰ろう」

二人はお互いを引っぱって立たせた。ホークスクリフはベリンダの肩に手を回して、馬車に向かって疲れた足どりで歩きだした。その腰にしがみついたベリンダは微笑みながら、彼を見上げている。

アレック卿も足並みを揃えて歩きはじめた。「兄さん、運が強いな。賭け事でも始めたほうがいいんじゃないか?」

「ブレッキンリッジの具合はどうだ?」

アレック卿は木立の向こう側にちらりと目をやった。「もう、だめだろうな」

ベリンダは立ち止まった。「死んでしまうの?」そのときベリンダは、ドルフが哀れな声をあげているのに気づいた。わたしを呼んでいるんだわ——そう思うと見過ごすわけにはいかず、ためらいつつ振り返った。

血だまりの中に倒れたドルフは、頭を友人に支えられて横たわっていた。真っ青な顔にはすでに死相が現れている。

「ロバート、少しだけ時間をちょうだい」

「ベリンダ、行くんじゃない――」

「いえ、行かなければ」そうつぶやくと、ベリンダはホークスクリフから離れてドルフが倒れているところへ歩いていった。

ベリンダの姿を認めたドルフの目から涙がこぼれた。色を失い、乾ききった唇を力なく湿す。「ベル」

ベストとシャツの前は外科医によって開けられ、胸の傷口が見えていた。熊に襲われた傷あとの上にも血が流れ出している。その光景にベリンダは気が遠くなりそうだった。

「きみに赦してもらってからでなくては、死ねない」ドルフはしわがれ声で言った。「お父さんを債務者監獄に追いやってしまって、すまなかった。なぜそうしたか――理由は、わかるだろう。これを」ドルフは血にまみれた手を上げた。何かを握っている。ベリンダはそばへ行き、片膝をついてそれを受け取った――彼を襲った熊の歯の一本で作ったネックレスだった。「きみを愛してる。ぼくなりの愛し方でね」

「わかってるわ、ドルフ」ベリンダは彼の額に片手を置いた。「楽にしていて」

ドルフはベリンダのもう片方の手を握った。「怖くなんかないさ」しぼり出すように言い、震えながら横柄な態度を保とうとしている。「おじ上！　おじ上はどこだ？」

「何かわしに言い残しておきたいことでもあるのか？」

ベリンダが顔を上げると、杖にすがったコールドフェル伯爵が進み出ていた。自分の遺産相続人が死にかけているというのに、いささかの動揺も見られない。ベリンダは、死にゆく若者を取り囲む人々の輪の中に入ってきたホークスクリフと用心深く視線を交わした。

ドルフは力を求めてすがるようにベリンダの手を強く握った。「おじ上。セヴンオークスの火事。あれは、ぼくがやったんだ。火をつけたのはぼくだ」

「ああ、ドルフ。わかっていたよ」伯爵は冷ややかな反応で満足感を表した。

ドルフは急にぜいぜいあえぎはじめ、息をつまらせた。

介添人が声をあげ、うろたえて医師を見た。医師団の団長がすばやくドルフの横についたが、手のほどこしようがない。ベリンダを苦しめた若者の命が今、消えようとしていた。目から生気が失われ、手から力が抜けた。

ドルフは死んだ。

ベリンダは身動きひとつできず、ただ見つめるばかりだった。死というものをこれほど間近に感じたことはなかった。そのときホークスクリフが、まわりを取り巻く人々を押しのけて近づき、ベリンダの手を引いて立たせると、腰に手を回して支えるように連れ出した。ベリンダはうつむき、額をホークスクリフの胸にもたせかけて逃げ場を求めた。

「ホークスクリフ！」

二人が振り向くと、コールドフェル伯爵が追いかけてきていた。ホークスクリフは体をこわばらせて姿勢を正した。

「よくやった、ロバート」二人に追いついた老人は、低いが心のこもった声で言った。淡い青色の目が輝いている。「今日ようやく、公正な裁きを下してくれたな。お父上が生きておられたら、さぞかし誇りに思われたことだろう。この恩はけっして忘れんよ。できるかぎりのことはさせてもらうつもりだ」

ホークスクリフは疲れたように首を振った。「どうぞお気になさらずに」

ベリンダは、ホークスクリフの腰に回した手に力をこめた。遺産相続人ドルフの死に満足げな伯爵のようすにぞっとしたのだ。「伯爵。わたしたち失礼させていただきますわ。閣下をゆっくり休ませてあげたいので。行きましょう」小声でうながす。

ホークスクリフは会釈して伯爵にいとまを告げると、ベリンダの肩に腕を回した。二人は馬車に歩いて戻った。ベリンダが肩越しにこっそり振り返ると、コールドフェル伯爵がまだ先ほどの場所に立ちつくし、値踏みするような鋭い目つきで、不快感もあらわにこちらを見つめていた。

17

およそ一時間後、ベリンダの寝室。ホークスクリフはほとんど何も身にまとっていないベリンダを腕に抱き、昨夜来の試練で疲れた体を休ませようと横になっていた。寝室には朝日がふんだんに射しこみ、彼女の温かくなめらかな肌の上できらめいている。その肌を撫でながら、ホークスクリフはこの一二時間に起こったできごとに思いをめぐらせていた。ベリンダの右腕はホークスクリフの裸の胸にのせられ、頭は彼の曲げた首と肩のあいだに置かれている。かぐわしい髪の香りが立ちのぼって鼻孔をくすぐる。ホークスクリフはときどき彼女の頭にキスし、香りを嗅ぎ、柔らかさを味わった。

体も消耗していたが、極度の憤怒と懊悩、愛と罪悪感を半日のあいだに経験して、心も疲れきっていた――ベリンダの衝撃的な告白、所長に情け容赦なく暴力を振るったあとの不安、ドルフとの決闘を通じてはっきりと意識した死への覚悟。ただ、復讐を果たしたからといって、ベリンダの苦しみが消えるわけではない。考えれば考えるほどむなしく、寂しく感じられた。とはいえ、自分の腕の中にいるベリンダは宝物だった。

今後もベリンダに、どんな苦難が襲いかかってくるかもしれないと思うと恐れでいっぱいになり、ホークスクリフは彼女のしなやかな体を抱き寄せた。二人の契約期間は終わったが、ベリンダが出ていくなど考えられなくなっていた。どんな危険が伴おうと、もう二度と高級娼婦の暮らしには戻らせたくなかった。しかし自分は、ベリンダに指図する立場にない。彼女はこれまでのように、〝自由で独立した〟存在なのだ。

「ロバート？」悩めるホークスクリフの思考にベリンダの声が入りこんできた。

「うん？」

「ずっと考えていたんだけれど」ベリンダは体を起こして片ひじで支え、手の上にあごをのせた。ホークスクリフは黙って不思議な喜びに浸りながら、彼女を見つめた。「レディ・コールドフェルについて、まだ腑《ふ》に落ちないことがあるのよ。殺されたのでないとしたら、事故で亡くなったという検視官の判断が正しいっていうこと？」

ホークスクリフは肩をすくめた。「それが一番理にかなった推測だろうね」

ベリンダは混乱したように眉根を寄せた。「まだよくわからないのよね。レディ・コールドフェルがあなたを求めていたのなら、どうしてドルフを誘惑したのかしら」

「ルーシーの本質についてまったく見誤っていたわたしに、彼女の真意がどこにあったか、わかるわけがないだろう」ホークスクリフはベリンダの長い亜麻色の髪をもてあそびながらため息をついた。

「あのね、わたし自分なりに推理してみたの。あなたはたぶん気に入らないだろうけれど」いぶかしげなホークスクリフの視線を受けて言葉を続ける。「ドルフは言っていたわね、レディ・コールドフェルはホークスクリフ公爵夫人の座をねらっていたって」

「ああ」

「でも、じゃあコールドフェル伯爵はどうするの？　もうお年だし、足を引きずって歩いてはいるけれど、お元気そうでしょ」

何を言いだすやら、とばかりにホークスクリフは眉をつり上げた。

「ありそうもない話だと思うでしょうけれど……かりに、レディ・コールドフェルが年上の夫とさっさと都合よく別れて、あなたが独身女性に目を向ける前にうまく誘惑して結婚したいと心から望んでいたとしましょう。その一方で、レディ・コールドフェルはドルフを意のままにあやつれる立場にあった——狩猟の達人で、伯爵位と財産を相続したがっている青年をね。そうなるとレディ・コールドフェルが、快楽のためだけにドルフを誘惑したとはどうしても思えないの。女性って、そういう行動はしないものだわ。女性が男性を誘惑するときは、かならず目的があるはずよ」

「つまり……二人が共謀して、コールドフェル伯爵を殺そうとしたと？」

「とりあえず、そう仮定してみましょう。伯爵が亡くなればレディ・コールドフェルは自分が本気で好きだったあなたと結婚できる自由が得られる。一方ドルフは、伯爵位と財産が手に入る。ドルフは死ぬ前に、セヴンオークスの火事は自分が起こしたものだって告白したわよね？　レディ・コールドフェルがドルフをけしかけて放火させたのかもしれないわ」

その筋書きの非情さにぞっとして、ホークスクリフは首を振った。「ルーシーを知っていたら、そんなことはありえないとわかるはずだよ。殺人をたくらむような人じゃないし――」

「貞淑でつつしみ深い女性だったと言いたいんでしょ。でもそれはあなたの知るかぎり、よね」ベリンダは言い返した。「失礼だけれど、あなたはレディ・コールドフェルのことをまったくわかっていないと思うわ」

これにはホークスクリフも一瞬、言葉につまった。「確かにルーシーは、何食わぬ顔をして陰で情事を楽しんでいたかもしれない。だが、殺人まで企てるとはとうてい思えない。とにかくわたしは、ルーシーがドルフと浮気していたことはコールドフェル伯爵には言わないつもりだ。墓場まで持っていったほうがいい秘密もあるからね」

「もし伯爵が知っていたとしたらどう？　わたしの言いたいのはそこなのよ、ロバート。この件の真相をつきとめてほしいと言いだしたのはコールドフェル伯爵でしょう。正直言って、あの老人は何かもくろみがあるようで信用できないわ」

「ベリンダ、コールドフェル伯爵家と我が家は、わたしがよちよち歩きのころから家族ぐるみでつき合ってきた仲だよ。父とも親しかったあの伯爵が、わたしに嘘をつくはずがない」

ベリンダはいらだたしげにため息をつき、手を伸ばしてホークスクリフの髪を優しく撫でた。「あなたって、誠実さの塊みたいな人だから、自分の大切な人が悪いことをするなんて疑ってもみないのね。簡単に人を信じすぎよ。今日、ドルフが死んだときの伯爵の、あの晴れ晴れとしたようすを見たでしょ？　不自然だと思わなかった？」

「不自然なのは、ドルフがたとえ血はつながっていないとはいえ、自分のおばにあたる人と関係を持ったことだよ。コールドフェル伯爵はドルフがルーシーを殺したと信じていたのだから、今日のあの態度はおかしくもなんともない。ミス・ハミルトン、きみこそ判断を誤っているんじゃないのか。人を信じないのは、きみの困ったところだよ」ホークスクリフはもういい、というように手を振った。「この件については意見も合わないようだし、これ以上話すつもりはないよ。もう終わったことだ。ルーシーもドルフも死んでしまって、わたしたちの邪魔はできない。だからすべて忘れて、二人の将来だけを考えよう」

「ロバートったら」ベリンダはたしなめるような笑みを浮かべ、ため息をついた。

「そのほうがいい。わたしは今日、あやうく死にかけたおかげで、気持ちをきちんと整理することができた気がする」ホークスクリフは身をかがめ、ベリンダの顔を手のひらで包むと、唇にキスした。「一緒にいてくれ」とつぶやき、朝日のように輝くベリンダの髪を撫でた。「きみを、カンバーランドの我が家に連れていきたいんだ。湖や山や高原や、好きな場所をすべて見せてあげたい。どこもきみと同じぐらい美しいんだ。明日の朝一番に発とう」

ベリンダはホークスクリフを苦しそうに見つめ、顔をそむけた。「ああ、ロバート」

「どうしたんだい?」ホークスクリフはかぎりなく優しい笑顔で訊いた。

「わたし、混乱してしまって」

「何が?」

「あなたのこと」

「なぜだい？　混乱することなんか何もないよ」ホークスクリフはベリンダのあごを手で包み、目をのぞきこんだ。「わたしと一緒にいてくれ。一生、きみの面倒をみる」

「どういう意味？」ベリンダはじっと動かずに目を見張っている。うかがい知れないほど深い影をたたえたすみれ色の瞳。

ホークスクリフはすぐに、自分が犯した恐ろしい過ちに気づいた。**いけない。結婚を申し込まれたと思わせてしまった。**青ざめ、なんと言ってよいかわからないままにベリンダを見つめた。やるせない思いをこめた無言の視線。

その視線の意味するところをベリンダは悟り、結論を出したのだろう。唇が何か言いたげにわずかに開いた。だが何を訴えたかったにせよ、その言葉をのみこんで、ゆがんだ笑みをかすかに浮かべた。

痛恨のうめきをあげたくなるのを抑え、ホークスクリフはベリンダの体を下にずらし、乳房のあいだの白くなめらかな肌に口づけて、苦しげな声で言った。「ああ、ベリンダ。きみを傷つけることだけはしたくない」今にも噴出しそうな彼女の怒りをなだめるかのようにその胸に頭をのせ、ウエストに手を回す。

「わかってるわ」ベリンダはホークスクリフの肩に優しく腕を回した。

「できるものならそうしたいと――」

「ええ、わかるわ」

「でも、わたしにできることには限界があるんだ」

「いいのよ、ロバート」怒りと恥ずかしさで顔を真っ赤にしたベリンダはぴしゃりと言い、起き上がろうとした。「もうその話はしないで。いやだわ、まさか結婚できるなんて、考えたこともないわ。あなた、わたしが妻の座をねらっていたとでも思ってるの？　だったら今すぐ出ていきます。二度と会わないことにしましょう――」

「行かないでくれ！」ホークスクリフはベリンダの体を押さえつけた。彼女を失うのが怖くて、心臓の鼓動が激しくなっていく。「そんなこと思うわけがない。行かないでくれ、ベル――そばにいてほしい」

ベリンダは用心深く、ベッドにひじをついた姿勢に戻った。見つめ返すその目は用心深く敵意に満ちた警告を発している。青く燃える瞳の奥に息づく彼女のもろさに、ホークスクリフは胸が締めつけられた。これ以上傷つけてはならない。なんと自尊心の強い女性だろう。氷の下に激しい炎が燃えている。

「本当に、きみのような人には今まで出会ったことがないよ、ミス・ハミルトン」ホークスクリフは穏やかに言った。

「かもしれないわね」そう認めると、ベリンダは頭を上げた。「わたしは結婚には向かない女。相手が公爵であってもね。自分の人生ですもの、何もかも自分で決めるわ。たとえあなたに懇願されたとしても、公爵のしるしであるイチゴのつるをあしらった宝冠を差し出されても、それと引き換えに自分の独立心を失いたくはないの」

大胆な演説じゃないか、気に入った。ホークスクリフはしてやられたという気持ちでベリンダに微笑みかけ、その髪に触れた。「そばにいてくれるかい？」

目と目が合った。「そんなに単純な問題じゃないわ」彼女の口調と表情はやわらいでいる。

「いや、単純なことだよ」ホークスクリフは薄く柔らかい生地の化粧着の上から彼女の腰を優しくつかんだ。「高級娼婦の掟なんてどうでもいいだろう、ベル。チャンスをくれたっていいじゃないか」腰に置かれた手が愛撫を始めた。「わたしはけっしてきみとは別れない。不当な扱いもしない。今はもう、それぐらいわかるだろう。わたしを試してみてくれ。二人で一緒に前を見て行こう」

「これから何が起こると思う、ロバート？」

「わかるわけないだろう？　今までこんな経験をしたことは一度もないんだから」

長く優雅なまつ毛の下に光るものを見せたかと思うと、ベリンダは気乗りしないような皮肉めいた笑みを浮かべて、ふたたびホークスクリフに目をやった。起き上がって膝を抱え、ため息をつく。「あなたの言うとおりにすると、けっきょく二人ともひどく傷つくことになるわ、いざ別れなくてはならないときが来たら」

「別れる？　別れるなんて言わないでくれ。いつまでも一緒にいてほしいんだ」自分の口をついて出た言葉に少し驚きながらも、ホークスクリフはベリンダに微笑みかけた。

「愛人として、でしょ」

「最愛の人としてだ」ホークスクリフは食い下がった。

「どうしていいかわからないわ。あなたのことが好きでたまらなくなってしまって、それで……」ベリンダは髪を手ですくと、顔をひじの内側にうずめて額を膝頭につけた。「今日、あやうくあなたを失うところだったことを考えると……つまりこれは、新たにやりなおす機会を与えられたってことかしら？　わたしだって、あなたと一緒にいたいのよ。ただ……」

葛藤しているのだろう。「ただ、なんだい？」ベリンダを辛抱づよく見つめながらホークスクリフは訊いた。

「高級娼婦らしい選択とはいえないわ」

「金銭的な問題なのか？　お父上の借金を肩代わりしてほしいというのなら――」

「違うわ！　お金とは関係ないことよ」ベリンダは愕然とした表情になった。「父の場合は身から出た錆《さび》だから、苦しんで当然かもしれない。それで少しは懲りるんじゃないかしら。自ら蒔《ま》いた種は自ら刈り取るもの――母が生きていたら、そう言うでしょうね」

ホークスクリフはベリンダを慰めるように肩に触れ、しなやかな背中の柔肌を撫でた。

「きみに知っておいてほしいことがある。実はお父上に、すべてを話した」

ベリンダは顔をそむけたまま、しばらく考えこんでいた。自分を守るようにきゃしゃな肩を丸めて膝を抱えている。「それで、父の反応はどうだった？」

「だいたい想像つくだろう」

ベリンダはまるで世間から身を隠すかのように、ふたたび膝に顔をうずめた。

「お父上は大丈夫だよ」

「あなた、所長に恐ろしいことをしたんでしょう」膝頭のあいだから聞こえるくぐもった声。

「それはいいけれど、当局に追われたらどうするの?」

「当局に知られることはない」ホークスクリフは優しく言った。「きみはもう二度と、あいつを恐れなくていい。あいつのことで思い悩む必要はないんだ。もう安心していい……愛しているよ」

その言葉にベリンダは顔を上げ、ホークスクリフのほうを向いた。目を大きく見開き、柔らかな唇を震わせながらも、静かな口調で言った。「わたしも愛しているわ、ロバート。いけないのはわかっているけれど、どうしようもないの」

ホークスクリフの顔いっぱいに笑みがゆっくりと広がった。眉をひそめてしぶるベリンダにかまわず、彼女の体をひしと抱き寄せ、ベッドにあお向けにした。「なんだって? とんでもない、愛してくれなくては困るよ。ふん、わたしを愛してはいけないだって?」鼻を鳴らし、かすれた穏やかな声で続ける。「そんなばかな。なぜそんなことを?」

「なぜって、あなたは絶対に、本当の意味ではわたしのものにならないから」

ホークスクリフはベリンダを軽くにらんだ。「今の今まで、きみを聡明な女性と思っていたんだが」ベリンダは笑った。ホークスクリフは彼女の頰の線をたどり、じっと見つめた。「そばにいてくれ。わたしはもう、かなり前からきみのものだよ。気がつかないのか?」

「おととい の夜、わたしを追い出そうとしたじゃない。だから喜べないの。安心できないんですもの」

「ああ、そういうことか。わかった」ホークスクリフは目をそらさずにつぶやく。「安心か」

「そう。あなたはわたしに飽きてきたら、いつでも道端に放り出すことができるでしょう」

「絶対にそんなことはしないと信じてもらうにはどうすればいいかな？　そう、たぶんこれだ」ホークスクリフはベッド脇のサイドテーブルに手を伸ばし、服を脱いだときに置いておいたつぶれたフラスコを取り上げるとベリンダに渡した。「これがその証拠だよ」

ベリンダは受け取ったフラスコの裏表をひっくり返しながらじっと見ていた。あふれる涙が横顔を濡らしている。

「あなた、わたしのために命を投げ出してくれたのよね」つぶやくベリンダ。

「ああ。きみを守るために必要とあらば、いつでもまた命を投げ出すよ、喜んで」

ベリンダは無言で体の向きを変え、ホークスクリフの首に腕をかけて強く抱きしめた。ホークスクリフは彼女のウエストに手を回し、すすり泣く声を聞いた。裸の肩に涙が落ちた。

「ロバート。わたし、あなたのことを疑う権利なんてなかったのに。強い心で、辛抱づよく接してくれたのに疑ったりして、本当にごめんなさい。恩知らずな態度をとるつもりはなかったの。こういう状況に慣れてないからかもしれない。でも、これからはあなたを信じるわ」

「それは、朝から幸先がいいな」ホークスクリフはつぶやくと、ベリンダの目からあふれて乳白色の頰を伝う涙を途中でとらえた。涙の粒は指先で、朝日の中の宝石のように輝いた。氷が溶けかかっている――ホークスクリフはそう思いながら、指先を唇にもっていって涙のしょっぱさを味わった。ベリンダはせつなげな顔を見せ、落ち着いた表情になった。

ホークスクリフがゆっくりと身を寄せて口づけると、ベリンダは待ちかねたように小さなうめき声をもらし、唇を開いて応えた。優しく、探るような、全身全霊をかけて無言のうちにする誓いのキス。それは、はるかかなたの暗い世界の片隅にまで光を行きわたらせた。まるで二人の愛から空に新たな星が生まれつつあるかのように。

身をゆだねるようにじっと横たわるベリンダの上にホークスクリフが体を重ねると、長い脚が腰にからみついてきた。欲求の高まりでくらくらした彼は固く目をつぶった。体が触れ合ったことで誘惑の炎にからめとられそうになるのを感じて、唇を離す。

ベリンダの女心の本質的な部分にひそむ目に見えない傷あとがなんなのかわかったからには、恋人としてもっとも深い思いやりをもって接するつもりだった。まだ機は熟していないが、やがて二人が結ばれるべきときがやってくる。

そのとき、妙案が浮かんだ。ホークスクリフは頭をかがめてベリンダの首すじにキスし、自分のひらめきに満足しながらもとの姿勢に戻った。「ミス・ハミルトン、眠っておきなさい。今夜、きみのためにすてきなものを用意しておくよ」

「これ以上すてきなものなんて、あるのかしら?」ベリンダはうっとりし、夢見心地のまなざしで彼を見上げてつぶやいた。

ホークスクリフはベリンダの亜麻色の髪の束を指に巻きつけてキスした。「そのうちわかるよ」と言うとまぶたに唇をあて、おやすみ、とささやき声でうながした。

しばらくして、ホークスクリフは書斎の机に向かい、別荘滞在の届出を議会の各種委員会の委員長あてに書いたり、代理人への指示を文書にまとめたり、こまごまとした雑務を処理するなど、忙しく仕事をこなしていた。その間ベリンダは出発に向けてナイト館の準備をととのえようと、一階の部屋から部屋へきびきびと移動して、主人の留守中家具に埃がたまらないよう、小間使いが茶色の綿布をかけるのを手伝った。そのあと玄関ホールで、ホークスクリフ公爵あてに指定配達で届いた書簡を持ってきた配達人と行き会った。通常なら執事のウォルシュがこれを銀のトレイにのせて主人のもとへ届けるのだが、ベリンダは堅苦しい手続きを無視して、配達人に微笑みかけて手紙を受け取った。すぐに自らホークスクリフに手渡すつもりだった。彼のようすを見に行くいい口実になるからだ。手紙にイズリントンの消印があるのに気づき、眉をひそめる。裏を見ると差出人は「ホール夫人の花嫁学校」となっていた。

書斎の扉のすぐ外で、ベリンダは一瞬ためらった。この手紙、どんな内容かしら？　わたしに対するあらたな人格攻撃だろうか？　でも、レディ・ジャシンダが在学中なのだから、わたしとは無関係かもしれない。ベリンダは突然、もしや何か悪いことでも起きたのではないか、ジャシンダが病気にでもなったのではないかという不安にかられた。すぐに書斎に入り、ホークスクリフの机に歩み寄ると目の前に手紙をぽんと置き、上体をかがめて彼の額にキスした。

「すぐお読みになったほうがいいわ。たった今、配達人が届けてきたの」

「やれやれ、今度はなんだい？」ホークスクリフは手紙を取り上げ、封を切った。

ベリンダは後ろに下がり、どんな知らせかやきもきしながら待った。読みすすむうちにホークスクリフはいかめしい顔を曇らせ、手紙を手の中でくしゃくしゃに丸めた。

「どんな内容？」ベリンダは急いで訊いた。

「妹が、人前で見知らぬ男性と話をしたかどで停学処分になったとの知らせだ。その男性はドルフ・ブレッキンリッジという人物だと」ホークスクリフは低い声で悪態をついて、丸めた手紙を投げ捨てた。

ベリンダは驚愕して手で口をおおった。「ドルフが、よくもそんな――」

「ジャシンダを利用してわたしに攻撃をしかけようとしたのは間違いないな。ありがたいことに、リジー・カーライルがそばにいてくれたおかげで、あの子も分別のかけらを失わずにすんだようだ」

「ドルフはジャシンダを傷つけたりは――」

「いや、幸い何もなかった。リジーがすぐに女性教師に知らせたんだそうだ。ドルフは、馬車に乗らないかとジャシンダを誘ったらしい」

ベリンダは一瞬、黙りこんだ。衝撃で気分が悪くなっていた。わたしのせいで、もしドルフがなんの罪もないあの子に何かしていたら――考えただけで身の毛がよだった。

「ジャシンダとリジーを、わたしたちと一緒に別荘に滞在させることになりそうだ」両こぶしを机に置いて、ホークスクリフは言った。「それでもかまわないときみが思ってくれればいいんだが。わたしは、おおいにかまうがね。あの子のお目付け役をさせられるなど、とんでもない」

「わたしはもちろんかまわないわ。でも、あの子たちの評判に傷がつかないかしら？　もしかしたらわたしは、行かないほうがいいかもしれない」ベリンダは息をつめて、どんな答にも気落ちしないよう覚悟を決めた。

「ばかなことを言うんじゃない。わたしだって、きみがいるからこそ行きたいんだ」彼は角ばったあごを掻いて考えている。「きみさえいやでなければの話だが、あの子たちの家庭教師ということにしたらどうだろう。向こうでは、誰もきみのことを知らないわけだし」

「また、お芝居なの？」ベリンダは気疲れしたようにため息をついた。「ジャシンダには、わたしたちがただならぬ仲であることぐらいわかるでしょう。頭のいい子ですもの、事実を隠そうとすれば、それだけで感づかれてしまうわ」

「だったら、ジャシンダには大人になってもらおう。あの子だって、それなりに成長しているんだから」

「リジーだってあきれるでしょうね。ところで、あなたがミス・カーライルをご存じとは知らなかったわ。はにかみやで、気取らない、とってもいい子よね」

「わたしはリジーの後見人だからね」

「後見人ですって？」ベリンダは声をあげた。「まあ、ロバート。もしかしたらロンドンじゅうであなたが養っていない人は一人もいないんじゃないの？」

「リジーは前の地所管理人のお嬢さんなんだ。その人は一〇年前に亡くなったんだが、リジーは一人娘で、そのうえ頼る親戚もいなくてね。あの子は幼いころから、ジャシンダの遊び友だちだった。しっかりした判断力もずっと変わらないよ。ドルフがジャシンダに取り入ろうとしたときにその場にいてくれて、本当に助かった」

ベリンダは両手を後ろで組んで頭を振った。「わたし、今回の件では責任を感じるわ。もしドルフがジャシンダに危害を加えたりしていたら、と思うと――」

「ベリンダ」ホークスクリフは穏やかにさえぎった。「もういい。悩んでも始まらないし、被害は何もなかったんだから。忘れることだよ。さあ、行きなさい。きみを驚かせるお楽しみの前に、すませておかなくてはいけない用事がわたしには山ほどあるんだから」

ベリンダは恥ずかしそうに微笑んだ。嬉しさで心が浮き立っていた。ホークスクリフは皮肉めいたかすかな笑みで応えると、ホール夫人への返事をしたためるべく羽根ペンを取り上げた。

二人はその晩八時にナイト館を出た。ベリンダはホークスクリフに言われて入念に盛装をしていたが、どこへ向かうかはまったく知らされていなかった。馬車の中では行き先を推測できないよう、帆布の日よけを下ろされた。

馬車がすっと停車し、従僕たちが扉を開けるために飛び降りる音が聞こえたとき、ベリンダの期待感は頂点に達した。

「目をつぶっていなさい。あっと驚くものはすぐそこだから」

「目をつぶっているなんて耐えられそうにないわ。あなたがこんなにすてきなのに」

「お世辞を言ったって無駄だよ」ホークスクリフはのんびりとした口調で言った。

ベリンダは笑いながら言いつけに従って目を閉じたが、ホークスクリフの驚くほどりりしい姿は脳裏に焼きついていた。今夜はこれまで見たことのないほど華美な装いだった。いつもの陰気な黒でなく、濃い赤紫色のベルベットの、前身ごろに豪華な刺繍があしらわれた燕尾服姿。上着の立ち襟は、白く輝くシャツの襟先とともにあごの線にぴったりとそっており、白い絹のクラヴァットの結び目は見事なできばえだ。サテンのベストには抑えた色調の金の小さな勾玉模様《ペイズリー》の刺繍がちりばめられ、控えめながらしゃれた雰囲気をかもし出している。淡黄褐色の膝丈ズボンは太もものたくましい線をあらわにし、真っ白な靴下は均整のとれたふくらはぎの筋肉をきわだたせている。小さく平たい蝶結び《ボウ》リボンつきの、かかとの低い黒いパンプスにいたるまで、まさに男性美そのものだった。一分のすきもない今夜の装いではあったが、ベリンダはなぜかその姿にそそられ、機会さえあればすぐにでも服を脱がせてみたくてうずうずしていた。

「もう、待ちきれないわ」ベリンダは叫び、目を固くつぶったまま、ホークスクリフの手をぎゅっと握った。「ここはどこ?」

「今にわかるさ。のぞき見してはいけないよ」ホークスクリフはじらすように言う。

馬車の扉が開けられる音、従僕が足踏み台を引き出す金属音。ホークスクリフは手袋をしたベリンダの手をとり、先に降りて足踏み台へと彼女を導いた。

「馬の匂いがするわ」ベリンダは鼻にしわを寄せて言った。

「よし、いいよ。目を開けてごらん」

ベリンダはゆっくりとまつ毛を上げた。手をとって体を支えてくれているホークスクリフはにこやかな笑顔で横に立ち、従僕たちは気をつけの姿勢で待っている。

目の前には、地味ではあるが長く堂々とした造りの建物がそびえている。それが何かがわかったとたん、ベリンダはあっけにとられて口を開けた。

「オールマックスだわ」小声でつぶやく。

「驚いただろう」ホークスクリフはにっこり笑った。

オールマックス社交場！　少女のころからの夢がついにかなったのだ！　だがベリンダはすぐに口を閉じ、おびえた顔でホークスクリフのほうを向いた。「わたし、ここへは入れないわ！　入ったりしたらロンドンを追い出されてしまう！」

「誰がそんなことを？」ホークスクリフは少年のようにいたずらっぽい笑みを浮かべ、黒い目を輝かせて優しく訊いた。「今夜、ここに入れるのはわたしたちだけだよ」

ベリンダは驚愕のあまり、まじまじとホークスクリフを見つめた。「オールマックスを、わたしのために借り切ってくださったの？」

「ああ」

「建物を、全部？」

「管弦楽団も、だ」

「まあ、ロバート！」ベリンダは馬車の足踏み台からホークスクリフの胸に飛びこんだ。

男性らしくキスされて頬を赤らめたホークスクリフは、声をあげて笑いながらベリンダを地面に下ろした。

「今まで生きてきて、こんなに胸がわくわくする経験をさせてもらうのは初めて！　ああ、だけど恐ろしいほどお金がかかったでしょうに――」

「きみにはそれだけの価値があるさ」ホークスクリフは皮肉っぽくゆがめた口元に似合わない、かぎりなく優しいまなざしで、両開きの扉を手ぶりで示した。「中に入って、見てごらん」

驚嘆と歓喜の入り混じった笑い声をあげたベリンダは先に立って走りだし、たちまち建物の中に消えた。ホークスクリフは含み笑いをしながらあとを追った。

「ああ、ロバート。ここが……オールマックスなのね」ホークスクリフが追いつくと、ベリンダは畏敬の念に打たれて静かに言った。まだ玄関ホールにとどまって、集会室へとつながる長く壮大な階段を崇めるように見上げて立ちつくしている。

階段を上ってみたかった。だが、自分が神聖な場所に不法侵入する者のように思えてならない。会員選考委員会の貴婦人たちの非難がましい声が聞こえてくる気さえする。ホークスクリフがやってきて横に立つと、ベリンダはそちらを向いて苦しげに言った。

「ここはわたしのいるべき場所ではないわ」

ホークスクリフは何も言わずに、たしなめるように微笑んで腕を差し出した。穏やかながら断固としたその態度に勇気を得て、ベリンダがそろそろと手をそえると、ホークスクリフは階段へといざなった。社交シーズン中の一二回の水曜日夜、この有名な階段を上ることができるのは、上流階級の中でも評判に一点の曇りもなく、ふるまいに品格がある者だけだった。

すっきりと上品なオールマックス社交場は、壮大華麗なナイト館には比べるべくもなかったが、目に入るものすべてにいちいち感嘆するベリンダを、ホークスクリフは愛情をこめて見守っていた。階段の上には玄関ホールが設けられ、その両脇にはカード室がある。夕食や宴会にも使われるのだと彼が教えてくれた。そして真正面には聖なる場所、舞踏場が広がっていた。

ベリンダは息をのみながら中へ入り、あたりを見まわした。舞踏場は縦三〇メートルあまり、横はその半分ぐらいだろうか。白く平らな天井は一〇メートルほどの高さがある。天井のすぐ下の乳白色の壁には金箔をあしらった彫刻がほどこされ、部屋全体をぐるりと取り巻いている。その下の淡い青磁色の壁には、巨大なアーチ形窓が一定の間隔で並んでいる。くり形と彫刻はすべて白で、円形浮き彫りと花綱だ。四方の壁際にはベンチが置かれ、奥には金色の格子細工で飾った、一段高い舞台がしつらえられていた。そこに礼儀正しく控えていたのはなんと、管弦楽団の楽士たちだった。全員が立ち上がってベリンダを迎えた。

ベリンダは目を見張りながら、「こんばんは」と自信なげな会釈をした。

「こんばんは、お嬢さん」指揮者が愛想よくお辞儀をして言った。「特にお聞きになりたい曲はございますか？」

「い、いつも演奏してらっしゃる曲をお願いします、ありがとう」ベリンダが驚いた表情でホークスクリフのほうを向くと、楽士たちは席に腰を下ろし、楽器を取り上げた。

　舞踏場に流れはじめた軽快な嬉遊《ディヴェルティメント》曲に、ホークスクリフは微笑んだ。

　ベリンダは部屋の中ほどに進み出て、笑い声をあげながらあちこちを歩きまわり、舞踏会の雰囲気を楽しんだ。まばゆい鏡、輝くシャンデリア。ギリシャ神話の神を等身大で表現した二体の彫刻が、枝つき燭台を抱えている。

「夢みたい。ロバート、こんなすてきな贈り物をいただけるなんて！」

「初めてハイドパークを一緒に散歩した日、この古い社交場の舞踏会に出たかったと、残念そうに話していたのを思い出したんだ。それに、今夜はきみのために最高の夜にしてあげたかった」ホークスクリフは親密さをこめた低い声で言い、ベリンダの手を持ち上げてキスした。「ミス・ハミルトン。ダンスをおつき合い願えますでしょうか？」

　ベリンダは夢見る瞳を輝かせ、ころころと笑った。「まあ。では、付き添いの者に訊いてみますわ！」社交界デビューをする令嬢のふりをして嬉々として答える。

　ホークスクリフも声をあげて笑い、音が反響する広い舞踏場の中央にベリンダをいざなって、ワルツを演奏するよう管弦楽団に指示した。

　二人は向かい合った。ホークスクリフが礼をすると、ベリンダは膝を深く曲げて正式なお辞儀を返した。二人ともこぼれそうになる微笑みを抑えている。

ベリンダが右手をホークスクリフの左手にのせ、彼の右手がウエストに回されると、ワルツが始まった。

二人は踊りに踊った。ベリンダは何を見てもおかしいかのように笑い、はしゃいだ。極上のシャンパンを一本空けてからふたたび踊りだした二人は、波打つ床を時計の針が二、三周するようにくるくると回った。ホークスクリフは回転の途中でベリンダを胸に抱き寄せ、あごを包むようにはさむと、ゆっくりと唇を重ねた。

ベリンダは目を閉じ、ホークスクリフの首に腕を回して、愛情をこめて彼の舌を温かく受け入れながら、手袋をはめた指で彼の髪をすいた。頭がぼうっとし、血が熱くたぎっていた。

時はあっというまに過ぎ、ナイト館へ戻った二人は、お互いの唇の味わいを確かめるために止まっては歩き、歩いては止まりをくり返しながら、廊下を進んだ。二人とも手袋を脱ぎ、ホークスクリフのクラヴァットはほどけている。

ベリンダの寝室に着くと、ホークスクリフはキスを続けたまま手さぐりで取っ手を見つけて扉を開き、中へ入るよううながした。ベリンダはくるりと体を回して先に進んだが、その唇は彼を熱く求めてやまない。

ひとすじの月光が、四柱式の天蓋つきベッドに向かう道を照らし出していたが、二人は入口にとどまっていた。ベリンダはベルベットの上着の襟をつかんでホークスクリフの背中を扉に押しつけ、大きく広げた彼の脚のあいだにもどかしそうに入りこんだ。キスで燃え上がり、大胆になっていた。

「あなたって、シャンパンの味がするわ」ベリンダはくすくす笑うと、ホークスクリフの甘美な舌を自分の舌で愛撫し、もう一度心の奥深くに訴えかけるようなキスをした。ほどけたクラヴァットを彼の首から引き抜き、ベストのボタンをはずしにかかる。

ホークスクリフはドレスの肩の部分に指をかけ、深い襟ぐりから下に向かって手をすべりこませた。指先が乳輪をかすめて通りすぎる。

「うーん」ベリンダはあえいだ。乳首がたちまち硬くなった。

ホークスクリフの指先は胸元から首に向かって、羽根のような軽い愛撫を加え、あごの曲線をたどって唇に到達した。ベリンダは目を閉じてその指をいとおしそうに口に含み、存分に味わった。その姿を薄暗がりの中で見つめる彼の息が深くなる。

ベリンダはホークスクリフのもう片方の手で腰をつかまれ、震える大きな体に引き寄せられた。硬くなり脈打っているものが下腹部に当たった。欲望を抑えているのね。ベリンダはホークスクリフがほとんど受け身になって、したいようにさせてくれていることに言い知れぬ喜びをおぼえた。さらに大胆になって、膝丈ズボンの上から硬いふくらみを手で包む。彼はうめき、頭を扉にもたせかけた。

ベリンダの手は屹立したものを下から上に向かって撫で、平たい腹部から胸へと上がっていった。首のまわりに手をそえて見上げると、ホークスクリフは陶然とした苦しげな表情で見つめ返してきた。

「あなたが約束してくれた喜びがどんなものか、教えて」ベリンダはささやいた。「わたし、習いたい。心の準備ができたから」

ホークスクリフはかすかな笑みを浮かべた。あまりに魅惑的なその笑顔に、ベリンダのつま先にまで震えが走った。

手をとられてベッドへいざなわれたベリンダはその端に腰かけ、手を後ろについて待った。彼は体をかがめ、唇を重ねてベリンダの息を奪い、ドレスの上から乳房を優しく愛撫した。そして胸にキスして丁寧なお辞儀をしてから後ろに下がり、ろうそくの明かりをともしに行った。

ベリンダはそれを微笑ましく見守った。部屋のろうそく全部に火をともして暗がりをなくしてもらえたことで、大切にされていると感じられた。マントルピースの上の枝つき燭台に加え、化粧台の上と、ベッドのそばの小さなテーブルの上の細長いろうそくが、暖かみのあるオレンジ色の光を放って室内を照らした。ホークスクリフが戻ってきて、ろうそくの炎のほのかな揺らめきの中で優しく微笑んだ。光を浴びて浮かび上がるそのいとしい彫りの深い顔には、謎めいた影が落ちている。

ベリンダの前に立ったホークスクリフは、ボタンのはずれた上着をゆっくりと脱ぎ、背後の床に落とした。広い肩幅と引きしまった腰にかけてのすっきりした線を、ベリンダはうっとりと眺めた。ろうそくの明かりを反射して輝くベストの金ボタン。彼は最後まではずして、これも脱ぎ捨てた。

その下のゆったりとしたシャツはきめ細かいローン地で、前立てには小さなひだ飾りがついている。ベッドから起き上がったベリンダはシャツの前を開け、V字形にあらわになった日焼けした肌に口づけた。ホークスクリフがシャツをつかんで頭から脱ぐのを、期待に震えながら見つめた。

目と目が合った。ホークスクリフの優しいまなざし。濡れたその唇はキスを続けたために腫れて、髪の毛は乱れている。

ベリンダは、きめが細かくなめらかな肌を手で撫で、唇で触れて、たくましい胸と、筋肉が形よく盛り上がった腹部を探検した。ホークスクリフは目を閉じて立ち、けだるげな表情で触られるのを楽しんでいる。

その広い肩に手を置いたベリンダは、腕へとゆっくり愛撫を始め、がっしりとして岩のように硬い二の腕や、力強い前腕の曲線の美しさをひとつひとつ堪能した。

「あなたの体って……すばらしいわ、ロバート」

ホークスクリフは穏やかな笑い声をあげると、目を上げた。手首のところまできたベリンダの手をつかんでお互いの指をからませ、上体をかがめてキスした。

二人は手をとり合い、口づけを交わしつつ、ベッドのそばで長いことたたずんでいた。

「きみをよく見たい」ようやく彼がささやいた。

ベリンダは頬を赤らめたが、恥ずかしがりながらも次に進みたい気持ちでいっぱいだった。向きを変えて邪魔な髪の毛を上げ、ホークスクリフがドレスの背中のボタンをはずし、コルセットのリボンをほどくにまかせた。

ドレスが肩から優しくずり下げられていく。ベリンダの鼓動が早鐘を打ちだした。柔らかいモスリンが肌をすべり落ちていく感触がなんともいえず官能的だ。そのあとをホークスクリフの手が軽くかすめていく。ベッドの上で自分の後ろに座った彼に腰をつかまれ、透けるシュミーズ越しに背中のくぼみに幾度もキスされて、ベリンダは高まる欲求に震えた。

ドレスが白い絹の水たまりのように床の上に落ちてしまうと、ホークスクリフはひざまずいて、シュミーズの下に手を差し入れた。温かく、迷いのない手がふくらはぎからレースの靴下留め《ガーター》に上がり、ストッキングを脱がせるのに専念した。

下に落ちたストッキングからベリンダが足を抜くと、ホークスクリフはふたたび立ち上がった。男らしくたくましい胸を欲望で大きくあえがせている。黒く長いまつ毛の下の瞳が濃さを増し、真夜中の星のように輝いていた。

ベリンダは彼の胸にそっと触れ、「ちょっと待って」とささやいた。「間違ってお父さんになってしまっては困るから」

教えられたとおり、ひも付きの小さな丸スポンジを使って避妊をしようと、中国趣味《シノワズリ》の屏風の陰へ行きかけた。しかし軽く手首を引かれて止められた。ホークスクリフはベリンダの目をじっと見つめて訊いた。「そうなったらいけないかい?」

どくん、と胸が鳴った。「い、いいえ」

「じゃあ、いいんだね」

「え、ええ。大丈夫よ」ベリンダは不安な気持ちで息をひそめ、ホークスクリフと手に手をとってベッドへ向かった。二人が着ているものをすべて脱いだあと、彼はベッドに身を横たえたが、ベリンダはおぼつかなげにしばらくそばに座っていた。鼓動が激しくなっていた。

ホークスクリフはベリンダのお腹に、畏怖の念をこめてそっと触れた。あちこちをさまよっていた手が乳房を包んだとき、彼女ははっと息をのんだ。

彼はすばやく優雅に上体を起こし、乳房にキスした。ベリンダは目を閉じ、乳房を口に含まれるにまかせた——それが始まりだった。

二人の手はお互いの体をすみずみまで探り合い、撫でさすり、もみしだいた。シーツの中に引き入れられたベリンダは、直接触れるホークスクリフの肌に、強力な媚薬のような効果を発見した。体をからみ合わせていると、たまらなく興奮するのだった。

心にほんの一瞬、恐怖の影がきざした。だが目を開けてホークスクリフを見ていさえすればよかった。彼は終始このうえなく優しく、辛抱強く、思いやりにあふれていた。

「愛しているよ、ベリンダ」ホークスクリフは彼女をあお向けにしてささやき、その喉元にキスした。

驚きと喜びが渦巻く中、ベリンダは愛の誓いをつぶやいて、ホークスクリフの腰に脚をからめた。今だわ。女体の入口に彼のものが導かれるのを感じて、脚に力を入れる。しかしその期待はすぐには満たされなかった。

ホークスクリフは上になってベッドに両手をつき、そそり立ったものの先端でつついてべリンダを極限までじらした。短い間隔で挑発するように小刻みに動き、表情を観察している。

ベリンダは腰を持ち上げ、うめき声をもらしてせがんだ。だがホークスクリフは意地の悪い笑みを見せ、腰を引いた。体をずらし、頭を下げて、しばらく巧みな舌の動きで硬くなった花芯を軽く打ったり、はじいたり、吸ったりして喜ばせる。二人の動きはもっとも親密な儀式を一緒にとり行うかのようだった。ふたたびベリンダは快感のきわみに近いところまで導かれたが、絶頂の叫びがもれる直前に、ホークスクリフはもとの姿勢に戻り、硬くなったものの先端を、待ちうける濡れた秘奥にすべりこませた。さっきより少しだけ深く入れたところで止めたが、ベリンダはもっと欲しいと切望している。この拷問を数回くり返されてもう耐えきれなくなり、苦悶か恍惚、あるいはその両方をいちどきに経験していた。

「お願い、お願いよ」息を切らして懇願する。

「本当に、これが欲しいのかい？」ホークスクリフはささやいた。「確かなんだろうね、ベリンダ？」

「ああ、欲しいわ」ベリンダは体と体をさらに密着させようと背を弓なりにそらし、うめくように言った。ホークスクリフのがっしりした胸が乳房に押しつけられてこすれる。「中に入ってほしいの。奥のほうまで。ロバート、どうかお願い」

ホークスクリフはベリンダの額にキスし、その求めにようやく応じて、徐々に深く入れていった。

「ああっ」中が満たされていく感覚に、ベリンダは目を閉じて感嘆のつぶやきをもらした。

腕を回して抱きつくと、ホークスクリフは体を下げてひじで支え、ほとんど動かずに抱擁に応えてくる。その胸に浮いたわずかな汗の湿り気が感じられた。

二人は身じろぎもせずにじっとしていた。長いあいだ求めてきた結合のすばらしさを、ただ肌で感じ、味わっていたのだ。

ホークスクリフはベリンダの唇にキスし、ふたたび愛の行為を始めた。狂おしいほど激しいリズムにまで高めていったあと、ひと息ついて大きくあえいだ。

「ちょっと待って」彼はつぶやき、濃厚なキスで腫れた唇で官能的な笑みを浮かべるとあお向けになり、ベリンダの体を引き上げて上にのせた。魅惑的な低音で「きみが動いてくれ」とうなるように言う。

ベリンダは言われたとおり、またがったままゆっくりと体を起こした。「ああ、あなた」吐息をもらし、彼のものが根元まで埋めこまれた感覚を味わう。腰を動かしはじめると、ホークスクリフの日焼けした力強い手が色白の尻を優しくつかんだ。

「なんてきれいなんだ」彼はあえぐように言い、黒々と光る目でベリンダを見つめた。

親指の腹でうずく花芯に触れられると、ベリンダは体を震わせて頭を後ろにそらし、動きを速めた。やがてホークスクリフは下腹の筋肉を波打たせながら体を起こし、揺れる乳房をとらえて口に含んだ。動くたびに彼の引きしまった下腹で恥丘をこすられ、気を失いそうだった。

彼の手、唇、太いものが刺激を生み、女体の中からも、まわりからも、快感が押しよせてきて全身を包んだ。その波に身をまかせ、体が砕けちるような絶頂を迎えたベリンダの唇から、我知らず苦悶にも似たかん高い叫びがもれた。意識にあるのは、激しい愛の至福の中で自分の体を包むホークスクリフだけだった。

その絶頂の波が引きはじめたとき、ベリンダの首に顔を埋めたホークスクリフは息づまるようなくぐもった叫びをあげた。彼女の体をふたたびあお向けにして、胸を大きく弾ませながら抱きしめると、体を震わせて彼女の中で脈動をくり返した。それまで張りつめていた筋肉が弛緩しはじめる。その心臓の激しい鼓動はベリンダの肌にも伝わった。

「ああ、愛しているよ」ホークスクリフは声に出した。ひどく動揺しているような声だ。

その体をベリンダは下からそっと抱きしめた。ホークスクリフは彼女の中に入ったまま、胸の谷間に頭をのせてぐったりとしている。そして乳房に一回だけ優しいキスをすると、ゆっくりと息をととのえた。

「わたしもよ、ロバート」ベリンダは彼の額に口づけてささやいた。「わたしも、あなたを愛しているわ」

18

旅はグレート・ノース・ロードを北上する二日間で始まった。馬車はイングランド中部のなだらかな緑の農地を進んでいく。ベリンダは、積荷を載せて運河をゆく古風な平底船や、活気のある陶器製造所の大窯の煙突から立ちのぼる白い煙を見た。収穫の季節が迫り、区画ごとに大麦、小麦が豊かに実る畑はつぎはぎ細工のようだった。

いい天気だった。さわやかな風がそよ吹き、頭上には真っ青な空が広がっている。砕石《さいせき》舗装された道路は快適で、ホークスクリフの頑丈な旅行用馬車での旅はどれほど長くても気にならなかった。

馬車は橋を渡って古い町並みが残るヨークに入った。ここで二日目の夜を過ごすことになる。晩夏の陽射しはまだ、ウーズ川の川面に反射して金色に輝いている。ここで二人はジャシンダとリジーを拾って、脚をほぐすためにシャンブルズ通りの散策に出かけた。途中、中世の教会に立ち寄ってみると、巨大な大聖堂の中は静まりかえっていた。ベリンダは見上げるように高い東向きの大窓の、「天地創造」を表現したステンドグラスに驚嘆した。何世紀も前に生きた職人たちが想像力を駆使して作った精緻で気品のある芸術の世界は、天上にまで広がっているかに見えた。

ベリンダはホークスクリフの手をとり、西向きの大窓を二人して見上げた。今日最後の夕日が射しこむ、見事な色の競演だ。もっと見ていたかったが、少女たちが二人とも疲れていて空腹で不機嫌だったうえ、ジャシンダが駄々をこねだしたので、しかたなく大聖堂を離れて、ハイ・ピーターゲート通りの広場の向かいにある馬車宿に落ち着いた。

夕食は、ほかほかのコテージ・パイにヨークシャー・プディングをそえた、たっぷりとした心づくしの料理を部屋に運ばせた。ホークスクリフは地元産のダークエールをぐいぐい飲み、旺盛な食欲を発揮している。ロンドンから離れれば離れるほど生き生きしてくるようだった。そのようすを見守りながら、ベリンダは言いしれない満足感をおぼえていた。

おいしい地方料理を堪能したあと、ジャシンダは二人におやすみの抱擁をし、リジーははにかみながらお辞儀をして部屋に下がった。ホークスクリフは椅子にゆったりともたれて、ベリンダをきらりと光る目で見つめた。ああ、この目だわ。

テーブルの上のろうそくはともしたままで、ベッドに誘われた。抱き合ってマットレスに倒れこんだときベリンダは、早くも恐怖心を克服した自分に気づいて微笑んだ。ホークスクリフは彼女にさらなる喜びを教える行為にとりかかった。

翌朝、ふたたび元気を取り戻した一行は、西に向かって出発した。ヨークシャー・デールズの静かな荒野を抜け、鬱陶しい沼地を過ぎて、その日の終わりにはウエストモアランド郡に入った。

「もうスコットランドに着いたようなものね」とベリンダが言いきったときの、ホークスクリフとジャシンダの猛反発ぶりは面白かった。まだまだこれからだ、明日は世界でもっとも美しい景色を見せてあげる、と二人はうけあった。有名な画家コンスタブルのお墨付きの景色よ、とジャシンダは誇らしげに言う。

四日目は、丘と小高い山のあいだを縫うように走り、そよ風に吹かれて水面が輝く湖を見ながら走る旅だった。ベリンダは空気に不思議な気配を感じていた。丘の緑はエメラルド色に変わり、胸が痛くなるほどだ。周囲には幅広い波状にうねる山がそびえている。高度が上がるにつれて空気が薄くなったように感じられる。だからこそ、風吹きわたるこの地に詩神が舞い降りるのだろう。高々とそびえるサドルバック山から、谷間の青々とした湖のほとりで満足げにうとうとしている羊たちまで、何もかもが美しかった。

景色を楽しもうとグラスミア湖に立ち寄ったとき、日光に照らされてくっきりと浮かび上がるホークスクリフの彫りの深い横顔をちらりと見た。そよ風に吹かれた黒髪が波打っている。背景には、茶色と緑色に彩られた起伏の激しい丘、上空いっぱいに広がるまだら雲。そのときベリンダは悟った。これこそホークスクリフの愛する世界であり、心の故郷なのだと。議会やナイト館の華美で形式ばった空間でもなく、上流社会のせんさく好きな目が光るロンドンの混雑した通りでもなく、変わりやすい空の下の素朴な安らぎ、どこまでも広がるこの景色なのだと。

たそがれどき、馬車は鏡のように輝く湖の向こうにそびえる城、ホークスクリフ・ホールをはるか前方にのぞむ場所に着いた。一行はしばらくその場にたたずんで見つめた。ホークスクリフはこの城の主にふさわしかった。

ホークスクリフ・ホールは、時代を超えた永遠の雰囲気をたたえている。決闘のあとの朝、彼がささやいた**「いつまでも一緒にいてくれ」**という言葉をベリンダはふたたび思い出した。あれはどういう意味で言ったのだろう、と考えなおす余裕が初めて生まれていた。何世紀もの歴史を持つ城に住んでいた人間が、軽々しい気まぐれで「いつまでも」などと言うはずがない。一瞬、ベリンダの気持ちは揺らいだ。どんなにロマンティックであろうと、二人のあいだの取り決めは一時的なものではなかったの？

それに対する答は、頭上高く円を描いて飛ぶタカの鳴き声だけだった。

ホークスクリフは太陽のまぶしさに目を細めてタカを見上げた。

周囲の野原には野生の花が咲き乱れ、城へとつながる埃っぽい道は湖にそって曲線を描いている。

「教えてくれなかったじゃないの、本物の……お城を持っているなんて」ベリンダは八〇〇メートルほど先の、急勾配の丘の頂上を弧を描くように守っている、青灰色の城壁に驚嘆の視線を走らせながら言った。

横目でベリンダを見たホークスクリフがかすかに微笑んだ。

城内には銃眼つきの胸壁と高い円塔が一定の間隔で並んでおり、四角柱の高い天守がそびえていた。おそらくここから中世の射手が長弓を発射し、騎馬の騎士が戦いに出ていったのだろうと、つい想像してしまう。だが今の景色は実にのどかで、白昼夢のようだった。

上空を舞うタカがふたたび勝ち誇ったような鳴き声をあげた。

ベリンダは目の上に手をかざして、王者の風格を持つタカをあおぎ見た。「雄々しい鳥ね」

「タカはこういう環境で繁殖するのさ。タカ狩りに興味があれば、タカ小屋を見せてあげるよ。来てごらん。この城に帰るのは本当に久しぶりなんだ」

ホークスクリフのあとについて馬車に戻るベリンダは、不思議でたまらなかった。この人は、ロンドンでは大きな財力と影響力を誇り、どんな局面でも苦もなく発揮できる力をそなえた、いかにも世慣れた存在に思える。持って生まれた手腕と交渉術により、崇高な理想への道を切り開いてきた人だ。だが、先祖の故郷であるこの地では、男ざかりの強くたくましい戦士のような領主に見えるのだった。

中世の城というからには竜がつきものだ。ナイト家の家事を取り仕切る口やかましいラヴアティ夫人とまた会うことになるが、今度は夫人の横暴にひるんだりはしないつもりだった。

城の内部はむやみに広い廊下や人目につかないくぼみがそこここにあり、ナイト家の兄弟たちが子どものころかくれんぼを楽しんだであろうことは容易に想像できた。この風変わりな、何が出てくるか予想のつかない迷路のような建物の中をホークスクリフが案内するあいだ、ジャシンダは城に出没する幽霊について興奮気味に語っていた。

母親のジョージアナの趣味だったという金ぴかで軽薄なロココ風の装飾が、以前の重厚で暗いジャコビアン様式に重ねられ、すべてが中世の骨組みにおさまっていた。

ジャシンダは弾む心を抑えきれずにあちこちをせわしなく動き回り、どの部屋でもお気に入りのなつかしいものを見つけると手を触れて歩いた。ヴェネチア風の大広間と中国風の応接間があった。舞踏場と玉突き場は両方とも、ジョージアナ好みのヴェルサイユ宮殿風の装飾で飾られていた。

城の中で一番最近になって手が加えられた部分は広々とした空間を趣味よく内装しなおしてあり、はるかに古く薄暗い、地味な長テーブルが置かれた食堂につながっていた。もっとも古く由緒がありそうなのは大広間と、つづれ織りを飾った部屋だった。ここでホークスクリフの先祖たちが、スコットランドとの国境に住む一族との戦闘にそなえて作戦を練るさまが目に浮かぶようだ。あたりを見まわしながら、ベリンダの想像はどこまでもふくらんだ。父親に見せてやれたらいいのにと思った。

城の裏手にはオレンジ栽培用の温室があり、優雅なガラス壁の向こうに、小さなハーブ畑を中央に配し、トピアリーをほどこした庭木を植えた露段《テラス》式庭園が見える。庭園の先には広大な芝生と斜面に木が生い茂った森。崩れた岩の陰になった部分が真っ黒に見える藍色の湖。数千エーカーにおよぶこの土地も、ホークスクリフのものだった。

一行は砂利を敷きつめた中庭に出た。そこからは礼拝堂、使用人の住む建物、地所管理事務所、馬車置き場、巨大な馬小屋をのぞむことができる。一番奥のほうに見えるのがタカ小屋だ。

ジャシンダとリジーはお気に入りの馬がいる馬小屋めがけて走っていき、ホークスクリフとベリンダは中に入った。

「ロバート、なんてすごいお城なの。本当に驚きだわ。ウォルター・スコットの歴史小説の世界から抜け出してきたみたい」ベリンダは驚嘆したように頭を振って言った。

「そんな世界にようこそ。大歓迎だよ」ホークスクリフは穏やかに応え、ベリンダの手の甲に口づけした。

従僕に訊かれて、ホークスクリフはベリンダの荷物を自分の寝室と隣り合わせの寝室に入れておくよう言いつけた。この大胆な命令を眉ひとつ動かさずに発した彼を目の当たりにしたベリンダは驚きながらも、二人の関係を隠そうとしない堂々とした態度を嬉しく思った。二人の心がついに寄り添ったかに思えた。ベリンダは高級娼婦が守るべき原則にこだわるのをやめ、ホークスクリフもようやく、彼女を心から受け入れるようになったのだ。

その夜、ホークスクリフは自分の生命が母親のお腹に宿った儀式用のベッドで、故郷の与えてくれた活力に満ちた愛の営みにベリンダをいざなった。

数日が過ぎた。何カ月も城を留守にしていても、ホークスクリフが領地の生活において重要な存在であることがわかった。毎日のように来客があり、遠いところから助言や支援を求めて来る人たちのために彼はかならず時間を割いた。

ベリンダはジャシンダとリジーの世話をやくのに忙しかった。愛人にすぎないベリンダを二人は尊敬し、親愛の情を寄せてくれた。それはホークスクリフの愛情と同じぐらい彼女の心を癒してくれた。晴れた日の午後には、三人はつば広の帽子をかぶって田園地帯を散策し、風景をスケッチした。

ジャシンダもリジーももう大人と言っていいが、母親を知らずに育っていた。愛されたいと願い、年長の者に指導を仰ぎたいと思う二人の強い気持ちにベリンダは胸を打たれた。連日お茶の時間に話し合ううち、いろいろなことがわかってきた。ジャシンダは社交界にデビューするのを怖がっている。上流階級の有力な貴婦人たちとその仲間に、悪名高い母親の奔放さの片鱗を見せはしないかと一挙手一投足を監視されるのが目に見えているからだ。

一方リジーは、自分が無一文の被後見人であるために、ずっと肩身の狭い思いをしてきたと告白した。ジャシンダが社交界にお目見えをして結婚したあと自分はどうなるのか、と不安だという。そのうえリジーは、アレック卿にかなわぬ恋心を抱いているようだ。

カンバーランドの故郷に来て二週間目の月曜日。ジャシンダはベリンダに胸躍るお楽しみを約束した。「今日はあっと驚くようなところに連れていってさしあげたいの。とっておきの場所よね、リジー？」

二人の少女は目配せをし、くすくす笑った。

「まあ、どんなところなの？」ベリンダはピクニック用のかごや写生帳などの重い荷物を辛抱強い従僕に次々と渡しながら訊いた。

「ペンドラゴン城よ」ジャシンダはおごそかに宣言した。「昔むかし、アーサー王の父君、ウーゼル・ペンドラゴンの居城だったところです！」

「ジャシンダったら、そんなおとぎ話みたいなことばかり」

「本当ですったら！　すごく不気味な廃墟なの。城の前に立つイチイの巨木には、魔法使いマーリンが閉じこめられているという言い伝えがあって」

「ばかばかしい」

「ミス・ハミルトン、今の話は本当なんですよ」リジーもまじめくさった口調で、目を大きく見開いてうなずきながら断言した。

「お兄さまたちは子どものころ、よく円卓の騎士ごっこをしていたのよ」ジャシンダは満面の笑みを浮かべて言うと、日の光の中へ飛び出していった。

徒歩で出かけた三人は、途中で何人もの地元の人々に出会った。羊の群れを連れた三人の羊飼いの子どもたち、鶏を荷車に積んで市場に運ぶ年老いた農夫。そしてよく日焼けした、有能そうな二人の男性。猟場番人と土地管理人だと、ジャシンダが紹介してくれた。昼食をとるために城へ戻る途中だという。

城の周囲の田畑と森林の状況について、正当な荘園領主邸の女主人のような真剣さで質問するジャシンダを、ベリンダは面白そうに眺めた。二人は目を輝かせながらジャシンダの機嫌を取ったが、「家庭教師」には男性として興味をおぼえたらしい。それを察知したベリンダはほとんどしゃべらず、関心を引くのを避けた。

真っ黒に日焼けした土地管理人は、ホークスクリフが先を見越して農地改良を行い、借地人に大きな恩恵をもたらしたことを褒めそやした。穏やかな話し方の大柄な猟場番人は、領地内での多少の密猟は見て見ぬふりをしてやってくれと公爵から言われていると打ち明けた。

思いやりのある地主ということでホークスクリフの評判はさらに高まっているという。

猟場番人と土地管理人と別れたあと、三人は荷物を腕いっぱいに抱えた従僕を従えて先に進んだ。ワイルドボア・フェル高原に近づいたとき、エデン川のほとりで野生のポニーが群れをなして水を飲んでいるのを見つけた。一行は足をとめ、馬たちがこちらを警戒して山に向かって逃げだすまで、その眺めを楽しんだ。思いがけず野生の馬に出会えた喜びの声をあげながら、三人は高くそびえる岩だらけの廃墟へ向かった。

古色蒼然とした要塞のような石城は見る人を圧倒するものがあった。古臭い神話の断片が残っているかのようなペンドラゴン城は、片側だけは高々とそびえており、でこぼこした城壁の上端に枯れた巨木が枝を伸ばしているが、反対側の城壁は崩れてなくなっていた。

ジャシンダが従僕に言いつけてかごの中のものを並べさせているあいだに、ベリンダは廃墟に近づいてじっくり眺めた。ここでいたずら好きな少年の一団が、アーサー王物語に出てくる円卓の騎士になりきって遊んでいるようすが目に浮かぶようだった。後ろでがれきが崩れる音がしたので振り向くと、地面に転がる苔むした石の上をリジーが注意深く歩いてきた。

「考えてみれば、レディ・ジャシンダのほかのお兄さまたちがどんな方か、まだ聞いていないわ。わたしが知っているのはホークスクリフ公爵とアレック卿だけですもの」ベリンダはリジーに言った。

「二番目のお兄さまはジャック卿ですけど、よくないお仲間と一緒みたいで」リジーは肩越しにあたりをうかがうような視線を走らせた。「一家のやっかい者なんです」

「ジャック卿は本当に〝あの手の紳士〟なのかしら？」密輸業者を婉曲に表す言葉を使ってベリンダは小声で訊いた。

「どんなことでもやりかねないという噂ですけど、心根は優しい人です」

「なぜ彼は密輸業者になったの？」

二人は気づかなかったが、ジャシンダが岩から岩へと渡り歩きながら近づいてきた。今のやりとりを聞いていたらしい。「なぜって、お父さまに冷たくあしらわれて、反抗心を抱いたからよ。ジャックお兄さまはお父さまの子じゃないんです。血がつながっているのは跡継ぎのロバートお兄さまとわたしだけですから。ジャックお兄さまは予備の跡継ぎで、わたしは、両親が仲直りした結果できた子というわけ」

その言葉にベリンダははっと息をのみ、ジャシンダは笑った。「気になさらないで。ミス・ハミルトン、あなたになら家族のことも遠慮なしに話せるわ。もう家族同然ですもの」ベリンダに近寄って抱擁し、声をあげて笑うと、岩の上でつま先立ちになってくるりと一回転した。「お母さまが愛人をたくさん作ったことは、誰でも知っているわ。わたしも大人になったら同じ道をたどるだろうって」開き直ったように言う。

「ジャシンダ！」

唖然とするベリンダを、ジャシンダは涼しい顔で受け流した。「兄弟の中で、お父さまのお気に入りはロバートお兄さまだけだったの」

ベリンダは一瞬、お説教をしようかとも考えたが、どんな反応をするか試されているだけだと気づいた。「男性が自分の跡継ぎばかりにかまけて、ほかの子どもたちのことをおろそかにするのはよくある話よ」

「お父さまはわたしが生まれる直前に亡くなったから、どういう理由でえこひいきしたかはわからない。でも、ひどい話だわ。ジャックお兄さまはそんな扱いに嫌気がさしたんでしょうね、突然オックスフォード大学を中退して船乗りになったの。その下の弟は双子で、名前はダミアンとルシアン」

「二人とも抜群にすてきなんです」リジーがささやいた。

「ダミアンお兄さまは歩兵連隊の大佐で、戦争で大活躍した英雄なのよ」ジャシンダは誇らしげに言った。「一度、戦闘でフランス軍のワシ章旗を奪ったの。歩兵連隊の将校たちが複製を作ってくれて、今ナイト館に飾ってあるわ」

「ああ、あれね。見たわ」ベリンダは不思議に思いながら言った。「それで、ルシアン卿は？」

「あの方がどこにいるかは、わたしたち、知らないことになっているんです」リジーが言う。

「でも、戦争も終わったことだし、居所を教えても大丈夫なはずよ」ジャシンダはいたずらっぽい笑顔で言った。「ルシアンお兄さまはパリで密偵をしているの！」

「〝偵察将校〟でしょう」リジーがより上品な言い方に訂正したが、ジャシンダは鼻先で笑った。

「密偵って、まさか本当？」ベリンダは驚いて訊いた。

「ええ、でも誰にも教えてはだめよ。お兄さまは王立協会の命を受けてエジプトで古代遺跡の発掘作業に関わっていることになっているんですから」

「どうしてそういうことになっているの？」

「英国を離れていて、しかも兵役についていない説明になるでしょう。かわいそうなルシアンお兄さま。本当は考古学者になりたかったでしょうに、違う任務を命じられて。最初はダミアンお兄さまと一緒に陸軍に入隊したのよ。武器の設計に携わって、工兵隊との協力のもと仕事を進めるよう命令されたんですって。でも上からの命令にただ従う生活がいやで、みじめな思いをしていたみたい」

「ルシアン卿は科学者なんです、ミス・ハミルトン」わけ知り顔のリジーが口をはさんだ。

「天才だって、誰もが言ってますわ」

「そうかもしれないわね。ただ、ルシアンお兄さまの言ってることはわたし、ひと言も理解できないけれど。それより、お腹が空いたわ」

「じゃあ、お昼をいただきましょう」ベリンダは明るい笑顔で言った。ナイト家の風変わりな面々に魅せられながらも、そのうち愛人を持つなどというジャシンダの大胆な発言に不安をおぼえていた。たとえわざと人を驚かせようとした思春期ゆえの言動とはいえ、先が思いやられる。

　薄切りのハム、チーズ、果物といった食事をとりながら、ベリンダはお茶目で小生意気なジャシンダの顔をうかがった。「お母さまについて教えてちょうだい、ジャシンダ。憶えている？」

「記憶には残っているわ。とてもきれいで、頭がよくて、勇敢な人だった」さらさらと流れる川に目を向けてジャシンダはせつなそうに言った。「みんな、お母さまをうらやんでいたわ。だからこそ憎まれたのよ。世間一般の枠にはまらない、おおらかな精神を持った人だったから」

リジーは不安そうにベリンダを見ている。

「ロバートお兄さまはお母さまのことを恥じているわ。でもそれは、お父さまが意図的にそう思わせるようにしむけたからよ」

ベリンダは眉根を寄せた。「本当なの？」

「アレックお兄さまはそう言ってたわ」ジャシンダは言った。茶色い大きな目はいつになく陰鬱だ。「ロバートお兄さまは長男だし、お母さまのことを一番よく知っているくせに、わたしが何か訊こうとしても答えてくれないの。あんまりだわ。世間の人は愛人やサロンや、醜聞のことばかり噂するけれど、お母さまがどうして亡くなったかご存じ、ミス・ハミルトン？」

ベリンダは首を振った。聞いて平気でいられるかどうか自信がなかった。普段は生き生きとして可愛らしいジャシンダの表情がいかめしい。

「お母さまがフランス人亡命者と関わるようになったのは、恐怖政治時代のこと。ソルボンヌ大学時代以来の親友のテュレンヌ子爵夫人から、お子さんたちをフランス国外に連れ出してほしいと懇願する手紙が来たの。夫のテュレンヌ子爵はそのときすでに暴徒に殺されていた。お母さまは命の危険もかえりみず、すぐにパリへ向かったの。それから、貴族の子女が英国へ亡命する手助けを始めた。それ以降長年にわたって、数回フランスへ渡って、そのたびに貴族の子どもたちを安全な英国へ逃がしてあげたの。ジャコバン派はようやく断頭台による処刑を廃止していたけれど、それでも亡命者は国家に対する反逆者とみなされていて、国外への脱出に手を貸すことは違法行為だった。お母さまは一七九九年の秋に逮捕されたわ。総裁政府の時代が終わりに近づいたころのことよ。王党派の工作員、英国の密偵だとして有罪になって、銃殺隊の前に引き出されて射殺されたの」

ベリンダは少女をまじまじと見つめた。「本当ですわ」リジーが厳粛なおももちでうなずき、つぶやいた。

皆、しばらく黙りこくっていた。ベリンダにはどうしても納得できなかった。そんな母親を、ロバートは恥じていたというの？

「ジャシンダ」ベリンダはようやく静かに口を開いた。「お母さまは本当に勇気のある方だったのね。そんな勇敢な行動をした人がいたなんて。あなたがそういう女性になりたいと思う気持ちはわかるけれど、お母さまのためにも、礼儀作法だけは守るよう心がけてちょうだい。結婚するまでは特にね。実際、世間を敵に回すのはつらいものよ。お母さまに代わって忠告しておくわ。あなたが傷つくのは見たくありませんもの。それに、もしあなたが若い男性と問題を起こしたりしたら、お兄さまのうちの一人があなたの名誉を守ろうとして決闘するはめになるかもしれないでしょう。自分が犯した愚かな過ちのために、愛する人が命を危険にさらすなんて、本当に残酷よ。このわたしが言うのだから間違いないわ」

その言葉は心にしみたようで、ジャシンダは大きな目でベリンダを見つめてうなずいた。暗い話題をやめて三人は食事を終え、その場に座って風景をスケッチしはじめた。ペンドラゴン城の廃墟には大きな立ち木の枝が垂れさがり、眼下には曲がりくねった川が流れている。三人が持ち物をまとめてホークスクリフ・ホールへ戻ろうと歩きだしたころには、ベリンダはすっかりくつろいで、眠気をもよおしていた。野原の中を通りながらツグミのさえずりを聞いていると心が落ち着いた。

突然、道路の向こうから馬のひづめの音が聞こえてきて、三人は振り向いた。灰色の馬たちに引かれて屋根をたたんだランドー馬車がやってくるのを見て、従僕が道をあけた。

「まあ、大変」ジャシンダが小さくうなり声をあげた。「レディ・ボローデールとその娘の〝いじけ姉妹〟だわ」

「ジャシンダったら！」リジーは笑いをこらえて叱った。

「どなたですって？」

「ボローデール侯爵夫人よ。近隣に住む人の中では、一番やっかいな方。どうしようもない娘たちのために、うちのお兄さまたちを引っかけようとねらっているの。かわいそうなロバートお兄さま。かっこうの標的ですものね」

これを聞いたベリンダは体をこわばらせた。

お仕着せを着た御者が馬車を停めた。羽根飾りつきの帽子をかぶったふくよかな女性が馬車から身を乗り出し、あたりに響きわたる大声で呼びかけた。「ちょっと！　レディ・ジャシンダ！　こっち、こっち」

ジャシンダはため息をつき、隣人に挨拶するために馬車のほうへ向かった。リジーがあとを追う。

「ちょうどお宅をお訪ねするところでしたのよ！　まあ、おきれいになられたこと！　もう一人前の女性と言ってもよろしいわね」

「ありがとうございます、奥さま」ジャシンダは感情を抑えた口調で言った。

「ミス・カーライル」リジーの姿を認めた侯爵夫人はしぶしぶ挨拶した。

「レディ・ボローデール。レディ・メレディス、レディ・アン。お目にかかれて嬉しいですわ」リジーは素直に答え、膝を軽く曲げてお辞儀をした。

レディ・ボローデールは、あからさまに偉ぶった態度でジャシンダのほうに向きなおり、二人の娘も巻きこんで社交辞令を交わしはじめた。

ベリンダはうんざりして首を横に振った。結婚相手探しに積極的なこの手の母親なら、二〇歩離れたところからでも見分けられる。こういう人がからんでくると、部外者である自分にとって、間違いなくもっとも不愉快な状況になる。イングランド北部に住む貴族の妙齢の娘はすべて、ホークスクリフ公爵夫人になりたいという野心を抱いている。それに対してベリンダは何も打つ手がない。

ホークスクリフは城への到着をおおっぴらにはせず、すぐに仕事に取りかかったのだが、結婚相手としてこの国でもっとも望ましい男性が里帰りしているという噂がすでに広まっているのは明らかだった。きっとこの三人の訪問は序の口にすぎないのだろう。考えるだけで憂鬱になった。

だが幸いなことに、青白い顔をした二人の娘がホークスクリフの心を射止める恐れはなさそうだった。表情が硬くさえない顔立ちの二人は、容姿を補うだけの機知も思いやりも、楽しく会話する能力も持ち合わせていないらしい。馬車の中、高圧的な母親の向かいに不機嫌そうに座り、美しさと勇気と輝きを持つジャシンダを軽蔑するかのようににらみつけている。一人は貧弱なあごと精彩に欠ける目を持ち、もう一人は尖った鼻で、いかにも陰険で生意気な女に見える。

「ところで、そこにいらっしゃるのはどなた？」ボローデール侯爵夫人はベリンダを疑い深そうな目で見ると、さえずるような声で訊いた。

矛先を向けられたベリンダは、ハリエット・ウィルソンならこの侯爵夫人にどんな意地悪な応対をするかしら、と思いながら慎重に近づいていった。

「レディ・ボローデール、わたしの家庭教師をご紹介しますわ。ミス・ハミルトンです」ジャシンダが言った。

ベリンダは会釈をした。「はじめまして」

「家庭教師ですって？」侯爵夫人はベリンダの帽子のつばから子ヤギ革の半長靴の先までじ

ろりと見ると、ジャシンダのほうを今一度振り返って「あら、あなたは確か、ロンドンで花嫁学校に通っていたんじゃなくって？」と訊いた。

レディ・ボローデールにとって話しかける価値のあるのは、爵位のある者だけらしい。

「わたし、停学処分になったんです」ジャシンダは誇らしげな笑顔で言い放った。

侯爵夫人の目が見開かれた。ベリンダは「いえ、実際には停学というわけではないんです」と訂正し、ジャシンダをたしなめるふりをして笑った。「本当にいたずらな子ね」そして侯爵夫人をあしらうために特別愛想よく話しかける。「もちろん冗談ですわ。妹さんのロンドンでの学校生活が長くなったので、田舎の空気を吸わせてあげたほうがいいと、ホークスクリフ公爵がお考えになったんです」

「まあ、公爵は妹さんの健康を気づかって、わざわざご相談なさったわけね、あなたに。えぇと、ミス、なんとおっしゃったかしら？」

「ハミルトンです」何かをほのめかすような嫌味な言葉の響きにあっけにとられつつ、ベリンダは冷ややかに言った。

「ああ、そうでしたわね、失礼。でも公爵が付き添いをもう一人おつけにならなかったなんて、驚きですわ」

「ミス・ハミルトンは家庭教師として信頼できる立派な方です」ジャシンダは断固として言い返し、金色の眉をひそめてベリンダのほうに体を寄せた。

「もちろんそうでしょうけれど、まだ学校を出たてのように見えるじゃありませんか。実はわたくしの姪が結婚しまして、それまで家庭教師をつとめていた女性が職を探しているんですの。スイス人で、効率的に教えてくれますからね、あなたにぴったりだと思うわ。お城へ着いたら、ホークスクリフ公爵に推薦しておきましょう。なんと言っても独身男性ですから、礼儀作法にかなった人選にまで気が回るかどうか、怪しいですわよね？」

レディ・ボローデールはふたたびベリンダをちらりと見た。目に悪意が光っている。

ベリンダはその視線を受け止めた。この尊大な婦人は、模範的な紳士で知られるホークスクリフが妹の家庭教師に手を出すような人物だと本気で思っているのだろうか？　実際には、家庭教師といってもお芝居だけれど、それにしてもホークスクリフ公爵の良識を疑うなんて、自分を何様だと思っているの？

ベリンダは黙っていられなかった。「お言葉ですが、レディ・ボローデール。公爵は評判どおり、あらゆる礼儀作法をきちんと守られていますし、とても堅固な道徳観をお持ちですから、ご心配には及びませんわ」

言ってやった。ベリンダは忠実な使用人が雇い主を守るようにホークスクリフを擁護した。だが次の瞬間、自分が城にいることへの懸念を払拭して安心させるつもりで言った言葉が、逆効果を生んだことを知った。挑戦状を叩きつけられたと解釈した侯爵夫人の小さな目に怒りが燃え上がった。だがベリンダはひるまなかった。

「まあ、なんてぶしつけな！」レディ・ボローデールは憤然として言った。「あなたの淑女らしいふるまいのお手本となるのがこの人ですか、ジャシンダ？　いかにもロンドン風に気取って高慢なこのお嬢さんが？　許せない。許せませんわ！」

「奥さまに卑屈な態度をとるのを拒んだだけで、高慢とは言えないんじゃないでしょうか」

ベリンダは答えた。我ながら驚いたのは、うぬぼれの強い女性をやりこめる言葉が容易に出てきたことだ。色気を振りまきすぎる娼婦仲間をへこませるのと同じぐらい簡単だった。

レディ・ボローデールは息をのんだ。「家庭教師ふぜいにこんなふうに言われなくてはならないおぼえはないわ！　あなた、謝りなさい」

「何に対して謝るんですの？　ホークスクリフ公爵の立派な名声をお忘れにならないようにご指摘したまでですわ」

「あなたに指摘していただく必要はなくてよ！　忘れないようにですって？　なんと大それた物言いかしら。公爵閣下にお知らせしなくては」

脅しの言葉に反応して、ベリンダはしてはならないことをしてしまった。

自分を抑えなくてはいけないとはわかっていた。だが、何カ月ものあいだ、鼻もちならない侯爵夫人のような女性たちから憎しみのこもったまなざしを向けられてきたために、もう我慢の限界を超えていた。ベリンダはレディ・ボローデールを見返した。超然とした、面白がっているような笑みを浮かべてみせる。まるで「告げ口なさるなら遠慮なくどうぞ。公爵は絶対にわたしを追い出したりしませんから」とでも言っているかのようだった。

それは、高級娼婦の微笑みだった。

ベリンダをにらんでいたレディ・ボローデールは不意をつかれ、うろたえた。

「奥さま」ジャシンダがおそるおそる口をはさんだ。「もしかすると、城を訪問なさるのなら今でないほうがいいかもしれませんわ」

「今日は廃墟を見に行った帰りで、みんな少し疲れていますしね」心配したリジーが助け舟を出す。

「明日、お茶の時間にいらっしゃいませんか？」

「ふん！」レディ・ボローデールは言い、ジャシンダ、リジー、ベリンダの順に疑わしそうな目を向けた。「明日は先約があるからだめだけれど。公爵は水曜の午後、ご在宅かしら？」

「どうでしょう。兄は最近、とても忙しくしていますので――」

「お話がありますと公爵に伝えてちょうだい」レディ・ボローデールは命令口調で言った。

自由奔放な性格のジャシンダも、これには恐れをなしたようだ。「はい、わかりました」

「帰るわよ！」侯爵夫人は怒鳴り、ベリンダに最後の鋭い一瞥をくれた。御者と馬丁が馬車の向きを変えはじめた。

一行は道路脇に立って、侯爵夫人と〝いじけ姉妹〟の乗った馬車が走り去るのを見守った。ジャシンダは振り返り、瞳をきらきらさせながら信じられないといったおももちでベリンダを見つめた。彼女が不安げな視線を返すと、最初にくすくす笑いだしたのはリジーだった。

「レディ・ボローデールのあの顔！　あのまま馬車から転げ落ちるんじゃないかと思ったぐらい！」

「わたしがいけなかったのよ」ベリンダは言ったが、少女たちは笑い転げている。従僕でさえ含み笑いをしていた。

「いい気味だわ！　ああいう目にあって当然よ！」リジーは涙をぬぐって叫んだ。「ミス・ハミルトン、お願いです。どうすればあんなふうに反撃できるのか、教えてくださいな！」

レディ・ボローデールとのひと悶着をベリンダから聞いたホークスクリフは、自分がうまく収めるからと微笑みながらうけあった。しかしベリンダの予想したとおり、侯爵夫人と娘たちをはじめとして、城への訪問客はあとを絶たなかった。

娘たちは皆が皆、〝いじけ姉妹〟のように不器量なわけではなかった。近隣に住むつつしみ深く清らかな雰囲気の美女たちが、ジャシンダに会うのを口実に次々と訪れた。好奇心旺盛な子猫のように、公爵の姿をひと目でも見ようと、部屋の前を通るたびに顔を突っこんで探す。彼女たちを避けるために、ホークスクリフは一階から避難しなければならなくなった。

その晩、月光に照らされて眠るホークスクリフの横顔を見守りながら、ベリンダは思い悩んでいた。この人もいつかは結婚しなくてはならない。そうなったらわたしはどうすればいいのだろう？　愛人として残るのか、それとも去るのか？

どうしていいかわからなかった。その問題を二人で話し合ったことはないし、話し合う理由がない。花嫁選びはベリンダの関知するところではないからだ。ホークスクリフのような地位の者の結婚は、権力と所有財産というきわめて単純な要因によって決まる。結婚は義務であり、ベリンダもそれを邪魔するつもりはない。名門貴族の場合、愛人が妻になれるわけもなく、そんな期待も抱いてはいなかった。

それでも、胸が痛んだ。

ベリンダは自らを慰めた。妻としてホークスクリフの名前を名乗ることはできないにしても、わたしはもっと大切なものを得ている――彼の情熱を、熱い思いを、心を。

高級娼婦の道を歩みはじめたとき望んでいたのは、自由と自立を得ること、安心のために自分の財産を増やすことだけだったが、今やベリンダはそれらを手に入れつつある。闇と屈辱に飲みこまれそうになったとき、ホークスクリフのおかげで本来の自分を取り戻せた。既婚男性と関わり合いにならないという最初の誓いを破ることは難しい。自らを律して築いたその信条は、自分にとって大きな意味を持つ。だからこそ捨てることができないのだ。ホークスクリフが結婚したら、ベリンダは生活のために新たなパトロンを見つけなくてはならないだろう。

それを思うとぞっとしたが、ホークスクリフの気を引こうとやってくる娘たちに本人がなんの興味も示していないことを思い出して、不安を追い払った。今はまだ、あわてる必要はない。この人が結婚するつもりになったとしても、それは数年後のことだろう。いとしさがこみあげてきて、ベリンダは暗がりの中でホークスクリフをじっと見つめた。

ぐっすり眠っている温かくたくましい体に身を寄せる。広い胸と筋肉が畝《うね》をなす腹。それらを一人占めするように、ベリンダは誘惑の愛撫で彼を起こしはじめた。肌はなめらかで温かい。りりしく美しい体だった。頬に、胸に唇を這わせる。今この瞬間、あなたはわたしのものよ、と知らしめるために。

首に口づけしながら優しく愛撫すると、ホークスクリフは小さくうめいて目を覚ました。抵抗せずに横たわっているうちに、ベリンダの手にゆだねられたものが屹立した。ベリンダベリンダは彼の上にそっと乗ってキスした。彼の体を押さえつけて支配し、硬くなったものを自分の中に導き入れると、腰を揺り動かし、激しくいっしんに愛を捧げる。

「ああ、きみはすばらしい」低くつぶやく声。ベリンダは知っているかぎりの技を駆使してホークスクリフの快感を高めることに専心した。いつのまにか体を入れかえられ、うつぶせにされていた。耳の中を満たす荒い息遣い。がっしりした胸板が背中に当たる。彼はベリンダの腰に手を回して安定させると、後ろから貫いた。

支配される喜びに背を弓なりにそらし、ベリンダは恐怖も忘れて交わりの根源的な悦びを味わった。しだいに深く、激しく突き入れられる。彼のうめき声に酔いしれた。まわりの何もかもが欲求と快感と激情の中でかすんでいた。二人はお互いをむさぼり合い、喜悦の頂点に向かって昇りつめていった。だが同時に達したあと、ベリンダの閉じたまぶたの裏からは涙があふれてきた。それは満たされたあとのむなしさと絶望感がにじんだ涙だった。

すべて無駄なのね。ホークスクリフはわたしの腕の中にいて、自由にあやつることもできる。でも、本当の意味で所有しているわけではない。わたしは彼のものだけれど、彼はわたしのものではない。

男性を愛すると、その人の力に支配される。ベリンダはわびしい気持ちで、断固として捨てたはずの原則を思い出していた――高級娼婦は、人を愛してしまったら終わりなのだ。

自分がホークスクリフにすっかり心を奪われていることは自覚していた。この愚かさの代償を支払わなくてはならないときが、いつかきっとやってくる。

ホークスクリフが優しくけだるげに背中を愛撫していた。彼の胸に頭をのせていると、ゆっくりと力強く打つ心臓の鼓動が聞こえてくる。

「愛しているよ」ホークスクリフはベリンダの額にキスしてつぶやいた。

その言葉が本当でありますように。ベリンダは暗闇を見つめながら願っていた。

19

おそらく決闘で死の淵から生還したからだろう、ホークスクリフの心には人生への新たな意欲が芽生えていた。体じゅうに活力がみなぎり、愛する人を得た喜びにあふれていた。満たされた気持ちにしてくれるその女性に愛されている確信もあった。その満足感と新たな一体感をそこなうものはただひとつ、ベリンダに対して不当な扱いをしているという、いかんともしがたい後ろめたさだった。そして今、コールドフェル伯爵から届いたこの手紙が状況をさらに複雑にしていた。ホークスクリフの将来を左右する内容だったからだ。

足首を交差させて机の端にのせ、羽根ペンの鋭い先端を折りたたみナイフで慎重に削りながら、ホークスクリフは目の前にさりげなくたたんで置かれた手紙の申し出について考えをめぐらせ、どんな犠牲が伴うかをおしはかっていた。数カ月前にベリンダから「既婚男性とは関わり合いにならない」という奇妙な主義について聞いていた。公爵の地位にふさわしい結婚をし、跡継ぎをもうけるのが自分の義務であることはよく承知している。その一方で、いざ結婚するときが来ても、ベリンダを引きとめるためならどんな努力も惜しまないつもりでいた。本人のためにも、高級娼婦の生活には絶対に戻らせたくなかった。

コールドフェル伯爵からの手紙に返事を書く前に、ベリンダの気持ちを確かめておかなければならなかった。その愛の深さゆえに、結婚後も愛人としてそばにいたいと思ってくれるかどうか。ベリンダがこだわっている信条の最後の砦を奪ってしまうのは酷かもしれない。だがホークスクリフには確信があった。ベリンダはわたしを必要としているし、わたしも彼女と別れたくない。もし本当に愛してくれているなら、いつもの毅然とした態度で潔く結婚の必要性を受け入れるだろう。

そのために何ができるだろうか？　ホークスクリフはため息をついた。良心の呵責を振り払うためには、ベリンダとの約束を果たすことに専心するしかなかった。売春宿に住む子どもたちを苦境から救うための施策だ。

何日も前から、ロンドンの主な慈善団体に書簡を送って、統計や施設の状況についての報告書を求めていた。調査の結果をとりまとめてロンドンへ戻ったら、内務大臣のシドマス卿と紳士クラブで会合を持ち、支援の約束をとりつけるつもりだった。

心はいっとき、仕事を離れた。夜中にベリンダに起こされたあとの甘美な愛の営みが思い出された。ホークスクリフだけが知る事実だが、触れられることすら恐れていた彼女が積極的に求めてくるようになった、昨晩の甘い思い出に浸る。あれほどなまめかしい美女に命令されて意のままにあやつられる。男なら誰でも見る夢だろう。ベリンダが次に何をしかけてくるか予想もつかない。だからよけいに刺激的だった。情けないことに、考えただけで股間が硬くなった。

そんな白昼夢から彼を現実に引きもどしたのは、廊下を歩く足音と、続いて書斎の扉を叩く音だった。

「はい？」

扉が開き、最近来るようになったジャシンダの訪問客の一人が顔をのぞかせた。とび色の巻き毛を顔の両脇に垂らした、面白みのなさそうな娘だ。「まあ公爵、お邪魔をして申し訳ありませんでした！　レディ・ジャシンダがこちらかもしれないと召使に聞いたものですから」

「いや、あいにくここにはいませんが」ホークスクリフはしかたなく礼儀に従って立ち上がった。

娘は帰ろうとするどころか、取っ手をつかんで少しずつ中に入ってきた。「偶然にしてもお会いできて嬉しいわ。お元気でいらっしゃいますか」巻き毛を揺らす。

「ええまあ、おかげさまで」あつかましい子だ、とホークスクリフはいらだたしく思った。よく見るとペンリス男爵の令嬢ではないか。〝偶然〟だって？　何を言うやら。

「わたし、今年が初めての社交シーズンで、ロンドンから帰ってきたばかりですの、ご存じでした？」いまどきのわざとらしい舌足らずの発音。

「おめでとうございます。きっと、注目の的だったことでしょうね」ホークスクリフは思いやりを示して言った。

彼女は髪の毛を指に巻きつけ、じりじりと近づいてきた。ホークスクリフはあたりを見まわしたが、逃げ場がない。

「オールマックス社交場かどこかで公爵にお会いできると期待していたんですけれど、お見かけしませんでしたわね」

ホークスクリフはぎょっとして凍りつき、娘をまじまじと見た。ロンドンで、自分とその名高い愛人に関する噂を――噂以上のことを――聞いたのではないだろうか。いや、そういう話はまわりの大人たちが耳に入れないようにしたはずだ。だがもし、ベリンダと一緒にいるところを見られていたら？　この子がベリンダの顔を憶えていたらどうする？

「公爵、社交は楽しまれないんですの？」娘は作り笑いをしながら近寄った。

「まあ、政府の仕事がとても忙しかったものですからね」できるだけ如才のない笑みを浮かべて答えた。「議会での審議もありますし、戦争もようやく終結を迎えましたしね」

「そうでしょうね」と言うなり、上流社会のできごとについてぺちゃくちゃとおしゃべりを始めた。まるで社交界の大御所さながらだ。

ホークスクリフの全身に緊張が走った。

この娘がベリンダに目をとめたらどうなるかと思うと恐ろしく、とにかくこの書斎から出なければとあせった。心臓の鼓動の音と同調するように時を刻む、頭の中の大きな時計の音を意識していた。礼儀作法上の制限時間が迫っていた。若い女性が男性のいる部屋を訪れて二人きりになり、一定の時間を超えてそこにいると、女性の評判に傷がつく。押しかけていった場合でも、ずる賢い策略を用いた場合でも同じだ。

そういった道徳的規範が厳然としてあるのだからしかたがない。過去にも何十人もの娘とその両親が、この手のたくらみをしかけてホークスクリフの首根っこを押さえようとした。この娘のもくろみも今まで同様、阻止しなければ。ただでさえ結婚に気が進まないのに、わなにはまって年貢を納めることになってはたまらない。

「ロンドンから帰ってくると、田舎ってすごく退屈で、寂しいと思いません?」男爵の娘はため息をつき、さらにすり寄ってくる。

「まあ、あなたのような魅力的な方なら、たくさんお友だちがいるでしょう。たとえばジャシンダのような」ホークスクリフはここぞとばかりに妹の名を出した。「わたしが本人を呼んできましょう」

「あら公爵、わざわざそんなことしていただかなくても。ご迷惑を――」

「いや、迷惑でもなんでもありませんよ」こわばった笑みを浮かべてさえぎる。「ジャシンダを探して、こちらに来させますから」

ホークスクリフはつけ入るすきを与えず、すばやく部屋を出た。娘は室内履きをはいた足で床を踏み鳴らしてくやしがった。

応接間では、男爵夫人を含む女性たちが話に花を咲かせている。ホークスクリフは声をかけられるのを恐れて、自分の家だというのに、泥棒のように抜き足差し足で通らなければならなかった。常に母親たちが一枚嚙んでいることは経験で知っている。獲物をねらう猛獣からかろうじて逃れた気分で、階段を一段抜かしで上の階まで駆け上がった。心の中では、客と約束をしておいてそれを忘れてしまうジャシンダに不満たらたらだった。

ジャシンダとリジーは外出したのだろうか。探してみたが、見つからない。もしいつものように丘のほうへ散策に出かけたのなら、ベリンダがその旨、知らせてくれたはずだ。

ジャシンダ付きの小間使いが通りかかったので、妹を見なかったかと訊いた。小間使いは青ざめた顔でうなずき、二人のいる場所を白状した。「奥さまがお使いだった寝室に入っていかれました」身を縮めるようなお辞儀をする。

ホークスクリフは眉根を寄せ、顔を曇らせた。「なんだって？」

「はい、旦那さま。お二人とも奥さまの寝室にいらっしゃいます」

ホークスクリフは険しい目をするとくるりと向きを変え、廊下を大またで歩きはじめた。信じられない。妹のやつ、ずっと禁じてきた行為を平気でやってのけるとは。体をこわばらせたまま階段を上り、四階へ上がる。廊下の奥にある部屋の中から聞こえてくる女の子らしい笑い声に、唇をきっと引き結んだ。扉をさっと開けて目に飛びこんできた光景に、激しい怒りがめらめらと燃え上がった。

ジャシンダは金箔で飾られた亡き母親の化粧台の前に座り、母親が身につけていた、宝石を編みこんだ白いこんもりしたかつらをかぶるという実に滑稽な姿をさらしていた。頬には小さなはけで糊を塗り、これまた母親の絹のつけぼくろを貼りつけている。

「何をしてるんだ？」ホークスクリフは脅すような低い声を響かせた。

すべての動きが止まった。

ジャシンダはクッションつきの長椅子から飛び上がり、くるりと振り向くと、あわててかさ高いかつらを脱いだ。「いえ、何も」

リジー・カーライルはおびえて、首に巻いていた羽毛の襟巻きをはぎ取り、ジャシンダの後ろに隠れるようにして立った。

「ここへ入ってはいけないことぐらい、わかっているだろう」ホークスクリフは太い声で、ひとつひとつの単語をはっきりと強調して言った。

「ミ、ミス・ハミルトンが、入ってもいいっておっしゃったの」ジャシンダは口ごもりながら答えた。

「ロバート。どうかなさったの？」

ベリンダだった。声のするほうに目を向けると、窓際の席に丸くなって座って読書をしていたらしく、本をぱたんと閉じて立ち上がり、眉をひそめてホークスクリフのそばにやってきた。「別に、問題はないでしょうに」

その言葉がどれほどホークスクリフの神経にさわったか、ベリンダにはわからなかっただろう。「誰もこの部屋には入ってはいけないことになっている。この子たちだって、それはよくわかっているんだ」

「なぜいけないの？」

「わたしがそう決めたからだ。ジャシンダ、今すぐそのみっともないつけぼくろを取って、さっさと下へ行きなさい。ペンリス男爵夫人とお嬢さんが、もう一五分もおまえを待っておられるんだぞ」

「お兄さま、どうしてそんな意地悪をするの?」ジャシンダは泣き声になっている。「お父さまにそっくり。わたしだって、お母さまの娘なのよ!」

「自分の顔を見なさい。まるで尻軽女じゃないか。いいから、そんなものは取るんだ!」ホークスクリフは怒鳴った。

「ロバート!」ベリンダが前に立ちふさがった。「怒鳴らないで。この子はただ、おめかしの真似ごとがしたかっただけなんだから」

「口をはさまないでくれ。ほら、ジャシンダ――」

「今行きます!」ジャシンダは最後の絹製つけぼくろを頬からはぎ取り、おびえ、傷ついたようすで二人の前を駆けていった。リジーも黙ってあとを追った。ホークスクリフはリジーにも厳しい叱責の視線を向けた。

「あなた、どうかしたの?」少女たちが去ったあと、ベリンダは強い口調で訊いた。

ホークスクリフは扉をばたんと閉めてベリンダのほうを向いた。「あの子たちのことはきみにまかせておけば安心だと思っていたのに!」

「どういう意味かしら?」

「わたしはこの一六年間、あのおてんば娘を淑女にしようと努力してきたんだ。なのにあの子たちをここに連れこんだりして。きみにそんな権利はないだろう!」

「ロバート、ジャシンダには、お母さまのことをもっとよく知る権利があるわ――それはあなたも同じよ」

「ミス・ハミルトン。あの人はわたしたちをたまたま産み落としただけで、母親でもなんでもなかった。わたしにとっての母親といえば、あの〝ホークスクリフの売女〟ではなく、家政婦長のラヴァティ夫人だったんだ」

「あなたはそう思ってきたのね。お母さまだって努力なさったと思うわ。お父さまがそれを許さなかっただけよ」

「両親のことを何ひとつ知らないくせに」

「あなたも知らないでしょう」ベリンダは手に持っていたものを差し出した。古い布装の分厚い本で、閉じるときに使う青いリボンがついている。彼女は憐れみの目でホークスクリフを見つめた。「ロバート、これをお持ちなさいな。お母さまの日記よ」

ホークスクリフは油断のないまなざしを日記からベリンダへと移した。手を出そうとしない。「きみは母の日記を読んだっていうのか？　どうしてそんなことを？」

「お母さまならきっと、許してくださると思ったの。息子をどんなに愛していたか、わたしが気づかせてあげられるでしょうから。これを読んで、あなたがなぜお母さまを腹立たしく思っているか、少しわかった気がするわ」

「腹立たしく思っているだって？　そんなこと、誰が言った？　怒ってなんかいないさ。どうしてわたしが怒らなきゃならないんだ？」ホークスクリフはわめいた。「一生、母親の不貞の償いをして生きていかなくてはいけないからといって、なぜ腹を立てる必要がある？」

「ロバート、公平な目で見てあげてちょうだい。今はもうわかっているでしょ、あなたが物心つく前から、お母さまの悪いイメージを植えつけたのはお父さまで――」

「父は立派な父親だった！　わたしに物事の善悪を判断する力をつけてくれた――きみにはわからないよ」怒気を含んだ声を発しながら、ホークスクリフは感情を抑えようと必死だった。こういう話になるとついかっとしてしまうことをベリンダに知られたくなかった。「父は、わたしだけが頼りだったんだ」しぼり出すように言う。「確かに、飲みすぎの傾向はあったかもしれない。かなりの飲んだくれだったからね。でも父は、母がジャックを産んだあともナイト家の名誉のために離婚しないで面目を保った男だ。なのに母はどう報いたと思う？　ウェールズ人の侯爵といい仲になって双子を産んだ。今となっては、弟たちがいてくれてありがたいと思っているよ。それにしても、母はそもそも子どもなんか欲しくなかったはずなのに、次々と産みつづけたのは変だと思わないか？」

「本当にそう思ってるのね？　自分が望まれた子どもではなかったと？　お母さまもそれにうすうす感づいていたようね。ここのページを見てごらんなさい、ロバート――」ベリンダはふたたび日記を渡そうとしたが、ホークスクリフは拒み、扉に向かって大またで歩きだした。今すぐ部屋を出ないと自分がばらばらになってしまいそうだ。「ばかばかしい。もう行くよ」取っ手に手を伸ばしたとき、ベリンダの声に引きとめられた。

「『夫は今日もまたモーリーを、父親の役割を演じなくてはならない状況に追いこんだ――』」そこでベリンダは言葉を切った。

ホークスクリフは背を向けたまま立ち止まった。モーリー伯爵とは、ホークスクリフが公爵位を継ぐ前の少年時代の儀礼称号だ。ベリンダが母親の日記を開いてその一節を読みあげていることは、振り向いて確かめなくてもわかった。

「『かわいそうな息子。父親に愛されているのは自分だけだという罪の意識にさいなまれて、自分が弟たちの父親代わりをつとめようとしている。まだ一三歳なのに、そんな重荷を背負わなければならないなんて。生真面目で、礼儀正しくて、笑顔になることはほとんどない――わたしに微笑みかけることなど一度もない。夫のわたしに対する思いやりのない冷たい態度や無関心は赦せる。でも、のんびり気ままに過ごせる少年時代を息子から奪ってしまったことは赦せない。将来、普通の男子に比べてはるかに重い責任をになうことになるのだから、せめてその前に子どもらしい生活を楽しませてやりたかったのに』」

ホークスクリフは心の痛みに目を閉じた。

「『確かにモーリーは自分のさだめを受け入れるだけの能力をそなえている。だがこの不自然なまでに大人びて勇敢な少年を見ていると、ときどき抱きしめて言ってやりたくなる――お父さまが弟たちを愛さないのはあなたのせいじゃない。わたしのせいなのよ、と』」

「もうやめてくれ」ホークスクリフはつぶやいた。

胸のうちはかがり火が燃えているかのごとく熱く、身を引き裂くような感情が渦巻いていた。ぴんと伸ばした背中の肩甲骨が鋼《はがね》の針のように感じられる。長年、常に模範を示す義務を負わされ、非の打ちどころがない言動を求められてきた。完璧であれ。それが父親に命じられた責務だった。完璧以外は受け入れられなかった。間違いをおかすな。愚かなふるまいはよせ。

ホークスクリフはごくりとつばを飲みこんだ。振り向く勇気はなかったが、壁にかかっている鏡の中に、背後から思いやりと愛情のこもった目で見つめるベリンダの姿が見えた。

急いで目をそらし、自分自身と闘いながら、鏡に映る、半ば忘れられて埃だらけの雑然とした室内を見やる。母親のお気に入りの猫がよく座っていたベルベットのクッションが日に入った。それとともになつかしい思い出がいっきに押しよせてきて、涙があふれそうになる。

ホークスクリフはうなだれた。ベリンダがそばに来て、背中をさすった。

「話してちょうだい」優しい声でうながされた。

「わたしは……」ホークスクリフの息は乱れていた。「母を愛することを許されなかったんだ。まだ子どもで、母親を必要としていた――でも、母に少しでも愛情を示したり、甘えたいという態度を見せたりしたら、父はわたしに裏切られたと感じたんだ。自分にはおまえしかいない、おまえだけが頼りだと、酔っぱらうたびに言われた。嫡出でない弟たちは母にくれてやってもいい、自分の本当の息子はおまえだけだと。不公平な扱いだった。弟たちにとっても、わたしにとっても。それに母に対しても不公平だと、わたしにはわかっていた」

ベリンダに名前をささやかれ、体に腕を回されて、ホークスクリフは彼女の手にすがった。心の中で怒りの石壁が静かに崩れ落ちていくのを感じていた。

「母がフランスの銃殺隊に処刑されたと知ったとき……世界を焼きつくしてしまいたい思い

にかられた。それまでずっと、父の言いなりになって母を冷たくあしらっていた。わかるかい？　わたしが母をあそこまで追いやったんだ。母が死んだのはわたしのせいだ」

「ロバート――」

「もしわたしがあんなふうに心を閉ざしたまま母を裁いたり、自分には欠点などないかのように母をさげすんだりしなければ、母は名誉を挽回しようと愚かな英雄的行為に走らないですんだはずだ。もしわたしが、本当に言いたかったことを伝えていたら、母は死なずにすんだんだ！」

「何を言いたかったの、ロバート？」

「愛していると伝えたかった。母はその気持ちをわかってくれていただろうか、ベリンダ」

「わかっていらしたわ」ベリンダはホークスクリフを抱きしめながらささやくように言った。「どうかもうお母さまのことを恥に思わないで、ロバート。お母さまはあなたに最高のものをくださった。それは人を深く愛する心よ」

胸にしみるその静かな言葉に、ホークスクリフは平静を失った。喪失感はあまりに深く、自らの本質的な部分に根をおろしていた。「ああ、ベリンダ。わたしが恥に思うのは、自分のことだけだよ」

腰を下ろし、両手で頭を抱えて、こみあげてくる涙をこらえようと顔をゆがめる。だが悲しみに打ちのめされ、体を震わせ、耳ざわりな罵り声をもらしてその闘いに敗れた。ベリンダはホークスクリフの体に腕を回し、その頭を自分の胸に引きよせて慰めた。彼がついに知ることのなかった母親のように。

数日が過ぎた。

昔からの心理的な障壁が崩れ去ったことによって、ホークスクリフの愛はまさに解き放たれた。長年自分を守ってきた砦を越えて、心の境界が広がったようだ。しかしベリンダに愛情を注いでいるからこそ、苦悩は深まっていった。自分がどんな危険をおかしているか、どうすべきかを知りながら、苦渋の選択をしなければならない。面目をとるか、心をとるか、せめぎ合う胸のうちをいつまでもベリンダに隠しておくわけにはいかなかった。

秋の収穫の初日。ホークスクリフは城の天守の胸壁に立って自分の所有地を見わたし、小作人らが忙しく立ち働いている畑を眺めながら、良心の呵責と闘っていた。最後にもう一度罪悪感を振り払い、道路にふと目をやると、一人、馬に乗ってやってくる人の姿があった。午後の高い陽射しがまぶしく、彼は目を細めて見つめた。

これは錯覚にちがいない。ずんぐりした白馬にまたがってのろのろと近づいてくるその人物は腕に本を抱えている。眼鏡には太陽の光が反射している。やっぱり、アルフレッド・ハミルトンだ。ホークスクリフ・ホールを目指すその姿は、風車を攻撃しようとするドン・キホーテさながらだった。

「なんと、驚いたな」ホークスクリフは風に吹かれながらつぶやいた。

急いで中へ入り、召使に道路まで出迎えに行かせ、中にいる召使には客用寝室をととのえさせた。ベリンダはジャシンダとリジーと一緒に収穫のようすを見に出かけていたが、この暑さではそう長く外にいられないだろう。ホークスクリフは老人の到着を自ら出迎えるため、中庭で待つことにした。アルフレッド・ハミルトンに対してはまだわだかまりを抱いていたが、育ちのよさから、またベリンダを大切に思う心から、少なくとも温かく迎えようという気持ちになっていた。

しかしアルフレッド・ハミルトンの態度は予想外だった。中庭に着くやいなや、ぎこちない動作で馬から下りると、眼鏡をずり上げ、飲み物を断って、主人をにらみつけた。

「ハミルトンさん、ようこそいらっしゃいました――」ホークスクリフは慎重に挨拶を始めた。

「公爵、お話がしたいのですが」老人は厳しい口調でさえぎった。

ホークスクリフは面食らいながらも、城のほうを手ぶりで示した。「承知しました。どうぞ、お入りください」

まずいことになりそうな予感がした。ハミルトンを中に招き入れ、書斎へ入って腰を下ろすころには、イートン校時代を思い出し、ひどいいたずらをしてつかまった生徒のような気分になりはじめていた。学者然とした老紳士は手を後ろに組み、ホークスクリフを見すえている。従僕が下がり、扉が閉められた。

「さっそく本題に入りましょう」ハミルトンは言った。「娘に対して正当な扱いをしていただきたい、そう申し上げに来たのです。それができないなら、すぐに娘をあきらめていただきたい」

ホークスクリフは急に口の中に乾きをおぼえた。「どういう意味でしょう?」

「ベリンダと結婚するということです。前回お会いしたとき、公爵はわしに厳しい現実をつきつけてくださいました。今日やってきたのは、そのご恩に報いるためです。あなたも紳士を自称するなら、それなりの誠意を見せたらいかがですか」

ホークスクリフはその意味合いを理解すると、言葉を慎重に選んでから口を開いた。「お言葉を返すようですが、ベリンダはわたしの愛人として幸せな日々を送っています。大切に扱われ、守られて、何ひとつ不自由ない暮らしです。わたしは彼女が幸せでいられるようにと、毎日、四六時中、気を配っています。わたしたちは二人とも幸せなのです」

「あなたは間違いなく幸せだろうが、娘はそうではない。良家の子女として育ったベリンダが、愛人という身分で満足できるわけがないでしょう。人生にもっと多くのものを望んでいるはずです」

ホークスクリフは憤慨して椅子から立ち上がり、威厳を保ちながら老人を見下すように言った。「いいですか、わたしはお嬢さんを大切に守り、欲しいものは惜しみなく与えて、できることはなんでもしてきたつもりです。ところがあなたはお嬢さんに貧困生活を強いて、自分で稼がざるを得ない状況に追いやったじゃありませんか。そんな方に、ベリンダが望んでいるものはああだこうだと、説教されるいわれはありませんね」

「娘に売春させるなど許さん！」

「はっきり申し上げて、ベリンダはわたしに会う以前から身を売って生計を立てていました。わたしが陥れたわけではありませんよ。むしろ苦境から救い出してあげたと思っています」

「だが金を払って、ですな、公爵。金の力でしょう」

ホークスクリフは床に視線を落とした。怒りと罪悪感で動悸が激しくなっていた。「残念ながら結婚はできません。わたしたちは、今のままで十分満足しているのです」

「なんという傲慢な愚か者だろう。では、ベリンダがあなたを〝満足〟させられなくなったら、どんな人生を歩むことになるというのかね？　あの子をもてあそんだあげく、子どもができたりしたらどうするんだ？」ハミルトンは激しく言いつのった。「あなたのような男のやり口はわかっていますよ。どこかのきれいな女に目をつけたとたん、金をやってあの子をお払い箱にしようというんでしょう。娘は金で買われるような女性ではありませんぞ。それはあなたが一番よく知っているはずじゃありませんか！　暴漢に襲われたとき、あの子は汚れを知らない生娘だった。生きのびるためにできることをしたにすぎないんだ！」

「わたしは、ベリンダをもてあそんでなどいません」ホークスクリフは床に目を落としたまま静かに言った。「お嬢さんを愛しているんです」

「そうでしょう、公爵。愛していることはわかります」ハミルトンは探るような態度になった。「命を賭けてベリンダを敵から守ったわけですからな。だが、どうしてそこでとどまってしまうんです？　最後までその愛を貫き通すべきだ。公爵、ベリンダと結婚しなさい。そうしなければならないことは、あなただって心の底ではよくわかっているはずだ」

「そう簡単にはいかないのです」

「なぜです？」

「立場があるからです」

「ああ、男の美徳の模範たるホークスクリフ公爵閣下。政界でも最高の地位に上りつめるべく奮闘中というわけですな。その途中で踏みにじられる一人の娘の人生を、心を、いったいなんだと思っているのか？」

「何があってもベリンダの面倒はみるつもりです」

「都合が悪くなるまで、でしょう。自分が甘やかされた上流の令嬢と結婚するまで。そして奥方はあなたがベリンダと会うのを禁じるにきまっています。あなたはあの子よりご自分の評判のほうが大事なんだ。公爵。お噂を耳にしていたので、正直言って、この程度の方とは思っていませんでしたよ。わしと同じように、若きミック・ブレーデン大尉と同じように、あなたはベリンダの期待を裏切ったわけだ」

「いや、そんなことはない」ホークスクリフはうつろな声で答えた。腹を強く殴られたような衝撃を受けていた。ベリンダのつぶやきが、今も耳に残っていた――**ロバート。わたし、皆に裏切られてきたのよ。**

わたしは裏切ったりしない。自分はそう誓ったのだ。

「わたしの影響力はいろいろなところに及んでいて、この肩には数えきれないほどの責任がかかっているのです」ホークスクリフは熱意をこめて語った。この能天気な老人にここまで追いつめられていることが腹立たしく、自らの言い訳がむなしく聞こえてしかたなかった。

「家の利益となる結婚をしなくてはなりません。愛人と結婚するなんて、もってのほかだ。醜聞はトーリー党全体を揺るがすでしょう。とにかく、それだけは無理です！」

「高潔そのものの、紳士の鑑である公爵が、心のまことに従って行動するのではなく、礼儀作法の本に書いてあることに屈服するのかね？」

「人の家で主人を侮辱するのはやめていただきたい」

「侮辱するつもりはないし、あなたに正しいことをさせる権限もありませんよ。できることといえば、あなたに目を開かされ、情け容赦ない厳然とした真実に向き合ったあの日から、独房の中で夜な夜な学んだ教訓を伝えることぐらいです。つまり我々は、現実を見るときに見たい部分だけを選んだり、知りたくない部分に目をつぶったりするわけにはいかんということです。つらい事実も、嬉しい事実も合わせて、全体像を見る勇気を持たなくてはいかん。わしの場合、自分が見たくないと思ったものを無視していたために、この世で一番愛している娘に傷を負わせてしまった。二度と癒えることのない傷を」老人の目にやり場のない悲しみの涙があふれた。「わしはこの大きな過ちを背負って生きていかねばならんのです。ベリンダがこれ以上傷つかないように、できるものなら今日にも連れて帰りたいが、あの子の人生に口出しをする権利は今のわしにはない。それはわかっています。どんなに懇願しても、あの子があなたのそばを離れないことも想像がつきます。ベリンダはあなたを愛している。

債務者監獄に初めてあなたを連れてきた日から、それは感づいていました。あの子の人生もいろいろあったが、もしあなたがあの子を傷つけるようなことをしたら、妻の墓に誓って――」

「髪の毛一本たりとも傷つけません。そんなことになったらわたしも生きてはいない」

「その言葉、よく嚙みしめてほしいものですな」

ハミルトンは本を小脇にしっかり抱えこみ、ホークスクリフをじっと見つめた。

その本は装飾写本ではなく、古びた聖書だった。

「公爵、わしは取るに足りない人間です」老学者は言った。「まあ、一種の愚か者と言えるでしょう。ですから、あなたの看板である誠実さを今こそ証明してください、と一所懸命訴えるしかない。そして警告しておきます。俗世間でいう名声のために真実の愛を逃してしまったら、いつかあなたは朝目覚めて、自分がわしとそう変わらない人間だと思い知ることになりますよ。救いようのない愚か者だとね」

城へ戻ったベリンダは、ホークスクリフのようすが変なのに気づいた。何かに気をとられているようで、野生のポニーをリンゴでおびきだした話をジャシンダと一緒に報告しても、ぼんやりとしてのってこない。夕食前に顔や手を洗うためにジャシンダとリジーが自室に引っこんでから、ホークスクリフはベリンダに、アルフレッド・ハミルトンが城へやってきたことを告げた。

「なんですって？」ベリンダはホークスクリフをまじまじと見た。驚きと喜び、そしてかすかな不安の入りまじった表情だった。娘が高級娼婦になったという事実を父親が知って以来、会っていなかったのだ。「今ここにいるの？　どうやって監獄から出られたのかしら？」

「わからない。そういう話にはならなかった。村の宿屋に泊まるそうで、夕食のときにまたいらっしゃることになっている」

「まあ、どうしましょう」ベリンダの心は沈んだ。「つまりそれは、わたしたちの関係に賛成していないという意味ね」

「ああ、そういう印象だったな」

「あなた、父に何か言われた？」

ホークスクリフは首を振り、目をそらした。「ベリンダ？」

その穏やかな呼びかけに、夕食前の着替えのために出ていこうとしていたベリンダは戻ってきた。

ホークスクリフはのろのろと肩越しに目を向けた。角ばった顔にわびしそうな表情が浮かぶ。「愛している。わかっているよね？」

ベリンダは微笑み、ホークスクリフの肩を優しく撫でた。「ええ、わたしも愛しているわ。どうかしたの？」

肩にのせられたベリンダの手に自分の手を重ねると、ホークスクリフは沈痛なおももちで口づけてささやいた。「きみが幸せでいてくれることだけが望みなんだ」

「あなたといられて幸せよ。今までの人生で一番」

ホークスクリフに抱き寄せられて、ベリンダは父親に会う不安を一瞬忘れ、頭を彼の胸にもたせかけた。額にキスされ、送り出された。

父親は幸い早めに来たので、夕食前に親子で率直な話し合いをする時間があった。庭には大きなイチイの木があり、幹のまわりにベンチが作りつけられていた。球技場の芝生に長く伸びる陽射しのもと、二人は日陰の席に座った。

ベリンダは今までにないほどの叱責を受けるのではないかと思っていたが、父親の口をついて出たのは謝罪だった。暴漢に襲われたことに対する悲しみと無念さのこもった言葉に彼女は心を打たれ、涙を流した。ホークスクリフの愛情が心の傷を癒すのに大きな役割を果たしたことを父親に納得してもらうには、やはり説明が必要だった。

「だが、公爵はおまえの夫ではないだろう」父親はベリンダの手を握りながら、おそるおそる訊いた。

「ええ、わかってるわ。でもロバートを……信頼しているの。愛しているのよ。もしロバートがわたしと結婚したら、政治家としての彼の経歴と評判に傷がつくわ。ジャシンダの評判は言うまでもない。それにロバートには社会のために役立つことがたくさんできる。わたしの個人的な利得と、ロバートの貢献によって生活が向上するかもしれない何千人という人々と、どちらが大切かしら？　こう言うとひどく変わった考え方のように聞こえるけれど、事実上の夫婦であれば、正直言って、紙切れ一枚がそんなに重要かしら？　ロバートが愛してくれているとわかっているのに」

父親は眉根を寄せ、口をきっと結んで、苦しげなおももちで頭を振った。それを見て、表面だけは明るく保っていたベリンダの態度が揺らぎ、もう少しで真実を口走ってしまいそうになった——わたしが何よりも望んでいるのは、ロバートの妻になることよ。

かといって、選択の余地があるというのか？　高級娼婦で、ロバートの愛人。それがベリンダの果たすべき役割であり、受け入れざるをえない現実だった。ロバートが絶対に避けたいのは、公爵夫人となる女性がふたたび〝ホークスクリフの売女〟の醜聞を引きつぐことなのだ。もっとも、ジョージアナ・ナイトという女性について今まで知りえたことを考えれば、その中傷的なあだ名さえも誇りに思えただろう。

「お父さま、どうやって債務者監獄から出てきたの？」ベリンダは話題を変えたくて訊いた。

老ハミルトンは不機嫌そうな表情になった。「大学に勤めていたころの同僚数人に貸しがあったので、返してくれるよう頼んだのさ」

なぜもっと早くそうしなかったの、と問いつめる勇気はなく、ベリンダは黙っていた。しかし父親はその考えを読んだらしく、悲しそうな目になった。

「すぐに頼まなかったのは、世間体にこだわっていたからさ。ちょうどおまえの公爵と同じようにね」後悔の色を浮かべて認める。「わしは一生、自分を赦せないよ」

ベリンダはため息をつき、愛情をこめて父親の肩を軽く叩いた。「お父さま、そんなに自分を責めないで。わたしが赦しているんですもの。それに、身を落としたことが大きな強みになるときもあるのよ。もう世間体を気にしなくてよくなるというのもそのひとつ」

その皮肉に父親は顔をしかめたが、ベリンダはどうってことないわ、と言うかのように明るく笑った。

まもなく夕食の時間になった。

ホークスクリフとアルフレッド・ハミルトンのあいだに緊張感があるのは明らかだった。ただ、二人とも育ちのよさから、失礼なふるまいに及んだりはしない。幸い、ジャシンダのおしゃべりがひっきりなしに続き、気まずい沈黙を埋め、皆を楽しませた。そのうちリジーも会話に加わってきた。自分と同じ本の虫の仲間を発見した老ハミルトンは、内気なリジーから話を聞き出すという喜びを見出した。

ジャシンダは最初、自分が主役でなくなったことに戸惑っていたが、注目されているのは大好きな親友なのだからと、気にしないことにしたようだ。読書の話に耳を傾け、食事を楽しんでいる。

ちらりと横目を使ったベリンダは、ホークスクリフに妙な目つきで見られているのに気づいた。もの問いたげな視線を投げかけたが、ホークスクリフはただテーブルの上に手を伸ばし、ベリンダの手を握った。そして皆が『ガリバー旅行記』について議論しているあいだ、彼女を見つめていた。

その晩、アルフレッド・ハミルトンが帰り、少女たちが床についたあと、ホークスクリフはベリンダを天守へ連れていき、星空の下で彼女を求めた。永遠の献身を誓うささやきに、ベリンダは心の底から屈服の涙を流した。

ホークスクリフはかぎりなく優しく、ひたむきに愛情を注いだ。まるで自分が翌日、ベリンダの心をずたずたにしてしまうのを知っているかのように。


にわかにいやな予感にかられて、ベリンダは書斎の外の廊下で立ちどまり、中のようすをうかがった。ホークスクリフに呼ばれてやってきたのだが、声が聞こえるところをみると、まだ入ってはいけないようだ。

「きみたちがミス・ハミルトンを好きなのはわかっているよ。でもロンドンでは、ここと事情が違って、ややこしいことになるんだ。たとえば公園で彼女に会釈しただけで、きみたちの評判に傷がつく恐れがある」

「じゃあ、絶交しろっていうの、お兄さま？」ジャシンダが叫んだ。

「絶交するわけじゃない。ミス・ハミルトンもわかってくれるよ。いやな話だが、世の中がそうなんだからしかたがない」

「でも、あの方の気持ちを傷つけてしまうじゃない――」

「わたしたち、ミス・ハミルトンが大好きなのに！」

「もちろん、皆そうさ。わたしはきみたちの将来のことを思って言っているだけなんだよ」

「お兄さまご自身はどうなの、もうおつき合いをやめるの？」

「まさか。よくわかっていると思うが、男の場合は道徳基準が違うからね」

そこまで聞いたベリンダはいいころあいだと判断して、書斎の中へ入っていった。三人はすぐに話をやめて振り向いた。話題の本人が現れたので、少し後ろめたそうにしている。だがベリンダは安心させようと鷹揚な笑みを浮かべた。

「ジャシンダ、リジー。ロバートのおっしゃるとおりよ。わたし、そんなことでは傷つかないから大丈夫。そうね、お互いに合図をするっていうのはどう？　外で会ったとき、あなたたちが日傘か扇を開いたら、〝こんにちは。元気にしていますよ〟という意味。わたしも同じようにして挨拶を返すわ」

「ミス・ハミルトン！」二人は泣き叫び、ベリンダを抱きしめた。「本当にごめんなさい」

「何を言ってるの、あなたたちのせいじゃないでしょ。わたし、まだ心は花嫁学校の先生のつもりなんですからね。あなたたちが公の場でちゃんとしたふるまいができないようなら、怒りますよ」

　ベリンダが笑いながら少女たちを抱擁しているのを見て、ホークスクリフはさりげなく感謝をこめた微笑みを投げかけた。

「これで大丈夫ね。さあ、あなたたち、部屋に戻って荷物をまとめておきなさい。もうすぐロンドンに帰ることになりそうだから」ベリンダは確認するようにホークスクリフのほうを振り向いた。

　ホークスクリフはうなずいて少女たちを下がらせることに同意した。「よろしければ、ミス・ハミルトンと二人だけで話がしたいんだが」

ジャシンダとリジーが書斎を出たあと、ベリンダは腕組みをし、けげんな顔でホークスクリフを見た。「何かあったの？」

ホークスクリフは大またで歩み寄ってベリンダの腕をとり、軽く握った。黒い瞳は達成感に輝いている。「驚くような話があるんだ。まあ、座って」

「わたしたち、ロンドンへ帰るんでしょう？」

「そうだ――でもあまり長くはいられない」

ベリンダは戸惑ったような表情になった。「どこかへ行くの？　わたしも一緒に？」

「もちろん」何を寝ぼけたことを、とでも言わんばかりだ。「わたしが政治の秘密兵器なしにどこかへ行くはずがないじゃないか、こんなにきれいでまばゆいばかりに魅惑的な女主人役なのに！」

「なあに？　いい知らせなんでしょう、得意満面の顔をしているもの」

「実は、カースルレー外相率いるウィーン会議の英国代表団の一員に選ばれたんだ」

ベリンダは息をのみ、両手で口をおおった。

ホークスクリフはこぶしを作って勝利の喜びを表した。「信じられないだろう？」興奮でいてもたってもいられないといったふうに歩き回っている。「ウィーン会議は、カール大帝の時代以来のもっとも重要な国際会議になるはずだ。すごいだろう？」

「ロバート、あなたも歴史書に登場する人物になるのね、ご先祖の偉人たちのように！」

ホークスクリフはかすかに頬を赤らめ、笑顔を見せた。「わたしの任命についてはこれから摂政皇太子の承認が必要なんだ。だがコールドフェル伯爵のおかげで、首相の推薦をもらっているからね。もちろん、ウェリントン公爵も出席される」

「ちょっと待って――コールドフェル伯爵のおかげって、どういう意味？」

ホークスクリフは両手をポケットに入れたまま振り向いた。その黒い目にわずかな不安がよぎったのにベリンダは気づいた。「代表団の人選委員会にわたしを推薦してくれたのは、コールドフェル伯爵なんだ」

「ロバート」ベリンダは驚いて目を見開いた。

「なんだい？」ホークスクリフは少し後ろめたそうに訊いた。

「コールドフェル伯爵からの話なら、何か裏があるはずよ」

「もちろん、裏はあるさ」ホークスクリフはつぶやき、首の後ろを掻くと、居心地悪そうに小さく笑った。黒い目に懇願するような色を見せると視線を落とし、あごを胸につきそうなほどに引いた。「どう説明したらいいか……困ったな」

ベリンダは青ざめた。「また、あなたの命を危険にさらすようなことを頼まれたとか――」

「いや、そうじゃない」ホークスクリフはごくりとつばを飲みこんだ。「深く考えずに、なんの意味もないことだと思ってほしい。実は――」言葉につまった。

「ロバート？」

ホークスクリフは大きく息を吸いこみ、覚悟を決めた。「お嬢さんのジュリエットと結婚してほしいと言われた。それで、わたしは承諾した」

ホークスクリフはベリンダと視線を合わせていられなかった。衝撃を受けたその目から生気が失せ、顔からは血の気が引いている。一番手近な椅子にへなへなと座りこみ、空《くう》を見つめている。

ホークスクリフは一歩前に進み出た。「どうか――誤解しないでほしい。愛する人はきみだけだ。でも、わたしだっていつかは結婚しなければならないんだ」

ベリンダは目を大きく見開いていた。瞳の色はしだいに暗く沈んでいく。ようやく口を開いたときには、声はかろうじて聞きとれるほどのささやきになっていた。「あの、耳の聞こえない女の子？」

「ああ。コールドフェル伯爵にはほかに相続人がいないから、自分が死ぬ前に娘に息子を産んでもらう必要がある。それがかなわなければ伯爵家は断絶し、女王に爵位を返還しなければならないんだ」ホークスクリフはベリンダの座った椅子の前にしゃがんだ。「伯爵としては、あの子を守ってくれる者を求めているにすぎないんだ。ベリンダ――」

立ち上がって目の前を通りすぎるベリンダのスカートの衣擦れの音を聞いて、ホークスクリフの心はねじれるように痛み、一瞬黙りこんだ。

「レディ・ジュリエットはジャシンダと同じぐらいの年ごろでしょう」

「どうでもいいことだよ。レディ・ジュリエットとわたしは、きょうだいのような関係にしかならないだろうから。わたしが愛し、必要としているのはきみだ。刺激を与えてくれ、対等につき合えるのはきみだけなんだ。わたしの地位がどういうものか、わかってくれるね、ベル。お願いだ、何か言ってくれ」

「吐き気がしそう」ベリンダはつぶやいた。

「きみを傷つけるつもりはないんだ。せっかくの好機だ、逃してはいけないことはわかるだろう」

「男の子が欲しいのね、ロバート？　なんて言えばいいの？　コウノトリは男の子を連れてきてくれないわ。わたしの入りこむ余地はないのね」ベリンダは叫んだ。

「レディ・ジュリエットに嫉妬してもしょうがないだろう」

「あの老人はなぜ、あなたを放っておいてくれないの？　これが何かのわなだったらどうするの？」

「わなじゃない。リヴァプール卿からわたしの任命を承認する手紙が届いたところだ」

「承認ですって？　だったら、この件はずいぶん前からわかっていたはずよね？　いつから？　なのに何も教えてくれなかったというわけ？　いつからなの、ロバート？」ベリンダは怒りをこめて問いつめた。

「数日前だ」やっとのことで声が出た。

ベリンダはホークスクリフを見すえながら書き物机の前へ行き、中のものを腹立たしそうに探って、首相のリヴァプール卿からの公式書簡を見つけた。その手が震えているのを見て、ホークスクリフはうなだれた。

「〝カースルレー外相の鬱病の症状がまたもやぶり返しています〟」ベリンダは声に出して読みはじめた。「〝代表団には、情緒が安定していて、冷静に物事を判断できる人間が必要です……〟」

急に興味を失ったのか、ベリンダは書簡を机の上にぽんと置くと、窓のそばへ行った。固く腕組みをして外を眺めている。「きっと、この日が来ると思っていた。覚悟していたわ」

窓際に立つベリンダのほっそりした輪郭。ホークスクリフはそちらに向かって一歩踏みだそうとしたが、考えなおした。

「レディ・ジュリエットと結婚しなければ、今回の任命を取り下げられてしまうの？」ベリンダは背を向けたまま、つとめて感情を表さないようにして訊いた。

その姿を見つめるホークスクリフの全身を苦痛が襲った。なかなか言葉が出てこない。

「任命と引き換えだからというわけじゃないってことは、きみにもわかっているはずだ。わたしがこの機会を逃したとしても状況は変わらない。いつかは地位にふさわしい結婚をしなければならないのだからね。それに、せっかく機会を与えられたからには国に貢献すべきでもあるし」

長く、うつろな沈黙があった。

ついにベリンダが口を開いた。「あなたにとって、一生に一度あるかないかの絶好の機会よね、ロバート。もしかしたら運命と言えるかもしれない。おめでとう。いつもの手腕を発揮すれば、国のために貢献できるにちがいないわ」振り向いた端整な顔には、平静で青白い仮面が張りついていた。「あとは、お別れを言うだけね」

「いや、だめだ」ホークスクリフはふらつく足で近づいた。

「じゃあ、どうすればいいの？」たちまち怒りで仮面が崩れた。「わたしたち、ここで何をしていると思う？　上流社会とのつき合いを避け、有力な貴婦人たちから隠れている。こんなみじめなことってあるかしら」つらさのあまり、ほとんど笑いそうになりながら叫んだ。

「ひどいわ。愛した男性が、わたしの存在を恥ずかしく思っているなんて！」

「違う。恥ずかしく思ってなんか――」

「いえ、思っているわ。お母さまを恥じていたのと同じように、わたしを恥じているわ。あなたにとってわたしは売春婦でしかなかったし、これからもずっとそうよ」

「それは嘘だ」ホークスクリフは激しい怒りをあらわにして怒鳴り、ベリンダをびくりとさせた。「きみを愛していると、何度も言ったじゃないか」

「そうね。だからこそあなたの決断が異様に思えるのよ」ベリンダは一瞬、射すくめるような目でホークスクリフを見つめ、手を振って拒絶を示すと、扉へ向かってすたすたと歩きだした。「さようなら、ホークスクリフ公爵。わたし、ロンドンへ帰ります」

ホークスクリフは前を通りすぎるベリンダの腕をつかみ、うなるように言った。「だめだ」

ベリンダはひじをつかまれた手に視線を走らせてから、ホークスクリフの目を見た。激しい憤りをこめてにらみつけている。「触らないでちょうだい」

「行っちゃいけない」

「あなたはわたしの主人でもなんでもないでしょう」つかまれた腕を振りほどく。「ナイト館に置いてある私物は、あなたの留守のときにでも取りに行くことにするわ。あれは自分の力で手に入れたものだから」

「どこへ行くんだ？　どうするつもりだ？」ホークスクリフはあえて荒々しい声を出し、ベリンダの前に立ちはだかった。威嚇すればあきらめて従うだろうと期待するかのように。

「ロンドンへ帰ってもわたしがいなければ意味がないだろう」

ベリンダはそれでも挑むように見上げてくる。目から青い火花が散っているかのようだ。

「ハリエットの家にやっかいになるわ。新しいパトロンを見つけて――」

「そんなこと、絶対にさせるものか」

ベリンダは氷のような微笑みを見せた。「わたしがほかの男の人の腕に抱かれているところを想像すると妬ける？　どんな気がする？」

「ハリエットのところへ戻ってはいけない」ホークスクリフは歯噛みをして言った。「どうしてもというなら出て行ってもいい。だが、体を売って生きるような暮らしに戻るのは許さない。金が必要なら、いくらでもあげるから――」

「あなたのお金なんか、欲しくない！」叫びに近い声をあげて、ベリンダは彼の体をぐいと押した。といってもびくとも動かなかったが。「よくもそんなことが言えたものね？　あなたって人は、どうして懲りないの？」

ベリンダはくるりと向きを変え、扉に向かって進もうとした。だがホークスクリフにまたつかまり、振り向いて彼の胸を怒りにまかせて叩きはじめた。なんの効果もない。ホークスクリフは彼女の肩をつかみ、気持ちをなだめようと必死で意味のない優しい言葉をかけつづけた。

「話を聞いてくれ!」ついにホークスクリフはベリンダの肩をつかんで揺さぶり、怒鳴りつけた。

「放して!」

「きみが必要なんだ」低く震えた、懇願の声。「行かないでくれ。わたしのことを本当に理解しているのはきみだけだ。最高の友でもあるんだ。ベル――」

「だったらわたしに対して、どうしてこんな扱いができるの?」ベリンダは涙を浮かべ、ささやくような声で言った。突然抗うのをやめて顔をそむけ、手の甲を口にあててすすり泣きをこらえている。

「ああ、なんてことだ」ホークスクリフはつぶやいた。信じられない。ベリンダを失ってしまうのか。渦巻く恐怖の中で、やっとのことできゃしゃな肩をつかんだ手の力をゆるめた。もう何もかもが空回りして自分の手に負えなくなっていた。ベリンダがいなくなる。いったん始まったこの流れは止められない。手を伸ばして髪に触れたとたん、彼女はぐいと身を引いた。「お願いだ、ベル。別れるなんて言わないでくれ」

「行かせてちょうだい。あなたと結婚できないのはわかっているし、それを望んだりはしないわ。でもその代わり、これ以上わたしを辱めないで。お願いよ、ロバート。愛してくれているなら、行かせてちょうだい。ただの高級娼婦にすぎないけれど、わたしにもわたしなりの信条があって、どこかできちんと線を引かないと自分を見失ってしまうから。あなたの愛のおかげで、ようやく自分を取り戻したのよ。せっかく二人で築いたものを卑しくしてしまうぐらいなら、失ったほうがましだわ。もう肩身の狭い生き方には戻れないの。ごめんなさい」

「わたしを愛しているんじゃなかったのか?」

「レディ・ジュリエットと結婚するなら、きちんと添いとげて。奥さまとして、精一杯愛してあげてちょうだい」

「愛しているのはきみだ」ホークスクリフは怒りに燃えて言った。

「これでお別れよ」そうささやくとベリンダは逃げるように立ち去ろうとしたが、その手首をホークスクリフがつかんでふたたび引きとめた。

「行くな!」

「後生だから、ロバート! これ以上深みにはまる前に——お別れを言えなくなる前に——わずかでも自尊心を保ったまま、出ていかせて。お願い、お願いよ——」

「ベリンダ、愛しているんだ——」

手を伸ばして触れようとしたが、ベリンダはホークスクリフの手を振り切って、すすり泣きをこらえながら書斎から駆けだした。

「ベリンダ!」

ホークスクリフは書斎を飛び出し、廊下を走っていくベリンダの後ろ姿を目で追った。

「ベリンダ!」

振り向かずに階段を上っている。スカートの衣擦れの音とともに、すすり泣きが聞こえた。あとを追おうとしたが、ホークスクリフは思いとどまった。自尊心を保って出ていきたいというベリンダの切なる願いが深く鋭く心に刺さり、血を流しているかのようだった。信じられないという思い。混乱と喪失感で目がくらみそうになる。ベリンダ、ともう一度叫んだが、彼女は戻ってこない。こぶしを振り上げ木の扉に叩きつけると、バリッという音がして砕けた。扉に背中をもたせかけて両手で髪の毛をかきむしり、固く目をつぶる。

ホークスクリフの体内のすべてが、ベリンダを追っていきたいと叫んでいた。言うことを聞くまで、たとえ部屋に閉じこめてでも無理やり引きとめたかった。だが、愛人でいることが彼女のかよわく片意地な心を傷つけるというのなら、出ていかせるよりほかに道はなかった。

20

ハリエットは再会を喜び、温かく迎え入れてくれた。ベリンダが涙ながらにそれまでの経緯を語ると、ウィルソン姉妹とジュリアは皆それぞれに感じ入って、慰めてくれた。

かくして美しきベル・ハミルトンは高級娼婦の世界に戻り、ハリエットの家での商売はにわかに活気づいた。ベリンダは二種類の男性に求愛を許した。自分よりはるかに年上の男性か、真剣な交際をするには若すぎる青年だ。

ロンドンへ帰って五日目の夜、ベリンダはヘイマーケット地区のキングズ劇場へオペラを観に行った。ホークスクリフが手に入れたボックス席で、いつものように飢えた男性に囲まれ、ちやほやされていた。笑いをふりまき、ますます鋭さを増した言葉でからかったりしているうちに、ふと妙な胸のざわめきを覚えた。何もかもがゆっくり動いているように感じられ、周辺の音もぼんやりとしか聞こえない。ベリンダは扇を使いながら、劇場の色鮮やかな大天井から視線を下ろし、ホークスクリフの姿を見つけた。

曲げた腕をひじ掛けにのせて座っている。口元は手に隠れて見えない。舞台上の派手な演技には少しも関心がないようだ。炎のように熱いまなざしでベリンダだけを見つめている。

ベリンダは大きく息を吐き、扇を持った手を止めた。心がねじれるように痛む。体じゅうがかっと熱くなり、次に冷たくなって、ぶるぶる震えだした。急に扇を激しくあおぎながら、無理やり視線をそらした。まわりの人が話しかける声はいっさい聞こえなくなった。

一分半ほどのあいだじっと座って、何ごともなかったかのごとくふるまおうとつとめた。だが突然立ち上がって言い訳をつぶやくと、逃げるようにしてボックス席を出た。

みじめな気持ちで廊下を行く後ろから、何人かの男性が付き添いを申し出た。「放っておいてちょうだい！」ベリンダは追いかけてきた男性をはねつけ、髪に挿した派手な羽根飾りを力いっぱい引き抜いた。痛くて涙がにじみ出た。

ロビーにいた係員に自分の馬車を呼びにやらせた。新しく雇った有能な御者が馬車を回すのを待ちかねたように飛び乗り、家へ帰ると、泣きながら眠りについた。だが夜が明けたときには、自分のなすべきことはわかっていた。

夜が遅かったハリエットたちはまだ寝ている。朝のひんやりした白い光の中、ベリンダは自分の豪華なドレスのほとんどをまとめて馬車に積みこみ、質屋へ持っていった。ドレスは一五〇〇ポンド近くになった。

そのあとタッターソールの馬市へ向かい、御者に最後の給料を支払って解雇したあと、優雅な黒い馬車と血統のいい馬たちを競売にかけて、さらに二〇〇〇ギニーという大金を手にした。ただ、ホークスクリフが「快楽主義者の舞踏会」の夜に贈ってくれた、ダイヤモンドとラピスラズリをあしらったネックレスだけは手放す気になれなかった。

辻馬車に乗って銀行へ行き、質屋でもらった手形と、馬車を売った代金を自分の口座に入金した。預け入れの署名をしようとして、書きこまれた数字を思わず見なおした。

合計で三五〇〇ポンドに達している。そのうち三〇〇〇ポンドを国債に回したとして利回りを試算してみると、五分の金利なら年に一五〇ポンドの利子がつき、それなりの生活が営めるではないか。

ベリンダは椅子にゆったりと腰かけてその金額に見入り、あらためて驚いていた。最初から望んでいたように、地味でつましくとも静かな暮らしができればそれでいい――これからは誰に頼る必要もない。裕福な崇拝者にもハリエットにも、父親にさえも。慣れてしまった贅沢な生活に比べれば質素かもしれないが、街頭のオレンジ売りよりははるかに楽だろう。そんな生活なら誰にも気兼ねしなくていい。使用人は小間使いを一人おくぐらいしかできないだろう。しかし生まれて初めて、ベリンダは突然、自由で自立した人間になったのだ。

彼女は信じられない思いで銀行の優雅な円天井を見上げ、目を閉じて、ささやかながら財産と呼べるものを与えてくれた人に祝福あれと心の中で祈った。

ロバート。あなたに会えなくてどんなに寂しいか。つかのまの希望が悲哀に取って代わった。ベリンダはハンドバッグを手に銀行を出た。やるべきことがまだ残っていた。

その日ベリンダは、ウィルソン姉妹に別れを告げて、ブルームズベリーの孤児院近くにある静かな下宿屋で部屋を借りた。女性専用の下宿のほうがいいと二軒あたってみたが、あなたのような方はだめだといって断られた。しかしベリンダは、女主人たちの失礼な態度をなぜか心安らかに受け流すことができた。

その後のベリンダは、過去を捨て、また新たな生活を築いていった。夜は心の痛みから逃れるために読書に時間を費やした。日中は孤児院と貧困救済協会での無償奉仕に没頭し、路上で生活する浮浪児を苦境から救う努力を通じて自分の苦労を忘れようとした。

トミーとアンドルーはナイト館で元気に暮らしているかしら。そんな考えが幾度も頭をよぎった。

慈善団体の関係者はベリンダが仕事を手伝うことこそ許してくれたが、皆用心深く距離をおいて、親しくなろうとする者はいなかった。今、ベリンダに後悔があるとすればただひとつ、自分が社会のどの階層にも属さなくなったことだった。振り返ってみれば、良家の子女として育ち、のちに社交界のあだ花となった。今はそのどちらでもない。高級娼婦だったときは、常に多くの人に囲まれていた。それが今はまったくの一人ぼっちで、もと庇護者のホークスクリフへの思いを断ち切れないでいる。

父親が研究のためにロンドンにとどまっていることがベリンダにはありがたかった。最近、話し相手といえば父親しかいなかったからだ。娘が高級娼婦をやめたことをいたく喜んでいる父親は、ベリンダが来るたびに誇らしさのあまり涙を浮かべるのだった。親子はしょっちゅう会い、夕食をともにした。

ヘイマーケット王立劇場に確保されていたボックス席だけは父親のために手放さずにおいて、週に一度は親子で観劇に行った。どのみちこの特別席の料金はもう支払い済みで、今シーズンが終わるまで権利は失効しない。それまではせいぜい楽しませてもらいましょう、と父親にすすめた。公爵の愛人という立場は許せなかったものの、娘が愛人でなくなった今も、役得として最高の席でオペラを鑑賞できる誘惑に父親は勝てなかった。それがおかしくて二人は笑った。

その一週間後。ベリンダはもう一人の知り合いと再会した。九月初旬のある日の夕方、一日じゅう子どもたちの世話をしたために痛む背中を抱えながら歩いて帰ると、下宿屋の玄関の前で、昔と同じように階段に座って待っている男性がいた。ミック・ブレーデンだった。

門を入ってきたベリンダの姿を認めたミックは立ち上がった。少年の面影が残るととのった顔には苦悩が刻まれていた。二人はしばらく見つめ合った。

ようやくベリンダが口を開いた。「こんにちは、ミック」

「お父さんから聞いたんだ、きみがここにいるって」

「寄っていく？」

「ありがとう」ミックはしゃがれ声で言った。

小さな居間に招き入れられたミックは、まるでベリンダの体がもろいガラスでできているかのようにそっと抱き寄せた。

「お父さんから話は聞いたよ。本当に、気の毒だった」ミックは体を放し、両手で彼女の手を包んだ。「ぼくのせいだ、ベル。償いをさせてほしい。結婚してくれ」

ベリンダは目を閉じ、顔をそむけてため息をつき、ふたたびミックを見た。「わたしはあなたを愛していないのよ」

「わかってる。それでかまわない。でも、結婚にはふさわしい組み合わせというものがある。ぼくたちはお互い、ふさわしい相手だと思うんだ。ホークスクリフ公爵に対する気持ちは時が経てば冷めていくだろう。でも、ぼくのことは忘れられないはずだ。ずっと一緒に育っていろいろなものを共有しているからね。ぼくはきみを大切に思っているし、きみに対する義務がある。責任逃れはしないよ」

「義務感から言ってくれているのね、ミック？　あなただってわたしを愛してもいないのに」

ミックはベリンダの目にかかった髪を手でそっと払った。「愛って、なんだと思う？　ぼくはきみのことが大切で、責任があると感じているんだよ。それにときどき、なかなかきれいだなと見なおしたりもしているしね」優しい声でからかう。「ぼくたち二人は、一緒にいるのが自然だ。この関係をどう呼ぶかは考え方しだいだろう。わかっているのは、きみがずっと一人では生きていけないということさ。無理だよ。妻として、母親として生きるのがきみの本質だし、それこそずっと望んできたことじゃないか」

ベリンダはたじろぎ、うなだれた。

「ぼくなら、そんな人生を歩ませてあげられる。そうする義務がある。過去なんて、どうでもいい。事情はわかっているから、そんなことできみを責めたりはしない。ロンドンを離れて、二人で新しい生活を始めよう。きみの期待を裏切ったことはわかっている。でももしもう一度チャンスをくれるなら、二度と失望させない」

　ベリンダは悲痛なおももちで目を閉じた。聞きたかった言葉。でも違う人の口から聞きたかった。目を開け、ふたたびミックを見つめる。「わからないの、ミック。何もかもが変わってしまって。わたしはもう、あなたの知っている昔のわたしじゃないのよ」

「いや、本質は変わっていないさ。たとえ変わっていたとしても――」ミックはくすりと笑い、ベリンダのあごの下を優しくくすぐった。「きみが九歳だったときと同じように大好きだよ」

　ベリンダはいとおしそうに微笑んだ。「九歳のころね。あなた、わたしに虫を投げつけたでしょう」

「ああ、ぼくの献身のあかしさ」

　献身……。

　その言葉でベリンダの心が揺れた。無理やり笑みを作ったが、涙があふれそうになった。

「考えさせてちょうだい」

「じっくり考えてかまわないよ。ぼくはいつもきみのそばにいる。必要なものはなんだって用意するよ。じゃあ、おやすみ」ミックは身をかがめ、ベリンダの手にキスすると体を離し、立ち去った。


　オペラ劇場でベリンダを見かけてから二週間。城を飛び出していなくなってから数えると三週間が経っていた。ホークスクリフはわびしい気持ちでそれまでの日々をぼんやりと過ごした。

　ジャシンダとリジーに付き添ってロンドンへ帰ったあとは、果てしなく続く会議や委員会などで忙殺されていた。いつものように超然として誠実、かつ控えめな態度で、それらすべての会議にお義理で出席し、議事をこなした。

「ホークスクリフが帰ってきたぞ」と皆が口々に言い合った。そこには彼が田舎から帰ったという以上の意味がこめられていた。

　紳士クラブの会員たちは、華々しい活躍を続けるホークスクリフの健康を祝って乾杯した。社交界の有力な貴婦人たちは古巣に戻った公爵を歓迎した。ホークスクリフの結婚が決まったという噂には上流社会に属する女性の多くが失望したとはいえ、本人が目の前を通るとつい感嘆のため息をついてしまうのだった。気立てがよくきれいだが、障害を抱えるかわいそうなレディ・ジュリエット・ブレッキンリッジを花嫁に選んだホークスクリフの思いやりと勇気に、崇拝者たちは心の底から感銘を受けた。輝くよろいの騎士として彼の名声は不動のものとなった。

　しかし本人は最悪の気分だった。自分の行為が詐欺としか思えず、魂の抜け殻のようになっていた。

　コールドフェル伯爵に会うたび、胸のうちに奇妙な感情が渦巻いた。知らずに悪魔に魂を売り渡してしまったと感じ、気がめいると同時に怒りがこみあげてくるのだった。

ホークスクリフはむなしく無気力な毎日を過ごした。ベリンダ・ハミルトンは存在しなかった、と必死で自分に信じこませようとしたが、ナイト館ではそれも難しかった。いたるところにベリンダの思い出があふれ、どの部屋へ行っても逃れるすべがない。その面影はホークスクリフの血に、肌に、まぼろしのように情け容赦なくつきまとった。服にはベリンダの匂いがしみこみ、舌には体を味わった記憶が残っている。眠ろうとするとベリンダが寄り添ってくる感触が思い起こされて耐えがたくなり、いっそ死んでしまいたいと思うこともあった。**忘れろ。忘れるんだ。**

毎日、いつかきっとベリンダが選んだ新しいパトロンの噂が届くはずと身構えながらホワイツに立ち寄った。しかしありがたいことにクラブの仲間は気をつかって、ホークスクリフの前でそういう話をするのを避けていた。

ただし、例外が一人いた。アレック卿だ。どこかの屋敷のパーティの帰りだったのだろう。いつもの退廃的な気分を漂わせていたかもしれないが、ホワイツに姿を現したころにはその青い目は怒りに燃えていた。ホークスクリフは、オーストリア行きにそなえてドイツ語会話の勉強中で、入門書を手に一人座って、声を出さずに唇だけ動かして発音しにくい単語を練習していた。アレック卿はクラブに入るなり大またで近づいてくると、テーブルに両手をつき、兄をにらみつけた。

「兄さんはばか者だよ。わかってるのか？　思いあがった大ばか者め」

うつむいて手元の本に集中していたホークスクリフは、ちらりと警告するように弟を見た。

「ベリンダのために命を賭けて決闘までしたのに。愛し合っていたんだろう。そんなかけがえのない人を出て行かせたのか。なぜだ？」

　ホークスクリフは答えない。

「どうしてか知ってるぞ、ばかだな。ひと言で言えば——恐れだ。追いかけて行け」

「いや、それはしない」

「どうして？」アレック卿は声を荒らげた。

「ベリンダは自分の意思で出て行ったんだ。どうすればいいというんだ？」

「なんでもいいから、呼び戻す努力をしろよ！　お堅い聖人みたいにただ座っているよりましだ！　ぼくが代わりに話をしてやろうか？」

「いや、結構だ。アレック、静かにしろ」あたりを見まわすと、人々が注視している。「見てのとおり、仕事中なんだ。お願いだから一人にしてくれないか」

「そうさ、一人ぼっちになる。それこそ兄さんにふさわしい結末だ。いいかい、このぶんだと、ベリンダは兄さんがいないほうが幸せだな。なぜって公爵閣下は、冷たい心の父上にそっくりだからさ」アレック卿は手で突き放すようにしてテーブルから離れ、すごい勢いで出て行った。

　アレック卿が去ったあと、ホークスクリフはドイツ語の入門書の開かれたページをぼんやりと見つめた。動揺のあまりのろのろと口元を撫でながら座っていると、言いしれない恐怖が湧き上がってきて、耳の中に脈動が響きはじめた。

本を閉じて目の前に置き、きめの細かいリネン紙を引き寄せると、右側のインク壺に羽根ペンを浸した。混乱した頭で言葉を探すうち、ペンを持つ手が震えたが、ようやく書きだした。

白紙委任状
本状中のわたしの署名により本状の所持人ミス・ベリンダ・ハミルトンに全権を委任する。今後負うべき返済請求はすべて、セントジェームズ・スクエア、ナイト館のわたし宛に送られることを許すものとする。
一八一四年九月一二日、署名　ホークスクリフ公爵

ホークスクリフは自分の名前の下に蠟をひと塗りし、上から指輪の印章を押した。蠟が固まってから委任状を折りたたみ、ベストのポケットに入れた。そして、慎重に身を引きはがすような奇妙な感覚に襲われながら椅子からゆっくりと静かに立ち上がる。気がつくと二輪馬車をあやつり、むちを鳴らして、全速力でシティを駆け抜けてハリエット・ウィルソンの家へ向かっていた。

家の前で馬車から飛び降り、扉をどんどん叩いた。戸口に現れた意地悪そうな顔つきの従僕に「ミス・ハミルトンはもうここにはいらっしゃいません」と告げられ、ホークスクリフは愕然として立ちつくした。

ハリエットが二階から下りてきた。ホークスクリフが必死に頼みこんで初めて、よそよそしい態度でベリンダの転居先の住所を教えてくれた。

もっとも深い心の傷は癒えつつあったものの、ベリンダはまだ、暗い夜道を歩くときには神経質になった。今夜は孤児院に遅くまでいたので、辻馬車を拾うつもりで歩きはじめたが、一台も通らない。幸い、ラッセル・スクエアを過ぎたあたりでもまだ真っ暗にはなっていなかったので、そのまま足早に下宿屋へ向かった。

角を曲がったところでベリンダは急に足を止めた。少し先に、見ればすぐそれとわかるあの黒光りする四輪馬車が停まっているのだ。心臓が喉から飛び出すのではないかと思えるほど動悸が激しくなり、突然めまいがした。

やっとの思いで足を前に進めた。たそがれどきの涼やかな空気の中、コングの嗅ぎタバコの香りが漂っている。深みのある、教養を感じさせるバリトンが御者席のウィリアムに指示を与えている。ベリンダの心がふたたび揺れた。

あの人がわたしを迎えに来た！　思いなおしてくれたのかもしれない——。

ベリンダは地味な綿のドレスのすそを持ち上げ、足を速めた。自分が不在だとわかったら帰ってしまうかもしれないと思うと気がせいて、走りだした。

「ロバート！」

ホークスクリフはすぐに馬車の向こうから現れ、ベリンダの行く手をふさぐように立ち止まった。星明かりが黒髪を照らしている。影がかかった顔の中で、謎めいた漆黒の目だけが輝いている。ベリンダの記憶にあるより背が高く大柄で、華麗な装いを身にまとい、堂々としている。最初に出会った夜よりもっと威圧的だ。

ベリンダはゆっくりとした足どりで、畏怖の念に打たれながらホークスクリフに近づいた。広い肩を怒らせ、威厳をたたえた姿をあらためて目にして、気おされる思いだった。

「きみを待っていたんだ」ホークスクリフは短く言った。どこか居丈高で、とがめるかのような口調だ。

わたしこそ、あなたをずっと待っていたのよ。ベリンダの胸は激しく鳴っていた。信じられない。ホークスクリフのほうからやってくるとは。まさか、考えを変えたのでは？　そんなこと、望めるはずもない。「外出していたの」

「少し時間をとれるかな？」

「もちろん」

ホークスクリフはそっけなくうなずいた。「ありがとう」

「どうぞ、こちらよ」

目の前を通りすぎるベリンダに、ウィリアムが励ますような笑みを投げかけた。二人は下宿屋の門をくぐり、階段を上った。居間に入り、テーブルのランプに火をともすと、質素だが居心地のよい部屋が明るく照らされた。

光の下で、ホークスクリフのやつれた顔が浮かび上がった。表情はこわばり、固く結ばれた口元が険しい。苦悩に満ちた目の下にはくまができている。ベリンダはうつむいた。すっかり変わってしまった彼の姿は見るにしのびなかった。重ねた肌の感触が一瞬思い出され、胸が痛んだ。

カンバーランドの城で過ごした最後の日、ホークスクリフは精力的に動きまわり、生き生きとして輝いていた。それが今は、以前にも増して堅苦しく陰鬱で、よそよそしい。彼は向きを変え、しみひとつない手袋をはめた手を後ろに組んだ。「元気でやっているんだろうね？」

「ええ。あなたは？」

「絶好調だ」うなるような声。

「ジャシンダとリジーは？」

「学校に戻ったよ」

「わたしがここにいるってどうしてわかったの？」

「ミス・ウィルソンに教えてもらった。どうしたんだ、人目を避けているのか？」ホークスクリフは鋭い口調で訊いた。

「いいえ。何かご用だったの？」

ホークスクリフは目をそらし、「実は、思いもかけない必要性が――」と言いかけて口ごもった。「わたしの新しい職務には政治的な駆け引きや接待が欠かせないんだが、耳が聞こえず、口もきけない婚約者ではとうてい無理だ。もてなし役が必要なんだ」ホークスクリフは振り向き、ベリンダをじっと見つめた。「ウィーンへ一緒に行ってほしい」

ベリンダの胸に、はかなく散る花火のように失望感が広がった。針路を変えたわけではないのね。レディ・ジュリエットと結婚することに変わりはないということだ。

「わたし、どこへもご一緒するつもりはないわ」やっとのことで声が出た。

ホークスクリフは歯を食いしばり、いらだちの表れた視線をそむけた。内心は怒っているにちがいない。高姿勢で用心深い態度とはうらはらに、目には絶望がかいま見えた。

「ベリンダ・ハミルトン。こうして来たからにはわたしは本気だ。あれからお互い、頭を冷やしてじっくり考える時間があったはずだ。きみは城を出て行ったとき、ついかっとなっただけなんだろう。それは大目に見てもいいが、かと言ってきみに媚びへつらうつもりはない。わたしのもとへ戻ってきてくれ。今までのことは水に流して、元どおり一緒に暮らそうじゃないか。これで気持ちがおさまるのなら、受け取ってくれ」

ホークスクリフはベストのポケットから折りたたんだリネン紙を取り出すと、ベリンダをにらみながら手渡した。だがそのタカを思わせる顔を一瞥したベリンダは、目の奥に恐れがひそんでいるのを見逃さなかった。

「これは何？」

「読んでみなさい」

「また命令するのね。わかったわ」ベリンダは高慢な口調でつぶやき、折りたたまれた紙を開いて中身を読んだ。

そのようすを見守るホークスクリフの心臓は早鐘のように打っていた。どんな反応を示されるか怖かった。ベリンダを取り戻すために、ひざまずいて戻ってきてくれと懇願せずにすむ方法といえばこれしかなかった。何度もくり返し委任状を読むベリンダのなつかしくも美しい顔の輪郭を、彼はむさぼるように見つめた。

きみが必要なんだ。きみがいなければ、わたしは死んでしまう。ホークスクリフは心の中で訴えかけた。

ベリンダは深く息を吸いこんだ。ホークスクリフの運命を決定づける瞬間だ。ベリンダは顔を上げ、彼の暗い目をのぞきこんだ。濃いすみれ色の瞳の輝きに引きこまれずにはいられない。

「白紙委任状ね？」

ホークスクリフはうなずいたが、内心恐ろしかった。ベリンダの口調にきついものがあり、その意味をはかりかねたからだ。**これはきみが最初から望んでいたものだろう。つまり、きみに対する信頼のあかしなんだ。**そう伝えたかったが、なぜか言葉が出てこない。

「ハリエットから聞かなかったの、わたしがもう高級娼婦をやめたって？」

ホークスクリフは驚いて眉をひそめた。そういえばハリエットがそんな話をしていたような気もしたが、一刻も早くベリンダを取り戻したい一心で、聞き流してしまったらしい。

「ハリエットはそう言っていなかった？」

「言っていた。でも、ベリンダ。わたしが頼んでいるんだよ。ウースター侯爵でも、レインスター公爵でもなく、ほかの誰でもないこのわたしが。もちろん、戻ってきてくれるだろう。きっと幸せにするから」

「ロバート。まわりをごらんなさい」ベリンダは怒りをこめて叫び、粗末な室内を手ぶりで示した。「これが高級娼婦の部屋に見える？　わたし、贅沢な服を着ているかしら？　見ればわかるでしょう。けっきょくあなたの言ったとおりにしたのよ。高級娼婦ではなく、ひっそりと自立した暮らしを営む、普通の女性に戻ったの。そしてこの状態が気に入ってもいるわ。あなたには心を慰めてくれるコールドフェル伯爵の令嬢がいて、輝かしい名声がある。わたしには貧しい子どもたちの世話をするという仕事がある。あなたはもうわたしを必要としていないし、わたしもあなたを必要としていないのよ」

「わたしにはきみが必要だ」ホークスクリフはみじめな声でつぶやいた。

ベリンダは委任状を掲げてみせた。その手はかすかに震えている。「これがその気持ちの表れ？　わたしをお金で買おうっていうの？　誰の思いつき？　コールドフェル伯爵？」

ホークスクリフはごくりとつばを飲んだ。「受け取ってくれ、ベリンダ。きみがいなければ、わたしが築き上げてきたものは何もかも無意味になってしまう」

「わたしはもう、誰の愛人になるつもりもないの。ロバート、たとえあなたの愛人であってもね」そう応えるとベリンダは、白紙委任状をびりびりと細かく引き裂き、ホークスクリフの顔に投げつけた。

紙片は空に舞い、磨き上げられた房飾りつきのヘッセン・ブーツのまわりに散らばった。

ホークスクリフは一瞬、目がくらんだ。

ベリンダはあごを高く上げ、すたすたと戸口へ歩いていって扉を開けると、お帰りくださいというようにホークスクリフに無言でうながした。唖然としてそのようすを見ていたホークスクリフはようやく悟った。そうか、本気なのか。

衝撃だった。ベリンダという女性に今、初めて会ったかのような気がしていた。華やかな高級娼婦の虚飾を取り払い、不要になった冷淡な仮面を脱ぎ捨てた姿。これが、ドルフ・ブレッキンリッジの犠牲になる前のベリンダ・ハミルトンだったのだ。ホークスクリフは賛嘆の気持ちを禁じえなかった。

「お帰りになって、公爵閣下」ベリンダは毅然として立っていた。亜麻色の髪はランプの光に照らされて輝いている。ホークスクリフに愛されて立ち直り、誇り高く、たくましく、怒りを見せながらも天使のように気高い女性がそこにいた。

ブラボー、ミス・ハミルトン。声に出して喝采をおくりたかった。だがホークスクリフはただただ畏敬の念に打たれてベリンダを見つめた。そして思った。**わたしはこの女性を生涯愛しつづけるだろう。**

ホークスクリフは放心状態のまま、戸口に向かって歩きはじめた。

「ところで」ベリンダは昂然と頭をそらして言った。「わたしの幸せを祈ってくだされば嬉しいわ——二週間後にミック・ブレーデンと結婚するの」

21

ミック・ブレーデンと結婚するだと？

一夜明けても、ホークスクリフはベリンダの結婚宣言の衝撃から立ち直っていなかった。みぞおちのあたりに不快感が残っていて食べ物が喉を通らず、朝食は手つかずのまま調理場に下げられた。ほどなくホークスクリフは、ナイト館の玄関脇の華麗な広間を早足で通り抜けた。神経はささくれだち、度重なる睡眠不足で目は充血している。いらついたままあたふたと太陽の光がまぶしい戸外へ出ると、愛犬の群れがしっぽを振り、吠えたてながらまとわりついてきた。その中をかきわけるように進む公爵の姿は、お世辞にも「非の打ちどころがない」とは言えなかった。

ホワイツで内務大臣と会う予定だったが、約束の時刻にすでに遅れていた。クラブはセントジェームズ通り沿いで、角を曲がってすぐのところにあるので、いつものように歩いて行くことにした。売春宿に関する調査結果をまとめた文書を革の書類入れの中から手さぐりで探しているうち、風が吹いてきて覚え書きの一ページが飛ばされ、悪態をつきながらそれを追いかけた。

セントジェームズ通り三七番地にあるホワイッに着くと、正面階段を上り、ほとんど上の空で門番に挨拶して中に入った。ミック・ブレーデンのことを苦々しく思い出していた。あんな下品な若造など、ベリンダのサンダルの足首のリボンを結ぶ役ほどの価値もない！だが、ブレーデン大尉がベリンダの足首近くにいる姿を想像したとたん、ホークスクリフはますます暗い気分になった。ええい、いまいましい。ベリンダはわたしのものだ。彼女の脚も、体も、そのすみずみまで知りつくしているのだから。

ああ、神よ。自分で自分が情けなかった。なんという執着ぶりだ。おまえのほうが、ドルフ・ブレッキンリッジよりよっぽど取りつかれているぞ。

急いでクラブに入り、中を見わたす。内務大臣の光る禿げ頭が贅沢な革張りの椅子の背もたれからのぞいているのを見つけて近づいた。

「大臣、遅れまして申し訳ありません」

元首相であり、今は内務大臣として権力をふるうシドマス子爵は、『タイムズ』紙の上端から責めるような目を向け、「ふむ」と応えると新聞を下ろした。「どうかしたのかね、ホークスクリフ？　いささか元気がないようだが」

ホークスクリフは無理やり薄笑いを浮かべた。「いえ、大丈夫です。ただ、ウィーン行きの準備やなんやかやで忙しくしているものですから」咳払いをして椅子に座った。

「ああ、代表団に選ばれたのだったね。おめでとう。きみなら、いつもの力を発揮すれば十分に貢献できると信じているよ。それから結婚が決まったそうで、お幸せに」

「ありがとうございます」ホークスクリフはぼそぼそと言ったが、シドマス卿の言葉で自分の避けがたい運命が思い出されて心を乱され、調査結果を取り出したものの、次に言おうとしたことを忘れてしまった。

シドマス卿は懐中時計にちらりと目をやった。「で、用件は何かな?」

「はい、あの、ええとですね。最近、ある問題に関心を抱いて調べていたのですが、これが内務大臣の職務にも関連があることなので、ご報告しようと思いまして」

シドマス卿は腕組みをし、興味深そうにホークスクリフを見た。

ホークスクリフは、売春宿に住む身寄りのない子どもたちの窮状を訴えはじめた。貧困と犯罪の悪循環により多くの子どもたちが簡単に絞首台送りになっている現状を説明し、救いの手を差しのべるべきだと主張したのだが、すぐに無駄な努力だとわかった。

シドマス卿はなめらかな革張りの椅子のひじ掛けに腕を休ませながら、ホークスクリフの話を最後まで礼儀正しく聞いたが、その面長の顔に浮かんだ表情は拒否を示していた。

報告のしかたがまずかったわけではない。だが、国内の社会不安対策を担当する内務大臣がこの話を聞きたくないと思っているのは明らかだった。ホークスクリフは懸命に説明したが、シドマス卿は首を振り、予算不足の問題に触れた。かぎられた予算なのだから、社会を常に脅かす暴動や反乱を阻止するために使うべきだという主張だった。

英国政府はいまだに、フランス革命で起きたような集団暴力事件の発生をひそかに恐れていた。機械を破壊するラッダイト運動の脅威だけでなく、摂政皇太子の浪費癖に国民が激怒していることへの懸念もあった。また、ナポレオン戦争の終結で数多くの軍人が復員してくるにもかかわらず雇用が確保できない問題も深刻だ。申し訳ないが、政府がささいなことへの対応に追われて重要な政策に注力できないようでは困る、とシドマス卿は言った。また、少年窃盗犯への処罰を緩和する案も一蹴された。盗みをしても手首を叩かれる程度で逃れられると踏んで、犯罪に走る子どもの数が増える恐れがあるからだという。

完全な敗北だった。まだ耳鳴りのように残るシドマス卿の拒絶の言葉を反芻しながら、ホークスクリフはホワイツを出た。トーリー党にも、政府にも、すっかり幻滅していた。みじめな気持ちに襲われて肩を落とし、ナイト館に向かって歩きだした。

トーリー党による抑圧的な法律と、農民階級や貧困層に対する病的な恐怖。それを考えるとホークスクリフは、もう自分の同僚を高く評価する気にはなれなかった。一方、ホイッグ党のヘンリー・ブローガムが貧しい子どもたちの教育という大義のために奔走していることは以前から知っていた。しかし思いあがりから、意地でもブローガムとは手を組もうとしなかったのだ。そんな自分に嫌気がさしたホークスクリフは、調査結果を入念にまとめた資料をブローガムに送ろうと決意した。そうすればなんらかの成果につながるかもしれない。自分が子どもたちの救世主になるという、個人としての栄光はもうどうでもよかった。「いつかあなたも、ホイッグ党に鞍替えする気になるかもしれないわね」というベリンダの言葉が思い出された。

ベリンダ、もしかしたらきみの言うとおりかもしれないな。ホークスクリフはこみ合った通りをとぼとぼと歩きながら思った。角を曲がってセントジェームズ・スクエアに出て、思い足を引きずるようにしてナイト館に着くと、革の書類入れと上着をウォルシュに渡した。眉を寄せ、もの問いたげに見つめる執事を無視して二階へ上がった彼は、知らず知らずのうちにベリンダが使っていた部屋に入りこんでいた。うずく胸を抱えてベッドに横たわった。ここで自分はベリンダに愛の神秘を教えたのだ。絶望感が全身に広がった。

枕を目の上にのせ、眠ろうとした。カースルレー外相のように鬱病傾向のある人は、気分が落ちこんでつらいこともあるだろう、とホークスクリフは思う。しかしどんなにつらくとも、生涯愛すると心に決めた人を失うほどの苦しみではないはずだ。

昼間起きたできごとはホークスクリフの心をひどく沈ませたが、これから参加する夜の社交行事を考えると、さらに憂鬱な時間を過ごさなければならないのは目に見えていた。こんなとき酒を飲んでうさを晴らす人もいるのだろうが、ホークスクリフはそうする代わりに心を閉ざして平静を装いつづけ、夜会服を身につけて馬車に乗りこみ、キング通りに向けて出発した。

今夜は、初めて婚約者と一緒に公の社交の場に出ることになっていた。オールマックス社交場では、レディ・ジュリエットとコールドフェル伯爵はもちろんのこと、上流社会の主だった人々が、社交界の新たな星、花婿となる自分を待ちかまえている。馬車が止まり、御者のウィリアムがてきぱきと扉を開けたが、ホークスクリフはどうしたら自分にむち打って会場に入れるのかわからなかった。しかたなく地面に降り立ち、オールマックスの優雅な建物を恨めしそうに見上げた。

何もかもが間違っている。

それでもホークスクリフは中へ入っていった。世界の重荷をすべて自分の肩に背負っているかのような足どりで壮麗な階段を上ると、愛と興奮に頰を紅潮させたベリンダの幻影がそこここに現れた。いっそ死んでしまいたいとさえ思ったが、うつろな笑みを浮かべ、控えめで誠実そうな態度を装って舞踏場へ足を踏み入れた。

中は上流社会の選ばれた人々でこみ合っていた。貴族院議員と甘やかされたその奥方、社交界にお目見えしたばかりの令嬢、皆の尊敬を集めている老人、倦怠感を演出して気のきいたせりふを吐く放蕩者。こんな場に、かつて自分が違和感なく溶けこんでいたことが信じられず、ホークスクリフは視界に入るすべての人々を憎んだ。とりわけ、今近づいてくる男を。

コールドフェル伯爵は杖をつきながらも軽快と言っていい足どりで歩いてきた。満面の笑みをたたえて、周囲の人々に娘を見せびらかしている。ジュリエットはまさに人形のようだった。濃い茶色の巻き毛に青磁色の大きな瞳、陶器を思わせるなめらかな肌。飾り気のないピンクのドレスをまとったその姿は本当に可愛らしかったが、明らかにおびえていた。ホークスクリフは自分がにらみつけているせいだと気づき、表情をやわらげた。

「やあ、来たか、ロバート」コールドフェル伯爵が挨拶した。

ホークスクリフは歯を食いしばり、引きつった笑顔を作った。「閣下」伯爵に会釈をしてから少女のほうを向き、正式なお辞儀をする。「レディ・ジュリエット」

ジュリエットは膝を曲げて丁寧にお辞儀をし、ホークスクリフの口元をじっと見た。

コールドフェル伯爵とホークスクリフは数分ほどぎこちない会話を交わした。その間《かん》ずっと、ジュリエットの不安そうな視線は二人の顔のあいだを行ったり来たりしていた。

コールドフェル伯爵はホークスクリフの腕にそっと娘の手をのせ、にこやかに言った。

「若い者どうし、もっとお互いを知ったらどうかね?」

老人は足を引きずりながらその場を離れ、親しい仲間と話をしに行ってしまった。ホークスクリフはまたしかめっ面に戻らないよう、かすれたうなり声を発しないようつとめながら、横目でジュリエットを見た。一瞬、ダンスに誘おうかとも思ったが、考えてみれば無理にきまっている。パンチを取ってきてさしあげましょうか、と訊こうとしたが、おびえている彼女を一人残していくことなどできようはずがない。

そのうち、壁際にある空いたベンチが目にとまった。人ごみから離れた場所だ。ホークスクリフはジュリエットをそこへ連れて行き、並んで座った。二人は特に反感も抱かず、かといって親しみも抱かずに見つめ合った。どうやって意思疎通を図ればいいのかホークスクリフにはわからなかったし、相手にこちらの言うことを理解する手段があるのかどうかすら知りようがなかった。ジュリエットが情けなさそうな微笑みを投げかけてきたので、同じように微笑み返す。それからの一〇分間、二人はそれぞれの世界に閉じこもり、同じ場所にただ座っていた。そのようすをかいま見た人々がささやきを交わした。なんてお似合いのすてきな二人でしょう、と言っているにちがいなかった。

どこを見わたしても、ホークスクリフの目に映るのは、ベリンダをこの社交場へ連れてきた夜のまぼろしばかりだ。ベリンダを恥辱と疎外感から解放した、魔法のような夜。一生に一度の忘れえぬ思い出だった。シャンパンでほろ酔い気分になって、でこぼこのあるダンスフロアの隅から隅まで、お茶目なしぐさでくるくると回ったベリンダ。オールマックスの会員選考委員会の貴婦人をあざけったベリンダ。その光景がよみがえり、ホークスクリフの唇にもの悲しげな笑みが浮かんだ。

自分はベリンダを見くびって、その価値を十分に認めようとしなかった。おのれの傲慢な判断に従って支配しようとし、意見を述べていた。まるでそれらがモーセの十戒を記した石板に書かれた神の真実であるかのように。わたしには何も見えていなかった。だが今は、すべてがはっきりと見える――自分が何を失ったかがわかる。ベリンダはそれを思い知らせてくれた。

物質的な利益を提供することで戻ってきてもらおうなどという卑しいやり方は、根本的に間違っていた。わたしが判断を誤ったから、ベリンダはあのつまらない兵士の胸に喜んで飛びこむ気になったのだ。だが細かく引き裂いた白紙委任状を顔に投げつけられたとき、わたしは喝采をおくりたくなった。なんと潔く、凛とした女性だろうか。

ベリンダはもう誰の愛人にもならないだろう。誇りを完全に取り戻し、自分の本当の価値に気づいた。心の傷が癒えたからだ。それはわたしにとっても嬉しいことだ。

　そのときホークスクリフは、かたわらのジュリエットが体をこわばらせたのに気づいた。自分がひどく落ちこんでいたために、つい婚約者の世話を忘れていた。気にかけてあげなくては。そう決意してジュリエットのほうを向くと、彼女は部屋の反対側を心配そうに見つめている。視線の先をたどっていって、その理由がわかった。今は庶民院議員となったクライヴ・グリフォンがちょうど入ってきたところだったのだ。

　まずい、とホークスクリフは思った。二人の姿を認めたとたん、グリフォンは踊っている人々を押しのけつつ、悲劇の主人公のような勢いでまっすぐにこちらへ向かってきた。あどけなさの残るその顔は真っ赤に染まっている。怒りだけでなく、普段より少し酒が入っているせいもあるだろう。

　ホークスクリフは冷静かつ超然とした表情で、青年の存在に気づかないふりをした。一方ジュリエットは追いつめられたような表情で、座ったままもじもじと身じろぎしている。ついにグリフォンがやってきて、前に立ちはだかった。渦巻く激情の嵐に身を震わせている。ジュリエットは悲しげにグリフォンを見つめ、次にホークスクリフを不安そうにちらりと見た。

「きみはばかだ」グリフォンはジュリエットが唇を読めるように一語一語はっきり発音した。「公爵は愛する人がほかにいるんだぞ。きみはぼくを愛している。ぼくもきみを誰よりも大切に思っている。なのに、どうして裏切るんだ?」

　ジュリエットはすすり泣きながら手を伸ばしてグリフォンにすがろうとしたが、彼は苦々しい顔で手を引っこめた。

「心配しなくていい――きみの秘密は守るから」

「秘密だって？」ホークスクリフは眉根を寄せ、ジュリエットのほうを振り返った。また秘密を持つ女性と関わらなくてはならないのか。かんべんしてくれ。

「公爵。たとえ議席を失ったとしても、面と向かって言わせていただきますよ。レディ・ジュリエットがあなたと結婚することになったのは、父上に強制されたからです。ぼくの話が信じられないのなら、彼女に訊いてみてください！」グリフォンは叫んだ。支配人のウィリスと係員らが駆けつけて、彼を追い出そうとした。

「どんな秘密だ？」ホークスクリフは詰問した。

支配人らはグリフォンの腕をつかんだ。コールドフェル伯爵が急いで人ごみをかき分けてくる。「その男をつまみ出せ！」

「今、つまみ出すところです！」ウィリスが怒鳴った。暴れるグリフォンにてこずっている。

「ジュリエット！　愛しているよ！」係員たちに引きずられかけながらグリフォンは叫んだ。

「娘をどうにかしようなどと、よくもそんなあつかましいことを！」コールドフェル伯爵は思いきり声を張り上げた。

「あなたこそ、お嬢さんに望まない結婚を強いるなんて、よくもそんなひどい真似ができたものだ！」グリフォンは怒鳴り返した。

その言葉に、室内にいた人々は皆凍りついた。ホークスクリフは目を見張った。コールドフェル伯爵にこんな大胆な物言いをした人間を見たことがなかったからだ。もちろん伯爵自身も初めての経験らしく、しわだらけの顔が怒りでまだらに赤くなった。

老人は杖でグリフォンをつついた。「このごろつきめ、今すぐ出て行け！　何度も警告したはずだぞ、娘に近づくなと」

ホークスクリフは立ち上がり、二人のあいだに割って入ろうとしたが、前に進み出たコールドフェル伯爵はグリフォンの顔から数センチの距離まで顔を近づけてにらみすえ、声を低くしてすごんだ。「議会から追放してやる」

「脅すつもりですか。あなたにそんな権利はないはずですが」青年は穏やかな口調でやり返した。「もっとも、奥さまの死について真実を触れまわって歩いてもいいとおっしゃるなら、話は別ですがね」

すぐ近くにいる二人以外には聞こえないほどの小声だったが、ホークスクリフはぎょっとしてグリフォンを見た。

青年はくしゃくしゃになった上着をぐいと引っぱって乱れを直した。「運がいいですよ、コールドフェル伯爵。ぼくは人を恐喝するような卑劣漢ではないですから」

伯爵の顔は蒼白になっていた。ホークスクリフはグリフォンの肩をつかんだ。「一緒に来い」と命令して出口のほうを指し示し、ウィリスらに早口で告げた。「あとはわたしにおまかせください」

「しかし、ホークスクリフ」コールドフェル伯爵が弱々しい声で抗議したが、ホークスクリフは無視して青年を連れ出した。

二人が歩いていくと、客たちはあきれ顔でささやき交わしながら後ろに下がり、道を空けた。「公爵、ぼくがジュリエットを愛していると知っていたくせに！　よくも裏切ってくれましたね！　ジュリエットもあなたも――」

「外へ出るまで黙っていてくれないか？」ホークスクリフは腹立たしそうにつぶやいた。心臓が激しく打っていた。扉の外に出ると左に曲がり、隣接する厩舎の入口につながるトンネルの中に身を隠した。「レディ・コールドフェルの死について知っていることがあるのなら教えてくれ――それともさっきのはただのはったりか？」

「はったりなんかじゃありません！」グリフォンはホークスクリフから離れ、額をこすった。若々しい顔が苦悩にゆがむ。「ジュリエットに約束したんです、誰にも言わないと……でもあなたが夫になるのなら、知っておいてもらったほうがいいのかもしれない。彼女を守らなければならなくなったときにそなえて」

「守るって、どうして？」

「真実が発覚しないようにです。公爵、秘密を守ると誓えますか？」

ホークスクリフは警戒してグリフォンを見つめた。

グリフォンは疲れたように首を振った。「レディ・コールドフェルの死は事故ではなかったんです。亡くなったときその場にいたジュリエットは、気が動転してどうしてよいやらわからなかったそうです。公爵と一緒にコールドフェル伯爵の屋敷を訪れて、初めて彼女に会ったあのときから、ぼくらはこっそり文通していました。ジュリエットはぼくを信頼したようで、手紙の中で心のうちを打ち明けてくれたんです。本当のことを知られたらどうしようと、ひどくおびえていました。公爵、この秘密を利用してジュリエットを不利な立場に追いこんだりしないと約束できますか？」

「約束するから、教えてくれ！」

グリフォンは不安げに、あたりを肩越しにうかがった。「コールドフェル伯爵のセヴンオークスの地所で火事がありましたよね。ジュリエットは、いとこで相続人のサー・ドルフ・ブレッキンリッジが放火したのではないかと疑っていました。当日、ドルフはロンドンにいたはずでしたが、ジュリエットは自分の部屋と廊下に彼のいつもの不快なオーデコロンの香りが漂っているのに気づいたそうです。そのあと煙が迫ってきて、ジュリエットは寝ていた父親を起こして二人で避難し、火事を逃れました。ジュリエットはドルフが屋敷の中にいたのではないかという疑いを父親にもらしました」

そういえばドルフが死ぬ直前に、火をつけたのは自分だ、と認めていた。「続けてくれ」

ホークスクリフはうながした。

「一方、コールドフェル伯爵は、妻のルーシーがドルフと浮気していた事実を以前から知っていました。ドルフが放火したとすると、もしや妻もなんらかの形で関わっていたのではないかという疑いを抱いたのです。火事のおよそ一週間後、コールドフェル夫妻とジュリエットは田舎の別荘からサウス・ケンジントンの屋敷に戻りました。ここまではただの浅ましい事件にすぎなかったんですが、ここから事態は妙な展開になります。ジュリエットによると、コールドフェル伯爵はルーシーを居間に連れて行き、本当のことを言えとつめよったそうです。最初はルーシーもすべて否定しつづけていましたが、伯爵は容赦なく責めたてました。ついに、ドルフと共謀して伯爵を殺そうとしたのではという疑いを突きつけられて、ルーシーはそれを認めましたが、いきなり暖炉の火かき棒をつかんで伯爵に襲いかかったのです」

「まさか、嘘だろう」

「嘘じゃありません。ジュリエットが言うには、ルーシーはまるで気が触れたかのように火かき棒を持って部屋じゅう伯爵を追いまわし、最後には悪いほうの脚を突き刺したそうです。伯爵は床に倒れ、あとひと突きで殺されるところだったでしょう。でもそれを阻止しようとしたジュリエットがルーシーの背後から忍び寄って、花瓶で殴りつけたんです」

「**ジュリエットがルーシーを殺したのか？**」

「いいえ、ルーシーは殴られて意識を失っただけで、死にはしませんでした」グリフォンはあわてて言った。「コールドフェル伯爵はジュリエットに命じて、ルーシーの体を庭に引きずり出すのを手伝わせました。二人とも力は強くないので大変だったでしょうが、二人でそれぞれ頭と足を持って、池に放りこんだのだそうです。意識を失っていたルーシーはそのままおぼれて死にました。正当防衛だったのですよ。ぼくに言わせればコールドフェル伯爵は非難に値する策略家ではあるけれど、もしあのまま放っておいたら、ルーシーとドルフは間違いなく伯爵を殺していたと思いますよ。さらに恐ろしいことにルーシーは、伯爵の死後、ジュリエットを精神病院に閉じこめようとたくらんでいたんです」

ホークスクリフは驚愕して、グリフォンをまじまじと見た。にわかには信じがたかった。胸の鼓動が恐ろしいほどに速くなっていた。自分の中の何かが、束縛からいっきに解き放たれた気がした――それまで持ったことのなかった力、正義感、勇気が体の奥から湧き上がってきた。自分は今、何をなすべきか。それを悟った瞬間だった。

ホークスクリフはグリフォンの肩をつかんだ。「いいか、よく聞け。きみはジュリエットと結婚するんだ」

グリフォンは目を大きく見開いた。「なんですって？」

「ジュリエットを愛しているんだろう。彼女はきみのものだ」

「でも、公爵！」

「いいから結婚するんだ。それがきみたち二人の願いなんだから」

「だって、ジュリエットに近づこうとしても、伯爵が許しませんよ！　それに、秘密を握っているからといって、ぼくは伯爵を恐喝するつもりはありません。ジュリエットに約束したとおり――」

「恐喝なんかしなくていい。さあ、ついてこい」ホークスクリフはグリフォンの肩を放して向きを変え、大またで歩いて建物の正面へ出ると、自分の馬車を呼びにやらせた。

グリフォンはあわててついてきた。「どういうことです？」

「まあ、待ちなさい」

ウィリアムがあやつる馬車がやってくるのを待ちながら、ホークスクリフは高まる喜びに打ち震えていた。そして、グリフォンに向かって言った。「わたしはこれから社交場に戻って、ジュリエットを連れてくる。きみは彼女と一緒に逃げろ。コールドフェル伯爵の追っ手につかまる前に結婚するんだ。結婚してしまえば、もう誰も手出しできないのだから」

グリフォンは驚きと喜びのあまり、声にならない叫びをあげた。

「それがきみの望みだろう？」

「ええ、心の底から、そう望んでいます！　でも――そんなにうまくいくはずがない。それに、あなただって婚約を破棄したかどでコールドフェル伯爵に訴えられるでしょう。醜聞になったら大変じゃ――」

「そんなことは気にするな。階段の踊り場にある窓の下で待っていてくれ。そこからジュリエットを連れ出そう」

「公爵。駆け落ちの手引きをしたりしたら、コールドフェル伯爵は間違いなく、ウィーンへのあなたの派遣を取りやめさせますよ！　首相は、伯爵の進言を福音書みたいに信じて――」

「かまわない。いいから踊り場の窓の下へ行って待っていろ」

グリフォンは不安なおももちでうなずき、静かに建物の側面の陰の中に消えた。ホークスクリフは正面の階段を駆け上がって中へ入り、大きく息をついた。自分がこれから乗り出そうとしている冒険の無謀さに興奮して、心臓の鼓動が高鳴っていた。

人は真実によって解放される——ホークスクリフは思った。自分は生まれて初めて、自らの属する階級の抑圧を振り切って自由になるのだ。

　社交場に戻ると、コールドフェル伯爵が待ちかねたように出迎え、謝罪の言葉を浴びせた。

「公爵、あの不届き者にこんな騒ぎを起こさせて、本当に申し訳なかった。心からお詫びするよ。あの若造はうちの娘に目をつけて以来、ずっと屋敷のまわりをうろついて我々を悩ませていたんだ」

「そうですか。だとするとあの若きロミオは、両家の悩みの種だったわけですね、そうでしょう、ジュリエット？」

　ジュリエットは目を大きく見開き、恐怖の表情を浮かべた。ホークスクリフが愛するグリフォンに危害を加えたのではと想像したのだろう。ホークスクリフはジュリエットの手を握ると、コールドフェル伯爵に向かって堂々と、いかにも不愉快だといった表情を装った。

「もし差し支えなければ、この恥ずべき問題について話し合って解決したいので、お嬢さんと二人きりにさせていただけますか？」謹厳実直そのものの、きわめて堅苦しい口調で訊いた。

「もちろん」とコールドフェルは答え、叱責するような表情で娘の腕をこづき、ホークスクリフについて行けとうながした。

　ホークスクリフは怒り心頭に発した婚約者を演じ、冷ややかな態度でジュリエットに腕を差し出した。父親でさえ、彼には娘を座らせてお仕置きをする資格がある、と思っているらしかった。ホークスクリフの腕に手をそえ、並んでゆっくりと歩きはじめたジュリエットは気おされてびくびくしているように見えた。
「皆さん、ご心配なく」ホークスクリフは尊大な態度を保って高らかに宣言したが、内心大笑いがこみあげてくるのを感じていた。わたしがついに、究極の背信行為をしたことを知ったら、この人たちはどれほどの衝撃を受けるだろう？　おまけに、ホイッグ党に鞍替えしようというのだから！　どんなに刺激的な醜聞になることやら！　もうすでに、自由の天地に向かって旅立ち、その新鮮な空気を吸っているような気分になっていた。「こっちへおいで、ジュリエット」

ホークスクリフはジュリエットの手を引いて、例の踊り場へと通じる階段の狭い出入口へと導いた。誰の目にも触れない階段まで来ると、手をさらに強く引っぱり、振り返って大きな口の動きで「さあ、おいで！」とせきたてた。ジュリエットはいぶかしげに眉をひそめたが、ホークスクリフは首を振り、アーチ型のフランス窓の前まで連れて行った。オールマックス社交場の裏手にあるキングズ・プレイスの中庭が見下ろせるその窓を開け、下を指さした。素直に窓から首を出してのぞいたジュリエットは喜びに顔を輝かせ、手を振った。下で待っているクライヴ・グリフォンの姿を見つけたのだ。

ホークスクリフはジュリエットの肩をつかんで振り向かせ、どうか通じますようにと願いながら口を開いた。その口元を見つめるジュリエットは言葉が出てくるのを待っている。今度は、二人とも意思疎通を図ろうと懸命だった。

なずいた。
「ジュリエット」
ホークスクリフは一語一語をできるだけはっきりと発音した。少女は先をせがむようにう
なずいた。
「グリフォンを――愛して――いるかい?」
若々しい顔に夢見る表情を浮かべ、目をきらきらと輝かせてジュリエットはうなずいた。
次の瞬間、顔をゆがめ、ごめんなさい、と詫びるようにホークスクリフを見た。
「気にしなくていいんだよ。きみは、グリフォンと結婚したいかい?」
ジュリエットは目を見張り、固唾をのんで、ふたたびうなずいた。
「この窓から出るんだ。逃げるのを助けてあげる」
少女は目をさらに大きく見開いた。一瞬ためらって、いとしい恋人をもう一度見下ろして
から、力強くうなずいた。
ホークスクリフは口笛を吹いてグリフォンに合図を送り、ジュリエットが窓から出るのを
手伝った。彼女の体を抱えてゆるゆると下ろすと、下で待ち受けていたグリフォンが抱きと
めた。続いてホークスクリフも窓を乗り越えた。窓の下枠につかまってから飛び降りて、玉
石を敷きつめた路面に巧みに着地すると、満面の笑みを浮かべた二人に気ぜわしく手を振っ
て招き寄せた。三人は建物の正面まで走っていき、ホークスクリフは二人をせかして馬車に
押しこんだ。グリフォンは振り向き、彼の手を両手で包んで上下に振った。
「さっきはあんなふうにかんしゃくを起こしてしまってすみませんでした、公爵。どう言え

ばいいかわかりませんが――」

「何も言わなくていい。きみの判断を信じるよ。きみがジュリエットを妻として養っていけると信じている」

「ジュリエットに不自由はさせません」

「よし。さて、きみを信頼して馬車を貸すから、傷をつけないように気をつけてくれよ。もう行きなさい。ウィリアム――行き先は駆け落ちの名所、グレトナ・グリーンだ！　馬たちを全速力で駆けさせろ！　すぐにコールドフェル伯爵の追っ手がかかるだろうからな」

「かしこまりました、旦那さま」

「くそっ、しまった！」グリフォンが急に思い出して言った。「愛馬をどうしよう？　公爵、憶えていますか、ぼくのあの大きな白馬を？　すぐそこのローズ・アンド・クラウン・ヤードの厩舎につないであるんです！」

「馬のことは引き受けた。グレトナ・グリーンから戻ってきたら、ナイト館で渡せるようにしておくから――」

「いいえ、今夜ぼくらのためにしてくださったことのお礼に、馬はさしあげます。受け取ってください」

その気前のいい申し出を、ホークスクリフは手を振って断った。「いいから行くんだ！　二度とめぐってこないチャンスだぞ、グリフォン。これを逃したら、コールドフェルはもう一生、きみをジュリエットに近づかせないだろう。結婚してジュリエットが息子を産んだら、その子は伯爵位を相続し、庶民院に四議席の権利を有することになる。きみはその伯爵の父親だ」

「公爵」グリフォンはジュリエットをかたわらに引き寄せ、畏敬の念をこめてつぶやいた。

「なんとお礼を言っていいかわかりません」

「どうか二人で末永く幸せに暮らしてくれ。そして、手に入れた権力をふるうときには自分の理想を貫いてほしい。わたしへの礼はそれで十分だ」ホークスクリフが扉を閉めると、ウィリアムが馬たちにむちをくれ、馬車は動きだした。

遠ざかる馬車の窓から顔を出したグリフォンが手を振って叫んだ。「ホークスクリフ公爵！　あなたは詩人の魂をお持ちだ！」

ホークスクリフは手を振ってそれに応え、ローズ・アンド・クラウン・ヤードの厩舎に駆けこみ、グリフォンが預けていた白真珠色の雄馬にまたがった。彼の言うとおり、詩人の魂とともに雄弁さも持ち合わせていますようにと祈りながら、愛する女性の心を射止めるために馬を走らせた。

「馬だ！　馬をくれ！　馬一頭と引き換えに我が王国をくれてやる！」

ベリンダは父親とともに劇場のボックス席に座り、当代随一のシェイクスピア俳優エドマンド・キーンが主役を演じる「リチャード三世」の舞台に魅了されていた。第五幕の大詰めで、戦場となった舞台を突き進み、演劇史上もっとも有名な「馬一頭と引き換えに……」のせりふを叫んだところだった。よく知っている劇ながら、ベリンダも父親も圧倒され、リチャード三世が宿敵リッチモンド伯と激しく戦い、落馬して殺される場面に釘づけになっていた。

リチャード三世役のキーンは、息を引き取る場面において、かつて誰もなしえなかったほどの迫真の演技を見せていた。詩人シェイクスピアの魔法にかかった観客は、王に成り上がった悪漢リチャード三世の最期に衝撃を受けながら舞台を見つめていた。場内はしんと静まりかえっている。そして、リッチモンド伯がいよいよ勝利のせりふを吐こうというときになって突然、後部の中央扉がギギーッときしむ音を立てて開いた。

何もかも忘れて舞台に見入っていたベリンダは、気を散らされたいらだちを感じていた。そのとき、後部の席に座る観衆の中から、息をのむ音が波のように伝わってきた。ささやき声、驚きのざわめきがそれに加わった。そのうち、叫び声があがった。

なんて無礼な人たちなの、と憤慨して後ろを振り返ったベリンダは、目の前の光景にあっけにとられ、口をぽかんと開けて見つめた。巨大な白馬が劇場に乱入し、中央の通路を進んでいるのだ。その背には堂々とした黒髪の男性が乗っている。舞台の上で死んでいたはずの主役のキーンでさえ、何ごとかと顔を上げた。

まさか。ベリンダは目を疑った。馬上の人はホークスクリフ公爵だった。場内に広がる観客のどよめきにもかまわず、尻込みする馬をうながして前方の舞台近くへ導こうとしている。

「何をしているの、公爵は？」ベリンダは呆然としたまま、父親の腕をつかんでささやいた。

「さあ、見当もつかんな」父親はつぶやいた。

馬は神経質に小さくいななき、頭を動かして白い前髪を振った。観客は混乱に陥り、騒ぎはじめた。劇場の支配人と係員たちが走り出て制止しようとするのをものともせず、ホークスクリフは馬をあやつって優雅に旋回させた。ふさふさした長い尻尾が舞台を撫でるように動く。次の瞬間、彼は馬を後ろ脚で立たせた。

「近づくな!」ホークスクリフはあたりにとどろきわたる声で命じた。「わたしは、火急の用事でやってきたんだ。皆さん、よく見ていてくれ!」

「したいようにさせてやれ!」観客の誰かが叫んだ。

「ねえ、ホークスクリフ公爵なの?」

「まさか、ありえない」人々はささやき交わした。

キーンが支配人に何か言った。支配人はお手上げだという身ぶりをすると、馬に蹴られてけが人でも出たら大変とばかりに、係員たちを呼び集めた。

ホークスクリフは悪魔のような笑いをかすかに浮かべ、背の高い白馬を劇場の後方に戻して、ベリンダたちのいるボックス席のすぐ下につけた。そして色鮮やかな赤い薔薇を一本取り出して高く掲げ、ベリンダに向かって差し出した。その求愛のしぐさに拍手喝采が沸き起こり、口笛が飛び交った。キーンまで笑っている。

ホークスクリフが投げかけたいたずらっぽい笑みは、ベリンダの心を揺るがした。信じられない。驚きと喜びに翻弄されて、もう何がなんだかわからなくなっていた。

胸を高鳴らせながら、ベリンダは手すりから身を乗り出して薔薇を受け取った。場内の注目を一身に集めていることが恥ずかしかった。自分が誰かを皆に知られているのがわかっていたからだ。今やベリンダ・ハミルトンは新聞各紙で「マグダラのマリア――悔悛した売春婦」――と呼ばれていた。

「下りてきなさい、ベリンダ・ハミルトン」ホークスクリフは優しく呼びかけた。

「あなた、頭がどうかしてしまったんじゃないの？」

「きみを出て行かせた時点で、頭がどうかしていたのさ。やりなおさせてほしい。絶対に後悔させない。誓うよ。結婚してくれ」

「ロバート！」

ホークスクリフは次に、父親のほうを向いた。観客全員が身を乗り出した。

「ハミルトンさん。わたしはお嬢さんを、この世の何よりも、誰よりも愛しています」ホークスクリフは高らかに宣言した。深みのあるバリトンが劇場全体に響きわたった。「お嬢さんに求婚することを祝福してくださいますか？」

「もちろんです、公爵」アルフレッド・ハミルトンの含み笑いには親愛の情がこもっていた。

「お父さま！」ベリンダが抗議した。

困惑するベリンダのようすに場内から沸き起こった笑いが、さざ波のように広がっていった。観客は足を踏みならし、喝采をおくった。

「ロバート、ばかなまねをして。これじゃみんなの笑いものよ」

「それがねらいだよ。どうせ醜聞になるのなら、楽しい醜聞にしようじゃないか」

「いったい、何を血迷って――」ベリンダはいらだちのあまり、もう言葉が出てこなかった。

馬をさらに進めて近づいたホークスクリフは、穏やかで魅力あふれる微笑みを浮かべ、ベリンダに片手を差し出した。「ついてきてくれ。もう迷うな。わたしがきみを愛しているのはわかっているだろう。これは二人にとってチャンスなんだ」

「はい、と言え！」ボックス席の近くの列にいた観客が怒鳴った。「ついていきます、と答えるんだ！」

そうだそうだ、とあちこちで声があがった。

「断ったらばかだよ！　この人、本気で愛してるんだからさ！」下町なまりの大柄な女性が一階席から叫んだ。

「行け！」皆がいっせいに叫んでホークスクリフを応援した。

「皆さんには関係のないことでしょう！」ベリンダがやり返した。

ホークスクリフはさわやかな笑顔を見せた。「賛成多数で可決されたよ。おいで、ベル。二人一緒でなければ、人生、楽しくないだろう？」

ベリンダの目に涙があふれた。ホークスクリフは、二人の未来への期待に黒い瞳を輝かせて、手を差しのべたまま辛抱強く待った。公衆の面前で断られるのも覚悟のうえらしい。自分がベリンダをつらい目にあわせたことを考えれば、それもいたしかたないと思っているのだろう。

ベリンダの落ち着かない視線は、やかましくはやしたてる観客から父親へと移った。「お父さま、わたし、どうすればいいの？」

アルフレッド・ハミルトンは涙ぐみながら微笑んだ。「おまえの人生だ。心の命じるままにすればいい」

「ミックのことは？」

「ミックもわたしと同じように、おまえの幸せを願っているはずだよ。わかってくれるさ」

「お父さま！」ベリンダは父親を固く抱きしめた。抱擁を解くと、父親はいつくしむように小さく笑った。

すでに場内の盛り上がりは最高潮に達していた。観客全員が声援を送る中、ベリンダは大胆にも手すりに脚をかけ、足首をあらわにして乗り越えると、ホークスクリフの手をとった。その光景は、恥ずべきふるまいで知られた彼の母親ジョージアナでも笑わずにはいられなかっただろう。ホークスクリフはベリンダの体を支えてそろそろと自分の後ろに下ろし、馬の背に乗せた。

「わたしの腰に手を回して」ホークスクリフはベリンダの手を腰に導いた。「もう絶対に放すなよ」

「ロバート、愛しているわ！」喜びのすすり泣きがもれた。体を寄せると、ホークスクリフの低く優しい笑い声が響いた。

「そうでなくちゃ困るよ。二人の取り決めは、今度は永遠に続くんだからね」

ホークスクリフは振り返り、ベリンダの唇に軽く、ゆっくりと口づけた。これから始まる夢のような夜を期待させる優しいキスだった。唇を離した二人は一瞬見つめ合った。ベリンダの目には幸せの涙があふれ、ホークスクリフの目は愛の喜びに輝いていた。「きみがいなくて寂しかった」ホークスクリフはささやくと、ふたたび前を向き、いたずらをたくらんでいるような笑みを浮かべた。

「しっかりつかまっているんだよ」

ベリンダは彼の引きしまった腹部に回した手をぎゅっと組んだ。

それを合図に、ホークスクリフは馬の脇腹をかかとで叩いて発進させ、劇場を出た。二人を乗せた白馬は駆け足で、何ものにも束縛されない自由な世界へと飛び立っていった。

『ロンドン・タイムズ』社交欄記事より

一八一四年九月二三日

ホークスクリフ公爵夫妻は先週、カンバーランドの公爵家先祖代々の城にある教会の礼拝堂において内輪だけの結婚式を挙げたあと、国際会議で盛り上がるウィーンへ新婚旅行に出発した。

この旅行には、大陸で休暇を過ごすレディ・ジャシンダ・ナイトと付き添いのミス・カーライルも同行した。

　さらにナイト家にとって嬉しい知らせが重なるが、イベリア半島における活躍で戦功勲章を受けた英雄ダミアン・ナイト大佐が、帰国後ただちに貴族院議員に任命されることが決まった。今月末には帰還の予定とされるダミアン・ナイト卿に対しては、本紙記者も感謝と祝福の意を表す機会を心待ちにしている。

　一方、ロンドンの巷で飛び交うある噂が本紙に届いている。L公爵とW侯爵は、悪名高き高級娼婦ミス・ハリエット・ウィルソンをめぐって長年争ってきたと言われるが、先ごろ某所でこの件に関して言葉を交わしているところを目撃され……。

史実に関する注釈

わたしは一五歳でクレーヴン伯爵の愛人になった。なぜ、どんなきっかけでその境遇に身をおいたかについては語るつもりはない。愛があったからか、厳格な父親からの逃避か、自分自身の心の堕落か、あるいは伯爵の人を引きつける手練手管のせいか？　父親のもとを離れて伯爵の庇護を受ける気にさせた理由がなんだったかは、今となってはさほど重要ではない。たとえそうだとしても、人の好奇心を満足させる気にはなれない。

ハリエット・ウィルソンの回想記〝The Lady and the Game〟（淑女と恋愛遊戯）はこのように始まる。摂政時代に生きた高級娼婦の華麗な生活の実態を、自らの経験にもとづいて記したこの著書が、本書の主な情報源である。ロンドンのヨークプレイスにあるという設定のハリエットの家は、実際は高級娼婦として名高かったウィルソン姉妹の長女エイミーのものだった。ハリエットは最初メリルボーンのニュー・ロードの持ち家に住み、のちにナイツブリッジのトレヴァー広場に家を構えた。しかし本書ではわかりやすくひとつにまとめてウィルソン三姉妹の家としたことをここでお断りしておく。現実には、エイミーとハリエットは激しく張り合うライバルどうしであり、ひとつ屋根の下で平和に暮らすことは無理だったと思われる。

一八一五年、この物語で設定した年の翌年、三五歳になっていたハリエットは、ロンドンでの名声が衰えかけていたのを機にパリへ移り住んだ。エイミーは普通の女性としての人生を選んだ。ファニーは年若くして死んだ。ジュリア・ジョンストンは全部で一二人の子どもをもうけた。ウィルソン姉妹の末の妹ソフィアは、子爵夫人の地位を手に入れた。

本書中に名前が出た高級娼婦マルグリット・ガードナーは、アイルランドの貧しい家に生まれた美女で、のちにブレッシントン伯爵夫人となり、作家としても名声を得ている。詩人のバイロン卿の親友でもあった。ブレッシントン伯爵とマルグリットが実際に結婚したのは一八一八年だが、勝手ながら物語の時点(一八一四年)ですでに結婚しているという設定にさせていただいた。読者の方々にはお許しねがいたい。

政治の世界では、トーリー党政権による司法制度改革は、軽犯罪者でも死刑に処するという処罰規定の廃止により、より温情主義的な刑法への移行を目指す程度にとどまった。抜本的な改革は一八三一年以降まで待たなければならないが、その原動力のひとつは、この取り組みの実現に向けて多大なる努力を傾注したヘンリー・ブローガム(ホイッグ党員。のちの大法官でブローガム・アンド・ヴォークス第一代男爵)である。日記作家のクリーヴィにより「風雲児」と呼ばれたブローガムは一八一六年、議会で慈善基金の設立を呼びかけ、貧困児の教育に関する調査を行う特別委員会の設置にこぎつけた。一八二〇年、ブローガムは国王ジョージ四世が王妃キャロラインを相手どって起こした離婚裁判の被告側弁護人をつとめた。考えてみると、ハリエット・ウィルソンという自由な精神の持ち主との交際が、女性の権利に関して驚くほど先進的なブローガムの考え方を形成するのに役立ったのではないだろうか。

シドマス卿、エルドン卿に代表されるトーリー党の保守的かつ抑圧的な政治姿勢は、ナポレオン戦争後の英国が抱えていた問題に効果的に対処できないという失政を招き、その結果、民衆による抗議行動が起こった。そのひとつが一八一九年の「ピータールーの虐殺」である。同時代の詩人シェリーも、その有名な作品『無政府の仮面劇』の中でトーリー党の重鎮に激しい批判を浴びせている。トーリー党員の中でもウェリントン公はあまり国民の非難の矢面には立たされなかったようで、のちに首相となっている。

議員として、外相として大活躍したカースルレー子爵は、進行する鬱病との闘いのすえ、一八二二年、小型ナイフで喉を掻き切って自ら命を絶った。

最後に、オックスフォード伯爵夫人の経歴と、その身辺雑記をまとめた〝Harleian Miscellany〟（ハーレー家の雑感日記）についてご存じの読者なら、この女性が本書に登場する美しくふしだらなジョージアナ（結婚中に複数の男性の子どもを産んだホークスクリフ公爵夫人）のモデルであることは当然お気づきかと思う。この貴婦人こそ、著者が新たに手がけることとなった「ナイト家の兄弟たち」シリーズ（本書はその第一弾）の創作意欲をかき立ててくれた歴史上の人物である。読者の皆さまにはこれからもこのシリーズを楽しんでいただきたいと心より願っている。

——ガーレン・フォリー

（追伸　次作の主人公は双子です！）

訳者あとがき

復讐という料理は、冷ましてから食べると最高にうまい。

冒頭にこの印象的なことわざが引用された本書『愛の旋律を聴かせて』（原題 The Duke）は、ガーレン・フォリーの邦訳作品としては四冊目。自由奔放、快楽主義で知られる摂政時代の英国を舞台としたロマンスで、巻末の『史実に関する注釈』で作者が述べているとおり、当時、社交界の女王として一世を風靡したハリエット・ウィルソンの著作にヒントを得て書かれたものです。

『美しき海賊のプリンス』（幻冬舎刊）ほか〈アセンシオン〉シリーズ三部作で多くのファンを獲得した作者が、ナイト家の長男の公爵を主人公に新境地を切り開いた小説で、二〇〇一年のゴールデンリーフ賞を受賞しています。導入部分からドラマチックで、読む者をいやおうなしに引きこむ力があり、愛、怒り、裏切り、赦し、名誉など、さまざまな要素がからんだ魅力的な物語に仕上がっています。フォリー作品が初めてという方もきっとお楽しみいただけることでしょう。

時は一八一四年、フランスとヨーロッパ諸国のあいだで繰り広げられた「ナポレオン戦争」の終盤にさしかかるころです。パリ陥落後の四月、皇帝ナポレオン・ボナパルトは退位してエルバ島に追放され、連合軍の勝利が決定的となりました。英国には戦争の英雄らが帰還しはじめ、ロンドンは祝祭的な雰囲気に満ちていました。

物語のヒロインは地方の良家の娘、ベリンダ・ハミルトン。人々の視線を釘づけにする美貌と高い知性に恵まれた女性で、数カ月前までは花嫁学校で教鞭をとっていました。しかし放蕩貴族のドルフ・ブレッキンリッジに見そめられたことが不幸の始まりで、ドルフの策略によって暮らしは困窮します。昼間は街頭でオレンジ売り、夜は繕い物の内職をしてかろうじて生計を立てていたベリンダはある日、人生を一変させる悲惨なできごとに遭遇します。それをきっかけに今までとは違う道を歩む決心をし、自分を守ってくれる男性を探すため、社交界の花、高級娼婦となりました。

ヒーローは第九代ホークスクリフ公爵、ロバート・ナイト。道徳観の鑑《かがみ》といわれるほど高潔で志操堅固な紳士で、トーリー党の若手を代表する気鋭の政治家です。ひそかに思いを寄せていたコールドフェル伯爵夫人が亡くなり、打ちのめされたホークスクリフは、夫人の死の真相をつきとめる誓いを立て、謎を解く鍵となる人物を探していました。

お互いの目的を果たすため、いっぷう変わった「契約」を結んだ二人はしだいに惹かれあうようになり、それぞれの心の殻を脱ぎ捨てていきます……。

著者は、一九世紀初頭の社会・風俗習慣の背景理解に必要な情報をストーリーの中にうまく取り入れて「時代の気分」を生き生きと表現しています。また、実在の人物が描かれているのも興味深いところです。前述のハリエット・ウィルソンをはじめ、ウェリントン公爵（半島戦争などでフランス軍を追いつめ、のちにワーテルローの戦いでナポレオンを最終的に撃破する英雄）や、ヘンリー・ブローガム（刑法改革に情熱を傾けたホイッグ党の政治家）など、読み手の想像力をかきたててくれる人々が登場します。

ホークスクリフとベリンダの心理描写や情熱的なラブシーンもさることながら、脇役たちのエピソードも秀逸で、思わず読み返したくなるような心温まる場面もあります。

苦悩を仮面の下に押し隠し、毅然とした生き方を貫くベリンダの勇敢さとけなげさ。強さを前面に出して清く正しく生きてきたホークスクリフがかいま見せるもろさや、男の身勝手さと可愛らしさ。それらが随所にちりばめられて、本書をさらに味わい深いものにしています。

主人公を苦しめる重たい過去を扱ってはいますが、別の見方をすれば、これは人生の再出発を約束する、未来への希望に満ちた物語であると言えます。心に傷を抱えた二人が出会い、信頼関係を築きながら、愛ゆえに悩み、愛ゆえに勇気を得て、障害を乗り越えていく――その過程に胸打たれずにはいられません。

二〇一〇年六月

ライムブックス

愛《あい》の旋《せん》律《りつ》を聴《き》かせて

著　者　ガーレン・フォリー
訳　者　数《かず》佐《さ》尚《なお》美《み》

2010年7月20日　初版第一刷発行

発行人　成瀬雅人
発行所　株式会社原書房
〒160-0022東京都新宿区新宿1-25-13
電話・代表03-3354-0685　http://www.harashobo.co.jp
振替・00150-6-151594
ブックデザイン　川島進（スタジオ・ギブ）
印刷所　中央精版印刷株式会社

落丁・乱丁本はお取り替えいたします。
定価は、カバーに表示してあります。
 ISBN978-4-562-04388-0　Printed in Japan